MEURTRE
À L'HÔTEL CINÉMA

★★★★★

Un roman policier cinq étoiles

DANIEL EDWARD
CRAIG

Un roman policier cinq étoiles

MEURTRE
À L'HÔTEL CINÉMA

Traduit de l'anglais par
Sophie Beaume

éditions

Éditeur : François Doucet
Traduction : Sophie Beaume
Révision linguistique : Isabelle Veillette
Correction d'épreuves : Nancy Coulombe, Carine Paradis
Montage de la couverture : Tho Quan
Photo de la couverture : © istockphoto
Mise en pages : Sébastien Michaud
ISBN 978-2-89667-035-2
Première impression : 2010
Dépôt légal : 2010
Bibliothèque et Archives nationales du Québec
Bibliothèque Nationale du Canada

Éditions AdA Inc.
1385, boul. Lionel-Boulet
Varennes, Québec, Canada, J3X 1P7
Téléphone : 450-929-0296
Télécopieur : 450-929-0220
www.ada-inc.com
info@ada-inc.com

Diffusion
Canada :   Éditions AdA Inc.
France :   D.G. Diffusion
              Z.I. des Bogues
              31750 Escalquens — France
              Téléphone : 05.61.00.09.99
Suisse :   Transat — 23.42.77.40
Belgique :   D.G. Diffusion — 05.61.00.09.99

Imprimé au Canada

Participation de la SODEC. SODEC
Nous reconnaissons l'aide financière du gouvernement du Canada par l'entremise du Programme d'aide au
développement de l'industrie de l'édition (PADIÉ) pour nos activités d'édition.
Gouvernement du Québec — Programme de crédit d'impôt pour l'édition de livres — Gestion SODEC.

**Catalogage avant publication de Bibliothèque et Archives nationales du Québec et Bibliothèque
et Archives Canada**

Craig, Daniel Edward, 1966-

   [Murder at Hotel Cinema. Français]
   Meurtre à l'Hôtel Cinéma
   Traduction de : Murder at Hotel Cinema.
   ISBN 978-2-89667-035-2

   I. Beaume, Sophie, 1968-   . II. Titre. III. Titre : Murder at Hotel Cinema. Français.

PS8605.R343M8614 2010   C813'.6   C2009-942274-3
PS9605.R343M8614 2010

À MES FRÈRES ET SŒURS
Ben, Robert, Bonnie, Lisa et David.

1

Une affaire tape-à-l'œil

Soirée d'ouverture à l'hôtel Cinéma.

Je me tenais sur le bord de la piscine, à l'ombre d'un palmier, appréciant un moment de paix dans l'air chaud de l'été. Des projecteurs sous les balcons au-dessus illuminaient tous les visages célèbres et les personnes élégantes, le jet-set d'Hollywood. Ils étaient entassés partout sur la terrasse de la piscine, se déversant des chambres du rez-de-chaussée. Le restaurant était également bondé, tout comme les abords de la cabine de l'animateur et le bar. Quel changement depuis trois jours, quand l'inspecteur était venu et avait trouvé à peine plus qu'un site en construction. Par on ne sait quel miracle — ou peut-être de l'argent avait-il changé de mains —, Antonio Cavalli, le propriétaire de l'hôtel, avait resquillé un permis d'occupation. Quand il en avait fait l'annonce, une énorme acclamation avait éclaté dans les membres du personnel. Un sentiment de panique avait suivi immédiatement. L'hôtel Cinéma était enfin sur le point d'ouvrir et il ne restait plus que 72 heures pour préparer tout l'hôtel et une soirée d'ouverture avec de nombreuses vedettes.

Mais nous y sommes parvenus. À présent, saisissant mon reflet sur la surface de la piscine, je détectai une lueur de satisfaction dans mes yeux. Il y avait même une trace de — c'était quoi ça encore? — oh oui, de bonheur. Ou du moins, de souvenir du bonheur. Peut-être que mes inquiétudes quant à ma venue à Los Angeles étaient injustifiées. C'était ma troisième ouverture, la première en tant que directeur général, et chaque fois, c'était une expérience douloureuse avec des échéanciers impossibles, du retard dans le mobilier, des entrepreneurs incompétents, des propriétaires dominateurs et des employés soucieux. Et tout ceci bien avant que les invités arrivent avec toute la gamme de nouveaux défis que ça impliquait. Toutefois, la camaraderie dans le personnel et la satisfaction de voir l'hôtel fourmiller de clients rendaient le tout digne d'intérêt. Il restait beaucoup de travail — seules 65 des 124 chambres étaient finies —, mais le plus dur était derrière nous, et l'hôtel Cinéma, avec son décor contemporain ultra-chic, était destiné à devenir l'hôtel-boutique le plus en vue de Los Angeles.

C'est alors que mon moment de répit fut révolu.

Tony Cavalli me localisa près de la piscine et avança d'un pas lourd vers moi.

— Vous voulez savoir la vérité, Trevor ?

J'étais presque sûr que non.

— Je crois qu'elle ne se montrera pas. Quelque chose a dû arriver à la réception et elle a fichu le camp. Est-ce qu'un de vos employés l'a regardée dans les yeux ?

— C'est un mythe, Tony. Rien n'est arrivé à la réception.

— Et si elle détestait sa suite ? Peut-être a-t-elle trouvé un poil pubien ou autre chose. N'est-elle pas censée être germaphobe ?

— Elle est la première personne à rester dans cette suite, Tony. J'ai fait la dernière inspection moi-même et c'est impeccable. Et elle n'est pas germaphobe. Vous ne devriez pas croire ce que racontent les journaux. Laissez-lui du temps. Elle va venir.

Il leva les yeux vers l'appartement terrasse 1, qui occupait l'extrémité nord-est de l'édifice en forme de U et surplombait la partie peu profonde de la piscine. Il tira sur sa barbiche noire. Ses yeux brillaient, alimentés par sa personnalité maniaque et, je le suspectais, par de copieuses quantités de cocaïne. Grand, ses cheveux noirs longs à l'arrière s'amenuisant sur le devant, il était élégant ce soir, presque beau. Son ventre rond et son cou de grenouille étaient dissimulés sous une veste noire sur mesure de

Versace avec des broderies pourpres élaborées cousues sur les revers. Sa chemise, comme ses dents, était d'un blanc impeccable, reflétant la douce lueur orangée des vasques enflammées en béton qui bordaient la piscine. Indubitablement, sa petite amie — Liz Welch, la décoratrice d'intérieur froide et très distinguée de l'hôtel — l'avait habillé.

— Je vais la tuer si elle ne se montre pas. Vous savez que sa garce de complice de Moira a appelé pour essayer d'annuler ? Elle a dit que Chelsea était « épuisée ». Vous savez ce que ça veut dire quand un agent dit ça ? Qu'elle a tellement fait la fête qu'on dirait qu'un train lui est passé sur le corps. « Pas de chance, lui ai-je dit. J'ai organisé toute cette soirée par rapport à elle. J'ai mis son nom sur les invitations. Elle a intérêt à se montrer ou je lui fous un procès. »

J'envisageai de dire à Tony que Mlle Fricks m'avait appelé depuis sa suite il y a quelques heures, mais je décidai qu'il valait mieux le laisser dans l'ignorance. S'il avait découvert qu'elle avait appelé pour se plaindre, il aurait insisté pour connaître chaque détail. J'étais fatigué de l'entendre blâmer mes employés pour tout ce qui n'allait pas et s'octroyer le crédit pour tout ce qui allait bien. Je levai les yeux vers l'appartement terrasse à nouveau. Le balcon était sombre et les transats étaient cachés derrière la cloison en verre fumé. Il était éclairé par en dessous par un doux éclairage rouge. La porte-fenêtre était ouverte et le vent caressait les rideaux vaporeux, les agitant légèrement. Une lumière était allumée dans le salon.

— Je ne vois pas beaucoup de vie là-haut, dis-je.
— Et si elle avait perdu connaissance ?
Il vérifia sa montre.
— Il est 23 h 10. Les gens commencent à s'impatienter. On va les perdre. Pensez-vous que je devrais rappeler Moira ?
— Attendez quelques minutes. Si elle ne descend pas, je monterai moi-même.

Officiellement, la fête devait commencer à 20 h, mais on était à Los Angeles. Nos serveurs s'étaient regardés les uns les autres dans une salle vide pendant la première heure. Auparavant, les clients de l'hôtel avaient commencé à arriver pour s'enregistrer vers midi, et vers 21 h, toutes les chambres disponibles étaient occupées. Les premiers invités de la fête avaient commencé à arriver goutte à goutte vers cette heure-là. Gênés d'être les premiers, ils se cachaient dans les coins sombres et sirotaient des cocktails jusqu'à ce que le compte-gouttes devienne un flux constant. Vers 22 h, on attendait l'arrivée de Mlle Fricks. Le hall, le restaurant, le bar et la terrasse de la piscine étaient bondés.

Je n'étais pas surpris qu'elle soit en retard. D'après ce qu'on disait, elle s'était déjà présentée à une séance de photos trois jours entiers après la date prévue. Son apparition de ce soir avait été négociée dans le moindre détail par Moira Schwartz, sa féroce agente. Tony, qui vénérait Chelsea, une ex-Mouseketeer[*] âgée de 27 ans, et espérait un jour en devenir un proche, avait fixé le rendez-vous des mois à l'avance en fonction de sa disponibilité. Quand il était devenu certain que la construction ne serait pas terminée à temps, il avait envoyé les invitations quand même, puis avait contacté Fratelli Construction, qui appartenait à un cousin germain, s'était plaint de leur lenteur et de la mauvaise qualité de la main-d'œuvre. Au moment où il avait acquis le permis d'occupation, il les avait chassés de sa propriété, laissant la tâche décourageante de compléter les chambres des clients non terminées et les zones publiques à l'ingénieur en chef Al Combs et à son équipe de deux.

Moira avait refusé d'accorder plus de 15 minutes pour l'apparition de Chelsea. Le contrat stipulait qu'elle devait être escortée par Tony pour traverser le bar jusqu'à la terrasse autour de la piscine, où elle pauserait pour la photo officielle. Si elle le voulait bien, elle se mêlerait aux invités ; autrement, elle se retirerait avec

---

[*] N.d.T. : Mouseketeer est le terme anglais utilisé pour désigner les jeunes présentateurs de l'émission *The Mickey Mouse Club*.

sa cour de personnalités au fond du bar. Notre espoir, bien sûr, était qu'elle reste et sociabilise, qu'elle reste jusqu'à la fin comme lorsqu'elle avait fait les ouvertures des boîtes de nuit à Vegas et à South Beach. Moira avait exigé l'appartement terrasse comme partie du contrat, avec la chambre adjacente pour elle-même et une pour le petit ami acteur de Chelsea, Bryce Davies, qui occupait toujours une chambre séparée. Les trois devaient partir pour un tournage de trois mois à Lima, au Pérou, le lendemain, et Moira avait dit qu'il serait plus facile d'aller à LAX depuis l'hôtel dans la matinée, même si Chelsea vivait près de Bel-Air. Moira avait aussi négocié les limousines, les repas, des accessoires et une bouteille de Jack Daniel's à mettre dans la suite de Chelsea avant son arrivée — pas de fleurs, pas de panier-cadeaux, pas de création du chef cuisinier, juste du Jack Daniel's.

Les frais pour son apparition s'élevaient à la coquette somme de 150 000 $.

Au départ, Tony avait rechigné devant le prix, insistant pour que j'intervienne, car Sydney Cheevers, la pourvoyeuse officielle de vedettes pour les fêtes de L.A., refusait de négocier avec Moira. J'avais compris pourquoi quand je l'avais contactée la première fois au téléphone.

— Avez-vous une idée de ce que vaut une photo de Chelsea ces jours-ci ? avait aboyé Moira. Si votre écervelée d'agente fait son travail, la photo paraîtra dans toute la presse populaire, tous les magazines de loisirs, tous les torchons branchés du pays. Je ferai connaître votre petit hôtel partout.

Finalement, Tony avait cédé de désespoir. Après quelques tentatives désastreuses de percer dans le milieu du cinéma — comme scénariste, directeur et producteur —, il avait conclu que son seul espoir d'être accepté dans le cercle d'Hollywood, c'était de posséder son propre hôtel branché. Si André Balazs des hôtels Standard pouvait fréquenter Uma Thurman et que Jason Pomeranc des hôtels Thompson pouvait considérer J Lo comme une proche, alors Antonio Cavalli pouvait avoir des vedettes à ses pieds.

Et jusqu'à présent son travail avait marché, à l'exception d'un petit détail : son invitée d'honneur à 150 000 $ ne se montrait pas.

— Pourquoi ne descend-elle pas ? se plaignit Tony.

Il commença à faire les cent pas, vacillant dangereusement sur le bord de la piscine.

— Antonio Cavalli, te voilà !

Un grand homme bien conservé avec des cheveux blonds, une permanente et la peau orange, qui ressemblait vaguement à Barry Manilow, surgit de la foule. Il saisit Tony par l'épaule et celui-ci se retourna.

— Ça alors, t'es sacrément beau !

— Marlon Peters, t'es rien qu'un putain d'homo ! Comment vas-tu, nom d'un chien ?

Tony ouvrit les bras et étreignit l'homme, lui donnant une grande tape dans le dos.

— Félicitations pour ton putain d'hôtel *sensas*, ronronna Marlon.

Les yeux de Tony s'illuminèrent.

— Tu aimes ?

— C'est incroyable, presque trop branché pour moi. Et *regarde* cette foule. Je me sens comme dans les coulisses du Teen Choice Adwards. Mais le nom ? *Hôtel Cinéma* ? Un peu bourgeois.

— Tu vois, j'ai toujours vu les hôtels comme des plateaux de tournage, expliqua Tony. Les clients viennent y loger et tandis qu'ils sont là, ils jouent le rôle principal dans leur propre film. Tu me suis ? Le problème, c'est que les employés agissent souvent comme s'*ils* étaient les vedettes. Ils se trouvent merveilleux et disent quel pourboire on est censé leur remettre. Mon hôtel est différent. Nos clients sont les vedettes. Les employés sont l'équipe et les seconds rôles.

Tony empoigna l'épaule de Marlon et balaya la foule avec sa main.

— Chaque jour, une centaine de films différents se joueront ici. Des drames, des histoires d'amour, des comédies, de l'aventure, des films à l'eau de rose, de la porno, etc. Peu importe ce dont nos clients auront besoin — des accessoires, une coupe de cheveux, des lits, de la nourriture, une équipe, des seconds rôles —, nous leur fournirons pour assurer une représentation parfaite à chaque fois. Hôtel *Cinéma*. Tu saisis, maintenant ?

— Oh, je saisis très bien, dit Marlon avec une expression perplexe. Tu n'as plus qu'à espérer qu'il n'y ait pas de tragédies.

Il s'aperçut de ma présence et me toisa comme s'il allait se présenter, mais il reconsidéra cette idée quand il vit le nom sur mon badge. Il se retourna vers Tony.

— Et bien, tu as fait un travail *sensas* en engageant ton personnel. Je me suis enregistré il y a une heure — Morris et moi pensions que nous passerions la nuit ici plutôt que de risquer une autre conduite avec facultés affaiblies —, et le personnel n'aurait pas pu être plus hospitalier.

— Je n'engage que les meilleurs, dit Tony, gonflant sa poitrine. Et je les traite très bien.

Il me décocha un regard bref.

— N'est-ce pas, Trevor ?

— Absolument, dis-je.

Tony pouvait s'octroyer le crédit pour une poignée d'employés — des proches ou des amis, ou des proches d'amis, ou des amis de proches se classant par niveau de compétences, allant de modérément bienveillants à désespérément incompétents. En qualifiant le personnel de « très bon », il s'attendait à ce qu'on se mette à genoux quand il entrait dans une pièce. À 32 ans, il était un peu plus jeune que moi ; pourtant, il en savait peu sur la gestion d'un hôtel ou, semblait-il, sur les affaires en général. Ses plus grands atouts étaient l'argent de sa famille, qui semblait être difficile à obtenir, et son comportement agressif, qui semblait être sans limite. Mais il était mon patron et j'étais un professionnel.

Si Tony voulait le crédit, je n'allais pas l'en priver. Aussi odieux pouvait-il être, je savais qu'il était poussé par un père tyrannique et, comme moi, la peur d'échouer encore une fois.

— Il est clair que tout le monde t'a sous-estimé, Tony Cavalli, dit Marlon, levant sa coupe de champagne pour porter un toast. Tu es un hôtelier génial.

Tony rayonnait.

— Ce n'est que le début. J'ai l'intention de créer une chaîne internationale majeure, les Complexes hôteliers Cavalli, comparables aux hôtels W, mais en beaucoup, beaucoup mieux.

Je saisis l'opportunité pour m'esquiver et faire un tour rapide de l'hôtel. Je cherchais dans la foule Shanna Virani, la directrice des ventes et du marketing blond cuivré de l'hôtel, mais ne la trouvai pas. Ma mère était ici quelque part, ayant insisté pour prendre un vol de Vancouver pour l'ouverture. Plus tôt, je l'avais vue arpenter la foule comme un politicien aguerri, se présentant bravement aux metteurs en scène mondialement connus, aux présentateurs d'émissions télévisées et aux top-modèles.

— Bonjour, je suis Evelyn Lambert, disait-elle, les informant qu'elle travaillait comme infirmière en chef dans un hôpital en banlieue de Vancouver.

Elle considérait son travail comme égal à celui de la plupart des gens ici présents, voire plus important ; pour elle, le milieu du cinéma et de la télévision était frivole. En tant qu'infirmière en chef, elle sauvait des vies, réconfortait les malades, aidait à guérir. En fait, c'était une infirmière qui avait détecté dans sa poitrine une grosseur qu'un médecin avait ignorée, ce qui avait résulté dans la perte d'un sein, mais elle avait eu la vie sauve. Les gens lui répondaient poliment, mais n'étaient pas particulièrement intéressés. Pourtant, elle passait un très bon moment.

Incapable de trouver Shanna ou ma mère, je retournai vers la terrasse de la piscine et scrutai à nouveau l'appartement terrasse. Cette fois, je repérai un mouvement dans le salon, un jeu d'ombre et de lumière derrière les voilages. Un léger frisson me parcourut.

Chelsea Fricks était une des vedettes les plus en vue d'Hollywood. Son visage était couramment exposé dans les *Vanity Fair*, *Details* et *Glamour*. Elle était sans cesse poursuivie par les paparazzi, qui vendaient des photos d'elle et de Bryce à la presse populaire au prix fort. Chaque semaine, une nouvelle rumeur sortait dans les gros titres : LE SCANDALE DE L'ADOPTION DE CHELSEA ! CHELSEA ENTRE ET SORT DE DÉSINTOX LE MÊME JOUR ! CHELSEA EST RACISTE ! La première de son dernier film, *Ambition aveugle*, avait eu lieu il y a quelques semaines et avait entraîné des critiques dithyrambiques. Déjà, les Oscars l'attendaient pour son interprétation de la vraie vie de Stephanie Green, la championne de plongée américaine qui avait gagné la médaille d'or en 1996 aux Jeux olympiques, malgré une maladie dégénérative de l'œil qui l'avait rendue aveugle. Dans ma carrière, j'avais rencontré des vedettes de cinéma, des chefs d'État, des philanthropes milliardaires, des membres de familles royales, des vedettes du rock et des PDG de grandes sociétés. Peu de gens me déroutaient encore. Pourtant, de temps en temps, quelqu'un réussissait à me faire frémir, à me faire perdre mes moyens. Mais pourquoi Chelsea Fricks, une fille gâtée toujours en train de faire la fête, avec un tempérament instable et la réputation d'être imprévisible ? Peut-être avais-je senti chez elle une personne sensible, vulnérable sous son apparence bravache. C'était une jolie fille de la banlieue de Portland. Son ascension avait été explosive et éblouissante. Comme d'autres qui suivaient ses sottises, je l'encourageais à aller mieux. J'espérais qu'elle triompherait de ses démons.

— Hé, Trévor !

Tony avança vers moi et me saisit le bras.

— Je sais comment la faire descendre, dit-il, revêtant un sourire diabolique.

Il me montra un projecteur sur la terrasse de la piscine.

— Elle aime les projecteurs, n'est-ce pas ? Alors, débusquons-la.

Mi-méfiant et mi-amusé, je le regardai trimballer le projecteur vers le bout de la piscine, percutant des gens avec son derrière, écrasant des orteils et soulevant des cris de protestation. Au bout de la piscine, il fit pivoter le projecteur pour évaluer la meilleure position. Il s'était recroquevillé, balançant ses bras comme Quasimodo. Un cercle de lumière atteignit le cinquième étage de l'aile est du bâtiment. Il le dirigea le long de la rangée de balcons jusqu'à ce qu'il illumine l'appartement terrasse. Gloussant, il marmonna :

— Ça la fera sortir. Ça lui apprendra à ne pas se montrer à ma fête. Hé, hé !

À travers le rideau illuminé, je pus distinguer deux silhouettes dans le salon. Leurs mouvements semblaient s'animer, comme si, conscients du projecteur, ils jouaient pour la foule. Je tendis l'oreille pour entendre leurs voix, mais elles étaient perdues dans le vacarme de la musique et des voix autour de moi.

Remarquant le projecteur, certains invités s'arrêtèrent de parler et dirigèrent leur attention sur la terrasse. Les employés avaient reçu des instructions strictes et ne devaient pas dévoiler que Mlle Fricks résidait ici, mais Tony s'en était vanté presque toute la soirée. Au cours de la veillée, j'avais observé des gens lancer des regards furtifs vers la suite, espérant apercevoir l'invitée d'honneur énigmatique. À présent, un tremblement d'excitation parcourait la foule. Ils présumaient que ça faisait partie du spectacle. Chelsea sortirait sur le balcon, saluerait à la Eva Perón et lancerait des baisers, peut-être même nous régalerait d'une chanson de son album à paraître, puis elle marcherait sur une plateforme pour être transportée comme par enchantement vers la terrasse de la piscine. Les gens s'étaient réunis le long de la piscine et regardaient la suite, leurs visages scintillant à la lueur des vasques enflammées. La piscine ressemblait à un énorme iceberg phosphorescent. Elle avait été traitée avec de la teinture bleue bio-dégradable pour l'occasion. Au bout, le logo de l'hôtel Cinéma ondulait au gré de l'eau.

Je me demandai de quoi la fête avait l'air depuis le ciel. Une piscine bleue luisante entourée d'hommes vêtus élégamment et de femmes en tenue légère serrant leur verre de leurs mains manucurées, les têtes tendues dans la même direction. Je levai la tête et scrutai le ciel nocturne sombre illuminé de centaines d'étoiles, certaines si faibles qu'elles étaient à peine perceptibles, d'autres si brillantes qu'il pouvait s'agir de planètes. La lune, grande et lumineuse, éclipsait toutes les autres entités, tout comme Chelsea Fricks.

Près de moi, vêtue d'une robe argentée confortable, se trouvait une grande femme plantureuse qui jeta son mégot de cigarette dans la piscine. Je le regardai filer dans les airs comme un avion à réaction miniature, heurter l'eau et grésiller en formant une volute de fumée. Je lançai un regard de désapprobation dans sa direction et reconnut l'agente de publicité de l'hôtel, Katherine « Kitty » Caine. Comme les autres, elle regardait l'appartement terrasse, dans l'expectative. Un bourdonnement voyageait à travers la foule et les gens se répandirent sur la terrasse de la piscine depuis le bar et le restaurant.

Pourtant, la lumière du projecteur restait vide.

Tony porta ses doigts à sa bouche et siffla.

— Ohé, Chelsea, cria-t-il. Sors ! On t'attend !

Il y eut des gloussements dans la foule, des murmures d'excitation. Les mouvements dans la suite semblaient plus rapides. J'entendis une voix de femme crier, suivie d'un hurlement. Vêtue seulement d'un soutien-gorge noir et de petites culottes, une jeune femme se rua sur le balcon. La foule l'acclama. Sacrée Chelsea ! Elle se pencha sur la rampe, regardant la piscine comme si elle en évaluait la distance. Elle enjamba la rampe, chancela sur le dessus, le souffle rapide. Jetant un œil par-dessus son épaule, elle laissa sortir un cri perçant et sauta. Ses bras battirent l'air comme si elle essayait de se diriger vers la piscine, puis elle les rassembla dans un grossier plongeon. Elle heurta la surface et disparut.

L'éclaboussement de sa chute fit reculer la foule, qui reprit sa place dans la seconde qui suivit. Les invités scrutaient l'eau, attendant que Chelsea refasse surface. Il régnait un silence absolu.

— C'est un coup monté ! cria Kitty Caine, avec sa voix traînante du Texas. Un coup de pub pour *Ambition aveugle* !

Il y eut des soupirs de soulagement, des grognements de réprobation, des cris d'indignation. Quelqu'un commença à applaudir, puis les autres s'y mirent aussi.

Je me précipitai au bord de la piscine, poussant les gens qui me gênaient, tandis que je cherchais dans l'eau. Je savais quelque chose que les autres ignoraient : Chelsea avait atterri dans la partie peu profonde. Je la repérai près du milieu de la piscine. Elle était plus près de la partie profonde maintenant, à plus d'un mètre sous la surface. Tâtonnant pour attraper mon émetteur-récepteur accroché à ma ceinture, je dis d'une voix râpeuse dans le micro :

— Trevor pour Centre de communication. Appelez le 911 immédiatement. Urgence sur la terrasse de la piscine. Je répète, appelez le 911 !

La réponse vint instantanément.

— Message reçu, Trevor. Appelons le 911 maintenant.

Je déposai ma radio, ôtai mes chaussures et enlevai mon veston. De l'autre côté de la piscine, j'aperçus Tony Cavalli regarder dans l'eau avec un rictus. Chelsea était sous l'eau depuis au moins trente secondes, mais il attendait encore qu'elle remonte à la surface et salue la foule. Les autres trépignaient, devenant nerveux, pourtant personne ne fit un geste pour la secourir. Il me passa par la tête que Kitty avait peut-être raison, que c'était un coup de publicité. Quel meilleur moyen d'attirer l'attention sur son film que de plonger du balcon de sa suite ? Les gens hésitaient à abîmer leurs vêtements griffés et leurs coiffures simplement pour participer à un coup monté. Je regardai le corps de Chelsea dans l'eau bleue trouble. Une image de Nancy me vint. Combien de fois l'avais-je imaginée remonter à la surface, chercher son air, se débattre dans la mer déchaînée au milieu des débris, s'efforçant en vain de ne pas se noyer ? Combien de fois avais-je espéré m'être trouvé là pour la sauver ?

Je plongeai dans la piscine.

L'eau était étonnamment froide. J'ouvris les yeux. Le colorant bleu piquait comme de l'iode, brouillant ma vision. Je repérai le corps pâle de Chelsea flottant à moins d'un mètre et je nageai vers elle. Un liquide violacé tourbillonnait autour d'elle. Atteignant son bras, je la tirai vers moi. Sa tête s'orienta dans ma direction, ses yeux verts ouverts. Enveloppant mes bras autour de son torse, je plantai mes pieds au fond de la piscine et me propulsai vers la surface.

La foule applaudit quand nous remontâmes. Je hissai péniblement Chelsea sur mon épaule et nageai vers le bord de la piscine. Je m'attendais à ce qu'elle se débatte, qu'elle se libère, qu'elle grimpe sur le bord et fasse un salut. Mais elle reposait molle dans mes bras, sans s'étouffer ni chercher son air.

Une douzaine de mains se tendirent et l'ôtèrent de mes bras. Ses yeux restaient dirigés vers moi, presque accusateurs. Elle disparut dans la foule.

Ignorant les mains tendues, je plaçai les miennes sur le bord de la piscine et me hissai hors de l'eau. Un employé arriva vite avec une serviette. Je m'épongeai le visage et séchai mes yeux. Regardant ma chemise, je vis une grosse tache rouge sur le devant. Du sang ? Je la recouvris avec la serviette et me baissai pour prendre ma radio.

— Y a-t-il un médecin ici ? cria une femme. Cette femme a besoin d'un médecin !

Il y eut des murmures parmi la foule.

— J'ai joué un médecin dans Dr House, dit un homme à ma droite. Est-ce que ça compte ?

Personne ne rit.

J'essayai de me frayer un chemin vers Chelsea pour offrir mon aide, mais je m'arrêtai quand je vis Artie Truman faire de même en criant :

— Sécurité de l'hôtel ! Laissez-moi passer !

Le directeur de la sécurité de l'hôtel était un ex-policier du service de police de Los Angeles et un secouriste.

Au-dessus de moi, j'entendis un cri d'angoisse. Une femme pâle aux cheveux noirs était penchée sur la rampe de la chambre à côté de la suite de Chelsea, pétrifiée. Moira Schwartz, l'agente de Chelsea.

La tête blonde et bouclée de Bryce Davies apparut à côté d'elle.

— Oh, merde! Tiens bon, chérie! Je descends!

Ils disparurent.

Je pris ma radio.

— Trevor au Centre des communications. Est-ce qu'une ambulance est en route?

— Affirmatif. Est-ce qu'Artie Truman est arrivé sur les lieux?

— Oui.

À présent, des centaines de personnes s'étaient rassemblées sur la terrasse de la piscine.

— Demande toute l'équipe de sécurité, soufflai-je dans la radio. On a besoin que tout le monde quitte la terrasse de la piscine *maintenant*.

Je commençai à conduire les gens à l'intérieur. Au bar, les visages se pressaient contre les fenêtres pleine hauteur, avides de voir ce qui se passait. Je retournai chercher d'autres personnes et jetai un autre coup d'œil sur Chelsea qui avait été allongée sur une serviette blanche. Il y avait une grosse marque rouge sur son front, probablement parce qu'elle avait heurté le fond de la piscine. Ses longs cheveux couleur miel s'étendaient autour d'elle. Elle ressemblait à la Vénus de Botticelli qui aurait décidé de s'étendre pour une sieste. Sa tête était tournée, son cou anormalement tordu. Un cercle de liquide foncé s'écoulait dans la serviette sous elle — du sang. Artie était accroupi au-dessus d'elle. Soudain, la poitrine de Chelsea se souleva. La foule poussa des cris de joie, mais réalisa ensuite que le mouvement venait des tentatives d'Artie de lui faire la respiration artificielle. Me retournant, je guidai une femme en larmes à l'intérieur, faisant de mon mieux pour la réconforter.

Tandis que nous atteignions la porte, Bryce Davies apparut.

— Foutez le camp de mon chemin ! cria-t-il, me poussant et se précipitant dehors.

Moira Schwartz était juste derrière lui.

— Poussez-vous ! Allez ! cria-t-elle.

Je me tournai et regardai Bryce se frayer un chemin dans la foule. Il attrapa Artie par sa chemise et l'ôta violemment de Chelsea.

— Qu'est-ce que vous foutez ? cria-t-il. Laissez-la, pauvre pervers !

Je me ruai vers Bryce et le repoussai avec douceur.

— Ça va, dis-je, c'est notre directeur de la sécurité. Il est aussi secouriste.

Bryce se tourna vers moi, le regard féroce, et leva son poing, mais le laissa retomber. Il se tourna à nouveau vers Chelsea et tomba à genoux.

— Ne meurs pas, Chelsea chérie ! pleura-t-il. Ne me laisse pas ! Je t'aime. Je suis désolé… Je suis si désolé.

Moira se tenait derrière lui, immobile, le visage dans ses mains.

— Dégagez ! cria un agent de sécurité derrière nous. Personnel d'urgence !

Deux infirmiers se précipitèrent vers nous, suivis par deux agents de la police de Los Angeles.

La foule applaudit.

Artie se leva et recula pour libérer la place. Me repérant, il vint vers moi.

— Va-t-elle s'en sortir ? murmurai-je.

Il secoua la tête.

— Elle est déjà morte.

2

Réveil téléphonique

En novembre dernier, quand Shanna Virani avait appelé à propos du poste de directeur général, j'étais assoupi sur le canapé de mon salon à Vancouver, au Canada, ma ville natale. J'avais ignoré le téléphone, comme je le faisais depuis des semaines, à partir du moment où les appels qui raccrochaient avaient commencé. Il avait sonné encore et encore, jusqu'à ce que je ne puisse plus supporter le bruit strident et que je décroche.

— Oui, dis-je en attendant le déclic.

— Trevor, c'est toi ?

— Qui est-ce ?

Je n'avais même pas à poser la question, car l'accent royal anglo-pakistanais était caractéristique.

— C'est Shanna, idiot. Tu as l'air étrange. Tu ne te caches pas encore sous le lit, j'espère !

— Peut-être.

Elle laissa échapper un long soupir.

— Pauvre chéri. Je sais que tu as traversé une période épouvantable, mais ça fait quatre mois. Il est temps de revenir à la vie. Tu te souviens de l'hôtel-boutique d'Hollywood en rénovations dont je t'ai parlé ? Il va ouvrir ce printemps — et devine qui est la nouvelle directrice des ventes et du marketing ?

— Toi ? Tu rigoles ?

Shanna avait géré le service des ventes d'hôtels cinq étoiles à travers le monde — le Four Seasons, le Mandarin Oriental, le Ritz Carlton, le St. Regis — et pouvait travailler partout. Quand son fiancé, Willard Godfrey, était mort après un accident avec délit de fuite l'année dernière, il lui avait légué l'hôtel Univers à New York. Peu de temps après, elle avait surpris tout le monde en vendant l'hôtel et en emménageant à Los Angeles, où son fils et sa fille d'un précédent mariage étudiaient à l'UCLA.

— Cet endroit était un gouffre, m'avait-elle expliqué plus tard. Je l'ai vendu pour éviter la faillite.

Elle ne pouvait pas rester oisive et je savais qu'elle referait surface dans l'industrie hôtelière quelque part à L.A. Mais un petit hôtel inconnu et indépendant ! Ça semblait un choix étrange pour Shanna, qui avait tant d'expérience.

— Tu sembles déçu, avait-elle dit, semblant déçue elle-même.

— Non, je suis heureux pour toi, Shanna. Félicitations.

— Je suis toute excitée. J'ai commencé il y a quelques semaines et jusqu'ici, ç'a été fabuleux. Le propriétaire, Antonio Cavalli, m'a donné le champ libre pour gérer le service des ventes et du marketing comme je l'entends. Il recherche un directeur général depuis plusieurs mois maintenant, mais il ne parvient pas à trouver la bonne personne. Je lui ai dit que je connaissais le candidat idéal.

C'était donc la raison de son appel.

— Je ne suis pas intéressé, Shanna.

— Chéri, ce travail est fait pour toi. Tony veut un directeur avec une formation en hôtellerie classique. Cet hôtel fait partie du plan de rajeunissement du vieil Hollywood. Il est en plein sur le Walk of Fame, à quelques minutes de marche du Grauman Theatre et du Kodak Theatre, demeure des Oscars, et un hôtel W va se construire un peu plus loin dans la rue. Ça va vite devenir le nouveau quartier branché. L'hôtel va être ultracontemporain et super chic. Pour l'ouverture, il grouillera de célébrités.

J'avais ri.

— Ça ne me correspond pas tout à fait.

— Justement. Tony refuse de faire l'erreur des autres hôtels de ce style, c'est-à-dire d'engager des jeunes branchés plus intéressés par le fait de faire la fête au bar et de frayer avec les vedettes que d'offrir un excellent service. Il veut quelqu'un qui ne tombera pas dans le piège des paillettes. Quelqu'un comme toi!

Je n'aurais pas dû répondre au téléphone. Je ne voulais pas jouer à ce jeu. Ça me demandait trop d'efforts. Shanna m'avait demandé trop d'efforts. J'avais voulu raccrocher et retourner sur mon canapé à regarder à nouveau mon amie pensionnaire, l'araignée aux pattes velues, attraper dans sa toile des insectes inconscients du piège et en aspirer toute vie.

— N'est-ce pas une merveilleuse opportunité? Pourquoi ne serais-tu pas la directrice générale?

— Moi?

Son accent était devenu plus prononcé.

— Tu sais que je *déteste* le service. La seule pensée d'avoir à m'inquiéter des choses fastidieuses comme le moral des employés, la sécurité du lieu de travail et les plaintes des clients me donne mal à la tête. C'est ton domaine. D'ailleurs, Tony veut quelqu'un de jeune au teint frais, pas une vieille femme finie comme moi.

Shanna était dans la jeune cinquantaine, mais pouvait facilement sembler avoir 40 ans. Menue et voluptueuse, elle avait un nez proéminent, des pommettes saillantes et des cheveux noirs menaçants. Elle pouvait mentir sur son âge sans cligner des yeux et descendre aussi bas qu'elle pensait être en mesure de se le permettre, ce qui dépendait souvent de l'éclairage de la pièce.

— Cet hôtel sera un cinq étoiles, avait-elle insisté. Je sais que tu refuses de travailler dans n'importe quel autre type d'hôtel.

— Je refuse de travailler dans *n'importe quel* type d'hôtel, Shanna.

— Ne me dis pas que tu crois encore que l'hôtellerie est responsable de la mort de Nancy. C'est grotesque. C'était ta décision d'abréger tes vacances. Tu aurais pu refuser. Et c'était sa décision de prendre un vol plus tôt.

— Je ne tiens plus personne responsable. J'en ai fini avec ça.

— C'est vrai ?

— Oui.

— Bien. Ont-ils découvert autre chose sur ce qui s'est passé ?

— Il n'y a rien d'autre à découvrir. C'était un accident, un drame causé par le hasard.

— Et cette fille qui a disparu ? Du nouveau sur elle ?

— Pouvons-nous éviter de parler de ça, s'il te plaît ? Quand je serai prêt à reprendre le travail, je te le ferai savoir. Mais je planifie de faire une carrière bien moins exigeante — l'accueil chez Wal-Mart ou plieur de serviettes chez Linen-n-Things. Et puis, pourquoi es-tu désespérée au point de vouloir me remettre sur le marché ?

— Ne traite jamais une femme de désespérée, mon cher, particulièrement une femme d'*un certain âge*[*]. Je suis seulement enthousiasmée par la perspective de retravailler avec toi. Tu as trop de talent pour le gaspiller. L'hôtellerie est ton domaine. Qu'est-il arrivé à ton ambition de devenir directeur général ? Ton dernier emploi de directeur d'hôtel a duré quoi ? Trois jours ?

— Ce n'est pas juste. Tu sais ce qui est arrivé.

— Tout ce que je dis, c'est que tu n'occuperas pas un poste de directeur général dans un hôtel cinq étoiles de mille chambres. Tu dois commencer dans un hôtel plus petit. Et si tu n'agis pas bientôt, tu seras chanceux si tu trouves un boulot pour garer des voitures chez HoJos. Tu ne trouveras pas une meilleure opportunité que ça. Et c'est une *ouverture*, Trevor. Je sais combien tu aimes les ouvertures.

— Je hais les ouvertures.

— Tu te souviens de ce que tu m'as dit après qu'on a ouvert l'Univers ?

— Que je ne ferai plus jamais l'ouverture d'un hôtel de ma vie.

— Qu'il n'y avait rien de plus excitant.

---

[*] N.d.T. : En français dans le texte original.

— Ou d'intense. Ou de dévorant. J'ai besoin d'ordre dans ma vie maintenant, Shanna, pas de chaos.

— Personne ne peut mettre de l'ordre dans le chaos comme toi. L'hôtel a seulement 124 chambres. Comment cela pourrait-il être difficile ? Nous aurons plein de temps pour explorer cette ville fantastique.

— L.A. n'est-elle pas pleine de smog et de gens superficiels ?

— C'est ce qui la rend si merveilleuse ! Les Vancouvérois sont bien trop sains, toujours à escalader des montagnes et à manger de la nourriture bio hors de prix. Tu dois être malheureux là-bas. Les New-Yorkais sont tout aussi insupportables, à toujours essayer de prouver leur supériorité intellectuelle pour compenser leur peau pâle et leurs corps flasques. Il n'y a aucun de ces prétentieux ici. Les gens sont merveilleusement superficiels, bronzés, musclés, améliorés par des transformations esthétiques, entretenus par la chirurgie, et superbes. Et le temps est divin. Tu dois te noyer dans toute cette pluie !

Je m'étais rendu à la fenêtre et j'avais jeté un œil à travers les stores. À ma grande surprise, le ciel était clair et bleu. Je m'étais effondré dans le canapé, m'enfonçant profondément dans les oreillers et remontant la couverture sur moi. J'avais levé les yeux vers le plafond pour voir mon araignée, mais elle n'était pas dans les environs. J'étais complètement seul à ce moment. Et si Shanna avait raison ? Était-ce l'opportunité dont j'avais besoin pour cesser de me vautrer et recommencer à vivre ?

— De quoi a l'air le propriétaire ? avais-je demandé.

— Tony ? Il est brillant. Son père, Giancarlo, est devenu extraordinairement riche en important des œuvres d'art classiques et des sculptures d'Italie. Il a prêté l'argent à Tony pour construire l'hôtel, mais c'est le bébé de Tony. C'est la première tentative de la famille dans l'hôtellerie, et ils parlent déjà de se développer. Tony a dit clairement qu'il n'était pas intéressé à être impliqué dans les opérations quotidiennes du service. Il n'interviendra pas. C'est un homme brillant, brillant.

Bien que ma tête fût confuse après des mois de somnifères et de tranquillisants, j'étais assez éveillé pour reconnaître que Shanna avait répété un adjectif.

— Donc, c'est un crétin, avais-je dit.

Elle avait soupiré.

— Je ne peux pas te mentir. Mais ce qu'il n'a pas comme ressources intellectuelles, il l'a en énergie et en enthousiasme. Ses faiblesses sont tes points forts, alors vous ferez d'excellents collègues. Tu pourrais utiliser ton honnêteté et ton intégrité ici — ces *valeurs de l'universel* que Willard Godfrey chérissait tant. Pourquoi es-tu si difficile ? Nous avons besoin de toi ici, Trevor. J'ai besoin de toi. C'est une incroyable opportunité pour te faire un nom. À Hollywood, les directeurs d'hôtel sont vénérés. On leur voue un véritable culte. Ce sont des célébrités à part entière.

J'avais senti un frisson d'excitation, un sentiment que je n'avais pas ressenti depuis des mois. Ça m'avait fiché une peur bleue.

— Alors ? avait-elle insisté. Qu'en dis-tu ? Tu embarques ?

— Je ne crois pas, avais-je dit, me tournant sur le côté et étreignant un oreiller. Je ne suis pas prêt à retourner au travail.

Il y avait de l'énervement dans sa voix maintenant.

— Nom de Dieu, Trevor. Ça suffit. Ta mère est malade d'inquiétude.

Je m'étais redressé.

— Tu as parlé à ma mère ?

— Comme tu ne répondais pas depuis des jours, j'ai...

J'avais grogné.

— Elle est probablement en route avec une armée de psys.

Les jours qui avaient suivi l'écrasement d'avion, ma mère m'avait rendu visite tous les jours. Elle entrait dans la chambre et m'observait avec compassion, les yeux larmoyants et le regard inquisiteur, comme si j'étais un film triste qu'elle ne pouvait arrêter. Incapable de soutenir cet examen, je lui avais demandé d'arrêter de venir. Elle avait recouru au téléphone et m'avait appelé chaque jour jusqu'à ce que je lui dise d'arrêter aussi. C'est là que les appels qui raccrochaient avaient commencé. Au début, je croyais que c'était des erreurs. Puis, j'avais commencé à suspecter que c'était ma mère qui vérifiait mon état. Au cinquième ou sixième appel, exaspéré, j'avais crié dans le combiné :

— Maman, peux-tu s'il te plaît, arrêter de m'appeler ?

Les appels avaient cessé quelque temps après ça. Puis, en octobre, ils avaient recommencé. Ma mère surveillait que je ne me suicide pas. J'avais donc décidé d'arrêter à nouveau de répondre au téléphone.

— Nous sommes inquiètes pour toi, Trevor, avait dit Shanna. On ne croit pas que tu te sois sorti de...

Un petit bruit sourd avait attiré mon attention vers la porte d'entrée. Était-ce déjà ma mère ? Appuyant le combiné contre ma poitrine, j'avais marché sur la pointe des pieds jusqu'à la porte et j'avais scruté par le judas. Dans le couloir, j'avais vu mon voisin, un veuf âgé avec un nez bulbeux et veiné et un perpétuel air renfrogné, qui attendait l'ascenseur. Mon genou avait cogné la porte. Il s'était tourné dans ma direction. Je m'étais éloigné d'un bond, m'aplatissant contre le mur.

— Trevor, tu es là ? avait appelé la voix de Shanna dans le combiné.

Mon cœur s'était emballé. Pourquoi avais-je si peur ? Pensais-je qu'il allait sortir un Uzi et réduire ma porte en gruyère ? Oh, mon Dieu, j'étais devenu paranoïaque. Schizophrène. Personnalité limite. Proche de la folie. Depuis combien de temps n'étais-je pas sorti de mon appartement ? Des jours, des semaines, des mois ? Étais-je sorti plus tôt aujourd'hui ? Quel jour étions-nous ?

— Trevor ? Alloooooo ?

J'avais repris le combiné.

— Je suis là.

— Mon Dieu, je croyais que je t'avais perdu ! Tu es devenu un jeune homme bizarre.

Je m'étais rendu dans la chambre. Sur la table de nuit près de mon lit défait se trouvait une petite boîte feutrée. Elle se trouvait là depuis des mois. Dans le couloir, l'ascenseur avait sonné et les portes s'étaient ouvertes bruyamment. Shanna avait-elle raison? Étais-je devenu bizarre? Indubitablement. Pourtant, j'étais suspicieux quant à ses mobiles.

— Shanna, pourquoi veux-tu que je déménage à L.A.?

Elle était restée silencieuse un moment.

— J'ai besoin de compagnie, Trevor. Je pensais que tu en aurais peut-être besoin aussi. Nous avons tous les deux perdu les personnes que nous aimions l'année passée et... Je pensais que nous pourrions nous aider.

J'avais entendu les portes de l'ascenseur se fermer.

— Je prends un avion lundi avec un recruteur. Il est très désireux de te rencontrer. Nous logerons à l'Opus. Pourrais-tu au moins t'engager à venir le rencontrer?

— D'accord. Une rencontre.

— Merveilleux! Je t'appelle quand j'aurai réservé l'avion.

J'avais opiné, sans rien dire, comme si elle pouvait me voir.

— À bientôt alors, chéri. J'ai hâte de te voir.

— Shanna, attends.

— Oui?

— Il s'appelle comment? L'hôtel?

— L'hôtel Cinéma. N'est-ce pas fabuleux? J'ai déjà trouvé le slogan. Tu veux le connaître?

— Non.

— Tout un cinéma à Hollywood.

* * * * *

Quelques jours plus tard, tôt le matin, avant que le soleil apparaisse, je marchais d'un pas lourd sur le sable d'English Bay, si près de l'eau que les vagues lapaient mes chaussures. Au milieu de la baie, je m'étais arrêté pour faire face à l'océan. Fouillant dans ma poche, j'avais sorti la boîte feutrée et l'avais retournée dans ma main. J'avais imaginé la bague à l'intérieur, simple, élégante et chère, achetée furtivement à l'Opéra Garnier tandis que Nancy se reposait dans la chambre d'hôtel. J'avais regardé les vagues noires rouler jusqu'à ce que le soleil frappe l'arrière de ma tête. Rejetant mon bras en arrière, j'avais lancé la boîte aussi loin que j'avais pu dans les profondeurs de l'océan.

Puis, je m'étais retourné pour rentrer chez moi.

3

Comme un papillon de nuit
vers une flamme

— Quelle *idiote*, Moira ! Comment as-tu pu la laisser seule comme ça ? Tu savais qu'elle était instable.

— Va te faire voir, Bryce ! C'est *ta* petite amie.

— Plus maintenant. Grâce à toi.

Je me trouvai dans le hall, dans la zone neutre entre le restaurant, la Scène, où Moira Schwartz était assise à une table près de l'entrée, et le bar, l'Action, où Bryce Davies tournait en rond comme un animal en cage. Bien que visiblement effondrée, Moira gérait sa peine avec une approche plus professionnelle que Bryce. Elle avait demandé un portable à la réception et tapait furieusement sur le clavier, s'arrêtant parfois pour lancer des insultes à Bryce ou simplement lui faire un doigt d'honneur.

Heureusement, grâce au personnel de l'hôtel, ils étaient les seules personnes dans le hall. En trois heures, depuis l'arrivée de la police, les invités de la fête et les clients avaient été interrogés et sommés de quitter la propriété ou de regagner leur chambre. Seuls Bryce et Moira n'avaient pas été autorisés à retourner dans leur chambre. L'inspecteur responsable de l'enquête leur avait donné l'ordre de rester sur les lieux jusqu'à ce qu'il les ait interrogés personnellement. Personne n'en était ravi.

Pendant ce temps, une demi-douzaine de membres de la police de Los Angeles grouillait autour de la piscine. À ma grande consternation, le corps de Chelsea Fricks était toujours étendu là, enveloppé dans une housse de plastique blanche, à la vue des chambres des clients. La terrasse de la piscine était fortement éclairée comme si on s'apprêtait à y tourner un film de nuit. Davantage de policiers se trouvaient dans l'appartement terrasse, tandis que d'autres faisaient du porte-à-porte pour interroger les clients et inspecter les chambres. Incapable de comprendre pourquoi un simple acte d'inconscience était traité comme une enquête criminelle approfondie, je demandai à parler à l'inspecteur, mais on me répondit d'être patient et de rester hors du chemin.

À l'extérieur, quatre voitures de police et une ambulance bloquaient les deux extrémités de la courte allée en forme de U qui menait au Hollywood Boulevard. Leurs gyrophares ambrés, tels les projecteurs d'une première de film, étaient en fonction, ce qui attirait une foule grandissante de journalistes, de paparazzi, d'admirateurs et de curieux. Artie Truman et quatre gardiens, qui faisaient maintenant des heures supplémentaire, s'efforçaient de contrôler la foule entêtée, refusant l'entrée à tous ceux qui n'étaient pas des clients enregistrés et des employés. Les membres du personnel, abordés par les médias quand ils arrivaient et partaient, avaient reçu des instructions strictes de ne pas émettre de commentaires. Tony Cavalli était introuvable. Il était parti pour une fête à Berverly Hills avec son entourage quand la police de Los Angeles était arrivée. J'essayai de joindre Kitty Caine sur son cellulaire à plusieurs reprises, cherchant un conseil sur la façon de m'occuper des médias, mais elle ne répondait pas. La dernière fois que je l'avais vue, elle trébuchait, soûle, dans les bras d'un grand homme distingué avec une grosse pomme d'Adam. Le cellulaire de Shanna menait directement à sa messagerie et ma mère était sortie en ville ou dormait.

Ce qui me laissait seul avec Bryce Davies et Moira Schwartz.

Comme le capitaine d'un bateau qui fait naufrage, je considérai que c'était mon devoir de m'assurer que tous les passagers étaient en sécurité hors de la propriété ou au lit avant de quitter le navire moi-même. De toute façon, même si je voulais partir, je ne pouvais pas ; l'inspecteur voulait me parler.

Mais tandis que je traversais le hall, un bruissement me rappela que je portais encore mes pantalons de smoking détrempés, le veston boutonné sur ma chemise pour dissimuler la tache rouge. Mes cheveux étaient raides et sentaient le chlore. Sachant que ça prendrait du temps avant que l'inspecteur me voie, je descendis les escaliers de service jusqu'au B2, saisis un nouveau costume sur le portant du service de blanchisserie et pris une douche dans le vestiaire des hommes.

Retournant dans le hall, je vis que l'inspecteur n'était toujours pas là. Je regardai Bryce Davies, idole de la presse populaire et vedette du drame d'heure de grande écoute de soirée *Amour et modernité,* aller et venir des rideaux de perles translucides aux meubles en cuir blanc du bar. Il attrapa un fauteuil cube comme un aveugle et s'assit tout recroquevillé, la tête dans les mains. L'éclairage doux aux teintes violettes au-dessus de lui enduisait ses cheveux blonds d'une lueur phosphorescente. Je m'avançai vers lui et tentai de le consoler, mais il était abattu. Tandis que je m'éloignai, je l'entendis grommeler :

— Scotch.

Heureux de pouvoir lui apporter du réconfort, je me rendis au bar et pris une bouteille de Chivas Regal et un verre rempli de glaçons.

Moira Schwartz était elle aussi inapprochable, en partie parce qu'elle était au téléphone depuis le moment où elle avait élu domicile dans le restaurant. Ses mots résonnaient dans le hall, ce qui faisait qu'il était impossible de ne pas les entendre.

— Patrick ? C'est Moira du Groupe média Moira Schwartz. Chelsea est morte.

Son ton était dépité et légèrement irrité, comme si elle transmettait que Chelsea avait raté son vol.

— Moira *Schwartz,* l'*agente* de Chelsea... Qui d'autre ? Chelsea Clinton ? Chelsea *Fricks,* nom de Dieu... Oui, je *sais* l'heure qu'il est. Je pensais que tu voudrais savoir, que tu étais une espèce de *journaliste*... Tu crois que je ferais une blague à propos de ça ? Je sais, c'est un désastre... Un nouvel hôtel-boutique à Hollywood... Ç'a été une période difficile pour elle. Elle était déprimée. Je suppose qu'elle ne pouvait plus supporter d'être toujours surveillée. Comment te sentirais-tu si tu ne pouvais pas avoir un bouton sans faire la une de tous les magazines du pays ? Il semble qu'elle ait escaladé la rampe du balcon et...

— Elle ne s'est pas tuée, Moira ! hurla Bryce à travers le hall, se levant et tapant ses poings ensemble comme un boxeur. Elle est *tombée*. C'était un accident.

Moira appuya le combiné contre sa poitrine.

— Quand les gens tombent, ils ne font pas le saut de l'ange, abruti.

— Comment le sais-tu ? Tu étais dans ta chambre, probablement à regarder un porno pour lesbiennes, alors que tu aurais dû t'occuper d'elle.

— J'étais au téléphone. *Je* venais juste de vérifier si elle allait bien. Où étais-tu, *toi* ? Dans ta chambre, à fumer du crack ?

Charmant. Je lançai un regard nerveux vers le bureau de la réception. Simka, l'employée de nuit, était occupée au téléphone, la tête baissée, observant discrètement Bryce à travers ses mèches blondes. Près d'elle, le directeur de nuit, David Woo, parcourait les cartes d'enregistrement, les yeux exorbités comme s'il faisait semblant de ne pas entendre. Je devais faire quitter les lieux à Moira et à Bryce avant que la controverse s'envenime.

— Si elle a sauté, c'est de ta faute ! cria Bryce. Tu l'as poussée à le faire, n'est-ce pas ? Un autre coup de pub désespéré ? Ç'a foiré cette fois, n'est-ce pas ? Tu l'as tuée, Moira. Tu as tué ma chérie !

Il s'effondra sur le sol et se recroquevilla en position fœtale, se convulsant sous les sanglots.

Avant que je puisse aller l'aider, Simka raccrocha le téléphone et s'affaira vers lui. S'agenouillant devant lui, elle plaça ses mains sur son dos et le caressa — réalisant le rêve de milliers d'admiratrices.

— Je dois te laisser, Patrick, dit Moira derrière moi. Je dois rédiger un communiqué sur ce qui s'est passé. Si je ne raconte pas la vraie histoire, Dieu sait quel genre de conneries les journaux vont sortir. Je t'en enverrai une copie.

Elle déposa le téléphone sur la table et recommença à taper sur son portable, toujours inconsciente de ma présence ou m'ignorant.

Je m'éclaircis la gorge.

Elle leva les yeux.

— Quoi?

— Je suis désolé de vous déranger, Madame Schwartz. Je suis Trevor Lambert, le directeur général de l'hôtel. Nous nous sommes parlé au téléphone.

Son expression indiquait qu'elle ne me reconnaissait pas.

— Je... Je voulais voir si tout allait bien. Puis-je vous offrir quelque chose pendant que vous attendez?

De plus près, je fus surpris de constater combien elle était jeune. En raison de sa nature combative et de ses habiletés à négocier, j'avais présumé qu'elle était dans la trentaine ou la quarantaine, peut-être même la cinquantaine. Or, elle ne devait pas avoir plus de 30 ans. Elle avait environ la même taille que Chelsea, avec toutefois une dizaine de kilos de plus. Au milieu du décor prestigieux de style bohème du restaurant, assise sur un fauteuil doré Louis XV recouvert de cuir rouge, elle scrutait les alentours dans sa robe noire chiffonnée démodée. Si elle avait porté plus attention à son apparence, elle aurait été attirante. Elle semblait avoir dormi sur ses cheveux teints en noir et coupés au carré, et sa peau pâle avec son rouge à lèvres noir lui donnaient un air sinistre, gothique. Une paire de sandales usées contrastait avec la nappe d'un blanc éclatant près d'un candélabre argenté.

— Ce dont j'ai *besoin*, c'est ma chambre, mugit-elle sur un ton très monotone.

Ses yeux foncés me sondèrent.

— Puis-je y retourner maintenant?

— Malheureusement non. J'en suis désolé. Si vous avez besoin d'intimité, vous pouvez utiliser mon bureau derrière la réception à votre guise.

Elle laissa échapper un soupir et reprit son cellulaire, m'ignorant.

— Ian, c'est toi ? C'est Moira du Groupe média Moira Schwartz. Je vais envoyer un bref communiqué, mais je pensais que je devais te donner l'information. Chelsea est morte… Elle s'est suicidée.

Tandis que je sortais de la Scène, j'entendis quelqu'un tousser. Je me tournai pour voir un homme élégant fin vingtaine émerger de la terrasse de la piscine. Les mains sur les hanches, il scrutait le hall, ses yeux plissés formant deux fentes, comme s'il cherchait quelqu'un. Petit, attirant en raison de son teint basané, les cheveux décoiffés à la perfection, il était vêtu de jeans délavés et d'une ceinture blanche avec une grosse boucle argentée en forme d'étoile. Présumant que c'était un invité de la fête qui arrivait d'une des chambres du rez-de-chaussée, je marchai vers lui.

— Bonsoir, Monsieur, dis-je. Êtes-vous un invité enregistré de l'hôtel ?

Il semblait Italien. Un membre de la famille de Tony ? Il y en avait eu partout ce soir. Sa chemise était ouverte, dévoilant un médaillon argenté qui reposait sur un lit de poils noirs.

Il jeta un coup d'œil rapide sur moi.

— Non. Je suis l'inspecteur Stavros Christakos. Êtes-vous Trevor Lambert ?

— Oui.

Je tendis la main.

— Heureux de vous rencontrer, inspecteur. Je voulais justement vous parler.

Sa poigne était ferme, presque douloureuse. Grec, pas Italien, réalisai-je.

— Et je voulais vous parler aussi, dit-il, sa voix résonnant à travers le hall. Mais d'abord, je dois interroger ces deux personnes.

Il fit un geste avec son menton vers Moira et Bryce.

— Bien sûr, dis-je. Vos agents vont partir bientôt, je suppose ?

— Ils emmènent le corps maintenant.

À ce moment, deux infirmiers apparurent, transportant un brancard recouvert d'une housse en plastique blanche.

Moira se leva et laissa échapper un petit cri, couvrant sa bouche.

Bryce se précipita vers la civière.

— Chelsea chérie, ne me quitte pas ! cria-t-il.

L'inspecteur se dépêcha de l'intercepter.

— Monsieur Davies, s'il vous plaît. Vous devez rentrer.

— Laissez-moi la voir ! cria Bryce, luttant pour contourner le policier. Je veux la voir une dernière fois. Je veux lui dire au revoir.

Le gardien de nuit tenait la porte ouverte et la civière fut rapidement éloignée.

— Je t'aime, Chelsea ! cria Bryce.

Puis, il s'effondra sur le sol en marbre.

— Oh chérie, je suis si désolé ! Je ne voulais pas te faire de mal. Je t'aime tant !

Il recouvrit sa tête avec ses mains, le corps convulsé par les sanglots.

Simka se précipita avec dévouement depuis le bureau de la réception pour s'occuper de lui.

Depuis la Scène, Moira regardait la sortie, les yeux grands ouverts. Après un moment, elle se rassit sur sa chaise et recommença à taper.

Je suivis l'inspecteur dehors.

L'apparition du corps de Chelsea avait provoqué un énorme tumulte dans la foule. Artie et son gardien, aidés de quatre agents de la police de Los Angeles, s'efforçaient de contenir la foule sur l'aire de stationnement tandis que la civière était amenée à la hâte vers l'ambulance qui attendait. Un infirmier ouvrit les portes arrière, et émergeant de la foule, un homme grand et maigre aux cheveux longs tendit le bras et tira brusquement sur la housse, dévoilant ainsi les pieds blancs et les orteils au vernis rouge de Chelsea. Ce geste provoqua des cris d'indignation. Un policier frappa l'homme au bras avec une matraque. Il cria de douleur et trébucha en arrière. Replaçant rapidement la housse, les infirmiers glissèrent la civière dans l'ambulance en un seul mouvement et fermèrent violemment les portes. Le chauffeur se fraya un passage vers la porte principale et la franchit. L'ambulance se mit en route, les gyrophares en fonction. Des caméramans, des journalistes et des admirateurs la pourchassèrent dans l'allée. Une femme journaliste atteignit la poignée de la porte et essaya de tirer violemment pour l'ouvrir, mais elle fut éloignée à coups de matraque par un agent de police. Elle hurla de douleur.

L'ambulance se rua sur Hollywood Boulevard.

* * * * *

Quand je retournai dans le hall, l'inspecteur était sur la Scène en train d'interroger Moira. Bryce était au bar avec une couverture sur les épaules, à siroter du scotch. Simka était retournée à la réception et répondait au téléphone tout en gardant un œil sur Bryce. Je regardai par la fenêtre vers la terrasse de la piscine et fus soulagé de la trouver vide. Je demandai à David d'aviser par radio l'équipe de ménage de nuit qu'ils devaient arroser la terrasse et vider la piscine avant de la remplir à nouveau.

Une demi-heure plus tard, Moira était retournée dans sa chambre, et l'inspecteur se trouvait au bar à interroger Bryce. C'est à ce moment-là que les effets des quelques semaines de privation de sommeil commencèrent à me rattraper. Pour rester éveillé, je m'occupai dans le hall, arrangeant et réarrangeant la collection vertigineuse de coussins sur les nombreux divans et ottomanes. La chaleur du feu — une flamme de près d'un mètre alimentée par de l'éthanol dans une boîte en verre rectangulaire qui occupait le centre du hall, une allusion au feu qui avait détruit l'édifice original — m'endormait. Je m'assis pour me reposer et je sentis le poids du sommeil m'assaillir. Mais me permettre de m'endormir devant le personnel et les clients était difficile. Je me levai péniblement et me rendis à la réception pour offrir mon aide, car les téléphones ne dérougissaient pas en raison de la nouvelle de la mort de Chelsea.

À 4 h 30, l'inspecteur en avait fini avec Bryce et le renvoyait.

— Venez avec moi, dit-il, me conduisant sur la terrasse de la piscine avec un homme grand et presque chauve en uniforme, qu'il me présenta comme étant l'agent George Gertz.

Des rubans jaunes qui s'entrecroisaient bloquaient l'entrée de la terrasse. L'agent Gertz ôta la bande du bas et l'inspecteur Christakos, bien qu'assez petit pour passer debout, se baissa vivement en dessous. J'avançai vers la terrasse et respirai l'air frais du matin, qui m'éveilla immédiatement. La douce odeur des encyclias remontait des plantes qui entouraient la piscine. Le ciel était sombre. Les vasques enflammées avaient été éteintes, mais la zone était légèrement éclairée par les projecteurs autour de la piscine et sur les balcons au-dessus. Du ruban jaune parcourait la périphérie de la terrasse, bloquant l'accès depuis les chambres du rez-de-chaussée. L'eau de la piscine semblait noire. Des serviettes de cocktail flottaient à la surface comme des radeaux miniatures. Des relents de vin éventé et de cigarettes attirèrent mon attention vers le bar, où les tables à cocktail étaient jonchées de cendriers, de verres vides et de déchets. Plusieurs chaises étaient renversées.

— J'ai dit aux agents de nettoyage qu'ils pourraient faire leur travail une fois que nous en aurons fini ici, expliqua l'inspecteur.

Il me mena au coin nord-est de la piscine, sous l'appartement terrasse.

— Vous étiez ici quand l'incident s'est produit, c'est ça, Monsieur Lambert ? Dites-nous ce que vous avez vu.

Il parlait trop fort pour moi ; chaque chambre du rez-de-chaussée était occupée, les lumières éteintes. Chuchotant assez fort, je racontai ce que j'avais observé. L'inspecteur me regardait de près quand je parlais, suivant des yeux chacun de mes mouvements, sans bouger sa tête. À côté de lui, l'agent Gertz gribouillait furieusement sur un calepin.

— Alors, elle a sauté ? proposa l'inspecteur.

— On dirait bien.

— Elle n'est pas tombée ?

— Tombée ?

Je lançai un regard nerveux vers le balcon. Aurait-elle pu escalader la rampe qui aurait cédé sous elle ? Je repensai aux batailles que Tony avait menées contre Fratelli Construction. Auraient-ils pu négliger un élément crucial de sécurité, mal visser la rampe ? J'imaginai déjà les protestations si l'hôtel était responsable de sa mort. Mais non, Al Combs avait inspecté chaque chambre lui-même, y compris les terrasses, et il était minutieux et méticuleux. Et puis, l'équipe de ménage avait fait un dernier nettoyage avant qu'Ezmeralda Lopez, la gouvernante générale, aussi maniaque des détails, les inspecte. J'avais personnellement mené la dernière inspection de chaque chambre, y compris l'appartement terrasse, avant qu'elle soit mise en service. Rien ne pouvait avoir échappé à nos examens. Je pouvais voir de là où j'étais que la rampe était solide. Les murs du balcon, composés de verre fumé et sécurisés par des poutres épaisses et rondes en métal, étaient si forts que six hommes costauds pouvaient s'y appuyer.

— Impossible, dis-je.

— Pourquoi impossible ?

— Si elle était tombée, elle aurait atterri ici.

Je marchai directement sous le balcon.

— Pour atteindre la piscine, il a fallu qu'elle saute.

— Vous pensez qu'elle a voulu faire un genre de farce ? Qu'elle a sauté dans la piscine pour attirer l'attention ?

— Je suis presque certain que ce n'est pas le cas.

L'inspecteur plissa les yeux.

— Qu'est-ce qui vous fait penser ça ?

Une lumière s'alluma dans une chambre du cinquième étage et une femme sortit sur son balcon dans un peignoir de l'hôtel.

— Pouvons-nous parler de ça à l'intérieur, inspecteur ? Nous dérangeons nos clients.

Il secoua rapidement la tête.

— Quelques minutes encore. Pourquoi ne pensez-vous pas que c'était un coup monté ? C'est ce que tout le monde semble croire.

Je baissai la voix.

— Mlle Fricks est descendue nager peu de temps après s'être enregistrée.

Les yeux de l'inspecteur lui sortirent de la tête.

— Chelsea était *ici* ? Dans la piscine ?

J'opinai. Je racontai les événements qui s'étaient déroulés autour de 18 h ce soir, quand j'avais été obligé de prendre à part Sydney Cheevers, la promotrice de spectacles très nerveuse que Tony avait engagée pour attirer les vedettes à sa fête. Tout l'après-midi, elle avait pris d'assaut l'hôtel, vociférant contre le personnel comme une mère déchaînée venue encourager son enfant dans un match de football.

— Écoutez, Sydney, avais-je dit, vous faites un travail énorme, mais je dois vous demander de traiter mon personnel avec plus de respect.

Apparemment, j'avais touché un point sensible.

— Quoi ? *Quoi ?* avait-elle rugi, grattant sa crinière de cheveux d'un roux ardent. Je me fends en quatre pour que cette zone sinistrée soit prête tandis que *vos* employés tournent en rond comme des fonctionnaires sous sédatifs, et *vous* avez l'audace de *me* dire de les traiter avec respect ? Certains des plus grands noms d'Hollywood viennent ce soir, tous grâce à *moi*.

Sa voix s'était cassée.

— J'ai tout sacrifié pour cette fête, *tout*. Si vos employés fichent tout en l'air, c'est *ma* réputation qui sera en jeu. Si vous pensez que je vais…

À ce moment-là, Chelsea Fricks avait avancé sur la terrasse de la piscine, provoquant un soupir collectif parmi les employés et les entrepreneurs présents. Seule Sydney, dos à la piscine, ne l'avait pas vue. Sa voix stridente s'était estompée tandis que j'avais discrètement regardé Chelsea tourner devant la pancarte indiquant que la piscine était fermée, sans même la voir ou choisissant de l'ignorer, et placer un matelas gonflable rose. Son peignoir était tombé de ses épaules. J'avais regardé ailleurs, rétablissant le contact avec les yeux enragés de Sydney, et jeté un nouveau coup d'œil rapide. Chelsea Fricks se tenait sur la terrasse de la piscine dans toute sa splendeur, presque nue, avec seulement un minuscule maillot deux pièces noir pour couvrir son corps menu et plantureux. Elle avait étiré sa jambe parfaitement dessinée pour plonger son orteil dans l'eau. Comme si la Vierge Marie elle-même était apparue, tout le monde sur la terrasse de la piscine — les hommes d'entretien, les techniciens, les décorateurs, les barmans, les chefs, les serveurs — s'était arrêté de faire ce qu'il faisait et l'avait regardée. Même le professionnel Al Combs, penché sur une vasque en béton, avait renversé de l'essence sur ses bottes de travail. Chelsea s'était redressée sur ses orteils, avait levé les bras, arqué son dos et exécuté un plongeon dans la piscine, provoquant à peine une ondulation dans l'eau. Super Al s'était dépêché de fermer son bidon d'essence et avait essuyé son crâne chauve avec un mouchoir.

Entendant le plongeon, Sydney s'était retournée.

— Nom de Dieu ! Ne me dites pas que quelqu'un vient de plonger dans la piscine ?

Repérant la silhouette de Chelsea évoluer comme un dauphin sous l'eau, elle s'était ruée sur le bord.

— *Bon-jour* ? Savez-vous lire ? La piscine est *fermée* !

Puis, elle s'était tournée vers moi.

— Pour qui se prend-elle ? Sortez-la de là *tout de suite*, Trevor !

— Détendez-vous, ça va, avais-je dit, tout en lui prenant le bras pour essayer de l'éloigner. Laissez-la nager un peu.

— *Ça va ?* avait-elle crié, en dégageant son bras brusquement. Une écervelée décide d'aller se baigner en plein milieu de la préparation d'une des plus grosses fêtes de l'année et vous dites que ça va ? Elle a de la chance que nous n'ayons pas encore teint l'eau. Elle en sortirait comme une baleine bleue. Je veux qu'elle sorte *maintenant*.

Je l'avais fixée et lui avais parlé doucement et calmement comme un médecin qui parlerait à un patient souffrant d'un épisode psychotique.

— Faites-moi confiance, Sydney, *ça va*. C'est une invitée *très, très* importante. Vous comprenez ? *Très, très* importante.

J'étais réticent à dévoiler le nom de Mlle Fricks, même si tout le monde ici était au courant de sa présence.

— Je suis sûr qu'elle sortira d'ici quelques minutes.

Chelsea avait atteint l'extrémité peu profonde et était remontée pour respirer, s'essuyant les yeux, puis elle s'était propulsée avec ses pieds pour repartir dans l'autre direction.

— Oh mon Dieu, avait chuchoté Sydney en serrant mon bras. C'est elle.

— Oui.

À l'autre extrémité de la piscine, Chelsea avait sauté sur le rebord et s'était rendue vers le matelas, l'avait gonflé, l'avait posé dans l'eau et avait grimpé dessus, se laissant dériver vers le côté peu profond.

Soudain conscient que tout le monde regardait, j'avais levé mes mains pour signaler au personnel de reprendre le travail.

Sydney s'était rendue vers le bar de la piscine pour y prendre son sac.

— Nous devons prendre une photo de ça. Chelsea Fricks dans votre piscine en fonction pour la première fois. *Ça n'a pas de prix*.

— Oh non, on ne doit pas faire ça, avais-je dit en l'arrêtant. Je ne sais pas où vous travailliez avant, mais par ici, on ne peut pas prendre de photos de nos invités ou de nos clients. Nous respectons leur vie privée.

— Elle est une employée rémunérée. Nous avons signé un contrat.

— Pour une apparition de 15 minutes et une seule photo.

J'avais pris Sydney par le bras pour l'éloigner.

— Quand je suis revenu quelques minutes plus tard, elle était partie, dis-je à l'inspecteur, qui m'avait écouté religieusement.

Il opina, plissant les yeux pour réfléchir.

— Redites-moi ce qu'elle portait.

— Un deux pièces noir. Il était attaché sur les côtés avec des ficelles. Pourquoi me posez-vous cette question ?

Il se mit à sourire.

— Je parie qu'elle devait être sexy !

Il tendit le bras pour me donner une petite tape sur le bras, l'air taquin.

— Inspecteur, cette femme est morte il y a seulement quelques heures.

— Ne soyez pas si susceptible. Je plaisante, c'est tout. Alors, pourquoi me raconter cette histoire ?

— Ça ne peut pas être un coup monté. Elle savait qu'elle sautait là où la piscine était peu profonde.

— Alors, pourquoi a-t-elle sauté ?

J'eus l'impression d'être testé, car l'inspecteur Christakos connaissait la réponse et voulait savoir si je la connaissais.

— Je peux seulement présumer que c'était un suicide, dis-je d'une voix étouffée. Moira Schwartz semble le penser aussi, bien que Bryce Davies voie les choses autrement. Que vous ont-ils dit ?

— Moira Schwartz se fait trop de souci à propos de l'image de Chelsea pour être un témoin fiable. Et Bryce a trop pris de cocaïne. Serait-il possible qu'elle ait été attaquée ?

— Attaquée ?

Je fermai les yeux et visualisai la scène dans ma tête… Chelsea sortant sur le balcon… enjambant la rampe… regardant par-dessus son épaule. Un frisson me parcourut. Il *semblerait* qu'elle ait été attaquée. Mes yeux s'ouvrirent tout à coup.

— Je suppose que c'est possible. Pourquoi ?

— Avez-vous entendu quelque chose avant qu'elle saute ?

— J'ai entendu un hurlement. Puis, elle a crié. Mais il était difficile de discerner qui criait. C'était très bruyant par ici. Vous feriez mieux de demander à la personne qui était dans la suite avec elle.

— Donc, il y *avait* quelqu'un dans la suite à ce moment-là ? demanda l'inspecteur. Vous avez vu l'assaillant ?

— L'assaillant ? Apparemment, vous ne pensez pas… Ce n'est pas une simple affaire de suicide ?

— Si vous deviez vous tuer, sauteriez-vous du *cinquième* étage dans une *piscine* ?

— Et bien, Chelsea Fricks n'était pas comme les autres. Peut-être a-t-elle voulu s'en aller comme ça.

Je baissai davantage la voix.

— Inspecteur, j'ai rencontré ma part d'acteurs célèbres dans ma carrière. Certains sont dérangés.

— Pas tous, dit-il, semblant sur la défensive.

— Dans le nombre, Chelsea Fricks l'était.

J'étais sur le point de lui parler de son appel désobligeant quand le bruit d'une porte du patio détourna notre attention vers une des chambres du rez-de-chaussée. Un homme aux cheveux en désordre et maigre apparut en caleçon.

— Bonjour, nous salua-t-il d'une voix râpeuse.

— Bonjour, Monsieur, répondis-je. Je suis désolé que nous vous ayons dérangé. Nous allions partir.

— Pas de problème. Je n'arrivais pas à dormir de toute façon.

Je vis la flamme d'un briquet et la lueur rouge d'une cigarette. Il croisa ses bras et fuma, tout en nous observant, le visage voilé par l'obscurité. Son bras et son torse étaient recouverts de tatouages.

Je parcourus la liste de clients que j'avais gardée en mémoire : chambre du rez-de-chaussée 115, M. Dent De Lion — un pseudonyme, bien sûr. Je me tournai vers l'inspecteur.

— Pouvons-nous finir cette conversation à l'intérieur ?

L'inspecteur Christakos regardait l'homme.

— Inspecteur ? Ça vous convient ?

Je me pressai vers la porte, faisant signe aux deux policiers de me suivre.

L'agent Gertz s'exécuta, mais l'inspecteur Christakos ne bougea pas, les bras croisés, à observer attentivement l'homme.

Quand il finit par nous rejoindre dans le hall, je murmurai :

— Vous ne croyez pas qu'il a quelque chose à voir dans tout ça ?

— Est-ce Tommy Lee ? Tu l'as vu, Georgie ? C'est Tommy Lee, n'est-ce pas ?

L'agent Gertz opina.

— Je l'ai interrogé plus tôt. Un type super.

— C'est pas génial, ça ?

L'inspecteur se tourna pour regarder par la fenêtre.

— J'*adore* ce type ! Tu crois que je devrais l'interroger aussi, Georgie ? Juste pour être sûr ?

— Il n'a rien vu. Il était aux toilettes quand c'est arrivé.

— Dommage. Peut-être que je pourrais me présenter quand même, lui donner ma carte. Il pourrait vouloir faire un bœuf un de ces jours.

Il se mit à rire abondamment.

— Avons-nous fini, inspecteur ? dis-je avec impatience. Il est tard. J'aimerais aller me coucher.

Il se tourna vers moi, son visage s'assombrissant.

— Allons à l'appartement terrasse.

L'agent Gertz resta dans le hall tandis que l'inspecteur et moi nous dirigeâmes vers l'ascenseur. Nous y entrâmes, et je me plaçai devant le panneau à lecture optique, attendis le bip et appuyai sur le cinquième étage. L'ascenseur se mit en marche.

— Parlez-moi de ce système de sécurité sophistiqué, dit l'inspecteur.

— Ça s'appelle un système à lecture optique Œil unique. À la réception, on prend une photo de votre iris en utilisant un appareil portatif comme un lecteur optique de code à barres. L'image est emmagasinée dans notre base de données avec votre profil et une copie exacte est nécessaire pour ouvrir la porte de votre chambre.

— Ah oui ? Pourquoi pas des empreintes digitales ?

— Question de protection de la vie privée, surtout. Les voyageurs sont réticents à donner leurs empreintes en raison de leur utilisation dans les forces de l'ordre. Nous avons recherché plusieurs options biométriques et la technologie de l'iris offrait les plus grands avantages sur le plan de la sécurité. La Corporation de l'Œil unique dit que cette technologie va envahir le marché. Elle sera utilisée au travail, à la maison, même pour la vente au détail ou en ligne. Un certain nombre d'aéroports et de banques l'utilisent en Europe.

— On dirait que vous n'avez pas lésiné sur les moyens !

— Étant donné la personnalité de marque de nos clients, M. Cavalli a décidé que le prix de la surveillance électronique était justifié. Je demanderai à la sécurité d'imprimer les rapports d'activité de l'ascenseur et des suites royales.

— Artie Truman me les a déjà donnés, avec les rapports d'activité des chambres adjacentes, dit l'inspecteur, tapotant sa poche. Il m'a aussi donné la liste des clients et invités et m'a laissé regarder les enregistrements des caméras dans le bureau de la sécurité.

— Avez-vous découvert quelque chose d'inhabituel ?

Il étudia le lecteur optique, ignorant ma question.

— Donc, le système est infaillible.

J'opinai.

— Il n'existe pas deux iris identiques. Selon Œil unique, il n'y a jamais d'erreur.

— Ces ascenseurs ne semblent pas du dernier cri, dit-il, soudain nerveux. Ils sont très lents, n'est-ce pas ?

— Ils ont survécu au feu qui a détruit le motel qui occupait ces lieux dans les années 1970. Ils ont été considérés en bon état de marche et M. Cavalli a décidé de les garder.

L'ascenseur laissa échapper un grognement, comme s'il protestait d'avoir été réveillé de ses 30 ans de sommeil, puis cahota jusqu'à s'arrêter au cinquième étage, hésitant un bref instant avant que les portes s'ouvrent tout à coup.

— Après vous, inspecteur, dis-je.

Les ascenseurs se trouvaient dans la courbe de l'édifice en forme de fer à cheval. À gauche, un couloir menait aux chambres de l'aile ouest, avec l'appartement terrasse 2 tout au bout, occupée par Tony Cavalli et sa petite amie, Liz. Nous allâmes à droite, suivant un couloir étroit décoré d'une moquette rouge luxueuse. Du tissu ressemblant à du daim recouvrait les murs et des appliques ambrées fournissaient un éclairage tamisé. À droite de chaque porte, au niveau de l'œil, se trouvait un panneau en acier inoxydable à lecture optique. Au centre de chaque porte, une étoile dorée couvrait le judas pour imiter une loge de vedette.

L'inspecteur ralentit, s'arrêta et se tourna vers moi.

— J'ai parlé à votre chef réceptionniste plus tôt, une certaine Valerie Smitts. Quel canon ! Elle m'a parlé d'un incident avec le lecteur optique à la réception ?

J'opinai, essayant de l'attirer du couloir à la suite où nous pourrions parler en privé, mais il ne bougea pas.

— Mlle Fricks est arrivée vers 17 h 30 avec Moira Schwartz et Bryce Davies dans une limousine offerte par l'hôtel, suivie de deux gardes du corps dans une voiture à part. Quand Valerie a pris la photo de l'œil de Mlle Fricks, l'appareil n'a pas voulu la mémoriser. Le problème fut vite résolu quand Mlle Fricks a ôté ses lentilles.

— Ses yeux ne sont pas verts ?

— Ils sont marron. Valerie a accompagné les invités à leurs chambres sans autre incident. Mlle Fricks a renvoyé ses gardes du corps quand elle est entrée dans sa chambre.

— Beaucoup d'acteurs de cinéma viennent ici, n'est-ce pas ?

— Nous venons d'ouvrir, mais c'est ce que nous espérons, murmurai-je.

— Georgie a eu une petite conversation avec une jeune blonde splendide dans cette chambre, dit-il, la voix puissante tandis qu'il plantait son doigt sur l'étoile dorée fixée à la porte de la chambre 505. Son nom sur le registre indiquait Betty Rubble, mais sur ses papiers d'identité, c'était Jessica Simpson. Pensez-vous que nous devrions taper à la porte pour voir si elle est levée ?

— Non.

— George a dit que cet endroit fourmillait de célébrités quand il est venu ici. Qui d'autre est là ?

— Avec tout le respect que je vous dois, inspecteur, qu'est-ce que ç'a à voir avec cette affaire ?

— Je pourrais avoir à faire plus d'interrogatoires. Mais seulement si elles sont sexy !

Il éclata d'un rire encore plus déchaîné.

— Pouvons-nous continuer ?

Au bout du couloir, deux agents de la police de Los Angeles se mirent de côté pour nous laisser entrer dans l'appartement terrasse 1. La porte qui fermait à double tour était ouverte. J'hésitai, soudainement inquiet. Seulement quelques heures plus tôt, la vie d'une jeune femme s'était terminée ici. Prenant une profonde respiration, je suivis l'inspecteur dans le court couloir, passai la salle à manger, et pénétrai dans un grand salon aux meubles contemporains et élégants : un canapé modulaire orange vif, une table basse vitrée en bronze industriel et une lampe en acier inoxydable qui s'arquait au-dessus de la pièce depuis l'arrière du canapé. La suite était en désordre : des chaises renversées, de la vaisselle cassée, du verre brisé étaient éparpillés sur le sol de la cuisine. La moquette en peau de mouton était tachée et une grande fissure parcourait le centre de la table basse ovale. Sur la table se trouvait une bouteille de Jack Daniel's que nous avions déposée, avec la note obséquieuse de Tony à côté qui était restée fermée. La bouteille était presque vide.

— Regardez cet endroit, dis-je. Votre équipe n'aurait pas pu faire plus attention ?

— Elle était comme ça quand nous sommes entrés, mon cher. C'était probablement bien pire avant que votre femme de chambre commence à nettoyer.

— Une employée était ici ?

Il opina.

— Une nana stupide a souillé la scène. Elle a aspiré le verre de la moquette, effaçant toute empreinte de pas. Ensuite, elle est partie avant qu'on puisse l'interroger.

— Vous plaisantez. Qui ?

— George a dit qu'elle était Mexicaine ou peut-être Philippine. Petite, bien portante, les cheveux noirs.

— Ça correspond à environ la moitié du personnel de ménage.

— Elle se nomme Esther ou Elizabetha ou quelque chose comme ça.

Il sortit un morceau de papier de sa poche et le déplia.

— Voilà : Ezmeralda Lopez.

— Notre gouvernante en chef n'est pas une « nana stupide », inspecteur. Elle est une de nos meilleures employées. Elle a insisté pour s'occuper de cette suite personnellement, alors il est normal qu'elle se soit trouvée ici vers les 23 h.

L'inspecteur étudia le rapport d'activité dans ses mains.

— Selon ceci, elle est revenue vers les 23 h 30, environ l'heure où Chelsea a plongé. Quand mes gars sont entrés dans la chambre, ils l'ont trouvée dans la cuisine en train de nettoyer. Elle a prétendu qu'elle ignorait complètement que Chelsea venait de sauter du balcon.

Il plissa les yeux.

— De toute façon, comment se fait-il que ce soit la gouvernante en chef qui nettoie les chambres ?

— C'est un petit hôtel. Nous mettons tous la main à la pâte quand c'est nécessaire. Ez est extrêmement professionnelle.

— Elle aurait pu ôter ses pattes de là. Ça n'arrange pas notre enquête.

— Qui d'autre est monté ici ? demandai-je, scrutant le rapport par-dessus son épaule.

— Moira Schwartz est entrée par la porte adjacente à 22 h 15 et est restée 21 minutes. Bryce Davies est entré ensuite à 22 h 45 et est resté jusqu'à 23 h 02. Puis, Mme Lopez est entrée à 23 h 07.

Il tapota le rapport avec son doigt boudiné.

— Ce « blocage du système des portes secondaires » à 23 h 12 ; Artie m'a dit que l'accès à la suite par les chambres adjacentes avait été bloqué. Une idée de la raison pour laquelle Chelsea aurait enfermé Bryce et Moira à l'extérieur de sa suite ?

— Pour avoir de l'intimité, je présume.

Je repensai à son coup de téléphone et pensai le dire à l'inspecteur. Apparemment instable et imprévisible, Mlle Fricks s'était plainte d'avoir été oubliée par la femme de chambre du soir et tempêtait contre l'employé qui était venu plus tôt réparer son robinet de baignoire qui fuyait — le chef technicien Al Combs —, l'accusant d'avoir agi de façon fort « déplacée » avec elle. Scandalisé et décontenancé, je m'étais confondu en excuses et lui avait assuré que j'allais régler cette affaire immédiatement. J'avais aussitôt convoqué Al à mon bureau. Il semblait réellement interloqué par ces allégations et je décidai rapidement qu'il avait faussement été accusé par une vedette gâtée et paranoïaque. Je lui avais ordonné de s'abstenir de la rencontrer à nouveau et l'avais envoyé chez lui pour la nuit.

À présent, je scrutais subrepticement le rapport. L'entrée d'Al était enregistrée à 20 h 11. Une sortie, sans doute la sienne, était notée à 20 h 35 — quelques minutes avant l'appel de Mlle Fricks. La prochaine activité, le blocage des portes secondaires, avait eu lieu presque deux heures plus tard, mais Al n'était plus en service. Je décidai qu'il n'y avait pas de raison de mentionner la plainte, étant donné que l'incident avait eu lieu des heures avant qu'elle saute.

L'inspecteur Christakos leva ses yeux aux longs cils lourds pour me regarder, puis les baissa sur le rapport.

— Nous avons une « sortie » à 23 h 14 et une autre à 23 h 18, mais ça ne dit pas qui. Pourquoi le système identifie-t-il les entrées et pas les sorties ?

— Demandez à vos collègues du service des incendies. Le lecteur optique est requis pour entrer dans les chambres, mais pour les sorties et les cages d'escaliers, on doit simplement appuyer sur le bouton rouge à côté de la porte. Comme ça, s'il y a un feu, personne n'est prisonnier à l'intérieur.

Il fronça les sourcils devant le rapport comme un écolier confronté à un examen difficile.

— L'activité suivante après Mme Lopez, c'est Chelsea elle-même qui est entrée à 23 h 20. Ce qui veut dire qu'une de ces sorties de 23 h 14 ou 23 h 18 est la sienne et l'autre, celle de Mme Lopez.

— Sans doute.

— Ensuite, Lopez est revenue à 23 h 36. C'est la dernière acti-vité avant que mes gars arrivent. Chelsea a sauté autour de 23 h 35, avant ou après l'arrivée de Mme Lopez. Pourquoi est-elle revenue ?

— Elle avait dû venir pour ranger la chambre vers 23 h. Mlle Fricks était probablement encore dans sa suite, alors elle est revenue une demi-heure plus tard.

L'inspecteur sembla accepter cette explication.

— Jetez un œil partout et dites-moi si vous voyez quelque chose d'inhabituel.

— *Tout* est inhabituel. Cette suite était impeccable hier.

— Peut-être qu'elle s'est échauffée pour son apparition comme une vedette de rock.

— Les vedettes de rock ne saccagent plus les chambres d'hôtel. Les temps ont changé. Ils ne peuvent plus quitter un endroit où ils ont mal agi sans que ça se retrouve dans la presse populaire.

J'errai dans la chambre à coucher. Des habits griffés débor-daient de deux grosses valises posées sur des porte-bagages en face du lit et étaient éparpillés sur la moquette, comme si un groupe de filles avaient joué à s'habiller. Le lit était impeccable, le drap du dessus rabattu avec une pliure parfaite — sans aucun doute l'œuvre d'Ezmeralda. Étalée sur la couette se trouvait une robe de soirée rouge. Je l'observai. Chelsea aurait été sensation-nelle dedans. Je me souvins quand je me trouvais dans la pen-derie dans la chambre d'ami chez ma mère le lendemain où j'avais appris l'accident d'avion, à regarder les habits de Nancy : deux robes identiques, une rose et une bleu poudre ; un pull en cache-mire avec un col en V ; trois t-shirts de collection qu'elle tenait absolument à suspendre sur des cintres ; une robe de demoiselle d'honneur orange brûlé dont elle ne parvenait pas à se débar-rasser. Une demi-heure après, ma mère m'avait découvert dans la penderie, à m'envelopper dans les habits de Nancy. Elle m'avait câliné.

Détachant mes yeux de la robe, je me rendis dans la salle de bain. Un mur vitré séparait la douche de plain-pied et l'immense baignoire de la vanité qui comportait un très grand miroir. Des produits de beauté, des ustensiles et de petits appareils étaient répandus sur le comptoir. Je pris une boule de coton tachée de maquillage couleur chair et la jetai dans les toilettes. Un rouge à lèvres ouvert était tombé dans le lavabo, laissant une trace rouge sur la vasque de verre. Un bruit de gouttes attira mon attention vers la baignoire. Je touchai le robinet pour le tourner, mais la fuite persista. Al n'était-il pas censé être venu le réparer hier soir ? Je notai mentalement de lui demander de revenir voir. Sur le plancher à côté de la baignoire étaient entassées des serviettes mouillées. Pourquoi aurait-elle pris un bain, se serait-elle maquillée et aurait-elle sorti une robe pour finir par sauter par-dessus le balcon ? Il est inutile de spéculer, me dis-je intérieurement. La mort de Nancy m'avait appris que certains mystères demeurent entiers. Chercher des explications ne faisait que causer de la douleur. Un avion tombe du ciel. Une actrice saute d'un balcon. Des choses tristes arrivent à de bonnes personnes et c'est souvent sans explication. Dans l'intérêt de notre santé mentale, on doit accepter la tragédie comme un fait et continuer. Je quittai la salle de bain.

Sur le chemin du retour vers le salon, je me réfugiai dans un renfoncement meublé avec un bureau, un classeur et une bibliothèque. Je remarquai une petite craquelure dans le plastique de l'abat-jour de la lampe de table et notai mentalement de le signaler à l'équipe de nettoyage. Sur le bureau se trouvaient un MacBook, trois livres et un classeur à anneaux qui ressemblait à un scénario de film. La page couverture du livre était intitulée *Blanchir les États-Unis : la lutte héroïque d'OBÉ pour nettoyer les États-Unis*. Curieux, je le pris et le tournai, présumant qu'il s'agissait d'un livre sur l'environnement. Un bel homme à la mâchoire carrée et avec des paupières tombantes me regardait depuis la quatrième de couverture. La légende disait : « Dwight Reed, président de l'Opération blanchissage des États-Unis ». J'en eus le souffle coupé. L'OBÉ était une association célèbre de conservateurs de l'aile de l'extrême droite dont la mission était de mettre fin à l'immigration et d'expulser les immigrants illégaux. J'avais vu Dwight Reed sur FoxNews et CNN à quelques reprises. L'année passée, il avait été assassiné à Houston par des hommes armés masqués représentant le Front national de la solidarité immigrante. Pourquoi Chelsea lisait-elle cette horreur ? Je regardai le livre suivant : *Les immigrants ignorants*. Le troisième livre : *Pourquoi les Blancs sont meilleurs que les Noirs ?* Chelsea Fricks était-elle raciste ?

L'inspecteur mit sa main sur mon épaule, me faisant sursauter.

— Vous avez trouvé quelque chose d'intéressant ?

Le livre tomba de mes mains.

— Lui appartiennent-ils ? demandai-je, me baissant pour ramasser le livre.

Il ne répondit pas. Après m'avoir guidé vers la cuisine, il me montra le plancher carrelé, où des gouttelettes rouge brunâtre menaient dans le salon comme si quelqu'un avait renversé du café ou du vin rouge. Je suivis les traces. Les gouttelettes devenaient des taches sur la moquette en peau de mouton.

Je m'accroupis pour mieux voir.

— Du sang ?

Il m'indiqua la porte du balcon.

Mon cœur battant la chamade, je me rendis vers la porte et la fis coulisser. Il y avait une flaque de sang sur le sol et d'autres taches sur le mur vitré. Je me tournai vers l'inspecteur.

— Mon Dieu, que s'est-il passé ici ?

— À vous de me le dire.

L'inspecteur me regardait décrire des cercles dans la suite à essayer d'assembler les morceaux de l'histoire. Dans la cuisine, un balai reposait contre le comptoir près d'un tas de verre. Ezmeralda était probablement en train de nettoyer quand elle avait été interrompue par la police. Traversant le salon, je notai une fine couche de poudre sur la table basse fissurée. Je m'accroupis pour l'inspecter.

— Des restes de drogue? dis-je en levant les yeux.

Il opina.

— Impressionnant.

— Quelqu'un a tenté de nettoyer rapidement. Assurément pas Ezmeralda. Avez-vous trouvé de la drogue?

L'inspecteur secoua légèrement la tête.

Je me rendis vers le placard près de la porte principale et l'ouvris. Les clients négligeaient fréquemment de vérifier le coffre-fort avant de partir et parfois y laissaient de la drogue. Le coffre-fort était ouvert et vide. Je retournai dans le salon.

— Peut-être s'est-elle coupée? dis-je, les pensées se bousculant dans ma tête. Elle a échappé un verre par terre et a marché dessus. Son pied a saigné. Elle était défoncée et a couru dans la pièce. Elle a vu le projecteur à l'extérieur et a plongé dedans comme un papillon de nuit vers une flamme. C'est ça, n'est-ce pas? C'est ce qui s'est passé.

— J'espère que vous êtes meilleur directeur d'hôtel que détective.

Je lançai mes mains dans les airs.

— Pourquoi me posez-vous des questions, alors? N'est-ce pas votre travail?

— Je suis curieux, dit-il. Votre théorie de la coupure au pied, c'est n'importe quoi, mais votre point de vue en tant que directeur d'hôtel est remarquable. J'ai déjà appris certaines choses. Vous êtes dans ce milieu depuis un certain temps, n'est-ce pas?

— Depuis que j'ai 18 ans.

— Mais vous n'êtes pas d'ici. Vous êtes Canadien?

— Là, c'est moi qui suis impressionné.

— Artie me l'a dit.

Il se rendit dans la cuisine et fit un geste vers le bloc de couteaux sur le comptoir.

— Quelque chose manque ?

Cinq couteaux de tailles variées étaient rentrés dans le bloc. La fente la plus large était vide. Je fis une rapide recherche, ouvrant les tiroirs et les placards, le lave-vaisselle, même le réfrigérateur et le four, mais ne pus trouver le couteau.

— Il manque un couteau.

— Vous l'avez transportée depuis la piscine. Avez-vous remarqué quelque chose d'inhabituel sur son corps ?

Je me souvins des remous de liquide pourpre autour d'elle, des entailles sur son dos et son abdomen, du sang sur ma chemise et du cercle de sang sur la serviette sous son corps.

— Elle a été poignardée ?

— Elle avait trois entailles sur le corps, une dans l'estomac et deux dans le dos.

— Quelqu'un l'a attaquée dans sa suite avec un couteau ? dis-je, incrédule. Elle a sauté du balcon pour se sauver la vie ?

Il leva un sourcil, mais ne dit rien.

— Avez-vous retrouvé le couteau ? demandai-je.

Il secoua la tête.

— Nous avons fouillé chaque centimètre de cette suite, la chambre de Moira et celle de Bryce — chaque chambre de cet hôtel —, les chambres des femmes de chambre, des gardiens, partout. Il a disparu.

Je m'affalai sur le canapé.

— Elle a été assassinée ?

Il se tut à nouveau. Il avança vers le tableau imposant d'art contemporain qui couvrait le mur opposé au canapé et l'étudia. Intitulé *Séparés*, il représentait un homme et une femme se tenant dos à dos. Les bras de la femme étaient croisés. L'homme se cachait le visage avec ses mains. Un cœur, fendu au milieu comme la table basse sous le tableau, flottait dans l'air entre eux. Le tracé était approximatif et le médium utilisé faisait penser à une craie de cire, comme si c'était l'œuvre d'un enfant. Le tableau me semblait être un travail d'amateur facile, mais il devait avoir quelque chose que je ne pouvais apprécier. Liz Welch l'avait acquis pour la somme de 35 000 $.

— Déjà été marié, Trevor ?

Je restai silencieux un instant.

— Non. Pas vraiment.

— *Pas vraiment* ? Vous avez été marié ou non, mon cher.

— Non, je n'ai jamais été marié.

— Vous avez été amoureux, quand même, n'est-ce pas ?

Je décidai d'utiliser sa propre méthode évasive.

— Êtes-*vous* marié, inspecteur ?

— Appelez-moi Stav.

Il laissa le tableau et s'assit sur le canapé.

— Non. Je ne l'ai jamais été et ne le serai peut-être jamais. Et ça n'est pas faute d'avoir essayé.

Il rit.

— J'ai fait des demandes à peut-être une demi-douzaine de femmes. Elles ont toutes refusé.

Il médita un moment.

— Hier soir, j'ai rencontré ma future femme, Trevor. Mon pote Gustavo nous avait emmenés dans une soirée chic à Hollywood Hills. Il y avait une fille assise près de la piscine, seule, en train de fumer une cigarette. Elle avait l'air d'avoir besoin de compagnie, alors je me suis assis à côté d'elle. Elle s'appelle Cappuccino.

Je faillis exploser de rire.

— Cappuccino ?

— On a parlé pendant deux heures, Trevor, *deux heures*. C'était surprenant. Elle est jeune, mais super intelligente et extrêmement mature pour son âge. Elle vient d'une île isolée dont je ne parviens pas à me rappeler le nom et elle a un accent exotique sexy et une peau brune merveilleuse de la couleur…

Il s'arrêta, appuyant ses doigts contre son front.

— Du café ?

— Ouais ! Comme le café ! Elle travaille dans le même monde que moi, alors on avait des tas de choses à se dire.

— Elle est flic ?

— Non, non. La police, c'est seulement pour gagner ma vie. Je suis acteur.

Je le dévisageai.

— Vous êtes acteur !

— Je suppose qu'« aspirant acteur » serait plus approprié. Je ne le prends au sérieux que depuis récemment. Vous ne me verrez dans rien. Pas encore. À moins que vous ayez vu la publicité pour Scope avec la femme sur le vélo ? Je jouais le flic. Pas de texte, mais j'étais sacrément beau !

Il sourit, puis son visage devint sérieux.

— Je me suis fait la promesse de consacrer plus de temps à ma passion. Je viens juste de commencer des cours pour me préparer aux auditions. Ne vous inquiétez pas, ça n'interfère pas avec mon travail de policier.

— Bien sûr que non, dis-je, alors que ma confiance plongeait.

Les vêtements griffés, la poitrine en évidence, le médaillon classique de la police, le repérage des vedettes… Tout commençait à s'agencer avec sa nouvelle description. Il était acteur. C'était Los Angeles !

— Cappy se débrouille bien, dit-il. Elle a joué dans quelques films avec de bonnes critiques, une douzaine de publicités et deux pilotes pour la télé. Je crois que je l'ai déjà vue. Elle a un fort accent, mais elle est capable d'imiter parfaitement l'accent états-unien.

Il me regarda.

— Vous pensez que je tombe amoureux tout le temps, n'est-ce pas ? Et bien, non. Seulement une fois toutes les quelques semaines environ.

Il gloussa et se leva du canapé. Passant à côté du verre brisé dans la cuisine, il ouvrit la porte d'un placard et sortit deux verres.

— Il y a un minibar quelque part ?

Je lui indiquai l'armoire dans le couloir.

— Il y a un bar plein ici. Je vous invite.

Il ouvrit la porte et siffla.

— Je ne sais pas comment vous faites pour rester sobre avec tout cet alcool partout. Des minibars dans chaque chambre, un bar plein ici.

J'avais pensé qu'il choisirait un scotch ou une tequila, mais il prit une bouteille de Baileys.

— Vous m'accompagnez ?

— Non, merci.

— Comme vous voulez.

Il en versa quelques centilitres dans un verre et le but d'un trait.

— J'avais un mauvais goût dans la bouche. Je devais le tuer avec quelque chose.

— Il y a du rince-bouche dans la salle de bain, dis-je.

— Pas tout à fait aussi efficace. Ou aussi agréable.

Il remplit à nouveau le verre et le porta dans le salon, remuant la boisson avec son doigt.

— Vers minuit, j'ai pris mon courage à deux mains pour lui demander son numéro de téléphone. J'étais assez sûr qu'elle me le donnerait. Son amie continuait à tenter de lui parler, une espèce de fille petite, grosse et agaçante avec des broches, et Cappy continuait à l'ignorer. Elle était complètement avec moi. Ensuite, elle s'est levée et s'est excusée, disant qu'elle allait à la salle de bain, et je me suis dit : « Ouais, d'accord, c'est là qu'elle disparaît. » Mais, avant qu'elle parte, elle m'a donné ce long et sensuel baiser qui m'a provoqué une érection immédiate et m'a dit de l'attendre. Je ne l'ai plus revue.

— Elle était partie ? demandai-je, me sentant mal pour lui.

— *Je* suis parti. J'ai reçu un putain de téléphone. Une actrice écervelée avait sauté du balcon d'un putain d'hôtel branché d'Hollywood. En partant, je n'ai pas réussi à la trouver. L'endroit était plein à craquer. Je ne la reverrai probablement jamais.

Il soupira et avala sa boisson.

Maintenant je comprenais pourquoi il était habillé pour une fête.

— Je suis désolé, dis-je.

— Ouais, et bien, ce n'est pas la première fois. Mon travail m'empêche souvent d'avoir une vie normale.

— Je connais ça.

Il y eut un long silence.

— Ceci n'a probablement pas d'intérêt, dis-je, mais Mlle Fricks m'a appelé hier soir, juste après 21 h.

Il cligna des yeux.

— Ah ouais? Pourquoi?

— Elle s'est plainte du service.

Je vis ses yeux pétiller. Il ouvrit la bouche pour faire une mauvaise plaisanterie sur le fait d'avoir reçu la même plainte, mais se reprit.

— Pourquoi s'est-elle plainte du service?

— Elle a dit que la femme de chambre avait oublié sa chambre. Maintenant que je vois l'état de cet endroit, je comprends pourquoi elle voulait absolument que quelqu'un monte ici. Ezmeralda ne l'avait pas dérangée parce que sa pancarte « Ne pas déranger » était sur sa porte. Les clients font tout le temps ça — mettre la pancarte sur la porte, puis se plaindre quand leur chambre n'est pas nettoyée. Bien sûr, si une femme de ménage ignore la pancarte et entre dans la chambre, ça barde! Ça ne va jamais. Les hôtels sont de drôles de milieux. On ne peut jamais...

L'inspecteur leva la main.

— Épargnez-moi ça. Qu'a-t-elle dit d'autre?

— Je me suis excusé et lui ai assuré que je lui envoyais quelqu'un immédiatement. Elle a dit non, pas maintenant, d'attendre qu'elle soit à la fête. Je lui ai demandé à quelle heure elle avait prévu y aller, ce à quoi elle a répondu : « Quand ça me tentera, putain » et elle a brusquement raccroché.

— Aïe !

L'inspecteur jeta sa tête en arrière et rit.

— Mon Dieu, ces célébrités ! Je ne sais pas comment vous faites, Trevor.

— C'est mieux que les criminels.

— Je n'en suis pas sûr.

Il cala le reste de son Baileys.

— C'est tout ? C'est tout ce qu'elle a dit ?

J'hésitai, balayant du regard la chambre désordonnée.

— Oui, c'est tout.

Je me levai.

— J'ai appelé le service de ménage et leur ai dit de monter vers les 23 h, présumant qu'elle serait à la fête.

— C'est bon à savoir, dit l'inspecteur.

Sentant une vague de fatigue, je regardai ma montre.

— Il est presque 6 h. Avons-nous fini ? J'ai une réunion dans deux heures.

Sur le chemin de la sortie, je demandai :

— Cette chambre peut-elle être nettoyée ? Elle est réservée pour un autre client ce soir.

— Bien sûr. Mais prenez garde, le sang peut bouleverser votre équipe. Et les gens parlent. Je veux que toutes ces informations restent confidentielles. Les médias se régaleraient s'ils découvraient tout ça.

— N'ayez pas d'inquiétude, je pense comme vous.

Dans l'ascenseur, l'inspecteur laissa échapper un bâillement disgracieux.

— Je rentre chez moi dormir un peu. Je reviendrai dans quelques heures pour interroger les employés que j'ai ratés cette nuit, à commencer par Ezmeralda Lopez et votre homme d'entretien.

— Al ? Pourquoi lui ?

— Quatre personnes sont allées dans la suite de Chelsea hier soir : Al Combs, Moira Schwartz, Bryce Davies, Ezmeralda Lopez, puis encore Ezmeralda Lopez — dans cet ordre. J'en ai interrogé deux. Maintenant, je dois parler aux deux autres.

— Mais pourquoi Al ? Il est entré et sorti bien avant que ça se passe.

— Ça ne fait rien, j'aimerais lui parler. Si ça vous convient.

Son ton était condescendant.

— Bien sûr que ça me va. Mais il faut que vous respectiez mes clients et que vous y alliez doucement avec mon personnel. J'ai un hôtel à diriger.

— Et j'ai une mort sur laquelle enquêter, dit-il, l'indignation illuminant ses yeux.

Je notai mentalement de m'assurer d'être présent pendant ces interrogatoires. Je ne pensais pas qu'Ezmeralda ou Al aient quelque chose à cacher, mais ils étaient tous deux timides et réservés. Être l'objet des questions d'un inspecteur intimidant pouvait être traumatisant et il fallait qu'ils se concentrent sur leur travail.

— Inspecteur, que s'est-il vraiment passé hier soir selon vous ?

Il réfléchit.

— Je n'en suis pas encore certain. Mais je sais que ceci n'est ni un accident ni un coup monté. Chelsea Fricks a été assassinée.

— Pourquoi quelqu'un aurait-il voulu la tuer ?

— Les meurtres sont commis pour trois raisons, Trevor : l'amour, l'argent et la drogue. Dans ce cas, j'ai le vague sentiment que les trois sont impliqués.

4

Le bon visage

— Tu ne devrais pas rentrer chez toi, Trevor?

Le directeur de nuit, David Woo, m'observait, l'air inquiet, tandis que je m'apprêtais à traverser le hall, les jambes chancelant de fatigue. Je le regardai attentivement par-dessus le bureau, essayant de me concentrer sur son uniforme noir sur fond noir. À ses côtés, Simka était dans la même brume de rose et de gris.

— Il est plus de 6 h, dit-elle avec son accent russe prononcé. Nous nous occupons de tout. Rentre chez toi.

Chez moi. J'essayai de me rappelais où j'habitais. L'endroit où je dormais. Un appartement dégarni avec une chambre à 10 minutes dans Whitley Heights... Au deuxième étage, enseveli sous les feuilles... Un balcon vide surplombant la ruelle. Après six mois, je ne m'y sentais toujours pas chez moi.

— Je ferais mieux de rester dans les parages, dis-je. L'équipe du matin arrivera bientôt et je dois leur donner des instructions.

J'allais mettre ma main sur le bureau de la réception, mais je le ratai et trébuchai. Je faillis me fendre la tête sur le comptoir en granit.

— Peut-être que je devrais m'étendre quelques minutes, dis-je.

Artie Truman franchit énergiquement la porte principale, aussi frais et alerte que lorsqu'il était arrivé 24 heures plus tôt.

— Je rentre chez moi, si ça vous va, dit-il. Raj vient d'arriver. Je serai de retour vers 15 h.

— Est-ce que ça c'est calmé dehors ?

— Vous rigolez ? Ils sont réchauffés.

Il me tira sur le côté.

— Est-ce que quelqu'un va parler aux journalistes ? Ils deviennent pénibles. Je ne suis pas un pro avec ce genre de trucs, mais je crois que quelqu'un doit parler au nom de l'hôtel. Il se dit beaucoup de choses.

Il avait un début de barbe. Je touchai mon propre menton et sentit la même chose.

— Comme quoi ?

Il baissa la voix.

— Comme le fait que Chelsea a été assassinée.

— Nom de Dieu ! J'espère que vous avez fait taire cette rumeur.

— Je n'ai pas dit un mot, comme vous me l'avez demandé.

Il regarda par-dessus nos épaules.

— Je suis allé dans l'appartement terrasse, Trevor. J'ai vu le sang. Il s'est passé quelque chose là-haut.

— Écoutez, Artie, dis-je, lui saisissant le bras, jusqu'à ce que la police de Los Angeles dise autre chose, c'était un coup monté qui a mal tourné. Compris ? Réalisez-cous combien ça pourrait être explosif ?

Il se gratta la barbe.

— C'est pour ça que je crois que quelqu'un doit sortir leur parler.

* * * * *

Il commençait à faire jour dehors. Plus d'une centaine de personnes étaient regroupées dans l'allée et dans la rue en face de l'hôtel. Certaines discutaient et sirotaient un café, d'autres paressaient sur l'herbe et le trottoir. Au début, personne ne me porta attention. Je n'avais aucune intention de faire une déclaration,

surtout pas avant d'avoir consulté Tony Cavalli et Kitty Caine —
bien que j'avais des craintes sur leur capacité à faire face à la situation habilement. J'imaginai Kitty faire irruption par la porte
principale et crier avec son accent texan :

— Entrez tout le monde! Entrez voir où Chelsea Fricks est
morte!

Je marchai vers le responsable de la sécurité, Raj.

— Nous allons devoir repousser ces gens dans la rue.

Il m'approuva du regard.

— C'est tout ce qu'on peut faire pour les garder éloignés.

Une femme brûlée par le soleil dans la mi-quarantaine avec
des cheveux noirs raides comme Cléopâtre nous regardait de
derrière la corde en velours.

— Excusez-moi! cria-t-elle d'une voix râpeuse. Judy Wasserman
de KCAL 9. Êtes-vous le directeur de l'hôtel?

— Oui, c'est moi, dis-je.

Ne voulant pas converser avec elle, je me tournai vers Raj.

— Je vais vous donner un coup de main. Allons...

— Les gars! siffla la femme de KCAL à la foule sur le trottoir.
Allons-y! Le directeur de l'hôtel va nous faire une déclaration!

Une multitude de journalistes déchaînés, de caméramans et
de techniciens chargèrent dans ma direction. Je reculai, effrayé.
Une douzaine de micros, des dictaphones et des caméras se
retrouvèrent brusquement sous mon nez.

— Reculez, s'il vous plaît! cria Raj tandis que deux autres
gardiens se pressaient pour nous aider.

— Je suis désolé, dis-je, levant mes mains. Vous m'avez mal
compris. Je ne vais pas faire de déclaration. Je vais, par contre,
gentiment vous demander de respecter la propriété et...

— S'il vous plaît, donnez-nous votre nom et votre titre, cria
un journaliste de *Entertainment Tonight*.

— Je... Je suis Trevor Lambert, directeur général. Je dois vous
demander...

La journaliste de KCAL leva la main.

— M. Lambert, est-il vrai que Chelsea Fricks a fait une chute mortelle depuis le toit de votre établissement ?

— Le toit ? Non, c'était du balcon de sa suite. Elle...

— Quel message aimeriez-vous transmettre aux admirateurs de Chelsea ? demanda un journaliste d'*Inside Edition*.

— Et bien, dis-je, à la recherche des mots appropriés. Je suppose que j'aimerais qu'ils sachent que toute l'équipe de l'hôtel Cinéma est profondément attristée par cet accident.

— Un accident ? dit un homme costaud du *Spotlight Tonight*. Elle ne s'est pas suicidée ?

— Et bien... Nous... Euh... Nous ne sommes pas tout à fait sûrs de ce qui s'est passé.

Plusieurs journalistes me bombardèrent aussitôt de questions.

— Était-ce un coup monté ? A-t-elle voulu faire comme Lohan ?

— Était-elle soûle ? La drogue est-elle en cause ?

La journaliste de KCAL se tenait juste en face de moi.

— Quel merveilleux hôtel, dit-elle.

Je souris.

— Et bien, merci.

— J'aimerais le visiter, dit-elle, battant des cils.

— Peut-être une autre fois. Nous sommes légèrement occupés aujourd'hui.

La foule rit.

Je commençai à mieux respirer. Encore quelques mots pour les apaiser et je pourrais retourner à l'intérieur et trouver Kitty Caine pour élaborer une déclaration appropriée. La foule semblait assez agréable, formée pour la plupart de journalistes du spectacle inoffensifs qui moussaient simplement leurs articles pour magnifier les célébrités — pas des journalistes intraitables à la recherche de scandales ou des médias spécialisés dans les catastrophes à la recherche de grandes douleurs.

— Qu'est-ce que ça fait d'avoir l'actrice la plus aimée au monde qui meurt alors qu'elle est sous votre responsabilité ? demanda Cléopâtre de KCAL.

Sous notre responsabilité ? Mes lèvres se serrèrent.

— Comme je le disais, nous sommes dévastés. Mais l'hôtel Cinéma n'accepte...

— Alors, *Chelsea est tombée* du balcon ? dit le journaliste de *Spotlight*, qui écrivait sur un calepin.

— Oh non, elle n'est pas tombée, dis-je, n'aimant pas la direction que prenaient les questions.

— Quelqu'un l'a poussée ?

— Était-ce un suicide ?

— Ça suffit, dis-je, horrifié. Je refuse de commenter.

— A-t-elle été assassinée ? laissa échapper la femme de KCAL.

L'assemblée se tut.

J'ouvris la bouche puis la refermai. Comment pouvais-je laisser cette question planer dans les airs ?

— Non, dis-je fermement. Mlle Fricks n'a pas été assassinée. C'était un accident. C'est tout ce que je peux dire. L'équipe de l'hôtel Cinéma a l'intention d'offrir son entière collaboration à l'enquête. Nous pensons...

— L'enquête ? cria le journaliste de *Entertainment Tonight*. Alors, il y *a eu* un acte criminel ?

— Oh, mon Dieu ! Chelsea Fricks a été assassinée ?

— C'est affreux !

— Qui a fait ça ?

La foule s'embrasa. Des obturateurs cliquèrent. Des appareils photo numériques bipèrent. Les lumières des appareils m'éblouirent. Paniqué, je fis ce que tout directeur raisonnable aurait fait : je me retirai dans l'hôtel, sanctuaire inviolable.

* * * * *

L'activité commença à reprendre quand les premiers clients arrivèrent en petit nombre sur la Scène pour le petit déjeuner. J'allais de service en service et prenait le personnel à part pour les aviser des événements de la nuit dernière, de ce qu'ils devaient répondre aux questions à ce sujet, et leur demander d'être bienveillants et compatissants tout en en disant le moins possible. Puis, je sortis vérifier la terrasse de la piscine. Une poignée de clients étaient assis aux tables qui entouraient le bar, regardant l'appartement terrasse 1 et parlant à voix basse. Je les saluai cordialement, mais continuai à avancer, ne voulant pas engager la conversation avec eux. Je n'étais pas en état d'interagir avec les clients ; j'avais désespérément besoin de repos, ne serait-ce qu'une heure.

À la réception, David et Simka avaient été remplacés par Valerie Smitts et Janie Spanozzini. Je me plaçai dans la file de Valerie, espérant qu'elle serait libre la première. Il restait moins d'une heure avant la rencontre sur le déroulement des opérations. Je ne pouvais pas la rater en raison de l'incident de la nuit dernière. Qui était cet homme qui prenait tout le temps de Valerie ? Jusqu'à présent, j'avais eu facilement accès au personnel. Mais maintenant, je devais m'incliner devant les clients. Il portait un caleçon de plage blanc avec des graphiques de graffiti, des tongs et un t-shirt teint au nœud — une tenue peu appropriée dans le hall d'un hôtel de luxe. Mais je me souvins que j'étais en Californie du Sud, là où les tenues de plage étaient acceptables presque partout.

Janie terminait avec son client, un petit homme trapu dans des pantalons kaki taille haute et une chemise de golf rose.

— Pas de prao-blème, dit-elle.

Elle avait de grosses dents étincelantes, une voix stridente et un accent du Bronx qui faisait penser à Edith Bunker.

— Alors, bye-bye !

L'homme la remercia et partit, roulant des yeux.

Janie était une des personnes engagées par Tony Cavalli, une de ses deux nièces qui roulaient des hanches dans les bureaux avant l'ouverture. Elles étaient tout droit sorties de New York et m'avaient informé que leur oncle Tony leur avait promis des emplois. C'est là que j'avais su que Tony tentait de gérer l'hôtel comme une agence de placement pour sa famille. J'avais alors tenté de le contrecarrer. Âgées respectivement de 21 ans et de 20 ans, Janie et Bernadina étaient indéniablement attirantes, mais leur apparence naturelle était camouflée par de longs cheveux, un maquillage chargé et des vêtements moulants et flamboyants. Bien que j'aie su en un instant qu'elles ne correspondaient pas à l'hôtel, je les avais invitées dans mon bureau pour une entrevue de courtoisie.

Bernadina était venue en premier.

— Alors, si je comprends bien, avais-je dit, baissant les yeux sur son curriculum — huit lignes de texte et six décalcomanies de papillons —, vous n'avez jamais travaillé dans un hôtel avant — ni même travaillé tout court ?

— J'ai travaillé à la cantine de l'école une fois. Mais ça n'a pas marché.

— Est-ce que Tony vous a mentionné quel genre d'emploi il vous promettait ?

— Euh… À la conciergerie ?

— Vous voulez dire la conciergerie ?

— Il a dit quelque chose à propos d'un poste de chef.

— De chef concierge ? Êtes-vous déjà venue à Los Angeles avant ?

— Quand j'avais 14 ans, on est allés à Disneyland.

— Savez-vous ce que fait un chef concierge, Bernadina ?

— Il fait des recommandations et des trucs ?

— Un concierge doit avoir une connaissance approfondie de Los Angeles : les meilleurs restaurants, les lieux des arts et de la culture, les visites et les activités, les boîtes de nuit de la ville les plus huppées.

— Janie et moi sortons en boîte ce soir. J'ai une fausse carte d'identité. On connaîtra donc la place demain.

Janie était la suivante.

— Je vois que vous avez de l'expérience dans l'hôtellerie, avais-je dit. Assistante de direction au Sheraton Four Points de La Guardia ?

— J'étais pas *exactement* assistante de direction. J'aidais le directeur à faire des tas de trucs. C'était un hôtel plutôt chic.

— Le Sheraton Four Points ? Vraiment ! Votre curriculum dit assistante de direction.

— Ai-je mis « de » au lieu de « pour la » ? Oups.

Dès qu'elles furent parties, j'avais pris le téléphone pour appeler Tony.

— Que suis-je censé faire avec elles ? avais-je demandé. Ce sont de gentilles filles, mais elles n'ont aucune expérience pertinente ni de capacités identifiables. Avez-vous une idée du niveau élevé des attentes de nos futurs clients ?

— Vous devez être gentil avec mes nièces ! gronda Tony. Ce sont des filles de qualité. Bernie n'est-elle pas sensationnelle ? Et Janie, elle a une grosse paire de nichons. Non pas que j'aie regardé. Hé, hé !

— On n'engage pas pour un tournage porno, Tony. C'est un hôtel de luxe. Je refuse de les engager.

— Vous n'avez pas le choix ! Dans 10 ans, je vais avoir une chaîne d'hôtels cinq étoiles internationale et ces filles vont les diriger. Vous avez intérêt à leur donner de bons emplois ! Janie a de l'expérience. Faites-en une assistante de direction ou quelque chose du genre.

— Une assistante de direction ? De quoi ? Des extensions de cheveux ?

— Je parle d'un rôle dans la production de films.

— Pouvons-nous, s'il vous plaît, éviter les rôles dans la production de films ? Ça perturbe le personnel et ça va perturber nos clients.

— Absolument pas ! Ça va avec notre nom.

À l'insu de Tony, j'avais déjà demandé au personnel de revenir à un jargon plus standard d'hôtellerie et d'utiliser celui de la production de films en sa présence seulement.

— Je refuse de donner le titre de directeur à quelqu'un qui n'a pas les qualités requises, avais-je dit. Le personnel se révolterait. Comment pouvons-nous nous attendre à ce qu'elle prenne des décisions majeures ?

— J'ai dit de lui donner un titre, pas de la laisser prendre des décisions.

Il avait toussé. Même Tony réalisait combien c'était grotesque.

— Bon, donnez-lui un travail de coordonnatrice de production.

— Vous voulez dire agente de bureau.

— Non, je veux dire coordonnatrice de production !

— Tony, ces filles n'ont aucune expérience.

— Mais n'est-ce pas parfait ? Vous n'aurez pas à leur désapprendre de mauvaises habitudes. Elles sont comme des récipients vides.

— Vous avez raison sur ce point.

— Ne faites pas le malin, Trevor ! Rappelez-vous ce que je vous ai dit. Vous ne distribuez pas les rôles pour un hôtel, vous distribuez les rôles pour des films. Les apparences sont plus importantes que n'importe quoi d'autre. On peut apprendre à une belle fille comment être intelligente, mais on ne peut pas apprendre à une fille moche comment être belle. Je n'ai pas dépensé des millions de dollars dans cette production seulement pour vous voir choisir des mochetés. Janie et Bernie ont le bon visage.

J'avais eu un mouvement de recul.

— S'il vous plaît, arrêtez d'utiliser ce terme. C'est répugnant. Des hôtels de la ville se sont vus intenter des procès pour discrimination pour n'avoir engagé que des employés séduisants.

— Dois-je commencer à chercher un nouveau directeur général ?

— Nom de Dieu, Tony, voulez-vous arrêter de me menacer de me renvoyer ?

Il y avait eu un silence de mort.

— D'accord, je trouverai une place pour vos nièces et je m'assurerai qu'elles suivent une excellente formation. Satisfait ?

— Un des jumeaux va venir vous voir aussi. Enzo se morfond ces derniers mois. Il est jaloux parce que son frère, Lorenzo, se marie. Ce sont les fils de mon oncle Bruno. Mon père a promis un emploi à Enzo. Je pense qu'assistant de production serait bien pour commencer.

— Chasseur ?

— Assistant de production ! Il veut faire de la vente, alors peut-être que vous pourriez lui donner un rôle de directeur de la distribution d'ici quelques mois. Je serai honnête : ce n'est pas le garçon le plus intelligent, mais il a…

— Ne dites rien… Un bon visage.

— Il pourrait être vedette de cinéma — s'il n'était pas si sot !

Quand Enzo s'était présenté pour une entrevue deux jours plus tard, j'avais découvert qu'il était encore plus louche que Tony. Sachant que je devrais me quereller avec Tony si je refusais de l'engager, j'avais demandé à Dennis Clairborne, le directeur des ressources humaines (le « directeur de la distribution » dans le jargon de Tony), de le convoquer pour une seconde opinion. Quand j'avais reçu Enzo, il avait bégayé une réponse et était devenu nerveux. J'avais exclu son comportement comme une autre preuve de sa stupidité, mais Dennis avait suspecté quelque chose de plus glauque. Le sondant plus en profondeur, il l'avait fait avouer : ce n'était pas Enzo, mais son frère jumeau Lorenzo. Enzo, ayant réalisé combien il avait bousillé son entrevue avec moi, avait envoyé son frère plus intelligent comme doublure. Quand j'avais informé Tony de sa ruse, il avait été furieux. Je m'étais alors organisé pour rejeter au moins un de ces désastreux employés potentiels.

À présent, j'avançais vers le bureau pour obtenir l'attention de Janie, mais elle était trop distraite par le client de Valerie pour me remarquer. À ses yeux exorbités, je supposai qu'il était ou très beau ou célèbre — ou les deux. Je jetai subrepticement un coup d'œil latéral sur lui. Matthew McConaughey ? Reconnaître les vedettes n'était pas évident pour moi, car j'allais rarement au cinéma et je ne lisais jamais de magazines sur le spectacle ou de presse populaire. Janie tourna autour de Valerie et tendit le bras pour lui emprunter son agrafeuse, même si la sienne était bien en vue à son poste. Elle ne quittait pas l'homme des yeux. Ses seins gros comme des ballons d'eau débordaient de son soutien-gorge noir (qui aurait dû être blanc) et de sa chemise rose (déboutonnée trop bas).

— Bonjour, Janie, dis-je pour attirer son attention.

— Trevor ! Comment ça va ?

Elle quitta le poste de Valerie et retourna au sien.

Je murmurai :

— Un rappel amical : utilisez le nom du client au moins trois fois dans toute interaction. Et surveillez votre langage, d'accord ? Dites « ça me fait plaisir », pas « pas de problème », et « au revoir », pas « bye-bye ».

Je souris pour adoucir ma réprimande. C'était la première journée de l'hôtel, après tout, et elle était sans doute nerveuse.

— Ça marche, Trevor, dit-elle, plissant fort ses yeux comme pour exécuter un exercice complexe de mémoire.

Quand elle les rouvrit, elle jeta un autre coup d'œil furtif au client de Valerie.

— Janie, j'ai besoin d'une chambre pour faire une sieste rapide. Pouvez-vous m'aider ?

Elle secoua la tête.

— Désolée, nous sommes complet.

Son ton arrogant me faisait sentir comme un clochard. Elle plissa le front.

— Vous avez pas l'air bien. Dure nuit ? Vous avez passé une folle nuit ou quelque chose du genre…

— Je n'ai pas dormi de la nuit.

— *Oh*. Pourquoi, parc'que Chelsea Fricks s'est noyée dans la piscine ?

Je rabattis l'air de ma main et baissai la voix.

— S'il vous plaît, abstenez-vous de mentionner l'incident d'hier soir, Janie. Faites comme si rien ne s'était passé. Une chambre non complétée sera parfaite. Tout ce dont j'ai besoin, c'est d'un lit. Cliquez sur Gestion des chambres, choisissez Hors service et cliquez sur Recherche.

Elle me regarda comme si je lui demandais de reconfigurer le système informatique. La situation sembla désespérée.

— N'êtes-vous pas censée être supervisée par quelqu'un ? dis-je.

— Beth a reçu un appel d'une chambre pour aider un type avec Internet.

— Vous voulez dire un monsieur ?

— Je sais pas, railla-t-elle. Je l'ai jamais rencontré.

Un autre regard vers le client de Valerie.

— Janie, mâchez-vous de la gomme ?

Elle cessa de mâcher.

— C'est pas autorisé ?

— Bien sûr que ce n'est pas autorisé. C'est un hôtel, pas un café-restaurant sur le bord de la route.

Elle sortit de sa bouche une boule de gomme à mâcher rose et la pressa contre sa paume.

— J'essaie d'arrêter de fumer et ça fait genre que ça me stresse complètement. Personne fume dans cette ville. Je me sens comme une lépreuse. La gomme m'empêche de serrer mes mâchoires si fort que je risquerais de perdre mes dents.

Elle baissa les yeux sur l'écran.

— Cet ordi est vraiment bizarre.

Exaspéré, je regardai vers Valerie, qui avait à présent un combiné de téléphone sur chaque épaule et qui tapait frénétiquement sur son clavier. Elle semblait être en train de modifier tout le programme de voyage de l'homme.

— Désolé pour tout ça, dit le client avec une voix traînante du Sud. J'ai demandé à votre concierge, mais elle a dit qu'elle n'était pas autorisée à faire des changements pour les avions. C'est du domaine de la vie privée.

— Vraiment? dit Valerie avec un sourire perplexe. Je suis terriblement désolée, Monsieur Balboa. Elle a dû mal comprendre.

Je regardai vers le bureau de la conciergerie et vit la sœur de Janie, Bernadina, assise seule, le visage à peine visible derrière un linceul de cheveux noirs bouclés. Elle vérifiait ses dents dans un miroir de poche.

Regardant à nouveau le client de Valerie, je parcourus la liste d'invités que j'avais en mémoire. Balboa, Rocky, chambre 521. Un autre pseudonyme, bien sûr. C'était la politique de l'hôtel de s'adresser aux clients selon leur pseudonyme partout sur la propriété.

Les ongles de Janie Spanozzini qui ressemblaient à des griffes tapaient sur le clavier comme un enfant qui joue sur un faux piano. Elle ne baissait même pas les yeux; elle regardait M. Balboa. Son téléphone sonna.

— Vous souvenez-vous de notre règle de trois? demandai-je à Janie.

Elle baissa les yeux sur ses doigts.

— J'ai droit qu'à trois bagues?

— Je parle des trois sonneries du téléphone.

— Ah, ouais. Une seconde, d'accord?

Elle prit le téléphone.

— La réception, Janie à votre cigarette — je veux dire, à votre service.

Elle écouta un moment, puis raccrocha violemment.

— Gros nul, marmonna-t-elle dans sa barbe.

J'étais trop épuisé pour protester.

— S'il vous plaît, attribuez-moi une chambre, Janie.

— Il semble que la chambre 314 soit libre.

Elle tendit le bras vers le lecteur optique et le bougea dans les airs comme une caissière de Safeway.

— Il faut que je vous numérise ?

— Non, j'ai accès partout. N'oubliez pas d'enregistrer ma présence dans le système. Et de programmer un appel pour me réveiller à 7 h 45.

— Bien sûr, pas de problème.

Elle gribouilla l'heure sur la main qui contenait sa gomme à mâcher.

— Du soir, hein ?

— Du matin.

— Comme dans une demi-heure.

Je grimaçai et opinai.

— Bonne nuit, beaux rêves, pas de puce, pas de punaise. Bye-bye !

Tandis que je partais vers l'ascenseur, Valerie me lança un regard impuissant et articula les mots : « Je suis désolée ! » Je souris pour lui assurer que ça allait.

Pendant ce temps, Janie avança vers M. Balboa tout en donnant de petits coups à ses cheveux noirs et bouscula Valerie pour l'écarter.

5

Attendons pour voir

Paris.

Juillet, en pleine saison touristique. Nous attendions dans le sompteux hôtel Le Meurice en face du Louvre. C'était la fin de l'après-midi et nous mourions de faim, mais après avoir jeté un œil sur les prix — *mon Dieu*[*]! —, nous avions opté pour commander plus de vin. La tour de hors-d'œuvre que le serveur avait présentée dans un geste théâtral nous permettrait de tenir jusqu'au dîner. J'avais demandé deux autres verres de Bordeaux. Ils coûtaient 48 dollars chacun, mais ça n'avait pas d'importance. Je voulais que ce moment soit parfait.

En Europe, la vie n'avait jamais été plus simple ou grandiose. Barcelone, Rome, et maintenant Paris... Le matin, je suivais Nancy dans les galeries d'art, les musées, les cathédrales ; l'après-midi, elle me suivait dans les grands hôtels, les historiques et les contemporains. Les soirées étaient occupées par des intérêts réciproques : des dîners intimes à des terrasses de cafés, de longues promenades, faire l'amour tandis que la lune se levait, puis à nouveau quand elle descendait.

Elle m'observait avec ses grands yeux bruns. Ses longs cheveux lustrés descendaient en cascade sur ses épaules nues. Je jouais devant un public d'une personne, une personne passionnée, extasiée, et je la régalais d'un récit faisant partie de mes réserves d'histoires d'hôtel sur des clients excentriques, des célébrités fantasques, des hommes d'affaires qui se comportaient mal. Nancy

---

[*] N.d.T. : En français dans le texte original.

aimait entendre des histoires, bien qu'elle n'eût jamais été éprise de cette industrie comme moi ; son emploi comme gérante à l'Univers avait été bref. Mon histoire s'achevait et je fus récompensé par ses rires si profonds qu'ils la firent tousser. Quand elle avait repris ses esprits, j'avais imité le serveur : son comportement formel, son mauvais français, ses manières aguicheuses. Elle avait ri, le regardant furtivement avec nervosité.

Notre vin était arrivé.

Nancy m'avait libéré de ma chambre forte intérieure. Employant les tactiques qu'elle utilisait pour convaincre des clients furieux — l'empathie, la compassion, une confiance sereine —, elle avait trouvé son chemin. D'abord, elle était passée par la fenêtre. Puis, elle avait cogné à la porte et avait crié mon nom. Imperturbable, elle avait défoncé la porte, déclenchant les alarmes et m'obligeant à me retirer dans un environnement complètement verrouillé. Puis, elle avait pris des tenailles pour briser les verrous, une masse pour fracasser la poignée, un boulet de démolition pour défoncer la porte. Elle avait pris ma main et m'avait sorti, me montrant comment apprécier pleinement un amour partagé. Je lui avais demandé de venir vivre à Vancouver avec moi. J'avais trouvé mon domicile.

L'anneau devint vivant dans ma poche, vibrant dans sa boîte, demandant de l'attention comme l'anneau magique du *Seigneur des anneaux*. Tandis que nous trinquions, les mots avaient jailli de ma bouche.

— Nancy, veux-tu m'épouser ?

Son sourire s'était évanoui. J'avais vu un vacillement dans ses yeux. Comme un écran qui passe d'un film d'été léger à un film noir, son expression était passée de la joie à — qu'est-ce que c'était ? De la peur ? Du chagrin ? Tout était raté : le scénario, mes répliques, sa réaction, les accessoires. Comment avais-je pu oublier l'anneau ? J'avais voulu tout recommencer.

Elle avait ouvert la bouche, cherchant ses mots.

— Trevor, je…

L'anneau avait encore remué.

— Attends, avais-je dit, plongeant ma main dans ma poche.

J'allais me mettre à genoux, lui prendre la main, lui déclarer mon amour éternel. Mais ça n'était pas mon anneau, c'était mon téléphone cellulaire. Nous l'avions loué pour nos appels vers l'extérieur ; seule une poignée de personnes avaient le numéro. Je l'avais sorti. Il vibrait dans ma main.

— Réponds, avait dit Nancy, semblant soulagée de cette interruption.

C'était le directeur général du Fermont Waterfront, où j'avais accepté un emploi de directeur d'hôtel avant notre voyage. Le responsable des chambres était tombé malade. Il n'avait plus de responsable pour la nourriture et les boissons ni de chef de réception. C'était la pleine saison et un congrès devait arriver. Il voulait savoir si je pouvais commencer quelques jours plus tôt.

J'avais jeté un œil sur Nancy. Son regard fixait son verre de vin.

— Mais je suis encore en Europe, avais-je dit.

— Je ne vous le demanderais pas si la situation n'était pas désespérée. Pouvez-vous prendre un avion pour rentrer demain ?

— *Demain* ?

Un montage de lignes s'était formé aux coins des yeux de Nancy. Elle contemplait la tour de hors-d'œuvre entre nous. Les morceaux appétissants fournissaient une compensation pour le prix des boissons. Elle semblait lasse à présent, comme frappée par une soudaine vague de fatigue avec laquelle elle était aux prises ces dernières semaines.

Finalement, j'avais accepté. J'avais posé le téléphone sur la table.

Elle avait levé la tête.

— Tu reprends le travail.

J'avais ouvert la bouche pour lui expliquer, mais elle avait levé sa main. Elle avait détourné le regard vers le hall, où un grand homme distingué dans un costume sur mesure parlait avec un couple d'États-Uniens mécontents. Tout de lui — sa posture, ses vêtements, la façon dont il penchait la tête sur le côté en signe d'empathie — m'indiquait qu'il était le directeur de l'hôtel.

— Repars-tu avec moi ?

Elle avait secoué la tête.

— Ma grand-mère m'attend.

— Vous pourrez passer du temps toutes les deux, avais-je dit doucement. Tu pourras te reposer.

J'avais touché sa main.

Elle ne l'avait pas écartée, mais l'avait fermée pour former un poing. Sans détacher ses yeux du directeur de l'hôtel, elle avait bu son vin.

— La dernière chose que je voulais, c'était raccourcir nos vacances.

— Tu n'as pas à t'expliquer. Je comprends.

J'avais mis ma main dans ma poche à la recherche de la bague.

— Comme je disais…

Elle avait vivement secoué la tête. Ses yeux étaient devenus distants.

— Tu ne veux pas… ?

— Attendons pour voir.

Le directeur de l'hôtel avait serré les mains du couple d'États-Uniens. Tous trois souriaient. L'affaire était réglée. Tandis qu'il partait, son visage avait revêtu une légère grimace.

Le lendemain matin, elle s'était réveillée à nouveau mal au point. Elle avait écarté mes inquiétudes en attribuant son malaise au vin. Ses doigts étaient enflés, son visage pâle. Nous nous étions embrassés à l'entrée de l'hôtel. Le directeur était là, comme s'il n'était jamais parti. Il nous avait demandé comment nous avions trouvé notre séjour.

— *Magnifique*[*], avait répondu Nancy dans un français impeccable.

---

[*] N.d.T. : En français dans le texte original.

Elle devait prendre l'Eurostar jusqu'à Londres, puis le train jusqu'à Oxford, où un taxi l'emmènerait chez sa grand-mère à Salisbury, à quelques minutes de Stonehenge. Sa robe blanche en coton était fleurdelisée. Elle semblait fragile et pourtant encore plus belle que jamais. Tandis qu'elle montait dans un taxi, je lui avais fait promettre de consulter un médecin.

Le taxi était parti. J'avais agité la main, mais elle ne s'était pas tournée.

Attendons pour voir.

6

Phobie des célébrités

Je me réveillai en sursaut, tremblotant. Une lumière rouge clignotait comme un signal de détresse au loin. Je roulai et cherchai le corps chaud de Nancy, mais je sentis de l'air froid, rien d'autre. Du plastique dur. Pas de couverture ni de draps.

Je me redressai, effrayé. Où étais-je ?

Un rai de lumière brillait à travers un interstice dans les rideaux. La lumière du jour. La feuille d'un palmier s'appuyait contre la fenêtre. La lumière rouge au-dessus : un détecteur d'incendie. Un hôtel. Mes mains parcoururent mon corps. Je portais une chemise et des pantalons de soirée. J'entendis des cris à l'extérieur, des moteurs de machines, des claquements de portes, des chuchotements. À New York, je me réveillais souvent avec des bruits similaires. L'immeuble où je vivais sur la 10ᵉ avenue était le préféré des équipes de tournage. Est-ce qu'on tournait un film à l'extérieur ?

Je me souvins de la fête. L'hôtel Cinéma.

Dans le couloir, j'entendis les bruits familiers du personnel d'entretien qui se criaient après les uns les autres en espagnol. Un aspirateur vrombissait. Quelqu'un frappa à ma porte.

— Service de nettoyage, bon après-midi.

Après-midi ? Tandis que mes yeux s'ajustaient, je vis comme la chambre était nue. Pas de télévision, pas de tableaux sur les murs, pas de téléphone pour se faire réveiller.

La porte s'ouvrit et un visage foncé et rond apparut.

— Oh ! Je suis si désolée ! cria-t-elle, refermant la porte.

Je pensai à Ezmeralda, puis à Chelsea Fricks, et soudain, tout me revint.

Je sautai hors du lit et pris une douche rapide, me séchant avec des serviettes en papier. Puis, j'enfilai mon costume. Tandis que je quittai la chambre, je vérifiai son numéro : 314. J'étais presque sûr qu'elle était réservée pour un client qui devait arriver ce soir.

* * * * *

Shanna Virani attendait dans mon bureau.

— Où diable étais-tu ? J'étais malade d'inquiétude.

— Je dormais. Je ne peux pas croire qu'il est 13 h. Ça me rend malade.

Je passai devant elle et me rendis à ma table de travail. Les bureaux administratifs, situés derrière la réception, n'avaient pas le style et l'éclat des zones publiques. Mon bureau, le plus grand, pouvait à peine recevoir plus de trois personnes. En ayant pris possession seulement deux jours plus tôt, je n'avais pas eu le temps de le décorer. Les murs fraîchement peints ivoire étaient nus.

Assise dans un fauteuil club dans un costume de ville Chanel tout blanc et portant des chaussures à talons blanches vernies, Shanna compensait pour le manque d'éclat des lieux. Ses cheveux noirs ondulés étaient parfaitement coiffés, ses ongles manucurés, ses doigts, ses poignets et son cou ornés d'accessoires : des bagues et des bracelets en or, un collier de perles noires. Derrière elle, par la fenêtre qui donnait sur le couloir, je pus voir le directeur des ressources humaines, Dennis Clairborne, au photocopieur, nous regardant furtivement par-dessus son épaule. Il voulait probable-ment me voir, mais il avait trop peur de nous interrompre et de s'attiser les foudres de Shanna. À New York, le personnel lui avait donné un surnom : la Reine du putain d'Univers, ceci en raison de son attitude impérieuse. Or, il semblait que sa réputation l'avait suivie à L.A.

— Ça n'est pas *entièrement* ta faute, dit Shanna. Janie Spanozzini a oublié quelle chambre elle t'avait assignée. On a frappé à toutes les chambres inoccupées de l'hôtel, mais on ne t'a pas trouvé. Soit tu t'es installé avec Betty Rubble, soit tu as pris un placard à balai pour une chambre.

— J'étais dans la 314.

— Cette petite chambre minable ? Je suis sûr que nous avons cogné.

— Je devais dormir comme une souche.

Je m'assis à mon bureau et ouvris mon ordinateur.

Shanna se pencha vers moi, les doigts écartés sur le bureau, les sourcils arqués avec une expression inquisitrice. Son petit visage chargé en maquillage et ses cheveux trop laqués me rappelaient une enfant mannequin, une version pakistanaise d'âge mûr de JonBenet Ramsey. Je me sentis immédiatement coupable de cette pensée — elle aurait été humiliée. Elle attendait la primeur de l'incident de la nuit dernière, mais je ne voulais pas en parler. Je m'en voulais d'avoir dormi pendant des *heures* et j'avais besoin de me mettre au travail au plus vite, de vérifier mon calendrier, mes courriels, et de parcourir mes rapports quotidiens. C'est seulement après que je serais prêt à affronter la journée.

— Où en est la capacité d'occupation ? demandai-je, en attendant que le programme soit chargé.

Shanna s'assit sur le coin de mon bureau, rejeta sa tête en arrière et laissa échapper un soupir théâtral.

— *Plusieurs* clients ont dû être admis dans un autre hôtel.

— Comme combien ?

— Avec l'appartement terrasse 1 hors service, je dirais une douzaine au moins.

— Nous n'avons *pas* eu d'annulation ? Même après la nuit dernière ?

— Au contraire, chéri. Les téléphones pour des réservations n'arrêtent pas. Du jour au lendemain, l'hôtel Cinéma est devenu le Graceland de Chelsea Fricks.

Je sifflai.

— J'espère qu'Al aura le temps de compléter d'autres chambres aujourd'hui.

Ouvrant le système de la direction de la propriété, je commençai à lire mes rapports matinaux. L'imprimante se mit en fonction.

Shanna me regardait.

— Trevor, as-tu vu les nouvelles ce matin ?

— Il n'y avait pas de télévision dans ma chambre. Pas de toilettes ni de téléphone non plus, pour ta gouverne.

— La mort de Chelsea est dans tous les journaux d'information, toutes les stations de radio, dans toutes les langues de la ville, probablement à travers le pays, peut-être même dans le monde. Les médias sont entrés dans une frénésie absolue. J'ai pensé que tu étais entré tôt quand je t'ai vu à KCAL 9.

Je levai les yeux.

— Comment j'étais ?

Elle hésita, prenant soin de choisir ses mots.

— Tu avais l'air… Et bien… Un soupçon exténué. Comme si tu n'avais pas dormi de la nuit.

— C'était le cas !

— Pourquoi as-tu dit que tu refusais de commenter ? Ç'a paru froid. Tu avais l'air en colère et un brin pompeux, si tu veux la vérité.

— Les journalistes me harcelaient ! J'ai été gentil et cordial jusqu'à ce qu'ils lancent un déluge d'accusations et d'insinuations. Ils étaient impitoyables. À quel point avais-je l'air exténué ?

— Ne sois pas contrarié, chéri. Je sais combien ils peuvent être vicieux. Ils sont autour de l'hôtel comme une meute de loups affamés.

— Ils sont encore là ?

— Tu croyais que ç'allait disparaître au courant de la nuit? Ce n'est que le début.

— Que veulent-ils de nous? Ce n'est pas comme si son corps était encore ici.

— Ils veulent quelque chose pour faire la une des nouvelles en direct en continu. Tu devrais aller voir dehors. Une foule d'admirateurs fait la queue dans la rue. Des journalistes arrivent par camions et installent un campement sur notre pelouse. Notre pauvre petit jardin de fleurs, planté il y a seulement deux jours, a été piétiné. Nous sommes devenu un arrêt pour les visites de la ville et les visites des maisons des vedettes. La police a dû fermer Hollywood Boulevard dans une périphérie de trois pâtés de maisons dans toutes les directions. Je ne peux pas croire que tu aies dormi tout ce temps.

— J'étais un brin fatigué.

Je sortis les rapports de l'imprimante et commençai à les parcourir.

— Où étais-tu passée hier soir?

Elle sauta du bureau et défroissa sa veste blanche.

— Je suis partie tôt.

— Tony était furieux de ne pas te trouver.

— Qu'il aille se faire foutre! Il m'a harcelé avec ça ce matin.

Son attitude envers Tony avait changé de façon considérable dans les derniers mois. Il n'y avait plus de «Il est brillant, tout simplement brillant.»

— Il a pris l'hôtel d'assaut à ta recherche ce matin, dit-elle, marchant vers le miroir en pied sur le mur pour arranger ses cheveux. La vérité, c'est que je ne pouvais supporter de me trouver au milieu de tous ces gens prétentieux.

— Je croyais que tu te sentais comme chez toi.

— Pas au milieu de top-modèles prétentieux de 12 ans. Je suis partie à 20 h.

— *Vingt heures?* Comment pouvais-tu savoir qui serait là? Personne n'est arrivé avant 21 h.

— J'ai vu la liste d'invités. C'était suffisant.

Dennis Clairborne traînait encore dans le couloir. Shanna fit un geste vers lui du revers de la main pour qu'il fiche le camp, et il partit à vive allure dans le couloir. Ce n'était pas une des recrues pour lesquelles on devait blâmer Tony. Shanna et moi l'avions engagé d'après ses excellentes références — le Ritz Carlon, le Marriott, les hôtels W —, mais il se révéla rapidement être un curieux et une commère.

— Tu as parlé de cette fête pendant des semaines, Shanna. Pourquoi n'es-tu pas restée ?

— Oh, je ne sais pas.

Elle resta silencieuse un moment, puis dit jovialement :

— Je suis allée voir un film avec Bantu et Eliza.

Ça semblait une drôle de soirée pour avoir quelque chose de prévu avec son fils et sa fille, mais j'étais heureux d'entendre qu'ils avaient trouvé du temps pour elle.

— Comment vont-ils ? demandai-je.

—Bien, merveilleusement bien.

Les employés étaient rassemblés dans le couloir, faisant la file devant ma porte. Je me levai. Les rapports devraient attendre.

— Je vais organiser une réunion avec le personnel. Je dois informer tout le monde sur ce qui s'est passé, leur dire ce qu'ils doivent répondre et à qui parler s'ils se sentent perdus.

— Déjà fait.

— Tu as organisé une réunion de personnel ?

— Après avoir présidé la réunion sur le déroulement des opérations pour toi, j'ai convoqué une réunion du comité exécutif, puis une réunion de tout le personnel.

Elle souffla sur ses ongles.

— Fait, fait et fait.

Je sentis un accès de gratitude, suivi d'un sentiment de honte.

— Je t'en suis reconnaissant, Shanna, mais j'aurais dû m'en charger. Comment le personnel prend-il les choses ?

— Assez bien, vu les circonstances. On les a tellement mis à rude épreuve pour les préparatifs de l'ouverture d'hier soir que pratiquement rien ne peut les décourager. Ils sont secoués, naturellement, et quelques-uns sont profondément perturbés, mais ils essaient de rester positifs. J'ai dressé une liste de directives pour répondre aux médias, aux clients et aux questions du public. Je les ai passées en revue à la réunion. Toutes les demandes des médias doivent être transmises à toi, à moi ou aux Relations Publiques Caine. Je leur ai certifié que cette affaire devait être traitée avec le maximum de sensibilité et de tact.

— Parfait. Maintenant, si tu veux bien m'excuser, il y a une petite armée de personnel qui attend.

— Pas si vite, dit-elle, bloquant la porte.

Elle tendit le bras pour fermer les stores, et les employés à l'extérieur disparurent de notre vue. Plaçant ses jointures sur ses hanches, faisant tinter ses bracelets, elle implora :

— Que s'est-il passé hier soir ? Tout le monde dit qu'elle a organisé un coup de pub pour *Ambition aveugle* et qu'elle s'est rompu le cou. C'est vrai ?

— Je n'en suis pas certain.

— Ne sois pas évasif avec moi, Trevor. J'ai su que tu avais été témoin du saut. Le personnel dit que tu as passé des heures avec l'inspecteur. A-t-elle fait sa Lohan ?

— C'est quoi cette histoire de Lohan ? Une journaliste a utilisé ce nom ce matin.

— Tu te souviens quand Lindsay Lohan a sauté d'une terrasse dans la piscine de l'hôtel Roosevelt ? C'est comme si Chelsea avait voulu surenchérir. Depuis que Lindsay a obtenu le rôle de Hayley Mills dans *L'Attrape Parents*, elles étaient rivales. Inutile de te dire que la direction de l'hôtel n'était pas aux anges.

— Et nous, nous le sommes ?

Elle s'affala dans son fauteuil.

— J'en suis malade. La pauvre fille avait seulement 27 ans. Elle avait beaucoup de talent, mais elle s'est entourée des mauvaises personnes. Des profiteurs. Bryce Davies l'a utilisée. Moira Schwartz l'a exploitée. Elle traversait une mauvaise période. Et l'insistance des médias était incessante. Elle ne s'était probablement même pas encore remise du terrible scandale de Rome.

— Quel scandale ?

— Un conseil, Trevor : si tu veux avoir du succès comme hôtelier des vedettes dans cette ville, tu dois suivre les nouvelles sur les célébrités. Il y a quelques mois, l'employé d'un hôtel a pris des photos de Chelsea prenant un bain de soleil les seins nus à la piscine de l'hôtel et les a divulguées à la presse populaire. Il a aussi forcé sa chambre d'hôtel et a pris des photos d'objets variés, disons « très personnels ». Chels a été indignée et humiliée. Depuis son retour d'Europe, elle a fait l'objet d'une campagne de publicité éclair épuisante pour *Ambition aveugle*. Les critiques ont été dithyrambiques, mais les ventes de billets ont été décevantes. Ajoute l'accusation pour conduite avec facultés affaiblies, le fait que ses chansons sont déjà en circulation bien que son premier CD ne soit toujours pas sorti, et la brouille avec ses parents, comment cette pauvre fille pouvait-elle s'en sortir ? Aujourd'hui, elle était censée s'envoler au Pérou pour tourner un autre film, une épopée inca semi-pornographique dont elle aurait partagé la vedette avec Colin Farrell et Orlando Bloom. Je suppose que ça ne se fera jamais. Alors, *ça*, c'est une tragédie.

— Tu en parles comme si Chelsea et toi étiez des amies intimes.

— D'une certaine façon, c'est comme si je la connaissais.

— Ça doit être à force de lire *Us*, *People* et *Spotlight*.

— Je lis ces magazines simplement pour faire des recherches, chéri. Si on veut flatter les célébrités, on doit connaître leurs goûts et leurs aversions.

— Comme leur marque préférée de papier toilette ? Si vous étiez des âmes sœurs, je suis surpris que tu n'aies pas collé par ici pour la rencontrer.

— Oh non, je n'aurais jamais pu. Je suis terrifiée par les vedettes. J'aime lire sur elles, mais je ne pourrais probablement jamais en rencontrer. J'en mourrais.

— Tu as peur des célébrités?

Elle appuya sa main contre sa poitrine et inspira.

— Ça n'a rien de drôle. Ça n'est pas si rare comme affliction. J'ai cherché. Ça s'appelle la phobie des célébrités. Je n'avais pas réalisé que j'en souffrais jusqu'à ce que je me heurte à Jessica Alba au rayon crèmerie du Bristol Farms il y a quelques mois. J'ai eu une crise de panique. J'ai échappé la boîte d'œufs que je tenais. Elle s'est baissée pour m'aider à nettoyer et je me suis enfuie.

J'eus un petit sourire en coin.

— L'as-tu dit à Tony avant qu'il t'engage?

— J'étais décidée à guérir. Quel meilleur moyen que d'occuper un nouvel emploi dans un hôtel qui allait fourmiller de célébrités? Je réalise maintenant que je ne guérirai jamais. La perspective de me retrouver entourée de gens célèbres hier soir était insupportable. Si j'avais rencontré Chelsea Fricks, je me serais évanouie.

— Rappelle-moi de ne pas te demander d'accueillir de célébrités.

Je me levai et jetai un œil à travers les stores, me sentant coupable de laisser le personnel attendre. Le couloir était désert. Je me tournai vers Shanna.

— Pourquoi dis-tu que Bryce Davies l'utilisait?

— Tu ne regardes pas *Amour et modernité*? Il joue un jeune de la rue perturbé dont le statut social monte en flèche quand il tombe amoureux de la fille rebelle d'un sénateur de New York. Je jurerais qu'il joue son propre rôle. La saison cinq vient juste de finir et il couche avec la sénatrice maintenant. Son personnage est méprisé de par le monde, alors que l'apparition de Chelsea dans le feuilleton dans le rôle de la fille, juste pendant une saison, est devenue légendaire, comme Farrah Fawcett dans *Drôles de dames*.

Depuis qu'elle n'y jouait plus, sa carrière au cinéma avait décollé. L'as-tu vue dans *L'esclavage blanc* ? Helen Mirren l'a détroussée de cet Oscar. Elle devrait en avoir un pour *Ambition aveugle*. Malheureusement, ce sera à titre posthume. Grâce à Chelsea, Bryce est bien plus célèbre qu'il aurait pu espérer le devenir par lui-même. Ses tentatives de participer à des films ont été de vrais fiascos. Tu as vu *Notoriété* ?

— Jamais entendu parler.

— C'est ça. Et le film tiré de la série, *Vivre à trois* ?

— J'ai entendu dire que c'était mauvais.

— Déplorable.

— Leur relation était-elle violente ? demandai-je.

Shanna sourcilla.

— Pas autant que je sache. Je suis certaine que Bryce l'enviait pour son succès, mais je ne crois pas qu'il l'ait déjà maltraitée. Pourquoi poses-tu la question ?

— Par curiosité.

— Tu sais quelque chose.

— Je ne sais rien, Shanna.

— Trevor.

— C'est juste que je ne crois pas que ce soit un coup de pub.

Sachant que Shanna ne partirait pas avant que je lui dise quelque chose, je lui racontai ce que j'avais vu : la baignade de Chelsea plus tôt dans la soirée, son saut du balcon, ma conversation avec l'inspecteur. J'omis les taches de sang, les coups de couteau et les remarques de l'inspecteur Christakos — tout ce qui suggérait un acte criminel.

Les yeux de Shanna étaient captivés.

— Tony Cavalli l'a tuée, murmura-t-elle.

— *Quoi* ?

— Il a provoqué sa mort avec ce projecteur.

— Tu ne peux pas blâmer Tony. Comment pouvait-il savoir qu'elle sauterait du balcon ?

— Alors, elle s'est suicidée.

— Je n'ai pas dit ça.

— Elle a été poussée.

— Nom de Dieu, Shanna! Tu es pire que les journalistes dehors. Chelsea n'a pas été poussée. J'ai vu ce qui s'est passé. Elle a enjambé la rampe et elle a sauté. Je ne crois pas que c'était un coup de pub parce qu'elle savait qu'elle sautait dans la partie peu profonde. C'est tout. Le reste concerne la police. Maintenant, si ça ne te dérange pas…

Tandis que Shanna semblait figée, les deux mains autour de son cou comme si elle avait du mal à respirer, je m'assis à mon bureau et ouvris ma messagerie Outlook. Les messages commencèrent à s'accumuler : 20, 40, 80, 120, 160 et ça continuait. Je commençai à les faire défiler, déterminé à accomplir une certaine somme de travail avant de sortir et d'affronter le personnel et les clients. La plupart étaient du courrier interne, aussi quelconque que le Rapport quotidien, les autres plus inhabituels, comme la demande d'Ezmeralda Lopez qui voulait savoir quoi faire avec les affaires dans la chambre de Mlle Fricks.

« Regroupez ces affaires et mettez-les sous clé, tapai-je. Je suis sûr qu'un ami ou un membre de sa famille viendra les chercher. »

Je comptais aller voir Ezmeralda dès que j'en aurais fini avec mon bureau. Il y avait des messages des médias qui sollicitaient des entrevues, des messages de condoléances et de menaces de la part des admirateurs de Chelsea, des demandes d'invités et de clients sur l'état de leurs réservations et des messages de collègues cherchant à connaître la primeur. Au total, j'en avais 273 et ça continuait à télécharger. Je n'avais pas d'assistant pour les messages électroniques et les appels téléphoniques. Tony m'avait fait choisir entre un adjoint de direction ou un directeur des ressources humaines, et j'avais opté pour ce dernier. À présent, je me demandais si j'avais fait le bon choix.

— Trevor, que diable fais-tu ? demanda Shanna.

— Je consulte mes courriels.

— Aujourd'hui, il va sûrement falloir changer ta routine. Plusieurs personnes te cherchent.

— Comme qui ?

— Ta mère.

— Mon Dieu, j'avais oublié qu'elle était ici.

Je me levai.

— On était censés prendre le petit déjeuner ensemble.

— Ne t'inquiète pas. Je l'ai rencontrée dans le hall ce matin. Elle ne s'attendait pas à ce que ç'ait lieu après l'incident d'hier soir. Elle a dit qu'elle appréciait son séjour. Je n'arrive pas à croire que tu aies logé ta propre mère dans la salle de conditionnement physique.

— C'était son idée !

Elle avait fait la dégoûtée devant mon appartement, et le temps qu'elle décide de se rendre à la fête pour l'ouverture, l'hôtel était plein. Elle avait alors insisté pour que je lui réserve une chambre au Four Seasons Regent, jusqu'à ce que mon homologue lui offre un « tarif spécial » de 325 dollars la nuit. Quand je lui avais fait visiter l'hôtel et que je lui avais dit que la salle de conditionnement physique ne serait pas ouverte avant quelques jours en raison d'un retard dans la livraison de l'équipement, elle avait suggéré qu'elle resterait là. Ça faisait une gigantesque chambre : 110 mètres carrés, une salle de bain complète, un sauna infrarouge, des fenêtres pleine hauteur. Un homme d'entretien avait amené un lit de camp, mais elle avait insisté pour dormir sur un matelas d'exercice, au milieu des haltères, des bancs de musculation et des ballons d'exercice.

— Sais-tu si elle s'y trouve en ce moment ? demandai-je à Shanna.

— Elle est allée visiter les studios Paramount avec un producteur qu'elle a rencontré à la fête.

Les lèvres de Shanna se séparèrent en un sourire.

— La petite coquine.

Je me souvins qu'elle m'avait présenté un bel homme d'au moins 10 ans de moins qu'elle la veille au soir, Bruce Leonard.

— Il est dans le « show-biz », avait-elle dit, prononçant le mot comme s'il n'était employé que par le milieu de l'industrie du spectacle.

À ce moment-là, elle avait déjà bu plusieurs cocktails.

— Je suis si fière de mon fils, avait-elle ajouté. Il dirige ce petit repaire de personnalités branchées.

J'étais content que Shanna n'ait pas été là. Elle avait banni les mots comme « branché », « cool » et « sexy » du vocabulaire du personnel.

— Si vous devez utiliser ces mots pour vous décrire, vous ne l'êtes simplement pas, avait-elle expliqué lors de la réunion générale du personnel d'hier. Et si j'entends quelqu'un prononcer l'infâme mot « funky » en référence à cet hôtel, je le condamnerai à une semaine d'appels à froid dans mon bureau.

Un courriel de Kitty Caine apparut sur mon écran.

— Bon, Kitty refait enfin surface, dis-je, scrutant l'écran. On dirait que nous avons une réunion de relations publiques urgente cet après-midi.

Je lus le message tout haut, exagérant la voix traînante de l'agente publicitaire texane.

— « Tony et moi serons là à 16 h pour discuter de notre campagne publicitaire entourant la mort de Chayle-say Frakes. Vous êtes tous attendus.

C'était signé : « Meilleures salutations, Katherine Caine. Relations Publiques Caine. *Pour diriger les projecteurs sur votre entreprise.* »

— Une campagne de publicité ? dit Shanna. De quoi diable parle-t-elle ? On ne va pas entrer dans le cloaque du sensationnalisme. On devrait publier une brève déclaration exprimant nos condoléances et en rester là.

— C'est tout à fait ce que je pense.

— Parlant de personnes insupportables, un inspecteur t'a demandé. Un petit Grec baraqué et autoritaire.

— L'inspecteur Christakos.

— Il a passé toute la matinée à entraîner le personnel dans la salle de réunion, à les aligner contre le mur et à les bombarder de questions accusatrices. Il en a bouleversé certains.

Je me levai subitement.

— Nom de Dieu, je voulais être présent. Qui a-t-il bouleversé?

— Al était blanc comme un fantôme après, mais il a refusé d'en parler. Ezmeralda Lopez n'a pas arrêté de pleurer.

Je fis claquer mes mains sur mon bureau, faisant sursauter Shanna.

— Quel fils de pute!

M'emparant de mon veston, je me ruai vers la porte.

* * * * *

Ezmeralda ne répondait pas à son émetteur-récepteur. Je descendis au B2, deux étages en dessous du niveau principal, et la cherchai dans le bureau de l'équipe d'entretien, la blanchisserie, la salle de détente du personnel et les bureaux de la comptabilité, mais personne ne l'avait vue depuis les deux dernières heures. À la réserve, je m'arrêtai pour interroger Olga Slovenka, la responsable de l'inventaire et des fournitures, qui se tenait à sa fenêtre avec un regard fier.

— Je cherche Ezmeralda. L'avez-vous vue?

Elle me toisa, l'air grave.

— Pas vue!

Puis, elle baissa les yeux.

— Est-ce que tout va bien, Olga? demandai-je.

— Pas de problème, répondit-elle, de manière peu convaincante, avec un accent polonais marqué.

— Si vous la voyez, s'il vous plaît, dites-lui que je dois lui parler et que c'est urgent.

— D'accord, je dirai.

Olga était une autre des personnes que Tony m'avait forcé à engager, mais contrairement aux membres de sa famille, elle travaillait dur et avait de l'expérience. Elle avait travaillé comme gouvernante pour les Cavalli pendant presque 20 ans jusqu'à ce qu'elle soit renvoyée il y a trois mois — par la fille de Tony, âgée de 4 ans, Emily. Emily avait décidé qu'elle n'aimait pas la façon dont Olga faisait son lit et avait simulé une grève de la faim quand Tony avait essayé de la réintégrer. Se sentant coupable, Tony lui avait promis un emploi dans l'hôtel.

— C'est un ogre, m'avait-il dit, alors gardez-la loin des clients. Elle leur ferait peur. Son visage penche pas mal vers la négative.

Son français se limitait à une vingtaine de mots, souvent des impératifs, et son sourire semblait impliquer une grande douleur physique. Elle était trop âgée pour le travail physique exigé pour nettoyer les chambres, mais elle était organisée et zélée, ce qui correspondait parfaitement à un poste en coulisse comme responsable des approvisionnements des chambres.

— Y a-t-il quelque chose que vous aimeriez me dire, Olga? demandai-je.

Avec un long soupir souffrant, elle ouvrit la porte et se plaça sur le côté, pointant vers l'intérieur de la réserve.

— Entrez! Regardez!

Perplexe, j'entrai et regardai partout. La pièce était impeccable. Immédiatement à ma droite, trois chariots pour le ménage étaient parfaitement alignés, remplis de fournitures. Juste en face, des rangées d'étagères étaient soigneusement remplies d'oreillers, de linges de maison, de produits pour la salle de bain, de fers à repasser, de rouleaux de papier toilette, de boîtes de mouchoirs, de stations d'accueil pour iPods, de lecteurs de musique et d'autres articles que les clients de l'hôtel pourraient réclamer. Il n'y avait personne en vue et rien qui sorte de l'ordinaire. Je me tournai vers Olga, l'air interrogateur.

Elle pointa son doigt vers la salle avec les fournitures pour les minibars dans le coin le plus loin.

Je traversai et collai mon oreille contre la porte pour écouter. J'entendis un reniflement. Me mettant juste en face du lecteur optique, j'ouvris la porte.

La pièce était sombre.

— Il y a quelqu'un ? appelai-je.

J'entendis un autre reniflement. L'ampoule dans la réserve derrière moi illuminait une forme imposante recroquevillée sur une caisse de vin.

— Ezmeralda ? Pourquoi êtes-vous assise ici dans le noir ? Qu'est-ce qui ne va pas ?

J'allumai la lumière.

Elle leva la tête. Son visage rond et jovial était mouillé de larmes.

— Il croit que cé moi qui l'ai touée !

Je m'accroupis devant elle.

— Quoi ? Qui ?

— L'inspector ! Il croit que yé toué madémoiselle Fricks.

Douze ans avaient passé depuis qu'elle avait immigré du Mexique à l'âge de 21 ans, pourtant Ez parlait encore français avec un lourd accent. Ses capacités comme responsable des travaux ménagers compensaient largement. Shanna et moi avions travaillé avec elle à New York, où elle œuvrait comme assistante du directeur des travaux ménagers. Elle travaillait dur et était très respectée. Quand il fut temps de recruter un responsable des travaux ménagers à l'hôtel Cinéma, j'avais pensé immédiatement à Ezmeralda. Après l'avoir beaucoup amadoué, j'avais réussi à convaincre Tony de payer pour déménager sa famille — son mari, Felix, et ses deux jeunes enfants, Bello et Bella —, et elle avait commencé le 1er mai. Elle était une travailleuse infatigable avec une tolérance zéro pour la poussière et la saleté, ferme mais juste avec ses 35 employés, fière et — jusqu'à présent — d'un optimisme à toute épreuve.

— Sûrement pas, dis-je. Qu'est-ce qui vous fait penser ça ?

Elle essuya son œil avec le dos de sa main. Je regardai les étagères au-dessus, à la recherche d'une boîte de mouchoirs. Elles étaient pleines de hors-d'œuvre, de plateaux de sodas, de boîtes de Pringles et de barres chocolatées, et de caisses de bouteilles miniatures d'alcool et de vin pour les minibars — pas de mouchoirs. Je sortis à la hâte de la pièce et pris une boîte de mouchoirs sur l'un des chariots d'entretien, ignorant le regard réprobateur d'Olga. Je fermai la porte et m'assis sur une caisse d'eau Voss, tendant quelques mouchoirs à Ezmeralda.

Elle tamponna ses yeux.

— Il a posé tellement dé questions.

— Quel genre de questions ?

— Il dit : « Pourquoi vous dans la suite si tard ? Vous, quoi faire ? Pourquoi avoir nettoyé chambre ? Que cachez-vous ? »

C'était tout à fait le genre de Christakos.

— Qu'avez-vous dit ?

— Yé loui ai dit que yé souis allée à la suite à 23 h 10. Yé frappé à la porte. Pas dé réponse. Yé crou que mademoiselle Fricks était à la fête, alors yé souis entrée. Touyours pas dé réponse. Yé commencé à ranger. La suite était très en désordre. Comment quelqu'un peut faire autant désordre en si peu temps ? Elle était là depuis cinq heures et on aurait dit qué cyclone était passé dans chambre.

— Je sais, je l'ai vue.

— Yé nettoyais bureau quand mademoiselle est entrée dans chambre. Elle a fait si peur qué yé renversé lampe par terre.

— La lampe Bourgie ? C'était vous ?

Elle opina doucement, les yeux pleins de honte.

— Yé souis désolée. Yé demandé à Al dé remplacer. Yé paierai.

— Ne vous inquiétez pas pour ça, Ez. Que s'est-il passé ensuite ?

— Elle a demandé pourquoi yé n'avais pas frappé. Elle a dit : « Pourquoi fouillez-vous ? » Yé dit qué y'étais désolée, qué yé faisais seulement lé ménage, qué yé né faisais qué nettoyer. Elle a dit dé sortir, dé revenir quand elle serait à fête, dans à peu près une demi-heure.

— Et ensuite ?

— Yé souis partie, dit Ezmeralda en haussant des épaules. Yé laissé lé chariot dans lé couloir, yé souis retournée, yé parlé avec Olga, plié des serviettes et yé attendu. Yé né voulais pas rentrer chez moi avant d'avoir ranyé sa chambre. Une demi-heure plus tard, yé souis remontée.

— C'était autour de 23 h 35 ? dis-je, me rappelant le rapport d'activité.

Elle opina.

— Vingt minutes plus tard, yé balayais la cuisine quand Artie s'est roué dans chambre avec police. Il a fait si peur qué yé faillit mourir. Artie a dit que mademoiselle Fricks avait sauté du balcon. Yé été très choquée. Un policier a dit dé sortir et d'attendre dans couloir. Y'étais si bouleversée que yé pris lé chariot, yé l'ai ramené ici, yé souis rentrée chez moi et yé pleuré toute la nuit.

Elle baissa les yeux.

— Je suis désolé, Ez, dis-je, prenant sa main et la serrant fort.

Elle versa une petite larme et retira sa main.

— Pourquoi inspector m'a posé tant dé questions ? Mon mari, mes enfants, ma famille au Mexique. Tant dé questions.

— Il ne fait que son travail. Il m'a posé beaucoup de questions aussi.

— Yé souis si désolée d'avoir causé problèmes.

—Vous n'avez pas causé de problèmes.

Elle leva à nouveau les yeux.

— Yé peux vous poser oune question, Trevor ? Pourquoi avait-il dou sang sur lé tapis ? Yé vou du verre et yé crou qué mademoiselle Fricks s'était coupé pied. Yé tout aspiré.

J'hésitai.

— Je ne sais pas très bien.

— L'inspector a demandé cé qui s'était passé avec lé couteau sour lé comptoir.

— Vous ne l'avez pas vu ?

— Il était là quand yé inspecté la chambre. Et là, il avait disparou.

Ses yeux s'élargirent.

— Qu'est-il arrivé à mademoiselle Fricks ?

— Honnêtement, je ne sais pas. Mais il faut que vous gardiez votre calme par rapport à ce que vous avez vu, d'accord ? Un autre membre du personnel est-il monté dans la suite aujourd'hui ?

Elle secoua la tête.

— Bien. Je vais appeler une compagnie externe pour venir ici et nettoyer tout ça.

— Mais yé déyà nettoyé.

— Vous avez nettoyé l'appartement terrasse ?

Elle opina.

— Yé souis venue tôt. Les taches sont parties, pas dé problème. Yé mis ses affaires dans mon bureau.

Un regard craintif assaillit son visage.

— Quelqu'un a toué mademoiselle Fricks ?

Je la considérai un moment. Je ne voulais pas lui mentir, mais l'inspecteur m'avait fait promettre de ne pas divulguer les détails. Je secouai la tête.

— Personne n'a tué mademoiselle Fricks, Ezmeralda. C'était un genre d'accident bizarre. Je suis sûr que la police trouvera ce qui s'est passé bientôt. En attendant, vous n'avez pas de quoi vous inquiéter. Je vous le promets.

Je mis mon bras autour d'elle.

— Vous devez vous ressaisir et reprendre le travail, d'accord ?
Votre équipe a besoin de vous maintenant. *J'ai* besoin de vous.
Nous avons un hôtel plein ce soir. Il y a des chambres à nettoyer,
des planchers à polir et des germes à tuer.

Je me levai et lui tendis la main.

Elle éclata en sanglots.

— Yé peur dé sortir, dit-elle.

— Peur ? Pourquoi ?

— Tout lé monde va mé regarder, parler dé moi, dire des
choses méchantes.

— C'est ridicule. Personne ne penserait une seconde que vous
ayez quelque chose à voir avec ce qui s'est passé. Je veux que vous
essuyiez vos larmes, que vous releviez la tête et que vous sortiez
d'ici avec assurance et dignité, d'accord ?

Elle opina doucement.

— Yé vais essayer.

— Faites plus qu'essayer. Sortez en dansant. Vous pouvez
faire ça pour moi ?

Elle tamponna ses yeux et sourit.

— Bien sour qué yé peux.

— Parfait.

Je pris une bouteille de champagne Moët & Chandon sur
l'étagère.

— Que diriez-vous si nous l'ouvrions et trinquions à l'ouverture de l'hôtel Cinéma ? Nous pourrions aussi ouvrir une boîte de
Oh Henry, sortir les Pringles et faire la fête ! Mais *chut* ! Olga ne
doit pas nous entendre. Elle voudrait se joindre à nous et elle
boirait tout le champagne.

Ezmeralda gloussa.

— Vous êtes fou.

— Juste une gorgée ?

— Il en est pas question ! Yé dou travail à faire.

Elle se leva, soudain prête à travailler, poussa la porte et éteignit la lumière par habitude tout en sortant d'un air affairé.

La porte se ferma, me laissant seul dans le noir. Je rangeai la bouteille de champagne sur l'étagère et m'assis, comprenant soudain pourquoi Ezmeralda s'était terrée ici. C'était chaud, sécuritaire et sombre, loin des défis de la journée qui attendaient à l'extérieur. Les explications d'Ezmeralda m'avaient un peu rassuré sur le fait que rien de sinistre n'avait eu lieu. En 15 minutes ou moins, entre le moment où Chelsea avait dit à Ez de quitter la suite et le moment où Ez était revenue, quelque chose s'était passé qui avait laissé du sang partout dans la suite et une femme morte dans la piscine.

Et alors, quoi?

Je décidai qu'Al Combs serait le prochain sur ma liste.

Jetant un œil aux hors-d'œuvre autour de moi, je réalisai que je n'avais pas mangé depuis le dîner de la veille. Je pris une Kit Kat, une boîte d'amandes au Tamari et un Sprite, et je portai le tout hors de la réserve. Olga nettoyait le plancher pourtant impeccable. Je lui souhaitai une bonne journée. Elle ne fit que lancer un regard noir sur le butin que j'avais dans mes mains.

* * * * *

Super Al n'était pas dans son bureau du hall. J'appelai la standardiste et le fis appeler. Il rappela pour dire qu'il était dans la chambre 311. Je pris les escaliers de service jusqu'au troisième étage, puis le couloir jusqu'à l'aile ouest de l'édifice. Je trouvai la porte 311 grande ouverte. Al se trouvait dans le salon devant un énorme trou dans la cloison sèche, une masse à la main. Le mobilier était recouvert de plastique.

— Que faites-vous?

Il était censé compléter les chambres, pas les détruire.

— N'est-ce pas la chambre censée être en service aujourd'hui?

Al passa son énorme main sur son crâne chauve luisant.

— Les types de la livraison ont fait un trou dans le mur en installant la tête de lit. J'ai dû remplacer le panneau, mais ça s'est trouvé être un plus gros travail que je l'avais prévu.

Son t-shirt Lacoste noir et ses pantalons de travail étaient recouverts de poussière de plâtre. Le stress des derniers jours, depuis que Tony avait renvoyé l'équipe de Fratelli Construction, transparaissait dans ses yeux bleu pâle. J'avais attiré ce géant de nature discrète de l'hôtel Mondrian avec une modeste augmentation de salaire et la promesse qu'il gérerait le service d'entretien librement, mais il faisait bien plus que ce qu'il était censé faire. Non seulement il devait s'occuper, avec ses deux techniciens, de l'achèvement des chambres restantes, mais il avait découvert récemment les négligences et la mauvaise façon de travailler de l'équipe de Fratelli. Rico, Stephen et Al travaillaient 24 heures sur 24 pour réparer leurs erreurs et finir les chambres.

— Ne vous inquiétez pas, dit-il. Valerie dit que le client va arriver en retard. Je vais m'assurer que ce soit prêt à temps.

Il leva la masse au-dessus de sa tête et la frappa contre le mur.

Un nuage de poussière afflua vers moi. Je reculai.

— Combien de retard exactement? demandai-je, regardant le trou qui avait maintenant doublé de taille.

— Minuit, répondit-il, levant la masse pour frapper à nouveau. Venez, je dois vous montrer quelque chose.

Il déposa la masse et tira d'un coup sec un morceau du mur jusqu'à ce qu'il se détache et tombe sur le sol. Il pointa son doigt vers l'intérieur du trou.

— Regardez ça.

Je scrutai à l'intérieur. Il faisait trop sombre pour voir quoi que ce soit.

Al prit une lampe de poche de sa ceinture à outils et éclaira l'intérieur.

Au milieu des organes internes de l'édifice se trouvait une poutre en bois massive, noire, carbonisée et dévorée par le feu.

— Un feu ?

— Il y a 30 ans.

— Cette poutre vient de l'édifice original ? On ne l'a pas remplacée ?

Il secoua la tête.

— Les clowns de chez Fratelli l'ont consolidée avec un madrier de 5 x 10 cm.

Il montra une pièce de bois fixée au dos de la poutre avec un gros boulon de métal.

— Ils auraient dû la remplacer. Ils étaient ou trop paresseux ou trop radins.

Je massai ma mâchoire, la sentant tendue.

— J'espère que c'est la seule.

— C'est la troisième que j'ai trouvée jusqu'ici, dit Al, tout en sortant un mouchoir de sa poche arrière, puis s'en servant pour essuyer son front.

— On dirait qu'ils ont conservé les vieilles poutres partout où ils pouvaient. Toutes les fondations de cet immeuble doivent être pourries, Trevor. Il a l'air beau de l'extérieur, mais c'est un beau gâchis à l'intérieur. Je ne sais pas ce qu'a pensé M. Cavalli d'engager ces nuls de chez Fratelli. Quelle compagnie de construction avec un minimum d'intégrité utiliserait des poutres endommagées par le feu pour des fondations ?

Je reculai et observai la chambre, soudain craintif que les murs et le plafond s'effondrent. Comment allais-je annoncer à Tony que son hôtel chéri avait des problèmes majeurs de structure ? Peut-être qu'il le savait déjà. Peut-être que ça venait de lui. Depuis que Shanna m'avait appelé pour ce travail, tout avait été précipité. Précipité pour signer mon contrat. Précipité pour aller à L.A. Précipité pour engager le personnel. Précipité pour assurer les réservations. Précipité pour ouvrir. Je me sentis découragé. Aucun service attentionné ni aucun optimisme ne pourraient sauver un hôtel mal construit.

— Que faisons-nous? demandai-je à Al, me référant à son expertise.

— Je ferai ce que je peux pour stabiliser celle-ci, dit-il. J'ai demandé aux gars d'inspecter chaque chambre à la recherche d'autres défauts. Mais ça va nous empêcher de finir les autres chambres. On a déjà perdu toute la matinée, alors on est vraiment en retard.

— Que s'est-il passé ce matin? demandai-je, sentant l'anxiété monter.

— J'ai perdu du temps avec cet inspecteur. Ensuite, Rico et moi sommes sortis à l'entrée pour arranger la haie et nettoyer les jardins. Avez-vous vu dehors? Ils ont construit un sanctuaire sur l'enseigne de marbre de l'hôtel comme si c'était une pierre tombale et l'ont entourée de fleurs, de photos, de cartes et de chandelles. On n'a pas osé l'enlever, alors on l'a laissé comme ça. Je ne voulais pas m'attarder là-bas trop longtemps. Les gens nous harcelaient pour des informations. Une journaliste de KCAL 9 me suivait partout avec un caméraman. Ça m'a fait flipper.

Pour un type costaud et imposant, Al était terriblement timide.

— Combien de chambres pouvez-vous mettre en service aujourd'hui? demandai-je.

— Trois tout au plus, peut-être seulement deux.

— Al, il nous en faut cinq au moins. Nous avons une douzaine de réservations en surplus.

J'appuyai ma main contre ma tempe. Les chambres d'hôtel constituent un inventaire périssable; chaque soir, quand une chambre est vide, ça entraîne une perte de revenus. Les clients qui ont des réservations garanties, mais qu'on ne peut satisfaire, sont installés dans un autre hôtel que nous sommes obligé de payer comme compensation. Parfois, les clients sont si furieux qu'ils ne reviennent jamais.

— Pouvez-vous engager un entrepreneur de l'extérieur?

Il secoua la tête.

— M. Cavalli a dit que ça ne faisait pas partie du budget.

— Complétez autant de chambres que vous pouvez, d'accord ? Je sais que vous faites beaucoup d'heures. Je vous promets que je vous revaudrai ça.

— Ça ne me dérange pas, Trevor. J'aimerais faire plus.

— Comment ça s'est passé avec l'inspecteur Christakos ?

Je vis Al se crisper.

— Bien, dit-il.

Il reprit le travail, défaisant le mur autour du trou.

— Lui avez-vous parlé de la plainte ? demandai-je.

Il ne répondit pas.

— Al ? Avez-vous parlé de la plainte de mademoiselle Fricks ou pas ?

Il s'arrêta de travailler et se tourna vers moi.

— Pourquoi lui aurais-je dit, Trevor ? Son histoire était complètement inventée. Ne me dites pas que *vous* lui avez dit ?

Je secouai la tête.

— Je n'ai pas pensé que c'était pertinent. Ça ne l'était pas, n'est-ce pas ? Je veux dire… Vous étiez dans sa chambre plusieurs heures avant…

Les lèvres d'Al frémirent.

— Je vous l'ai dit hier soir : je n'ai rien fait d'inapproprié ou de désagréable, dit-il, fixant le trou. J'ai été appelé dans sa chambre pour réparer le robinet de sa baignoire vers 20 h. J'ai frappé, mais personne n'a répondu, alors je me suis permis d'entrer. J'ai appelé son nom quelques fois, puis je suis allé dans la salle de bain. J'ai été surpris de la trouver dans la chambre, à écouter de la musique et à essayer des vêtements. Je l'ai saluée. J'ai été courtois et professionnel, comme toujours. Je l'ai même à peine regardée. Je suis parti quelques minutes plus tard.

Soudain, je me souvins du robinet qui fuyait.

— Avez-vous arrangé le robinet, Al ?

Il se tourna vers moi et cligna des yeux.

— J'ai fait de mon mieux.

— Et bien, il fuit encore. Vous devriez aller vérifier.

Mon regard se déplaça sur les mains énormes d'Al. Elles tremblaient. S'il s'était comporté de manière inappropriée, ce ne serait pas la première fois dans l'histoire d'un hôtel qu'un employé franchissait la ligne. Que ce soit pour transporter des bagages, le service aux chambres, pour faire les lits ou pour réparer un robinet, les employés des hôtels étaient plus près des gens célèbres que beaucoup ne pourraient jamais l'espérer. Parfois, ça menait à des comportements inappropriés. Mais Al n'était pas ce genre-là. Je le connaissais depuis seulement quelques mois, mais ses références professionnelles étaient impeccables. Shanna et moi lui avions fait passer l'entretien pour le poste. Je me souvins de notre conversation qui avait suivi, à propos des pour et des contre.

— Tu crois qu'il a une famille ? avais-je demandé à Shanna. L'emploi d'ingénieur en chef doit être très accaparant, du moins les premiers mois, et une femme et des enfants interfèreraient.

Elle avait roulé des yeux.

— Il a 32 ans, il est célibataire, plein d'énergie et vit à l'ouest d'Hollywood. T'as qu'à faire le calcul.

Si Al était homosexuel, les accusations de Chelsea étaient tout ce qu'il y a de plus grotesques.

Quand il avait démissionné de l'hôtel Mondrian, la directrice générale, Alyson Parker, m'avait appelé en larmes.

— Je pourrais vous tuer pour me l'avoir volé, avait-elle dit. Super Al est le meilleur fichu ingénieur en chef que je n'ai jamais eu.

— Vous êtes rentré chez vous comme je vous l'ai demandé ? lui demandai-je à présent.

— Pas exactement. Je devais finir quelques bricoles avant.

J'opinai, l'observant. Il semblait blessé.

— De quoi l'inspecteur et vous avez-vous parlé ? demandai-je.

— Je lui ai dit la même chose qu'à vous. Il m'a demandé si j'avais vu ou entendu quelque chose d'inhabituel et j'ai dit non.

Il leva à nouveau la masse.

— Donc, il n'y a rien de plus à en dire, n'est-ce pas ?

— Non.

Il laissa la masse retomber, provoquant une explosion de plâtre.

Je regardai le trou béant.

— Vous n'avez pas fait assez de dommages comme ça ?

— Des dommages ? Je *répare*.

— Bien sûr.

Je repartis vers la porte.

— Continuez, alors.

7

Diriger les projecteurs
sur votre entreprise

De retour à mon bureau dans l'après-midi, je parcourais mes courriels quand la charmante Valerie Smitts apparut à ma porte.

— Je suis désolée de vous déranger, Trevor, mais M. Cavalli veut vous voir.

Je regardai ma montre. 15 h 58. L'heure de ma réunion pour les relations publiques. Merde.

— Dites-lui que je viens dans une seconde, dis-je. Ne le laissez pas venir ici. Mon bureau doit être une zone libre de tout Tony Cavalli.

Elle revêtit un sourire complice.

— Compris.

Je la regardai partir dans un bruissement élégant. Un jour, pensai-je, j'inviterai cette fille à dîner. Mais d'abord, je devrais la renvoyer. Je poussai un soupir et retournai à mon ordinateur. J'ouvris un message d'Alyson Parker, la directrice générale de l'hôtel Mondrian.

— Salut, Trevor, écrivait-elle. Entendu les nouvelles sur Chelsea. INCROYABLE. Elle était une cliente régulière chez nous avant que vous nous la voliez. CAUCHEMAR. Espérons que la qualité de votre service n'était pas lamentable au point qu'elle se suicide ! Ha, ha ! Humour macabre, hein ? Je sais que vous devez être débordé, mais je voulais vous dire que je pense à vous. Appelez-moi si vous avez besoin d'une oreille compréhensive ou si vous voulez déjeuner. Sourires, Alyson. P.-S. : J'ai su que vous transfériez des gens — nous avons quelques chambres libres, alors pensez à nous.

Je regardai mon écran de travers, imaginant Alyson, l'air suffisant, installée à son bureau, entourée de milliers de personnes par rapport à ma maigre équipe, à pavoiser sur la tragédie qui était arrivée à son tout nouveau compétiteur. Elle était manifestement encore amère à cause d'Al. Je l'avais rencontrée une fois, à une réunion de l'Office du tourisme de L.A., et elle s'était montrée amicale, directe et séduisante : une grande blonde mince aux yeux foncés — le genre que ma mère choisirait pour moi, mais à laquelle je ne me frotterais pas. Quel genre d'adulte écrirait « Ha Ha ! » et « sourires » comme une gamine de neuf ans ? Elle avait une orthographe atroce — imaginez, une directrice d'hôtel qui ne sait pas écrire le mot « client » ! Et elle avait eu l'audace de me demander les personnes que je devais transférer — comme si nous pouvions les envoyer au Mondrian. Les hôtels transfèrent leurs clients dans des propriétés inférieures pour s'assurer qu'ils reviennent chez eux.

Je me déchargeai immédiatement en lui répondant :

« Merci pour votre intérêt, Alyson. Tout va bien à l'hôtel Cinéma. Nos « cliants » aiment l'hôtel. Sincèrement, Trevor. »

Au moment où j'appuyai sur « Envoyer », je me sentis coupable. Pourquoi étais-je si râleur ? Le stress me gagnait. Je continuai à faire défiler mes courriels, oubliant que Tony m'attendait. Davantage de demandes des médias, un client qui se plaignait du grabuge à l'extérieur, des pourriels, un message d'un admirateur de Chelsea âgé de 11 ans qui avait le cœur brisé, un autre intitulé « Vous iré en anfer pour avoir tuez Chelsea ». À en juger par l'orthographe, ce dernier aurait pu venir d'Alyson Parker. Une vague de remords me traversa. Je tendis le bras vers le téléphone. Il avait sonné sans arrêt tout l'après-midi et j'avais appris à ne pas y prêter attention. Juste avant que je saisisse le combiné, il sonna à nouveau.

— Bonjour, ici Trevor Lambert.

Il y eut un silence de mort.

— Allo ? dis-je.

J'étais sur le point de raccrocher quand j'entendis le bruit d'une respiration difficile. Un appel anonyme. J'appuyai le téléphone contre mon oreille, écoutai attentivement et repérai un faible souffle quasiment inaudible. Je frissonnai. Depuis que j'avais décidé que ma mère n'était pas derrière ces appels — j'en avais déjà reçu un alors qu'elle était dans la même pièce que moi —, ils étaient devenus angoissants, comme si j'étais contacté par un autre monde. En ce moment, ma mère était à Disneyland, à Universal Studios ou dans tout autre endroit où des gens n'avaient pas de charge de travail étouffante.

— Maman ? C'est toi ?

Pas de réponse. Si ça n'était pas ma mère, alors qui ? Je n'avais pas reçu d'appels anonymes depuis des semaines et ça avait toujours lieu chez moi, à des heures étranges, jamais à mon bureau, le jour.

— Qui est à l'appareil ? demandai-je. Que voulez-vous ? Pourquoi m'appelez-vous ?

La respiration s'arrêta.

Tu n'as qu'à raccrocher, me dis-je. Mais je ne pouvais pas. Il y avait quelque chose de *familier* dans cette respiration. Tout à coup, je fus rempli d'angoisse. Je laissai tomber le combiné comme s'il s'était enflammé.

Presque immédiatement, il recommença à sonner.

Je décrochai.

— Pourquoi me tourmentez-vous comme ça ?

— Hé ! Trevor, c'est vous ? C'est Alyson de l'hôtel Mondrian.

— Alyson ? Je suis désolé. Est-ce que je vous ai raccroché au nez ?

— Non. Ça va ? Vous avez l'air effrayé. Les choses vont vraiment mal chez vous.

— Les choses vont très bien, Alyson. Je suis désolé pour mon courriel.

— Pas de problème. Je sais écrire « clients », vous savez. Je suis juste une très mauvaise dactylographe.

— Tant mieux.

— Comment va Super Al ? J'ai fini par lui trouver un remplaçant le mois dernier — volé au Sofitel. Il ne pouvait pas me donner ses références parce que ses patrons ne savaient pas qu'il cherchait ailleurs. Maintenant, je sais pourquoi. Il s'est avéré nul en réparations. Ironique, non ? Je lui ai demandé d'ajuster la température du minibar de mon bureau et il l'a complètement démonté sans parvenir à le remonter. Il sera donc renvoyé demain. *Mon Dieu,* que je m'ennuie d'Al. Est-ce qu'il va bien ?

L'expression d'angoisse d'Al me revint… accusé injustement d'un comportement inapproprié envers une cliente paranoïaque… travaillant sans relâche pendant des heures à s'efforcer de parachever les chambres… à avoir la responsabilité de compléter un hôtel pourri… à cause de ses fondations. C'était une bonne question — Comment *allait*-il ? Probablement pas très bien. Et si c'était trop et qu'il décide qu'il avait commis une erreur en quittant le Mondrian ? Nous serions dans de beaux draps.

Et voilà qu'Alyson était là, à tourner autour comme un vautour.

— Al ne pourrait pas aller mieux, Alyson. Ne pensez même pas essayer de l'appâter.

— Pas du tout, je vous le promets ! Je suis juste curieuse de savoir ce qu'il fait. J'ai entendu dire que vous étiez encore en construction.

— Qui vous a dit ça ?

— Je l'ai entendu aux nouvelles, à KCAL 9, je crois. Comme je le disais, sentez-vous bien à l'aise de nous envoyer votre surplus de clients.

— C'est gentil de l'offrir, dis-je. Je ne l'oublierai pas.

— J'aimerais bien faire un saut et voir l'hôtel. J'ai entendu de bons commentaires. Peut-être pourrions-nous déjeuner.

— Je pourrais vous appeler quand les choses se seront calmées, qu'en pensez-vous ? Merci d'avoir appelé.

— Hé, attendez ! Vous devez me donner la primeur de ce qui est arrivé à Chelsea.

— Si vous avez vu les nouvelles, vous en savez autant que moi.

— *Allez*. Il doit bien y avoir un petit quelque chose de juteux que vous pouvez divulguer. De DG à DG ? A-t-elle voulu imiter Lohan ?

— Je ne sais vraiment pas ce qui s'est passé, Alyson.

— Rien de fâcheux n'est arrivé, alors ? Comme quelqu'un qui l'aurait poussée ou quelque chose comme ça ?

— Absolument pas.

— Impossible de vous faire parler, petit démon, dit-elle, bon enfant. Hé, puis-je vous demander quelque chose ?

Elle hésita.

— Est-ce qu'Al Combs était dans le coin quand Chelsea a, disons, sauté ?

— Quelle étrange question ! Pourquoi me demandez-vous ça ?

Une ombre surgit au-dessus de mon bureau. Tony Cavalli me dominait, vêtu d'un costume blanc trois-pièces et d'une chemise rose au col déboutonné. Ses maigres cheveux étaient lissés en arrière et gominés.

Valerie Smitts se tenait derrière lui. Elle appuya ses mains sur ses joues et articula silencieusement :

— Je suis désolée !

— Alyson, j'ai quelqu'un, dis-je dans le téléphone.

— Où sont mes putains de prévisions des recettes ? hurla Tony.

— Oh, oh, dit Alyson. Ça me semble être le propriétaire. Est-ce Cavalli ? Dites-lui que je pense que c'est un abruti. Merci *mon Dieu* qu'il ait enfin un bar à lui. Peut-être qu'il arrêtera de jouer les terreurs au Sky Bar.

— Euh, merci beaucoup pour votre fine connaissance du marché, Alyson, dis-je, tout en levant mon index vers Tony. Heureux d'entendre que les choses vont bien au Mondrian. On se parle bientôt !

Je plaçai le combiné sur son support et me levai.

— Désolé, Tony. J'ai été pris par le travail.

— Qu'avez-vous fait toute cette putain de journée ?

— J'étais debout toute la nuit. Je me suis endormi et je n'ai pas été réveillé par l'appel automatique.

— Vous avez *dormi* le premier jour d'ouverture. Pendant une *crise* ?

Son regard était féroce.

Je fus tenté de blâmer sa nièce écervelée, mais je résistai.

— Je suis désolé, Tony. Je n'ai aucune excuse. Ça ne se reproduira plus.

Il ouvrit la bouche pour rétorquer, mais réalisa que je n'avais pas discuté. J'avais accepté l'entière responsabilité et m'étais excusé — une tactique simple et efficace pour décrisper les clients furieux.

— Allons-y, dit-il. Nous sommes en retard.

* * * * *

Les quatre salles de réunion de l'hôtel étaient situées au second étage : la Suite préproduction, la Suite production, la Suite postproduction et la Salle de projection. Toutes mesuraient environ 110 mètres carrés, avec des cloisons escamotables permettant d'agrandir les pièces. Chacune était équipée de télévisions à écran plasma de 52 pouces fixées au mur, d'un système de vidéoconférence, et d'un grand écran pour la projection des rapports quotidiens et des prévisions. La rencontre pour les relations publiques se tenait dans la Suite préproduction, qui dominait la terrasse de la piscine.

Shanna Virani et Kitty Caine se trouvaient chacune à l'opposé de la table de réunion, aussi loin l'une de l'autre que le permettait la table, séparées par douze fauteuils trônes à haut dossier et un dessus de table en granite. Kitty bondit de son fauteuil quand j'entrai et avança vers moi en se trémoussant, les bras grands ouverts, les seins bondissant.

— Salut, mon beau ! Heureuse de te revoir !

— Content de vous voir aussi, Kitty, dis-je, respirant l'odeur de la cigarette infusée au parfum mentholé.

Repérant Tony derrière moi, elle se précipita pour l'étreindre après moi.

— Pourquoi, Antonio Giancarlo Cavalli, t'habilles-tu toujours en costume trois-pièces ? Tu as l'air d'un gangster. Mais que c'est sexy, cette petite barbiche que tu laisses pousser !

Tony caressa son bouc et sourit.

— Vous aimez ?

— *J'adore.*

Je jetai un coup d'œil sur Shanna, qui introduisit deux doigts dans sa bouche comme si elle allait vomir. Shanna détestait Kitty avant même de la rencontrer, en partie en raison de la façon dont elle avait été engagée : sans notre consentement, après que Tony l'avait rencontrée à une collecte de fonds qu'elle avait organisée pour les chats sans-abri et qu'il avait été impressionné par les vedettes qu'elle avait attirées.

— Elle n'a jamais représenté d'hôtel, avait protesté Shanna. Elle ne connaît pas les médias du tourisme.

— Ça n'a pas d'importance, avait rétorqué Tony. Elle représente les vedettes, et mon hôtel sera une vedette.

Quand Shanna avait rencontré Kitty en personne, elle avait été consternée.

— Elle représente ce que j'abhorre chez une femme : blonde, grande et républicaine, m'avait-elle dit. Il y a tellement de parties refaites chez elle qu'elle pourrait presque être une femme-robot.

— Comment le sais-tu ? avais-je demandé.

Shanna avait baissé les yeux sur sa propre poitrine et soupiré.

— Les seins d'une femme dans la cinquantaine ne touchent pas son menton. On a de la chance s'ils restent au-dessus de notre nombril. *Non pas* que je sois si vieille.

— Elle semble vraiment exubérante.

— Si par exubérante, tu veux dire irritante, alors je suis d'accord. Avec un nom comme Kitty, ça doit être une ancienne drag-queen ou une vedette du porno. Beaucoup de filles viennent à Hollywood avec le rêve de devenir une vedette, puis tombent dans l'industrie du porno. Le vrai nom de cette pauvre créature doit être Mary-Jo Smithers.

En dépit de ses tactiques sirupeuses de séduction, Kitty avait généré une impressionnante couverture médiatique de pré-ouverture pour l'hôtel et pouvait partager le crédit d'une solide banque de réservations, des délais d'attente d'un mois avant d'avoir une table à la Scène, et la foule du « Bottin mondain d'Hollywood » à l'Action. Tandis que Sydney Cheevers était responsable de l'apparition des vedettes, c'était le travail de Kitty de s'assurer que les médias saisissent les arrivées et les départs sur pellicules.

— Comment tu tiens le coup, mon tout beau ? demanda Kitty à Tony, tirant sa tête vers sa poitrine pour la lui tapoter.

— Je suis dévasté, dit Tony, se blottissant contre sa poitrine. On était si près.

— Je sais, mon petit.

L'œil gauche de Shanna augmenta de volume presque imperceptiblement. C'était à se demander si Tony avait déjà rencontré Chelsea. Son anéantissement était probablement surtout lié au fait d'avoir été privé de parader avec elle comme de nouveaux mariés.

Tony s'assit avec Kitty et je rejoignis Shanna.

— Quelle somptueuse salle de réunion, murmura Kitty. Je te le dis, Tony, tu as réussi tous les aspects de ce p'tit hôtel-boutique!

Fouillant dans son sac en faux cuir rouge, elle sortit un calepin couvert de fourrure rouge et un stylo rayé rouge et blanc.

— Est-ce qu'on passe aux choses sérieuses? Je dois dire que je suis sous le choc. Qui aurait pensé que cette fichue Chelsea Fricks se balancerait de sa suite devant un millier d'invités?

Je ne me préoccupai pas de relever que c'était 350 personnes qui avaient participé à la fête et que pas plus d'une centaine avaient été témoins de sa chute. Kitty était encline à l'exagération, ce qui était propre à son métier.

— C'est affreux, dis-je, tout en secouant la tête.

— Terrible, vraiment, dit Shanna.

— Une tragédie, dit Tony.

Il se tourna vers Kitty, l'œil brillant.

— *Toute* une tragédie, reprit Kitty.

Le coin de sa bouche tressautait. Elle laissa échapper un rire rauque comme le gloussement d'un poulet, puis essaya de se reprendre, mais ce fut au tour de Tony d'éclater de rire, rejetant la tête en arrière, les mâchoires frémissant, ce qui la fit repartir.

Les lèvres de Shanna se serrèrent.

— Je ne comprends vraiment pas ce que vous trouvez drôle là-dedans, dit-elle avec son accent anglo-pakistanais marqué.

Elle ouvrit ses doigts parfaitement manucurés en les étalant devant elle, attendant qu'ils aient fini.

— Je suis désolée, dit Kitty, qui pleurait, tout en sortant un mouchoir de son sac pour tamponner ses yeux. On ne voulait pas être irrespectueux. Tony et moi avons discuté de tout ça ce matin et on a dit toutes les choses convenables qu'on dit dans ce genre de situation. Nous sommes profondément peinés.

Un autre fou rire émergea en elle, mais elle le réfréna. Détournant les yeux de Tony, elle adopta une expression grave.

— Chelsea — *Chayle-say* — était une actrice talentueuse. Elle manquera à Hollywood. Mais elle aimait semer la pagaille. C'était une petite intrigante, qui cherchait toujours à attirer l'attention. Je refuse de verser des larmes pour cette fille. Voilà la vérité.

Elle se tourna vers Tony, qui la fixait avidement.

— La mort de Chelsea est la meilleure chose qui pouvait arriver à ce p'tit hôtel-boutique.

— Vous avez tout à fait raison, s'écria Tony.

Puis, son expression devint plus sévère.

— Mais cessez de le nommer ainsi , Kitty, ronchonna-t-il. C'est humiliant.

— La *meilleure* chose, dis-je, en me penchant en avant. C'est-à-dire ?

— *Tout le monde* parle de l'hôtel Cinéma, dit Kitty. Quand cette petite diablesse a fait son plongeon fatal, nous sommes entrés dans l'histoire. Ce genre de publicité n'a *pas de prix*.

— Ce n'est pas le genre de publicité que nous voulions, dit Shanna, son regard passant de Tony à Kitty, et inversement. On ne voulait pas passer à l'histoire en tant qu'hôtel où Chelsea Fricks s'est suicidée. Ça nous donne quoi ? Les gens veulent se sentir en sécurité dans un hôtel.

— Toute publicité est une bonne publicité, gronda Tony. N'est-ce pas, Kitty ?

— Et bien, pas exactement, dit Kitty. Shanna a en partie raison. Nous ne voulons pas entrer dans une lumière négative. C'est pourquoi nous allons utiliser cet incident pour maximiser notre exposition d'une façon *positive*.

— Comment proposez-vous exactement que nous appliquions une image positive à une mort tragique ? demandai-je, déconcerté.

— Bien sûr, nous le ferons avec beaucoup de tact, dit Kitty.

Le regard de Shanna visa avec insistance les cheveux hirsutes de Kitty et sa robe trop courte.

— Sans aucun doute.

Tony délira d'enthousiasme.

— Tout le monde appelle Kitty — le magazine *People*, *US Weekly*, *Spotlight*, *Entertainment Tonight*, *Hard Copy*, *CNN Entertainment*. Ils veulent tous la primeur et ils savent que nous savons ce qui s'est passé. Kitty connaît toutes les personnes clés.

— Allons, dis-je. Une jeune femme vient de mourir et vous voulez exploiter ça? Je trouve cette idée complètement répugnante. Tony, je pensais que Chelsea était votre amie.

Tony sourcilla. Un air penaud l'envahit. Il ouvrit la bouche pour répondre, mais ne trouva rien. Il se tourna vers Kitty.

Kitty planta ses articulations sur ses hanches.

— *Et bien*, excuuusez-moi de ne pas me sentir désolée pour Chelsea Fricks, dit-elle hargneusement. Puis-je faire remarquer que c'est *elle* qui est à blâmer pour ce qui est arrivé, pas nous? Sa petite cascade aurait pu ruiner cet hôtel s'il n'était pas entre bonnes mains. Personne ne peut nous blâmer d'essayer de transformer ceci en bon coup.

— *Tout à fait*, surenchérit Tony. Chelsea a tenté une cascade ridicule alors qu'elle était *mon* invitée d'honneur. J'ai payé 150 000 gros dollars pour qu'à la fin elle trouve le moyen de se tuer en plein devant les plus grandes figures d'Hollywood? Merde. Elle l'a fait pour attirer l'attention sur son film, pour vendre des places! Je ne laisserai pas mes affaires péricliter à cause d'elle.

— Ça ne semble pas être le cas, dis-je. Les lignes des réservations ne dérougissent pas. Et puis, qu'est-ce qui vous fait penser que c'était un coup de pub?

— J'étais juste à côté de vous quand c'est arrivé, dit Tony. Elle ne pouvait pas juste sortir sur le balcon et saluer comme une personne normale. Il a fallu qu'elle fasse quelque chose qui fasse la manchette.

— Quelle idiote, dit Kitty.

— Personne ne sait assurément pourquoi elle a sauté, dis-je, regardant Shanna pour chercher son soutien.

Elle était exceptionnellement silencieuse. Était-elle d'accord avec eux?

— Je sais ce qui s'est passé, dit Kitty. J'ai parlé à Moira Schwartz il y a moins d'une heure. Elle dit que Chelsea était déprimée. Bryce la faisait chier, comme d'habitude. Son programme était surchargé. Elle n'en pouvait plus. Moira a fait tout ce qu'elle pouvait pour l'aider. Elle a même demandé à Tony de permettre à Chelsea d'annuler la fête, mais...

— Hé, arrêtez ça tout de suite, cria Tony. Je n'ai pas fait ça!

Il lança un regard furtif et nerveux vers moi.

— Je n'ai jamais... Si j'avais su qu'elle allait...

Ses mots traînaient.

J'essayai de concilier la thèse du suicide de Moira avec les traces de sang, les coups de couteau. Est-ce que Tony et Kitty seraient si avides d'exploiter sa mort s'ils savaient qu'elle avait été assassinée? *Amour, drogue et argent*, avait dit l'inspecteur Christakos. Tous les ingrédients pour un typhon médiatique. Nous avions intérêt à ne rien faire en attendant que la tempête passe.

— Et en quoi Moira serait-elle si crédible? demandai-je. Elle m'a paru un peu bizarre.

— Moira Schwartz est tout aussi crédible que toute autre saleté d'agente fourbe et menteuse dans cette ville, répondit Kitty. En dehors des personnes ici présentes, *bien sûr*[*]. J'ai fréquenté cette petite bêcheuse pendant trois ans, quand elle a quitté New York. Elle avait 23 ans à l'époque, mais même alors, elle avait l'air d'un cadavre d'une cinquantaine d'années. Nous suivions les mêmes cours de communication en Californie du Sud. Elle travaillait dans les relations publiques pour une compagnie de dentifrice — Rembrandt, je crois. Un soir, pendant un cours, elle m'a murmuré qu'elle avait rencontré Chelsea Fricks dans une boîte — Prey, je crois — et qu'elle l'avait aidée à échapper aux paparazzi par la porte de derrière. Elle m'a dit : «Chelsea va être

---
[*] N.d.T. : En français dans le texte original.

ma cliente, tu verras. » Chelsea n'était pas aussi célèbre à l'époque, mais elle avait fini *Amour et modernité* et commençait à devenir connue. Quelques semaines plus tard, Moira m'a dit que Chelsea l'avait engagée pour organiser une grande fête pour son 24e anniversaire à Vegas. J'ai été si jalouse que je voulais lui arracher les nichons. Quand Moira Schwartz veut quelque chose, elle l'a. C'est son côté juif new-yorkais. La fête a eu pour effet que Chelsea s'est retrouvée dans chaque fichu magazine sur la planète. Les deux sont devenues inséparables depuis.

Shanna se pencha vers Kitty, les yeux exorbités, signe qu'elle se sentait coupable tout comme quand elle lisait la presse populaire, et dit d'un ton sec pour attirer l'attention :

— Qu'est-ce que ça a à voir avec la situation qui nous concerne ? Nous sommes en pleine crise et nous devons décider comment passer à travers.

— Tout ce que je dis, c'est que si quelqu'un sait ce qui est arrivé, c'est Moira. Chelsea et elle étaient comme des sœurs — Moira étant la sœur sans attraits et gouine.

Kitty ricana mesquinement.

— Moira agit comme elle et porte ses vieux vêtements, bien que ça ne lui aille pas. Parfois même, elle prétend être elle. Ça donne la chair de poule. Un genre de *Jeune femme cherche colocataire*, si vous voyez ce que je veux dire. Si Moira dit que c'était un suicide, c'était un suicide.

Je pensai à la peau pâle et charnue de Moira, à ses vêtements et à ses cheveux noirs. Elle ne semblait pas essayer d'imiter Chelsea.

— Pourquoi Moira est-elle si convaincue que Chelsea s'est suicidée ? dis-je.

— *Et bien*, dit Kitty de façon dramatique, Moira dit que Chelsea ne s'était pas encore remise de l'épisode avec cet employé de l'hôtel de Rome qui avait pris des photos d'elle les seins nus en train de se faire bronzer dans l'intimité de la piscine de l'hôtel. Il avait aussi forcé sa chambre et pris des photos de ses sous-vêtements, de tous les produits de beauté qu'on peut imaginer *sauf* CoverGirl — même si elle en était le nouveau visage —, de ses médicaments pour l'herpès génital, d'une lotion postopératoire pour le visage et d'un godemiché noir de la taille d'une courgette. Rien de tout ça n'était une surprise pour le public — elle s'était tellement fait refaire qu'elle commençait à ressembler à la fiancée de Frankenstein —, mais apparemment, elle en a été *anéantie*. Moira croit qu'elle a vu le projecteur que Tony a pointé vers la fenêtre et qu'elle a cru que c'était un signe de Dieu.

— Je vous ai dit de vous taire à propos de ce projecteur, s'écria Tony. Vous êtes mon agente publicitaire, nom d'un chien.

— C'était une fin parfaite pour Chelsea, n'est-ce pas? Elle n'était pas du genre à engloutir une bouteille de Vicodin avec de la vodka et à partir en douceur. Elle est partie avec éclat.

Shanna ôta un cheveu sur l'épaule de son tailleur blanc et le jeta plus loin.

— Kitty, dit-elle d'un air glacial, expliquez-moi à nouveau comment proposez-vous de donner une image positive de la mort tragique d'une vedette du cinéma adulée?

— J'ai un plan! annonça Kitty, qui ouvrit son calepin. D'abord, nous devons nommer un porte-parole.

Tony leva la main comme un écolier.

— Je peux être le porte-parole.

Kitty lança un regard de biais vers les cheveux gominés de Tony et son costume de mafioso.

— En tant que propriétaire de l'hôtel, Tony, et étant donné votre profil haut et vos importants liens dans l'industrie du spectacle, je crois qu'il serait préférable que vous restiez en coulisse.

— Absolument, dit Tony. Je pensais seulement…

— J'ai quelqu'un d'autre en tête.

Kitty me regarda, promenant sa langue sur sa bouche pour humidifier son rouge à lèvres rouge.

— Les caméras *adoreront* un beau visage comme le tien, Trevor.

— Moi ?

— Oui, toi, mon chou. Tu es l'individu parfait pour jouer le rôle du directeur d'hôtel dévoué et égaré. Si je passe quelques coups de fil, je peux t'arranger des entrevues dans toutes les émissions du pays. Ils t'*adoreront.*

— Vraiment ? Et bien ! Je… Je ne sais pas quoi dire.

— On doit trouver un moyen de te détendre. Comment te sens-tu devant une caméra ?

— Très bien, dis-je. J'ai déjà accordé des entrevues pour la télé avant.

— Trevor, s'il te plaît, dit Shanna. Si les nouvelles de ce matin peuvent servir d'indicateur, je suis désolé de dire que tu n'es pas le candidat idéal. Plus important encore, Kitty…

Kitty leva la main.

— Shanna, si vous pensez vous proposer comme volontaire, je suis dans ce milieu depuis assez longtemps pour savoir que ça ne marchera pas. Nous avons besoin de quelqu'un, et bien, vous savez, de jeune. Et la caméra ajoute des kilos.

Je pus sentir les flammes dans le regard de Shanna de là où j'étais assis.

— Je n'ai pas l'intention de me porter volontaire, Kitty, dit-elle, mesurant ses mots. De toute façon, cette conversation est absurde parce que nous n'irons dans aucune émission.

— Bien sûr, dit Kitty. Pas tout de suite. D'abord, nous négocierons l'exclusivité avec une des grosses chaînes. Nous leur donnerons le libre accès pendant une période limitée en échange d'un grand coup d'argent, puis nous ouvrirons les vannes.

— J'ai entendu que le magazine *Star* payait de fortes sommes, dit Tony, les yeux vitreux.

— Le *Spotlight Entertainment* paie plus que n'importe quel autre, dit Kitty. Ils ont un public composé de millions de personnes si on combine le magazine, l'émission de télévision et le site Web. Le correspondant en chef pour le milieu du spectacle, Nigel Thoroughbred, se trouve être un ami *très* proche.

Elle tourna sa langue dans sa bouche de façon suggestive.

— Trevor, je te l'ai présenté à la fête, tu te souviens ? Grand, mince, un Anglo genre anémique avec une pomme d'Adam de la taille de mon nichon.

— Oui, bien sûr, mentis-je, trop décontenancé par l'image pour m'en souvenir.

— Combien ? demanda Tony, qui tira sur sa barbiche. Ça doit être beaucoup. Hein ? *Beaucoup.*

— Je pense qu'on pourrait avoir un demi-million pour un libre accès, dit Kitty.

— Putain ! s'écria Tony, qui donna un coup de poing dans les airs.

— Alors, nous sommes tous d'accord, dit Kitty. Nigel nous enverra une équipe avec des caméras. Trevor, quand son équipe sera là, tu lui feras faire la visite de l'appartement terrasse et de la terrasse de la piscine. Tu lui diras ce que Chelsea a fait et dit avant de mourir. As-tu gardé ses affaires ? A-t-elle laissé des produits de beauté ? Des médicaments ?

— Elle n'a pas vraiment pris ses choses avec elle, dis-je. On les a mises sous clé et je ne les montrerai certainement pas à une équipe de télé.

— Dites-leur quel fut son dernier repas ! cria Tony. Les journaux *adorent* ce genre de conneries.

— Excellente idée, Tony, dit Kitty. Tu peux demander au chef de le préparer pour les photos.

J'imaginai l'entrevue télévisée : « Son dernier repas ? Je crois que c'était du Jack Daniel's et de la cocaïne. Ses derniers mots ? "Quand ça me tentera, putain." Ses derniers actes ? Elle s'est soûlée, a saccagé sa suite, brisé une table de salon valant 5 500 dollars, a faussement accusé un employé de comportements déplacés, a lu des livres racistes et puis elle a sauté du balcon.

— Je ne crois pas que ce soit une bonne idée, dis-je.

Kitty continua, battant des bras avec enthousiasme.

— Dès que l'exclusivité prendra fin, nous lancerons une campagne de relations publiques pour cibler chaque média du pays. C'est alors que ce p'tit hôtel-boutique deviendra connu partout !

— *Génial* ! cria Tony, qui tapa des mains de ravissement.

— C'est scandaleux, dit Shanna doucement.

Nous nous tournâmes tous les trois vers elle.

— Qu'avez-vous dit ? dit Kitty, le visage accablé.

Shanna lui lança un regard méprisant.

— C'est la manifestation d'opportunisme la plus scandaleuse, éhontée et répugnante dont j'aie jamais été témoin. Kitty, si vous pensez…

Soulagé d'entendre l'opposition de Shanna, mais craignant que la confrontation ne fasse que contraindre Kitty à camper sur ses positions, je me levai pour intervenir.

— Je crois que ce que Shanna essaie de dire, Kitty, c'est que nous craignons que ceci ne parte dans la mauvaise direction. Ne serait-il pas prudent d'adopter une approche plus discrète, de prendre du recul, de…

Shanna se leva près de moi.

— Je crois que ce que Trevor essaie de dire, Kitty, c'est que vous êtes complètement stupide.

Kitty mit sa main sur sa poitrine.

— Ça, *par exemple* !

— Trevor et moi sommes des hôteliers, pas des hyènes, continua Shanna. Notre mission consiste à assurer le confort et le bien-être à nos invités et à nos clients. Chelsea Fricks était une de nos invitées — notre invitée d'*honneur*, en fait. Peu importe comment ou pourquoi elle est morte, ce qui compte c'est qu'elle soit morte pendant qu'elle était sous nos soins. Nous avons une part de responsabilité ici et nous n'allons pas maquiller cette histoire pour nous transformer en héros.

— Shanna, Shanna, *Shanna*, dit Kitty, de plus en plus fort. Apparemment, vous ne connaissez pas grand-chose aux relations publiques dans cette ville. Les hôtels livrent des informations sur leurs clients célèbres tout le temps. Les célébrités l'encouragent d'ailleurs. Vous croyez que toutes ces photos de vedettes d'apparence parfaite qui quittent les hôtels et les restaurants sont prises en cachette? Elles sont organisées, toutes.

Tony bondit.

— Ouais! Chelsea était d'accord pour nous laisser publiciser son apparition! Elle avait signé un contrat!

— Un contrat pour exploiter son apparition *vivante*, dit Shanna. Pas sa mort tragique. Tony, il n'y aura pas de porte-parole, pas de campagne publicitaire, pas de visites montrant en gros plan le siège de toilettes où s'est assise Chelsea. Nous délivrerons une brève déclaration exprimant nos profonds regrets par rapport à sa mort et offrirons nos pensées et nos prières à ses proches. Puis, nous tournerons le dos à toute cette frénésie et nous nous concentrerons sur cet hôtel que nous devons diriger.

— Pourquoi? C'est insensé! s'écria Kitty. On passerait à côté d'une opportunité qui n'arrive qu'une fois dans une vie.

Elle se tourna vers moi.

— Trevor, je sais que *tu* comprends les risques encourus.

— Je suis désolé, Kitty. Je suis d'accord avec Shanna.

Kitty souffla.

— Et bien alors, vous n'avez pas besoin de moi. C'est mon travail de diriger les projecteurs sur votre entreprise, pas de les éteindre. As-tu entendu ces bêtises, Tony?

Les yeux de Tony passèrent de Kitty à Shanna, puis à moi. Il ouvrit la bouche, puis la ferma. Il se frotta les mains.

— On ne peut rien dire? demanda-t-il à Shanna. Pas même un petit peu au *Spotlight Tonight*?

— *Rien*, répondit-elle fermement.

— Et *Larry King*? dit-il. Et si j'y allais juste pour mettre les choses au clair? Kitty a dit qu'il pourrait être…

— Pour l'amour de Dieu, Tony, où est votre sens des convenances?

— Je vous préviens, dit Kitty, que refuser de coopérer avec les médias dans cette ville est dangereux. J'ai appris il y a longtemps que si je ne les nourrissais pas avec de petites bouchées sur mes clients célèbres et que si je ne laissais pas mes clients se faire prendre en photo par leurs paparazzi, ils faisaient leur enquête eux-mêmes et ça, c'est bien plus dangereux. C'est comme ça que les photos de vedettes trébuchant à la sortie d'une boîte de nuit à 4 h du matin après avoir consommé de l'ecstasy se retrouvent dans le magazine *Spotlight*. Si on ne prend pas l'offensive, les médias nous mangent tout cru. Et je ne peux pas promettre que je serai encore dans le coin pour recoller les morceaux.

Un air alarmé traversa le visage de Tony.

— Que voulez-vous dire par nous manger tout cru ?

— Ils ne le feront pas, le rassura Shanna. Dans quelques jours, tout ça sera oublié. On se souviendra de nous pour notre dignité et notre compassion. Votre amie Chelsea n'aurait-elle pas voulu que ça se passe de cette manière ?

— *Chelsea* ? cria Kitty, laissant échapper un ricanement. Elle aurait été la première personne à exploiter sa propre mort !

— Taisez-vous, Kitty, dit Shanna. Alors, Tony ? C'est votre hôtel.

Tony se pencha en arrière dans son fauteuil et caressa sa barbiche. J'étais sûr qu'il serait du côté de Kitty. Il était bien trop opportuniste. Mais il me surprit.

— Peut-être que vous avez raison, dit-il.

Il y avait une grande douleur dans son expression.

— *Par contre,* ajouta-t-il, pointant son doigt vers Shanna et moi, si tout ça nous explose au visage et que mes affaires en souffrent, ça vous coûtera vos emplois. Compris ?

Shanna opina sans hésitation.

— Bien sûr.

Elle se tourna vers moi.

— Ça n'arrivera pas, Tony, dis-je, masquant mon inquiétude. Je vous le promets.

8

Pas le putain de Ritz-Carlton

— Nous sommes en direct du chic hôtel Cinéma à Hollywood, en Californie, dit Ashlee White, la coanimatrice de *Spotlight Tonight*, devant la caméra. C'est ici qu'il y a moins de 24 heures, Chelsea Fricks, l'héroïne de Tinseltown, a fait un plongeon fatal depuis le balcon de son somptueux appartement terrasse au cinquième étage. C'est un accident étrange que certains ont qualifié de suicide, tandis que d'autres croient qu'il s'agit d'un coup publicitaire qui aurait mal tourné. La police de Los Angeles reste secrète sur son enquête, laissant les admirateurs bouleversés de Chelsea essayer de trouver des réponses à cette mort absurde. Pendant ce temps, les affaires continuent dans le tout nouvel hôtel rempli de vedettes, où des centaines d'aspirants bordent la rue dans l'espoir de côtoyer les célébrités qui font actuellement la fête dans le restaurant et le bar huppés de l'hôtel.

Jetant un œil depuis l'entrée de l'hôtel, j'eus un mouvement de recul. Ainsi, c'était ce que Kitty voulait dire par un jeu dangereux. Je sentais le désir de me manifester et de mettre les choses au clair, de dire à Ashlee que nous avions envisagé, en fait, de fermer l'Action et la Scène pour honorer la mémoire de Chelsea. Mais Shanna et moi avions perdu cette bataille, gagnée par Tony Cavalli, qui n'était pas disposé à sacrifier des bénéfices. J'avais espéré que ce serait une nuit tranquille, que les amateurs de boîtes de nuit auraient changé leur programme, mais le contraire semblait avoir lieu. Sydney Cheevers avait concocté une liste impressionnante de gens riches et célèbres.

Après la réunion pour les relations publiques, Kitty Caine avait rédigé une déclaration que Shanna et moi avions réécrite avant de lui donner le feu vert. Dès qu'elle l'avait envoyée, nos téléphones s'étaient mis à sonner. Nous étions d'accord pour nous en tenir au texte du communiqué aux médias et pour nous abstenir de tout autre commentaire. Donc, au lieu d'interrompre Ashlee White, je décidai de garder le silence.

Plus tôt, Artie Truman m'avait fait venir.

— On est envahis là-bas, avait-il crié. Je vais aller dans la rue pour tenter de contrôler la foule et m'assurer qu'aucun client de l'hôtel ne se perde dans cette cohue. Pouvez-vous prendre ma place ?

De là où je me trouvais, je pouvais voir les tentes des médias, les bâches, les antennes et tout le matériel de photos et de caméras sur le trottoir. La nuit était éclairée par les lumières des caméras, des chandelles, des briquets et le flash constant des appareils photo. Les médias et les admirateurs se bousculaient à présent avec ceux qui aspiraient à devenir des clients du bar. Les portiers les avaient organisés en deux files, une qui serpentait du côté gauche de l'allée semi-circulaire, l'autre qui serpentait du côté droit. La file de gauche était destinée aux personnalités. C'était la file de droite qu'Artie m'avait demandé de surveiller.

L'attention de la foule se porta vers deux jumelles minces et fières qui avançaient dans l'allée sur leurs talons compensés.

Les paparazzi devinrent fous.

— Un sourire !

— Vous êtes superbes !

— Vous sortez quand même sans Chelsea ce soir ?

Les jeunes femmes passèrent fièrement devant la file des aspirants et furent conduites rapidement dans le hall par un portier.

Ce ne fut pas long avant que les paparazzi réalisent que les personnes importantes se trouvaient dans la file de gauche. J'observai la file devant moi avec appréhension. Des douzaines de visages pleins d'espoir me regardaient. M'identifiant comme la personne qui pouvait les faire entrer dans cet endroit magique, ils revêtaient des sourires obséquieux et aguicheurs. Un peu plus loin dans le rang, un homme tapait du pied impatiemment et dilatait ses narines comme un taureau sur le point de se ruer. J'essayai de sourire de façon rassurante, évitant tout contact visuel direct. Ces gens prêts à tout avaient peu de chance de rentrer. Ce soir était réservé uniquement à ceux qui étaient sur la « liste ».

Le concept de la « liste » était une imposture. Il n'y avait pas de liste, à l'exception des noms de deux douzaines d'amis et de parents que Tony avait gribouillés sur un billet de stationnement de l'hôtel qu'il avait donné à Curtis, le chef portier. Il était habituel de filtrer ceux que Sydney Cheevers appelait les « perdants, les ambitieux, les insignifiants, les bandes de copains, ceux qui veulent enterrer leur vie de garçon, les accros du crack, les ivrognes, ceux qui n'ont pas le bon look, les mal habillés, ceux qui ne boivent jamais d'alcool, les vieux, les moches et les pas cool ». Tous ceux qui correspondaient à ces catégories étaient fermement et poliment écartés. Seuls les vedettes, les beaux, les riches, les célèbres et ceux qui achetaient du Cristal à la caisse avaient un droit d'entrée garanti.

Pour les autres aspirants dans la file, les portiers étaient les apôtres des portes du paradis. Curtis avait travaillé dans les discothèques de L.A. pendant deux décennies. Il connaissait les comédiens, les fauteurs de troubles, les vendeurs de drogue, les prostituées, les proxénètes et les alcooliques qui cherchent la bagarre. Il évaluait avec finesse chaque personne qui l'approchait, décidant en un instant s'il ou elle méritait d'entrer. Plus tôt, c'était Sydney Cheevers qui se tenait ici, ses cheveux roux remontés à la Marie-Antoinette. Elle rejetait les indésirables avec la froideur d'une reine française. Scandalisé par son comportement, je l'avais prise à part et lui avais demandé de se montrer plus polie.

— Putain, détendez-vous, Trevor, avait-elle dit sèchement. C'est une boîte de nuit, pas une banque alimentaire. Si on laisse les perdants entrer, les gagnants ne viendront plus. Tous les clubs font ça. Comme Tony l'a dit, c'est une distribution pour une production de première classe, pas pour *Animal House*.

À présent, je baissai les yeux vers les baskets éraflées de deux pauvres types qui se tenaient devant moi.

— Désolé, les gars, dis-je aussi gentiment que possible, me voyant adolescent en regardant le plus grand. Il y a un code pour l'habillement.

Le code pour l'habillement était un autre moyen de filtrer les indésirables, bien qu'on faisait des exceptions pour les personnalités. J'avais refusé l'entrée à une demi-douzaine de jeunes hommes vêtus de t-shirts et de casquettes de baseball, tandis qu'à l'intérieur, Mark Wahlberg et Jared Leto ne portaient que ça. Les pauvres types opinèrent avec empressement, malgré tout reconnaissants d'être rejetés par un établissement si estimable. Ils repartirent en trottant dans l'allée. Je me sentis désolé pour eux, mais j'éprouvai aussi un accès de pouvoir.

Les prochains dans la file étaient un couple corpulent d'une cinquantaine d'années. La femme, vêtue d'un ensemble sport blanc avec un motif lamé doré cousu sur le devant, ressemblait vaguement à Elvis. L'homme portait une chemise hawaïenne et des pantalons kaki.

— Je suis désolé, dis-je. C'est réservé à ceux qui sont sur la liste ce soir.

— *Quoi* ? cria l'homme. Nous attendons depuis deux heures !

— J'aimerais vous aider, mais nous sommes complet.

— Et cette file ? dit l'homme, tendant brusquement son bras en direction de la file des personnalités. Ils vont entrer ?

— Ils sont sur la liste, dis-je.

— Nous avons essayé de réserver une chambre ici, mais vous étiez complets. Nous sommes au Château Marmont. Nos amis, les Greenfield, sont ici. Nous sommes censés les retrouver à l'intérieur. Nous étions sur la même croisière.

Je jetai un œil vers Curtis. Ils n'avaient pas le bon style, mais c'était des amis de clients de l'hôtel et ils semblaient inoffensifs.

Curtis fit un vague signe de tête. Mon cœur se serra. Si je voulais, je pouvais les faire sortir du rang et les laisser entrer. Mais je savais que si Tony les voyait se mélanger à la foule de jeunes branchés à l'intérieur, il aurait ma tête.

— Je suis terriblement désolé, dis-je. Je ne peux pas vous laisser entrer. C'est bondé à l'intérieur.

L'homme resta bouche bée devant moi, incrédule. Il avait l'air d'un gros bonnet qui était habitué à obtenir ce qu'il voulait. Il devint provocant, mais je tins bon. Puis, sa provocation se transforma en colère. À la fin, il tenta de négocier, me collant un billet de 20 $ dans la main; je le lui rendis. Le pauvre homme traversait les cinq étapes du deuil.

Finalement, ce fut l'acceptation.

— Je suppose que nous sommes trop vieux, marmonna-t-il à sa femme.

Il me matraqua d'une mine renfrognée à fendre l'âme avant de reconduire sa femme dans l'allée.

Je les regardai partir et me sentis plein de haine envers moi-même. La file avança et des centaines d'yeux me fixèrent. Une jeune femme menue avec de longs cheveux noirs ondulés avança dans l'allée, contourna la file et se planta directement devant moi. Elle portait une robe argentée brillante qui dévoilait de délicates épaules bronzées. Un minuscule nœud argenté était attaché dans ses cheveux.

— Salut, mon mignon! dit-elle, touchant mon avant-bras. Ça te va si j'entre? Je vais rejoindre des amis. Je suis, genre, vraiment en retard!

Elle fit battre ses cils et sourit, exposant des dents parfaites.

Je décidai que la règle de l'exception s'appliquait. Je tendis le bras pour décrocher la corde.

Curtis me lança un regard de braise.

— Désolé, Mademoiselle. Seulement ceux qui sont sur la liste ce soir.

Elle le regarda avec un air arrogant et se tourna vers moi.

— S'il vous plaît ? implora-t-elle.

Je regardai Curtis.

— On ne pourrait pas faire une exception ? Elle est... Je veux dire...

Il croisa les bras.

— Bonne soirée, Mademoiselle.

Vexée, elle se tourna et s'éloigna sur ses talons hauts. Je la regardai partir. Ses longs cheveux noirs se balançaient sur sa robe ouverte dans le dos.

Nancy.

J'étais choqué. Je me tournai vers Curtis, en colère.

— Était-ce nécessaire ? Elle était parfaite.

Il murmura à mon oreille :

— C'est une prostituée. Elle séduit les hommes, les fait tomber amoureux d'elle, leur prend leur argent et disparaît.

— Vous rigolez.

Il secoua la tête.

— Je ne veux plus jouer les Steve Rubell. Pouvez-vous revenir ?

— Bien sûr.

Tandis que je me tournai pour rentrer, une voix grave de femme cria mon nom. Surpris que quelqu'un me connaisse dans cette foule, je me retournai. Une femme au visage pâle avec des cheveux noirs emmêlés se fraya un chemin vers moi, remuant un gros sac en similicuir rouge. Son autre bras tenait un téléphone cellulaire contre son oreille. Pendant un bref instant étrange et inquiétant, je crus que c'était Chelsea Fricks — une Chelsea exténuée et négligée avec des cheveux teints en noir. Quand elle apparut dans la lumière, je réalisai que c'était Moira Schwartz. Elle leva les yeux de son téléphone en arrivant vers moi. Une grossière traînée de rouge à lèvres rouge couvrait sa bouche.

Curtis se précipita pour la repousser, mais je l'arrêtai.

— Ça va, lui dis-je. Je m'en occupe. Vous savez qui elle est, n'est-ce pas ?

— Qui l'ignore ? C'est une chieuse de première. Mais nous n'avons plus besoin de la supporter avec ses conneries dorénavant. Sans Chelsea, elle n'est personne. Je ne veux pas d'elle ici.

— Ne vous inquiétez pas. Moi non plus.

J'avançai et bloquai le chemin de Moira.

Elle s'arrêta à quelques centimètres de moi.

— Ouais, de toute façon, comme d'habitude, je m'en occupe, dit-elle dans son téléphone cellulaire avant de raccrocher.

Elle leva les yeux.

— Trevor, comment *allez*-vous ? Vous semblez bien.

— Bonsoir, Mademoiselle Schwartz.

— Je vous en prie, appelez-moi Moira.

Elle entrouvrit ses lèvres pour former ce que je pris pour un sourire — une expression qui ne venait manifestement pas facilement.

— Cet endroit est très fréquenté, dit-elle. Vous devez être content.

— Y a-t-il quelque chose que je pourrais faire pour vous ? demandai-je.

Elle leva un doigt et remit le téléphone à son oreille.

— Salut. Ouais, j'y suis en ce moment. Non, attends-moi, j'arrive. Ashton et Demi viennent me rencontrer ici plus tard.

Elle raccrocha. Quand elle vit que je lui bloquais encore le passage, une étincelle d'agacement illumina son visage.

— Voudriez-vous bien me laisser passer ? Je suis pressée.

— Je suis surpris de vous voir sortir ce soir, dis-je, sans bouger.

Elle soupira.

— Je dois rencontrer des gens qui veulent que je les représente. Ce sont des *gros*, si vous voyez ce que je veux dire.

Son téléphone devait sonner à nouveau parce qu'elle roula des yeux et l'ouvrit.

— Groupe média Moira Schwartz, ici Moira... Hein ? Je viens d'arriver. Je parle au directeur... Je sais qu'il y a une queue énorme. Dis à Leo de venir à l'avant et de demander Trevor Lambert. Il le laissera entrer… D'accord, à plus tard.

Elle ferma à nouveau son téléphone.

— Leo DiCaprio est ici. *Apparemment*, il veut que je le représente. Euh, s'il vous plaît…

Elle agita son bras vers moi comme si elle chassait une mouche.

— Êtes-vous sur la liste, Moira ?

— Vous vous moquez de moi ?

— Nous sommes complet, dis-je. Je suis désolé. Je ne peux pas vous laisser entrer.

— Ne soyez pas ridicule. Vous savez qui je suis.

— En effet.

Moira s'était avérée être un cauchemar depuis la première fois où Tony m'avait demandé de l'appeler pour les honoraires de Chelsea. Si je la laissais entrer, elle ne ferait que provoquer du grabuge.

— Vous me dites qu'après toute la publicité que je vous ai faite, vous ne me laissez pas entrer ?

— La publicité ?

— *Tout le monde* parle de cet hôtel. Or, c'est moi qui ai convaincu Chelsea d'y faire une apparition.

— Et de se jeter du balcon ?

Ses yeux s'agrandirent, comme si je venais de la gifler.

Je me sentis immédiatement plein de remords. Après tout, si on oubliait ses manières grossières, elle venait juste de vivre un incident traumatisant.

— Je suppose que je suis juste surpris de vous voir sortir ce soir.

Elle baissa les yeux.

— Savez-vous combien il est difficile de rester chez soi seule, hantée par des images de quelqu'un que vous avez aimé qui vient de mourir, à avoir l'impression que c'est de votre faute ?

En fait, je le savais.

— Je suis désolé pour votre chagrin, Moira. Mais je ne peux pas vous laisser entrer.

— En fait, je dois vous parler, dit-elle.

Elle jeta un œil par-dessus ses épaules et se pencha vers moi.

— C'est à propos d'hier soir. Il y a quelque chose que vous devriez savoir.

— Ah ?

— Nous ne pouvons pas parler ici. On entre.

Je cherchai à lire dans ses yeux, essayant de déterminer si elle disait la vérité.

— Très bien, dis-je, tout en m'écartant. Attendez-moi sur le seuil. J'arrive dans une seconde.

Je commençai à la suivre quand j'entendis quelqu'un d'autre crier mon nom. Cléopâtre de KCAL était de retour, agitant un micro dans les airs.

Je fis semblant de ne pas la voir et me glissai dans l'hôtel.

* * * * *

Moira ne m'avait pas attendu. Je jetai un œil rapide autour de moi pour la retracer, puis décidai de trouver ma mère. Plus tôt dans la soirée, je m'étais arrêté à sa table à la Scène et lui avais promis de la rejoindre plus tard ainsi que Bruce pour prendre un verre. Il était maintenant plus de 23 h et je doutais qu'elle soit encore dans les environs. Le service du soir à la Scène était fini et le restaurant, le bar et le hall s'étaient métamorphosés en une vaste boîte de nuit. La musique était assourdissante.

Il était surprenant d'observer la transformation de l'hôtel Cinéma qui était passé d'un hôtel calme le jour à une discothèque bruyante, mais j'y avais été préparé. Tony avait partagé sa vision lors de ma première journée de travail, et selon ses conseils, j'étais allé vérifier quelques hôtels locaux avec un concept similaire : le Mondrian, le W, le Roosevelt, le Standard et le Viceroy. J'avais été séduit par la foule de jeunes branchés, la musique glauque à donner des frissons et l'ambiance érotique. Mais c'était une chose d'être le patron et une autre d'être un client — et encore une autre d'être un employé. Tandis que j'arrivais à la réception, je vis Simka courbée sur le bureau, le téléphone collé à son oreille. À côté d'elle, David demandait poliment à deux femmes d'ôter leurs cocktails du bureau. Je trouvai que la musique était beaucoup trop forte et déviai mon chemin vers la cabine de l'animateur, située près de l'entrée de l'Action.

— Hein? cria l'animateur dans le vacarme, tout en ôtant ses écouteurs.

— Pouvez-vous, s'il vous plaît, diminuer le son? répétai-je, tout en baissant mon pouce.

Il semblait perplexe, comme s'il ne parvenait pas à comprendre pourquoi quelqu'un veuille réduire le volume. Mais il savait qui j'étais et ne discuta pas. Je le regardai avancer son doigt vers le bouton du volume et le déplacer à peine. Je baissai à nouveau mon pouce. Il comprit et le déplaça à nouveau d'un cheveu. Il remit ses écouteurs et reprit son travail.

— Trevor, chéri, viens ici!

Ma mère se tenait à une grande table près du centre du bar. Je lui fis signe et me frayai un chemin jusqu'à elle.

Elle ouvrit les bras pour m'étreindre.

— Chéri, comme je suis heureuse de te voir!

— Comment était votre dîner? demandai-je en faisant un signe de tête vers Bruce.

— Fabuleux!

Sa voix nasillarde suggérait qu'elle n'en était pas à son premier martini couleur lime. Elle avait son air jeune et était élégante dans sa sobre robe jaune, avec une large ceinture blanche attachée autour de sa taille fine. Ses cheveux blond cendré épais étaient raides, mais la coupe avait du style.

— T'ai-je dit que Bruce m'avait emmenée visiter les Studios Paramount? Ils ont construit des quartiers entiers! Et tous les édifices ne sont que des façades. Ils semblent tout à fait authentiques de l'extérieur, mais il n'y a rien à l'intérieur.

— Un peu comme cette foule, dit Bruce avec un sourire narquois. C'est presque un film, Trevor. Vous avez réussi.

— Je ne peux m'en octroyer le crédit, dis-je. C'est entièrement le travail des agents publicitaires et des promoteurs.

— Et de Chelsea Fricks, dit-il. J'ai entendu dire que vous aviez engagé Sydney Cheevers. Soyez prudent. Elle sait comment mettre au monde des vedettes, mais elle écrasera tous les autres en cours de route.

— Merci pour l'info, dis-je.

Bruce me présenta deux hommes, que je me souvenais avoir vus le soir précédent : Brad, dans la jeune quarantaine, d'apparence impeccable, avec de gros bijoux en argent sur ses doigts et autour de ses poignets ; et Joey, un peu plus âgé, avec des lunettes d'aviateur et une poitrine musclée et imberbe qui s'exhibait à travers sa chemise ouverte.

— Brad et Joey ne pouvaient pas entrer, dit ma mère, me tirant sur le côté.

Elle prit une généreuse gorgée de son verre.

— J'ai dû les faire entrer discrètement par la porte de derrière.

— Tu as fait *quoi* ?

— Ne t'inquiète pas, ils sont cool.

— Maman, tu ne peux pas enfreindre les règles ici, dis-je, plaisantant à moitié. Si un videur te jette dehors, tant pis pour toi.

— Ne t'inquiète pas, je peux m'occuper de moi.

Son verre se ballotta de façon précaire quand elle me tira vers elle.

— As-tu eu la chance de lire le livre ?

Ma mère lisait des livres de croissance personnelle avec voracité et essayait toujours de me convertir à je ne sais quelle croyance à laquelle elle adhérait sur le moment. Son travail de missionnaire avait commencé au moment où elle était montée dans ma voiture à LAX.

— Je t'ai acheté quelque chose, avait-elle dit avec un signe entendu, glissant un paquet sur le tableau de bord de la BMW décapotable.

— Un porno ? avais-je demandé, baissant les yeux sur le sac de papier. Maman, tu es la meilleure.

— C'est un livre. Un très bon livre.

— Un autre livre pour m'aider à traverser la dépression postménopause ?

— Celui-là est différent. C'est un petit livre moins simplet qu'il en a l'air et qui contient un message si puissant qu'il peut changer ta vie. Il a changé la mienne.

J'avais payé l'employé du stationnement et j'avais pris la route.

— Pas une autre édition de *Qui a piqué mon fromage ?* Je t'ai dit que je ne souhaitais pas apprendre des leçons des rats.

— C'était des souris, Trevor. Ce livre est bien plus raffiné.

— Si c'est *Le secret*, je vais le jeter sur l'autoroute tout de suite.

— Tu devrais avoir plus confiance en moi.

Elle avait sorti le livre relié du sac et me l'avait tendu.

— C'est au sujet de la nécessité que nous avons de faire face aux problèmes non résolus de notre passé.

— Comme le fait que j'ai été négligé par ma mère quand j'étais enfant ?

— Nous avons souvent des problèmes que nous pensons avoir réglés, alors que ce n'est pas le cas. Ils nous empêchent d'avancer. Avant que nous puissions vivre notre vie à fond, nous devons prendre du recul et résoudre nos problèmes. Quand nous le faisons, nous sommes libres d'avancer à un rythme auparavant inimaginable.

— *Deux pas en avant*, avais-je dit, jetant un œil à la couver-ture, alors que j'étais arrêté à un feu rouge.

Je l'avais feuilleté et avais regardé la femme dans la cinquan-taine au verso. Le menton posé sur ses articulations, elle revêtait un sourire confiant et satisfait.

— Apparemment, pour Sonia Druthers, faire un pas en arrière dans le passé consiste en un remodelage, avais-je dit, en le posant. Je meurs d'impatience.

— Ça m'a beaucoup aidé à faire face à la mort de ton père.

— Seulement 25 ans plus tard ? C'est un miracle.

— Ça serait arrivé bien plus tôt si ce livre avait été sur le marché.

Elle se tut pendant un instant.

— Peut-être que ça t'aiderait à te remettre du départ de Nancy.

J'avais fait un écart sur la 405ᵉ Nord. Derrière nous, une voi-ture avait klaxonné.

— Je me suis remis de Nancy.

— Tu ne continues pas à penser à elle tout le temps ?

La pluie s'était mise à éclabousser le pare-brise. J'avais appuyé sur un bouton pour fermer la capote.

— Non.

— Sors-tu avec quelqu'un ?

— De temps à autre.

Un autre mensonge.

— Alors, il n'y a que le travail ? Travail, travail, travail ?

— Et bien, il y a aussi le travail.

Elle n'avait pas souri. Pendant le reste du trajet, elle n'avait pas dit un mot.

À présent, elle attendait ma réponse. Un liquide sirupeux vert dégoulinait sur sa main. Je pris son verre et en bus une gorgée avant de le lui rendre rapidement.

— Mon Dieu, c'est infect.

— C'est plutôt délicieux, je trouve, dit-elle. Alors ? As-tu commencé le livre ?

— Tu me l'as donné hier, maman. J'ai été un peu occupé.

— Prends le temps de le lire, dit-elle, serrant mon bras, comme si elle me livrait un secret très important à propos du sort de l'Univers.

— Je ferai de mon mieux.

Se retournant vers Bruce et ses amis, elle annonça :

— Messieurs, je veux que vous sachiez que mon fils est un héros. Il a sauté dans la piscine hier soir pour sauver Chelsea Fricks.

— *Maman.*

— Ne sois pas si modeste, chéri. Shanna m'a tout dit sur ta tentative courageuse.

— Je ne suis pas modeste. On ne peut pas parler de ça ici.

— Pourquoi ? Tout le monde le fait ici.

— Joey et moi avons tout vu, dit Brad. On était sur la terrasse de la piscine quand c'est arrivé. C'était comme si quelqu'un l'avait attaquée.

J'ouvris la bouche pour rejeter cette théorie, mais je changeai d'avis, réalisant que j'aurais l'air de vouloir cacher quelque chose.

— Bruce et moi avons manqué tout cet émoi, dit ma mère. Nous étions dans la salle de sport à nous entraîner.

— Pas besoin de détails, maman.

Derrière moi, je sentis une petite secousse sur mon bras.

C'était Reginald Clinton, le responsable de la nourriture et des boissons.

— Tony Cavalli doit vous parler d'urgence, dit-il.

Promettant de revenir, je me rendis vers la Scène. La musique était encore trop forte. Je résistai à l'envie de me boucher les oreilles. Une femme me tendit son verre vide. Une autre essaya de commander à boire. Un homme me demanda si je pouvais faire entrer son ami. Mon rôle de directeur d'hôtel s'était transformé en employé de boîte de nuit.

Tony était assis avec tout son entourage, qui incluait sa petite amie Liz, les jumeaux Enzo et Lorenzo, la fiancée de Lorenzo, Rosario, et quelques autres que je ne reconnaissais pas. Aucun des acteurs dont il recherchait tant la présence n'était là, ce qui pouvait expliquer son humeur exécrable.

— Vous avez dit à l'animateur de baisser la musique ? cria-t-il, levant son corps ballonné de son siège et faisant claquer sa main sur la table.

— L'équipe de la réception ne pouvait rien entendre.

— Bon sang, qu'est-ce qui ne va pas avec vous ? Vous ne comprenez pas ? La musique est *censée* être forte.

— Nos clients paient plus de 500 dollars la nuit pour une chambre, ripostai-je, faisant un geste en direction des chambres qui donnaient sur la terrasse de la piscine. Comment sont-ils censés dormir ?

— On n'est pas au putain de Ritz-Carlton, Trevor ! Ils ne sont pas ici pour dormir ! Vous pensez qu'ils louent une chambre au rez-de-chaussée pour regarder *Animal Planet* ? Ils sont ici pour la *fête*.

— Pas tous. Nous avons déjà reçu plusieurs plaintes à cause du bruit. Avez-vous une idée de la finesse des murs dans cet édifice ? Saviez-vous — je me penchai vers lui — que les frères Fratelli n'ont pas remplacé certaines des poutres originales endommagées par le feu ? Cet endroit repose sur des fondations pourries. C'est un piège à feu.

Le visage de Tony devint écarlate.

— Ne répétez plus *jamais* ça ! Cet édifice est solide ! Si les gens se plaignent du bruit, c'est qu'ils n'ont pas leur place ici. Les clients réservent des chambres pour avoir un accès privilégié au bar. On ne veut pas d'eux dans leurs chambres à lire la Bible, on les veut ici, à boire et à dépenser de l'argent.

À côté de lui, Liz opinait, les yeux fixés sur la table. Je me demandai si elle me regardait rarement dans les yeux parce qu'elle avait honte de la construction minable de l'hôtel.

— Bien, dis-je. Mais ne me blâmez pas si les clients demandent un remboursement.

— Il n'y aura aucun remboursement, Trevor. *Aucun remboursement !* S'ils n'aiment pas ça, dites-leur d'aller au Beverly Wilshire. Allez dire à Curtis que je veux encore cent personnes ici maintenant. Cet endroit n'est pas assez plein. Pendant que vous êtes là, Kanye West est derrière, à l'Action, dans la section pour les personnalités. Je lui ai commandé une bouteille de Cristal. Allez-lui dire que ça vient de moi, le propriétaire de l'hôtel, et conduisez-le à ma table. Liz veut le rencontrer.

— Moi ? Pourquoi ne le faites-vous pas vous-même ?

— Ça n'est pas comme ça qu'on procède par ici. Les gens envoient leur personnel. Pendant que vous y êtes, arrêtez-vous à la table de Kate Moss et conduisez-la ici aussi.

— Tony, je ne vais pas déranger des célébrités en votre nom. Cet endroit est censé être un refuge contre ce genre d'attention. Si vous voulez les rencontrer, faites-le vous-même.

— Vous êtes un dégonflé ! Où est Shanna ? Elle le fera. Elle, elle a des *cojones*.

Apparemment, il ne connaissait pas la maladie de Shanna.

— Elle a dîné avec un groupe d'urbanistes plus tôt, mais je crois qu'elle est partie.

En fait, elle s'était sauvée à toute vitesse dès que le bar avait commencé à se remplir.

Un homme flamboyant avec le crâne rasé arriva derrière Tony et le prit par les épaules.

— Ça alors, si ça n'est pas ce putain de Conrad Hilton !

Tony se tourna.

— Arnon, putain d'homo !

Je saisis l'opportunité pour partir. Tandis que je me frayais un chemin vers la Scène, Curtis, le portier, m'intercepta.

— Quelqu'un a demandé à te voir à l'entrée principale, gronda-t-il.

Mes yeux s'illuminèrent. La fille avec le nœud argenté dans les cheveux serait-elle revenue pour me sauver de ce cauchemar ? Est-ce que ça me dérangeait vraiment que ce soit une prostituée ?

Il me tendit une carte professionnelle.

Je baissai les yeux, puis les relevai vers Curtis.

— À minuit ?

— Il a dit que c'était urgent.

* * * * *

Quand j'arrivai dans le hall, l'inspecteur Stavros Christakos revêtit un large sourire. Trois personnes se tenaient derrière lui, regardant autour d'eux avec admiration : un homme aux cheveux roux plus petit et plus trapu que l'inspecteur, un grand échalas avec un chapeau mou, et une jeune femme corpulente aux cheveux noirs qui ressemblait à Stavros avec une perruque frisée.

— Trevor, mon homme ! cria Stavros. Comment diable allez-vous ?

Il donna une tape sur mon bras et serra vivement ma main comme si nous étions de vieux amis. Il était vêtu élégamment d'un costume blanc impeccable avec un scorpion cousu sur sa poitrine gauche. Autour de son cou pendait un autre médaillon de la police classique. Il semblait plus grand ce soir. Je jetai un œil sur ses bottes noires brillantes et vis des talons épais.

— Comment puis-je vous aider, inspecteur ? demandai-je.

Je me souvins que je lui en voulais pour la façon dont il avait interrogé mon équipe.

— Voici mes amis, Gustavo et Robbie, et ma petite sœur, Star. Trevor est le gros bonnet ici, les amis, alors attention à ce que vous faites. Tenez-vous comme il faut.

Il laissa échapper un ricanement et regarda autour de lui.

— Regardez cet endroit ! Ne vous avais-je pas dit que ça allait être chaud ?

Des relents d'alcool flottaient vers mes narines. Quelque chose me disait que ce n'était pas une visite professionnelle.

Star regardait la foule, les yeux grands ouverts.

— Oh, mon Dieu. Les acteurs de *Newport Beach* sont ici.

— Impossible, dit Gustavo, qui se mit sur la pointe des pieds pour suivre son regard.

— Par là !

Robbie pointa vers la foule.

— Allons voir si on peut leur parler !

— Inspecteur ? dis-je. Vous avez dit que c'était urgent ?

Stavros se força à me regarder.

— Ouais, c'est vrai. Nous devons parler. Venez avec moi.

Il posa sa main sur mon dos et me dirigea non pas vers un endroit tranquille, mais en plein dans la foule.

— Buvons un verre d'abord. Je meurs de soif.

Il dévia vers les acteurs de *Newport Beach* et s'arrêta pour se gratter l'oreille.

Star me bouscula par derrière.

Je pris l'inspecteur par le bras et le conduisis vers le bar.

Une douzaine de personnes faisaient la queue.

— Vous avez sûrement de l'influence ici, dit Stavros, contournant la queue et me tirant vers le côté, où il grimpa sur la patte un tabouret et fit des signes au barman.

— Bonsoir Trevor, dit Carl. Vous avez fini votre journée ?

— Pas vraiment, dis-je. Voici l'inspecteur Christakos. Il est de service, apparemment, et ses amis et lui voudraient boire un verre.

— Bien sûr. Que puis-je vous servir, inspecteur ?

Stavros se hissa au bar, se balançant sur ses coudes, les jambes pendant dans les airs.

— Deux doubles Tanqueray 10 avec glaçons, un Grey Goose Red Bull et un daiquiri à la pêche.

Il se tourna vers moi.

— Que prenez-vous, chef ?

— Rien, merci.

— Quoi ? Allons, c'est samedi soir !

— Je travaille.

Tandis que Carl alla préparer les boissons, Stavros fronça les sourcils en me regardant comme un père inquiet.

— Vous n'arrêtez jamais ?

— Tant que je suis ici, je travaille. Et vous, vous n'êtes pas en service ?

— Je suis toujours en service. En fait, je ne peux m'empêcher de remarquer que cet endroit dépasse le taux d'occupation permis. Ça ne fait pas partie de mon service, mais un simple appel et je pourrais faire fermer cet endroit.

Il regarda deux jeunes femmes à quelques sièges de nous.

— Et je pourrais arrêter ces deux filles sexy et mineures qui boivent de l'alcool par là.

Il leva la main pour leur faire signe, mais elles l'ignorèrent brillamment. Il se tourna vers moi et sourit, exposant des dents luisantes violettes en raison de l'éclairage aux néons.

Le barman déposa les verres devant nous et Stavros les remit à ses compagnons, gardant le daiquiri à la pêche pour lui. Il leva son verre pour trinquer avec moi.

— Laissez-moi aller et j'essaierai d'ignorer ces infractions, dit-il en faisant un clin d'œil.

Il but d'un trait et laissa échapper un souffle, appuyant son pouce et son index sur l'orbite de ses yeux comme s'il venait de boire une tequila cul sec.

— J'en avais besoin.

Star surgit de la foule et saisit son bras.

— Nick Lachey est ici ! On va voir si on peut le rencontrer ! Est-ce qu'on peut refaire le numéro de la plaque de la police ?

— Donne-moi une seconde, ma puce, j'arrive.

— Je serai par là. Avec un peu de chance, ma langue sera dans sa bouche.

— Alors, qui d'autre est ici? me demanda Stavros, tout en étudiant la foule.

— Comme dans…?

— Les vedettes, les célébrités, les jolies filles, les jumelles sexy… Vous savez. Est-ce que Kate et Ashley sont ici? Et Angelina? Je parie qu'elle est là. Elle m'a demandé? Allez, je sais qu'elle m'a demandé.

Il se trouvait bien plus drôle qu'il ne l'était.

— Est-ce Moira Schwartz? dit-il, pointant son doigt vers la foule.

Moira se faufilait dans la foule, son téléphone cellulaire collé en permanence contre son oreille. Elle semblait chercher quelqu'un. Me demandant si c'était moi, j'établis un contact visuel. Elle se détourna rapidement, disparaissant dans la foule.

— Elle est là depuis longtemps? demanda l'inspecteur.

— Une heure environ. Pourquoi?

— Simple curiosité.

Il se retourna vers le bar et mit ses mains en coupe autour de sa bouche.

— Ohé, barman! Une autre tournée!

— Ne buvez pas trop de daiquiris à la pêche, dis-je.

— J'aime les boissons sucrées, dit-il. Ça ne m'empêche pas d'être un homme.

— Inspecteur, dis-je. Voulez-vous me parler ou n'est-ce qu'une visite sociale?

Il leva son bras vers mon épaule et me conduisit dans la partie la plus calme du bar.

— D'accord, voilà le marché. J'ai besoin de votre aide. D'abord, j'ai besoin que vous m'inscriviez sur une sorte de liste de clients permanents. Je ne veux plus avoir à me justifier devant cette andouille de videur. À des fins d'investigation seulement, bien sûr. J'ai le sentiment que je vais devoir venir ici souvent.

— Vraiment? Pourquoi? demandai-je, inquiet. Devez-vous élargir votre enquête?

— Non, je dois élargir mon réseau de contacts pour le cinéma.

Il me regarda du coin de l'œil, puis explosa de rire.

— Détendez-vous ! En réalité, je dois parler à certains de vos employés.

— Vous ne les avez pas assez harcelés ?

— Je ne *harcèle* pas, Trevor. Je pose simplement des questions. Si mes questions les rendent mal à l'aise, alors peut-être qu'ils ont quelque chose à cacher.

Quelque chose attira son attention dans la foule. Il leva la main.

— Bryce ! Par ici !

Bryce ? Je me tournai et vit Bryce Davies au milieu du bar, entouré d'un groupe d'admiratrices, y compris les deux « mineures sexy ». Il repéra l'inspecteur, plissa les yeux et sourit.

— Vous êtes ami avec Bryce Davies ? demandai-je, perplexe.

— Je ne le connais que depuis ce matin, mais nous nous sommes bien entendus. Il va essayer de m'obtenir un rôle dans *Amour et modernité*.

— Mais n'est-il pas suspect ?

Il sourcilla.

— Suspect ?

— Avec tout le respect que je vous dois, êtes-vous ici pour mener une enquête criminelle ou pour obtenir des rôles ? Parce que j'ai un hôtel à gérer et ce n'est pas facile en étant entouré de médias et d'admirateurs déchaînés. Le plus tôt vous finirez votre enquête, le plus tôt je pourrai reprendre mon travail.

Ses yeux s'illuminèrent, puis il se détendit.

— Faites-moi confiance, mon ami. En apparence, on pourrait croire que je m'amuse, mais je travaille toujours.

Il se retourna pour observer Bryce.

— Je vois, dis-je, comprenant soudain. Donc Bryce *est* un suspect.

— Je n'ai jamais dit ça.

De là où je me trouvais, je pouvais voir les joues colorées de Bryce, son sourire tout en dents, l'éclat violet dans ses cheveux blonds bouclés.

— Je n'arrive pas à croire qu'il soit ici. Sa petite amie est morte hier soir. On s'attendrait à ce qu'il soit sous son lit à pleurer.

— Pourquoi? C'est ce que vous avez fait?

— Moi? Non, mais Chelsea Fricks n'était pas ma petite amie.

— Je voulais dire quand votre petite amie s'est écrasée dans le vol 0022.

— Quoi? Comment…

— Je ne suis pas aussi mauvais inspecteur que vous le pensez.

Il pointa son doigt vers Bryce.

— Il est ici parce qu'il n'est personne chez lui. Ici, il est une célébrité. La vie nocturne de L.A., c'est sa scène. Je ne doute pas qu'il soit affligé. Mais il a un besoin extrême d'attention. Il ne peut pas vivre sans. C'est sa façon de s'en sortir. Certains d'entre nous se développent sous les projecteurs, d'autres non.

Non loin de Bryce, Moira rôdait dans la foule.

— Moira ne m'a pas semblé faire partie de ceux qui se développent sous les projecteurs. Pourquoi est-elle ici?

— Elle est à la pêche aux clients. Elle est sans emploi. Elle a même essayé avec moi.

Il leva le bras pour toucher ses cheveux soigneusement décoiffés.

— Elle trouve que j'ai du potentiel.

— Vous avez cru ça?

Il me regarda, sincèrement outragé.

— Est-ce que j'ai l'air idiot, Trevor?

Je regardai autour de moi pour m'assurer que personne ne pouvait entendre.

— Vous pensez encore qu'elle pourrait être impliquée dans un acte criminel?

— Peut-être.

— Alors, expliquez-moi pourquoi vous harcelez mon personnel quand ces voyous se promènent librement. Bryce et Moira ne sont-ils pas les suspects les plus évidents ?

Ses yeux se plissèrent.

— Pas nécessairement.

Soudain, je m'inquiétai.

— À quels employés devez-vous parler ?

— Ezmeralda Lopez, d'abord.

— Ezmeralda ? Vous ne pouvez pas la laisser tranquille ? Vous l'avez fait pleurer aujourd'hui. Elle était convaincue que vous pensiez qu'elle avait tué Chelsea.

— Qui dit le contraire ?

— Vous n'êtes pas sérieux.

Stavros regarda la foule. Bryce lui faisait signe. Il leva son index et se retourna vers moi.

— Je vous le dis, Trevor, cette Lopez est une femme coriace. J'ai essayé de parler avec elle, mais elle ne m'a pas dit un mot. On aurait dit qu'elle avait oublié comment parler français.

— Vous croyez qu'elle a été témoin de quelque chose et qu'elle a peur de le dire ?

Il haussa les épaules.

— Déjà entendu parler du Front national de solidarité des immigrants ?

J'opinai lentement.

— J'ai fait une vérification sur votre charmante et innocente chef gouvernante. Il semble que son mari et elle en sont membres.

— Ez et Felix ? Non. Vous devez vous tromper.

— Vous vous souvenez du livre dans la chambre de Chelsea ? *Blanchir les États-Unis* écrit par Dwight Reed ?

Il s'arrêta.

— Vous avez entendu les rumeurs sur le fait que Chelsea aurait été raciste ?

— Qu'est-ce qu'on n'a pas dit sur elle ?

— Le FNSI n'est pas très tolérant avec les racistes. En fait, ils ont tué Dwight Reed. Imaginez l'attention qu'ils amèneraient sur leur cause s'ils s'en prenaient à une vedette comme Chelsea Fricks. Peut-être qu'ils ont recruté Ezmeralda pour exécuter cette sale besogne.

— Vous n'êtes pas sérieux.

J'éclatai de rire.

— Vous pensez qu'Ezmeralda a attaqué Chelsea sur le balcon avec un couteau de cuisine ? Avant ou après qu'elle a sniffé de la coke sur la table basse ?

L'inspecteur prit son verre et en avala le contenu, puis le reposa si vivement sur la table qu'il se fêla.

— Merci pour les boissons, Trevor. Je reviendrai demain. Assurez-vous qu'elle soit disponible.

Je le regardai se frayer un chemin dans la foule et saisir Bryce Davies par derrière, tirant ses bras en arrière en faisant semblant de le menotter. Bryce rejeta sa tête en arrière en riant et étreignit l'inspecteur, décoiffant ses cheveux.

Je soupirai et fis signe à Carl de m'apporter l'addition.

* * * * *

Après avoir fait ma tournée, je partis à la recherche de ma mère pour lui souhaiter une bonne nuit, mais je fis volte-face quand je vis le grand et bel homme avec qui elle discutait : Bryce Davies. Je me rendis vers l'ascenseur qui menait à l'aire de stationnement.

— Trevor.

Moira Schwartz était assise à une table vide près de l'entrée de la Scène. Elle me fit un geste.

— Comment allez-vous ? dit-elle de sa voix monotone.

Elle revêtit un sourire forcé et repoussa ses cheveux en arrière avec une certaine coquetterie qui me rappela Chelsea, mais qui ne produisait pas le même effet.

Je jetai un œil sur ses habits et ses cheveux et trouvai que Kitty avait raison : si elle essayait d'imiter Chelsea, elle avait encore du chemin à parcourir. Je pris un siège en face d'elle.

— Je vous ai vu parler à cet inspecteur, dit-elle. De quoi était-il question ?

— C'était purement social. Pourquoi ?

Elle cligna des yeux, mais ne répondit pas.

— Vous pensez que Kitty est une bonne agente publicitaire ?

— Bien sûr.

— Je me méfierais si j'étais vous.

— Si vous vous inquiétez de la façon dont nous allons traiter la mort de Chelsea, ne vous en faites pas. Nous avons l'intention de garder le silence à ce sujet.

Elle sembla surprise.

— C'est ce que Kitty vous a conseillé de faire ?

— C'est ce que nous lui avons dit de faire.

— Je ne sais pas, Trevor. Ça pourrait ne pas être la meilleure stratégie. Les choses pourraient devenir laides dans les jours qui viennent.

Elle fouilla dans son sac et en sortit une carte professionnelle qu'elle mit dans ma main.

— Kitty travaille fort, mais elle n'est pas la plus brillante sur le marché. Si vous pensez changer, appelez-moi. J'accepte les nouveaux clients maintenant. Cet hôtel a des tonnes de potentiel. Ne le gaspillez pas. Je pourrais vous aider à en faire une réussite.

— Je crois que nous nous débrouillons bien, dis-je, faisant un signe de tête vers la salle pleine.

— Ce soir, peut-être, mais cette foule est capricieuse. Dès qu'un autre hôtel ou bar branché ouvrira, elle ira. Vous devez vous assurer que les bonnes personnes continuent à venir.

— C'est pourquoi nous avons engagé Sydney Cheevers.

Elle roula des yeux.

— Cette hystérique qui veut tout régenter s'autodétruira d'ici peu. C'est une question de temps. Les vedettes ne sont que des pôles d'attraction pour la clientèle qu'on veut vraiment. Vous avez besoin d'une base solide de personnes géniales, nanties et séduisantes qui dépensent beaucoup d'argent.

— Dites-le à Tony Cavalli, dis-je. Est-ce de ça que vous vouliez me parler ? D'un emploi ?

— Je ne suis pas une agente classique, Trevor. Je ne mens pas comme tous les autres. Je ne suis pas une actrice et je ne veux pas devenir une actrice. Je travaille dur. Je ne bois pas. Je ne consomme pas de drogue. Je ne couche pas avec les journalistes pour des articles. Je suis comme les gentilles petites filles juives de New York, sauf que je ne suis pas juive et que je ne suis pas de New York. Je suis de Portland. Peut-être que je prends certaines personnes à rebrousse-poil, mais c'est parce que je ne suis pas enrobée de sucre comme une certaine canne en sucre[*] que nous connaissons tous les deux. Je connais tous les médias et j'obtiens des résultats. J'ai dédié toute ma vie à Chelsea. J'ai organisé chacune de ses fêtes d'anniversaire pendant les trois dernières années, d'énormes fêtes qui occupaient la couverture de tous les journaux, et j'ai dévoué chaque gramme de mon énergie à m'assurer que tout serait parfait. Essayez d'obtenir ce genre de loyauté de Kitty Caine.

— Je suis impressionné, Moira, mais…

Je me levai pour partir.

— Engagez-moi et je rendrai cet hôtel célèbre. Je *vous* rendrai célèbre.

— Je ne veux pas être célèbre.

— Je pourrais peut-être parler au propriétaire. Quel est son nom ? Tony ?

— *Non*, ne lui parlez pas, dis-je rapidement.

Elle parlait le langage de Tony.

— Maintenant, si vous voulez bien m'excuser…

— Attendez. L'inspecteur est un peu idiot, vous ne trouvez pas ?

[*] N.d.T. : Jeu de mot sur le nom de Kitty Caine, dont le nom se prononce «cane» qui veut dire «canne» en anglais.

— Qui ?

— L'inspecteur Panagopoulos. Il est venu me voir cet après-midi. Je crois qu'il pense que quelqu'un a tué Chelsea ou quelque chose comme ça. N'est-ce pas ridicule ?

Je haussai les épaules.

— Que s'est-il passé, croyez-vous ?

— Je ne crois pas, je sais. Elle s'est suicidée.

— Qu'est-ce qui vous en rend si sûre ? dis-je, me rasseyant.

— J'étais sa meilleure amie. Je crois que je le saurais. Pourquoi, qu'a-t-il dit ?

— Si elle s'est suicidée, comment expliquez-vous le sang dans sa suite ?

Elle resta bouche bée.

— Il y avait du sang dans sa suite ?

Son regard sembla soucieux, mais elle resta calme.

— Elle a dû essayer de se poignarder. Elle était folle, Trevor. Je l'aimais, mais elle était folle.

L'image était perturbante. Elle ne m'était jamais venue à l'esprit. Je pris le sac de Moira sur la chaise à côté et le posai sur la table, me rapprochant d'elle.

— Elle aurait pu utiliser un couteau contre elle ?

Moira avala sa salive.

— Je gardais un œil sur elle. Son comportement était si changeant ces derniers temps. Je suis allée la voir vers 22 h 15 et elle était dans une de ses phases dépressives. Elle voulait rester seule, alors je suis retournée dans ma chambre. Près d'une heure plus tard, je parlais à ma mère au téléphone quand j'ai entendu du vacarme sur la terrasse de la piscine. Je suis sortie sur le balcon et je l'ai vue dans la piscine. J'ai couru dans le couloir pour avertir Bryce. Le temps que nous retournions dans ma chambre, elle était étendue sur la terrasse avec toute une foule autour d'elle.

Elle baissa la tête.

— J'ai essayé de l'en empêcher, j'ai vraiment essayé. Tout est ma faute.

Je mis délicatement ma main sur son épaule, sentant qu'elle n'aimait pas qu'on envahisse son espace personnel.

— Ce n'est pas votre faute, Moira.

Elle commença à pleurer.

— *C'est* ma faute.

Je commençai à frictionner son dos.

— De mauvaises choses arrivent à de bonnes personnes. Je sais que c'est dur à accepter, mais…

Elle se redressa brusquement, me repoussant.

— Comment diable pouvez-vous le savoir ? C'est *votre* meilleure amie qui vient de mourir ?

— Bien sûr que non. Je pensais juste…

— Ne prétendez pas savoir ce que je traverse parce que vous ne le savez pas. Personne ne le sait. Je dois passer à travers toute seule. Je suis fatiguée d'être entourée d'hypocrites dans cette ville.

— Je ne suis pas un hypocrite, Moira. Je *sais*. Mon amie — ma *fiancée*…

Les mots s'arrêtèrent.

Elle leva les yeux et les cligna.

— Quoi ?

— Elle est morte dans un écrasement d'avion l'année dernière.

Avais-je jamais prononcé ces mots à haute voix avant ?

Moira me regarda en silence. Elle n'avait plus de rouge à lèvres. Sa bouche était aussi pâle que la peau de son visage.

— Je l'ai entendue crier, dit-elle.

— Qui ?

— Chelsea. J'ai regardé par mon judas et j'ai vu quelqu'un utiliser le lecteur optique pour entrer dans sa suite. Quelques minutes plus tard, j'ai entendu un cri. J'ai essayé de passer par la porte de correspondance, mais elle était fermée. J'ai entendu un plongeon.

— Qui ? Qui est entré dans la chambre ?

— Votre femme de chambre. Je crois qu'elle traquait Chelsea.

9

Chambre forte

— C'est merveilleux de passer à nouveau du temps avec toi, dit ma mère, mettant ses bras autour de ma taille pour m'étreindre.

Après un dîner rapide chez Michael's à Santa Monica, elle avait insisté pour que nous laissions la voiture sur la 2ᵉ avenue et que nous flânions sur la promenade le long de la plage. Nous nous arrêtâmes en chemin pour manger une glace. Le soleil commençait sa descente à l'horizon. Je protégeais mes yeux en marchant, regrettant de ne pas avoir pris mes lunettes de soleil. Une brise chaude soufflait, balayant les nuages de sable sur le trottoir pavé. Des coureurs, des personnes qui faisaient du patin à roues alignées et des cyclistes nous dépassaient en trombe.

— On s'ennuie tellement de toi à Vancouver, dit-elle, ajustant ses grandes lunettes de soleil chics, un nouvel achat qu'elle ne portera jamais de retour chez elle. Tu dois t'ennuyer aussi.

— Je ne m'ennuie pas de la pluie.

Je m'ennuyais de Vancouver, mais je ne voulais pas qu'elle le sache. Pour elle, tout dans ma vie était simple et évident. « Alors, reviens », aurait-elle dit. Elle ne comprendrait jamais pourquoi je ne *pouvais pas* revenir. La ville était un cimetière imbibé de mes échecs : familiaux, scolaires, professionnels, relationnels… Nancy.

— Qu'est-ce que ça peut bien *te* faire le temps qu'il fait ? Tu ne sors jamais des murs de cet hôtel. *Je* suis l'adepte du soleil.

Elle se tourna pour admirer le soleil couchant comme pour prouver son affirmation.

— Glorieux, glorieux soleil. Il illumine l'esprit. Toutes mes épiphanies arrivent quand je suis au soleil.

— J'ai besoin du soleil aussi, dis-je. C'est en partie pour ça que j'aime L.A. Il est aussi très intense ici, plus dangereux.

Elle se tourna vers moi, le visage assombri.

— Ne me dis pas que tu aimes vraiment être ici.

— Bien sûr que si. Tu ne semble pas vraiment malheureuse non plus.

— Je suis en vacances. C'est facile. Je ne peux que m'amuser.

Elle s'arrêta pour regarder deux enfants s'éclabousser dans les vagues.

— As-tu déjà nagé dans cet océan?

— Je crois que j'ai développé une peur de l'eau.

Elle se tourna vers moi, surprise. Décidant que je plaisantais, elle rit de bon cœur.

Je traversai la promenade vers une poubelle. Ma mère se colla à mon bras, m'obligeant à la tirer avec moi. Je jetai mon cornet, que je n'avais pas fini, et essuyai mes mains sur mes jeans. Je me sentais coupable d'être si irritable et taciturne, mais sa visite semblait mise en scène. Je connaissais la vraie raison de sa présence, mais aucun de nous n'avait abordé le sujet. Au cours du dîner, elle avait tourné autour comme une guêpe essayant de rentrer par une fenêtre, mais j'avais gardé la fenêtre très bien fermée, sachant que si je la laissais entrer, elle me piquerait. Sa présence était rassurante, et je voulais que ça reste comme ça.

— Que penses-tu de l'hôtel? demandai-je.

Elle resta silencieuse pendant un moment.

— C'est comme un petit point chaud branché.

— Tu n'aimes pas.

Quand je lui avais dit en décembre que je reprenais le travail, elle avait été aux anges. Quand je lui avais dit que j'avais accepté un emploi comme directeur d'hôtel, elle avait réagi comme si je reprenais avec une petite amie qu'elle n'avait jamais aimée. Quand je lui avais dit que mon nouvel emploi était à Los Angeles, elle était devenue inconsolable.

— Je suis trop vieille, je crois, dit-elle. Je me faisais bronzer sur la terrasse de la piscine cet après-midi et je me sentais comme dans une vidéo de *Girls Gone Wild*.

Elle fit une grimace.

— J'espère que ça n'est pas toujours comme ça.

Je souris.

— Notre agente a obtenu tout un troupeau de mannequins transportées en autobus Ford en échange d'un barbecue, de boissons gratuites et d'un animateur. Tout ça vise à créer la marque de l'hôtel.

Tout l'après-midi, j'étais sorti sous différents prétextes pour aller sur la terrasse de la piscine. Il m'avait fallu tout mon sang-froid pour ne pas avoir l'air godiche devant les mannequins qui se faisaient bronzer en string, jouaient au volley-ball dans l'eau, simulaient des batailles d'eau et se passaient de la crème solaire les unes aux autres. En fin d'après-midi, Kitty était arrivée avec un photographe chargé de prendre des photos pour la publicité de l'hôtel.

— J'ai rencontré un couple de personnes âgées à la piscine, Harvey et Stella Greenfield de Key West. Stella et moi nous sommes lamentées du manque de pudeur des jeunes femmes de nos jours. Et puis, Harvey a ôté sa chemise. Je ne sais pas ce qui était le plus grossier : les faux seins des filles ou sa poitrine grassouillette.

Je ris.

— Les Greenfield sont ici toute la semaine. Tony Cavalli est furieux qu'ils aient obtenu une réservation. Il voulait que nous trouvions un moyen de filtrer les personnes peu attirantes. Est-ce que c'est la salle de sport que tu n'aimes pas ? Je peux te changer d'endroit.

— Oh non, ça n'est pas ça. C'est la meilleure chambre de l'hôtel ! Je peux m'entraîner à souhait. Il n'y a rien de mieux que se lever avec un ballon d'exercice devant soi pour se motiver.

Elle resta silencieuse un moment, pensive.

— Il y a quelque chose de dérangeant dans cet hôtel, et je n'arrive pas à mettre le doigt dessus.

— Une femme est morte là il y a deux jours.

— Peut-être que c'est ça. Il y a quelque chose de navrant.

— De navrant ?

— Ça a déjà été un vieux motel, n'est-ce pas ?

— Il y a des années, oui. Le Tropi-Cal Hollywood Motor Inn. Il a pris feu.

— L'hôtel me rappelle une de ces femmes pathétiques dans *Transformation extrême*. On aurait dit qu'elle était passée sous un train. On l'a étirée, remontée et pomponnée pour ressembler à Cendrillon. Elle a ensuite dû se dévoiler dans une fête et a déclaré que sa vie avait changé pour toujours. Mais elle n'avait pas changé à l'intérieur. La nature reprend vite sa dominance, et elle a retrouvé son ancien moi, à l'intérieur comme à l'extérieur.

— C'est une appréciation plutôt pessimiste, dis-je, me sentant blessé, comme si elle venait d'insulter ma petite amie.

Ma mère avait une façon de repêcher mes plus grandes peurs et de les sonder alors qu'elles erraient et cherchaient de l'air.

— Je suppose que je suis plus du genre Four Seasons.

— Es-tu déjà allée dans un Four Seasons, maman ?

— Bien sûr. Quand les filles et toi étiez jeunes, ton père avait organisé un voyage surprise à Toronto pour notre dixième anniversaire. Nous vous avions laissés à ta tante Germaine. Il avait réservé une chambre au Four Seasons Inn on the Park et avait demandé à ce que du champagne nous attende à notre arrivée. J'étais aux anges. Les glaçons dans le seau avaient fondu, mais le champagne était encore frais et nous avons bu toute la bouteille. Ensuite, nous sommes allés en ville pour dîner chez Diana Sweets et nous avons vu un spectacle au théâtre Elgin. Quelle soirée nous avons passée ! Je suis retournée à Toronto l'automne dernier — tu te rappelles ? Juste avant de reprendre le travail. Plus rien n'est là maintenant — le Inn on the Park, le Diana Sweets, le théâtre Elgin.

— Je ne savais pas que papa était du genre romantique.

— Il ne l'était pas. Je me suis toujours plainte qu'il avait toutes les caractéristiques énervantes d'un Français : l'arrogance, la supériorité, le mépris de tout ce qui n'est pas français, mais aucune des caractéristiques qui compensent, comme le romantisme et le goût des plus belles choses de la vie. Parfois, il me surprenait. Mais ça arrivait de moins en moins.

Je ne savais pas quoi dire. Pendant des années après la mort de mon père, ma mère avait refusé de parler de lui. Il était mort subitement à la maison d'une rupture d'anévrysme un matin alors que j'avais 12 ans. Après une première période de deuil, elle s'était tue, tombant dans un état léthargique, exécutant les gestes du quotidien sans vraiment être présente. Ça ne faisait que quelques années qu'elle en était sortie. Depuis, mes sœurs et moi étions si habitués à ne pas parler de lui qu'il nous était délicat et difficile de le faire.

Un couple de personnes âgées marchait bras dessus bras dessous et nous sourit, mais ma mère ne le remarqua pas. Elle regardait l'océan avec un sourire mélancolique. Dans quelques minutes, le soleil allait entrer en contact avec l'horizon. Un quart de siècle avait passé et elle ne l'avait pas remplacé. Je mis mon bras autour d'elle, détournant les yeux du soleil brûlant.

— Ont-ils trouvé ce qui est arrivé à Chelsea Fricks ? demanda-t-elle.

— Je ne crois pas.

— Est-ce que ce qu'on a dit aux nouvelles est vrai ? C'était un genre de coup publicitaire ?

— Je ne crois pas.

— Peut-être qu'elle avait pris de la poussière d'ange ou quelque chose comme ça.

— De la poussière d'ange ? As-tu regardé des rediffusions de *Starsky et Hutch* ?

— Peu importe comment on appelle ça maintenant — de l'ecstasy, de l'héroïne, du crack. Je suis infirmière. Je suis tout à fait au courant des drogues que les gens prennent de nos jours. Il y a toutes sortes de rumeurs qui circulent autour de l'hôtel : drogue, alcool, crise de colère, suicide, acte criminel. Mme Greenfield m'a dit qu'elle avait regardé tout le drame se jouer depuis sa chambre comme un épisode de *CSI*. Elle jure qu'elle a vu des coups de couteau sur son corps. Une fille à la réception a dit que ta gouvernante en chef pourrait être impliquée.

— Une de mes employées a dit ça ? Qui ?

— Je crois qu'il était inscrit Jane sur son badge. Elle semble venir de New York.

— Janie Spanozzini a *potiné* avec toi ?

— Détends-toi, Trevor. Elle sait que je suis ta mère. Que crois-*tu* qu'il est arrivé ?

Je repensai à mes conversations avec l'inspecteur Christakos et Moira Schwartz la nuit dernière. Ezmeralda était membre d'une organisation terroriste… Ezmeralda avait feint de ne pas parler français… Ezmeralda traquait Chelsea Fricks. J'essayai d'évoquer une image d'elle en train d'attaquer Chelsea avec un couteau de cuisine. Cette perspective était ridicule, mais néanmoins perturbante, particulièrement si les employés diffusaient des rumeurs. Je l'avais vue à quelques reprises aujourd'hui et elle avait retrouvé sa nature enjouée. Craignant de la perturber, j'avais opté pour ne pas lui poser de questions. L'inspecteur n'était pas revenu. J'espérais que l'enquête avait pris un tour différent.

— Beaucoup de gens pensent que c'est un suicide, dis-je.

— Tout ça ne colle pas vraiment pourtant, n'est-ce pas ? Quelle façon étrange de se tuer. Si c'était un acte criminel et que je menais l'enquête, je sais à qui je m'en prendrais.

— À qui ?

— Au petit ami. C'est toujours le petit ami. J'ai rencontré Bryce Davies hier soir. Bruce nous a présentés. Ils ont travaillé ensemble sur l'épouvantable remake de *Vivre à trois*. Je n'arrive pas à croire ce qui l'a poussé à sortir dans un bar après avoir perdu sa petite amie. Tout le monde sait combien il la traitait mal. S'il s'avère qu'elle s'est suicidée, je parie qu'il l'y a poussée. Je ne suis pas dupe de son apparence de modèle. Les hommes sont tous les mêmes : ils sont insensibles aux besoins des femmes. Il n'y a que leur ego, le travail et le sexe qui comptent. Les femmes ont besoin d'affection et de conversations.

J'étais sur le point de lui rappeler qu'elle parlait à un homme quand je réalisai que ses commentaires m'étaient adressés. Je choisis de les ignorer.

— Je ne m'intéresse pas à ce qui s'est passé, dis-je. C'est mon premier emploi de DG et je veux faire mes preuves. Mais c'est dur quand l'hôtel est envahi de flics éblouis par les célébrités, d'acteurs hypocrites, de médias indiscrets et d'agents sans scrupules. J'aimerais qu'ils partent tous.

Elle se tourna pour me regarder, attendant que je rencontre son regard, mais je résistai.

— Veux-tu un conseil, Trevor ?

— Pas vraiment.

Elle soupira. Nous marchâmes en silence pendant quelques minutes. Je savais qu'elle était blessée, mais j'avais peur que peu importe son conseil, il me fâcherait et je serais contraint de dire quelque chose de blessant. Ma mère aimait donner des conseils. Si elle ne pouvait pas livrer son message indirectement à travers ses livres de croissance personnelle, alors elle prenait une approche plus directe. Son ingérence avait causé des problèmes entre Nancy et moi à plus d'une occasion. Un incident que je n'avais pas encore oublié me vint à l'esprit. Nancy et moi habitions dans la maison de ma mère pendant que ma mère suivait ses traitements de chimio. Nous avions acheté un condominium à Yaletown, mais nous ne l'avions pas dit à ma mère, préférant rester avec elle le temps de sa thérapie. Nancy et elle étaient parties acheter une perruque tandis que j'allais à une entrevue pour un emploi au Fairmont Waterfront. Quand j'étais revenu, Nancy semblait ébranlée. Elle avait suggéré que nous allions à Yaletown et que nous marchions le long de False Creek.

Après seulement quelques minutes de promenade, Nancy avait dit :

— Ta mère m'a donné un conseil.

— Ah ? Je t'avais prévenue qu'elle avait des idées sur tout.

— Elle m'a parlé de l'« autre femme ».

J'avais couvert ma tête, simulant la panique.

— Elle t'a parlé de ma petite amie ?

Nancy avait opiné, entrant dans le jeu, un sourire perplexe se dessinant sur ses lèvres. Mais sa façon de marcher semblait raide.

— Elle a dit qu'elle était séduisante, qu'elle avait des goûts de luxe et qu'elle te prenait beaucoup de ton temps. Elle m'a dit que je ne pouvais pas lutter et que je ne devais même pas essayer. Elle a dit qu'elle te nourrissait, qu'elle faisait ton ménage et même ta lessive.

— J'aimerais rencontrer cette femme.

— Bien sûr, elle parlait de l'hôtellerie. Elle a dit que c'était ton premier amour, qu'il passerait toujours en premier et que je devais y être préparée.

Mes mâchoires s'étaient serrées.

— Elle t'a dit ça ?

— Ne sois pas en colère. Elle ne m'a rien dit que je ne savais déjà.

— Tout a changé, Nancy, avais-je dit, m'arrêtant pour lui prendre les mains. Tu m'as changé. Peu importe où je travaillerai, mon travail ne sera qu'un travail. Tu es ma priorité numéro un. Je veux que nous fondions une famille.

Elle avait cligné des yeux.

— Tu ne veux pas d'enfants ? avais-je dit.

Ses yeux étaient devenus humides.

— Peut-être un jour…

Elle s'était forcée à sourire.

— Un garçon.

— Et une fille ?

— Juste un garçon.

Nous avions continué à marcher, échangeant quelques mauvaises blagues sur l'« autre femme » avant que la conversation ne passe à des sujets plus quelconques : le calme de l'eau, combien il faisait noir en fin de journée, les couleurs vives que nous mettrions dans notre nouveau condo. Plus tard, j'avais réprimandé ma mère. Avait-elle essayé de faire fuir Nancy ?

— Au contraire, avait-elle dit. J'espère que tu l'épouseras un jour. Mais une femme doit tout savoir de son homme avant de s'engager. Nancy doit comprendre combien ta carrière est importante pour toi.

Ma mère n'avait pas compris qu'elle avait alimenté une des plus grandes peurs de Nancy. Ma vie était, il faut l'avouer, unidimensionnelle quand nous nous étions rencontrés, mais elle m'avait aidé à trouver un équilibre. J'avais quitté mon emploi et nous avions pris quelques mois de congé pour voyager, passer du temps avec ma famille et mes amis, aller au théâtre, jouer au tennis, faire du patin à roues alignées sur la digue. Elle aurait aimé que je ne reprenne jamais le travail, mais je devenais nerveux. Elle s'inquiétait que je redevienne un bourreau de travail. J'étais déterminé à prouver le contraire. Je n'ai jamais eu cette chance.

La nuit dernière, en parlant avec Moira, j'avais appelé Nancy ma fiancée. « Petite amie » ne décrivait pas adéquatement notre lien. J'aurais voulu appeler Nancy ma femme. *Attendons pour voir*, avait-elle dit. Avec le temps, je l'aurais convaincue. Oserais-je le dire à ma mère ? Pourquoi ? Ça l'affecterait sûrement et ça entraînerait toute une cascade de questions auxquelles je ne pourrais pas répondre.

— Tu sais quel jour nous sommes ? dit ma mère.

— Oui.

— Ça fait déjà un an. Incroyable, non ? Cette pauvre fille si douce et si charmante.

— Maman, s'il te plaît… Ne fais pas ça.

— Il y avait une double page dans le *New York Times* aujourd'hui sur cet anniversaire. Tu l'as lu ?

— Tu sais que j'ai arrêté de lire ces trucs depuis longtemps.

Elle s'arrêta de marcher et se tourna vers l'océan tandis que la base du soleil touchait l'horizon. Sa main prit la mienne.

— Chéri, il y a quelque chose que je dois te dire. Un homme de la commission d'enquête a téléphoné. Ils ont trouvé le fuselage. Ils l'ont dragué depuis le fond de la mer.

À 800 mètres, je pouvais voir la silhouette d'un kayakiste qui luttait contre le courant. Combien d'heures étais-je resté assis sur cette bûche d'English Bay à regarder dans cette même direction, scrutant l'océan du regard comme si Nancy pouvait apparaître sur un canot de sauvetage, ayant je ne sais comment dérivé de l'Atlantique au Pacifique ? Je pensai à la bague. Où était-elle maintenant ? Était-elle encore dans sa boîte ou est-ce qu'elle s'en était libérée ?

J'essayai d'ôter ma main, mais sa poigne la tenait bien serrée.

— Ils ont trouvé les corps des passagers encore attachés à leurs sièges. Ils font des autopsies.

— Oh, mon Dieu. S'il te plaît, arrête.

— Non, Trevor. S'ils la trouvent… Ça te permettra de mettre un terme à tout ça.

— J'y *ai mis* un terme, maman.

Elle se tourna vers moi.

— Y avoir mis un terme ne veut pas dire mettre tes émotions en cage comme les animaux sauvages. Y mettre un terme veut dire les affronter, les apprivoiser et continuer.

— Pouvons-nous repartir maintenant?

Je me tournai vers la voiture, mais elle resta à sa place, à regarder le soleil à travers ses lunettes noires.

— Je pense à elle tous les jours, dit-elle. Elle était parfaite pour toi, Trevor : un esprit libre, aventureux, une jolie fille robuste. Elle s'asseyait près de moi à chacun de mes traitements de chimio. Je crois qu'elle était horrifiée par ma maladie, qu'elle ne pouvait supporter de me voir souffrir, mais elle ne l'a jamais laissé paraître. Chaque fois qu'elle entrait dans la pièce, c'était comme si quelqu'un ouvrait grand les rideaux et laissait pénétrer le soleil. Pourtant, quand elle a eu son affreuse bronchite et que j'ai essayé de la soigner, elle ne m'a pas laissée faire. Elle ne supportait pas que je la voie souffrir et ne voulait même pas que je l'accompagne à son rendez-vous avec le Dr Rutherford. Quel esprit indomptable!

Alors que j'avais été incapable de faire face à la maladie de ma mère, Nancy avait su intuitivement quoi dire et faire. Peu de temps après l'ablation du sein de ma mère, Nancy et moi avions aménagé à Vancouver, dans sa maison. Nancy avait aussitôt tout pris en charge, remplissant la cuisine de nourriture, amenant et ramenant ma mère pour ses rendez-vous de chimiothérapie, contrôlant la prise de ses médicaments. Voulant s'assurer que ma mère consacre toutes ses forces à sa guérison, Nancy s'était elle-même épuisée mentalement et physiquement.

Un jour, après que je lui avais une fois encore exprimé ma gratitude, Nancy m'avait donné un rare aperçu de son passé.

— Quand j'avais 16 ans, ma mère est morte d'une maladie pulmonaire, avait-elle dit. C'était une maladie insidieuse et lente. Au fil du temps, ses poumons sont devenus si obstrués qu'ils se sont dégonflés. C'était horrible de la voir souffrir, mais c'était également douloureux de voir que ça détruisait mon père. J'aurais fait n'importe quoi pour lui épargner cette peine.

Sept mois après la mort de la mère de Nancy, son père était décédé à l'âge précoce de 36 ans.

— Ma grand-mère m'a dit qu'il avait eu une crise cardiaque, m'avait-elle dit, mais je savais qu'il était mort d'avoir eu le cœur brisé. Je m'étais sentie si impuissante à l'époque. Avec ta mère, il y a de l'espoir. Je peux faire une différence.

C'est seulement quand les traitements de chimio de ma mère furent terminés et qu'elle eut repris des forces que Nancy avait accepté d'aller dans notre nouvel appartement. Mais nous avions décidé de partir d'abord en Europe, où Nancy pourrait récupérer et où je pourrais apprécier une dernière pause avant de commencer mon nouvel emploi.

— Je suis désolé, Trevor, dit ma mère. Je sais que c'est dur à entendre. Je n'arrive pas encore à croire qu'elle n'est plus là. Je m'étais habituée à l'avoir près de moi.

Elle voulait que j'aille avec elle, mais je restai où j'étais, dos au soleil, les mains enfoncées dans mes poches.

— Peut-être que c'est toi qui as besoin d'y mettre un terme.

— Je voulais être avec toi aujourd'hui, dit-elle. Je ne voulais pas que tu sois seul.

— C'est bon que tu sois là, concédai-je.

J'avais redouté cette journée depuis des semaines, mais le tsunami de chagrin que j'avais appréhendé n'était pas encore arrivé. À présent, la journée était presque terminée. Dans quelques minutes, le soleil aurait disparu. Toute une année aurait passé.

— Pourquoi es-tu si réticent ? Ça aide de parler.

— Comme toi qui parle de papa tout le temps ?

— Je sais que j'ai attendu longtemps, mais il n'est jamais trop tard.

Elle s'approcha de moi et prit mes mains.

— Je suis passée par là, Trevor. J'ai perdu ton père. Je sais ce que ça fait. Ne te retire pas dans ta chambre forte. Ça peut te sembler un endroit sécuritaire et chaud, mais tu es tout seul et ce n'est pas sain. Tu dois en sortir. Tu dois recommencer à vivre.

Après l'accident d'avion, dans un moment de faiblesse, je lui avais parlé de ma chambre forte, un endroit dans ma tête que j'avais inventé enfant après la mort de mon père, où je pouvais observer le monde à distance comme à travers un moniteur, protégé du chagrin, du rejet et de la douleur. Nancy m'avait amadoué pour finir par me briser le cœur. Maintenant, c'est ma mère qui essayait d'entrer. Mais je ne m'aventurerai plus jamais à l'extérieur.

— Je *vis*, maman. Je vis à L.A. J'ai un nouveau travail génial. Ça fait longtemps que je ne me suis pas senti aussi bien. S'il te plaît, n'ouvre pas de vieilles blessures.

— Je t'ai observé travailler, dit-elle, la voix tremblotante. J'ai vu combien les gens te respectent et t'admirent. Ça me rend fière de toi. Tu es un excellent hôte. Tu réussis à faire que chaque voyageur fatigué de partout dans le monde se sente en sécurité et à l'aise. Pourtant, toi, tu ne sembles jamais te sentir chez toi. Tu es nerveux et détaché. Tu sembles si… *triste*. Ça me brise le cœur.

— Ne t'inquiète pas, maman. Je vais bien. Vraiment.

Je pris sa main et regardai le soleil en face, voulant délibérément être aveuglé.

— As-tu encore le sentiment qu'elle est toujours vivante ?

— Non. Jamais.

— Je ne veux pas dire vivante physiquement. J'ai parfois l'impression que son esprit est encore avec nous. Ou que son fantôme nous hante. C'est bizarre, n'est-ce pas ? Pourquoi sa grand-mère a-t-elle refusé de venir aux funérailles ? Nancy était censée prendre un autre vol et…

— Maman, peux-tu s'il te plaît ne pas entrer encore dans ce sujet ?

— Dans l'article du *New York Times*, ils ont interrogé l'hôtesse à l'embarquement de Worldwide Airways qui était partie à cause du stress, Lydia Meadows. Elle a repris le travail maintenant — elle est à LAX, à l'enregistrement. Je pensais que nous pourrions lui rendre visite.

— Pourquoi, maman ? Pourquoi devrais-je subir ça ?

— Elle est la dernière personne à avoir vu Nancy. Peut-être qu'elle se souvient d'elle. Ça pourrait être thérapeutique.

— Pour toi ou pour moi ? Vas-y, joue les Miss Marple, mais ne t'attends pas à ce que je te suive. C'est toi qui refuses d'accepter qu'elle est morte, pas moi.

— Bien sûr que j'ai accepté qu'elle soit morte, Trevor. Ce que je ne peux pas accepter, c'est que *tu* sois mort avec elle. Tu étais si heureux quand elle était en vie. Je n'ai pas l'intention de te laisser enterrer cette partie de toi. Je ne veux pas ressusciter Nancy. Je veux te ressusciter toi.

Elle leva les bras pour toucher mon visage.

Je me tournai vers elle. Ses yeux bleus brillaient.

— Tu n'as pas compris, hein, maman ?

— Compris quoi ?

— La culpabilité. Je ne peux pas la supporter.

— Oh, mon cœur, non. Ça n'est pas ta faute.

— Si, ça l'est.

— Non, chéri. Elle était au mauvais endroit au mauvais moment...

Je saisis ses épaules et la tirai vers moi.

— Elle n'était pas censée être dans cet avion, maman. C'est moi qui l'ai convaincue de rentrer plus tôt, de se mettre en attente.

Son visage s'affaissa.

— Mais pourquoi ?

— Je... Je me sentais mal de l'avoir abandonnée pendant nos vacances... Elle me manquait.

— Oh, Trevor.

Le soleil disparut enfin. La température chuta instantanément, envoyant une rafale de vent depuis l'océan jusqu'à nous.
Des taches solaires subsistaient dans mes yeux. Soudain, le chagrin m'envahit, me faisant chanceler. Je me tournai et courus vers
la voiture, tentant désespérément d'échapper au tsunami.

10

La vérité est dans les yeux

Lundi matin, j'entrai à mon bureau. J'y trouvai une copie du *Daily Spotlight* sur mon bureau et Shanna Virani assise juste en face. Les bras croisés, elle m'observait tandis que je faisais le tour de mon bureau et m'asseyais. Elle portait des bottes en cuir noires qui montaient jusqu'à ses genoux, une jupe lavande et un chemisier blanc impeccable à col cassé. Silencieusement, elle me dirigea avec ses yeux vers le magazine illustré.

Je le pris tout en soupirant. Une photographie de Chelsea Fricks remplissait la couverture. Elle se tenait sur la pointe des pieds au bord d'un plongeoir dans un maillot de bain une pièce représentant un panneau d'arrêt rouge. Les bras déployés et parfaitement symétriques, elle se préparait à plonger. Ses yeux étaient ouverts, mais ne voyaient pas. C'était une photo du tournage d'*Ambition aveugle*. Étant donné la façon dont elle était décédée, c'était une image choquante — et voulue, selon moi. Le gros titre clamait : L'ÉPOUVANTABLE SUICIDE DE CHELSEA !

— C'est officiel, lâcha Shanna, incapable de se contenir. Elle s'est suicidée.

— Je ne qualifierais aucunement d'officiel ce que rapporte le *Daily Spotlight*, dis-je. Je ne sais pas pourquoi tu lis ce magazine. Ils déforment constamment la réalité.

— Pas toujours, dit-elle, sur la défensive. Quand ils ne sont pas sûrs de quelque chose, ils mettent un point d'interrogation après le gros titre plutôt qu'un point d'exclamation.

Elle se pencha et montra la couverture.

— Tu vois ? Pas de point d'interrogation.

— Alors, ça doit être vrai, dis-je en roulant des yeux.

Je baissai les yeux vers la photographie.

— Regarde ses yeux. Ces lentilles troubles font ressembler son regard à celui d'un zombie. Ils étaient habituellement d'un vert émeraude saisissant.

— Tu penses que ce vert était naturel ? Il n'y avait pas grand-chose de naturel chez cette fille, Trevor. La vraie couleur de ses yeux était très banale, un brun pas du tout saisissant.

— C'est juste. J'avais oublié l'incident à la réception.

J'ouvris le magazine à la page trois, où le titre prenait tout le haut de la page : TRAGÉDIE À L'HÔTEL CINÉMA ! En tout, 12 pages étaient consacrées à la mort de Chelsea, clairsemées de photos, d'articles et de courtes publicités. Il y avait des photos de tournage des films de Chelsea, une photo du genre paparazzi d'elle et de Bryce sortant d'une limousine à l'entrée de l'hôtel, une photo de la façade de l'hôtel avec le nom de l'hôtel sur l'auvent au-dessus de l'entrée et une photo de l'enseigne en marbre que les admirateurs avaient transformée en pierre tombale. La page 12 montrait une photo morbide du corps de Chelsea glissé à l'arrière de l'ambulance, ses ongles d'orteils vernis en rouge dépassant de la housse.

Je jetai le magazine dans la corbeille, dégoûté.

— Tu sais ce que je pense de ces torchons, Shanna. Où est le *Los Angeles Times* ? Qu'ont-ils à dire ?

— Le *Spotlight* n'est pas un torchon, c'est un magazine de divertissement. Les journaux sont ennuyeux. Ils ne prennent pas de risques. Ils ne se permettent pas de mettre un point d'interrogation après un titre. Le *Spotlight* a toujours des primeurs et ils aiment être les premiers à informer — même si c'est inventé. Ils ont tout un réseau de personnes qui veulent leur vendre des informations de première main.

Elle baissa les yeux et sortit le magazine de la poubelle.

— Permets-moi de paraphraser l'article pour toi. Ça t'épargnera la douleur de lire l'effroyable écriture de Nigel Thoroughbred.

Elle l'ouvrit à la page 3.

— Nous y voilà : Nigel raconte que Chelsea souffrait d'une profonde dépression. Elle prenait des médicaments pour ça, mais ça ne l'aidait pas. Selon une source fiable, elle avait vécu une grosse brouille avec ses parents l'année dernière, et ils ne se parlaient plus depuis. Des amis proches ont dit qu'elle n'en pouvait plus.

— Chelsea *avait* des amis proches ?

— Kitty n'a-t-elle pas dit que Moira était comme une sœur pour elle ?

— J'en doute.

J'envisageai de parler à Shanna de ma conversation avec Moira, mais je décidai de m'abstenir. J'étais tracassé par le fait que mes employés comméraient à propos d'Ezmeralda et je ne voulais pas empirer les choses.

— Shanna, je ne souhaite pas entendre ça.

Elle sembla déconfite.

— Tu ne t'intéresses pas à ce qui s'est passé ?

— Non. Je veux que tout ça s'arrête.

— Ça ne s'arrêtera pas juste parce que tu le veux, jeune homme. Cette histoire va se propager de plus en plus avant de s'arrêter. J'ai eu une douzaine de messages de clients ce matin. Ils veulent tous savoir ce qui est arrivé. C'est une chose de se départir des médias, c'en est une autre de se départir des gens qui font tourner notre commerce.

— Nous ne sommes pas obligés de dire quoi que ce soit. C'est un meur… une enquête criminelle.

— As-tu failli dire *meurtre* ?

Elle se pencha sur le bureau comme si sa frêle silhouette pouvait m'intimider. Ses ongles étaient vernis de la même couleur que sa jupe.

— Non.

Elle étudia mon visage un moment.

— Tu ferais mieux de ne rien me cacher, Trevor. Ce soir, c'est notre réception pour l'industrie touristique. Les RSVP sont rentrés en force ce week-end. Ces gens sont nos clients. Nous ne pouvons pas les tenir à l'écart. Nous devons nous entendre sur une réponse standard.

— Que penses-tu de « ce ne sont pas de vos putains d'affaires » ?

— Mon doux, Trevor, je suis consternée… et vraiment impressionnée. Je paierais cher pour t'entendre leur dire ça.

Un commentaire similaire à celui de Chelsea résonna dans mes oreilles : *Quand ça me tentera, putain.* Se sentait-elle comme ça ? Toute cette insistance, toute cette attente ? Pas étonnant qu'elle s'y soit perdue.

— Pouvons-nous parler de ça plus tard ? dis-je. Tony va appeler pour les prévisions dans une minute. Quel est le taux d'occupation pour ce soir ? Meilleur ?

— Légèrement. Nous avons eu quatre annulations hier et deux départs devancés — un couple de clients avec BMG qui ne pouvait pas endurer le brouhaha à l'extérieur plus longtemps. Mais ce n'est pas suffisant. Al et Ezmeralda ont travaillé toute la nuit pour finir davantage de chambres. Ils étaient encore ici quand je suis arrivée il y a une heure. Je les ai renvoyés chez eux.

— Tu as renvoyé Ezmeralda chez elle ?

— Elle ne tenait presque plus debout. Est-ce qu'on dirigerait un genre d'atelier où on exploite le personnel ici ?

— Non, bien sûr que non. C'est juste que…

Je baissai la voix. J'avais le pressentiment que l'inspecteur Christakos viendrait voir Ez aujourd'hui.

— Y a-t-il autre chose, Shanna ? Ou est-ce que je peux me mettre au travail ?

Elle baissa les yeux vers le *Spotlight*. Sa voix s'adoucit.

— En fait, oui. Il y a un article que je pensais que tu aimerais voir. C'est à propos du vol 0022.

Je fermai les yeux.

— Je sais pour le fuselage.

— Je sais. Ta mère m'a dit qu'elle t'en avait parlé. Mais il y a plus aujourd'hui.

Elle fit le tour de mon bureau et posa sa main sur mon épaule.

— Ils ont identifié les corps.

Je me crispai.

— Ils ont trouvé Nancy ?

— Non, je suis désolé, Trevor. Il n'y a aucune mention de Nancy.

Je ne me sentis pas déçu, mais soulagé. La pensée qu'elle soit restée attachée à son siège tout ce temps, prisonnière au milieu de ce carnage au fond de l'océan, était bien pire à supporter.

— Ils ont fait une découverte étrange cependant.

Je captai une bouffée de Chanel tandis qu'elle feuilletait le *Spotlight*.

— Ici, dit-elle, montrant une image du bout de l'aile du 737 qui ressortait des vagues agitées comme la nageoire d'un énorme requin blanc. J'avais vu l'image iconique une centaine de fois. La presse populaire était devenue déchaînée après l'accident, publiant des photos des décombres flottant sur l'eau, des photos de certains des 133 passagers posant avec des membres de leur famille et des photos des biens personnels qui faisaient surface — des chaussons bleus tricotés à la main pour un enfant, un iPod nano détrempé, un livre de poche écorné avec un homme au torse imposant sur la couverture. J'avais décliné toutes les demandes d'entrevues, trop effondré pour parler à ma mère et à mes sœurs, encore moins à un journaliste, mais les médias m'avaient traqué pendant des semaines. À ce moment-là, je lisais les journaux et les magazines de façon obsessive, étudiant soigneusement les photos et analysant les articles à la recherche de chaque mention de Nancy. Les reportages étaient acharnés et sensationnalistes, et je ne pus bientôt plus supporter de voir une autre photo ou de lire un autre mot là-dessus.

— Tu te souviens de cette jeune Irlandaise qui avait supposément raté l'avion ? dit Shanna, montrant une photo sur la page suivante. Celle qui avait disparu ?

Pendant un bref instant, je pensai que je voyais Nancy. Puis, je reconnus le visage pâle d'une femme avec une grande bouche et des cheveux noirs descendant jusqu'aux épaules.

— Suzan Myers, dis-je.

— Il s'avère qu'elle *était* bien dans l'avion. Ils ont trouvé son corps dans l'épave. N'est-ce pas affreux ? Pendant tout ce temps, sa pauvre famille a cru qu'elle était vivante, qu'elle avait raté son vol et qu'elle était tombée en état de choc après avoir découvert que l'avion s'était écrasé, errant Dieu sait où sans ses bagages. Un an plus tard, ils découvrent qu'il n'y a jamais eu d'espoir. Ta mère pense que c'est une étrange coïncidence.

— Quand as-tu parlé à ma mère ?

— Je l'ai rencontrée dans le hall ce matin. Nous avons pris un petit café.

Shanna étudiait la photo de Suzan Myers.

— Elle ressemble étrangement à Nancy, tu ne trouves pas ? Elles pourraient être sœurs — même jumelles.

— Je ne vois aucune ressemblance.

Shanna approcha sa chaise près de la mienne et se mit face à moi.

— Pourquoi ne m'as-tu pas dit que tu l'avais convaincue de changer de vol ? J'aurais été en mesure de t'aider à passer par-dessus la culpabilité. Quand Willard est mort, j'ai passé des heures à me mettre en cause. Et puis, un jour, j'ai réussi à accepter que je ne pouvais pas tout contrôler dans la vie, mais que je pouvais contrôler mes réactions, ma façon d'interpréter les choses. Peu importe ce que tu as fait ou dit, Trevor, ça n'est pas de ta faute. Ça fait un an. Tu dois passer à autre chose.

— Je suis passé à autre chose.

Me sentant piégé, je me levai et la contournai dans le maigre espace pour me rendre de l'autre côté du bureau.

— Tu n'as aucune raison de t'inquiéter pour moi, Shanna. Ma mère veut désespérément que j'aie des problèmes psychologiques, afin qu'elle puisse revendiquer que ses livres de croissance personnelle m'ont guéri, mais je vais parfaitement bien.

J'ouvris la porte et lui fis signe de partir.

— Maintenant, si ça ne te dérange pas.

Elle ne bougea pas.

— Je suis sûre que la mort de Chelsea ne t'aide pas.

— Pardon ? Tu ne peux pas mettre les deux au même niveau.

— Ça n'est pas ce que je voulais dire. Je suis désolée. Je pensais juste… Je pensais que je serais capable de t'offrir du réconfort puisque j'ai…

— Tu as quoi ? Perdu l'amour de ta vie dans un accident d'avion ?

— Bien sûr que non. Mais Willard *a été* tué dans un délit de fuite. Je l'ai perdu aussi abruptement et de façon aussi inattendue que tu as perdu Nancy. J'étais folle de lui. Je sais que ce n'est pas pareil, mais c'est…

— Proche ? *Vraiment* ? Est-ce que Willard est mort parce que tu avais mis un terme à tes vacances pour retourner *travailler* ? Parce que tu l'avais convaincu d'attraper un vol pour rentrer plus tôt ? Un vol qui s'est écrasé dans le putain d'océan Atlantique ?

Elle sembla horrifiée.

— Bien sûr que non. Je ne voulais pas diminuer ce que tu ressens. Je… je pensais que nous pourrions parler. J'espérais que nous pourrions nous rapprocher l'un l'autre à un niveau plus profond. Ça a toujours marché entre toi et moi, et il y a tellement plus dans la vie. Je n'ai pas de proches ici à part mes enfants. J'ai été si heureuse quand tu t'es décidé à venir à Los Angeles. Je te considère comme un frère. Ta mère m'a parlé de ta chambre forte et...

— Elle a *quoi* ? Oh, mon Dieu !

— Ça va. Je peux comprendre. J'ai ma propre...

— Je préfère que nous en restions au plan professionnel, Shanna.

Je fis un geste lui indiquant de partir, fermai les yeux, détestant son insistance. Je sentis un effluve d'air parfumé passer devant moi. Quand j'ouvris les yeux, elle était partie. Le magazine était sur le bureau. Je le pris et le déchirai en bandes, puis en alimentai ma déchiqueteuse.

* * * * *

— Trevor ?

Valerie Smitts se tenait sur le seuil, une expression accablée sur le visage.

Je me levai de mon fauteuil.

— Qu'y a-t-il, Valerie ?

— Il faut que je vous montre quelque chose. Pouvez-vous venir avec moi ?

Je la suivis dans le couloir vers la cage d'escalier de service. Elle marchait rondement, les yeux fixés en avant, sans dire un mot. Au B2, elle attendit que je la rattrape et se pressa dans le couloir qui menait à la réserve générale.

Olga Slovenka était à la fenêtre.

— Entrez ! cria-t-elle, comme si elle nous attendait.

Elle ouvrit la porte et me fit un geste avec sa griffe arthritique pour que je la suive. J'entrai, précédant Valerie et Olga, et je fermai la porte.

Je regardai autour de moi. La réserve semblait plus minuscule que jamais. Je jetai un œil prudent vers la porte de la réserve pour les minibars. Ezmeralda était-elle encore enfermée à l'intérieur ? Mais Valerie et Olga regardaient vers un des trois chariots de ménage. Il avait été poussé de son espace habituel vers le centre de la pièce.

— Qu'y a-t-il? dis-je, perplexe.

— Regardez, dit Valerie, qui souleva le linge de maison du chariot.

Elle détourna les yeux et laissa échapper un léger gémissement.

— Regardez, cria Olga, indiquant le fond du chariot.

Je m'accroupis. Là, niché dans un lit de gants de toilette ensanglantés, se trouvait un couteau de cuisine luisant.

* * * * *

L'inspecteur Stavros Christakos poussa un soupir.

— Bien, bien, bien. Regarde, Georgie.

L'agent Gertz s'accroupit à côté de lui.

— Bingo, dit-il.

— J'émettrai une hypothèse au hasard et dirai que ce couteau correspond à la série qui se trouve dans l'appartement terrasse, dit Stavros, qui se tourna et leva les yeux vers moi.

Je regardai Olga, qui était responsable de l'inventaire.

— Pareil! s'écria-t-elle.

L'agent Gertz ouvrit un sac en toile et en retira un sac en plastique ainsi qu'une paire de pinces. Il prit des gants de latex et utilisa les pinces pour ôter le couteau du chariot, puis le tint à la lumière. Le couteau brillait, comme s'il avait appartenu à un coffre au trésor de la Terre du Milieu. Stavros tourna autour, l'inspectant sous tous les angles. Il fit un signe de tête vers George, qui plaça le couteau dans le sac de plastique. Ensuite, George prit les gants de toilette ensanglantés et les enfouit dans un autre sac. Il mit les deux sacs dans le sac en toile.

— Allez-vous prélever les empreintes sur le couteau? demandai-je.

— Bien sûr, mais nous ne trouverons rien, dit l'inspecteur. On dirait que le meurtrier a utilisé les gants de toilette pour essuyer le couteau.

Olga suffoqua au mot « meurtrier ». Je lui avais fait jurer ainsi qu'à Valerie de ne rien dire aux autres membres du personnel à propos du couteau, et maintenant, elle apprenait une information encore plus explosive.

— Olga, dis-je. Je crois que vous devriez nous laisser seuls.

— Non, dit Stavros. Elle reste.

Il se leva et fit le tour du chariot, l'inspectant de façon minutieuse.

— Depuis combien de temps ce chariot est-il là ? demanda-t-il à Olga.

Elle laissa échapper un grognement et marcha vers le mur pour y prendre un bloc-notes.

— Vendredi. Dernière utilisation, dit-elle, donnant une tape à la page couverture avec sa main.

L'inspecteur prit le bloc-notes et étudia la signature. Je retins mon souffle. Ayant déjà vérifié le registre, je savais qu'Ezmeralda Lopez était la dernière personne à avoir inscrit le chariot, à 18 h 03 le vendredi soir. Elle avait signé 6 heures plus tard, à 00 h 09.

— EL, c'est pour Ezmeralda Lopez ? demanda l'inspecteur.

— Oui, répondit Olga.

Il se tourna pour me faire un regard entendu, mais j'évitai tout contact visuel. Il émit un grognement d'autosatisfaction et tendit le bloc à l'agent Gertz, qui mit la feuille avec la signature dans son sac, puis sortit un appareil photo et commença à photographier le chariot.

— Est-ce que Mme Lopez est sur les lieux ? demanda l'inspecteur.

Je secouai la tête.

— Nous l'avons renvoyée chez elle il y a quelques heures.

— Vous l'avez renvoyée chez elle ?

Son ton m'agaça.

— Elle a travaillé toute la nuit, inspecteur.

Il me regarda un moment avec une expression de déception, puis se tourna vers Olga.

— Ce chariot n'a pas été utilisé depuis la nuit de vendredi ?

Elle secoua la tête catégoriquement.

— Pas utilisé. Ezmeralda seulement.

— Quelqu'un est-il venu par ici ?

— Non ! Moi toujours ici. Si pars, fermer porte.

— Nous avons un chariot par étage et deux de rechange, expliquai-je. Ils servent en rotation. Olga dit qu'elle a sorti celui-ci pour le remplir et le monter à un étage ce matin. C'est là qu'elle a trouvé le couteau.

L'inspecteur se tourna vers elle pour une confirmation.

— Remplir ! Gant de toilette ! Allez ! paraphrasa-t-elle.

L'inspecteur saisit son reflet dans un miroir sur le mur et s'arrangea les cheveux.

— Bien, dit-il, se tournant vers moi tout en bougeant légèrement la tête.

— Bien, quoi ? dis-je, incapable de masquer mon irritation. Ce couteau a probablement été mis là pendant qu'Ez était dans l'appartement terrasse. Elle a descendu le chariot sans le savoir.

Stavros se tourna vers Olga.

— Croyez-*vous* que ce soit ce qui est arrivé, Madame Slovenka ?

— Ezmeralda très, très colère ! s'écria Olga.

Je me tournai vers elle, choqué.

— Quoi ?

— Mlle Fricks crier. Lui dire de sortir. Ez très colère !

Je compris maintenant ce qui avait contraint la fille de quatre ans de Tony Cavalli à renvoyer Olga.

— De quoi diable parlez-vous ? dis-je.

Stavros fit un pas vers Olga.

— Se sont-elles disputées ?

— Je peux vous expliquer, dis-je. Le français d'Olga n'est pas très bon. Elle essaie de dire que Mlle Fricks est tombée sur Ez qui nettoyait sa chambre et…

— Si ça ne vous dérange pas, Trevor, m'interrompit Stavros, levant sa main pour m'indiquer de me taire, j'aimerais l'entendre avec ses propres mots.

— Très bien. Je vous en prie !

— *Seule.*

Il me fit un signe vers la sortie.

J'étais étonné.

— Vous voulez que je parte ? Mais… mais je peux aider pour la traduction.

— Vous parlez polonais ?

— Non, mais…

— Alors, filez ! Le français de Mme Slovenka est plus qu'adéquat.

— Très bien, dis-je, me rendant à la sortie.

Olga me lança un regard de mépris quand je passai devant elle.

— Je remonterai vous voir plus tard, dit Stavros. Peut-être pourrions-nous déjeuner ensemble.

* * * * *

— Ce qu'il y a, dit l'inspecteur Christakos lors de notre déjeuner à la Scène, un gros morceau de burger au foie gras et à l'emmenthal gonflant sa joue, c'est qu'elle peut avoir l'air d'une brave Mexicaine un peu nunuche, mais ne vous laissez pas avoir. Je sais depuis longtemps qu'il ne faut pas se fier aux apparences dans cette ville. Elle est infestée d'acteurs.

— Ezmeralda Lopez n'est pas une actrice, dis-je d'un ton irrité. Elle est grandement respectée comme gouvernante en chef.

Je regardai par-dessus mon épaule à la recherche de la serveuse pour une serviette supplémentaire. Du ketchup tachait la joue gauche de l'inspecteur et je ne pouvais supporter de la regarder plus longtemps. Flavia Cavalli, la sœur de Tony, était la seule serveuse en service jusqu'à 11 h 30 et elle n'était en vue nulle part. Heureusement, le restaurant était vide en dehors d'un jeune couple buvant un thé matcha quelques sièges plus loin, lisant tous deux le *Daily Spotlight*.

— Je sais que vous êtes Canadien, Trevor, ce qui veut dire que vous êtes par nature naïf et idéaliste. Ne vous méprenez pas, je ne suis pas raciste. Je suis juste en train de vous parler d'un truisme à propos de votre culture basé sur mon expérience. J'ai rencontré une Canadienne il y a trois mois, une fille de Saskatchewan, très *sexy*. J'aurais juré qu'elle n'était jamais sortie de son iglou avant de venir à L.A. pour être « découverte ». Croyez-moi, *tout le monde* dans cette ville est soit acteur, soit aspirant acteur. S'ils ne poursuivent pas activement une carrière d'acteur, ils espèrent secrètement que Quentin Tarantino les repèrera en train d'acheter de la Dentyne dans un Walgreens et qu'il les fera tourner dans son prochain film. L'industrie du spectacle circule dans le sang de tout le monde. Pourquoi en serait-il autrement ? Les vedettes sont idéalisées. Elles sont traitées comme des dieux. Pas comme des flics. Nous sauvons des vies, mais nous sommes traités comme de la merde.

— Et bien, moi, je ne veux pas être une vedette.

— Oh, si, vous le voulez.

L'inspecteur avala sa bouchée et exhiba un sourire entendu, exposant un morceau de foie gras coincé entre ses dents.

— Vous êtes en train de me dire que si Steven Soderberg vous demandait d'être la vedette de son prochain film avec, disons, Gwyneth Paltrow, vous refuseriez ?

— Bien sûr que je refuserais. Je ne sais même pas qui est Steven Soderberg.

— Bordel ! Vous êtes mauvais acteur, Trevor Lambert. Si c'est votre meilleure interprétation, n'y comptez pas trop pour Steven !

— Si vous pensez que je mens, alors vous êtes un mauvais inspecteur. Aucune chance que cette enquête mène quelque part.

Je passai ma main sur ma joue, espérant qu'il fasse de même. Ce ne fut pas le cas.

— Qui dit qu'elle ne va nulle part ?

— Et bien, disons qu'elle va dans la mauvaise direction.

Je repoussai ma salade César aux crevettes que j'avais à peine touchée. Je ne pouvais pas ôter l'image du couteau de mon esprit… le tissu du gant de toilette blanc taché de sang… le métal de la lame tranchante dans la peau douce de Chelsea. J'avais la nausée et la tache de ketchup sur le visage de Stavros n'aidait pas.

— D'après moi, insista-t-il, cette ville grouille de gens qui rêvent de gagner leur vie en mentant, ce qui revient pour l'essentiel au travail d'acteur — en prétendant qu'on est quelqu'un qu'on n'est pas. Même quand les acteurs ne jouent pas, ils prétendent être quelqu'un qu'ils ne sont pas : se déguisant, se maquillant, jouant les gentils, prétendant qu'ils sont intelligents et intéressants, qu'ils se préoccupent des autres et de tout sauf d'eux-mêmes. Tout ça n'est que façade.

— C'est une perspective bien sombre pour quelqu'un qui aspire à devenir acteur lui-même.

— Tous les acteurs ne sont pas comme ça, bien sûr. Certains d'entre nous sont authentiques.

— Mais tous les emplois n'impliquent-ils pas de faire semblant ? Vous croyez que le personnel hôtelier est si amical et accommodant en dehors du service ?

Il haussa les épaules.

— Je sais qu'Ez Lopez ne l'est pas.

— Voulez-vous s'il vous plaît arrêter avec Ez Lopez ?

Il engloutit un autre quart de burger dans sa bouche.

— Vous voyez, en tant qu'inspecteur, c'est mon travail de déceler les mensonges et les faux-semblants, de découvrir le cœur des gens. Je suis l'anti-metteur en scène. Vous savez comment je découvre la vérité ? Je n'écoute pas leurs conneries. Tout le monde ment. Je les regarde dans les *yeux*.

Il se pencha vers moi et pointa deux doigts vers ses grands yeux noirs.

— La vérité est dans les yeux, Trevor. Rappelez-vous cela. Les yeux ne mentent pas parce qu'ils ne peuvent pas. Parfois, c'est effrayant quand on voit ce qui s'y passe vraiment.

— Vous essayez de me dire que vous pouvez lire les pensées des gens à travers leurs yeux ?

— Pas les pensées, les *émotions*. Quand l'émotion dans leurs yeux correspond aux mots dans leur bouche, je sais qu'ils disent la vérité. C'est aussi simple.

— C'est presque un don, dis-je. Alors, quand vous regardez au-delà du plumeau et du tablier d'Ezmeralda et que vous observez ses yeux, vous voyez une meurtrière professionnelle.

— Je vois quelqu'un qui a très peur. Quelqu'un qui *cache* quelque chose.

Un morceau de viande hachée sortit de sa bouche pour atterrir sur mon épaule. Nous fîmes tous deux semblant que rien ne s'était passé.

— Est-ce un meurtre ? Je ne le sais pas encore. Ce que je sais, c'est qu'elle n'est pas aussi gentille et innocente que vous aimez le penser. Ses « Moi parle pas français, moi travaille dour pour prendre soin dé ma famille » ne sont que des conneries. Les gens comme ceux-là ne sont pas membres du FNSI.

— Je crois que vous vous trompez sur le fait qu'elle soit membre du FNSI.

— Je me fiche de ce que vous pensez. Je veux juste que vous *coopériez*.

— Je *coopère*.

La tache rouge était encore là, comme si quelqu'un lui avait entaillé le visage. Je regardai autour de moi dans le restaurant. Flavia avait déposé nos plats il y a 20 minutes et n'était jamais revenue. Depuis quand la Scène était-il devenu un restaurant libre-service ? Où diable était Reginald Clinton ? Je me levai et pris une serviette sur une autre table.

— Que vous a dit Olga ? demandai-je, la tendant à Stavros.

Il prit la serviette et la posa sur la table.

— Elle m'a dit que tard dans la nuit de vendredi, Mme Lopez est entrée furibonde dans le bureau de l'équipe de ménage, fâchée parce que Chelsea l'avait chassée de la suite, l'avait injuriée, insultée, lui avait prodigué des remarques racistes et l'avait menacée de la faire déporter.

— *Quoi ?*

— Olga a dit qu'Ezmeralda pestait et s'emballait contre Mlle Fricks, jurant en mexicain, puis qu'un peu plus tard, elle était repartie furibonde dans la suite.

L'inspecteur fourra le dernier morceau de son burger dans sa bouche.

— Une demi-heure plus tard, elle est descendue dans un état d'esprit complètement différent : effrayée et effacée. Olga lui a demandé ce qui n'allait pas et elle n'a rien dit. Elle est entrée dans le vestiaire et Olga ne la pas revue.

— Vous avez obtenu tout ça d'une femme qui ne parle qu'à l'impératif ?

— Elle a parfaitement bien transmis son message. Contrairement à Ez Lopez.

— Ez était silencieuse parce qu'elle venait de découvrir que Mlle Fricks avait sauté du balcon. À quoi s'attendait Olga ? Je n'accorderais pas trop de poids à ses commentaires. Notre personnel pour les chambres se divise en deux camps : le bloc des Européens de l'Est et le cartel des Mexicains. Les Mexicains trouvent que les Européens de l'Est sont froids et impersonnels, et les Européens de l'Est trouvent que les Mexicains sont sentimentaux et obséquieux. Olga pense que le cartel mexicain cherche à lui nuire. Ez m'a raconté ce qui est arrivé cette nuit-là. Elle a frappé à la porte et personne n'a répondu, alors elle est entrée. Chelsea l'a surprise tandis qu'elle époussetait…

— Qu'elle fouinait.

— *Qu'elle époussetait*. Elle a heurté la lampe Bourgie. Mlle Fricks lui a dit de partir et de revenir plus tard. Si Mlle Fricks l'avait menacée ou insultée, Ez me l'aurait dit.

— Peut-être qu'elle a eu peur.

— De quoi ? Que Chelsea la menace de la faire déporter ? Ez est légale, inspecteur. Elle vit dans ce pays depuis 12 ans. J'ai vu ses papiers. J'ai réussi à faire déménager sa famille de New York à ici. C'est Chelsea Fricks la coupable ici. Vous avez vu ses livres racistes.

— Tout comme Ezmeralda.

Les restes du burger étaient partout sur les mains et le visage de Stavros. Il semblait avoir deux ans. Avalant sa bouchée, il prit enfin la serviette. Ses yeux de fouine scrutaient le restaurant tandis qu'il s'essuyait. Je me tournai pour voir Flavia émerger de la cuisine, ajustant sa jupe. Je levai ma main et lui fis signe, pressé que ce repas achève.

— Ça va, Sparky ? demanda l'inspecteur. Vous semblez nerveux.

— Je ne suis pas nerveux, inspecteur, je suis profondément irrité. Je trouve incompréhensible que vous mettiez tous vos efforts sur la suspecte la moins probable.

Il fit un bruit de succion quand il nettoya ses dents.

— Qui dit que je mets tous mes efforts sur Ezmeralda ? Ça me fait penser, je dois voir son dossier personnel. Nom de Dieu, est-ce que c'est Sharon Stone ?

Je mis les coudes sur la table, refusant de regarder.

— Je vous procurerai le dossier.

— Nom d'un chien, c'est elle ! Elle vient pour déjeuner.

— Y a-t-il quelqu'un pour lui offrir une place ? demandai-je.

— Un type noir en costume.

Parfait. Reginald arrivait juste à temps.

— Regardez-la, elle est toujours sexy. Vous vous souvenez de *Basic Instint*? C'est ce film qui m'a donné envie de devenir inspecteur. Ça et *Los Angeles interdite*. Est-ce que Kim Basinger vient ici?

Flavia finit par venir à notre table.

— Vous prenez autre chose, les gars? demanda-t-elle, posant ses articulations sur la table comme si son travail la fatiguait.

Je levai les yeux vers elle.

— Flavia, avez-vous mal au dos?

— Non, pourquoi?

Je secouai la tête, ne voulant pas corriger sa posture devant l'inspecteur.

Mais elle saisit le message. Elle se redressa et me salua, pointant ses seins en avant.

— C'est mieux?

— Beaucoup mieux, dit l'inspecteur, souriant.

Je remarquai que sa jupe était quelques centimètres plus courts qu'elle aurait dû être. Me penchant plus près, je vis qu'elle avait dû la raccourcir maladroitement elle-même avec de la colle.

— Trevor, s'il vous plaît, dit-elle, tirant sa jupe vers le bas.

— Je ne… Je…

— Merci pour le fabuleux déjeuner, Rico, dit Stavros, lisant le nom sur son badge.

Le visage de Flavia rougit.

— J'ai perdu le mien, alors j'ai emprunté celui de Rico.

Elle avait les mêmes cheveux longs coiffés à la sauvage que sa cousine Janie et semblait aussi vide que les chambres incomplètes du 4ᵉ étage.

— Demandez aux ressources humaines de vous faire un autre badge aujourd'hui, d'accord Flavia? dis-je, me forçant à rester calme.

Une employée si peu formée et habillée de façon si inappropriée n'aurait jamais dû pouvoir faire le service. De l'autre côté du restaurant, je vis Reginald discuter avec les clients de la table qu'il venait d'installer. La clientèle du déjeuner commençait à affluer et une demi-douzaine de clients attendaient à l'entrée. Tant de choses attiraient mon attention et mon temps était monopolisé par cet inspecteur agaçant, ce cas bizarre.

— Bien sûr, Trevor.

Flavia débarrassa nos assiettes, les plaçant en équilibre sur son bras.

— Qu'est-ce que je vous disais? dit Stavros, la regardant partir. Tout le monde dans cette ville essaie d'être quelqu'un qu'il n'est pas.

Il se tourna sur son siège pour avoir une meilleure vue de la table dans le coin.

— Inspecteur, dis-je, dites-moi la vérité. Pensez-vous vraiment qu'Ez Lopez a quelque chose à voir avec la mort de Chelsea?

Il croisa ses bras velus, bombant ses biceps.

— Je ne me suis pas encore formé d'opinion, mon ami. Je ne peux même pas dire avec certitude si elle a été assassinée. Je le saurai cet après-midi quand l'autopsie sera finie. Je continue à réunir des témoignages. Je suis comme Hansel, je suis des miettes de pain. Certaines me mènent à des culs-de-sac, d'autres à des indices, d'autres encore me mèneront directement vers le coupable. Pour l'instant, bon nombre de miettes de pain me mènent vers Ez Lopez.

Il tendit le bras pour prendre la panière sur la table et prit une tranche de pain aux olives et aux noix.

— Elle est la dernière personne enregistrée à être entrée dans la suite de Chelsea, dit-il, en découpant un gros morceau qu'il plaça sur la nappe.

— Ce rapport n'est pas concluant. Il y a des entrées et des sorties qui ne sont pas identifiées.

— Moira Schwartz l'a vue entrer à travers le judas et une dispute animée a éclaté entre elle et Chelsea quelques minutes plus tard.

Un autre morceau de pain.

— Moira n'est pas le témoin le plus crédible.

Il découpa un autre morceau de pain.

— Olga Slovenka — un témoin très fiable à mon avis — confirme que Mme Lopez s'est disputée avec Chelsea et que Chelsea l'a menacée. Nous pouvons supposer que Mme Lopez croit fermement aux droits des immigrants, étant donné son adhésion au FNSI. Or, Chelsea avait des livres racistes dans sa chambre.

Il plaça un autre morceau de pain sur la pile.

— Un couteau ensanglanté a été trouvé caché dans le chariot qui lui était assigné.

Il fit un geste vers la pile de morceaux de pain.

— Beaucoup de miettes de pain mènent à votre femme de chambre, Trevor.

— Pas assez pour la déclarer coupable.

— Oh, j'ai omis un autre petit morceau.

Stavros plaça une tranche entière de pain sur le dessus de la pile.

— Olga m'a dit que lorsque Ezmeralda Lopez est descendue la deuxième fois, il y avait du sang sur ses mains.

— *Du sang ?*

L'inspecteur opina.

— Du sang.

— La lampe brisée ?

— Elle était fissurée, pas en morceaux, et c'est du plastique. Impossible que ça l'ait coupée.

— Le verre par terre ? Il peut y avoir un grand nombre de raisons.

Il haussa les sourcils.

Je baissai les yeux vers le tas de pain près de la serviette sale de l'inspecteur avec un sentiment de désespoir. Ezmeralda pouvait-elle être responsable de cette pagaille ? Je la revis dans la réserve pour les minibars, les larmes coulant sur ses joues, à me regarder de ses yeux bruns effrayés.

Impossible.

— Je pensais que la police utilisait les empreintes pour résoudre les affaires, pas des miettes de pain.

— Les empreintes ne nous révèlent rien dans cette affaire. Il y en avait plein la suite, mais aucune n'était concluante. S'il n'y a rien d'autre, votre gouvernante en chef est coupable d'avoir balayé quelques détails sous le tapis. Ce soir, je vais lui rendre visite chez elle à Temple City.

— Parfait, dis-je, me levant de table, mais allez-y doucement avec elle, d'accord ? Vous finirez par réaliser que vous faites fausse route. De plus, je ne peux pas me permettre qu'elle nous quitte pour dépression.

— Puis-je rester encore un peu et prendre un dessert ?

Ses yeux scrutèrent à nouveau le restaurant, sondant chaque table pour finir par se poser sur l'actrice blonde dans un coin éloigné.

— Je vous l'offre, dis-je.

Je tendis le bras et ramassai la pile de morceaux de pain dans ma main, les pressant pour en faire une boule.

— Oh, Trevor ? m'appela-t-il. Encore une chose. Votre homme d'entretien, Al Combs ? Il est par ici ?

Je retournai vivement à la table.

— Super Al ? Je croyais que vous l'aviez déjà interrogé.

— J'ai d'autres questions.

— Il ne travaille pas aujourd'hui. Ne me dites pas que vous le suspectez aussi ?

— Les miettes de pain, mon ami. Je suis juste les miettes de pain.

* * * * *

Comme prévu, la réception de l'industrie touristique du soir attira énormément de monde. Shanna était magnifique. Elle monta sur le podium improvisé au bout du bar et captiva l'attention de tout le monde avec une performance brillante, qui donnait une vue d'ensemble rapide et exaltante de l'hôtel Cinéma ainsi que les raisons pour lesquelles c'était *l'endroit* où aller à Hollywood. Elle fit allusion à l'incident Fricks avec la manière évasive d'un politicien aguerri, exprimant compassion et intérêt, puis dégagea délicatement l'hôtel de toute association. Sous le projecteur que le technicien avait installé sur l'estrade, son tailleur blanc luisait comme une apparition. Tout son être rayonnait de sophistication.

Quand elle me présenta, je montai sur le podium et ressentis immédiatement un sentiment de panique. Contrairement à Shanna, avoir l'attention ne me réussissait pas ; je préférais agir dans les coulisses. Heureusement, elle m'empêcha de perdre la foule en surgissant sur le podium quelques minutes plus tard pour annoncer :

— Il est temps de révéler les prix ! Les prix, les prix, les prix !

Après la réception, j'invitai ma mère à dîner à l'hôtel Grafton sur Sunset Boulevard, puis rentrai me coucher peu de temps après minuit.

Une heure plus tard, je commençais juste à m'endormir quand la sonnerie de mon cellulaire me réveilla. Qui pouvait bien m'appeler à cette heure-là ? Ça devait être une erreur de numéro. Ou un appel raccroché. Je me retournai et couvris ma tête avec un oreiller. Mon cellulaire cessa de sonner après un moment, puis recommença.

Je tendis le bras vers le téléphone.

— Trevor Lambert, j'écoute !

— Salut Trevor Lambert j'écoute !

Ça ressemblait à un animateur de jeu. Je faillis raccrocher. En arrière-plan, j'entendais des voix, de la musique forte, des rires — une boîte de nuit ? Je pensai à mes amis du secondaire.

Quand j'étais à New York, ils avaient l'habitude de m'appeler à toute heure depuis des bars ou des boîtes, ne sachant pas ou ne se préoccupant pas du décalage horaire de trois heures. Ils se passaient le téléphone chacun leur tour et je parlais à chacun d'eux, écoutant leurs voix inarticulées quand ils faisaient ressortir le « bon vieux temps » et rendaient les souvenirs plus séduisants que ça n'avait été en réalité. Une nuit, Nancy dormait à côté de moi quand j'avais reçu un appel à 4 h. J'avais discuté avec Phil, puis Steve, puis Marco, et enfin Derrick, mon meilleur ami du secondaire.

— Que fait Nancy ? avait-il demandé.

— Elle me dévisage, avais-je répondu.

Quand j'avais raccroché, je m'étais blotti contre son corps chaud.

— Désolé. Ils font ça à peu près chaque saison.

— Pourquoi ne raccroches-tu pas, tout simplement ? avait-elle demandé. C'est tellement sans gêne.

Mais ça m'était impossible. Contrairement à moi, Nancy avait rompu promptement, presque durement, le contact avec ses amis d'école quand elle avait 16 ans, après la mort de ses parents. Elle avait alors choisi de vivre seule dans leur maison de Cleveland plutôt que de déménager en Angleterre pour vivre avec sa grand-mère. J'aimais entendre mes vieux amis, même au milieu de la nuit.

À présent, j'espérais que cet appel soit un de ceux-là.

— Qui est-ce ? demandai-je.

— Vous ne me reconnaissez pas ? C'est Stav !

Je me redressai, inquiet. Pourquoi m'appellerait-il à cette heure-là ?

— Qu'y a-t-il inspecteur ?

— Où diable êtes-vous, mon ami ? Je suis passé par l'hôtel pour boire un verre, mais vous n'y étiez pas. Je croyais que vous y viviez !

— Je suis couché, dis-je. Il est 1 h.

— Hein ? Je ne vous entends pas.

— Je *dors*, Stavros.

— Restez en ligne, je sors sur la terrasse de la piscine… Bon Dieu, c'est fou ici aussi ! Vous m'entendez maintenant ?

Pourquoi la musique était-elle si forte ? J'entendais déjà les plaintes des clients. Qui était le responsable cette nuit ? Le responsable de nuit était David. La responsable du restaurant était Shareen. Plus tôt, quand j'avais ramené ma mère à pied à l'hôtel après le dîner, le bar était tranquille. On était lundi. J'avais présumé que ça resterait comme ça. Manifestement, les choses avaient changé. Je m'en voulais de ne pas être resté.

— Vous loupez quelque chose ! cria Stavros, comme s'il avait bu quelques verres. Je viens de rencontrer votre patron, Tony Cavalli. Chic type !

Ça expliquait le volume.

— Avez-vous besoin de mon aide, inspecteur ?

— Vous avez oublié de me mettre sur la liste des personnalités ! Ces voyous à l'entrée ont failli ne pas me laisser entrer. Je ne veux pas que ça se reproduise, Trevor. Vous m'aviez promis de m'inscrire sur la liste permanente.

— Je n'ai rien promis du tout. Il n'y a pas de liste « permanente » de toute façon. Elle est réinventée tous les soirs.

— Ils m'ont fait faire la queue. J'ai dû voir 30 personnes parader devant moi avant qu'ils décident que je méritais d'entrer. C'est triste de voir qu'un concurrent de téléréalité a la priorité sur un flic. Je vous préviens, si je dois refaire la queue, ça va ralentir mon enquête.

— Bien, je parlerai au portier. C'est ce que vous faites maintenant ? Vous enquêtez ?

— Je vous l'ai dit, je n'arrête jamais de travailler. Vous avez une note ici que je peux utiliser ?

En arrière-plan, j'entendis un fort bruit d'éclaboussures suivi de cris et de rires.

— Stavros, est-ce que quelqu'un vient juste… ?

— Merde alors, les cousins de Tony viennent de lancer une fille dans la piscine ! Vous devriez la voir ! Sa robe est complètement trempée et si collée qu'on voit toutes ses formes. Oh, oh ! Elle n'est pas contente. Attention, Lorenzo, derrière toi ! À moins que ce soit Enzo. Je n'arrive pas à les distinguer. Mon Dieu, je crois que c'est Denise Richards !

Il y eut un autre bruit d'éclaboussures, suivi de plus de rires.

Je reculai sur mon lit. Tony transformait l'hôtel en fête privée et ni David ni Shareen n'auraient le courage de le ralentir. Devrais-je m'habiller et y aller pour arrêter la fête ? Il y avait peu d'espoir pour que je me rendorme maintenant.

— Ça t'apprendra, Lorenzo ! cria Stavros. Attention, Enzo, c'est toi le prochain ! Elle a ton numéro ! Trevor, ces types sont fous !

— Stavros, j'aimerais essayer de me rendormir maintenant.

— Attendez une seconde, d'accord ?

Je l'entendis parler à quelqu'un en arrière-plan.

— J'en ai pour une minute, poupée. Pourquoi ne nous amènes-tu pas à boire ? Non, il n'est pas ici. Dis-lui de le mettre sur la note de Tony. Je suis en service.

Il revint en ligne.

— Je voulais que vous sachiez que je suis allé chez Ez Lopez à Temple City.

— Et ?

— Toute une *colonie* de Mexicains là-bas. Aucun ne voulait parler, tous des petits bâtards. Ils nous ont observés, Georgie et moi, comme si on sortait d'un vaisseau spatial. On a regardé partout, mais aucune trace d'Ez ou de Felix. Personne n'a reconnu parler français malgré une étagère pleine de livres français. Ils ont même nié connaître Ez et Felix jusqu'à ce que je trouve une photo d'eux sur la commode dans une des chambres. J'ai réussi à intimider un des enfants pour qu'il parle, mais tout ce qu'il a dit, c'est : « Pas vou, pas vou depouis longtemps, peut-être une semaine, peut-être jamais, pas vraiment soûr qui ils sont. »

Georgie et moi avons rendu visite à une vieille dame de l'autre côté de la rue. Elle a dit qu'ils parlaient tous français. Les plus jeunes ne parlent même pas espagnol. Nous avons attendu dehors pendant quelques heures, mais je savais qu'ils ne reviendraient pas. Ils sont en cavale.

— En cavale ?

J'essayai de visualiser la dévouée Ez et l'affable Felix s'enfuir en faisant crisser les pneus d'une voiture. L'impression de l'inspecteur sur la maison des Lopez contrastait beaucoup avec la mienne. J'y étais allé deux fois, une pour une pendaison de crémaillère et une autre, il y a quelques semaines, pour la fête d'anniversaire de leur fille, Bella, qui avait eu quatre ans. La famille ne pouvait pas être plus hospitalière. Et la voisine avait raison : ils parlaient tous français.

— Êtes-vous sûr que vous étiez au bon endroit ?

— Je suis inspecteur, pour l'amour de Dieu. Bien sûr que j'étais au bon endroit.

Sa voix devint distante.

— Merci, poupée. Non ? D'accord, parfait, prend l'argent.

Je l'entendis aspirer bruyamment sa boisson.

— Aïe, aïe, aïe !

Un autre daiquiri à la pêche ? J'étais assis sur le bord de mon lit à présent, tout à fait réveillé. Je parcourus mes cheveux avec mes mains.

— Qu'est-ce que ça veut dire, Stavros ?

— Je voulais vous donner les dernières nouvelles. Nous avons eu les résultats préliminaires de l'autopsie de Chelsea aujourd'hui. J'ai donné une conférence de presse cette nuit. Ça sera dans toutes les nouvelles demain.

Mon pouls s'accéléra.

— Alors ?

— Chelsea était vivante quand elle est tombée dans l'eau.

— Alors, elle s'est noyée ?

Je me souvins de la nuit de la fête. Je me rappelai avoir observé l'eau bleue, attendant qu'elle refasse surface. J'avais hésité avant de sauter, craignant de me plonger dans l'embarras. Pendant ce temps, elle se noyait sous mes yeux.

— Non, elle ne s'est pas noyée. Elle s'est fendu le crâne contre le fond de la piscine et s'est rompu le cou. Il y avait trois coups de couteau sur son corps, un dans la partie gauche la plus basse de l'abdomen, un autre dans le bas du dos juste sous les reins — ces blessures-là étaient assez superficielles — et un troisième, plus profond, dans le haut du dos. Il a percé l'aorte. C'est celui qui l'a tuée.

— Donc, elle *a été*… ?

— Tuée ? Ouais. Nous avons comparé le sang du couteau avec celui de Chelsea et nous avons l'arme du crime. L'angle des coups de couteau indique que le meurtrier était droitier, mais ça ne limite pas les possibilités. Tous mes suspects sont droitiers. Aucune empreinte sur le couteau non plus. La personne qui l'a tuée devait savoir nettoyer. Vous savez ce que j'ai trouvé d'autre ? Ezmeralda Lopez est membre du club d'admirateurs de Chelsea Fricks.

— Et alors ? Qu'est-ce que ça a à voir ?

— Nous pourrions avoir affaire à une désaxée. Peut-être qu'elle était éprise d'elle. Peut-être qu'elle avait toujours rêvé de la rencontrer et que les choses ont mal tourné. Chelsea n'était pas à la hauteur de son image. Elle était nunuche, lisait des livres racistes, et elle était grossière et avait menacé de la faire déporter. Mme Lopez a dû craquer. La plupart des admirateurs ne se retrouvent jamais aussi près de leur idole. Heureusement d'ailleurs, car ceci arriverait plus souvent.

Mes idées se précipitèrent. Moira avait aussi suggéré qu'Ezmeralda traquait Chelsea. Je me souvins de l'insistance d'Ez pour superviser personnellement l'entretien de l'appartement terrasse. À ce moment-là, ça m'avait semblé être un autre exemple de son dévouement. Aurait-elle pu avoir une motivation plus sinistre ? Elle était dans la suite quand la police était arrivée. Était-elle restée pour dissimuler ses traces — pour balayer les indices sous le tapis ? Pour la première fois, je me posai des questions sur l'innocence d'Ezmeralda.

— Et maintenant, inspecteur Christakos ?

J'avais la gorge sèche.

— Est-elle censée travailler demain ?

— Oui.

— Si elle se montre, ne la laissez pas partir. Je serai là dans la matinée pour l'arrêter.

11

Balayer sous le tapis

— Il faut que tu voies ça, cria Shanna, qui lança le *Daily Spotlight* sur mon bureau. Tu n'en croiras pas tes yeux !

Je ne fus pas surpris de voir une photo de Chelsea sur la couverture. C'était un cliché de paparazzi, qui l'avait prise en train de sortir de sa limousine à l'entrée de l'hôtel Cinéma. Elle était vêtue d'une tenue de yoga rose et bleu poudre, portait des lunettes de soleil et une large casquette de camouflage. Elle avait un air renfrogné sur la photo. Le nom de l'hôtel apparaissait bien en évidence sur l'enseigne du grand auvent au-dessus d'elle. À droite de la photographie, on pouvait lire en titre : CHELSEA ASSASSINÉE ! EST-CE LA GOUVERNANTE QUI L'A TUÉE ?

— J'avais peur de ça, dis-je, bondissant sur le magazine.

Shanna me l'arracha des mains.

— Écoute ça. « Le service de police de Los Angeles a rompu le silence la nuit dernière avec la révélation-choc qu'on suspectait un acte criminel à propos de la mort de la vedette de cinéma Chelsea Fricks. "Mlle Fricks a été attaquée par un intrus qui l'a poignardée", a révélé l'inspecteur Stavros Christakos, le jeune et fringant inspecteur responsable de l'affaire… » Blablabla… Voilà : « Le rapport d'autopsie indique que Mlle Fricks a été *poignardée à trois reprises avec un couteau de cuisine.* »

Shanna leva les yeux, le visage horrifié.

— Elle a été poignardée, Trevor. Pratiquement sous notre nez.

Je m'affalai dans mon fauteuil.

— Je devrais probablement te dire…

— Attends, il y a pire. « La police a confirmé qu'un couteau de cuisine ensanglanté avait été retrouvé dans le chariot d'une femme de chambre de l'hôtel lundi matin. »

La gorge de Shanna se serra et elle suffoqua légèrement.

— « De plus, une source près de l'enquête a confirmé qu'*une violente dispute avait éclaté entre Chelsea et la gouvernante en chef de l'hôtel, Ezmeralda Lopez, dans la suite, un instant seulement avant sa mort.* »

Elle releva les yeux vers moi.

— As-tu déjà entendu quelque chose de plus grotesque ? Imagine, notre chère Ezmeralda, une meurtrière sans pitié ! Si ça n'était pas si dommageable, je trouverais ça comique.

— Est-ce que tous les journaux ont rapporté ça, ou seulement le *Spotlight* ? demandai-je.

— Toutes les nouvelles parutions rapportent que c'est un meurtre, dit-elle, feuilletant le magazine. La police a tenu une conférence de presse la nuit dernière. Cet insupportable petit Grec était aux premières loges de toutes les stations ce matin. *Good Morning America* a allégué que le coupable était un admirateur obsessionnel. FOXNews pense que Moira est coupable. Le *L.A. Times* pointe Bryce. Dans ma voiture en venant ici, les présentateurs de KIIS-FM faisaient un sondage téléphonique et tout le monde, de Moira à Bryce en passant par Tara Reid, est ressorti — Tara Reid était-elle à la fête ? KCAL a émis la possibilité qu'une employée de l'hôtel devait être impliquée, mais jusqu'à présent, seul le *Spotlight* a été assez audacieux pour nommer Ezmeralda.

— Jusqu'à présent.

— C'est ce qui me fait peur. Ce salaud de journaliste, ce Nigel Thoroughbred — elle prononça son nom avec un accent britannique pompeux — ne va pas assez loin pour l'accuser catégoriquement — il n'y a pas assez de points d'interrogation dans le monde pour le protéger —, mais les dégâts sont déjà faits. Ça va être complètement fou aujourd'hui, Trevor. La foule à l'extérieur a déjà doublé. Ils sont tout autour des portes du château tels des serfs furieux. Ils veulent brûler Ezmeralda sur le bûcher.

Je tendis le bras vers le téléphone.

— On ferait mieux de l'avertir.

— J'ai essayé son téléphone cellulaire, mais elle n'a pas répondu. J'ai laissé un message urgent.

Elle baissa les yeux vers le magazine.

— Qui a fourni cette information au *Spotlight* ? Penses-tu que c'est un de nos employés ?

— Ça doit être Moira Schwartz, dis-je. C'est la seule qui savait pour la dispute, à part Christakos.

Il m'apparut qu'Olga était aussi au courant pour la dispute, toutefois je ne pouvais l'imaginer appeler le *Daily Spotlight* et les avertir. En dépit de sa nature mordante et de ses ressentiments vis-à-vis du cartel mexicain, elle avait toujours été honnête et directe, jamais sournoise. Aurait-elle pu provoquer des problèmes pour se venger en fait des Cavalli qui avaient permis à leur fille de quatre ans de la renvoyer ? C'était possible, mais tordu.

Les mains de Shanna serrèrent sa gorge.

— Comme ça, il y *a eu* une dispute entre Ezmeralda et Chelsea ? À quel sujet ? Et c'est quoi ces balivernes à propos d'un couteau de cuisine ?

Elle étudia mon visage.

— Tu étais au courant ? Pourquoi ne m'as-tu pas divulgué cette information ?

— Je suis désolé, mais je n'avais pas la liberté de divulguer une information si confidentielle.

— Peut-être que maintenant que cette « information confidentielle » est dans tous les journaux, tu pourrais me faire la faveur de me tenir au courant. Je suis la sous-chef de cet hôtel, Trevor. Je dois savoir ces choses.

— Bien, dis-je.

Je pris une profonde respiration, je me rassis et je lui racontai ce que je savais.

Quand j'eus terminé, Shanna ferma ses yeux pour traiter l'information. Après un moment, elle les ouvrit.

— Il y avait du sang sur les mains d'Ezmeralda hier matin aussi, dit-elle. Elle me les avait cachées. Ses pauvres petites mains étaient calleuses et abîmées comme un travailleur au bagne ! Mais les blessures n'étaient pas des coupures — rien qu'un couteau aurait fait. Elles provenaient du travail de ses doigts usés jusqu'à l'os : à battre les matelas, à changer les linges de maison, à récurer les planchers, à faire les lits, à nettoyer les vitres. Malgré tout, je ne peux imaginer *quiconque* penser qu'une femme estimable comme elle...

— Shanna, l'inspecteur va venir l'arrêter.

— *L'arrêter ?*

Ses mots sortirent comme un cri. Elle se couvrit la bouche et regarda vers la fenêtre. Le couloir était vide.

— Il est convaincu que c'est elle ?

— Il semble que oui.

Ses yeux s'humectèrent en raison d'une rare manifestation d'émotion. Je sentis mes propres yeux piquer. Nous avions vu Ezmeralda évoluer de femme de chambre à responsable à assistante de direction dans le service de ménage de l'Univers. Maintenant, elle était chef du service à l'hôtel Cinéma où elle faisait un travail remarquable. Nous avions désespérément besoin d'elle. Qu'arriverait-il à sa famille si elle était arrêtée ? À en voir le visage de Shanna, je pouvais dire qu'elle pensait la même chose : qu'Ez soit coupable ou innocente, nous étions en partie responsable de sa situation délicate. Nous l'avions convaincue de quitter New York. Nous l'avions laissée travailler jusqu'à l'épuisement. Si elle avait craqué, nous devions en partager le blâme.

— Penses-tu qu'elle l'a fait ? demanda Shanna, prenant un mouchoir pour tamponner ses yeux.

Je restai silencieux un instant.

— Je commençais à me poser la question, mais je sais dans mon cœur qu'elle ne l'a pas fait.

Son visage s'illumina.

— Moi aussi.

* * * * *

À 8 h précises, Ezmeralda pénétra dans la Suite préproduction au 2ᵉ étage pour la réunion des opérations. Elle fit le tour de la table, tout sourire, et s'installa dans un fauteuil. Elle ouvrit son calepin, sortit un stylo de la poche de son chemisier bleu pâle et attendit que la réunion commence.

La pièce, qui bourdonnait avant son arrivée, devint silencieuse. Tous les regards se tournèrent vers elle.

Nous étions neuf, les chefs de chaque service. De l'autre côté de la table, le directeur des ressources humaines, Dennis Clairborne, cacha discrètement une copie du *Daily Spotlight* qu'il tenait juste avant bien haut comme une affiche de criminel recherché par la police. Il avait soumis la suggestion qu'Ezmeralda soit renvoyée pour écarter l'hôtel de la controverse, provoquant un tollé de protestations et un débat animé, qui s'interrompirent seulement à son arrivée.

Et voilà pour la théorie de l'inspecteur Christakos sur le fait qu'elle serait partie en cavale, pensai-je d'un air suffisant, adressant immédiatement un sourire rassurant à Ezmeralda. À son air enjoué, je conjecturai qu'elle n'avait aucune idée de l'article en lien avec la couverture du *Spotlight*. Elle n'avait pas non plus donné suite aux appels désespérés de Shanna. Nous avions conçu un plan pour la mettre à l'écart avant la réunion et la prévenir. J'avais suggéré de la cacher dans une chambre non complétée.

— Brillant, avait répondu Shanna. Une chambre sale ! On pourrait la lui faire nettoyer. Quand elle aurait fini avec celle-là, on pourrait la transférer dans une autre. Ça intéresse qui que ses mains saignent ?

Finalement, nous avions résolu de ne pas la cacher, car elle n'avait rien à cacher. Il y avait une explication à la dispute avec Chelsea, au couteau dans le chariot, au sang sur ses mains. Nous écouterions sa version de l'histoire et la ferions entendre à l'inspecteur, évitant ainsi le traumatisme d'une arrestation. Mais elle était arrivée trop tard pour que nous puissions l'avertir.

Avant de commencer la réunion, je jetai un œil furtif autour de la table. À ma gauche, la directrice de la réception, Valerie Smitts, me regardait avec un léger sourire charmeur. Ses adorables cheveux foncés descendaient en cascade sur ses épaules jusqu'à la pile de dossiers sur la table devant elle. À côté d'elle, Al Combs était penché en arrière sur son fauteuil, les bras croisés sur sa large poitrine, la tête baissée. À la gauche d'Al, le vérificateur Ahmed Lammi faisait semblant d'étudier les prévisions tout en lançant des coups d'œil furtifs à Ezmeralda. À côté de lui, Reginald Clinton regardait Ezmeralda, nullement décontenancé, un œil à moitié fermé, l'autre sourcil levé comme s'il essayait de déterminer sa culpabilité. Shanna était assise dans la chaise trône en face de moi, battant des cils d'impatience. À sa gauche, Dennis, les lèvres serrées, fixait Ezmeralda. À gauche de Dennis, l'analyste des revenus, Rheanna Adams, tendit le bras pour frotter le dos d'Ezmeralda. Le sourire d'Ezmeralda faiblit, troublée par tant d'attention. J'essayai d'avoir un aperçu de ses mains, mais sa main droite formait un poing autour de son stylo et sa main gauche était enfouie sous la table.

— Bienvenue à tous, dis-je, m'éclaircissant la gorge. Rheanna, voudriez-vous commencer avec le taux d'occupation ?

— Certainement, Trevor. Nous avions 83 chambres occupées la nuit dernière, 2 absents, 6 chambres pour des groupes, 39 hors service et un tarif moyen de 347,01 dollars.

Elle continua avec le rapport des statistiques de l'occupation de la semaine à venir — complet chaque soir — et passa en revue la longue liste des nouvelles personnalités, dont beaucoup portaient des noms connus, ainsi que les clients aux besoins particuliers, les séjours prolongés et les arrivées de groupes. Quand Rheanna eut terminé, ce fut au tour de chaque service de soumettre son rapport, en commençant par Dennis Clairborne. Il souleva le problème de la maigre performance des employés que Tony nous avait forcés à engager, à savoir sa sœur Flavia et ses nièces Janie et Bernadina. Un tolet de plaintes s'en suivit.

— Hier, j'ai dû renvoyer Flavia chez elle plus tôt, dit Reginald. Le barman l'avait surprise en train de prendre une gorgée en cachette avant d'amener les boissons aux tables. À 18 h, elle était soûle.

— J'ai reçu un appel furieux de Mme Greenfield de la 507, intervint Valerie. Elle avait demandé à Bernadina au bureau de la conciergerie d'effectuer une réservation chez Spago et de louer une limousine. Elle les a envoyés chez Spaghettios.

Je leur assurai que j'allais faire part de ces problèmes à M. Cavalli.

— En attendant, il est de notre responsabilité d'offrir autant de formation que nécessaire. Ces jeunes filles ont d'énormes potentiels et…

Dennis fit un bruit de haut-le-cœur, déclenchant quelques ricanements.

— …et elles ont un avenir ici, dis-je.

Je me retins de les informer que Janie, Bernadina et Flavia étaient les héritières des futurs Complexes hôteliers Cavalli international.

— C'est compris ?

Toutes les têtes opinèrent.

— Merci. Reginald, à votre tour, s'il vous plaît.

— Je ne veux pas revenir sur les Cavalli, dit Reginald en regardant autour de lui, l'air anxieux, mais j'ai des inquiétudes à propos de la réception de mariage de samedi pour Lorenzo Cavalli et sa fiancée, Rosario. M. Cavalli a dit qu'il y a 500 RSVP pour le dîner. Je n'aurai pas assez de personnel pour autant de personnes.

— Il m'a demandé de donner à Bernadina, Janie et Flavia leur soirée de congé pour assister à la fête, ajouta Valerie.

— Ça pourrait aider, dit Dennis, provoquant d'autres ricanements.

— Il veut transformer le restaurant en une ancienne villa italienne en utilisant le kitsch des Importations Cavalli, continua Reginald, incapable de masquer son dégoût.

— Oh! Et il a pris bon nombre de chambres réservées aux groupes, intervint Rheanna. Il a dit que Sydney Cheevers a réussi à ce que tout un tas de célébrités viennent pour le mariage. Et il veut que je déplace Lenny Kravitz — qui *ne* sera *pas* présent au mariage, a insisté sa secrétaire — de l'appartement terrasse 2 pour que Liz et lui puissent s'y installer.

— Et l'appartement terrasse 1 ? demandai-je.

— Il est réservé pour les jeunes mariés.

— Je parlerai à M. Cavalli, dis-je. Faites de votre mieux pour jongler avec tout ça. Shanna, il faut que tu appelles le bureau de M. Kravitz pour dire qu'il y a une malencontreuse erreur et que la chambre a été réservée deux fois.

Je vis de la peur dans ses yeux quand elle imagina M. Kravitz répondre lui-même au téléphone. Je me tournai vers Al :

— Quelque chose à signaler ?

Al lut une liste exhaustive de problèmes d'entretien, la plupart en lien avec le travail de Fratelli Construction. Quand il souleva le problème des poutres de soutien, j'écourtai son discours, voyant de l'inquiétude sur les visages autour de la table.

— Revoyons votre liste plus tard, dis-je.

Un rapide nouveau calcul de Rheanna nous informa que nous devions transférer 11 clients ce soir. Valerie Smitts accomplirait cette tâche désagréable et je devrais m'occuper de chaque client furieux. Je redoutais de parler à Tony des clients transférés.

Enfin vint le tour du rapport d'Ez Lopez. Tout le monde se tourna vers elle avec un sourire d'encouragement, tandis qu'ils essayaient de la visualiser en train d'attaquer Chelsea Fricks sur le balcon avec un couteau de cuisine.

— Très occoupée pour lé ménage, signala Ez, ôtant une mèche de cheveux noirs de ses yeux. Mais tout est parfait. Tout lé monde travaille fort, pas dé problème.

Elle hocha la tête plusieurs fois et sourit.

— C'est tout ? dis-je.

— C'est tout !

Elle baissa les yeux vers son calepin et fit une croix, comme si elle avait écrit ce point afin de le relever comme important. Je vis rapidement du rouge sur sa paume.

Tous les regards s'attardaient sur elle.

— Alors, je suppose que nous avons fini, dis-je, rompant le silence.

Ils se levèrent tous en même temps et se ruèrent vers la porte.

J'appelai Ezmeralda.

— Voudriez-vous rester encore une minute ?

Shanna resta derrière.

Je fermai la porte.

— Ez, avez-vous vu le *Daily Spotlight* aujourd'hui ?

— Yé vou, répondit-elle.

Shanna et moi échangeâmes un air surpris.

— L'avez-vous lu ? dis-je. Savez-vous ce qui y est écrit sur vous ?

Elle baissa les yeux.

— Qué pouis-je dire ? C'est faux.

— Bien sûr que c'est faux, dis-je, avec un soupir de soulagement. C'est scandaleux. Shanna et moi voulons que vous sachiez que, peu importe ce qui s'est passé, nous vous soutenons entièrement.

Son menton trembla.

— Y'apprécie sincérément.

Je voulais me ruer sur elle et l'enlacer. À voir l'expression sur le visage de Shanna, elle ressentait la même chose.

— Ez, il y a quelque chose que vous devez savoir, dis-je. L'inspecteur Christakos va…

À ce moment-là, on entendit quelqu'un cogner fortement à la porte, qui s'ouvrit brusquement. Olga Slovenka apparut, pointant un doigt accusateur en direction d'Ezmeralda.

— Là ! Regardez ! Allez !

L'inspecteur Christakos et l'agent Gertz se précipitèrent dans la pièce.

Stavros, en uniforme, avança vers Ezmeralda.

— MME LOPEZ, JE DOIS VOUS EMMENER POUR VOUS INTERROGER, cria-t-il.

Ez se tourna pour le regarder bien en face.

— Yé souis en état d'arrestation ?

— NON, M'DAME, VOUS N'ÊTES PAS EN ÉTAT D'ARRES-TATION. JE VOUS DEMANDE SIMPLEMENT…

— Pour l'amour de Dieu, elle n'est pas sourde, dis-je, tout en plaçant un bras protecteur autour d'Ezmeralda.

Shanna se plaça de l'autre côté d'Ezmeralda.

L'inspecteur Stavros baissa la voix.

— Mme Lopez, vous n'êtes pas encore en état d'arrestation. Je voudrais vous poser plus de questions par rapport à l'affaire Chelsea Fricks. Si cela vous convient, j'aimerais le faire au poste. Si vous ne voulez pas venir, vous n'y êtes pas obligée. Si vous désirez consulter un avocat, c'est votre droit.

Ez secoua la tête.

— Yé pas avoir bésoin d'avocat.

— Ça pourrait être une bonne idée, dit Shanna. Juste au cas où.

Mais Ez était catégorique.

— Yé rien à cacher.

— Bien, dit Stavros. Viendrez-vous avec moi ? Une voiture nous attend en avant.

— Attendez une minute, inspecteur, dis-je. Ez, montrez-nous vos mains.

Elle les avait mises derrière son dos. Levant les yeux pour rencontrer mon regard, elle les sortit et les déplia lentement.

Nous nous réunîmes autour. Ses mains étaient affreusement calleuses, meurtries et à vif.

— Ont-elles l'air d'avoir été coupées par un couteau de cuisine d'après vous ? demandai-je à Stavros.

— Monsieur Lambert, dit l'inspecteur, les yeux illuminés, seriez-vous assez aimable pour vous pousser et me laisser faire mon travail ?

— Mais…

— *Poussez-vous. Maintenant.*

L'agent Gertz me saisit par les épaules et me repoussa tandis que l'inspecteur bousculait Ezmeralda vers la porte.

— Ez, est-ce que ça va aller ? lui criai-je.

Elle se tourna vers moi et opina.

— Bien sôur.

Je me libérai des mains de l'agent Gertz et rattrapai Stavros dans le couloir.

— Puis-je l'accompagner, inspecteur ? Elle est sur son lieu de travail, après tout.

— Entendu, dit-il, tout en s'écartant.

Aussitôt qu'Ezmeralda et moi apparûmes en haut de la cage d'escalier, toute activité dans le hall cessa et tout le monde se tourna pour regarder. Ez mit sa main sur la rampe, tenant sa tête droite, et descendit les escaliers à mes côtés. J'admirai son assurance, ses manières distinguées de grande dame, comme si elle n'était pas sous escorte policière, mais qu'elle arrivait plutôt à un bal dans une grande robe fluide. Derrière moi, Shanna me fit un signe de tête rassurant. À côté d'elle, l'inspecteur regardait Ezmeralda comme un faucon.

Au pied des escaliers, Ezmeralda s'arrêta. Ses yeux scrutèrent le hall, hochant la tête comme si elle saluait ses sujets. À la réception, Beth Flaubert pleurait ouvertement. Le portier Gustavo se tenait au garde-à-vous à la porte, retenant ses larmes comme si sa reine bien-aimée allait à la potence. Au bureau de la conciergerie, Bernadina regardait l'inspecteur Christakos avec une expression lascive.

Je me tournai vers lui.

— Vous n'allez pas la confronter à cette foule ? Pouvons-nous pendre la sortie de derrière ?

Il secoua la tête catégoriquement.

— La voiture attend en avant.

L'agent Gertz avança devant nous. Ezmeralda se détacha de ma prise et le suivit seule, glissant gracieusement sur le sol en marbre. Gustavo ouvrit la porte et la salua.

Tandis que nous sortions, nous fûmes accueillis pas un concert de cris et de huées. Une douzaine de policiers s'efforçaient de contrôler la foule comme si elle allait déferler sur nous.

— Assassin ! cria quelqu'un.

— Dites-nous pourquoi vous avez fait ça !

— Vous avez tué notre chère Chelsea ! J'espère que vous pourrirez en enfer !

L'inspecteur Christakos prit Ez par le bras et la conduisit vers la voiture de police qui attendait. Mon cœur se serra quand je la vis partir. Elle resta stoïque tandis qu'elle avançait vers la voiture. À mi-chemin, elle chancela sur ses pieds et se retint au bras de Stavros. Le calepin qu'elle avait apporté à la réunion était encore glissé sous son bras.

Je me précipitai vers eux.

— Inspecteur, est-ce que je peux venir ?

Il secoua la tête, me faisant signe de reculer avec sa main.

Je retournai sur le bord du trottoir et me tins près de Shanna. Nous regardions la scène sans pouvoir intervenir tandis que l'inspecteur poussait Ez dans la voiture de police. La foule se déchaîna. L'agent Gertz se rendit du côté passager et y monta tandis que Stavros s'attardait, appréciant toute cette attention. On aurait dit un acteur sur un plateau, conscient des caméras, sans toutefois les regarder. Il connaissait ses marques, ses meilleurs angles, sa « prise qui paie ». Gardant la tête haute et les yeux bien en vue pour les caméras, il avança lentement et délibérément vers le côté conducteur, s'arrêtant pour pauser à chaque pas. Il vérifia son arme, ajusta sa matraque, fit pivoter son corps à gauche, puis à droite, fit encore quelques pas et s'arrêta devant le véhicule. Là, il contempla les alentours, plissant les yeux comme s'il cherchait un maniaque, mit ses mains sur ses hanches et redressa les épaules. À la porte du conducteur, il s'arrêta à nouveau pour parler dans sa radio, penchant sa tête en arrière, permettant ainsi aux appareils photo d'avoir une vue parfaite sur ses yeux. Les paparazzi le matraquèrent, prenant photo après photo.

Enfin, il grimpa dans la voiture. Il baissa la vitre et se pencha par la fenêtre, ajusta son rétroviseur extérieur. Puis, il vérifia celui de l'intérieur et caressa sa mâchoire ciselée. La voiture démarra. Tandis qu'elle roulait dans l'allée, la foule la suivit, tapant sur le capot et sur les fenêtres, injuriant Ezmeralda.

J'agitai ma main en signe d'au revoir, mais Ez ne regardait pas derrière. Elle regardait droit devant, le cou raide, retirée dans sa chambre forte.

* * * * *

— Quelle magnifique journée, dit ma mère, tout en levant ses mains vers le soleil. Je passe un séjour merveilleux.

— Je suis content qu'une personne ici soit heureuse, dis-je.

Ma mère était déterminée à profiter de ses vacances malgré le chaos autour d'elle. Shanna nous avait rejoints à table sur la terrasse de la piscine pour un déjeuner tardif. Il n'y avait pas de vent et le soleil était implacable. Je dénouai ma cravate et déboutonnai un bouton de ma chemise. Puis, je fis glisser ma chaise sous le petit cercle d'ombre qu'offrait le parasol. Ma mère se complaisait dans la chaleur, rejetant sa tête en arrière et redressant son décolleté bronzé avec des taches de rousseur pour provoquer le soleil. De l'autre côté de la table, Shanna s'assit dos au soleil. Elle portait des lunettes de soleil Gucci et un foulard en soie attaché autour de sa tête comme une vedette de cinéma des années 1960.

Quelques tables plus loin, un jeune couple était assis à déguster un thé glacé et à s'éventer le visage. Toutes les chaises longues et les chambres autour de la piscine étaient occupées ; les filles séduisantes étaient de retour. Un essaim de jeunes femmes en bikini s'éclaboussaient dans la piscine et riaient. La piscine du Playboy Mansion était en réparation et la très opportuniste Sydney Cheevers avait invité les Playmates ici, envoyant un convoi de limousines les chercher. Un homme d'affaires en costume était étendu sur une chaise longue. Sa cravate était dénouée et il parlait au téléphone tout en regardant les Playmates.

Le sort d'Ezmeralda pesant lourdement dans mon esprit, il m'était impossible de partager la joie de vivre de ma mère. Cinq heures avaient passé depuis qu'elle avait été emmenée et personne n'avait eu de nouvelles. J'avais essayé de joindre l'inspecteur Christakos plusieurs fois, sans succès. Chez les Lopez, personne n'avait été contacté. Mon travail s'accumulait, encore, car j'étais incapable de me concentrer. J'avais donc accepté de rejoindre les deux femmes, une en vacances, l'autre qui agissait comme si elle l'était, pour déjeuner.

— Je suis affamée, déclara ma mère, se redressant pour ouvrir le menu.

Je baissai les yeux vers le mien. De l'autre côté de la table, Shanna regardait le sien avec apathie, sa bouche revêtant une expression grave. Nos plaisanteries habituelles avaient disparu. C'était assez calme sur la terrasse de la piscine, mais nous savions qu'un spectacle bien différent s'y était déroulé. Si l'hôtel Cinéma n'était plus simplement la scène d'un crime, il était à présent un complice, celui qui avait abrité le coupable. Je pouvais sentir l'intensité du mépris du public. Les choses se calmeraient une fois qu'elle serait disculpée, me rassurai-je. Mais plus le temps passait, moins ça ressemblait à ça.

Reginald Clinton vint nous saluer.

— Il fait assez chaud à votre goût ? demanda-t-il, s'éventant le visage.

C'était un homme noir élégant et affable de Louisiane qui avait dirigé les restaurants les plus populaires de la ville, y compris le Ivy et le Koi.

— J'aime la chaleur, dit ma mère. Plus c'est chaud, mieux c'est !

Après que nous passâmes la commande, ma mère regarda Reginald partir.

— Ça, par exemple, s'exclama-t-elle, appuyant sa main contre sa poitrine palpitante. Il y a tant de beau monde dans cette ville que je ne sais pas par où regarder.

— Maman, voudrais-tu ne pas flirter avec mon personnel ? C'est gênant.

— Je ne flirte pas, Trevor. Je profite simplement de la présence d'un jeune homme attirant. Tout le monde est si beau dans cette ville. Je ne m'attendais pas à tant.

— Ne te fie pas aux apparences, Evelyn, dit Shanna. Les gens sont tout aussi malheureux ici que n'importe où ailleurs, même plus. C'est juste qu'ils paraissent mieux. Les belles personnes affluent à Los Angeles pour se faire remarquer pour le cinéma, mais la plupart sont forcées d'occuper d'autres emplois, c'est pourquoi il y a un nombre inhabituellement élevé de belles personnes — et désillusionnées — dans cette ville. Quand leur apparence commence à dépérir, elles deviennent malheureuses. Elles se font faire des injections, des implants et de la chirurgie pour ralentir le vieillissement, mais ça ne leur apporte qu'un soulagement temporaire, et elles ne tardent pas à devenir encore plus malheureuses. La plupart d'entre nous n'ont jamais été vraiment beaux, alors nous ne savons pas ce que nous manquons. Mais quand ceux qui sont beaux voient leur beauté se faner, année après année, mois après mois… Et bien, c'est pour cette raison qu'il y a plus de gens malheureux à Los Angeles que n'importe où ailleurs. Du moins, c'est ma théorie. Non pas que j'y aie beaucoup réfléchi.

— Manifestement, non.

Ma mère se tourna vers moi, un reflet d'espoir dans les yeux.

— Tu dois détester cet endroit, alors, chéri. Je sais comme tu aimes être au milieu de gens heureux. Peut-être qu'il vaudrait mieux que tu reviennes à Vancouver.

— Shanna est cynique, dis-je. Je crois que les gens ici *sont* plus heureux. Cette ville est pleine d'optimistes. C'est comme si le soleil s'était infiltré dans leurs âmes.

— Trevor ne retournera jamais à Vancouver, dit Shanna. Il est devenu *si* L.A. Regarde ce costume fauve, cette chemise impudemment déboutonnée, ces lunettes de soleil d'aviateur. Si on pouvait seulement le faire bronzer.

Ma mère sembla déconfite.

— Il ne faut jamais dire jamais, dis-je, en partie pour rassurer ma mère et en partie pour clore la conversation.

Je reboutonnai ma chemise et renouai ma cravate. Elles pensaient à elles, pas à moi. Ma mère voulait que je retourne à Vancouver, où elle pourrait mener des expériences sur moi avec sa psychologie de salon. Shanna voulait que je reste à Los Angeles pour partager le fardeau de Tony Cavalli. Elles se comportaient comme des copines jalouses.

Reginald arriva avec nos boissons. Je pris une gorgée de la mienne. Je faisais face à Shanna et je jetais des coups d'œil par-dessus son épaule à travers mes lunettes réfléchissantes pour regarder les Playmates. Elles se pourchassaient autour de la piscine avec des ballons d'eau. Le désir s'attisa en moi. À quelques pas, une chambre vide au rez-de-chaussée. Impensable, bien sûr, mais je permis à mon esprit d'errer dans cette direction pendant un instant. Quand avait été la dernière fois où j'avais fait l'amour ? *Nancy*.

— J'espère que tu apprécies cet étalage de mauvais goût, dit ma mère.

— Je n'avais pas remarqué.

— Cet endroit fourmille de femmes d'humeur folâtre, dit ma mère. Je ne sais pas comment tu fais pour te maîtriser. Je t'ai regardé au bar samedi soir et les filles à peine plus vêtues qu'en déshabillés se jetaient sur toi, pourtant tu agissais comme un parfait gentleman.

— Trevor *est* un parfait gentleman, dit Shanna.

— Je ne vais pas m'en prendre aux clientes comme un prédateur de bar.

— Pourquoi ? dit ma mère, soulevant ses lunettes de soleil. Je suis bien sortie avec un étrange patient de l'hôpital — *étrange* étant le mot important. La vie est trop courte. Où comptes-tu rencontrer quelqu'un si ce n'est pas ici ? Tu passes tout ton temps ici. Tu es le directeur général. Tire profit de ta situation pour rencontrer des femmes. Ça fait un an. Agis. Fais-le ou c'est fichu.

— Bon conseil, maman. Je m'en souviendrai.

Nos repas arrivèrent. Shanna regarda son énorme salade devant elle et fit une grimace. Elle prit une feuille de chicorée et la mordilla, puis la déposa. Je regardai mon cocktail de crevettes avec la même aversion et le repoussai. Le soleil avait déplacé le cercle d'ombre et je me trouvai à présent exposé à toute son intensité. Des cercles de sueur se formaient sous mes aisselles.

Où était Ezmeralda ? Pourquoi l'inspecteur n'avait-il pas appelé ?

Ma mère plongea dans sa fougasse poulet et brie.

— Délicieux ! s'exclama-t-elle, offrant ses frites à Shanna.

Shanna leva sa main.

— Oh, non merci.

Le regard de ma mère se déplaça vers l'appartement terrasse 1.

— Je n'arrête pas de penser à cette pauvre fille, dit-elle, mais j'ai du mal à prendre tout ça au sérieux. Toute cette histoire semble tirée par les cheveux, scénarisée, comme un mauvais téléfilm. Oh, regardez, voici les Greenfield.

Elle leva la main pour saluer la famille de quatre qui portaient des t-shirts de Disneyland et trimballaient divers objets pneumatiques.

— Ils doivent s'occuper de leurs petits-enfants.

Mme Greenfield, une grosse femme avec des cuisses comme des rouleaux de pâte salua en retour. Tous les fauteuils de la terrasse de la piscine étaient pris, alors ils s'installèrent dans un coin. Le mari ôta son t-shirt, exposant son ventre blanc rebondi. Le petit-fils se rendit directement à la piscine et sauta en boulet de canon, envoyant de grands éclats d'eau dans notre direction.

Shanna poussa un cri et sauta de sa chaise. Elle ôta ses lunettes de soleil et se tourna pour fusiller du regard l'enfant, qui éclaboussait vers l'extrémité peu profonde.

— Qui a permis à ce gamin de venir ici ? s'écria-t-elle. Je croyais avoir interdit les enfants à cet endroit.

— Quel manque de civisme, dit ma mère, secouant l'eau de son chemisier.

— Attention que Wendy et Janet ne t'entendent pas, dis-je, épongeant les gouttelettes sur mon pantalon avec ma serviette.

Je me tournai vers Shanna.

— Maman a six petits-enfants.

— Chuuut ! dit ma mère. Bruce vient cet après-midi et je ne veux pas qu'il le sache. Il a vu leurs photos dans mon portefeuille et je lui ai dit que c'était mes nièces et mes neveux.

— Bravo, Evelyn, dit Shanna. Tu parais bien trop jeune pour être grand-mère de toute façon.

Le surveillant de la piscine se rua vers nous les bras pleins de serviettes pour nous sécher.

Shanna le remercia et s'assit, croisant les jambes et reprenant son élégante posture.

— Je prie pour que mes enfants ne procréent jamais. Tu as de la chance que Trevor n'en ait pas, Evelyn.

Elle dut me voir tressaillir.

— Pas encore, ajouta-t-elle.

— J'*adorerais* que Trevor ait des enfants. À propos, comment vont les tiens, Shanna ? demanda ma mère. Les vois-tu souvent depuis que tu vis ici ?

— Mes enfants ?

Shanna remit ses lunettes de soleil.

— Oh oui, je les vois fréquemment, assez fréquemment.

Elle eut un rire nerveux.

— Bien sûr, ils sont occupés.

— Je sais comment tu te sens, dit ma mère en me regardant.

— Je dois y aller, dis-je, me levant de mon siège.

— Mais tu as à peine touché à ton repas, dit ma mère.

— Je n'ai pas faim.

Reginald revint et débarrassa nos assiettes.

— Une autre tournée ? demanda-t-il.

— Non, dis-je, rejetant un œil sur ma montre. Nous prendrons l'addition.

— Ça serait charmant ! s'interposa ma mère. Shanna, tu te joins à moi ?

— Je crois que oui.

Shanna tendit son verre vide à Reginald.

— Trevor, chéri, pourquoi ne prendrais-tu pas une margarita avec nous ? Notre après-midi sera plus facile à affronter derrière la brume de la bonne tequila. On pourrait aller nager avec les *bunnies*.

— Trevor a peur de l'eau, dit ma mère.

— Shanna, on est mardi et il est 15 h. On a du travail.

Le cellulaire de ma mère sonna. Elle fouilla dans son sac et l'ouvrit.

— Alloooo ? Ici, Evelyn Lambert.

— Pourquoi fais-tu le trouble-fête ? me dit Shanna. On travaille comme des chiens tous les jours. On ne pourrait pas faire une petite pause en milieu d'après-midi ?

Je me tournai pour observer la terrasse de la piscine. Tout le monde sauf l'homme d'affaires s'était réfugié dans la piscine. Je voulais les rejoindre, ôter mes vêtements et plonger dans l'eau, patauger avec les *bunnies* et boire des margaritas. Comment faisaient les gens pour travailler dans cette ville avec tant de distractions ? C'était comme un *spring break* sans fin. Mais tandis que je regardais la surface de l'eau qui ondulait, je me demandai si je serais jamais capable de nager à nouveau sans être hanté par l'image du corps de Chelsea, le sang s'écoulant de ses lacérations, se mélangeant avec le chlore et la teinture bleue pour former un nuage pourpre, ou encore par la pensée de Nancy heurtant la surface de l'océan et plongeant dans ses profondeurs glacées.

À côté de moi, Shanna laissa échapper un petit soupir quand quatre hommes musclés dans des maillots moulants avancèrent sur la terrasse de la piscine.

— Bonté divine ! dit-elle, s'éventant le visage. Maintenant, je suis sûre de ne pas retourner travailler.

— Voilà qui est réglé, dis-je. Je retourne au bureau.

Je saluai ma mère, qui était recroquevillée sur son téléphone à un mètre à peine.

— Je vois…, disait-elle, une note d'angoisse existentielle dans la voix. Donc, il n'y a aucun moyen pour que les cartes d'embarquement aient été échangées. Elles étaient toutes les deux en attente. Cette employée à l'embarquement a dans la soixantaine, n'est-ce pas ? Des erreurs se produisent… C'est juste qu'elles n'ont habituellement pas de si graves conséquences…

Les cartes d'embarquement ? En attente ? Elle parlait du vol 0022.

— …Bien sûr, je comprends, Monsieur Lee… Je trouve juste que c'est une étrange coïncidence. Cette *pauvre* famille, après tout ce temps… Avez-vous rejoint sa grand-mère ?… Elle va bien ?… Je vois… Parfait. Et bien, merci encore.

Ma mère revint à la table, le regard éperdu.

— De quoi s'agissait-il? demanda Shanna.

Ma mère ôta ses lunettes de soleil et essuya ses yeux. Elle se tourna vers moi, levant une main pour protéger ses yeux du soleil.

— C'était Dexter Lee, de la commission WWA-0022. Trevor, quand tu m'as dit que Nancy avait pris un vol plus tôt et que j'ai su que cette femme irlandaise avait été trouvée dans l'épave, j'ai voulu en savoir plus. Je l'ai appelé hier. Il vient juste de me rappeler avec des nouvelles troublantes.

— Ne me dis pas que c'*était* un acte terroriste, s'écria Shanna, appuyant sa main contre sa poitrine.

— Non, non, ils sont toujours sûrs que c'était un bris mécanique.

Ma mère s'approcha de moi et mit ses mains sur mon épaule. Son haleine sentait les agrumes et la tequila.

— Chéri, le siège qui était assigné à Nancy était occupé.

Shanna retint son souffle.

De la bile remonta dans ma gorge.

— Ils ont trouvé Nancy?

— Non. C'est ce qui est si troublant. Ce *n'était pas* Nancy.

Ma mère scruta mon visage jusqu'à ce que nos yeux se rencontrent. Elle parla calmement, adoptant le comportement d'infirmière qu'elle avait au chevet des malades.

— C'était Suzan Myers.

— L'Irlandaise? s'écria Shanna. Pourquoi était-elle dans le siège de Nancy?

Ma mère détourna le regard.

— Je ne sais pas.

— Alors, qui était dans le siège de Suzan? demanda Shanna.

— Personne. Il était vide. On n'a pas retrouvé le corps de Nancy dans l'avion.

* * * * *

Pendant les semaines qui avaient suivi l'accident d'avion, j'avais imaginé que Nancy était vivante, que par un miracle quelconque, elle avait survécu à l'accident et qu'on la trouverait sur une île déserte, qu'elle arriverait sur un paquebot russe ou qu'elle dériverait vers les côtes d'Écosse sur un canot de sauvetage. Peut-être n'était-elle jamais montée dans l'avion et que c'était son étrange grand-mère difficile à joindre qui la gardait prisonnière. Peut-être était-elle amnésique. J'avais parcouru les nouvelles de façon obsessive, à la recherche d'indices de sa survie. Les journaux à sensation nourrissaient particulièrement mes fantasmes, rapportant l'apparition d'autres passagers — le plus souvent Suzan Myers, mais parfois d'autres — à Édinbourg, en Islande, à Londres, aux îles Canaries. J'avais envié la famille de Suzan d'avoir de l'espoir. Je savais que mon obsession n'était pas saine, mais c'était mieux que d'accepter qu'elle soit morte.

Deux mois après l'accident, un employé de la commission avait appelé. La valise de Nancy avait refait surface et une pêcheuse l'avait trouvée en Écosse. Il avait demandé si je la voulais. Craignant d'ouvrir la valise détrempée et d'être frappé par un profond chagrin si puissant que je pourrais m'y noyer, je lui avais dit de la donner à sa grand-mère.

— Elle ne la veut pas non plus, avait dit l'homme.

— Alors, brûlez-la, lui avais-je dit.

Ma mère avait été horrifiée.

— Comment peux-tu être si peu sentimental ?

Elle avait rappelé la commission, mais la valise avait été incinérée. Sa découverte avait éteint tout espoir en moi. J'avais arrêté de lire la presse populaire et les journaux, arrêté de regarder les nouvelles et arrêté de me faire des illusions sur le fait que Nancy pourrait passer la porte un jour.

Pourtant, tout ce temps, une minuscule veilleuse d'espoir était restée allumée en moi et maintenant, voilà qu'elle éclairait davantage. Suzan Myers était assise à la place de Nancy. Le siège de

Nancy était vide. Qu'est-ce que ça voulait dire ? Shanna et ma mère discutaient de ça sur la terrasse de la piscine et je les écoutais, ahuri. Dexter Lee avait dit qu'il y avait une explication simple : elles avaient échangé de siège. Elles avaient des sièges assignés dans la même rangée près de l'arrière de l'avion. Nancy devait prendre le siège 68K, à côté du hublot, et Suzan, le 68H, côté couloir. Le siège entre elles était inoccupé.

— Tu n'as pas dit que Nancy ne se sentait pas bien ? dit ma mère. Peut-être que Suzan lui a offert la place du côté de l'allée.

Il était plus probable, pensai-je, que Suzan ait dit à Nancy que c'était son premier voyage au Canada et que Nancy lui ait offert son siège près du hublot.

— Alors, pourquoi le siège de Suzan était-il vide ? demanda Shanna.

Ma mère parlait lentement, choisissant soigneusement ses mots, dirigeant souvent son regard vers moi pour s'assurer que j'allais bien.

— Dexter a dit que l'impact a expulsé plusieurs personnes de leurs sièges, celles qui n'avaient pas attaché leur ceinture — et parfois même celles qui l'avaient fait. Il a dit que les passagers ont probablement perdu connaissance pendant la chute de l'avion, mais que certains ont recouvré leurs esprits avant que l'avion heurte l'océan. Plusieurs ont été trouvés serrant leur chapelet, des photos ou des téléphones cellulaires. Deux hommes, étrangers quand ils étaient montés à bord, ont été trouvés se tenant fermement la main. Nancy devait être à la salle de bain quand l'avion s'est écrasé. Tout est arrivé très vite. Elle n'a pas dû être capable de retourner à son siège. Son corps n'était pas le seul à ne pas avoir été retrouvé dans le fuselage.

Shanna insista avec les questions que je voulais poser, mais que je n'arrivais pas à formuler. J'étais rendu sans voix, cramponné à ma chaise comme si je vivais ces dernières atroces minutes moi-même.

— Alors, qui est la femme qui a raté l'avion ? demanda-t-elle.

— Selon monsieur Lee, répondit ma mère, l'hôtesse à l'embarquement, Lydia Meadows, affirme qu'elle avait en main la carte d'embarquement de Suzan Myers. Suzan était en attente aussi. Comme elle ne se présentait pas, ses valises avaient été données à la police de l'air. Un peu après le décollage de l'avion, une femme est arrivée en courant à la porte d'embarquement. Lydia affirme que c'était Suzan. Elle lui a tendu une carte d'embarquement et lui a dit d'aller récupérer ses bagages et de prendre un billet pour le prochain vol. Personne n'a plus revu Suzan.

— Auraient-elles pu accidentellement échanger leurs cartes d'embarquement ? demanda Shanna. Est-ce que ça aurait pu être Nancy qui aurait manqué le vol ?

Ma mère secoua la tête.

— C'est ce que je voulais savoir. Dexter dit qu'il n'y a aucun doute que Nancy était dans l'avion. Seule une partie du fuselage a été retrouvée et presque un tiers des corps n'ont pas été récupérés. L'enquête communiquera son rapport final dans quelques semaines. Nous ne devons pas nous attendre à des surprises. Quand j'ai entendu qu'ils avaient trouvé le fuselage, j'ai espéré que nous pourrions mettre fin à cette épreuve une fois pour toutes. Mais apparemment, ça ne se passera pas comme ça. Nous devons accepter que notre chère Nancy a sombré dans l'océan et qu'on ne la retrouvera jamais.

Il y eut plus de questions de la part de Shanna, mais j'en avais assez entendu. Je ne pouvais plus supporter la chaleur brûlante du soleil. Je me retirai dans le hall climatisé, où je fus temporairement aveuglé par l'obscurité et me rendis à mon bureau, fermai la porte et les stores.

Là, j'ignorai les sonneries persistantes du téléphone, les cognements à ma porte, le ding incessant de mon ordinateur à chaque fois qu'un nouveau courriel arrivait. Je laissai mes pensées dériver avec Nancy… ces étincelles dans ses yeux quand je l'avais demandée en mariage. Je pensai à l'affirmation de Stavros selon laquelle il était capable de lire dans les yeux des gens et de trouver la vérité en comparant l'émotion aux mots. Il y avait eu de l'hésitation dans sa voix, de la crainte et du chagrin dans ses yeux. *Attendons pour voir.* Attendons pour quoi ? Voir quoi ? La peur… de l'engagement ? Le chagrin… parce qu'elle ne pouvait pas se marier avec moi ? Pourquoi un esprit indépendant comme elle épouserait-il un dépendant du travail, un homme unidimensionnel comme moi ? Avait-elle voulu attendre et voir si je reprendrais un style de vie obsédé par le travail après le voyage ? Avais-je échoué au test en écourtant nos vacances ?

Je pensai au saut désespéré de Chelsea Fricks par-dessus le balcon. Avait-elle ressenti un sentiment de soulagement en se libérant de sa misérable vie ? Est-ce que Nancy avait ressenti la même chose quand l'avion avait eu des secousses et était descendu en piqué, bondissant dans les airs comme lorsqu'on fait du rafting ? Le fantasme selon lequel Nancy était toujours vivante me menait aux mêmes affreuses questions : Où était-elle ? Pourquoi n'appelait-elle pas ? Pourquoi n'était-elle pas revenue vers moi ? Ces doutes refaisaient surface, comme si la découverte du fuselage, l'anniversaire, la visite de ma mère et la mort de Chelsea participaient à ramener Nancy à la vie.

Je devais arrêter de me tourmenter. Elles avaient échangé de sièges, c'est tout. Nancy dépérissait quelque part dans les profondeurs de l'océan, servant peut-être de repas oublié depuis longtemps aux prédateurs des fonds marins. J'avais une autre théorie aussi peu plausible qu'un titre de journal à sensation : UNE FEMME QU'ON PENSAIT ÊTRE DANS L'AVION CONDAMNÉ EST ENTRÉE DANS UN MCDONALD'S ET A COMMANDÉ UN LAIT FRAPPÉ ! Les gens croyaient des histoires aussi effarantes parce qu'ils le voulaient bien. Je refusai de tomber dans ce piège. Si j'avais eu la chance de pouvoir faire mes preuves, Nancy aurait accepté de m'épouser. Fin de l'histoire.

* * * * *

Plus tard dans la soirée, quand j'essayai à nouveau de joindre Ezmeralda au téléphone chez elle, à ma grande surprise, quelqu'un répondit.

— Allo ? Felix à l'appareil.

— Felix, c'est Trevor de l'hôtel Cinéma. Comment allez-vous ?

— Bien.

Il parlait avec le même accent mexicain qu'Ezmeralda, mais son français était meilleur.

— Ezmeralda… Comment va-t-elle ?

— Elle va bien.

— Est-elle… Où est-elle ?

— Couchée.

Je sentis un accès de soulagement.

— C'est merveilleux. Comment ça s'est passé au poste ?

— Bien, yé suppose.

Sa réserve était frustrante. Je ne pouvais pas lui demander abruptement si sa femme avait été accusée de meurtre. Elle était à la maison. Il était évident qu'elle ne l'était donc pas.

— Ezmeralda va bien, alors ?

— Ça va.

— Je suis content, Felix. Nous étions inquiets pour elle.

— Elle sé sent coupable d'avoir raté lé travail. Elle séra là démain sans faute.

— Dites-lui de prendre tout le temps dont elle a besoin, dis-je. Mais elle nous manque. Puis-je faire quelque chose pour vous ?

— Non, tout va bien, merci.

Je voulais m'informer sur le couteau, sur leur implication dans le FNSI, sur l'adhésion d'Ezmeralda dans le club d'admirateurs de Chelsea Fricks, mais de telles questions étaient une intrusion dans leur vie privée. Ça ne me regardait pas.

— Et bien, alors, je vais vous laisser. S'il vous plaît, transmettez-lui mes amitiés.

— Euh, Trevor?

— Oui?

Felix baissa la voix et murmura :

— Elle n'a pas dé problèmes, hein?

— Des problèmes? Non. Pourquoi me demandez-vous ça?

— S'il vous plaît, restez en ligne, d'accord?

Je l'entendis poser le téléphone. Un instant plus tard, il était de retour.

— Elle sé repose encore, murmura-t-il. Elle né veut rien dire. Yé essayé dé la convaincre, mais elle est si entêtée, si loyale.

Je collai le téléphone à mon oreille. Sa voix était si faible que j'avais du mal à l'entendre.

— La convaincre de quoi, Felix? Loyale envers qui?

Il y eut une longue pause.

— Quand elle a quitté la souite, quelqu'un attendait. Elle a laissé la porte ouverte. Ça n'apparaît pas dans lé rapport dé sécurité.

— Qui?

— Yé dois y aller. Elle s'est levée.

— Non, attendez! Felix? Dites-le-moi vite... Qui?

Mais il avait déjà raccroché.

* * * * *

— Le voilà! s'écria l'inspecteur Christakos, qui bondit de sa table à la Scène et me saisit le poignet.

— Voilà mon homme! Comment ça va, Trev?

— Bonsoir, inspecteur, dis-je, tout en m'écartant de sa main moite.

J'avais fini par le joindre plus tôt, mais il avait semblé occupé et ne voulait pas me parler. Je lui avais demandé si on pouvait se voir.

— Pas ce soir. J'ai un rendez-vous!

C'est seulement quand je lui avais offert de lui réserver une table à la Scène qu'il m'avait montré de l'intérêt.

— Une très bonne table ? avait-il demandé. Au centre de la salle à manger, au centre de l'action ? À des fins de surveillance, bien sûr.

— Bien sûr.

Dès que j'avais raccroché, j'étais allé voir Reginald pour le supplier de lui trouver une table.

Il était maintenant 21 h et le restaurant était plein. Plus de 30 personnes se trouvaient au bar à attendre les tables qu'ils avaient réservées. Une musique douce jouait à un niveau tolérable, voire agréable. Au fur et à mesure que la nuit avançait, le volume et le rythme augmenteraient, transformant le restaurant, le bar et le hall en ce que le personnel appelait maintenant le club Cinéma. La terrasse de la piscine était fermée pour une réception privée, ce qui signifiait que plus de gens s'entasseraient dans la Scène et l'Action. Il n'y avait aucune trace de Tony Cavalli ni de son clan ; pas encore.

— Je voudrais vous présenter une personne très spéciale, dit Stavros, faisant un geste vers la jeune femme assise à sa table.

— Trevor, voici Cappuccino.

Le nom était impossible à oublier : la fille de la fête. Comme un bon policier, il l'avait retracée. Elle se leva et tendit brusquement sa main, pas pour serrer la mienne, mais pour me permettre d'embrasser la sienne. Ses longs cils noirs papillonnèrent. Elle était éblouissante. Et jeune. Était-elle assez âgée pour boire de l'alcool ? Ses cheveux noirs étaient longs et raides, son ossature aussi maigre que celle d'un poulain, sa peau de la couleur de... oui, du cappuccino.

— Wrabie de bous connaîtwre, dit-elle avec un accent inhabituel.

— Cappy est de Guyane française, expliqua Stavros. N'est-elle pas splendide ?

J'opinai, me forçant à sourire, à la fois décontenancé par sa beauté et consterné par son âge. Un verre à martini plein de gin ou de vodka était disposé sur la table devant elle. Est-ce qu'un flic emmènerait une mineure ici et lui ferait boire de l'alcool ? J'espérais sincèrement que non. Observant ses manières compassées quand elle s'assit, guindée et pleine d'assurance, croisant un bras sur l'autre, je me souvins que Stavros avait dit qu'elle était actrice. Mannequin aussi, sans aucun doute — probablement une actrice-mannequin-scénariste-productrice-chorégraphe-serveuse comme tant d'autres dans cette ville.

— Quel charmant nom vous avez ! dis-je, me demandant si son véritable nom était Patty ou Sue et si elle venait de Denver.

Pourtant, ses traits étaient indéniablement exotiques, ses grands yeux brun foncé et hypnotiques. Je sentis une sensation de désir, suivie d'un sentiment de culpabilité. Un coup œil au regard vitreux de Stavros me dit qu'elle l'avait conquis.

— Berci, articula silencieusement Cappuccino, dévoilant une rangée de dents parfaites.

Étrange accent, en effet.

Stavros s'assit, les bras croisés, les jambes largement déployées.

— Vous avez mangé, Trev ? Pourquoi ne vous joignez-vous pas à nous ?

— Désolé, je ne peux pas. Mais j'espérais que nous pourrions parler.

— Bien sûr que nous pouvons parler. Prenez un siège, mon ami ! Nous avons tant à célébrer.

— Ah ? dis-je, prenant une chaise.

Il se pencha vers moi, couvrant sa bouche avec sa main. Il était fraîchement rasé et coiffé. Sa peau luisait.

— Ez Lopez est tirée d'affaire.

— Ce sont des bonnes nouvelles. Non pas que j'aie jamais douté de son innocence.

— Moi non plus, d'ailleurs.

— Vous l'avez *arrêtée*, Stavros.

— Je ne l'ai pas *arrêtée*. Je l'ai amenée pour l'interroger. Je savais qu'elle cachait quelque chose. C'est juste que je ne savais pas quoi. Maintenant, je le sais.

Il se tourna vers Cappuccino.

— Désolé, chérie, les affaires.

— Okie dokie ! répondit-elle, levant son verre pour trinquer avec nous.

Elle en avala le contenu et regarda rêveusement dans la salle à manger.

Stavros se pencha vers moi et baissa la voix.

— Mme Lopez s'est miraculeusement rappelée comment parler français au poste aujourd'hui. Je l'ai installée dans la salle d'interrogatoire, et elle a ouvert la bouche et commencé à se mettre à table. Je ne prête pas beaucoup d'attention aux mots. J'ai regardé ses yeux. La vérité est toujours dans les yeux, Trevor.

Il orienta deux doigts vers ses propres yeux.

— Rappelez-vous cela.

— Vous me l'avez déjà dit, dis-je doucement.

Mon regard se porta vers Cappuccino. Ses cheveux noirs retombaient sur sa poitrine, camouflant le tissu noir de sa robe moulante. Je levai mes yeux vers son cou délicat, ses lèvres pulpeuses et ses longs cils. À quoi pensait-elle ? Y avait-il *des* pensées qui parcouraient son esprit ? Les yeux de Nancy étaient du même brun, d'un brun impénétrable. *Attendons pour voir.* Y avait-il eu la peur de l'engagement dans les yeux de Nancy ou la peur d'autre chose ?

— Quand les mots correspondent aux émotions, je sais qu'on dit la vérité, dit Stavros, prenant un morceau de pain dans la corbeille et le déchirant entre ses dents.

Était-ce ce qui m'avait embêté tout ce temps ? Était-ce le fait qu'il n'y avait pas eu de correspondance entre les yeux de Nancy et les mots qu'elle m'avait dits ? M'avait-elle menti ? Je mis cette idée de côté. Je m'étais juré de cesser de me torturer avec des questions auxquelles je ne trouverais jamais de réponse.

Stavros mâchait la bouche ouverte.

— Les yeux sont les fenêtres de l'âme, n'est-ce pas Cappy? Que les yeux sont les fenêtres de l'âme?

— *Absolument*[*]!

— Regarde, en ce moment même, je peux te dire ce que tu penses.

— Qu'est-ce que je pense?

— Tu penses que tu veux me sauter dessus.

Elle feint d'être choquée.

— Non, pas du tout!

— Si, si! Tu me veux!

Elle ricana et avala le reste de son martini.

— Tu es fou, Stagrosh!

— Non, *tu* es folle! Folle de moi!

— Inspecteur, s'il vous plaît.

Il se retourna vers moi, son visage devenant sérieux.

— Donc, comme je le disais, cette fois, j'ai vu une correspondance entre les mots que Mme Lopez me disait et ce que ses yeux me disaient. La première fois que je l'ai vue, j'ai vu de la peur, de l'hostilité et de la culpabilité dans ces yeux. Aujourd'hui, après avoir un peu parlé avec elle, l'hostilité et la peur se sont dissipées. Elle a commencé à me faire confiance. Je savais qu'elle disait la vérité. Sa version des faits avait été vérifiée.

— Alors, quelle était sa version? demandai-je.

— Felix est illégal. Ils se sont mariés à Pueblo il y a 12 ans et ont décidé d'immigrer aux États-Unis. Ils avaient de la famille à New York et ici à L.A. Mme Lopez est venue d'abord. Elle est restée chez son frère à New York et a trouvé un emploi dans un hôtel. Elle a décroché son statut d'immigrante sans problème, mais le gouvernement l'a refusé à Felix parce qu'il avait été accusé de vol à l'étalage à Mexico quand il avait 19 ans. Aux yeux de

---
[*] N.d.T. : En français dans le texte original.

l'Amérique, c'est un criminel et il n'y avait aucun moyen de l'accepter. Alors, elle lui a envoyé le passeport de son frère et c'est comme ça qu'il est venu. Maintenant, il ne peut pas demander de statut d'immigrant, sinon il se fait expulser. Ils ont déménagé à L.A. il y a quelques mois pour que Mme Lopez occupe cet emploi. Il travaille au noir comme menuisier. Ils sont discrets, travaillent dur, respectent la loi, font tout pour éviter de se faire remarquer.

« Chelsea a piqué une crise quand elle l'a surprise dans sa suite. Mme Lopez a affirmé qu'elle ne fouillait pas et je la crois, mais ce ne fut pas le cas de Chelsea. Elle l'a traitée de latino, l'a menacée de la faire déporter — je parie qu'elle pensait que tous ceux qui avaient un accent étaient illégaux — et lui a dit de dégager, ce qu'elle a fait. Le lendemain, Mme Lopez s'est retrouvée au centre d'une enquête criminelle fortement médiatisée. Je lui ai fait peur, et elle a craint que je découvre que son mari était illégal et que je l'expulse. Alors, elle a dit : « Moi rien vou, fait les lits, rentrer à la maison, tout lé monde content, pas dé problèmes » et elle s'est tue. Aujourd'hui, quand je lui ai dit que je savais pour Felix et que je n'allais rien faire à ce sujet, elle a commencé à se détendre. Elle m'a tout expliqué. Je lui ai promis de la mettre en contact avec un juge de l'immigration qui me doit une faveur. Les choses vont s'arranger pour elle et Felix.

— C'est très gentil à vous, Stavros. Mais qu'en est-il son adhésion au FNSI ?

— Un ami les avait invités à une réunion il y a quelques années dans le Queens. Il leur avait dit que c'était sur les droits des immigrants. Quand ils sont arrivés, ils ont signé sur une liste et sont immédiatement devenus membres. Quand ils ont compris de quel genre de réunion il s'agissait — qu'elle prônait l'utilisation de la violence pour faire avancer leurs droits —, ils se sont levés et sont partis. Fin de l'histoire.

— Et le club d'admirateurs de Chelsea Fricks ?

— Elle s'y est inscrite pour avoir des billets en prévente pour le concert de Chelsea de cet automne. Elle voulait faire une surprise à sa nièce.

Je commençai à ressentir un profond soulagement.

— Le couteau dans le chariot du ménage ?

De l'autre côté de la table, Cappuccino bâilla profondément. Stavros lui jeta un œil inquiet.

— Quelqu'un l'y a placé.

— Moira ou Bryce ?

— J'en ai assez dit. Buvons ! Cappy, tu es prête pour un autre verre ?

— *Absolument*[*] !

— Autant pour vos miettes de pain, grommelai-je.

— Hé, dit-il, les yeux étincelants. Mes miettes de pain m'ont très bien servies, merci. Elles m'ont mené à Mme Lopez, qui m'a mené à une autre piste, que je suis maintenant.

— Donc, elle vous a dit que quelqu'un était entré dans la suite après son départ ?

Il me lança un regard noir. Soit elle ne lui avait pas dit, soit il était en colère que je le sache. Ses yeux noirs clignèrent et devinrent blancs. Il y avait une histoire dans ses yeux, mais il n'allait pas me la dévoiler.

Il leva la main pour faire signe à la serveuse.

— Excusez-moi ! Mademoiselle !

Je m'efforçai de regagner son attention.

— Inspecteur, allons. Vous me devez bien ça. Qui Ez a-t-elle laissé entrer dans la suite ?

— Nous prendrons du champagne ! Cappy adore le champagne, n'est-ce pas, chérie ?

— Chompagne ! s'écria-t-elle, tapant des mains.

Stavros rayonnait. Était-il si nul qu'il ne savait pas que son accent était bidon ? Ne pouvait-il pas voir dans *ses* yeux ? C'était une Américaine d'une petite ville qui faisait semblant d'être

[*] N.d.T. : En français dans le texte original.

une princesse exotique. S'il ne pouvait voir ça, j'avais de gros doutes sur ses capacités à résoudre cette affaire. Ses yeux brillaient devant le trésor de l'autre côté de la table, aveuglé par sa beauté.

Il se tourna et empoigna mon épaule.

— Qu'en dites-vous, Trev ? Devrions-nous commander du champagne ?

Je me levai.

— Pas pour moi, merci.

Il me fit me rasseoir.

— Vous ne vous laissez jamais aller ? Vous n'avez jamais de *plaisir* ?

— Sûrement pas ! marmonnai-je.

— Buvez un verre avec nous.

Mon premier réflexe fut de refuser poliment et de m'excuser, mais pourquoi ? Pour travailler plus tard ou pour rentrer chez moi et me vautrer ? Je sentis un désir soudain de faire partie de cette fête qui faisait fureur autour de moi. Ma mère était sortie dîner avec Bruce. L'hôtel était maîtrisé. Ezmeralda était tirée d'affaire. L'hystérie dehors s'estompait. Et c'était peut-être la dernière fois que je me retrouverais avec Stavros Christakos. Peut-être qu'un peu de champagne ne ferait pas de tort. Je m'assis.

Stavros et Cappuccino trinquèrent.

Quand la serveuse, Suzanne, vint d'un air affairé, je commandai une bouteille de Veuve Cliquot.

— Quoi ? s'écria Stavros. Cristal !

Je me tournai vers lui.

— C'est vous qui payez ?

Ça coûtait 650 dollars la bouteille.

— Avec mon salaire ? Vous plaisantez ? Je pourrais vous arrêter pour vos prix !

Je me tournai à nouveau vers Suzanne.

— Veuve, s'il vous plaît.

Elle sourit et partit.

L'inspecteur me lança un regard furieux, mais se reprit rapidement. Il se tourna et observa la pièce.

— Alors, qui est ici?

— En tant que suspects?

— En tant que vedettes.

— C'est ce que vous vouliez dire par surveillance?

— Ne soyez pas si grincheux, Trevor! C'est vous qui m'avez convaincu de venir ici ce soir. J'ai promis à Cappy qu'on verrait des vedettes, mais je n'ai reconnu personne. Ne me dites pas que la liste A a déjà changé? Je ne veux pas de la liste B, Trevor. Je ne veux pas de la liste B!

Il rugit de rire.

— Cappy, je ne t'ai pas menti. Cet endroit est habituellement plein de gens célèbres. Ils viennent tous ici pour me voir, bien sûr.

Cappuccino ricana.

Suzanne arriva et versa le champagne.

Stravos tendit le bras vers son verre et le leva.

— À Ezmeralda Lopez, dit-il.

— Zelda Lopess! répéta Cappuccino, sans savoir du tout à qui elle trinquait.

Nous cognâmes nos verres. Le champagne était merveilleux. Je me penchai vers l'inspecteur.

— Avez-vous rédigé un communiqué pour dire qu'Ez n'était plus suspecte?

— Ne torturez pas votre jolie petite tête. On a fait un communiqué.

Il leva sa coupe de champagne.

— À Trevor Lambert, un directeur d'hôtel extraordinaire, mon nouvel ami, pour qui, bien qu'il soit parfois un petit enfoiré coincé et secret, j'ai le plus profond respect.

— À Tray-vorrrr! ronronna Cappuccino

Je levai mon verre.

— Merci, inspecteur, dis-je. Du moins, je crois.

— Non, merci à *vous*, répondit-il, pour nous avoir si généreusement reçus ce soir. Et pour vous être assuré que je ne fasse pas la queue pour entrer ici ou que je paie pour quoi que ce soit.

Il fit un clin d'œil.

Le champagne eut un effet rapide sur moi et aussitôt, je me sentis plus détendu que je l'avais été depuis des semaines. La conversation passa de l'enfance misérable de Cappuccino en Guyane française au cours préparatoire pour les auditions de Stavros, jusqu'aux divers personnages influents qui commençaient à peupler la pièce. L'inspecteur pointait les célébrités comme un petit garçon dans un magasin de jouets en découvrant les figurines représentant ses personnages préférés. Cappuccino était amusée mais distante, ce qui révélait qu'elle se considérait elle-même comme la plus grande vedette du restaurant. Sans hésiter, je commandai une deuxième bouteille de champagne.

— Et puis, merde ! dis-je. Une bouteille de Cristal !

Tandis que Cappy poussa un cri aigu et que Stavros applaudit, je me demandai comment j'allais expliquer la facture à Tony.

Plus tard, alors que j'étais éméché, je dus prendre tout mon courage pour travailler un peu. Je me présentai aux diverses personnalités, mais je me tins nettement à l'écart des supervedettes par respect pour leur vie privée. Quand je retournai à la table, Cappuccino s'était glissée sur les genoux de Stavros et lui faisait presque une danse érotique. Au fil de la soirée, son accent était passé d'un vague accent des Antilles à l'Italie du Sud, puis au russe, dérapant parfois vers le Midwest. À présent, elle était si soûle qu'elle était la plupart du temps incohérente. Je me demandai si la plus vieille profession du monde pouvait aussi appartenir à sa liste de métiers. Mais Stavros semblait heureux et comme j'étais soûl, j'étais heureux qu'il soit heureux. En dépit de ses tactiques énervantes, j'avais fini par aimer cet inspecteur non conventionnel, cet homme étrange que Shanna appelait l'« insupportable petit Grec ».

— À la vôtre, dis-je, en levant mon verre.

— À quoi ?

— À votre brillant travail d'inspecteur !

— Bravo ! s'écria Cappuccino, et nous bûmes tous encore.

* * * * *

Quelques coupes de champagne, un verre de porto et deux cafés irlandais plus tard, je souhaitai bonne nuit à Stavos et à Cappy, signai la facture de 1357 dollars sur mon compte de promotion et fis le tour de l'hôtel en titubant pour une dernière ronde avant de rentrer. La foule semblait plus silencieuse que les nuits passées. Tony Cavalli ne s'était jamais montré et la musique était forte mais pas insupportable. Souhaitant à Reginald une bonne nuit, je me dirigeai vers la porte principale.

Tandis que je passai devant la réception, je vis Valerie Smitts seule, qui remplissait des cartes d'enregistrement. Elle leva les yeux et me vit. Elle revêtit un magnifique sourire. Nancy avait l'habitude de me sourire comme ça quand je passais devant la réception à l'Univers. J'avançai péniblement, ayant du mal à marcher droit.

— Comment s'est passé votre soirée ? demandai-je, prenant soin d'articuler.

— *Occupée*, répondit-elle. J'ai transféré six clients moi-même. Un monsieur a été très désagréable.

Elle passa sa main sur son front, repoussant une mèche de ses magnifiques cheveux bruns de ses yeux.

— Je ferais n'importe quoi pour un verre.

Je clignai des yeux. Est-ce que Valerie venait juste d'ouvrir une porte ? Depuis un certain temps maintenant, je l'avais suspectée d'avoir un béguin secret pour moi, pourtant j'avais choisi l'indifférence. Elle était mon employée. En tant que directeur de l'hôtel, j'avais des règles à respecter. Et comment pourrais-je être infidèle à Nancy ? Qui plus est, je m'étais juré de ne plus jamais me mettre dans une situation qui risquait de me briser le cœur à nouveau. Pourtant, dans un coin de ma tête, j'entendais toute une gamme de clichés de ma mère, la reine de la psychologie de salon : *La vie est courte. Fais-le, tout simplement. Fais-le ou c'est fichu.* Je regardai Valerie, sentant mon corps chanceler légèrement. Ces cheveux merveilleux, foncés, brillants… Je voulais tendre le bras et les toucher. Soudain, il m'apparut nettement que Valerie et moi devions sortir ensemble. Ce soir.

— Vous avez soif? dis-je, bêtement.

— Tout à fait.

Elle sourit à nouveau et retourna à ses fiches.

Je sentis le désir de m'enfuir. Mais je la regardai et la trouvai splendide. Je jetai un œil sur les taches de rousseur de sa poitrine bronzée, sur le volume de ses seins sous son chemisier rose pâle. Se pourrait-il qu'elle soit comme moi? Un bourreau de travail coincé? Je me souvins du conseil de l'inspecteur et la regardai attentivement dans les yeux. Y voyais-je du désir?

— Tout va bien, Trevor? demanda-t-elle, le visage inquiet.

Je laissai échapper :

— Puis-je vous offrir un verre?

Puchjevouchoffrirunverre?

— Pardon?

Elle se pencha plus près de moi, abritant ses oreilles pour couvrir la clameur autour de nous.

— Un verre. Je peux? Vouchoffrirunverre?

— Oh, un *verre.*

Elle eut un rire bref, aigu, démoralisant.

— Désolée, je ne peux pas. Je… Euh… J'ai des projets.

— D'accord.

— On va au Whiskey Blue à l'hôtel W. Vous pouvez vous joindre à nous si vous voulez.

— À qui?

— Moi et…

Elle s'arrêta, agrandissant légèrement ses yeux.

— Peut-être devriez-vous rentrer chez vous, Trevor.

— Chez moi ?

Je sentis mon corps tanguer vers la gauche et me rattrapai à la surface du bureau.

— Vous voulez que je vous appelle un taxi ?

— Non. Ça va. Je vais marcher.

Je tanguai vers la sortie, effectuant un repli complet dans ma chambre forte.

12

Appels raccrochés

Mercredi matin, j'arrivai au travail étourdi. Je me sentais ridicule de mon comportement de la nuit précédente. Mon humeur ne s'améliora pas quand je trouvai Shanna qui campait dans mon bureau, encore une fois.

— Tu as emménagé ici ? dis-je, tout en la frôlant pour passer. J'ai dû rater la note de service.

— Les choses vont de mal en pis, Trevor.

Elle leva une copie du *Spotlight*. Le titre CHELSEA ASSASSINÉE PAR UN HOMME D'ENTRETIEN ? occupait la page couverture.

— Qu'est-ce que c'est que ça ? dis-je, lui arrachant le magazine des mains.

Deux photos côte à côte occupaient la couverture : une de Chelsea marchant avec insouciance sur la plage dans un bikini blanc et une d'Al Combs coupant les haies à l'avant de l'hôtel. Al avait une main en l'air et plissait les yeux à cause du soleil, ce qui lui donnait un air méchant et un brin sinistre. Une légende dans le coin droit annonçait : LA GOUVERNANTE SE CONFIE !

Je regardai Shanna, qui se mordait le pouce tout en regardant dans le vide, les yeux grands ouverts. J'ouvris le magazine et tombai sur un article intitulé L'INGÉNIEUR EN CHEF A-T-IL RÉPARÉ PLUS QU'UN ROBINET QUI FUIT ? Une photo de l'extérieur de l'hôtel et du campement en avant accompagnait l'article. Dessous se trouvait une photo d'Ezmeralda Lopez qui baissait la tête dans la voiture de police sous l'œil vigilant de l'inspecteur Christakos.

— Notre intrépide reporter Nigel Thoroughdemerde a encore eu une primeur, dit Shanna ironiquement.

— Une primeur ? Tu veux dire une histoire inventée. Ne me dis pas que tu crois ça ?

— Bien sûr que non. Je suis même sûre que le *Spotlight* ne le croit pas non plus ; remarque le point d'interrogation dans le titre. C'est une tentative scandaleuse d'augmenter les ventes. Malheureusement, peu importe que ce soit vrai ou faux. Les gens croiront ce qu'ils veulent croire, et cette histoire va déclencher une autre frénésie. Al se fera dévorer vivant. J'ai été soulagée quand j'ai vu les nouvelles hier soir et que j'ai appris qu'Ezmeralda était disculpée. Mais maintenant, voilà.

— Je ferais mieux de l'avertir, dis-je, tout en tendant le bras vers le téléphone. Il va être furieux.

Tandis que le téléphone cellulaire d'Al sonnait, je regardais Shanna feuilleter le magazine. Cette fois, elle en avait acheté une deuxième copie pour elle. Un titre sensationnaliste occupait deux pages : LA FAMILLE FRICKS ORGANISE DES FUNÉRAILLES PRIVÉES, HOLLYWOOD EN EST EXCLU ; L'IDOLE BRYCE ÉVITE LES MÉDIAS. Elle s'interrompit pour regarder une photo en double page intitulée : DES VEDETTES SURPRISES À SE JOUER DANS LE NEZ ! VOTEZ POUR LA PLUS DÉGOÛTANTE !

— Il ne répond pas, dis-je, replaçant le combiné.

Je me calai dans mon fauteuil, l'esprit agité.

— Ce titre va le détruire. Lui qui est si timide et si sensible. Pour quels motifs le montrent-ils du doigt ?

Shanna revint quelques pages en arrière.

— « Confirmant que Mme Lopez n'était plus considérée comme impliquée dans l'affaire, lut-elle, la police de Los Angeles a annoncé que les rapports d'activité produits par le système de sécurité électronique de l'hôtel indiquent qu'Allan Robert Combs, le chef du service d'entretien de l'hôtel, est entré dans la suite de Chelsea au cours des heures précédant sa mort. Selon une source intérieure de confiance, M. Combs aurait été appelé dans la suite pour réparer un robinet qui fuyait. Bien que la police ait interrogé M. Combs le lendemain matin, aucune arrestation n'a eu lieu. Le *Spotlight* a été incapable d'entrer en contact avec M. Combs à son appartement de West Hollywood. C'est un homme grand et imposant de 1 m 95. Il a 32 ans et n'a jamais été marié. Notre source nous a révélé que ça n'était pas la première fois que M. Combs rencontrait Chelsea, car il avait travaillé dans le chic hôtel Mondrian sur Sunset Boulevard, où Chelsea était une cliente régulière. Selon la directrice générale du Mondrian, Alyson Parker, Chelsea avait été sommée de quitter l'hôtel pour cause de "comportement grossier" et n'y a plus jamais séjourné. »

— Alyson ne m'a jamais dit que Chelsea avait été virée, dis-je, surprise.

— Chut. Écoute. « M. Combs aurait-il fait quelque chose de plus sinistre dans la suite de Chelsea que de réparer un robinet qui fuit ? C'est ce qu'on peut en déduire étant donné la réponse de Stavros Christakos, l'inspecteur chevronné responsable du dossier. M. Christakos connaît un glorieux parcours au sein de la police de Los Angeles. Il a en effet résolu certains des crimes les plus notoires d'Hollywood au cours de ses cinq courtes années dans la division des homicides. Lors d'une entrevue avec le *Spotlight* hier soir, il nous a livré ses légendaires tactiques d'investigation. "La vérité est dans les yeux", a-t-il dit… »

— Par pitié, arrête, dis-je, alors que les effets des abus de la nuit dernière se faisaient sentir. J'en ai assez entendu hier soir. Je n'arrive pas à croire qu'ils essaient de relier Al au meurtre alors qu'il a quitté la suite *des heures* avant qu'elle saute. Et pour l'amour de Dieu, qui est cette source ? Si c'est Moira, je vais la tuer.

Shanna inspecta la photo d'Al en couverture.

— Penses-tu qu'ils ont foncé ses yeux pour lui donner un air méchant ? Lui qui a normalement l'air si gentil. Il a un air tout à fait déplacé.

Déplacé. Le même terme que Chelsea avait utilisé pour le décrire. Devrais-je parler de la plainte à Shanna ? Je remarquai un plateau sur l'étagère derrière elle avec deux tasses en carton et un sac blanc estampé avec le logo du Hollywood Café.

— Qu'est-ce que c'est ? demandai-je.

— Oh, j'ai oublié, dit Shanna, tout en prenant le plateau et en le faisant glisser vers moi. Je nous ai acheté un petit déjeuner. J'avais envie de quelque chose qui fait grossir.

J'ouvris le sac.

— Des beignets ? Nous avons une cuisine pleine de pâtisseries fines.

Je sortis un beignet aux pommes et lui redonnai le sac.

— Ne me dis pas que tu es en train de faire de mon bureau ton quartier.

— Je suis un nouveau régime strict : aliments gras seulement.

Elle sortit du sac un beignet avec de la gelée et le regarda pensivement.

— Je n'ai pas d'appétit depuis vendredi et j'ai perdu près de trois kilos. Le rêve de toute femme, hein ? Pas le mien. Mon visage a vieilli de 20 ans. Quand je suis grosse, ça remplit mes rides comme du collagène. J'ai décidé qu'il valait mieux être grosse que vieille.

Elle prit une grosse bouchée et recommença à feuilleter le *Spotlight*.

— Il y a une belle pub pour l'hôtel ici.

Elle adopta un accent britannique à la Robin Leach.

— « Le très huppé hôtel Cinéma se vante de détenir un système de sécurité dernier cri qui utilise la technologie de biométrie de l'iris au lieu des traditionnelles clés de chambre. »

Elle leva les yeux.

— Tony et Kitty vont être aux anges.

— En parlant de Kitty, où est-elle passée ? Je ne l'ai aperçue nulle part ces deniers jours.

— Je sais. C'était merveilleux.

— Donc le *Spotlight* désigne Al comme étant le suspect principal simplement parce qu'il se trouvait dans la suite le même soir où elle est morte — même si c'était des heures avant? Comment un journal peut-il se montrer aussi infâme?

— M. Thoroughbred suppose qu'Al traquait Chelsea. Il a interrogé une ancienne femme de ménage du Mondrian qui prétend qu'Al avait l'habitude de briser des choses dans sa suite juste pour pouvoir passer du temps près d'elle. Elle dit qu'elle croit qu'il s'en était entiché.

— Entiché de Chelsea? ris-je. Il est gai.

Elle sembla surprise.

— Gai? Qui t'a dit ça?

— *Toi.*

— Certainement pas.

— Il y a quelques mois, quand nous avons débattu pour savoir si on l'engageait, tu as dit: «Il est célibataire, dans la jeune trentaine, plein d'énergie et vit dans West Hollywood. T'as qu'à faire le calcul.»

— C'était une remarque comme ça, au pied levé, une pure spéculation. Il n'est pas gai, Trevor, crois-moi. De toute façon, même s'il était gai, il pourrait s'en être entiché. Beaucoup d'hommes gais sont obsédés par Chelsea.

J'étais stupéfait.

— Il est hétéro? Tu en es certaine?

— Qu'est-ce que ça peut te faire?

— C'est qu'il m'arrive d'accorder beaucoup de crédibilité à tes «remarques au pied levé». Dis-moi, je dois savoir: il est gai ou hétéro?

— Très certainement hétéro.

Ma mâchoire tressaillit.

— Ne me dis pas que tu...

— Bien sûr que non, idiot! Bien que je sois sûre qu'il me désire, comme tous les hommes, d'ailleurs.

Elle se leva et se dirigea vers le miroir.

— Du moins, avant. Mon Dieu, je crois que j'ai vieilli de cinq ans depuis le petit déjeuner !

Elle se tourna vers moi.

— Qui plus est, je n'aurai jamais de liaison avec un collègue. C'est contre la politique de l'entreprise.

J'allais lui rappeler Willard Godfrey, mais ses sourcils arqués me firent changer d'avis. Savait-elle que j'avais proposé à Valerie de sortir avec moi alors que j'étais hébété par l'alcool ? Je grimaçai, me rappelant son refus. Dire que je devrais y faire face chaque jour en travaillant avec elle. Peut-être devrais-je la renvoyer, pensai-je, me sentant cruel et vindicatif. Elle était en congé aujourd'hui. Ma maladresse était ajournée. Quand je la verrai, je me montrerai cordial et professionnel, comme si rien ne s'était passé. Et puis, je la renverrai.

— Comment sais-tu qu'il est hétéro ? insistai-je.

— Le fait est qu'il voit quelqu'un — une fille.

— Qui ?

Elle ouvrit le sac Hollywood Café et sortit un beignet aux pépites de chocolat.

— Je ferais vraiment mieux d'aller travailler, dit-elle, se dirigeant vers la porte. J'ai beaucoup à faire.

— Ne pense même pas à partir.

Elle s'arrêta et se tourna.

— Je croyais que tu n'étais pas intéressé par les commérages.

Elle avait une attitude évasive, mais je détectai de l'appréhension à la façon dont ses yeux clignaient.

— Es-tu sûr que tu veux savoir ?

— Oh, mon Dieu. Ce n'est pas ma *mère* ?

Elle roula des yeux.

— Voyons. C'est… Et bien… C'est… Valerie.

— Valerie Smitts ?

Je toussai et martelai mon poing contre ma poitrine.

— Comment le sais-tu ?

Shanna fit un signe vers la fenêtre. Dennis Clairborne scrutait par la fenêtre, les lèvres pincées, une copie du *Spotlight* glissée sous son bras.

— Dennis te l'a dit ? demandai-je.

— Je ne t'ai pas contrarié ?

— Pourquoi ça me ferait quelque chose que Valerie et Al sortent ensemble ?

— Je pensais… J'avais l'impression que tu aimais bien Valerie.

Je jetai à nouveau un œil par la fenêtre. Rheanna se tenait près du photocopieur. Dennis se pencha vers elle et murmura quelque chose à son oreille. Elle rejeta sa tête en arrière et hurla de rire. Puis, elle regarda par-dessus son épaule vers mon bureau. Ils riaient de moi. Valerie le leur avait dit. Je marchai vers la fenêtre et fermai les stores.

— Shanna, je ne suis pas intéressée par Valerie. Fin de la discussion.

— Bien. Mais c'est quoi toute cette histoire sur l'orientation sexuelle d'Al ?

Je me rendis à mon bureau et m'assis.

— Je vais te dire quelque chose, mais ne le répète à personne, d'accord ?

Je lui fis un récapitulatif de la plainte de Chelsea et de ma rencontre avec Al.

Au fur et à mesure que l'histoire avançait, elle paraissait de plus en plus effarée.

— Est-ce que l'inspecteur le sait ? demanda-t-elle quand j'eus fini.

Je secouai la tête.

— Je ne pensais pas que c'était utile.

— *Pas utile ?*

— Ce n'est pas utile, Shanna. Al était dans la suite longtemps avant que Chelsea saute. Il n'y a pas d'enregistrement prouvant qu'il y soit retourné. J'ai fourni à l'inspecteur toute l'information que je jugeais pertinente pour l'enquête. En tant qu'hôteliers, c'est notre travail de protéger la vie privée de nos clients et de nos employés.

— Oui, mais nous ne sommes ni médecins ni psychiatres. Nous n'avons aucune obligation légale ou morale de maintenir la confidentialité. C'est une enquête *criminelle*, pour l'amour de Dieu. Tu as caché une information qui pourrait être cruciale dans cette affaire. Et puis, tu protèges la vie privée de qui?

C'était une bonne question.

— J'étais complètement désemparé devant ce qui s'était passé cette nuit-là, dis-je, essayant d'assembler les morceaux ensemble. L'inspecteur m'énervait profondément. Il semblait plus intéressé par les vedettes qui logeaient à l'hôtel et par la silhouette de Chelsea en bikini que par la résolution de cette affaire. Dans l'appartement terrasse, j'ai vu des restes de drogue et d'alcool, des vêtements éparpillés partout, du maquillage et des produits de beauté sur le comptoir, une robe de soirée étalée sur le lit. La table basse vitrée était fissurée dans le milieu comme un cœur brisé. Et le sang… C'était comme si l'histoire de la vie tragique de Chelsea était étalée dans cette suite. Pourquoi n'ai-je pas informé l'inspecteur de la plainte de Chelsea? La visite d'Al, des heures avant sa mort, n'était pas pertinente à ce moment-là et elle ne l'est pas plus maintenant. Christakos est un opportuniste médisant qui s'en prendrait à n'importe qui pour «résoudre» son enquête. Je ne mettrai aucun de mes employés innocents dans sa ligne de mire.

«Quand l'inspecteur a émis la possibilité d'un acte criminel, j'ai su que les médias deviendraient hystériques. Je me suis senti obligé de protéger l'hôtel, notre personnel, Chelsea. Ça ne compte pas qu'elle ait été une fille gâtée pourrie qui faisait toujours la fête. C'était un être humain. L'état de la suite et l'état de sa vie ne regardaient personne. Alors, j'en ai dit aussi peu que possible.

Shanna sourcilla.

— Mais tu ne la connaissais même pas. Pourquoi aurais-tu…

— Shanna, je voulais traiter sa mort avec dignité.

— Une actrice que tu n'as jamais rencontrée ?

— Ne comprends-tu pas ? Il y a des parallèles : Nancy, Chelsea. Les deux sont tombées du ciel comme des anges. Elles ont plongé dans l'eau, occasionnant un raz-de-marée de cœurs brisés et laissant des questions sans réponses. Tu te rappelles comment les tabloïds ont fait des reportages à sensation sur l'accident d'avion ? Je n'ai pas pu les arrêter. Cette fois, je voulais prouver que j'avais un peu de pouvoir.

Son expression s'adoucit. Elle se leva de son fauteuil et vint vers moi, posant une main timide sur mon épaule.

— Je crois que je comprends. Mais tu ne peux plus les protéger maintenant. Il est temps de tout révéler.

— Je sais.

Shanna se rendit à la fenêtre et leva les stores. Puis, elle se tourna vers moi avec un sourire éclatant comme si elle les ouvrait devant une belle journée ensoleillée. Dennis, Rheanna et Ahmed avaient les oreilles appuyées contre la vitre. Ils se dispersèrent.

— Tu dois organiser une réunion et parler à ton personnel, dit Shanna.

Je secouai la tête.

— Je refuse de concéder de la dignité à ce sensationnalisme en en parlant. Nous avons choisi la voie noble, tu te rappelles ? Nous étions d'accord pour ne pas alimenter la frénésie.

Shanna vint à mon bureau et se pencha, envoyant un nuage de parfum dans ma direction.

— Mon cher, nous étions d'accord pour ne pas alimenter la frénésie des *médias*, pas pour ignorer notre personnel. Tu ne peux pas te cacher dans ce bureau plus longtemps. Tu es le directeur général de cet hôtel. Il est temps de montrer tes qualités de responsable. Tu dois sortir et parler à tes employés. Ils se sentent perdus et accablés. Certains sont terrifiés. *Je* suis terrifiée. Un meurtre a eu lieu ici il y a quelques jours et le meurtrier est toujours dans les parages. C'est peut-être un de nos clients, un de nos employés. Nous avons de la chance qu'ils se présentent encore au travail. Tu dois les rassurer en leur disant qu'ils sont en sécurité, leur donner confiance, leur dire que nous soutenons Ez et Al.

Je m'humectai les lèvres.

— Bien. Je convoquerai une réunion de personnel. Maintenant, peux-tu s'il te plaît me laisser seul ? J'ai besoin de rattraper mon travail en retard.

Elle ne bougea pas. Elle me fixa du regard, tentant de me faire baisser les yeux.

Je la regardai en retour, essayant de l'amener à prendre la porte avec mes yeux. Après un moment, ma lèvre inférieure frémit. Je rompis le contact visuel.

— Poltron, dit-elle.

— Mégère.

— Je vais faire passer le mot qu'il y aura une réunion de personnel à 10 h, dit-elle. Oh, et le *Daily Spotlight* viendra faire une entrevue avec Natalie Portman et prendre des photos d'elle cet après-midi. Le moment est mal choisi, mais Tony veut des célébrités ici, alors j'ai approuvé. Notre intrépide reporter Nigel Thoroughbred fera l'entrevue. Moira Schwartz l'a organisée. Elle l'accompagnera.

— Moira s'est trouvé un nouveau client ?

Shanna secoua la tête.

— On dirait plutôt que Moira colle Nigel, espérant rencontrer Mlle Portman. Elle a été assez vague sur les détails.

— Bien, dis-je. Il serait préférable que je ne voie pas Moira. Pourras-tu les accueillir ?

— *Moi* ?

Sa main se jeta sur sa poitrine.

— Je suis terrifiée par Natalie Portman.

— Es-tu sérieuse ?

— Elle est si jeune, si belle et si talentueuse.

— Peut-être qu'une petite exposition t'aiderait à te désensibiliser. Pourquoi ne dirais-tu pas juste un petit bonjour ?

Elle manqua d'air et se mit à trembler.

— Je ne pourrais *jamais*. Reginald est d'accord pour s'en occuper. Je me cacherai dans mon bureau jusqu'à ce qu'elle parte.

— Parfait alors. Tu auras la gentillesse de fermer la porte en partant.

Tandis qu'elle quittait le bureau, je baissai les yeux vers le magazine qu'elle avait laissé. Je la rappelai.

Elle passa la tête dans l'ouverture de la porte.

— Oui ?

— Tu crois qu'il l'a fait ?

— Absolument pas.

— Moi non plus.

J'hésitai.

— Sommes-nous aveuglément loyaux par rapport à notre personnel ? Trop loyaux ?

— Pas du tout.

* * * * *

À l'instant où Shanna partit, Janie Spanozzini apparut sur le seuil.

— Tony essaie de vous trouver, Trevor.

Une boule de gomme à mâcher s'agitait dans tous les sens dans sa bouche. Elle pointa son doigt vers le téléphone derrière moi.

— Vous feriez mieux de répondre. Il est vraiment furax.

— Merci, Janie.

Tandis que j'allais fermer la porte, j'aperçus Ezmeralda qui m'attendait dans le couloir, l'air soucieux. Je lui souris et la saluai, heureux de la voir de retour au travail. Puis, je lui fis signe d'attendre une minute.

Je pris le téléphone.

— Ici, Trevor Lambert. Comment puis-je vous aider ?

— Est-ce que ça fait partie de votre brillante stratégie de relations publiques — se faire enfoncer par la presse ? aboya Tony. Chaque fois que je prends le *Vanity Fair*, je vois une entrevue avec un acteur renommé au Château Marmont comme si c'était le putain d'hôtel le plus cool au monde. On dirait des chambres pour vieilles femmes qui font du tricot ! Pendant ce temps, à quelques pâtés de maison de là se *trouve* l'hôtel le plus cool au monde. Or, à chaque fois que je tombe sur le *Spotlight*, je vois qu'un de nos employés a tué Chelsea Fricks.

— Alors, peut-être que vous devriez arrêter de lire le *Spotlight*, Tony.

— Ne faites pas le malin, Trevor. C'est vrai ? Al Combs le séducteur l'a tuée ? Il a voulu la violer ou quoi ?

— Comment pouvez-vous dire une telle chose ? Bien sûr que non.

— Je n'ai jamais aimé ce type. Il agit toujours avec les Fratelli comme s'il était meilleur. Combien de chambres sont encore hors service ? *Vingt-cinq ?*

— Trente-trois, en fait. Il pense en compléter un certain nombre aujourd'hui.

— Ça va être assez difficile de le faire depuis la prison, vous ne croyez pas ? Quel est votre plan d'urgence ? Vous allez préparer les chambres vous-même ? Ces retards me coûtent une fortune, Trevor. En attendant, cet enfoiré de « Super Al » perd son temps à harceler les clients personnalités. Je présume que vous l'avez renvoyé.

— Non, je l'ai nommé employé du mois.

— Méfiez-vous !

— Al n'a rien à voir avec la mort de Chelsea, Tony. Je parierais mon emploi.

— Alors, qui ? Cette putain de gouvernante terroriste ? Ou peut-être que c'était le majordome dans la bibliothèque avec un chandelier ? Mon hôtel est la risée de Los Angeles, Trevor. C'est humiliant. Janie m'a dit que tout le personnel est sur les nerfs.

Personne ne sait ce qui s'est passé, personne ne sait quoi penser ou quoi dire, et pendant ce temps, vous vous cachez dans votre bureau à manger des beignets et à boire du café avec Shanna.

— Janie vous a dit ça?

— Elle est la seule qui assure dans cet hôtel. Vous en faut-il plus pour la promouvoir assistante de direction?

— Assistante de direction…

— Peu importe comment vous l'appelez — assistante de direction de la réception, responsable du service, directrice des opérations. C'est une employée clé et je veux qu'elle en apprenne le plus possible. Je cherche un établissement à South Beach et il se pourrait que ce soit elle qui le dirige.

Je me retrouvais coincé entre la perspective réjouissante de la mutation de Janie et la perspective horrible d'avoir à dire à mes collègues directeurs que Janie avait maintenant le même statut qu'eux.

— Je ne crois pas que Janie soit suffisamment prête pour un poste de direction, Tony. Peut-être quand elle arrêtera de prendre deux heures de pause pour fumer. En fait, il y a un certain nombre de problèmes dont je dois vous parler.

— Je ne veux pas entendre ça! Janie est la seule personne en qui j'ai confiance pour me dire ce qui se passe *vraiment* par ici. Elle a dit qu'Al Combs regardait toujours ses seins.

Qui ne le ferait pas alors qu'elle les expose à qui veut voir? me dis-je.

— Al Combs est un des êtres les plus convenables avec lesquels j'ai jamais travaillé. Je vous assure qu'aucun employé de l'hôtel n'a à voir avec la mort de Chelsea. C'est Moira Schwartz, Bryce Davies ou un intrus. L'inspecteur est sur le point de l'arrêter. D'ici là, je dois me concentrer sur votre actif.

— Ouais, au boulot! Je vous le dis, je regrette le jour où j'ai laissé Shanna m'endoctriner pour vous engager sans vous avoir vu.

Et je regrette le jour où elle m'a endoctriné en me faisant croire que vous étiez brillant.

— J'essaie, Tony, mais je subis beaucoup de pression ici. Ce dont j'ai besoin, c'est de vos conseils et de votre soutien.

— Je vais vous en donner un conseil : Arrêtez de déconner !

— Merci. Ça m'aide beaucoup.

— J'exige le respect ! Le R-E-S-E-P-C-T !

Je n'osai pas lui dire qu'il l'avait mal épelé.

— Je vous donne jusqu'à samedi pour nous débarrasser de tous ces putains de médias ! s'écria-t-il. Toute ma famille sera ici pour le mariage de Lorenzo et Rosario, et tout doit être parfait. Ma mère pense que l'hôtel est maudit. Mon père menace de couper les fonds. Vous savez ce que ça veut dire ? Vous et moi perdrions tous les deux nos boulots. Et croyez-moi, vous serez le premier à partir.

— La réception sera parfaite, je vous le promets.

— Ça vaut mieux !

Il raccrocha violemment.

* * * * *

Au moment même où je posai le combiné, le téléphone sonna à nouveau. Impulsif, je le saisis immédiatement.

— Oui ?

Aucune réponse.

Pensant que j'avais fait peur à l'appelant, je pris un ton plus cordial.

— Bonjour, ici Trevor Lambert, comment puis-je vous aider ?

Un appel raccroché ? Je n'étais pas d'humeur. J'allais reposer le combiné quand je détectai le bruit d'une respiration — une respiration laborieuse familière, comme si la personne étouffait sa bouche avec le combiné.

— Puis-je vous aider ? répétai-je.

La respiration s'arrêta.

— Qui est à l'appareil ? dis-je, exaspéré. Pourquoi ne parlez-vous pas ?

La respiration reprit, grésillant comme du velcro.

Je voulais poser violemment le combiné, mais il semblait aimanté, comme collé à mon oreille. J'écoutai attentivement, comme s'il fallait que j'écoute mieux pour comprendre le secret de ces mystérieux appels.

— *S'il vous plaît,* arrêtez de m'appeler, dis-je. Nommez-vous ou j'appelle la police.

L'appelant raccrocha.

Je posai le combiné. Puis, je le repris et composai *69 pour identifier l'appelant, tout en sachant que c'était inutile. Je l'avais déjà fait avant et la standardiste disait toujours que le numéro de téléphone n'était pas valide.

Une voix électronique annonça :

— Le numéro est le 4-4-1-7-2-2...

Je bondis sur un stylo et gribouillai le numéro. J'écoutai une deuxième fois pour m'assurer que j'avais les bons chiffres. Je les observai. Le 44, c'était l'Angleterre. Le 1722, c'était le code pour la ville de Salisbury, à Wiltshire.

Edna Swinton, la grand-mère de Nancy.

Je composai le numéro. Tandis que j'attendais qu'elle décroche, je pensais à cette vieille femme bizarre. Nancy m'avait souvent parlé de la mère de son père, du fait qu'elle était alerte et indépendante. Elle espérait vivre aussi longtemps qu'elle. Elle disait que nous nous entendrions très bien. Pourtant, après l'accident d'avion, cette femme n'avait montré aucun intérêt à ce que nous nous rencontrions. Elle avait décliné mon invitation de venir à la cérémonie commémorative, même si je lui avais offert de payer. J'avais pensé que c'était à cause de sa santé. Elle avait dans les 85 ans après tout. Après la cérémonie, j'avais appelé pour lui proposer d'aller lui rendre visite à Salisbury, pensant que c'était ce que Nancy aurait voulu. Mais elle avait refusé. Après quelques autres tentatives pour établir le contact, j'avais abandonné.

À présent, voilà qu'elle m'appelait.

Le téléphone sonna 10, 12, 15 fois. Je ne raccrochais pas, l'imaginant boitiller vers le téléphone sur une vieille moquette effilochée, avançant dans une pièce pleine de meubles et d'objets anciens poussiéreux et de chats. Après vingt coups, j'étais sur le point de raccrocher quand le téléphone émit un déclic.

— Allo? Qui est-ce?

Je reconnus sa petite voix et son accent britannique.

— Madame Swinton, c'est Trevor Lambert.

— Qui?

— Trevor Lambert. Le petit ami de Nancy. Vous venez de m'appeler.

— Moi?

— Oui. À mon bureau de Los Angeles. Comment allez-vous?

Elle poussa un soupir.

— Aussi bien que possible, je suppose. La mémoire me fait défaut.

— J'allais vous appeler l'autre jour, pour l'anniversaire. Je suppose que c'est pour ça que vous téléphoniez. Un an, n'est-ce pas difficile à croire?

— Quoi?

J'élevai la voix.

— Ça fait déjà un an que Nancy est morte.

— Oh, oui, bien sûr...

Il y eut un long silence.

— Êtes-vous là, Madame Swinton?

— Oui, oui. Toujours là. Après toutes ces années.

Elle gloussa doucement.

— Je suppose que la commission chargée de l'enquête vous a appelée?

— Qui? Oh, non.

— Ils ne vous ont pas appelée?

— Oh, je suppose qu'ils ont dû le faire. Je ne m'en souviens pas vraiment. Ça fait si longtemps.

— Ils ont trouvé le fuselage. Ils l'ont remonté, mais Nancy n'y était pas.

— Bien sûr qu'elle n'y était pas, n'est-ce pas?

Elle semblait plus sénile que jamais.

— J'ai déménagé à Los Angeles, dis-je pour alimenter la conversation. Je travaille dans un nouvel hôtel à Hollywood. Mais vous le savez déjà. Vous m'y avez appelé.

— Oui, bien sûr.

— Comment m'avez-vous trouvé? Vous avez lu des articles sur Chelsea Fricks dans les journaux?

— Oh non, je ne lis pas les journaux. Je ne l'ai jamais fait. Que des mauvaises nouvelles, n'est-ce pas?

— Alors, comment avez-vous…

La ligne fut coupée.

Je recomposai le numéro à plusieurs reprises, mais la ligne était toujours occupée. Je m'inquiétai. Et si la vieille femme était tombée et ne pouvait se relever? Je voulais appeler quelqu'un pour aller vérifier, mais qui? Nancy était sa dernière parente vivante. J'essayai le numéro encore plusieurs fois. À ma dernière tentative, la ligne sonna, mais personne ne répondit. Je décidai qu'elle allait assez bien pour avoir remis le combiné sur le support et abandonnai.

* * * * *

Ezmeralda n'attendait plus dans le corridor.

Je me rendis dans le couloir, entrant furtivement dans les bureaux pour demander si quelqu'un l'avait vue, mais il n'y avait personne. Je descendis les escaliers de service. Au B2, je vérifiai dans le bureau de l'équipe de nettoyage, la cafétéria et les vestiaires, mais personne n'était là.

Olga Slovenka se tenait à la fenêtre de la réserve.

— Où sont-ils tous? demandai-je.

— Réunion! s'écria-t-elle, indiquant les étages supérieurs.

Réunion? Je regardai ma montre : 10 h 20. J'étais en retard pour la réunion du personnel.

Près d'une centaine d'employés étaient réunis dans la Salle de projection. Elle était configurée avec un style théâtral. Chaque siège était occupé et une douzaine d'employés étaient debout dans le fond. Les conversations s'arrêtèrent dès que j'entrai, et les têtes se tournèrent dans ma direction. Je fis un sourire forcé tout en avançant dans l'allée, anxieux d'arriver non préparé et tremblant à la pensée des événements de la matinée. Chaque service de l'hôtel était représenté : la cuisine, la réception, les ventes et l'approvisionnement, la comptabilité, le restaurant, le bar, le ménage, les réservations et les ressources humaines. Je scrutai rapidement la pièce à la recherche de la silhouette imposante d'Al, mais je ne le vis nulle part. Ezmeralda était assise dans une rangée du fond, près de la sortie. J'essayai d'établir un contact visuel avec elle, mais elle avait les yeux baissés sur ses mains.

Un grand écran pour des projections privées remplissait tout le mur avant. Je me plaçai en face et me tournai pour regarder la salle.

Shanna était assise sur le bord de son siège dans la première rangée à ma droite, souriant pour m'encourager. Elle savait que j'étais timide à l'idée de m'adresser à un groupe — particulièrement un grand groupe de gens qui dépendaient de moi pour leur gagne-pain. Elle était prête à venir à mon secours si je commençais à balbutier. Je pris une profonde inspiration et essayai de ralentir mes palpitations cardiaques, déterminé à réaliser l'exercice en solo.

— Bonjour tout le monde, commençai-je. Merci à tous de vous être portés vonlontaires pour venir à cette réunion obligatoire.

Ça se voulait une plaisanterie, mais ça ne suscita aucun ricanement ni sourire.

— Shanna et moi pensons qu'il est important de vous réunir tous pour discuter des récents événements et de ce qu'ils signifient pour nous, en tant qu'employés de cet hôtel. Je sais que la semaine a été exigeante et je veux remercier chacun d'entre vous pour votre attitude positive et votre professionnalisme.

Rassemblant mes idées, je marchai de long en large, sentant mon ombre me suivre sur l'écran. Je m'arrêtai devant Shanna, et mon ombre disparut.

— Je sais que vous, comme moi, êtes profondément désemparés depuis l'incident tragique de vendredi soir dernier. La soirée d'ouverture était suffisamment angoissante sans qu'on y ajoute le stress d'un mort dans l'hôtel. Ajoutez à ça la frénésie médiatique qui en a résulté, la foule d'admirateurs à l'extérieur, et toutes sortes de rumeurs et d'intrigues. Tout ça, c'est très lourd, n'est-ce pas ?

Il y eut des hochements de tête de consentement partout dans la pièce.

Quelle séduisante assemblée avec tous ces visages jeunes et frais, leurs tenues soignées et appropriées ! Même les sœurs Spanozzini étaient à leur place aujourd'hui, assises côte à côte dans la rangée du milieu, leurs cheveux hirsutes domptés en queue de cheval. Shanna avait raison : ces personnes avaient simplement besoin d'un peu de réconfort et d'un dirigeant qui s'affirme, de quelqu'un qui leur dise que leur emploi était protégé, qu'ils n'avaient rien à craindre et que les choses reviendraient à la normale rapidement.

Je me remis à marcher, accompagné de mon ombre.

— Cet hôtel est pleinement concerné par la sécurité de ses employés et de ses clients. La police poursuit son enquête sur l'incident qui a eu lieu vendredi soir, mais je peux vous dire en toute confiance qu'il n'y a aucun danger pour vous. De plus, nous prenons des précautions supplémentaires. Notre chef de la sécurité, Artie Truman, est un ancien membre de la police de Los Angeles, un secouriste légalement reconnu et un des hommes les plus paranoïaques que je connaisse.

Il y eut des gloussements dans la salle.

— En plus d'avoir doublé le personnel à l'entrée cette semaine, Artie a triplé le nombre d'agents de sécurité en service. Pendant la journée, personne n'est autorisé à circuler dans la propriété sauf les clients enregistrés, ceux qui ont des réservations et les employés. La nuit, les clients du bar et du restaurant sont étroitement contrôlés. Si vous voyez ou entendez quelque chose d'inhabituel, vous devez aussitôt en aviser Artie ou moi-même. Si vous vous sentez stressé ou anxieux, dites-le à votre chef de service, et nous vous aiderons aussi souvent que nécessaire, même si ça implique de vous donner des congés.

Je m'arrêtai.

— Pour ce qui est de l'hystérie médiatique, le public était déjà obsédé par Chelsea Fricks quand elle était vivante et il l'est encore plus maintenant qu'elle est morte. Les médias font des reportages à sensation sur tous les aspects de cette affaire. Je vous implore de vous montrer patients et compréhensifs. Il est dangereux de croire la presse, et je vous assure que de nombreux mensonges et affabulations y circulent. Faites attention à ce que vous lisez et à ce que vous croyez. Les choses se règleront bientôt, je vous le promets, et les gens à l'extérieur partiront. En attendant, on dirait que le monde entier regarde l'hôtel Cinéma, n'est-ce pas ?

Hochements de tête.

— C'est l'occasion pour nous de briller. Montrons au monde que, malgré tout ce cirque autour de nous, nous, les employés de l'hôtel Cinéma, sommes d'excellents hôteliers. Nous sommes dévoués, professionnels, compatissants et discrets. Nous n'avons rien à cacher et nous sommes pleinement derrière nos employés. Nous *ne* donnons *aucun* crédit aux rumeurs et aux spéculations scandaleuses des médias. Compris ?

Le groupe m'acclama.

Quelqu'un cria dans le fond :

— Où est Super Al ?

Dennis Clairborne se dressa sur sa chaise. Apposant ses jointures sur ses hanches, il dit sur un ton plein de sous-entendus :

— Al a appelé pour dire qu'il était *malade*.

Du jour au lendemain, Dennis avait changé sa déloyauté envers Ezmeralda pour Al. Je lui lançai un regard de mise en garde, le poussant à se rasseoir. En tant que directeur des ressources humaines, il pourrait faire mieux !

— A-t-il tué Chelsea ? s'écria Janie Spanozzini.

— Super Al est innocent ! cria Mannie, un homme d'entretien.

— On aime Al ! intervint Valerie, se levant en lançant son poing avec énergie dans les airs.

Elle regarda autour d'elle, devint rouge et se rassit rapidement.

— Al, t'es le meilleur ! dit un des gardiens.

Il y eut des acclamations et des applaudissements en signe de soutien à Al.

— Ezzy est innocente aussi ! cria une des membres du personnel aux chambres.

— On aime Ezmeralda ! cria Melanie des ventes, sautant comme une meneuse de claques. Hourra pour Ez !

Tout le monde fit une ovation, tapant des mains et criant, tout en frappant du pied et en tapant sur les chaises. Quelques membres du personnel aux chambres se levèrent pour mettre leurs bras autour d'elle. Elle restait assise calmement, la tête basse.

— Bien sûr que nous aimons Ezmeralda, dis-je, tout en applaudissant. Nous sommes très heureux de la retrouver.

Plutôt que de se lever et de saluer ses sujets comme une reine, Ez se replia sur elle-même, recouvrit son visage avec ses mains et se balança d'avant en arrière en sanglotant. Puis, elle bondit de sa chaise et se précipita hors de la salle.

Valerie se leva et courut derrière elle.

La salle devint silencieuse.

— Que se passe-t-il ? demanda quelqu'un dans la rangée des cuisiniers.

Je me tournai vers Shanna, qui avait l'air aussi perplexe.

— Elle a vécu de gros moments de stress, dis-je. Nous devons lui laisser le temps de se remettre.

Je fis une pause et repris mon discours.

— Je vous rappelle les valeurs qui guident notre conduite en tant qu'employés de l'hôtel Cinéma. Un, la discrétion. Nous devons respecter la vie privée de nos clients et ne divulguer aucune information, quoi qu'il arrive. Deux, le professionnalisme. Nous sommes des modèles qui agissent toujours dans le meilleur intérêt de l'hôtel et de ses clients. Et trois, le dévouement. Nous sommes dévoués à fournir la plus haute qualité en matière de produits et de services.

Réalisant que je les perdais, je conclus immédiatement.

— Merci à tous d'avoir respecté ces valeurs dans les derniers jours. Pour les semaines à venir, je vous conseille de vous regrouper et de vous soutenir les uns les autres, de rester concentrés sur votre travail et de maintenir votre intégrité malgré ce que les gens autour de nous font ou disent. Si nous adhérons à ces principes, nous aurons un brillant avenir devant nous. Puis-je compter sur tout le monde ?

Il y eut des cris, des « Oui ! » et des « Absolument ! » Tout le monde se leva, applaudit, siffla et poussa des cris d'encouragement. Apparemment, la mort de Chelsea Fricks n'était pas sur le point de décourager cette superbe équipe de professionnels de l'hospitalité.

Je signifiai la fin de la réunion et me tins à la porte avec Shanna, remerciant les employés quand ils firent la queue pour sortir. Quand le dernier fut parti, Shanna et moi nous tournâmes l'un vers l'autre et laissâmes échapper des soupirs de soulagement.

— Félicitations, Trevor. Tu as été merveilleux.

— J'ai bien fait ça ?

— Tu pourrais être porte-parole pour le président.

— Seulement porte-parole? Et pourquoi pas président?

— Ne pousse pas le bouchon. Mais que s'est-il passé avec Ezmeralda? Hier, quand elle a été escortée hors de l'hôtel par la police en tant que suspecte, elle semblait forte. Aujourd'hui, libre de toute accusation et applaudie par ses collègues, elle s'effondre.

— Je ne sais pas, dis-je, mais je vais le découvrir.

* * * * *

Je trouvai Ezmeralda au 3ᵉ étage, en train de faire le lit de la chambre 307. Rico avait fait les retouches finales dans la chambre ce matin, et elle était presque prête pour l'inspection finale. Elle leva les yeux quand j'entrai et reprit rapidement son travail, avec des mouvements saccadés.

— Ezmeralda, je suis désolé de vous avoir raté avant la réunion.

— Ça va.

Avec les années, le travail des femmes de chambre était devenu incroyablement physique et complexe; il était loin le temps des deux oreillers mous et des dessus-de-lit floraux. La literie de l'hôtel Cinéma comprenait trois couches de draps blancs impeccables, un matelas à plateau-coussin, six oreillers — quatre en plumes et deux en mousse —, un traversin, un jeté et une couette en plumes d'oie.

Ez lança le drap du dessus dans les airs où il flotta doucement.

Je saisis l'autre côté et le rentrai sous le matelas. Les yeux d'Ezmeralda étaient baissés. Son visage était hâve et blafard; il n'y avait aucune trace de ses tendances enjouées.

— J'espère que je n'ai rien dit qui vous a offensée.

Elle secoua la tête. Elle leva la couette et la lança dans les airs.

Je pris le bout de mon côté, et ensemble, nous la mîmes en place.

— Je pensais que vous seriez soulagée maintenant que la police ne vous traque plus comme si vous aviez pillé une banque, dis-je.

Elle ne sourit pas. Elle baissa les yeux vers le lit, les plissa et éclata en sanglots.

Je me précipitai à ses côtés.

— Qu'y a-t-il, Ez ? Qu'est-ce qui ne va pas ?

Elle m'éloigna.

— Le lit, dit-elle, en piquant une crise. Pas correct. Très mal fait !

Elle pointa son doigt vers le côté que j'avais fait. À la différence de son côté bien régulier, le mien était froissé, fait en amateur.

— Oups, dis-je. C'est ma faute.

J'essayai de défroisser la pliure.

— Non ! s'écria-t-elle, me poussant hors du lit.

Elle leva la couette en duvet et montra le drap du dessus.

— Regardez !

J'avais fait un travail peu soigné en l'ajustant.

— Toutes couches doivent être parfaites, dit-elle. Aucoune doit cacher dé défaut.

— Bien sûr, dis-je, me sentant idiot.

Je reculai et la laissai opérer sa magie. Pour une telle maniaque, songeai-je, elle a certainement remarqué chaque détail lors de sa rencontre avec Chelsea Fricks. Je voulais savoir toute l'histoire cette fois : qui s'était introduit dans la suite quand elle partait ? Qui était cette personne envers qui elle se montrait si loyale ?

Ez installa la couette bien en place. La surface du lit était à présent impeccable.

— Vous voyez ? Beaucoup mieux.

J'opinai en signe d'approbation. Son visage semblait triste et craintif.

— Êtes-vous inquiète pour votre famille ? demandai-je.

Elle secoua la tête.

— L'inspector dit qu'il allait nous aider. Il connaît yuge immigration.

Les larmes commencèrent à couler sur ses joues.

Je me rendis à la salle de bain pour prendre quelques mouchoirs dans le distributeur et les lui tendis.

— Alors, pourquoi êtes-vous si bouleversée ?

Elle appuya les mouchoirs contre sa joue.

— Yé mé sens si mal. Yé promis dé rien dire. Yé veux pas causer dé problèmes. Cé sont pas dé mes affaires.

— Causer des problèmes à qui ?

Elle retourna vers le lit et commença à faire bouffer les oreillers et à les disposer.

— Ez ?

Tandis qu'elle allait chercher le traversin sur le fauteuil, une tache rouge sur un des oreillers attira mon regard. Je m'approchai. Du sang. Il y avait une autre tache sur la couette. Je me retournai tout à coup, saisis Ez par les poignets et tournai ses mains.

— Ouvrez les mains, Ez.

Elle secoua la tête et regarda ailleurs.

— Ezmeralda, ouvrez vos mains.

Doucement, elle les déplia. Elles étaient pansées, mais les bandages étaient imbibés de sang.

— Ezmeralda, dis-je doucement. Rentrez chez vous. Vous travaillez trop.

Elle secoua la tête.

— Yé peux pas. Trop occoupée.

— Je ne vous donne pas le choix. Je suis très reconnaissant pour votre travail, mais il est temps de vous reposer. Je ne veux pas que vous reveniez avant que vos mains soient pleinement guéries, d'accord ? Nous nous organiserons sans vous. Et ne vous inquiétez pas, vous n'aurez pas de problèmes. Je vais m'assurer que vous soyez payée pendant votre absence.

Elle baissa la tête et pleura. Tout son corps était sous l'emprise de convulsions.

Je mis mes bras autour d'elle et l'étreignis.

— Il a fait promettre dé rien dire, pleurnicha-t-elle sur mon épaule.

— Qui ?

Elle s'écarta et tamponna ses yeux.

— Quand yé quitté la souite, vers 23 h 15, il était à la porte. Yé souis sortie, il est entré. Le lendémain, il a fait promettre dé rien dire. Yé dit qu'il y avait pas dé problème, qué ça né mé régardait pas. Yé croyais pas qu'il ait fait quelque chose dé mal. Mainténant, yé souis plous soûre.

— *Qui ?* répétai-je.

La détresse remplit son visage. Elle ouvrit la bouche et la referma, la lèvre inférieure tremblante.

— Souper Al, finit-elle par dire.

Elle s'effondra sur le lit et éclata en sanglots. Elle tira les draps et les oreillers sur elle, détruisant ainsi l'ordre qu'elle venait juste de créer.

* * * * *

De retour à mon bureau, j'essayai à nouveau de joindre Al sur son cellulaire, sans succès. J'étais en colère contre lui à présent. J'avais présumé de son innocence trop vite. D'abord, j'avais découvert qu'il était hétéro, et maintenant j'apprenais qu'il était retourné dans la suite de Chelsea cette fameuse nuit, même après que je lui avais interdit de le faire. Rico et Stephen étaient en service à ce moment-là ; si Mlle Fricks avait eu besoin de faire réparer quelque chose, ils s'en seraient chargés. Et pourquoi Al ne m'avait-il pas dit qu'il y était retourné ? Plus important encore, *pourquoi* y était-il retourné ? Je décidai de réserver mon jugement jusqu'à ce que j'entende sa version de l'histoire. Mais il rendait cela difficile en m'évitant.

Je baissai les yeux vers mon téléphone. La lumière indiquant des messages clignotait comme un signal de détresse. Peut-être avait-il laissé un message. J'accédai à ma boîte vocale. Vingt-trois messages en attente : des admirateurs de Chelsea, des journalistes, deux appels qui avaient raccroché et quelques requêtes et plaintes de clients. Trop déstabilisé pour faire face aux demandes des clients, je les transférai à Valerie. Le suivant était un message de l'inspecteur Christakos. «Je viens vous voir, beuglait-il dans le bruit du trafic. Si Al Combs se montre, ne le laissez pas partir.» Moira Schwartz avait aussi laissé un message : «Appelez-moi. C'est important.» Je l'effaçai. Ensuite, ce fut ma mère : «Où es-tu en ce moment, mon chéri ? C'est peut-être trop te demander, mais j'aimerais passer du temps avec mon fils tandis que je suis ici.» Je gribouillai une note pour ne pas oublier de la rappeler.

Il n'y avait aucun message d'Al. Quand je remis le combiné sur son support, le téléphone sonna instantanément.

— Salut, Trevor ! C'est Alyson de l'hôtel Mondrian. Comment ça va ?

Pourquoi avais-je décroché ?

— Les choses ont déjà mieux été, Alyson. Comment puis-je vous aider ?

— Je dois vous dire que nous sommes un peu déçus ici. Quand nous avons entendu que votre gouvernante en chef avait peut-être tué Chelsea, elle est devenue notre héroïne. Mes femmes de chambre se sont mises à défiler en chantant : «Ding, dong, la sorcière est morte» et elles ont réuni des fonds pour la défense de la gouvernante. Nous avions tous décidé que c'est un homicide excusable.

— Désopilant, Alyson.

Beth Flaubert apparut sur le seuil et entra sur la pointe des pieds dans la pièce, glissant une note vers moi. Il y était écrit : «L'inspecteur Christakos est ici.» Je hochai la tête, sentant mon pouls s'accélérer, et levai un doigt pour indiquer que je sortirais dans une minute.

— …ne comprends vraiment pas la controverse concernant les funérailles, dit Alyson. Si vous me posez la question, ils peuvent bien brûler son corps sur le bûcher et ainsi s'en débarrasser. Pendant qu'ils y seront, ils pourraient y mettre Moira Schwartz aussi. Si Chelsea était la méchante sorcière de l'Ouest, Moira est celle de l'Est de l'hémisphère. Je ne sais pas ce que faisait Bryce avec ces deux-là. Il s'est toujours montré si courtois et respectueux avec le personnel. Je ne comprendrai jamais ce qu'il trouvait à Chelsea. Elle le traitait comme…

— Je dois y aller, Alyson. Quelqu'un est ici pour me voir. Mais pendant que je vous ai au téléphone, pourquoi ne m'avez-vous pas dit que vous aviez banni Chelsea de votre hôtel ?

Elle hésita.

— Désolée. C'était du domaine confidentiel. Mais maintenant que c'est sorti dans les médias, que pensez-vous de l'article du *Spotlight* d'aujourd'hui ?

— À propos d'Al Combs ? C'est grotesque. Je suis certain que vous êtes d'accord.

— Un inspecteur vient juste de venir me voir. Un Grec petit et trapu avec une attitude supérieure.

— L'inspecteur Christakos est venu vous voir ? Que voulait-il ?

Elle hésita.

— Est-ce qu'Al vous a parlé de l'incident ?

— Quel incident ?

— L'… l'impair… avec Chelsea Fricks.

Soudain, je fus rempli d'angoisse.

— Non, il ne l'a pas fait.

— Oh… bien. Je ne veux pas créer d'ennuis, mais comme j'en ai parlé à l'inspecteur, je pensais que vous devriez le savoir.

— Quoi, Alyson ? Quel incident ?

— Al et Chelsea… vous savez…

Je me levai.

— Non, je *ne* sais *pas. Quoi*?

— Comment puis-je dire ça poliment? L'an dernier, une femme de chambre est tombée sur Al en train de baiser Chelsea dans sa suite.

* * * * *

Mon esprit était très agité quand je sortis rencontrer l'inspecteur Stavros.

Il se rua vers moi, ses mains plongeant vers les miennes, leur faisant faire un mouvement bizarre tels les punks de la rue, me laissant l'impression que mon pouce était fracturé.

— Hé! J'aimerais vous présenter une fille très particulière dans ma vie.

Il fit un geste vers une fille corpulente et ordinaire qui se tenait dans l'obscurité. Elle avança dans la lumière, dévoilant de longues bouclettes de cheveux noirs et une légère moustache sur la lèvre supérieure.

Je savais que Stavros les aimait jeunes, à en juger par Moka ou Expresso ou je ne sais plus son nom, mais cette fille n'avait pas plus de 15 ans, probablement 12.

Je me tournai vers lui, choqué.

— *Inspecteur…*

Je le tirai vers moi.

— Quel *âge* a-t-elle?

— Douze ans, pourquoi?

Ses yeux s'assombrirent.

— C'est ma *nièce*, Trevor. Cochon! Voici Athena Persephone Christakos. Mon frère et ma belle-sœur ont emménagé ici depuis Sacramento la semaine dernière. C'est une actrice dans l'âme et une merveilleuse chanteuse. Ils essaient de la faire entrer dans l'industrie du spectacle.

— Bonjour, Athena, dis-je, lui adressant un sourire.

— Salut, dit-elle.

Elle plia les bras mollement devant elle, semblant s'ennuyer et légèrement hostile, comme une jeune Moira Schwartz.

— Est-ce qu'Hilary Duff est là ?

— Pas aujourd'hui, j'en ai peur, répondis-je.

— JT ?

— Qui ?

— Justin Timberlake ?

— Non, il n'est pas ici non plus.

Elle se tourna pour fusiller son oncle du regard.

— Attends une seconde, d'accord, chérie ? dit Stavros, avec un sourire éclatant. Oncle Stav doit parler à Trevor quelques minutes. Pourquoi n'irais-tu pas t'asseoir par là ? Garde les yeux bien ouverts. On ne sait jamais qui tu pourrais voir. Mais ne touche à rien, d'accord ?

Il me mena vers le bar.

— Je lui ai promis qu'elle verrait une célébrité. Il n'y en a pas ? Nous avons environ 10 minutes avant qu'elle mette le feu à cet endroit.

— Stavros, voulez-vous, s'il vous plaît, arrêter d'amener des amis et de la famille ici à la recherche de vedettes ? On n'est pas aux Universal Studios.

Je repérai l'équipe du *Spotlight* dans le bar se mettre en place pour des photos de Natalie Portman et déviai dans la direction opposée.

— Vous vous trompez, dit-il sur la défensive. Je suis ici pour le travail. Comme vous devez vous en souvenir, j'enquête sur un meurtre.

— Et c'est la journée « Amenez votre nièce au travail » au commissariat ?

L'inspecteur pencha la tête.

— Vous n'avez pas pris votre café ce matin ?

— Je suis occupé, inspecteur. Très, très occupé. Et stressé.

— Je suppose que vous n'avez pas d'enfants.

— Des enfants?

Comment l'inspecteur réussissait-il à toujours envoyer ces petites pointes?

— Non, pas d'enfants.

Je m'arrêtai à la réception et me tournai vers lui.

— Maintenant, pourquoi êtes-vous ici?

Il gratifia Beth d'un sourire tout en dents, puis se tourna vers moi, son expression devenant sérieuse.

— Où est Al Combs?

— Il n'est pas ici aujourd'hui. Il a appelé pour dire qu'il était malade.

— Pourquoi ne suis-je pas étonné?

Il se retourna.

— Où est-elle allée? Elle était là il y a une minute. Oh mon Dieu, j'espère qu'elle n'est pas dans la cuisine. Elle ne doit pas se tenir près d'une allumette ou d'une flamme.

Il se rua vers le hall.

Athena se tenait à l'entrée de l'Action, les mains posées sur ses joues, la bouche ouverte dans un cri silencieux tandis qu'elle regardait Natalie Portman. Une maquilleuse et un coiffeur la préparaient, et un photographe arrangeait son équipement.

— Athena, viens ici! beugla Stavros.

Il se tourna vers moi, les yeux écarquillés.

— Est-ce que…

— Non, dis-je, ce n'est pas elle. Athena, écoute ton oncle.

Comme elle ne bougea pas, je m'approchai d'elle et la pris par la main.

— Je suis terriblement désolée pour le dérangement, dis-je à Mlle Portman.

— Ça va, dit-elle, souriant à Athena. Tu veux regarder un petit peu?

Athena sembla prise de panique — une Shanna Virani en herbe.

— Pourquoi ne t'assieds-tu pas ici ? dit Mlle Portman, faisant un geste vers une ottomane à quelques dizaines de centimètres.

L'inspecteur avança nonchalamment vers elle.

— Salut, *Na-ta-lie*, dit-il, enfonçant ses pouces dans ses poches et balançant stupidement sa tête.

— Hum, salut.

— Stavros, s'il vous plaît, non.

J'avançai et le bousculai hors du chemin.

— Mademoiselle Portman, je suis Trevor Lambert, le directeur général de l'hôtel. C'est un plaisir de vous recevoir ici.

Je hochai la tête vers les autres.

— Comment l'entrevue avec le *Spotlight* s'est-elle passée ?

— Bien, dit Mlle Portman.

— En dehors de cette agaçante agente de publicité qui traîne par ici pour mettre la main sur Natalie, dit la maquilleuse. Nous avons dû lui demander de partir.

Stavros me poussa sur le côté et sortit brusquement son insigne.

— Inspecteur Stavros Christakos de la police de Los Angeles.

Mlle Portman le toisa.

— Dois-je m'inquiéter ? plaisanta-t-elle.

— J'ai peur que oui, répondit-il, rangeant son badge. Vous êtes en état d'arrestation pour coups et blessures. Je suis blessé que vous ayez attaqué mon sens de la décence avec votre apparence si sexy.

Je grognai.

— *Inspecteur.*

La maquilleuse rit.

— Attendez que j'aie fini. Vous devrez l'enfermer à vie.

— Ça peut s'arranger, dit Stavros. Ça vous dérange si Athena, ma *nièce*, regarde quelque temps ?

— Bien sûr que non, répondit Mlle Portman, se tournant pour sourire à nouveau à Athena.

— Sois sage, Athena ! dit-il sévèrement. Ne fais de mal à personne ! Gardez-la loin des ciseaux, cria-t-il en direction du coiffeur.

Tandis que nous repartions, il sourit d'une oreille à l'autre.

— On n'aurait pas pu faire mieux ! Athena *adore* Natalie Portman. Elle a vu *La guerre des étoiles* peut-être… 400 fois.

Il regarda par-dessus son épaule.

— Je n'arrive pas à croire que vous rencontrez des vedettes comme ça tout le temps. Je ne vois que des ringards comme Phil Spector. Ça doit être dur de ne pas les suivre partout.

— Ça ne me vient même pas à l'idée. Cet hôtel est censé être un refuge pour les vedettes, inspecteur.

— Pas pour Chelsea.

Choisissant d'ignorer sa remarque, je lui fis franchir le seuil de mon bureau. À mon grand soulagement, Shanna n'était pas en train d'y traîner.

L'inspecteur regarda autour de lui.

— Plutôt ordinaire ici, remarqua-t-il. Pas comme à l'extérieur.

Il étudia les photos sur l'étagère.

— C'était votre pauvre femme ? demanda-t-il.

— Non, c'est ma *mère*.

— Belle femme.

— Vous disiez que c'était urgent ?

Il s'assit et leva ses fesses, décollant ses pantalons serrés de son entrejambe.

— Vous m'avez vu dans *ET* hier soir ?

— *ET* ?

— *Entertainment Tonight*. C'était un message de seulement 12 secondes, mais je l'ai enregistré et je l'ai regardé 15 fois au moins. Bon Dieu que je suis beau.

Il revêtit un sourire éclatant.

— C'est passé aussi à *CNN Showbiz Tonight, FOXNews, Star TV* et *Spotlight Tonight*. J'ai demandé à *Spotlight* de devenir un de leurs réguliers — vous savez, un genre de correspondant du maintien de l'ordre —, et ils ont dit qu'ils allaient y penser. Mon agent dit que je dois faire un portfolio.

Je reposai mes coudes sur le bureau et massai mes globes oculaires. L'inspecteur m'épuisait.

— Est-ce ce que vous êtes venu me dire?

— Non.

Son visage s'assombrit.

— Votre ingénieur en chef, « Super Al »... il a de gros problèmes. Nous avons surveillé son appartement, sa salle de gym, la maison de sa sœur, partout, mais il a disparu. Pensez-vous qu'Ez Lopez l'a averti?

— Pourquoi Ezmeralda aurait-elle fait ça? demandai-je, feignant l'ignorance.

— Mme Lopez m'a informé hier que M. Combs était entré dans la suite de Chelsea alors qu'elle partait. C'est arrivé à 23 h 14, 20 minutes avant que Chelsea saute — ce qui fait de Super Al le dernier visiteur dans la suite avant qu'elle saute. Quelques minutes plus tard, Bryce Davies a entendu du vacarme dans le corridor. Il a ouvert la porte et a vu un homme se précipiter dans le couloir vers la sortie de secours. Ce matin, Bryce a identifié cet homme comme étant Al Combs.

Saisissant son reflet dans le miroir, l'inspecteur fit bouffer ses cheveux.

— Al ne vous l'a pas dit quand vous l'avez interrogé?

— Non, il ne l'a pas fait. Je suppose qu'il a oublié.

Ses mots étaient chargés de sarcasme.

— Le saviez-vous?

— Bien sûr que non.

— Vous mentez.

Ça ne servait plus à rien d'essayer de protéger Al à présent.

— Ez me l'a dit seulement aujourd'hui. J'ai été aussi surpris que vous. J'avais avisé Al de ne pas y retourner après avoir enregistré la plainte de Mlle Fricks.

Les yeux de l'inspecteur se fermèrent en deux fentes étroites.

— La plainte ?

Prenant une profonde respiration, je racontai à l'inspecteur la plainte de Chelsea, puis me renfonçai dans mon fauteuil, me préparant à sa colère.

L'inspecteur plissa les yeux en me regardant. Ses sourcils se froncèrent si fort qu'ils ressemblaient à une longue chenille noire. Il élança ses bras dans les airs et tapa sur le bureau avec ses poings.

— *Pourquoi* ne me l'avez-vous pas dit avant ?

— Je ne pensais pas que c'était utile.

— Une femme dépose une plainte sur un comportement déplacé deux heures avant qu'elle soit assassinée et *vous* ne pensiez pas que c'était *utile* ?

Je me tassai dans mon fauteuil.

— J'aurais dû vous le dire. Pardon.

Il mit ses coudes sur le bureau et se pencha vers moi.

— Je croyais que nous avions une entente. Je croyais que nous nous faisions *confiance*. Qu'y a-t-il avec vous, les gens de l'hôtellerie ? Pendant tout ce temps, vous me prêchiez combien vous étiez honnête et franc alors que vous me mentiez tout le long.

— Je ne *mentais* pas. J'avais choisi de ne pas divulguer une information que je pensais ne pas être pertinente.

— Vous m'avez *menti*, Trevor. Je suppose que vous vous trouvez très futé. Imbécile d'inspecteur, n'est-ce pas ? Vous pensez être un excellent acteur, hein ? Vous reconsidérez votre carrière d'acteur ?

— Les hôteliers sont formés pour être discrets. Parfois, nous sommes obligés de ne pas divulguer une information pour protéger nos clients.

— C'est une enquête *criminelle*, Trevor, pas une entrevue pour le *Celebrity Bad Girls*.

Il souffla.

— Pourquoi êtes-vous si loyal envers ce sale type ? Il y a une pénurie d'hommes d'entretien dans cette ville ou quoi ?

— Pourquoi l'aurait-il attaquée ? Parce qu'elle s'était plainte ? Ça paraît un peu extrême.

— Je veux que vous laissiez de côté cette loyauté aveugle pendant une seconde et que vous regardiez les choses en face. Imaginez que vous êtes un simple homme d'entretien du Midwest qui arrive à Hollywood et qui découvre qu'il peut avoir un accès direct à plusieurs des plus belles filles au monde. Combien de types ont fantasmé sur le fait de voir Chelsea Fricks en sous-vêtements ? Je ne parle pas d'une photo floue de son entrejambe sur Internet. Je vous parle de la voir en vrai, en chair et en os, tout près. Al est dans la salle de bain et elle, elle porte un peignoir et rien d'autre. Vous regarderiez ?

— Bien sûr que non.

— Menteur !

— Non. Je me suis déjà trouvé dans des situations similaires. Des clientes font régulièrement tomber leur serviette devant le personnel de l'hôtel. Je n'ai jamais regardé. Al ne le ferait pas non plus. Nous sommes au travail, pas dans un peep-show.

— Al a vu Chelsea en sous-vêtements, peut-être a-t-il eu un aperçu de ses parties intimes et qu'il est devenu fou de désir. Il est parti, incapable de cesser de penser à elle. Il est alors revenu dans la chambre plus tard pour la séduire. Elle ne s'est pas montrée intéressée. Il a pris un couteau. Elle s'est enfuie. Il l'a pourchassée dans l'appartement et l'a poignardée. Il l'a coincée dans le salon. Elle saignait. Il la tenait. Elle s'est alors ruée sur le balcon et a sauté. Il a paniqué, a essuyé les empreintes sur le couteau avec un gant de toilette, l'a caché dans le chariot du ménage dans le couloir. Il est rentré chez lui. Le lendemain, il s'est présenté au travail et s'est montré choqué en apprenant sa mort. Il a demandé à Ez de ne rien dire, la menaçant peut-être de *la* tuer.

Je bougeai dans mon fauteuil, perturbé par ce scénario.

— Je n'arrive toujours pas à imaginer qu'Al puisse faire du mal à quelqu'un.

— Vous êtes *si naïf.* Je vais vous dire quelque chose, mais seulement pour enlever de votre tête dure que les gens ne sont pas toujours ce qu'ils paraissent.

Il sortit un morceau de papier de sa poche et le fit glisser vers moi.

— Regardez.

Je baissai les yeux. C'était le rapport d'activité qu'il m'avait montré le premier matin. Il était à présent sali avec des taches de café et marqué avec des gribouillages incompréhensibles. Je levai la tête.

— Je l'ai vu. Et alors ?

— Vous connaissez le plus grand atout de la technologie ? Elle ne vous ment pas. Contrairement aux gens. J'ai rendu visite à votre homologue à l'hôtel Mondrian cet après-midi. Alyson — une femme adorable, charmante. Elle m'a dit les mêmes choses que vous sur « Super Al » : un gentil géant, honnête, qui ne ferait pas de mal à une mouche. Mais en insistant un peu, elle a fini par se rappeler un petit incident entre lui et Mlle Fricks en début d'année. Al s'est fait surprendre en train de baiser Chelsea dans sa suite.

— *Quoi ?* Vous plaisantez.

Il plissa ses yeux.

— Ne jouez pas aux idiots, Trevor.

— Je l'ai appris il y a quelques minutes. Je… Alyson m'a appelé et…

— Vous pensez toujours qu'il est innocent ?

Je lançai mes bras dans les airs.

— Je ne sais plus quoi penser.

Il tapa sur le rapport avec son doigt.

— Regardez les deux systèmes de passages mitoyens à 23 h 12. Vous savez ce que ça signifie ?

— Je vous l'ai dit. L'accès depuis les chambres adjacentes a été bloqué. Nous avons déjà établi que c'est Mlle Fricks qui l'a voulu ainsi.

— Pourquoi aurait-elle bloqué l'accès à son petit ami et à son agente ? Ils étaient censés aller à la fête ensemble.

— Peut-être qu'elle avait eu peur d'eux.

— Devinez qui en a fait la demande au nom de Mlle Fricks ?

Je ne répondis pas. Je ne voulais pas savoir.

L'inspecteur répondit à sa propre question.

— Al Combs, voilà qui.

* * * * *

— Oncle Stav ! cria Athena tout en agitant une serviette en papier dans les airs.

Elle avait une coiffure afro très dense.

— Ils m'ont transformée ! Elle m'a donné un autographe !

Stavros se baissa pour inspecter son visage chargé en maquillage.

— Mon Dieu, Athie, on dirait Jodie Foster dans *Taxi Driver*.

Il passa son pouce sur sa lèvre supérieure.

— Mais… Ils t'ont rasée ?

Il jeta un regard furieux en direction de l'équipe.

— Sa mère va me tuer.

— Sa mère *veut* qu'elle ait une moustache ? dis-je.

— Elle a peur que si on la rase, elle ne fasse que devenir plus épaisse.

Athena dansait dans le hall, sautant dans les airs comme une ballerine maladroite.

— Je suis jolie ! criait-elle. Je suis une actrice ! Je suis comme Natalie Portman !

— Jamais entendu parler du traitement au laser ? m'aventurai-je.

— Vous croyez que je ne connais pas le traitement au laser ?

Il mit sa main sur sa nuque et tira une mèche de poils noirs.

— Athena, viens ici !

Elle s'arrêta de danser et arriva, les épaules basses.

— Je veux que tu t'enlèves tout ce maquillage sur ton visage immédiatement.

— Non ! s'écria-t-elle.

Elle recula, le regard démoniaque, et se tourna pour rejoindre l'équipe qui emballait son matériel. Mlle Portman était partie.

— La petite peste ! marmonna Stavros tout en la poursuivant.

Il la ramena alors qu'elle tapait des pieds et criait.

— Je vais déposer cette petite démone chez ma sœur. Ensuite, je me rendrai à l'appartement de vous savez qui dans West Hollywood. S'il se présente ici, ne dites pas un mot de notre conversation. Appelez-moi immédiatement. Et ne le laissez filer nulle part. Vous comprenez ?

— Je comprends.

— Je vous avertis, Trevor, si vous essayez de le protéger, je vous arrête pour obstruction à une enquête criminelle.

* * * * *

Ce soir-là, je me rendis dans la salle de sport pour emmener ma mère dîner. Elle était entièrement vêtue en tenue de sport : des pantalons Lululemon extensibles, un débardeur et un bandeau violet. Elle était en train de sauter en écartant les bras devant le miroir recouvrant le mur. Au centre de la pièce, un lit sur roulettes faisait face à une télévision suspendue au plafond comme dans un hôpital.

— Suis-je en train de voir une vidéo d'Olivia Newton-John ? demandai-je.

Elle prit une serviette.

— J'essaie juste d'éliminer toute cette nourriture riche que Bruce me fait manger. Je pensais que les Angelenos ne mangeaient que des légumes verts, mais c'est un amateur de viande et de pommes de terre. Pouvons-nous manger une salade ce soir?

— Je pensais que nous pourrions rester ici et commander le service aux chambres. Il y a une excellente salade de crabe et d'avocats au menu.

Elle regarda autour d'elle et renifla.

— Dans cette salle de sport qui sent la sueur?

— C'est ta sueur. Personne d'autre ne vient s'entraîner ici.

— Bruce laisse un peu de sa sueur derrière lui aussi.

Je bouchai mes oreilles.

— Bruce n'est pas le seul. Janie de la réception semble avoir oublié que la salle de sport n'était pas ouverte et en a offert l'accès à des clients. Quand je suis rentrée hier, Mme Greenfield faisait ses abdominaux sur mon lit de camp. Ce matin, un jeune homme est entré tandis que j'étais étendue bras et jambes écartés sur un ballon d'exercice, en soutien-gorge et en pantalons.

— S'il te plaît, dis-moi que c'est une plaisanterie.

— J'aimerais bien.

Déposant la serviette, elle avança vers le support des haltères et en leva deux. Elle les transporta vers le miroir et commença à les soulever comme un haltérophile professionnel.

— Le pauvre homme est probablement marqué pour la vie.

Je ne pus m'empêcher de remarquer le tissu pendant de son débardeur là où aurait dû se trouver son sein gauche. Je détournai vite le regard.

— Je vais tuer Janie.

— Elle s'est excusée quand j'ai appelé. En fait, je crois qu'elle m'a appelée Mme Lambert 12 fois dans notre conversation de deux minutes. Elle avait pris l'habitude de m'appeler Evelyn, ce que je trouvais légèrement trop familier. C'est une fille un peu étrange, n'est-ce pas?

— C'est la nièce de Tony Cavalli.

— Ça explique tout.

J'essayai d'étouffer la frustration en moi. Je m'étais promis de ne pas m'occuper du travail ce soir et de passer du bon temps avec ma mère.

— Tu es dans une forme incroyable, dis-je. Tu alimenteras probablement les fantasmes de cet homme pendant des semaines.

— Oh, s'il te plaît.

Elle posa les haltères sur le sol avec un bruit sourd qui me fit tressaillir ; il y avait des chambres juste en dessous.

— On ne peut pas sortir ? dit-elle, faisant jouer ses petits biceps dans le miroir. Je reste assez souvent à la maison à Vancouver. On est à Los Angeles. Tout y est excitant. J'ai vu Natalie Portman au bar aujourd'hui ! J'ai aussi rencontré Moira Schwartz, l'ancienne agente de Chelsea Fricks. Nous avons eu une assez longue conversation. J'ai été surprise que tu lui aies parlé de Nancy.

— Je lui en ai parlé le soir qui a suivi la mort de Chelsea pour essayer de la consoler. Je ne pensais pas qu'elle y prêterait attention.

— Elle a dit qu'elle était dépendante des histoires d'avions qui s'écrasent. Elle n'en revenait pas que ta petite amie ait été une des passagères. Elle m'a demandé de lui en dire plus.

— J'espère que tu ne lui as rien dit. Cette femme gagne sa vie en vendant des histoires aux tabloïds.

— Et bien, rien qu'elle ne puisse lire dans les journaux. Où pourrions-nous aller pour dîner, alors ? J'ai demandé conseil à ta concierge Bernadina et elle a dit qu'elle allait toujours dans un endroit génial, le Mel's Diner.

— Nous ne suivrons aucune des recommandations de Bernadina. C'est une autre nièce de Tony.

— Certes, ces filles se distinguent des autres, mais je dois dire que leur approche terre-à-terre est rafraîchissante. Je trouve que les autres membres de ton personnel sont un peu obséquieux.

— Contrairement au Four Seasons, où le personnel est impoli et condescendant, dis-je, ironiquement.

— En tout cas, le personnel du Four Seasons est plus naturel.

Elle commença à prendre des poses d'haltérophile.

— Regarde-moi ça ! Dorénavant, j'insisterai pour séjourner dans les salles de sport de tous les hôtels !

Elle s'essuya le front avec la serviette.

— Il faut que je prenne une douche vite fait et que je me change.

— Je vais faire un tour. On se retrouve dans le hall dans 20 minutes ?

— Parfait.

En bas des escaliers, le bar était prêt pour une autre nuit animée. Tony Cavalli dînait à la Scène, entouré d'une douzaine d'amis et de parents. J'étais heureux de pouvoir prendre ma soirée.

Ma mère descendit 20 minutes plus tard, son bronzage et la fermeté de ses muscles ressortant dans sa robe rose sans manches. Je regardai furtivement sa poitrine, qui était à nouveau parfaitement symétrique. Je ne parvenais pas à me souvenir quel sein était faux.

— Le gauche, dit-elle, saisissant mon regard. Il est plus ferme.

— Portes-tu encore une perruque, maman ?

— Oh non, je m'en suis débarrassée il y a longtemps.

Elle tira sur un cheveu fin blond blanc.

— Ça, c'est naturel.

Elle agita une carte dans les airs.

— J'ai pensé qu'on irait faire un tour en voiture après dîner. J'ai acheté une carte avec l'adresse des vedettes aujourd'hui.

— Super.

Je ne lui dis pas que c'était la dernière chose que j'avais envie de faire. Après six mois à Los Angeles, seulement cinq jours après l'ouverture de l'hôtel, j'en avais déjà assez des vedettes. Mais ce soir, il était temps d'être un fils dévoué. Je laissai de côté mes pensées apocalyptiques sur l'avenir de cet hôtel et me concentrai sur la femme qui m'avait mis au monde.

Nous prîmes l'ascenseur jusqu'à l'aire de stationnement et partîmes. Nous prîmes Shrader vers le sud jusqu'à Sunset Boulevard, contournant prudemment Hollywood Boulevard.

Comme ma mère était avide de voir des vedettes, je décidai de l'amener au Ivy. Tandis qu'on nous accompagnait à une table tranquille dans un coin faiblement éclairé du restaurant, je scrutai la pièce du regard, espérant repérer quelques visages connus pour les lui montrer discrètement, mais la foule semblait être formée de touristes ayant la même mission.

Pendant le dîner, ma mère m'interrogea sur les nouveautés concernant l'affaire Chelsea Fricks et je lui parlai d'Al en toute confidentialité.

— Ce grand homme charmant qui a apporté un tapis de course dans ma chambre? s'écria-t-elle. *Il* l'a fait?

— Chut, dis-je, jetant un œil par-dessus chacune de mes épaules. C'est seulement la théorie de l'inspecteur. Mais Al va avoir du mal à prouver son innocence. Les circonstances sont plutôt incriminantes.

— C'est un homme si agréable. Et si beau! Je n'arrive pas à le croire.

Je me souvins que l'inspecteur Christakos m'avait averti que L.A. était pleine d'acteurs qui rêvaient de vivre essentiellement dans le mensonge, prétendant être ce qu'ils n'étaient pas. Al était-il venu à Hollywood avec les mêmes aspirations?

Pendant le dessert, ma mère tourna autour du cas de Nancy, mais à nouveau, je refusai de la laisser entrer. J'envisageai de lui parler de l'étrange appel de sa grand-mère, mais choisis de ne pas le faire, sachant qu'elle ferait un lien énervant qui n'avait pas lieu d'être.

Fatigué d'attendre que je lui ouvre une porte, ma mère trouva le moyen d'entrer.

— Je ne sais pas pourquoi tu es si avide de résoudre le mystère de la mort de Chelsea, alors que tu ne sembles pas le moins du monde intéressé par le mystère de la mort de Nancy. Tu ne veux pas savoir ce qui s'est passé ?

— Il n'y a pas de mystère, maman. Il n'y a pas de conspiration, de miracle, de révélation-choc. Arrête avec ta mentalité de tabloïds ! Nancy était une vraie personne et elle est morte.

— Et Chelsea ne l'était pas ?

Je détournai le regard et observai le restaurant. Malgré toutes ses histoires sur le fait qu'elle voulait voir des vedettes, ma mère n'avait pas jeté un œil sur la salle une seule fois. Son attention était braquée sur moi.

— Je me pose une question, dit-elle, levant son couteau pour couper son bifteck. As-tu dit que Nancy était malade en Europe ? Était-ce sa bronchite persistante ou autre chose ?

— Sa bronchite n'était pas encore guérie. Mais non, c'était autre chose.

— Comme quoi ?

Je haussai les épaules.

— Je ne sais pas.

— Quels étaient ses symptômes ?

— Elle était très fatiguée. Elle avait des maux de tête et se sentait parfois fiévreuse. Qu'est-ce que ça peut faire ?

— Je suis infirmière. Peut-être que je trouverais ce qui n'allait pas. Avait-elle eu les résultats des tests du Dr Rutherford avant de partir ?

— Non. Elle devait aller voir un médecin à Salisbury. Elle voulait lui demander de contacter le Dr Rutherford pour qu'il fasse suivre les résultats.

— Donc, tu étais inquiet pour sa santé aussi ?

— Non.

— Trevor, ça n'a pas de sens. Pourquoi aurais-tu…

Je posai brusquement ma fourchette et mon couteau.

— Bien. Tu n'abandonneras pas tant que je ne t'aurai pas dit toute l'histoire, hein ? Tu ne me laisseras pas seul jusqu'à ce que tu m'aies arraché chaque détail douloureux, jusqu'à ce que tu m'aies réduit en larmes tant je me sens coupable ?

— Que *diable* racontes-tu ? Ce n'est pas juste. Je voulais simplement…

— Je lui avais demandé de m'épouser, maman.

— Quoi ? Quand ?

— À Paris.

Je pus voir le chagrin dans ses yeux.

— Pourquoi ne me l'as-tu pas dit ?

— Je ne pouvais pas.

— Elle a dit oui ?

— Elle a dit : « Attendons pour voir ».

— Attendons pour voir ? Attendre quoi ?

J'hésitai. Pouvais-je révéler cette impression qui avait été mon plus grand espoir tandis que Nancy était en vie et qui était devenu ma plus grande peur après sa mort, cette impression qui expliquait tellement de choses, mais qui était si douloureuse à envisager ?

— Je crois qu'elle était enceinte, maman.

13

Monsieur Répare-tout

— Bon, on a réussi, annonça Shanna, lançant un tas de journaux et de magazines sur mon bureau. L'hôtel Cinéma est l'hôtel dont on parle le plus dans le pays. Malheureusement, toi et moi ne pouvons nous en octroyer le crédit, tout comme notre agente. Tous les remerciements vont à notre service d'entretien.

Elle souleva une publication après l'autre et les agita vers moi. La photo d'Al ornait la page couverture du *Daily News,* du *Los Angeles Times,* du *Daily Spotlight,* du *New York Times* et du *USA Today,* entre autres.

Je levai les yeux vers elle, consterné.

— Que disent-ils?

— Qu'Al est le principal suspect et qu'il est recherché. As-tu de ses nouvelles?

— Non.

Elle plissa les yeux.

— Ta confiance en son innocence en a pris un coup, hein?

— Oui.

Je l'informai rapidement de ma conversation avec l'inspecteur.

Shanna tomba presque de mon bureau.

— Al et Chelsea ont eu une liaison?

— Apparemment.

— Je suis sous le choc. Ma confiance a commencé à faiblir hier soir après ma quatrième heure consécutive d'écoute des nouvelles. Je ne pouvais pas m'en détacher, même si toutes les chaînes repassaient les mêmes images ennuyeuses d'Al arrosant les haies. Il avait plus l'air, disons, d'un *jardinier* que d'un tueur de sang-froid. Aucun proche de Chelsea n'a fait de déclaration aux médias. La famille de Chelsea les a fait taire. Moira ne donnera pas d'entrevue. Bryce ne parlera pas. Et nous ne parlerons pas. Hier soir, les chaînes ont fini par interroger un ancien chauffeur de limousine, un voisin qui ne l'avait manifestement jamais rencontrée, ainsi que son livreur de journaux. Les gens qui sont parvenus à la voir une fois au A & P sont maintenant des experts.

Elle avança vers le miroir et soupira.

— Mon Dieu, je ressemble à Moira Schwartz !

Elle saisit son sac, sortit une brosse, de la laque et un tube de rouge à lèvres.

— J'ai à peine eu le temps de m'habiller ce matin. J'étais levée à 5 h à regarder les mêmes bêtises abrutissantes. Un essaim de médias avaient retrouvé la pauvre mère d'Al à Louisville et l'avaient pourchassée jusqu'à l'église locale. Ils avaient installé un vigile à l'extérieur des portes, mais elle refusait de sortir. Ils la traitaient comme si elle était gardée en otage.

— Al doit en être malade, dis-je.

— Mais où diable est-il ?

— Peut-être qu'il se présentera au travail aujourd'hui. Sinon, nous sommes fichus — deux fois plutôt qu'une.

Je feuilletai sans enthousiasme les publications sur mon bureau. Sur la couverture de *In Touch* se trouvait une vue aérienne de sa propriété à Bel-Air.

— Ma mère m'a fait passer devant la maison de Chelsea une centaine de fois hier soir, dis-je. J'aurais cru que tous ses admirateurs se trouvaient ici, mais il y en avait trois fois plus devant les grilles, dis-je.

Sur la couverture du *Daily Spotlight*, on voyait encore Al en train d'arroser les haies, à côté du gros titre : DERRIÈRE LES PORTES CLOSES : LE MONDE PRIVÉ D'UN MYSTÉRIEUX HOMME D'ENTRETIEN. Un article sur la page couverture du *L.A. Daily News* annonçait : LA DIRECTION DE L'HÔTEL FAIT OBSTRUCTION AUX MÉDIAS.

— Penses-tu qu'il est temps de reconsidérer notre approche ? dis-je, levant le journal pour qu'elle voie.

Elle s'écarta du miroir et grimaça devant son reflet.

— Je me suis posé la même question hier. Malgré ce que j'en pense, j'ai appelé Kandy Caine[*] — je veux dire Frimeuse — je veux dire Kitty Caine — peu importe son fichu nom. Elle a presque eu un orgasme quand je lui ai dit que je me demandais s'il ne serait pas temps de se mettre de l'avant et de défendre l'hôtel. Mais après avoir écouté ses halètements et ses gémissements pendant 20 minutes, j'ai changé d'avis. Nous devons être forts, Trevor. Si on se prononce maintenant, on ne fera que s'ouvrir à une attention encore plus grande, à des critiques plus dures et ridicules.

Je baissai les yeux sur la couverture du magazine *Us*. Une autre photo d'Al taillant les haies sous le gros titre POURQUOI IL L'A FAIT. Une autre photo d'une femme aux cheveux roux et à l'air hostile était insérée au-dessus de la légende : UNE ANCIENNE FEMME DE MÉNAGE DU MONDRIAN RACONTE LA LIAISON SCABREUSE DE CHELSEA AVEC UN HOMME D'ENTRETIEN.

Je marmonnai.

— C'est frustrant de rester sans rien faire.

— Au moins, on n'est pas seuls dans ce formidable isolement, dit Shanna, qui s'arrangeait les cheveux. Je trouve intéressant que Bryce Davies ne donne pas d'entrevue. Il ne s'est jamais tenu à l'écart de la publicité avant. A-t-il peur de dire quelque chose d'incriminant ?

— Tu penses que Bryce l'a fait, alors ?

— Je préfère penser qu'il l'a fait plutôt que Super Al.

— Peut-être a-t-il découvert l'aventure de Chelsea.

— Qui sait ?

---

[*] N.d.T. : Jeu de mot sur Kandy Caine qui se prononce « candy cane », qui en anglais veut dire « canne en sucre ».

Elle se mit de la laque partout sur les cheveux, remplissant l'air d'une odeur d'aérosol sucré.

— Shanna, je te dérange?

Elle regarda par-dessus son épaule.

— Je suis désolée. Que je suis maladroite!

Fourrant sa bombe de laque dans son sac, elle se tourna vers moi.

— Al va passer des moments difficiles à expliquer pourquoi il a bloqué l'accès des portes secondaires de la suite de Chelsea, puis s'est introduit dans la chambre après Ezmeralda sans le dire à personne. Maintenant que je le sais, je suis plus catégorique sur le fait que nous devons rester silencieux.

— Je ne sais pas si je pourrais attendre et faire des recherches, dis-je, tout en ôtant un long cheveu noir de ma manche. Tony m'a donné un ultimatum hier. Si je ne mets pas un terme à la mauvaise publicité avant samedi, je perds mon emploi.

Elle se tourna vers moi.

— Il n'a pas fait ça!

— Si. Rappelle-toi, je l'ai convaincu de prendre la voie noble et de garder le silence. J'ai promis que ça ne nous exploserait pas au visage. Or, c'est exactement ce qui se passe.

— Nous avons fait cette promesse tous les deux, Trevor. Si tu pars, je pars aussi.

— À ce point, se faire virer ne semble pas être une si mauvaise chose.

— *Quoi?*

— Peut-être que j'ai commis une erreur en prenant ce travail.

Shanna leva le bras au-dessus du bureau et me gifla.

— Ne redis jamais ça!

Stupéfait, je touchai mon visage et vérifiai avec ma main si je saignais.

— Shanna, pour l'amour du ciel!

Elle fut immédiatement prise de remords.

— Je suis désolée. Je ne sais pas ce qui m'a pris. C'est juste trop navrant à entendre. On a besoin de toi ici. J'ai besoin de toi ici. As-tu remarqué le changement de moral depuis la réunion d'hier? L'optimisme s'est ravivé. Nous sommes encore plus examinés que jamais, et pourtant, les employés se conduisent avec beaucoup de professionnalisme, d'assurance… Je suis sincèrement impressionnée. Tu es un grand directeur, Trevor. Tu es né pour diriger des hôtels.

— J'ai eu une petite discussion avec Janie Spanozzini l'autre jour. En conséquence, elle a arrêté d'appeler ma mère par son prénom…

— Tu vois? Tu as même réussi avec elle.

— …et l'a appelée Mme Lambert 12 fois en deux minutes.

— Ces choses prennent du temps.

— Ne t'inquiète pas, Shanna. Je ne partirai pas. Mais je crois que nous devrions choisir une approche plus proactive. Il faut que Tony me lâche. Kitty ne nous est d'aucune aide; c'est comme si elle n'était pas là. Peut-être qu'on pourrait appeler ce journaliste du *Spotlight* et l'inviter à dîner, le soûler et le convaincre d'écrire une version positive de l'affaire.

Shanna semblait sceptique.

— Voyons si Al se pointe d'abord.

Un coup à la fenêtre nous interrompit. Valerie Smitts se tenait dans le couloir à regarder dans mon bureau, l'air anxieux. C'était la première fois que je la voyais depuis que je l'avais approchée, ivre. Je baissai la tête, embarrassé.

Elle ouvrit grand la porte.

— La police est ici pour arrêter Al!

— Al? Mais il n'est pas ici, dit Shanna.

— Nous venons d'arriver ensemble en voiture. Il est descendu se changer.

Je me levai.

— Vous étiez avec lui?

Valerie acquiesça, se mordant la lèvre.

— Il m'a appelée hier, paniqué, après avoir vu la version du *Spotlight*. Une foule de reporters avaient encerclé son immeuble. Je l'ai laissé se cacher chez moi.

— Vous avez hébergé un homme recherché ? dit Shanna, tout en la conduisant dans le bureau et en fermant rapidement la porte. Ce n'était pas la chose la plus sage à faire, Valerie.

Valerie se tourna vers moi.

— Al veut vous parler, Trevor. Il veut vous expliquer ce qui s'est passé.

— Ça par exemple ! dit Shanna.

Valerie se tourna vers Shanna avec colère.

— Al est innocent ! Il ne ferait jamais de mal à qui que ce soit !

— Valerie, dis-je doucement, essayant de la calmer. Nous voulons bien croire qu'il est innocent, mais…

Je m'arrêtai.

— Avez-vous dit que la police est ici ?

Elle hocha la tête.

— Ils sont dans le hall.

— Trevor, dit Shanna, pourquoi n'y vas-tu pas pour raisonner l'inspecteur ? On n'a pas besoin de lui qui parade devant les médias encore une fois. S'il doit parler à Al, qu'il utilise une de nos salles de réunion.

Je me faufilai devant Valerie sans croiser son regard.

L'inspecteur Christakos était dans le hall, à regarder la flamme de la vasque en verre. Je repérai l'agent Gertz qui fouinait autour de la Scène et deux autres policiers en uniforme à la porte principale sur la terrasse de la piscine. Ils surveillaient l'hôtel.

— Monsieur Lambert, dit Stavros, sans aucune trace de sa jovialité habituelle. Nous recherchons Allan Robert Crombs. Nous savons qu'il est dans l'établissement.

— Inspecteur, je veux vous assurer que…

Un cri perçant attira notre attention vers le bureau de la conciergerie. Bernadina bondit de son siège, s'écartant devant Al, qui émergea du bureau de la sécurité derrière son bureau à elle.

— Le voilà ! cria l'inspecteur. Attrapez-le !

L'agent Gertz et les deux autres policiers se ruèrent vers lui.

Al leva ses mains dans les airs.

— Suis-je en état d'arrestation ?

— Pas encore, dit l'inspecteur. Mais ne faites rien de ridicule. Je dois vous poser davantage de questions. Si ça vous convient, j'aimerais vous emmener au poste. L'agent Gertz vous fouillera d'abord.

Al baissa ses mains, abattu.

L'agent Gertz avança précautionneusement et le tâta.

Derrière la conciergerie, Bernadina se tenait à quatre pattes, regardant attentivement depuis le coin. Son cri avait attiré bon nombre de clients, qui s'étaient rassemblés pour regarder le spectacle.

— Est-ce nécessaire, inspecteur ? demandai-je. Pourrions-nous aller dans mon bureau et en discuter ?

— On en a déjà parlé, Trevor, répondit-il. Restez à l'écart.

L'agent Gertz détacha la ceinture à outils d'Al et la tendit à un des policiers, qui la fouilla.

— Marteau ! Tournevis ! Clé ! criait-il comme si c'était des armes, les passant au fur et à mesure au troisième agent.

— C'est un homme d'entretien, pour l'amour du ciel ! dis-je.

J'observai Al, qui restait passif tandis que les policiers le malmenaient, les mains derrière le dos comme s'il était déjà menotté. Pourquoi ne se débattait-il pas ? Pourquoi ne clamait-il pas tout haut son innocence ? Pourquoi aucune indignation, aucun scandale ? Je regardai la clé dans la main de l'agent et pensai au robinet dans l'appartement terrasse. Al avait prétendu l'avoir réparé, mais il fuyait encore quand j'avais fait le tour de la suite le lendemain matin. Pourquoi n'avais-je pas fait mon enquête ?

— Al, avez-vous un avocat ? demandai-je calmement.

Il secoua légèrement la tête.

Shanna avança furtivement à côté de moi.

— Et un agent de publicité ?

Je me tournai et la regardai.

Son visage devint rouge.

— Et bien, c'est L.A. Je pensais juste qu'étant donné toute l'attention médiatique…

— Allons-y, s'écria l'inspecteur, poussant Al vers la porte.

— Inspecteur ? criai-je, les suivant. Pourrions-nous utiliser la porte de derrière cette fois ?

Il secoua la tête sans se retourner.

Rejouant la scène avec Ezmeralda il y a seulement deux jours, la foule devint sauvage à la vue d'Al. Le portier s'efforçait de la maintenir à distance tandis que l'inspecteur Christakos escortait Al vers une voiture de police. Contrairement à la fierté et au comportement rebelle d'Ezmeralda, Al marchait les épaules basses, la tête penchée, semblant résigné et coupable. Stavros le poussa dans la voiture et entreprit ses poses devant les caméras.

— Cet inspecteur ressemble à Paris Hilton à une conférence de presse, remarqua Shanna.

— Il est presque aussi joli.

— Je crois que nous devrions changer notre slogan, dit-elle. Il y a bien trop de cinéma à Hollywood pour moi.

* * * * *

Plus tard dans la journée, Shanna arriva à la porte de mon bureau avec un sac de chez Baja Fresh.

— Faim ?

— Non.

— Moi non plus. J'ai déjeuné il y a tout juste deux heures. Ça te dérange si je le mange ici ? On gèle dans mon taudis.

— Tu n'as jamais pensé à la cafétéria du personnel ?

— Oublie cette idée. Tu sais que je ne peux pas me mélanger au personnel.

Je me poussai à contrecœur.

Elle s'assit dans son fauteuil habituel et retira un burrito de la taille d'un ballon de football du sac. Tandis qu'elle le déballait, des feuilles de laitue tombèrent sur la moquette. L'odeur de sauce piquante flotta vers moi. Fouillant dans son sac, elle en sortit un ancien numéro du *Daily Spotlight*. Chelsea et Bryce étaient sur la couverture, entourés d'enfants africains, en mission « d'enquête » au Malawi. On lisait : ADOPTION À L'HORIZON POUR BRYCE ET CHELS ?

— Tu n'as pas du travail à faire ? demandai-je.

— J'en ai toujours. Tu devrais voir mon bureau.

Elle mordit dans son burrito.

— Alors, tu ne devrais pas y aller ?

— La recherche, chéri, la recherche.

— Ouais.

Je m'affalai dans mon fauteuil, regardant la pile de CV que Dennis m'avait apportés. Je les feuilletai, me sentant de plus en plus découragé. Je ne voulais pas chercher un remplaçant pour Al. Mes pensées dérivèrent vers notre première entrevue. Il avait semblé si sincère et si sérieux. J'avais voulu l'engager sur-le-champ, mais j'avais résisté et j'avais donné son CV à Shanna pour une seconde entrevue. Elle l'avait adoré aussi. Pourquoi n'avais-je pas détecté quelque chose de diabolique dans sa personnalité ? Moi qui étais si fier de pouvoir détecter les failles — bien sûr, les failles comme les problèmes d'attitude ou le manque de concentration ou un CV incomplet, pas des tendances meurtrières ou des aventures avec les clients. Il m'apparut alors que faire passer des entrevues à des candidats pour un emploi n'était pas si différent de la façon dont Stavros m'avait décrit les interrogatoires des suspects. S'il y avait une différence entre l'histoire que le CV me racontait et l'histoire que le candidat me racontait, c'était une faille. Ce n'était pas la seule similarité entre mon travail et celui de l'inspecteur. Nos deux postes nécessitaient d'avoir l'œil pour les détails, le sens de l'écoute, de la persévérance, de l'humilité et un fort sens éthique. Stavros Christakos avait-il démontré du talent dans *chacun* de ces domaines ? Peut-être que je le sous-estimais. Après tout, il avait détecté un côté sombre d'Al que je n'avais pas vu. Cette fois, Stavros avait raison et j'avais tort.

Saisissant une odeur de haricots frits, je levai la tête et regardai Shanna.

Elle leva les yeux avec une expression de culpabilité et m'offrit le burrito. Il était si gros qu'elle avait besoin de ses deux mains pour le tenir.

Je reculai, secouant la tête, encore dégoûté par la nourriture.

Elle fourra les restes du burrito dans le sac Baja et le jeta dans la poubelle, ce qui assurait que l'odeur de haricots frits et de guacamole subsisterait jusqu'à ce que je m'en débarrasse. Elle s'était comportée toute la semaine comme une colocataire oisive et énervante : toujours du temps libre, à traîner, à vouloir discuter, à m'interrompre sans cesse, à utiliser mon bureau comme une cafétéria et un salon de beauté. J'attendis qu'elle parte, mais à la place, elle se rassit. Étirant ses bras, elle laissa échapper un fort bâillement, puis elle plia ses bras sur sa poitrine, comme si elle s'installait pour une sieste. La seule façon de m'en débarrasser était de partir moi-même. Je me levai, ôtai mon veston du porte-manteau et ouvris la porte. Mais un regard oblique sur elle me fit changer d'avis. Elle semblait inquiète. Son comportement aujourd'hui — toute la semaine, en fait — avait été contraire à son caractère, bizarre. Quelque chose l'ennuyait et c'était plus que l'affaire Fricks.

Je fermai la porte et observai Shanna un moment. Elle avait la tête penchée en arrière, regardant furtivement son reflet dans le miroir, avec un brin de... de tristesse ? Oui, de tristesse... dans les yeux. Je raccrochai mon veston et retournai à mon bureau. En tant que directeur, je savais que je devrais lui demander de reprendre le travail, mais je sentais qu'elle avait besoin de parler. La vérité était que j'aimais sa compagnie, même si elle sentait les haricots frits.

— Tu veux bien me donner un coup de main ? demandai-je, poussant une pile de CV vers elle. Il doit y avoir un autre Al là-dedans, idéalement un qui ne soit pas un meurtrier. Si on ne trouve pas rapidement, toi et moi, on va devoir s'attacher des ceintures à outils à la taille.

— *Ça*, ça serait amusant.

Elle commença à passer les CV au crible.

— Je voulais te demander, Trevor, est-ce qu'assassiner un client entraîne automatiquement un licenciement ?

— Je ne crois pas que ce sujet soit stipulé dans notre manuel des employés. Pourquoi me demandes-tu ça ?

— Je pensais tuer les Greenfield. J'ai commis l'erreur d'engager la conversation avec M. Greenfield dans le hall — tu sais comme je déteste parler aux clients. Ce n'était pas vraiment une conversation en fait. Je lui ai demandé de mettre sa chemise. Maintenant, Mme Greenfiled et lui m'utilisent comme concierge personnelle. Ce matin, Mme Greenfield m'a demandé de trouver un bébé éléphant pour la fête d'anniversaire de sa petite-fille de dimanche. Elle a dit qu'il fallait qu'il soit rose — sa couleur préférée.

— Ça me semble tout à fait raisonnable. Que lui as-tu dit ?

— Je lui ai dit que je serais peut-être capable de trouver un cochon. Je pensais lui suggérer qu'on pourrait peindre son mari. Sa petite-fille ne remarquerait probablement pas la différence.

Je hurlai de rire.

— En voilà un, dit-elle, dégageant un CV de la pile. Manjit Sidhu. Il n'a jamais touché à un marteau avant, mais il possède un commerce de beignets et il « est passionné par la réparation des choses ».

— Engagé.

— Seulement pour son expertise à faire des beignets.

Elle me redonna les CV.

— Ces candidats sont hélas complètement sous-qualifiés. Si Al est arrêté, est-ce que l'hôtel pourrait payer la caution et lui demander de faire quelques travaux en attendant le procès ?

— Je ne vois pas pourquoi nous ne pourrions pas.

— Est-ce qu'il t'arrive de répondre au téléphone ?

Il n'avait pas arrêté de sonner, mais j'avais appris à faire la sourde oreille.

— J'ai demandé à mon assistante de prendre tous mes appels.

— Elle ne fait pas un excellent travail. Peut-être qu'*elle* pourrait porter une ceinture à outils.

Je soupirai et pris le téléphone.

— Trevor Lambert à l'appareil.

— C'est Moira. Comment allez-vous ?

Sa voix semblait aussi blasée que d'habitude.

— Occupé, Moira. Comment puis-je vous aider ?

— Je dois organiser une réception à votre hôtel. Le Peninsula veut absolument que je le fasse chez eux, mais je me suis dit que je pourrais vous donner le contrat.

— Quel genre de réception ? dis-je.

— C'est pour ma nouvelle cliente, Ripley Van Vleet.

— Jamais entendu parler.

— *Elle* est importante. Ou du moins, elle va le devenir. Elle vient de finir un film d'action-romance-comédie à gros budget pour Universal avec Jamie Foxx. Je dois la présenter à la presse du spectacle comme la dernière cliente du Groupe média Moira Schwartz. Ce sera une couverture médiatique extrêmement précieuse pour votre hôtel. Je compte sur vous pour en assumer les frais.

— Vous voulez que nous payions pour votre réception ? dis-je, échangeant un regard perplexe avec Shanna. Je suis désolé, mais je crois que notre salle de réception est réservée pour les prochaines semaines.

J'appuyai sur la fonction « mains libres » pour que Shanna puisse entendre.

— Je ne veux pas votre salle de réception, dit Moira. Je veux le bar. Lundi soir. Tôt, environ de 17 h à 19 h.

— Je suis terriblement désolé, mais…

Shanna leva sa main.

— C'est un horaire tranquille, articula-t-elle silencieusement. Tony veut des vedettes ici.

— On devrait être en mesure de vous trouver une place, dis-je. La personne qui organise les réceptions vous contactera.

— Parfait. J'aurais aussi besoin de quelques chambres pour les invités de l'extérieur qui viennent à la cérémonie commémorative de Chelsea. Le Roosevelt nous a proposé une bonne commandite, mais je leur ai dit que vous étiez en tête de liste. Ceci n'est qu'un petit avant-goût des affaires que je peux vous faire faire. Les parents de Chelsea sont de vrais nuls. Ils n'ont invité ni ses amis ni ses camarades d'Hollywood pour ses funérailles à Portland. Tout le monde est choqué. Ils veulent une cérémonie à part à Hollywood. Devinez sur qui c'est tombé ? J'ai engagé une compagnie pour m'aider à organiser l'événement, mais je dois m'occuper des commanditaires.

— Vous cherchez des commanditaires pour des funérailles ? dis-je, jetant un œil à Shanna, qui semblait également scandalisée.

— La cérémonie *commémorative*. Comment pourrions-nous payer ça sinon ? Tout doit être fait avec goût. Je peux veiller à ce que vous et cette femme indienne despotique soyez sur la liste des invités. *Tout le monde* se bouscule pour une invitation.

La main de Shanna vola jusqu'à sa poitrine. Elle ouvrit la bouche pour rétorquer, mais je mis un doigt sur mes lèvres.

— Nous ne serons pas en mesure d'embarquer comme commanditaires, dis-je. L'hôtel est plein.

— La cérémonie se fera dans la rue, au Kodak Theatre, alors je pensais que ce serait intéressant.

— Vous faites la cérémonie dans la salle de la cérémonie des Oscars?

— Chelsea s'y serait trouvée en mars pour aller chercher son Oscar comme meilleure actrice dans *Ambition aveugle*. À la place, elle y aura une cérémonie commémorative. Ironique, non? Je devrais être capable de vous mettre dans les sacs-cadeaux, si ça vous intéresse. Il me faudra un millier de chèques-cadeaux.

— Je crois que nous passerons notre tour. Mais merci.

— Est-ce que votre homme d'entretien s'est rendu à la police? J'ai entendu dire qu'il s'était enfui. Je me souviens de lui au Mondrian. Il harcelait Chelsea. Si j'avais su qu'il travaillait dans votre hôtel, je l'aurais avertie. Bon, au moins, nous savons ce qui s'est passé maintenant.

— Nous ne savons rien avec certitude, dis-je, irrité.

Il y a seulement quelques jours, elle accusait Ezmeralda.

— Pourquoi, ont-ils trouvé d'autres preuves ou autre chose?

— Pourquoi ne demandez-vous pas à votre ami Nigel Thoroughbred? Il semble tout savoir.

— Êtes-vous finalement prêt à admettre que vous avez besoin de moi?

— Tout est sous contrôle, Moira.

— Vous plaisantez? Vous êtes embourbé dans le plus grand fiasco de relations publiques de l'histoire de l'hôtellerie. Que fait Kitty pour vous? Rien.

— Nous lui avons demandé de ne rien faire.

— Elle fait pire que rien. Elle s'est dissociée de votre hôtel parce que ses autres clients sont contrariés qu'elle vous représente. Il faut que quelqu'un commence à défendre cet hôtel. Bryce Davies rompt le silence ce soir à *Larry King Live*. Ce ne sont pas de bonnes nouvelles pour vous.

Je jetai un regard inquiet à Shanna.

— Je suis sûr que nous pouvons régler ça, dis-je. Pourquoi n'y allez-vous pas avec lui?

— Ce n'est pas mon truc. Je travaille en coulisse. En plus, je ne m'associerais jamais à cette fouine sournoise et menteuse. Que vous le vouliez ou non, Trevor, vous avez besoin de mon aide. Kitty est trop idiote pour trouver le moyen le plus évident de faire passer votre hôtel de paria à héros.

— Personne ne voit l'hôtel Cinéma comme un paria.

— Pas encore.

Ses mots étaient menaçants.

— Et quelle est votre grande idée ?

— Sortez votre argent !

Je levai les yeux vers Shanna qui décimait les airs en faisant de grands gestes.

— Je serai honnête avec vous Moira. Il est hors de question que je vous engage. Vous ne nous correspondez simplement pas.

— Peut-être devrais-je appeler Tony Cavalli ?

— Non ! criai-je, voyant Shanna sortir de ses gonds. Il… il n'est pas du tout intéressé par ce côté des affaires.

— Je pensais à venir faire un saut ce soir avec…

Quelle audace ! Elle voulait être sur la « liste » !

— Nous sommes très occupés le soir, Moira. L'intendant vous appellera pour la réception. Bonne fin de journée !

Je raccrochai.

— Comment ose-t-elle me traiter de despote ! pesta Shanna.

Elle se rassit dans son siège et poussa un soupir de longue souffrance.

— Tout ça est si pénible, n'est-ce pas ? Je sais que tu veux que je retourne dans ma cahute pour travailler, mais je n'arrive pas à me concentrer.

— Pour moi, le travail est thérapeutique, proposai-je.

— Le travail n'est pas thérapeutique, Trevor. Il change simplement les idées — et ça n'est que temporaire en plus.

— As-tu reparlé à ma mère ?

Elle sourit.

— Elle m'a donné un livre hier, quelque chose sur le fait de faire un grand pas en avant. Ta mère est-elle en train de devenir communiste ?

— *Deux pas en avant.* Encore un de ses livres de psychologie populaire peu judicieux.

— Tu l'as lu ?

— J'ai vu la photo de l'auteure sur la jaquette — ça m'a suffi. Elle est plus du genre Suzanne Somers que Mao. Sérieusement, Shanna, mon travail est en jeu. J'ai besoin de ton aide.

Elle prit un fragment de tortilla sur le bureau et le mangea.

— L'hôtel est plein pour des semaines. Nous avons des listes d'attente pour les chambres, les salles de réunion, les réceptions, la Scène et l'Action ; c'est un triste constat, mais le tragique plongeon de Chelsea a rendu l'hôtel Cinéma encore plus populaire que nous l'aurions imaginé. Notre problème est le contraire de celui des autres hôtels — nous avons trop de réservations et pas assez de chambres. Avec Ezmeralda en congé et le fait que nous n'avons plus d'ingénieur en chef, ça ne sert à rien d'avoir plus de clients. J'ai doublé nos tarifs et ça ne dissuade toujours pas les gens. Mon équipe commerciale est capable de gérer les décisions à prendre toute seule.

— Tu devrais en profiter, alors, dis-je sarcastiquement. Passe plus de temps avec tes enfants !

— Mes enfants.

Son ton changea.

— Brillant, Trevor. Je vais les appeler. Ils seront ravis de m'entendre. Nous passerons la soirée ensemble, le week-end. Nous…

Elle se leva et se retourna soudain comme si quelque chose dans le couloir avait attiré son attention.

Tout ce que je pouvais voir, c'était le large derrière de Rheanna au photocopieur. J'attendis que Shanna continue, mais elle resta silencieuse.

— Y a-t-il quelque chose qui t'ennuie, Shanna ?

— Non.

Elle ne se retourna pas.

Rheanna partit. Shanna ne regardait plus rien à présent. Je me levai et fis le tour du bureau.

— Shanna, que se passe-t-il ?

Je vis une larme couler sur sa joue. Elle tourna la tête, me faisant signe de m'éloigner.

— Est-ce que je peux faire quelque chose ? dis-je, me sentant impuissant.

Après un moment, elle se reprit.

— Ils n'ont pas de temps pour moi.

— Je croyais que tu les voyais souvent.

— Je mentais. Je n'ai vu Eliza que deux fois depuis que je suis arrivée. Bantu, une fois.

— En neuf mois ?

Elle opina et prit un mouchoir sur mon bureau, puis tamponna ses yeux.

— Ils sont trop occupés avec l'école.

— C'est l'été, Shanna.

— Comment saurais-je pourquoi ils ne veulent pas me voir ? Ils ne me disent jamais rien. Ils n'ont pas envie d'entretenir une relation avec moi. Leur démon de père et cette traînée d'adolescente iranienne les ont montés contre moi. Ils pensent que je les ai abandonnés.

— Pourquoi ne leur dis-tu pas la vérité ?

— *C'est* la vérité.

Elle se tourna vers moi. Son visage était mouillé de larmes.

— Tu as abandonné tes enfants ?

— J'ai eu le cœur brisé quand Ramin m'a quittée pour cette jeune prostituée. Les enfants ont voulu vivre avec lui et pendant ce temps, il les a endoctrinés à me haïr. J'ai parcouru le monde, travaillé dans les hôtels de tous les continents, me suis plongée dans ma carrière. J'écrivais à mes enfants régulièrement, mais ils ne répondaient jamais. Je suis venue ici et j'ai pris cet emploi, pensant qu'un petit hôtel me permettrait d'avoir beaucoup de temps à passer avec mes enfants. Mais ce travail s'est avéré être un vrai cauchemar et mes enfants ne veulent rien faire avec moi.

— Je suis désolé, Shanna.

— Tu te souviens quand toi et moi avons dîné à New York il y a quelques années et que je t'ai conseillé de sortir de ce milieu ? Je t'ai dit que je sacrifiais tout pour ma carrière — ma famille, mes intérêts, ma santé mentale et physique. Quand Willard est mort et que j'ai vendu l'hôtel, je suis partie avec une petite somme d'argent. Je pensais prendre une préretraite. Mais après des semaines, je suis devenue folle d'ennui. Maintenant, je m'embourbe dans ce travail. Pourquoi ? Pour la fierté de Tony Cavalli et sa famille ?

— Je me fiche du travail, dis-je. C'est bien mieux que ce que je faisais chez moi.

— Je suis désolée, je ne voulais pas diminuer ton travail. Je dois avoir une poussée d'hormones. J'aime travailler avec toi ; je t'adore ; tu fais un merveilleux travail. Je suis heureuse que tu sois heureux. Ça n'a rien à voir avec toi.

— C'est quoi, alors ? Tes enfants ?

— Oui, mes enfants. En fait, surtout.

— Il y a autre chose ?

— La vérité, c'est que je ne peux pas supporter de me trouver au milieu de tous ces gens jeunes, minces, splendides qui fréquentent cet endroit. Je vois mon reflet hâve sur leur visage. Avant, j'étais comme eux. Ramin et moi nous habillions et allions danser chaque week-end. Nous sortions dîner presque tous les soirs. Nous étions heureux. Comment pouvais-je deviner que ce bonheur était transitoire ? Cet hôtel est un rappel constant que c'est fini. Je suis vieille, laide et fatiguée. Et maintenant, je suis grosse aussi et les rides ne « s'estompent » pas.

Elle se tint devant le miroir et appuya ses mains contre son visage.

Je vins derrière elle.

— Shanna, tu es magnifique.

Elle se retourna rapidement.

— Puis-je prendre trois semaines de congé ?

Je clignai des yeux.

— Non. Pourquoi ?

— Je vais me faire faire un remodelage. C'est la seule façon pour que je puisse supporter de travailler ici. Partout où je regarde dans cette ville, je vois des femmes dans la cinquantaine qui sont tirées dans tous les sens pour avoir l'air d'en avoir 30. Je veux ça aussi.

— Pourquoi ? La gravité reviendra au galop et tu seras malheureuse. N'est-ce pas ce que tu as dit l'autre jour ?

— C'est facile à dire pour toi, dit-elle calmement. Tu es encore jeune.

Parmi toutes les choses déprimantes dont j'avais été témoin cette semaine, rien ne me rendait plus triste que voir Shanna dans cet état.

— Je ne te donnerai pas de congé pour un remondelage, Shanna. Tu n'as pas besoin de chirurgie plastique, tu as besoin d'un psy. Je te donnerai du temps pour *ça*.

Un cognement à la porte nous interrompit.

Shanna alla à la porte et l'ouvrit.

Une silhouette grande et imposante se tenait sur le seuil.

— Je ne voulais pas remonter dans sa suite ! s'écria Al Combs. Elle a insisté !

* * * * *

Al Combs et moi étions assis sur les chaises pliantes de la chambre 330, entourés de boîtes de peinture et de murs tachés de plâtre. Un pan de mur avait été enlevé, dévoilant une autre poutre de soutien ravagée par le feu. C'était une des chambres dans lesquelles il était censé travailler.

— Donc, dis-je, Mlle Fricks a insisté pour que vous retourniez dans sa suite ?

Il opina, ses yeux bleus grands ouverts.

— Vous savez qu'elle s'était plainte que j'avais eu un comportement inapproprié ? La vérité, c'est que c'est *elle* qui avait agi de façon inappropriée. Quand Beth m'a contacté par radio pour réparer le robinet, je lui ai dit que j'étais occupé et que Rico pouvait s'en charger, mais elle a dit que Mlle Fricks m'avait demandé personnellement. Demandez à Beth, elle vous le dira.

— Pourquoi ne vouliez-vous pas y aller ?

Il hésita, tordant ses mains gigantesques.

— Quand je travaillais au Mondrian, Mlle Fricks est restée chez nous pendant six semaines alors qu'elle tournait *Ambition aveugle*, et ils ont tourné quelques scènes sur la terrasse de la piscine. En fait, elle me draguait. Elle aimait me taquiner chaque fois que je me trouvais dans les parages, me demandait des trucs embarrassants à propos de mes outils. Elle jouait cette nageuse aveugle et parfois, elle portait des lentilles qui troublaient ses yeux. Elle me pourchassait autour de la piscine, levant les mains comme un zombie et criant, dans rien de plus qu'un maillot de bain. L'équipe de tournage et mes collègues regardaient et riaient. C'était vraiment embarrassant.

« Je la voyais assez régulièrement, le plus souvent parce que des choses brisaient dans sa suite. L'air conditionné, le minibar, le four et j'en passe. Parfois, elle regardait quand je travaillais. La plupart du temps, elle était super amicale, mais parfois, elle semblait mal aller. Elle me disait qu'elle détestait ses parents parce qu'ils lui avaient menti sur son identité. Elle a essayé de me dire qu'elle était timide comme moi, mais j'ai ri.

Al s'interrompit et sourit.

— Elle me demandait toujours si je la trouvais belle, et bien sûr, je répondais oui. Une fois, elle m'a dit que s'il n'y avait pas eu toute cette chirurgie plastique, elle « aurait le même visage laid que Moira ». Je lui ai dit que je ne croyais pas qu'elle pouvait être laide. Elle était la plus belle fille que j'avais jamais vue. Ça a semblé lui remonter le moral.

— Continuez, dis-je, fasciné.

— Un jour, je révisais mes notes sur mes travaux d'entretien, et il m'est apparu que ses appels arrivaient seulement pendant mes périodes de travail. J'ai pensé que c'était en raison de son horaire de tournage, mais en remontant en arrière dans mes notes, j'ai commencé à me poser des questions.

— À quel sujet ?

— Je me suis dit qu'elle me faisait marcher. Je me suis demandé si elle avait une maladie psychologique. Vous savez, quand des filles se font mal pour attirer l'attention ?

— Le syndrome de Münchausen ?

— Ouais, sauf qu'à la place de se faire mal, elle cassait des choses dans sa suite. Ça me tracassait beaucoup, mais je n'ai rien dit à personne. Environ une semaine avant la date de son départ, elle m'a fait venir dans sa suite. J'ai trouvé la télé à écran plasma brisée sur le sol. Elle m'a dit qu'elle était tombée du mur, mais c'est moi qui l'avais accrochée là et je ne l'ai pas crue. Je ne sais comment, mais cette petite créature avait réussi à la faire tomber. Mais ce qui m'a vraiment rendu mal à l'aise, c'est ce qu'elle portait.

Je me penchai.

— Quoi ?

— Rien, sauf un soutien-gorge en dentelle et un string.

Il leva une main vers son crâne lisse.

— J'ai fait le tour de la télé, essayant de me concentrer, et ensuite, j'ai marmonné quelque chose comme quoi je devais la remplacer, et je suis parti. J'ai envoyé deux chasseurs enlever la télé.

Al s'arrêta et avala sa salive.

— Le lendemain, j'ai reçu un autre appel. Quand je suis entré, elle m'a dit qu'une bague précieuse en diamant était tombée derrière sa tête de lit. Elle portait un peignoir, alors j'ai pensé que je ne craignais rien. J'ai été sérieux et professionnel, comme d'habitude. Je suis monté sur le lit et j'ai regardé derrière la tête de lit. J'ai réussi à voir la bague, mais mon bras était trop gros pour passer dans l'espace. Quand je me suis tourné pour lui demander son aide, elle était nue.

— *Nue ?* dis-je en toussant avant de me ressaisir. Elle ne portait rien *du tout* ?

— Rien.

Il me lança un long regard entendu.

— J'ai enfoncé mon bras dans l'ouverture si fort que je me suis arraché un morceau de peau.

— Vous avez *quoi* ?

Il leva son bras droit et passa ses doigts à travers ses poils blonds emmêlés, révélant une grosse cicatrice.

— Mais j'ai eu la bague. Je la lui ai donnée et je suis allé vers la porte, en regardant le sol. Elle m'a crié de m'arrêter. J'ai dit sans me retourner : « Je suis désolé, Mademoiselle Fricks, mais je dois y aller. » « Al ! a-t-elle crié avec une voix lancinante. Regardez ! » Je me suis tourné et je l'ai vue marcher sur le lit et jeter la bague à nouveau derrière la tête de lit. Elle a dit : « Oups, je l'ai refait. »

Un sourire s'épanouit lentement sur mon visage. Et bien, la petite démone ! Je repoussai cette idée en voyant l'expression tourmentée d'Al.

— Elle se tenait là, toute nue, une déesse. Elle a commencé à dire des trucs.

Il s'arrêta, rougissant.

— Quel genre de trucs ?

— Vous savez, des trucs sexuels. Des jeux de rôle.

Il prit un ton sensuel, voilé :

— « Viens, Monsieur Répare-tout, je suis toute brisée. Sers-toi de ton gros tournevis. J'ai des démangeaisons que seul ton outil peut gratter. »

Incapable de me retenir, j'éclatai de rire.

Al me regarda de travers.

— Désolé, dis-je, m'éclaircissant la gorge. Alors… Qu'avez-vous fait ?

— Qu'auriez-*vous* fait ? *Chelsea Fricks* était toute nue et elle me demandait d'avoir une relation avec elle. Avez-vous une idée du nombre de fois où je…

Il s'arrêta, réalisant que ses mots ne l'aideraient pas à me convaincre de son innocence.

— Moi, un simple homme d'entretien ! Je n'aurais plus jamais une chance d'avoir une femme comme ça dans la vraie vie. Elle devait avoir un genre de maladie où elle fantasmait avec des jeux de rôle. Elle m'a poussé sur le lit et m'a grimpé dessus. J'ai lutté pour me libérer, mais elle était vraiment forte !

— Bien sûr, dis-je. Une femme de 52 kilos ?

— Elle m'avait ensorcelé. J'étais incapable de résister. Avant que je m'en rende compte, elle avait déboutonné ma chemise. Elle avait détaché ma ceinture à outils et l'avait mise sur le lit. Ensuite, elle a commencé à défaire ma fermeture éclair. Je l'ai repoussé et me suis levé, je me suis éloigné, lui disant que je ne pouvais pas, que c'était mal. Elle est alors devenue furieuse. Ça m'a troublé. Je veux dire, toutes ces années, j'avais été conditionné à ne jamais dire non aux clients, à faire tout ce qu'il fallait pour les rendre heureux, et là, j'avais fâché la plus importante cliente de l'hôtel. Où étais-je censé fixer les limites ?

— Al, dis-je, je crois que vous avez trouvé la limite.

— D'accord, je l'admets, je ne voulais pas partir. Mais je ne voulais pas perdre mon travail non plus. Alors, j'ai fait demi-tour, j'ai marmonné des excuses et je me suis dirigé vers la porte. Mais elle m'a rattrapé, a déchiré ma chemise et a baissé brusquement mes pantalons. Elle m'a repoussé sur le lit. J'ai capitulé. Je l'ai laissée faire. Puis, elle m'a sauté dessus et…

Il s'arrêta, léchant ses lèvres.

— Elle a commencé à crier et à me chevaucher comme une *cowgirl*.

— Et ensuite ?

Ma voix était une octave au-dessus de la normale.

— J'ai entendu frapper à la porte et quelqu'un a crié « Ménage ! »
Nous nous sommes immobilisés. Avant que l'un de nous ait le
temps de faire quelque chose, une femme de chambre est entrée.
Je me suis levé, me suis rhabillé et suis sorti. La femme de ménage
l'a dit à Mlle Parker et une heure plus tard, elle me réprimandait
dans son bureau. Je lui ai dit que j'avais été attaqué, séduit,
presque violé !

— Elle vous a cru ?

Il fronça les sourcils.

— Pourquoi ne m'aurait-elle pas cru ? C'était vrai. Elle m'a
toujours bien aimé et disait que j'étais le meilleur ingénieur en
chef qu'elle ait jamais eu, que j'étais irremplaçable. Elle n'était pas
une admiratrice de Chelsea Fricks. Elle l'a donc confrontée pour
harcèlement et lui a demandé de partir, lui disant qu'elle n'était
plus la bienvenue. Je crois qu'elle attendait une bonne excuse.
Mlle Fricks était une cliente cauchemardesque. J'ai été suspendu
une semaine, mais l'incident n'a pas été mentionné dans mon
dossier. Mlle Parker l'a gardé secret, mais je savais que la femme
de ménage en avait parlé. J'avais l'impression de travailler sous un
nuage de honte. Alors quand j'ai entendu parler de ce travail, j'ai
postulé. Je n'ai pas revu Mlle Fricks jusqu'à ce qu'elle réserve ici.

— D'accord, maintenant, passons rapidement à la soirée de
vendredi.

— J'espérais pouvoir l'éviter. J'étais sur la terrasse de la
piscine à mettre de l'essence dans les vasques quand elle a surpris
tout le monde en venant nager. Je suis parti avant qu'elle me
voie — du moins, c'est ce que j'ai cru. Quelques heures plus tard,
j'ai reçu un appel du standard. Je suis monté à 20 h 10, espérant
qu'elle n'y serait pas. Je vous ai raconté ce qui s'est passé. J'ai sonné
et personne n'a répondu. Ce que je ne vous ai pas dit, c'est que
lorsque je suis rentré dans sa chambre, elle portait un peignoir de
l'hôtel et rien d'autre. Il était ouvert. Elle avait un verre de whisky
dans la main. Elle a dit : « Et bien, si ce n'est pas Monsieur Répare-

tout. Peut-être que nous pourrions finir ce que nous avions commencé. »

Al s'arrêta, le visage rouge.

— Continuez, grommelai-je.

Il leva le bras et se massa le cou.

— Elle s'est lancée dans sa routine.

Il reprit son imitation de femme séductrice, qui était étonnamment semblable à Chelsea.

— « Que dirais-tu si je prenais ton gros outil et que... »

Je levai la main.

— Je vois, Al. Que s'est-il passé ensuite ?

— Vous devez me croire, Trevor, je ne voulais pas revivre ça. Je n'étais même plus attirée par elle. C'était une psychotique. Je lui ai dit : « Attendez, M'dame, si vous voulez que je répare votre robinet, vous allez devoir vous couvrir et attendre dans le salon. » Alors, elle est devenue odieuse. Elle a dit : « T'es homo ou quoi ? » Elle m'a dit de ficher le camp, alors je suis sorti. Un peu plus tard, vous avez appelé pour me dire qu'elle s'était plainte.

— Ça explique pourquoi le robinet n'était pas réparé, dis-je. Et la deuxième fois ? Je vous avais dit de ne plus vous approcher d'elle, de rentrer chez vous pour la nuit.

— C'est ce que je voulais faire, mais je voulais qu'au moins une chambre de plus soit complétée. Nous en étions loin. Quand vous m'avez dit qu'elle s'était plainte, j'ai voulu vous dire la vérité, mais j'aurais dû expliquer ce qui s'était passé au Mondrian et je voulais que personne ne le sache.

« Vers 23 h, j'étais prêt à partir quand Mlle Fricks m'a appelé à mon bureau. Elle disait qu'elle était cachée dans la salle de bain. Elle criait — j'avais du mal à la comprendre. Elle me disait d'annuler l'accès à sa chambre par les chambres mitoyennes. Elle a dit : « Je ne me sens pas en sécurité. » Puis, elle a marmonné quelque chose à propos d'une querelle. J'ai dit qu'il n'y avait pas de problème, que j'appellerai la sécurité. Mais ensuite, elle m'a dit qu'elle avait besoin que je remonte dans sa chambre. Là, j'ai dit qu'il n'en était pas question et elle a commencé à implorer. Elle ne cessait de répéter : « Je ne me sens pas en sécurité ! » J'allais raccrocher et appeler la sécurité, mais elle a commencé à crier qu'elle entendait quelqu'un dans le salon. Ça m'a fait peur. J'ai appelé la sécurité, leur ai dit qu'elle voulait bloquer l'accès et puis j'ai monté les escaliers de secours en courant jusqu'à sa chambre.

— Pourquoi n'avez-vous pas demandé des renforts à la sécurité ? demandai-je.

— J'ai eu peur que ce soit encore un de ses trucs. Je ne voulais pas qu'ils fassent irruption et qu'ils me trouvent là avec elle, nue. J'avais prévu de m'assurer qu'elle allait bien, puis de ficher le camp. Quand je suis arrivé à la porte, je ne l'entendais pas crier. La porte s'est ouverte et Ezmeralda est sortie en vitesse. Mlle Fricks criait : « Foutez le camp, fouineuse de Latino ! » La pauvre Ez semblait être sur le point de pleurer. Elle est allée dans le couloir et je suis rentré à l'intérieur. Mlle Fricks avait le visage tout rouge et furieux, tenant fermement une bouteille de Jack Daniel's et un verre. Elle s'est servi à boire et a bu cul sec. Elle ne portait rien, sauf un soutien-gorge et des petites culottes noirs.

— Y avait-il quelqu'un d'autre dans la suite ?

— Pas que j'ai vu. Elle m'a regardé et m'a dit : « Qu'est-ce que *tu* veux putain ? » J'ai dit : « Vous m'avez demandé de monter ! Vous avez dit que vous ne vous sentiez pas en sécurité ! » Elle a avalé les restes de son verre et l'a lancé sur le sol de la cuisine, le brisant. Elle a dit : « Je n'ai jamais dit que je ne me sentais pas en sécurité, idiot ! J'ai dit de venir *réparer* mon coffre de sécurité. Il est brisé. »

« Je me suis senti dupé. Je lui ai dit que j'enverrais quelqu'un, mais elle m'a bloqué la sortie. Elle a crié : « Ouvre ce putain de coffre-fort ! » Il n'était pas brisé, mais elle avait oublié le code. J'ai entendu le téléphone sonner. Elle a crié : « Va te faire foutre, Bryce ! » Elle se tenait juste derrière moi. J'ai utilisé mon passe-partout pour le réinitialiser et la porte s'est ouverte. Elle m'a poussé et m'a dit de ficher le camp.

— Ensuite que s'est-il passé ?

Mon nez était à quelques centimètres de son visage.

Il haussa les épaules.

— Je suis parti.

Je me rassis dans le fond de mon siège, presque déçu.

— C'est tout ?

— Et bien, il y a une autre chose, dit-il. J'ai eu un aperçu de la raison pour laquelle elle était si avide d'ouvrir le coffre. Il y avait un sac de poudre blanche dedans.

— Cocaïne ?

— Je suppose.

— Avez-vous vu autre chose d'inhabituel ? demandai-je.

— J'ai vu le chariot d'Ez dans le couloir, mais c'est à peu près tout. J'étais si furieux que je suis rentré directement chez moi.

— Et vous avez dit tout ça à l'inspecteur ? Chaque détail ?

Il opina.

— Je ne voulais rien cacher cette fois.

— Pourquoi ne lui avez-vous pas raconté toute l'histoire la première fois ? Ça vous aurait évité — ainsi qu'à chacun de nous — beaucoup de problèmes.

— Quand je suis venu travailler le lendemain et que j'ai vu tous les reporters et les paparazzi, ça m'en a dissuadé. Tout le monde disait que Mlle Fricks s'était suicidée. Je ne voulais pas que notre histoire se retrouve dans les tabloïds — je serais mort d'avoir eu à supporter toute cette attention —, alors j'ai gardé ça pour moi. J'ai demandé à Ez de ne rien dire. Mais, ça s'est retourné contre moi. Les gens ont commencé à dire qu'elle avait été tuée et soudain, tout le monde m'a accusé.

— L'inspecteur Stavros a dû croire votre version s'il vous a libéré.

— Bien sûr, dit Al. Pourquoi ? *Vous* croyez que j'ai quelque chose à y voir ?

Je sentis mon visage rougir.

— Votre comportement était bizarre, Al. Vous ne m'avez pas rappelé. Ce matin, quand ils vous ont amené, vous *sembliez* coupable.

— Je *me sentais* coupable. Je me suis fait emmener par la police, j'ai été interpellé par la foule hargneuse, alors oui, ça m'a fait sentir comme un criminel. Je ne suis pas un bon acteur, Trevor. Je porte mon cœur sur ma manche.

— Qu'est-ce qui a convaincu l'inspecteur de votre innocence?

Al fouilla dans sa poche et en sortit plusieurs feuilles de papier froissées.

— Quand je suis venu ce matin, j'ai imprimé ceci dans le bureau de la sécurité.

Je baissai les yeux sur le premier papier.

— Le rapport d'activité du stationnement?

Il me montra la moitié de la feuille.

— Mon départ est enregistré à 23 h 28. Selon le rapport de police, Mlle Fricks a sauté cinq minutes plus tard, à 23 h 33. Et regardez ceci.

L'autre feuille était le rapport d'activité de l'appartement terrasse.

— Vous voyez la sortie à 23 h 14? C'est Ez qui part et moi qui entre. La prochaine sortie à 23 h 18, c'est quand je suis parti. Mais regardez ceci. À 23 h 20, ça indique que Chelsea est *entrée*. Or, elle était à l'intérieur quand je suis parti.

— Qu'est-ce que ça veut dire?

— Je ne sais pas. La seule explication à laquelle je pense, c'est que je ne sais comment, elle s'est glissée derrière moi avant que la porte se ferme. Elle a dû rester dans le couloir où elle a frappé à la porte de M. Davies ou de Mlle Schwartz. Elle n'a pas dû aller bien loin, parce que deux minutes plus tard, elle utilisait le lecteur optique pour entrer.

J'étais perplexe.

— Où voulez-vous en venir, Al ?

— Personne d'autre n'était dans sa suite quand j'y étais, j'en suis certain. Ce qui veut dire que quelqu'un est entré avec elle à 23 h 20. Soit cette personne était dans le couloir — et je n'ai vu personne —, soit dans une chambre à côté.

Je pensai à l'incident aux réservations avec les lentilles de contact colorées de Chelsea.

— Al, vous souvenez-vous de quelle couleur étaient ses yeux ?

Il opina avec assurance.

— Verts. J'ai remarqué parce que la première fois que je suis monté, ils étaient marron, sa couleur naturelle. Elle se préparait pour la fête, alors elle avait dû mettre ses lentilles. Pourquoi ?

— Par simple curiosité.

Il déplia une troisième feuille de papier.

— C'est le rapport d'activité pour la chambre de Bryce Davies, dit-il. Au même moment où j'ai quitté la suite, il a quitté sa chambre, à 23 h 18. Vous voyez ?

— Il a dit à l'inspecteur qu'il était sorti quand il avait entendu de l'agitation. Il vous a vu partir dans le couloir.

— Et s'il était resté dans le couloir et était entré dans la suite deux minutes plus tard, à 23 h 20, avec Mlle Fricks ?

Mon cellulaire vibra et me fit sursauter. Je l'ouvris.

— Oui, Shanna ?

— Trevor, tu devrais allumer la télévision tout de suite.

— Pourquoi ? Il n'y a pas de télé dans cette chambre.

— Il y a plus de 150 télévisions dans cet hôtel, pour l'amour de Dieu. Trouves-en une et mets-la sur CNN. Vite ! Bryce Davies est à *Larry King*. Il tient l'hôtel responsable de la mort de Chelsea !

14

Tout un cinéma à Hollywood

Quand j'arrivai dans la salle de projection et que je trouvai la télécommande et *Larry King Live*, un gros plan de Bryce Davies remplit l'écran. Je m'éloignai et regardai, craintif, l'image géante du bel acteur aux joues rouges et à la mâchoire carrée avec de délicates boucles blondes luisant comme un halo sous les lumières du studio. En bas de l'écran apparaissait la légende : EXCLUSIVITÉ DE CNN : LE PTIT AMI DE CHELSEA SE PRONONCE.

— Je ferais n'importe quoi pour la ramener, dit Bryce. Elle était tout pour moi.

— Songiez-vous à vous marier ? demanda Larry.

— Bien sûr, nous songions à nous marier. Mais nous étions très occupés. La vie était un tourbillon avec Chelsea.

— Et les enfants ? demanda Larry.

La caméra fit un plan large des deux hommes qui se faisaient face à une table, une carte du monde composée de points de lumière colorés derrière eux.

— Avez-vous parlé d'enfants ?

Bryce se caressa la mâchoire.

— Ouais, Larry, on a parlé d'enfants. Mais on n'était pas prêts.

— Et les rumeurs d'adoption ?

Il cligna des yeux.

— Vous parlez du Malawi ? Des rumeurs, seulement des rumeurs. Nous étions en mission d'enquête. Tous les autres allaient en Afrique, alors Chelsea avait décidé qu'elle voulait y aller aussi. Nous avons parlé de bâtir un orphelinat, mais l'idée ne s'est jamais concrétisée. Chelsea est tombée amoureuse des gens du coin, mais elle n'était pas prête à avoir ses propres enfants. Britney et elle en parlaient et…

— Britney Spears.

— Oui. Chelsea a vu combien elle se débattait avec sa carrière, son style de vie et son rôle comme mère. Elle ne voulait pas ça. *Je* ne voulais pas ça.

Je m'assis dans la troisième rangée et admirai la façon dont Bryce apparaissait parfaitement à l'aise. Comment pouvait-il s'asseoir devant des millions de téléspectateurs et discuter de cette tragédie personnelle seulement une semaine après que ça se soit passé ? Était-il sans cœur ou juste très fort ? Je divaguai sur le rapport crucial qu'Al m'avait montré. Bryce avait quitté sa chambre environ au même moment où Al avait quitté la suite de Chelsea. Avait-il vu Al le faire et avait-il tué Chelsea dans une rage maladive ? J'observai son visage de plus près tandis qu'il parlait. Son expression grave, ses yeux humides, ses narines dilatées — il semblait sincère et désemparé. Il était soit un brillant acteur, soit un parfait sociopathe.

— Que pensez-*vous* qu'il soit arrivé cette nuit-là ? lui demanda Larry.

— Je sais que ça n'était pas un accident. Ce n'était pas un suicide et ce n'était pas un coup de pub idiot. Quelqu'un l'a attaquée sur ce balcon avec un couteau de cuisine. La police l'a confirmé.

— Pourquoi quelqu'un aurait-il voulu la tuer ?

— Le public était obsédé par elle. Il y a des gens complètement fous dehors.

— Qui a commis ce crime d'après vous ?

Il leva les mains.

— Je ne peux nommer personne. Quel que soit celui qui a commis cet acte, je crois qu'un bon nombre de personnes partagent la responsabilité de sa mort. Ça aurait pu être évité.

— Comme qui ?

— Comme moi. J'étais dans la chambre à côté de la sienne. Elle avait besoin d'espace, mais elle voulait toujours que je sois près d'elle. J'aurais dû la protéger. Je vais devoir vivre avec ça.

Larry se voûta.

— Qui d'autre est responsable ?

— Il y a de sérieuses infractions à la sécurité dans cet hôtel, dit Bryce, mettant ses mains sur la table et se calant dans son fauteuil, faisant jouer ses muscles. C'était le premier jour de l'hôtel. On devait quitter pour Lima le lendemain, alors on a décidé d'y passer la nuit. On est arrivé vers 17 h 30 et une responsable nous a amenés à nos chambres. Chelsea a regardé la suite, a semblé l'aimer et a renvoyé ses gardes du corps. J'étais inquiet pour elle. Elle n'avait pas arrêté depuis Rome. J'ai essayé de la convaincre de prendre sa soirée de congé, mais elle avait promis au propriétaire de l'hôtel de venir à la fête et elle ne renonçait jamais à un service.

— Un *service* ? m'écriai-je devant l'écran. Il appelle 150 000 $ un *service* ?

— Moira a appelé le propriétaire…

— Moira Schwartz, s'interposa Larry. L'agente de Chelsea ?

— C'est ça. Elle lui a dit que Chelsea souffrait d'une profonde fatigue et lui a demandé si elle pouvait annuler. Elle a promis qu'elle saurait se faire pardonner. La réponse fut un non retentissant. On a donc décidé d'en tirer le meilleur parti. J'ai dit à Chelsea de se détendre quelque temps, d'aller nager, de prendre un bain, un verre de vin…

— Du Jack Daniel's, corrigeai-je.

— …que je frapperais à sa porte vers 22 h 30 pour passer la chercher pour la fête. Je suis allé dans ma chambre, j'ai fait une sieste et j'ai regardé la télé. C'était un film que j'avais vu il y a quelques années, *Arrière-pensées*. C'est un homme qui…

— C'est la dernière fois que vous l'avez vue ?

Bryce plissa les yeux.

— Non. Je suis allée la voir vers 22 h 30. Moira venait de partir. Chelsea n'était pas prête et elle était de mauvaise humeur. Elle était allée sur Internet et elle était tombée sur un article sur Slate.com. L'auteur avait ressorti la rumeur selon laquelle elle avait été adoptée. Cette histoire la mettait toujours hors d'elle. Elle était brouillée avec sa famille, mais elle les aimait toujours et elle détestait lire quelque chose qui pouvait les heurter. Elle venait juste d'avoir une grosse discussion avec Moira là-dessus. Elle voulait que Moira contrôle tout ce qui était dit sur elle, mais bien sûr, c'était impossible. Elle déblatérait contre l'article de Slate, contre Moira et contre l'hôtel. Elle voulait partir. L'équipe de ménage ne s'était pas donné la peine d'offrir le service de nuit. Ils ne semblent pas très à la hauteur pour être honnête. Ils ont oublié ma chambre aussi.

— Vous aviez mis vos pancartes Ne pas déranger sur votre porte ! m'écriai-je.

— Elle est allée nager dans la piscine et les membres du personnel en étaient bouche bée, continua Bryce. Elle avait des yeux dans le dos pour ce genre de choses. Un type de l'entretien la reluquait. Elle l'a reconnu pour l'avoir vu au Mondrian, où il travaillait. Il la reluquait là-bas aussi. Elle en est d'ailleurs partie à cause de lui.

— Est-ce Allan Robert Combs ? dit Larry, baissant les yeux sur ses notes. L'ingénieur en chef de l'hôtel Cinéma ?

Bryce acquiesça.

Un extrait d'Al mené hors de l'hôtel par le fier inspecteur Christakos remplit l'écran. Son regard abattu et sa bouche tordue le faisaient ressembler à un pédophile. Je laissai échapper un gémissement de sympathie. Al était en haut, en train de travailler dans la chambre 330. J'étais heureux qu'il n'y ait pas de télévision dans cette chambre.

L'écran revint à Bryce et à Larry.

— Après sa nage, elle a décidé de prendre un bain, continua Bryce, mais le robinet était défectueux. Elle a appelé pour qu'on le répare. Ils ont envoyé ce type déplacé. Elle a dit qu'il l'avait embarrassée. Elle a appelé le directeur pour se plaindre, mais il a agi comme s'il ne la croyait pas. Il ne semblait pas s'y intéresser.

— *Quoi ?* m'écriai-je, sautant de mon siège. Je me suis confondu en excuses. Elle m'a raccroché au nez !

— Ensuite, elle a piqué une crise parce que le coffre-fort de sa chambre était brisé et que les bijoux qu'elle voulait porter étaient enfermés à l'intérieur.

— Des bijoux ? hurlai-je. De la drogue !

— Elle avait peur que si elle appelait, on lui enverrait encore le même type louche. Je lui ai dit que j'allais m'en occuper, mais elle a dit qu'elle voulait être seule un moment. Je l'ai prise dans mes bras et je l'ai embrassée. Je lui ai dit que je l'aimais et je suis reparti dans ma chambre. C'est la dernière fois que je l'ai vue vivante.

Bryce mit sa tête dans ses mains. La caméra s'attarda sur lui. Il sanglota et leva la tête.

— Dix minutes plus tard, j'ai entendu du vacarme de l'autre côté de ma porte. Je l'ai ouverte. La porte de Chelsea était fermée. Il y avait un chariot de ménage dans le couloir. J'ai regardé le couloir et j'ai aperçu un homme qui se dirigeait vers la sortie de secours. Je n'y ai pas prêté attention à ce moment-là. C'est seulement après que j'ai réalisé que c'était le type de l'entretien. J'ai fermé ma porte et j'ai continué à écouter *Arrière-pensées*. Un quart d'heure plus tard, Moira a cogné à ma porte, hystérique, disant que Chelsea avait sauté du balcon. Je l'ai suivie dans sa chambre et j'ai regardé par-dessus son balcon. Elle était là, étendue sur la terrasse de la piscine avec une foule rassemblée autour d'elle.

Un gros plan s'attarda sur les yeux bleus humides de Bryce.

Larry se tourna pour regarder la caméra.

— Nous en saurons plus de la part du petit ami, Bryce Davies, qui se livre pour la première fois sur la mort tragique de l'actrice bien aimée Chelsea Fricks. Et nous prendrons vos appels. Ne partez pas !

Un mélange d'extraits de films de Chelsea et de ses rôles à la télévision suivit : la fille rebelle d'un sénateur républicain dans *Amour et modernité*, Mary Ann dans une nouvelle version des *Joyeux naufragés*, une prostituée de Cleveland droguée à la méthamphétamine dans *Réinsertion* et une championne de plongée olympique dans *Ambition aveugle*.

Je me levai et avançai dans le couloir, l'esprit agité. Le témoignage de Bryce, plein de mensonges et de demi-vérités, était dévastateur. Pauvre Al ! C'était exactement le genre d'attention qu'il avait espéré éviter. Mon cellulaire vibra dans ma poche. Je regardai le nom sur l'afficheur : Tony Cavalli. Je l'éteignis et le posai sur la table. L'émission reprenait. Je m'occuperai de Tony plus tard.

— Chelsea s'est-elle suicidée ? demanda Larry à Bryce.

Bryce inclina sa tête, étudiant la question.

— Elle avait beaucoup de tristesse en elle, mais non, elle n'avait pas de tendances autodestructrices. Récemment, l'excès d'attention la dérangeait. C'était trop intrusif. Elle ne pouvait jamais avoir un instant de paix. Partout où elle allait, les gens la prenaient en photo, la filmaient en cachette et utilisaient leurs téléphones cellulaires pour la filmer en secret.

Larry hocha la tête.

— Prenait-elle de la drogue ?

— Absolument pas. Chelsea était contre la drogue.

Je roulai mes yeux tout comme le reste du pays. Je repensai aux restes de drogue sur la table basse. Qu'était-il arrivé au sac de cocaïne dans le coffre-fort ? Moira avait dit qu'elle ne prenait pas de drogue. Bryce était un consommateur connu. L'inspecteur avait dit qu'il était trop intoxiqué cette nuit-là pour être un témoin fiable. Est-ce que l'inspecteur avait lui-même fait une fouille de sa chambre, de son corps ?

Un extrait montra Chelsea chancelant au sortir d'une boîte de nuit au lever du jour, les yeux hébétés, les cheveux dépeignés, avec des taches de mascara. Elle marmonnait quelque chose d'incohérent et pointait la caméra.

— Pas de drogue ? dit Larry.

— Absolument, dit Bruce. Elle buvait un peu à l'occasion, mais elle n'aimait pas trop l'alcool non plus. C'était la publicité, sa dépendance. Elle avait un besoin maladif d'attention, même si elle la méprisait. Elle était à la fois très secrète et capable de s'exploiter elle-même. C'était son paradoxe. Elle aimait voir de belles photos d'elle dans les magazines, devenait furieuse devant des histoires trop poussées, mais surtout, elle ne supportait pas les mensonges et la mesquinerie. Plus elle devenait célèbre, plus les médias devenaient méchants et le public en était friand.

— Mais elle jouait le jeu. Vous deux le faisiez.

— Bien sûr que nous jouions le jeu. Mais c'est devenu incontrôlable pour elle. Elle ne pouvait pas arrêter de poser devant les caméras et de parler aux journalistes.

— Était-elle narcissique ? demanda Larry, arrangeant ses lunettes.

— Narcissique ?

Bryce pencha la tête en arrière et gloussa.

— Larry, nous sommes tous narcissiques dans ce milieu. L'était-elle plus que le reste d'entre nous ?

Il s'arrêta.

— Je ne crois pas.

— Elle était venue à l'émission il y a quelques mois. Une jeune femme charmante.

Des images silencieuses de Chelsea remplirent l'écran. Elle était assise dans un fauteuil du studio, vêtue d'une robe bourgogne et d'un collier de perles blanches. Ses yeux verts brillaient tandis qu'elle discutait avec Larry. Elle était gracieuse et élégante, comme une Audrey Hepburn de notre temps, ses cheveux caramel retombant sur ses épaules.

Larry réapparut, secouant la tête.

— Nous avons quelqu'un pour Chelsea, du Tennessee. Chester, vous êtes à l'antenne.

— Bonjour Larry, dit une femme avec un ton nasillard du Sud. J'*adore* votre émission. J'ai une question pour Bryce. J'ai lu qu'une femme de chambre de l'hôtel avait été impliquée. Est-ce vrai, et si oui, est-il possible qu'elle ait conspiré avec l'homme d'entretien?

De là où j'étais assis, je fus choqué.

Bryce haussa les épaules.

— Tout est possible. Je sais que Chelsea s'est disputée avec la femme de ménage ce soir-là.

— Vous faites allusion à Ezmeralda Lopez, la gouvernante en chef de l'hôtel Cinéma, dit Larry.

Une photo d'Ezmeralda remplit l'écran. C'était à Noël et elle était assise près d'un sapin avec une robe en soie rouge, souriant largement, un cadeau emballé dans un papier doré dans les mains. Ses yeux, rouges à cause du flash, semblaient démoniaques.

— Quand l'hôtel a fini par envoyer une femme de chambre, elle a fait irruption sans frapper, dit Bryce. Chels l'a surprise en train de fouiner dans ses affaires personnelles. Elle était furieuse.

— Chicago, Illinois, votre question?

— Bonjour, Larry. Salut, Bryce. Bryce, à quel point l'hôtel est-il responsable de ce qui est arrivé? Il semble que la sécurité était plutôt faible ce soir-là.

— L'hôtel est largement responsable, à mon avis, répondit Bryce fermement. Depuis que c'est arrivé, ils n'ont même pas daigné s'excuser. Je trouve cela impardonnable. Je ne peux que présumer qu'ils craignent de s'auto-incriminer.

— Le *salaud*! m'écriai-je, bondissant de mon siège et fonçant sur l'écran. Qu'est-ce que tu veux dire par auto-incrimination?

Le téléphone sonna. Mon cellulaire bourdonna.

— Nous allons faire une pause, dit Larry. Nous serons de retour avec une des plus proches connaissances de Chelsea, une jeune femme qui était à la fête le soir de sa mort tragique.

Il se tourna vers Bryce.

— Qu'est-ce que Chelsea voudrait qu'on retienne de sa mort ?

Il resta silencieux un instant, caressant sa mâchoire, ses yeux revêtant un bleu intense.

— Je crois que Chelsea voudrait que nous reconnaissions les dangers de l'obsession des États-Unis pour les célébrités. Une attention si intense n'est pas saine, ni pour les consommateurs ni à fortiori pour les sujets. Je tiens les médias en partie responsables de sa mort. Ils la poursuivaient sans relâche. Et je blâme également l'hôtel Cinéma. Dans le milieu touristique, nous comptons sur les hôtels pour nous fournir un refuge sécuritaire. En dehors de nos maisons, les hôtels sont les derniers bastions de notre vie privée. Si nous ne pouvons pas faire confiance au personnel d'un hôtel pour protéger notre vie privée et notre sécurité, à qui pouvons-nous faire confiance ? En raison de leur négligence, l'amour de ma vie — la femme que j'allais épouser, la future mère de mes enfants — est morte.

— Au retour, Tara Reid rejoindra nos studios, dit Larry doucement devant la caméra. Ne partez pas !

Je me débattis avec la télécommande et éteignis la télévision, entamant un torrent de jurons. C'était un désastre complet et absolu. Les choses pouvaient-elles être pires ? Le téléphone sonna à nouveau. Mon cellulaire vibra sur le bord de la table. Je lui bondis dessus. Le numéro du cellulaire de ma mère apparut sur l'afficheur.

Je jetai un œil à ma montre : 18 h 43. J'étais en retard pour le dîner.

* * * * *

Au moment où j'atteignis le hall, j'étais furieux. C'était plein de clients — de stupides flâneurs et fêtards avides de potins mondains. Il me fallut toute ma maîtrise de moi pour les pousser de côté tandis que je me précipitais vers le restaurant. J'étais fatigué de tout ce monde, fatigué d'être poli, fatigué d'être traité comme du poisson pourri par des menteurs, des petites brutes et des gens odieux.

Tandis que j'atteignais l'entrée de la Scène, j'entendis quelqu'un m'appeler par derrière. Je me tournai sans essayer d'effacer l'air renfrogné sur mon visage, pour une fois. Moira Schwartz était près de la réception, à côté d'un homme grand avec un long cou et une grosse pomme d'Adam. Elle me faisait signe. Je me retournai et repris mon chemin.

— Trevor, attendez ! me cria-t-elle après. Venez ici une seconde.

Je me dirigeai vers elle à contrecœur.

— Qu'y a-t-il, Moira ?

— Comment allez-vous ?

Elle était à nouveau tout sourire et charmeuse — hypocrite.

— Qu'est-ce qui ne va pas ? Vous avez l'air bouleversé.

— Avez-vous vu *Larry King* ?

— Je l'ai enregistré.

Voyant mon air, elle grimaça.

— Bryce a été très mauvais ?

— Si on appelle rendre cet hôtel responsable de la mort de Chelsea mauvais, alors oui. Je dirais qu'il a été très mauvais.

Ses yeux s'agrandirent.

— Qu'a-t-il…

Elle regarda l'homme à côté d'elle.

— Il a accusé l'hôtel de négligence, d'apathie et a parlé de sécurité défaillante, dis-je, me sentant obligé de me décharger sur cette femme odieuse qui était une des causes majeures de mes problèmes. Il a blâmé Al Combs, Ezmeralda Lopez, moi — tout le monde, sauf lui.

— Je suis désolée, dit Moira, mais je ne suis pas surprise. Hé, je voudrais vous présenter…

— Je n'arrive pas à croire que ce mécréant a eu l'audace d'accuser l'hôtel de négligence alors qu'il était dans sa chambre à regarder la télé pendant que sa nympho de petite amie était derrière la porte en train d'essayer de séduire mon ingénieur eu chef.

Je vis par-dessus l'épaule de Moira que Valerie était bouche bée au bureau de la réception. Janie se tenait à côté d'elle et me regardait, choquée. Ça m'était égal. Je ne pouvais pas m'arrêter. J'étais fatigué d'être poli et courtois alors que des abrutis incultes et intéressés comme Bryce, Stavros et Moira me marchaient dessus.

— Quand Al a rejeté ses avances, votre « meilleure amie » Chelsea a eu le culot de m'appeler pour se plaindre de *son* comportement. Plus tard…

— Trevor, dit Moira, saisissant mon avant-bras. Ce n'est pas le moment ni l'endroit.

J'ôtai brusquement son bras.

— Plus tard, Chelsea a refait venir Al dans sa suite, prétendant avoir peur pour sa vie. Elle était soûle et grossière. Elle lui a demandé d'ouvrir le coffre-fort. Pourquoi ? Comme ça, elle pouvait prendre le sachet de cocaïne qu'elle y avait enfermé. Elle était trop ivre pour se souvenir du code.

— *Taisez-vous*, Trevor, s'écria Moira. Ce n'est pas vrai ! Chelsea ne se droguait pas ! Elle n'aurait jamais tenté de séduire quelqu'un, elle…

Elle lança un regard désespéré à son compagnon, qui leva ce qui semblait être un gros téléphone cellulaire.

— Voudriez-vous nous excuser un moment ? lui dit Moira.

— Je préfère rester, dit-il avec un accent britannique.

Il toucha le côté de son gros nez aristocratique et se tourna vers moi, fasciné. Je fixai sa pomme d'Adam. Il me semblait vaguement familier.

— Trevor, *sortons* ! s'écria Moira tout en tirant sur mon bras.

Mes pieds restèrent plantés là où ils étaient.

— Écoutez, Moira, sifflai-je. Je suis fatigué de tous ces mensonges. Vous devez savoir la vérité.

— Non, Trevor ! dit-elle dans ses dents. Pas ici !

Elle refusa de libérer mon bras. Un certain nombre de gens s'étaient rassemblés pour regarder. À la conciergerie, Bernadina me regardait, inquiète. Je savais que mon comportement était inapproprié, mais la fureur me contrôlait. Je devais mettre les choses au clair et je voulais des témoins.

— Bryce n'a pas arrêté de dire à quel point Chelsea était une sainte, dis-je. C'était un monstre ! Elle a salopé sa suite, englouti le Jack Daniel's que nous avions offert à sa demande et elle a sniffé de la cocaïne sur la table basse avant de la casser. Vous savez ce qu'elle lisait ? *Blanchir les États-Unis. Les immigrants ignorants.* Mais je suppose que je n'ai pas besoin de *vous* dire qu'elle était raciste. Et là, voilà que Bryce rejette la responsabilité sur Al Combs, alors qu'il est évident que c'est *lui* qui a tué Chelsea. Vous êtes horribles, chacun de vous. Chelsea Fricks était la pire du lot. Une menteuse, une tricheuse, une psychopathe, une cliente tout droit sortie de l'enfer ! Je ne blâme pas Bryce de l'avoir tuée. Quelqu'un devait abréger nos souffrances.

Elle lâcha mon bras.

— Et si vous ne quittez pas mon hôtel maintenant, je ferai la même chose avec vous.

Moira resta sans voix. Elle regarda son compagnon.

Le soulagement que je ressentis se dissipa rapidement alors que le remords prit sa place. Une grande foule nous entourait. Il y eut un flash d'appareil photo. Je baissai les yeux et vis mon badge. J'avalai ma salive avec difficulté. Mon regard se déplaça vers le visage de l'homme au grand cou. Je l'avais déjà rencontré… Où ? À la soirée d'ouverture… Et je l'avais vu à l'extérieur dans la foule déchaînée devant l'hôtel.

Une forte appréhension me traversa.

— Trevor, dit sèchement Moira. J'aimerais vous présenter Nigel Thoroughbred, le correspondant en chef du domaine du spectacle du *Daily Spotlight*.

— *Très* heureux de vous rencontrer, dit Nigel, revêtant un sourire félin.

* * * * *

— Et bien, voyons le bon côté des choses, dit ma mère. Quand cette histoire sortira, tu seras célèbre.

— *Tristement* célèbre.

Nous étions assis dans un box situé dans un coin à l'écart à la Scène, loin de la foule bruyante.

— Est-ce important *pourquoi* les gens sont célèbres ces jours-ci ? riposta-t-elle. Tout ce qui semble important, c'est seulement le fait qu'ils soient célèbres. Tu devrais aussi apprécier tes 15 minutes de gloire.

— Je n'ai jamais voulu ça.

— Alors pourquoi es-tu venu t'installer à Los Angeles pour diriger un hôtel qui encourage bassement les gens recherchant désespérément la gloire ? Aussi longtemps que tu travailleras ici, tu seras sous les projecteurs, chéri. Pourquoi n'en profites-tu pas ?

— Tu ne comprends pas la gravité de ce que j'ai fait ? Je suis directeur d'hôtel et j'ai pourri une célébrité décédée et adulée devant un des plus grands journalistes du spectacle du pays.

Je m'affalai dans mon fauteuil.

— Ma carrière est foutue.

— Je crois que tu dramatises un peu.

Elle prit son verre de vin et versa les dernières gouttes dans sa bouche.

— Mmm, délicieux !

Elle reposa le verre et regarda le mien.

— Peut-être qu'il ne publiera pas tes commentaires. Tout ça me semble un peu répugnant.

— As-tu déjà lu le *Spotlight* ? *Tout* y est répugnant.

Je poussai mon verre vers elle.

— Pourquoi n'appelles-tu simplement pas le reporter pour t'excuser et admettre que tu as eu tort ?

— Parce que je n'ai pas tort. J'ai dit la vérité.

— Alors, arrête de t'inquiéter.

Notre serveuse, Suzanne, arriva rapidement à notre table.

— Prêts à commander maintenant ? cria-t-elle dans le vacarme tout en rayonnant comme si elle s'amusait follement.

Encore une actrice. Comment réagira-t-elle à l'histoire de demain ? Choquée, indignée, honteuse ? Comme tous les autres, elle adorait probablement Chelsea, rêvant d'atteindre son niveau de gloire un jour. Seulement hier, j'avais fait la leçon au personnel sur l'importance de la discrétion, un principe que je chérissais, une valeur essentielle dans ma profession. Que d'hypocrisie ! Dans le faible éclairage de la salle à manger, les dents de Suzanne luisaient étrangement, comme si elles étaient suspendues dans les airs. Y avait-il de la dérision dans ce sourire ?

— J'ai une faim de loup, dit ma mère en levant le menu et en mettant ses lunettes de vue. Voyons voir… Je crois que je vais commencer par la polenta grillée et ensuite… Euh… Pourquoi pas ? Les côtelettes d'agneau à la marocaine avec couscous. Oh, et un autre verre de pinot, s'il vous plaît. Il est divin.

Elle rendit son sourire à Suzanne en souriant elle-même largement. S'était-elle fait blanchir les dents ? Je devenais fou ou ma mère agissait-elle à la Hollywood ? Les grosses lunettes de soleil, le bronzage, les dents blanchies, des phrases lâchées avec désinvolture comme « Il est dans l'industrie du spectacle. » Sa peau semblait lisse et tendue. Était-ce l'éclairage ou avait-elle fait faire quelque chose ? Ou, encore plus probable, est-ce que je devenais fou ?

— Et vous, Trevor ? dit Suzanne, ses dents se tournant dans ma direction.

— Je prendrai les pétoncles poêlés et le bar commun grillé, dis-je. Et apportez-nous une bouteille de pinot.

— Certainement.

Les dents de Suzanne s'envolèrent. Je pris mon vin, en bus une gorgée et le refis glisser vers ma mère.

— Un peu de controverse sera bon pour toi, chéri, dit-elle. Tu as une aversion anormale pour les désagréments. Tu les as évités toute ta vie. Ça remonte à la mort de ton père. Tu as construit ta petite chambre forte et tu t'y es retiré. Je suis sûre que c'est pour ça que tu as mené une carrière dans une industrie qui se consacre à éviter tout désagrément. Tu te rappelles ta tentative de mener une carrière dans la production de films ? Tu étais horrifié par le travail physique, les longues journées sous la pluie, le langage direct et abrupt avec lequel l'équipe communiquait.

— Oui, et bien, personne ne m'aimait. Ils se méfiaient de ma gaieté.

— Tu te sens probablement mieux maintenant. Tu as été un tel râleur cette semaine.

Elle but doucement son eau et croqua un glaçon.

— Tu ne t'es pas beaucoup intéressé à l'université non plus. Pourquoi ?

— J'ai échoué à tous mes cours.

— Seulement parce que tu n'as pas essayé. Toutes ces réflexions, ces études et ce stress — encore des désagréments. Je suppose que tu as trouvé ta vocation ici. Quelle chance ils ont eu de trouver quelqu'un prêt à travailler jour et nuit, à tout sacrifier. Mais laisse-moi te donner un conseil : ne confonds pas ton identité au travail avec ton identité personnelle. Cet environnement est artificiel et superficiel. C'est un travail et rien de plus. Ce n'est que sourires et des « avec plaisir ». Tout est brillant et scintillant. Tu as une centaine d'employés payés à te traiter avec respect et à te faire des courbettes. Toutefois…

— Je te demande pardon ? Mon équipe me respecte parce que j'ai gagné leur respect.

— Bien sûr, mais penses-tu vraiment qu'ils essaieraient si fort de te faire plaisir si tu ne signais pas leurs chèques ? Tout ça est si artificiel.

Elle balaya la salle bondée et bruyante avec sa main.

— Ce n'est pas la réalité, Trevor. Ça n'est pas plus réel qu'un plateau de tournage rempli d'acteurs.

— Et bien, c'est ma vie et il se trouve que je l'aime comme ça.

— Ouais, ouais. C'est ça. Ce n'est pas la vie ; c'est un *travail*. La vie, c'est ce qui se passe à l'extérieur de ces murs, l'endroit où tu as peur de marcher. Tu appelles ça un endroit où s'abriter — de qui, Trevor, des clients ou de toi ?

Elle tendit le bras vers un morceau de pain pita et le déchira en deux.

— La *vie* est compliquée et imprévisible, en proie à des gens misérables, des gens désespérément pauvres, des déprimés, des malades et des morts. Elle est pleine de lits pas faits, de tapis tachés, de nourriture fade et de mauvaises surprises. Je t'ai observé, chéri. J'ai pu voir combien ce chaos t'ébranle. Tu ne peux pas tout contrôler et ça te rend fou. Ne lutte pas contre la vie, étreins-la. La vie est chaotique. Tu ne seras jamais en mesure de la contrôler, même dans les agréables environs d'un hôtel que tu diriges.

Suzanne arriva avec une bouteille de vin et exposa l'étiquette pour que j'approuve. Tandis qu'elle la débouchait, je lançai un regard noir à ma mère à la lumière de la chandelle. Tout ce que je voulais, c'était une oreille compréhensive. C'était comme si le monde entier m'avait déclaré la guerre. Les attaques de demain seraient fatales. Ce soir, j'avais espéré me remettre dans une zone de cessez-le-feu et retrouver mes forces. Quel meilleur abri que la compagnie de sa propre mère ? Pourtant, au lieu de panser mes blessures, elle agissait comme un terroriste qui se serait introduit sans bruit dans un campement. Suzanne versa quelques gorgées de vin pour que j'y goûte. Je hochai la tête, et elle remplit le verre de ma mère, puis compléta le mien.

Ma mère mordit dans son pain, faisant tomber des miettes sur la nappe tandis qu'elle préparait son prochain assaut.

— Ce que tu *peux* contrôler, dit-elle, c'est ta façon de percevoir les choses.

Au lieu de la provoquer en argumentant ou en attaquant à mon tour, j'employai une tactique qui avait fait ses preuves pour détendre les clients hostiles : je cédai.

— Tu as raison, maman. Ton conseil est excellent. Je te promets que je le prendrai en considération.

Elle me lança un regard perplexe.

— Et bien… parfait.

Mais elle n'était pas prête pour une trêve.

— As-tu commencé *Deux pas en avant* ?

— J'ai été un peu occupé.

— Le D\u1d63 Druthers dit que l'origine de nos ennuis, ce sont les problèmes non résolus dans le passé. Ce n'est pas une idée révolutionnaire, bien sûr, mais elle l'explique avec une intelligence si poignante. Elle m'a aidé à comprendre que mon cancer était une forme de poison créé par des émotions négatives reliées à la mort de ton père. Le livre m'a aidée à accepter ma culpabilité.

— Tu veux dire la culpabilité que tu as infligée à tes enfants ?

— *Ma* culpabilité. J'ai été si garce. Avant qu'il meure, il était resté sans emploi pendant quatre mois. J'étais terrifiée à l'idée de perdre notre maison, alors que lui, il était si désinvolte. Il avait cette arrogance française. Je le harcelais constamment. Le matin de sa mort, il était assis à la table de la cuisine à lire le journal et je me souviens m'être sentie spécialement pleine de ressentiment. Tandis que je m'affairais, que je vous préparais pour l'école, je lui ai demandé s'il savait que les emplois étaient classés dans les petites annonces et pas dans la section des sports. Pensait-il avoir du temps dans son emploi du temps chargé pour pelleter le trottoir ? Allait-il appeler son ami maçon pour des boulots bizarres ?

Pendant ce temps, les brûlures d'estomac pour lesquelles il s'était plaint, et que j'avais choisi d'ignorer, c'était son aorte qui gonflait en lui comme un ballon. Après que Mme Graham vous a pris tes sœurs et toi, je me suis emportée et j'ai claqué la porte. Un moment plus tard, il est tombé sur le sol. J'ai craint que ce soit mon harcèlement qui ait fait crever la bulle. Je suis tombée en état de choc. Il m'a fallu 20 ans pour me ressaisir.

— Ce n'était pas ta faute, maman.

— J'aurais voulu désespérément pouvoir revenir en arrière et changer les choses. Mais j'ai appris à accepter que je ne peux pas changer le passé et je ne me sens plus responsable. J'ai fait du mieux que je pouvais à l'époque. Maintenant, je vis libre de toute culpabilité, et c'est libérateur. J'ai fait de grands pas en avant dans ma vie, Trevor. Ironiquement, le cancer m'a *sauvé* la vie. Il m'a forcée à résoudre mes problèmes et je n'ai jamais été plus heureuse. *Un pas en arrière, deux pas en avant.*

Elle tendit le bras vers son verre de vin, arquant ses sourcils pour indiquer que c'était mon tour. Nous étions passés par des conversations similaires avant. Tous les livres de croissance personnelle lui avaient enseigné la même leçon en utilisant une métaphore différente. Avait-elle jamais considéré que son harcèlement pouvait faire exploser *mon* aorte ?

— J'en suis heureux pour toi, maman. Le problème, c'est que lorsque je fais un pas en arrière, je me vois traiter Chelsea de psychopathe.

— Tu dois accepter que tu avais une bonne raison. Tu as fait de ton mieux étant donné la situation.

— Dire d'une cliente qu'elle était tout droit sortie de l'enfer était mon mieux ?

— Donc, tu as dit quelque chose que tu n'aurais pas dû. Ça importe à qui ? Personne avec un minimum de respect de soi ne lit ce navet. Accepte-le et tu pourras commencer à aller de l'avant.

— D'accord, parfait. Sauf que lorsque je fais deux pas en avant, je vois Tony Cavalli qui me renvoie.

Ses yeux clignèrent avec irritation.

— Il ne te renverra pas. Où trouvera-t-il quelqu'un d'aussi dévoué que toi ? Tout ça sera bientôt oublié. Attends que la tempête se passe !

Je me calai dans mon fauteuil et observai la pièce, l'air sombre. Au centre de la salle à manger, Tony Cavalli était entouré de sa cour à une grande table ronde. Je sortis de sa ligne de vision. Après *Larry King*, il avait envoyé une série de messages menaçants dans ma boîte vocale. Attendons qu'il lise le *Spotlight* demain. Il y avait neuf personnes à sa table, mais aucune vedette dont il convoitait tant la compagnie. Avait-il été banni d'Hollywood à cause de la mort de Chelsea ou en raison de sa personnalité exécrable ? Plus probablement à cause de la dernière raison, mais il l'attribuerait sans aucun doute à la première — et m'en rendrait responsable.

— Regarde cet endroit ! s'exclama ma mère. Ça bouge dans tous les sens ! Cet hôtel est un formidable succès. Tu devrais être fier. Bien sûr, tu as encore quelques problèmes de service mineurs à régler.

À ce moment-là, Flavia Cavalli, les cheveux de travers et les joues rouges, arriva à notre table en se trémoussant avec deux assiettes.

— Qui a commandé les pétoncles ? demanda-t-elle, la hanche décalée sur le côté.

Je levai la main et elle glissa l'assiette vers moi, son contenu glissant dans un équilibre précaire vers mes genoux.

— Le placenta ? dit-elle, déposant l'autre assiette.

— *Pardon* ? dit ma mère.

— Vous n'avez pas commandé de placenta ?

La voix de Flavia était suffisamment forte pour que le couple à côté de nous se tourne pour regarder.

— Je crois que vous voulez dire la *polenta*, dit ma mère.

Elle leva sa fourchette et piqua la semoule de maïs comme si elle avait peur qu'elle se mette à bouger. Son plat était accompagné d'une épaisse salsa verte et de pointes d'asperges.

Flavia couvrit sa bouche avec sa main.

— Oh, mon Dieu! *Désolée!*

Elle s'enfuit.

Je regardai ma mère.

— Des problèmes de service *mineurs*?

— C'est peu dire! Cette fille est-elle de la même famille que celle de la réception?

— Elles sont cousines.

— Je comprends mieux maintenant.

Elle leva un grain de polenta et le goûta, faisant une grimace. Elle déposa sa fourchette.

— Je ne crois pas que je pourrai manger ça.

Je lui offris un pétoncle, mais elle refusa. Ses yeux observaient la salle à manger, passant rapidement d'une table à l'autre.

— Je ne peux pas imaginer que tu ne puisses pas trouver quelqu'un comme Nancy ici, dit-elle, rêveusement. Je n'arrive pas à arrêter de penser à elle maintenant que je sais qu'elle n'était pas censée prendre ce vol et qu'elle était *enceinte*. La vie prend des tournures si étranges.

Ce fut comme si elle tirait, qu'elle envoyait une grenade dans la zone de cessez-le-feu. Je serrai les dents.

— Pourquoi ne mettons-nous pas ça sur la table maintenant?

Elle fut interloquée.

— Mettre quoi sur la table?

— Je suis fatigué de ta psychologie de salon, maman. Arrête de me donner tes stupides livres de croissance personnelle et d'utiliser des métaphores clichées pour simplifier à l'excès ma vie. Comment peux-tu me dire d'arrêter de me sentir responsable de la mort de Nancy quand *toi-même*, tu me blâmes?

— C'est complètement faux ! Je ne te blâme pas.

— Si. Admets-le !

— Je ne ferais pas une telle chose. Je suis désolée qu'elle soit morte. J'aimerais pouvoir changer les choses, mais je ne peux pas.

— Tu crois que Nancy était mon seul espoir d'être heureux et que je l'ai ruiné.

— *Moi* ? Ou *toi* ? Je ne blâme personne, Trevor. C'est juste pas de chance — le mauvais endroit au mauvais moment. C'est la vie. C'est ce que j'essaie de faire rentrer dans ta tête dure. Tu te blâmes et tu dois arrêter. Jusqu'à ce que tu te pardonnes, tu continueras à l'aimer. Tu l'aimes comme si elle était vivante. Tu dois lâcher prise. Tu comprends ?

Je voulais vomir mes sentiments sur la table. Je me calai dans mon siège.

— Pourquoi lui ai-je demandé de rentrer plus tôt, maman ? Pourquoi ne l'ai-je pas laissée rester ?

Elle se fit glisser sur la banquette et plaça ses bras autour de moi.

— Tu ne savais pas ce qui allait se passer. Personne ne savait. Tu t'ennuyais d'elle et tu voulais qu'elle rentre. Qui peut te blâmer pour ça ?

— Elle était enceinte. Je n'aurais pas dû la convaincre de voyager.

— Comment sais-tu qu'elle était enceinte ? Tu ne le lui as jamais demandé. J'y ai réfléchi, Trevor. Ces symptômes que tu as décrits — la toux persistante, la fièvre —, à mon avis, ça n'a rien à voir avec la grossesse. Je suis infirmière. Même avant qu'elle parte, elle était malade. Elle n'aurait pas eu cette horrible maladie pulmonaire qui a tué sa mère, par hasard ? La fibrose pulmonaire peut être génétique, tu sais. Sa grand-mère maternelle n'est-elle pas morte jeune aussi ?

— Elle était enceinte, maman. Je sais au plus profond de moi qu'elle l'était.

— Comment peux-tu le savoir ?

— Je l'ai vu dans ses yeux. Quand je lui ai demandé de m'épouser, je m'attendais à ce qu'elle soit aux anges. Nous étions si amoureux. Nous étions à Paris, près du Louvre, à déguster du vin dans un vieil hôtel vénérable. C'était si romantique. Mais elle a cligné des yeux et a dit : « Attendons pour voir. » Elle voulait vérifier si elle était enceinte. Elle espérait ne pas l'être. Nancy était un esprit libre. Elle pensait que j'étais un cas désespéré de bourreau de travail. Quand j'ai raccourci mes vacances, ses craintes se sont concrétisées.

— Nancy voulait t'épouser, Trevor. Elle me l'a dit avant que vous partiez en Europe, quand je l'ai aidée à faire ses valises.

Je me tournai vers elle, surpris.

— Alors, pourquoi n'a-t-elle pas dit oui ?

— Une fille a besoin de bien y réfléchir.

— C'est ce que j'ai pensé. J'ai cru que ce serait bien que je rentre plus tôt. Elle aurait le temps d'y réfléchir. Quand elle est allée à Salisbury, elle est allée voir un médecin. Nous avons parlé ce soir-là. Elle pleurait. Elle ne voulait pas me dire ce qu'il avait dit, mais je savais qu'elle était enceinte. Elle devait retourner le voir le lendemain. Je savais qu'elle avait prévu le faire. Je lui ai demandé de rentrer à la maison, espérant que je pourrais la convaincre de ne pas le faire.

— De ne pas faire quoi ?

— De ne pas se faire avorter.

15

Deux pas en arrière

Au cours de ma carrière, j'avais pris la fille d'un éminent client pour une prostituée, confondu le chef d'une association internationale de pédiatres avec un vagabond et donné la clé de la chambre d'un magnat de l'industrie du spectacle à sa petite amie qu'il avait plaquée et que j'avais prise pour sa femme. Pourtant, jamais je n'avais commis de bévue qui menacerait d'avoir de si graves conséquences que ma déclamation en présence de Nigel Thoroughbred — un homme que j'avais rencontré six jours auparavant et que j'aurais dû reconnaître.

Malgré tout, le vendredi matin, je me réveillai dispos et prêt à affronter la journée. La veille avait été un jour de catharsis. Après des années à subir l'insolence et la condescendance des clients pour préserver la paix, j'avais atteint ma limite. Me décharger sur l'ignoble Moira, lui dire ce que je ressentais vraiment au lieu de ce que je pensais que les gens voulaient entendre — devant un public ! —, avait été jouissif ! Pas étonnant que certains directeurs d'hôtel punissent publiquement leurs employés, comme si c'était quelque chose de banal. Ça les fait se sentir puissants… en contrôle… dangereux. Ça fournit un exutoire à toute cette pression : la pression du lieu, des clients, du personnel et venant de l'intérieur ; la pression d'être amical, charmant, conciliant, irréprochable et intransigeant en tout temps. Sans déclamations occasionnelles, de telles attentes pouvaient mener à un comportement autodestructeur : problèmes d'alcool, colères, injures — peut-être même le fort désir de sauter d'un pont. Ou d'un balcon.

Mon explosion m'avait probablement sauvé du même destin que Chelsea Fricks.

Tandis que je me préparais à aller travailler, je repérai le livre *Deux pas en avant* sur ma table de nuit. Je me sentais coupable de m'être déchargé sur ma mère, d'avoir si cavalièrement rejeté ses tentatives pour m'aider à trouver le bonheur. Aussi douloureux cela était-il à admettre, il y avait un élément de vérité dans ses paroles. Je ne pouvais pas changer le passé, mais je pouvais l'accepter. Je pouvais changer mon attitude. Je pouvais prendre le contrôle de mon avenir. Je laissai mon appartement en me faisant la promesse de mettre fin à toute cette frénésie et de reprendre le contrôle de l'hôtel Cinéma.

C'était une belle matinée et je décidai de marcher. Tandis que je descendais Whitley Avenue, je levai les yeux vers le soleil matinal tempéré par une brume rosée — ironiquement, un bel effet de la pollution de l'air. Sur Hollywood Boulevard, je déviai à gauche, passant les espaces entre les devantures des magasins où apparaissait le panneau HOLLYWOOD sur une colline au loin. Combien d'aspirants acteurs avaient été attirés ici par ce panneau, pour finalement se retrouver face au rejet ou à la déception ? Je passai devant un petit salon de tatouage, un trio de sans-abri qui fouillaient dans une poubelle qui débordait, et un grand homme voûté dans un costume de Darth Vader. Moi aussi j'étais arrivé à Los Angeles avec de grandes attentes, pour finir par découvrir que j'allais diriger un motel retapé avec des fondations pourries. Avant d'arriver, j'avais étudié à fond la transformation du vieil Hollywood et les plans pour en faire « le » quartier. Lors de ma première visite, tandis que je marchais sur le Walk of Fame, prenant soin de contourner les noms par déférence et par respect, j'étais devenu de plus en plus excité tandis que j'approchais de la plus célèbre intersection au monde : Hollywood et Vine. Pourtant quand j'y parvins, je me sentis déçu. La zone était terne et déprimante. Les panneaux promettaient un nouvel hôtel W et de nouveaux magasins, des immeubles à bureaux et des condominiums, mais ça semblait être pour dans longtemps. L'hôtel Cinéma survivrait-il assez longtemps pour le voir? Chaque nuit, avec l'aide d'un bon éclairage, d'un maquillage approprié et d'un personnel compétent, l'hôtel se transformait comme par magie en une magnifique jeune femme. Mais ce n'était que de la poudre aux yeux; comme Chelsea elle-même, l'hôtel était gâté à l'intérieur. Avec le temps, vieillirait-il bien et préserverait-il son charme, ou tomberait-il en ruine et disparaîtrait-il dans les oubliettes?

Je pensai à Vancouver et ses montagnes enneigées en toile fond, ses plages rustiques, sa digue interminable et son air frais et salé. Pendant des années, j'avais fui ma ville natale, préférant laisser mes problèmes là-bas et partir. Pourtant, tout à coup, elle revêtait un attrait marqué. Après cinq ans à New York, je ne m'étais pas senti chez moi. Serait-ce la même chose à Los Angeles? Ma mère avait-elle raison? Étais-je destiné à être un voyageur insatiable et solitaire, un hôte accompli qui ne trouve jamais sa propre maison? Ou était-il temps de cesser de blâmer la ville pour mes échecs? Était-ce le pas en arrière dont ma mère parlait? Un pas en arrière vers ma seule vraie maison? *Non.* Je n'allais pas abandonner l'hôtel et mes collègues. J'avais un travail à faire, du personnel à encourager et à protéger, un propriétaire à manipuler, un inspecteur à maîtriser, des journalistes à apaiser, un désastre à éviter. Je prouverai à ma mère que je n'avais pas peur des désagréments. Il était temps de sortir de ma chambre forte.

Tandis que je passais devant un kiosque à journaux au coin, j'aperçus le *Daily Spotlight*. Je fis marche arrière et me baissai pour le prendre. Je m'étais préparé au pire, mais je fus choqué de voir ma photo sur la couverture, sous le gros titre : LE DIRECTEUR DE L'HÔTEL DÉVOILE TOUT ! LE COMPORTEMENT ÉTRANGE DE CHELSEA, SA CONSOMMATION DE DROGUE ET SES AVANCES SEXUELLES LORS DE CETTE NUIT FATALE ! Je sentis la veine de ma tempe élancer tandis que je scrutais la photo me représentant sur le trottoir à l'entrée de l'hôtel dans mon costume noir Ralph Lauren, l'air méprisant et hautain. J'étais en train de regarder l'inspecteur Christakos escorter

Ezmeralda vers la voiture de police qui attendait. Ouvrant le magazine en le déchirant, je retrouvai l'article en page trois.

Le directeur de l'hôtel traite Chelsea de « cliente tout droit sortie de l'enfer »

Dans le dernier épisode du mélodrame entourant la mort de la bien-aimée actrice Chelsea Fricks, l'hôtel Cinéma a occupé le devant de la scène hier soir quand son directeur mielleux, Trevor Lambert, a livré des reproches cinglants à l'encontre de la vedette dans le hall de l'hôtel devant une salle remplie de clients stupéfaits.

L'habituellement réservé M. Lambert a rompu le silence stoïque de l'hôtel en disant de Chelsea qu'elle était « une menteuse, une tricheuse, une psychopathe, une cliente tout droit sortie de l'enfer ». Lambert a accusé la pauvre actrice d'avoir tenté de séduire l'ingénieur en chef de l'hôtel, Allan Robert Combs, dans son somptueux appartement terrasse, le soir de sa mort. Hier, Combs a été relâché après avoir été interrogé par le service de police de Los Angeles. Prétendant que Chelsea avait « englouti du Jack Daniel's » et sniffé de la cocaïne dans sa suite, Lambert l'a traitée de « monstre » et de « raciste », révélant que des livres promouvant le racisme avaient été trouvés dans sa suite.

Lambert a gardé ses mots les plus corrosifs pour Bryce Davies, le petit ami de Chelsea, qu'il a décrit comme un « mécréant ». Il réagissait à l'apparition de Davies à *Larry King Live*, émission dans laquelle il avait accusé la direction de l'hôtel de négligence concernant la mort de Chelsea. Accusant Davies d'avoir assassiné Chelsea, Lambert a dit : « Je ne blâme pas Bryce de l'avoir tuée. Quelqu'un devait abréger nos souffrances. » Lambert a ensuite menacé de tuer Moira Schwartz, l'agente et amie loyale de l'actrice décédée.

Schwartz a déclaré plus tard qu'elle « refusait d'accorder de la dignité » aux remarques de Lambert en y répondant, mais elle a voulu clarifier que « Chelsea n'était pas raciste et qu'elle ne prenait pas de drogue. Les livres étaient de la documentation pour un film à venir dans lequel elle allait jouer la fille de Dwight Reed [le célèbre partisan de la suprématie blanche]. Chelsea accueillait des gens de toutes les cultures et de toutes les couleurs chez elle. Pratiquement tout son personnel domestique était Mexicain. »

Incapable d'en lire davantage, je fermai le magazine et inspectai la couverture. Mon expression sur la photo était massacrante. Mes commentaires étaient incendiaires et répréhensibles. Pourtant, je ressentais un léger plaisir. J'étais sur la couverture d'un magazine. Un magazine nul, bien sûr, mais à très fort tirage. En le regardant de plus près, je vis que la photo n'était pas si mauvaise. J'y apparaissais grand, distingué... Un directeur, finalement. Mon visage était tourné vers la gauche, à moitié dans la lumière, à moitié dans l'ombre. Ma mâchoire était tendue juste comme il faut. J'avais une allure presque... et bien, je devais bien l'admettre... aristocratique. Mon expression n'était pas tant hautaine que provocante — même un brin héroïque. Après tout, ils emmenaient mon employée, une femme innocente. Un sourire se dessina au coin de mes lèvres. Moi, Trevor Lambert, sur la couverture d'un magazine à potins — non, un magazine du *spectacle*. Comme une célébrité. J'occupais le même espace de haut rang que Brad Pitt, Bryce Davies, Tom Cruise. Mes remarques comptaient-elles vraiment ? Qu'avait dit ma mère hier soir ? Que peu importait pourquoi les gens étaient célèbres, ce qui comptait, c'était qu'ils soient célèbres.

Quelqu'un me regardait. Je levai les yeux et vis la vendeuse du kiosque, une femme âgée et chétive à qui il manquait une dent, qui montrait la couverture.

— *Usted ?*

— Et bien, oui, répondis-je. C'est moi.

Je repoussai un sourire d'autosatisfaction et affectai une expression désinvolte, un peu ennuyée, vaguement irritée, comme si le fait d'être en couverture était fréquent. J'achetai trois autres exemplaires, laissai un gros pourboire et lui souhaitai une agréable journée. Puis, je quittai le kiosque à la hâte, non pas pour échapper à son regard scrutateur, mais pour admirer la photo plus loin.

Tandis que je descendais le Walk of Fame, je me retrouvai en train de marcher non pas à côté des étoiles, mais dessus. Peut-être qu'un jour, mon nom se trouverait ici. C'était une pensée idiote, mais aussi bien profiter de ce moment, de ce sentiment de notoriété, de fourmillement, de titillement, d'enivrement. Je levai les yeux et vis les lettres HOLLYWOOD briller dans le soleil du matin.

Mon téléphone cellulaire sonna, me sortant brusquement de ma jubilation. M'attendant à ce que ce soit le premier d'un flux d'appels de félicitations, je répondis immédiatement.

— Vous n'êtes qu'un crétin fini !

Et c'est ainsi que la magie du moment s'acheva. J'ôtai brusquement le téléphone de mon oreille et regardai l'afficheur : Tony Cavalli. Qui d'autre ? J'aurais dû regarder l'appelant.

— Tony, bonjour, dis-je. Je parie que vous avez vu le *Spotlight*.

— Le *Spotlight*. *FOXNews*. *Good Morning America*. Le *Today Show*. Ils parlent *tous* de votre déclamation.

— Vraiment ?

Et à nouveau, ce tremblement d'excitation. De l'autre côté de la rue, un couple d'âge mûr regardait dans ma direction. La femme me pointa du doigt. Étais-je devenu le sujet d'un repérage de vedettes ? Le couple se précipita pour traverser la rue dans ma direction. Voulaient-ils un autographe ? Je n'avais même pas de stylo. Je n'étais absolument pas préparé à ce moment. Ils atteignirent mon côté de rue et entrèrent dans le Starbucks derrière moi.

— Comment avez-vous pu être aussi stupide ? aboya Tony. C'était déjà assez dur de voir Bryce Davies nous détruire à *Larry King* ! Et voilà que je lis le *Spotlight* et que vous massacrez Chelsea Fricks.

Je baissai les yeux vers la pile de magazines dans mes mains. Au soleil, je pouvais voir l'image plus nettement. J'avais une mine revêche. Je n'étais qu'un petit minable, un directeur d'hôtel qui répandait de sales secrets, violant ainsi les principes sacrés de l'industrie. Après avoir lutté pour protéger la réputation de Chelsea, d'un seul coup, je l'avais descendue.

Néanmoins, je me sentis obligé de me défendre.

— Au moins, *j'*ai dit la vérité. Contrairement à Bryce. Il…

— Personne ne veut entendre la putain de vérité ! Chelsea Fricks est une sainte. Vous avez commis un blasphème. Ses admirateurs sont désorientés, furieux. Ils avaient désespérément besoin de blâmer quelqu'un et vous vous êtes livré sur un plateau. C'est à Bryce qu'ils auraient dû s'en prendre, mais parce que vous avez refusé orgueilleusement de lancer une offensive médiatique, vous lui avez donné le temps de rallier ses troupes. Maintenant, il est le héros, et nous sommes les méchants. C'est comme ça que vous brisez le silence ? En livrant une déclamation odieuse contre une victime de meurtre adulée ? Vous êtes un putain d'hypocrite !

— Tony, je suis désolé, dis-je, ralentissant le pas. J'ai foiré. Quand j'ai vu Bryce à *Larry King*, ça m'a mis hors de moi. J'ai rencontré Moira dans le hall et je me suis déchargé sur elle. J'ai défendu l'honneur de l'hôtel. Je ne savais absolument pas qu'elle était avec un journaliste du *Spotlight*.

— Brillant, Trevor ! Tout simplement, brillant ! J'ai construit cet hôtel pour accueillir l'élite hollywoodienne, et ils ne me regarderont même pas dans les yeux. J'ai été ostracisé. Je ne peux même pas avoir une invitation pour sa cérémonie commémorative. C'est votre faute ! Je vous avais donné trois jours pour renverser la situation et c'est *ça*, votre solution ?

— Il me reste une journée. Je vais arranger ça. Je vais parler à Kitty et…

— Kitty ? Cette nullité de Texane est virée.

— Vous l'avez renvoyée?

— Pas encore, mais je vais le faire. Elle a médit de l'hôtel dans les médias. J'ai engagé Moira Schwartz pour la remplacer.

— *Moira*? Dites-moi que vous plaisantez.

— Je ne peux pas supporter cette gonzesse non plus, mais elle connaît son affaire. Elle dit qu'elle peut nous sortir de ce fiasco. Elle va faire de l'hôtel Cinéma une vedette, tout comme c'était censé se passer.

— Tony, j'ai de sérieux doutes sur l'intégrité de Moira. Elle...

— Je me fous dorénavant complètement de ce que vous pensez, Trevor. Je suis fatigué de vos conneries. Je prends les choses en main concernant cet hôtel comme j'aurais dû le faire dès le début. Je ne vous laisserai pas faire obstacle à l'avenir des Complexes hôteliers Cavalli international!

— Mais...

— Vous êtes renvoyé, Trevor. Renvoyé!

* * * * *

Je trébuchai devant l'entrée d'une boutique vacante et m'affalai sur le trottoir sale.

Renvoyé.

Le soleil s'élevait au-dessus des immeubles à l'est. Les premiers rayons frappèrent mes pieds et remontèrent mon corps, me faisant reculer comme un vampire. Protégeant mes yeux, je posai mon menton sur mes genoux. Alors que je venais enfin de faire preuve de cran en invectivant contre des gens méprisables pour défendre l'hôtel et son personnel, je me faisais renvoyer. Pas étonnant que j'aie été toujours si agréable, que j'aie travaillé fort pour éviter toute confrontation. Perdre cet emploi était ma plus grande crainte, comme perdre mon père, échouer à un cours ou être rejeté par la femme que j'aime. Ce travail m'avait ramené de la mort. Sans lui, je n'avais rien — une famille divisée dans une autre ville, pas d'amis, pas de Nancy. J'avais réduit ma vie à un travail. Sans le rôle de directeur d'hôtel pour m'ancrer quelque part, qui étais-je ? Personne. Rien. Où pourrais-je aller ? Pas à Vancouver, le cimetière de mes échecs. Un autre hôtel à Los Angeles ? Mon nom serait sali partout dans cette ville. Une autre ville, un autre pays ? Mon permis de travail était parrainé par l'hôtel Cinéma. La paperasse pouvait prendre des mois à faire. Étant donné ma conduite, je ne trouverais jamais un hôtel pour m'engager. Perdu, je retomberais dans l'état misérable dans lequel je me trouvais avant de prendre cet emploi : solitaire, oppressé par la peur, handicapé par le chagrin.

Je pensai à mon personnel à l'hôtel Cinéma. Avec mon départ, ils seraient sujets à la foudre de Tony et à sa folie des grandeurs. Où cela les mènerait-il ? Shanna n'aurait personne à qui se confier, pas de bureau où se cacher. Ezmeralda, Al, Valerie, Reginald… Qui s'occuperait de leurs besoins, s'assurerait qu'ils soient appréciés ? Je pensai à Rheanna, Dennis, Olga, Ahmed et Simka. Même les sœurs Cavalli et la cousine Bernadina ne méritaient pas de subir l'incompétence de Tony. Ou peut-être… Peut-être qu'ils seraient heureux de me voir partir. J'avais violé les politiques que j'avais prêchées. J'avais brisé leur confiance. J'avais perdu leur respect.

Il était préférable pour tous que je parte.

Je me relevai et jetai les quatre copies du *Spotlight* dans la poubelle. Prenant une profonde respiration, je repris mon chemin en direction de l'hôtel. Je rassemblerais mes affaires, j'appelerais ma mère pour lui dire au revoir et me retirerais dans mon appartement jusqu'à ce que je trouve où aller.

* * * * *

Tandis que j'approchais de l'hôtel, je vis deux voitures de la police de Los Angeles qui bloquaient la rue, avec leurs gyrophares en fonction. Une foule occupait le devant de l'hôtel. Un groupe de femmes d'âge mûr tenaient une banderole qui disait : HÔTEL DE LA

HONTE ! CESSEZ DE JOUER LA CARTE DU BLÂME ! Derrière elles, la foule scandait des slogans rageusement et agitait des pancartes. Un homme noir, grand et mince tenait une affiche dans les airs qui disait : VENGEONS CHELSEA ! BRÛLONS L'HÔTEL CINÉMA ! De l'autre côté de la rue, deux jeunes femmes levaient une banderole écrite au feutre rouge : QUI A TUÉ CHELSEA ? L'HÔTEL CINÉMA ! Une autre affiche proclamait : L'HÔTEL ESTOMAC DÉVERSE DE LA MERDE !

Je m'arrêtai net.

Une des femmes d'âge mûr m'avait repéré.

— Hé ! C'est lui ! Le directeur ! Le gars qui l'a traitée de psychopathe !

Les manifestants se tournèrent dans ma direction. Les doigts des femmes d'âge mûr pointèrent vers moi, accusateurs.

Je m'esquivai dans une rue de côté et courus sur l'allée de derrière, vers l'entrée des employés sur le côté est de l'hôtel. Là, trois hommes et une femme, dont deux caméramans, attendaient. Je reconnus la femme aux cheveux bougeant au vent comme étant Cléopâtre de KCAL.

— Arrêtez ! crièrent les femmes d'âge mûr toujours sur mes talons.

Ceci attira l'attention du groupe devant l'entrée.

— C'est Trevor Lambert ! cria Cléopâtre, avertissant son équipe. Allez-y vite, les gars !

Un membre de l'équipe hissa une caméra de télévision sur son épaule et courut vers moi.

Baissant la tête, je me dirigeai tout droit vers la porte. Deux des paparazzi sautèrent sur mon chemin, prenant des photos. Je couvris mon visage et me précipitai. Les gens se ruaient vers moi depuis toutes les directions. Je réussis à avancer malgré tout, faisant trébucher les paparazzi. Ils me pourchassèrent en jurant, les obturateurs claquant comme des coups de feu. Atteignant la porte, je me tins devant le lecteur optique et attendis le bip.

Rien ne se produisit.

Je jetai un œil par-dessus mon épaule. Une douzaine de personnes semblant furieuses m'entouraient.

— Pourquoi avez-vous traité Chelsea de psychopathe et de raciste? cria Cléopâtre.

— Chelsea était comme ma fille! cria une des femmes d'âge mûr.

— Que répondez-vous aux allégations de négligence? demanda un autre reporter, me plantant son micro sous le nez.

Je me retournai vers le scanneur. Pourquoi la porte ne s'ouvrait-elle pas? Il n'y avait ni bip ni lumière verte. Je plaçai mon œil devant le panneau à nouveau. Rien. Je fis un pas en arrière, clignant des yeux pour clarifier mes yeux et avançai. Tony avait-il supprimé mon accès? Ou est-ce que le scanneur ne reconnaissait plus la personne que j'étais devenue?

— Comment supportez-vous la culpabilité d'être responsable de la mort de Chelsea? cria quelqu'un.

Je me retournai. C'était Cléopâtre. Mes yeux s'illuminèrent de rage.

— Pardon? hurlai-je.

Elle ne broncha pas.

— Comment vous sentez-vous d'avoir compromis le dernier bastion de la vie privée des vedettes?

— Et c'est vous qui dites ça. Vous n'êtes que des parasites!

Il y eut un soupir collectif. Regardant les caméras autour de moi, je me dis de me taire et de foutre le camp d'ici. Ils me bombardèrent de questions. Je me tournai pour faire un dernier essai avec le scanneur. Si je ne pouvais pas entrer comme ça, je devrais trouver le moyen de me frayer un chemin à travers la foule indocile à l'avant. Il n'y eut pas de bip, pourtant tout à coup, la porte s'ouvrit. Un bras se tendit et me saisit, me tirant à l'intérieur. Al Combs se tenait là avec Ezmeralda Lopez. Ils poussèrent la porte de toutes leurs forces pour la refermer. J'entendis la tête d'un journaliste être frappée dans un bruit sourd.

— Des animaux ! s'exclama Ezmeralda.

— Aucun respect, dit Al.

Je me tournai vers eux, chaviré de gratitude.

— Merci. J'ai bien cru qu'ils allaient me lyncher.

— Le scanneur est brisé, dit Al. Je viens juste de le remettre en marche.

— Ça va ? Vous avoir pas l'air bien, dit Ezmeralda.

Ils me prirent par les bras et me conduisirent à la cafétéria du personnel.

— Buvez un peu d'eau, dit Al.

— Janie a dit M. Cavalli avait renvoyé vous, dit Ezmeralda. Si vous né travaillez plous ici, nous voulons plous travailler non plous.

— Notre loyauté est envers vous, dit Al. Si vous partez, nous partons.

* * * * *

Shanna attendait dans mon bureau. Cette fois, il n'y avait pas de tabloïd sur mon bureau. Elle était assise élégamment dans le fauteuil, les jambes croisées. D'après la sombre expression sur son visage, je savais que Tony lui avait parlé.

— Journée du déménagement, dis-je ironiquement.

Je fermai la porte derrière moi et baissai les stores. Regardant autour de moi à la recherche d'un carton pour ranger mes affaires, je m'arrêtai sur la poubelle. J'ouvris mes tiroirs et en jetai le contenu.

— Que fais-tu ? demanda Shanna.

Je fus surpris de voir un petit sourire en coin sur son visage.

— Tony ne t'a rien dit ?

— Si, dit-elle. Nous avons eu une conversation des plus exquises. Il m'a appelée pour dire qu'il t'avait viré. Il m'a offert le poste de directeur général.

— Ah bon. Et bien, je suppose que des félicitations s'imposent.

— Je lui ai dit de se le coller où je pense.

— Donc, tu as perdu ton boulot toi aussi.

La poubelle était pleine à présent. J'essayai d'y loger la photo de ma mère, mais elle tomba, se brisant presque.

Shanna se leva et me prit la photo des mains, la replaçant sur l'étagère.

— Je lui ai dit que s'il te renvoyait, je partirais sur-le-champ. Janie a fait le tour, disant à tout le monde que son oncle t'avait renvoyé. Déjà six responsables et une douzaine d'employés sont venus me voir pour dire que si tu partais, ils partaient aussi. Y compris Reginald Clinton, qui est responsable de diriger l'équipe de service pour la réception du mariage de demain.

— Je suis touché par tant de soutien, Shanna, vraiment. Mais je préfère partir en douceur.

— Tony vient de rappeler. Il reconsidère la situation. Tu peux t'attendre à ce qu'il t'appelle rapidement.

— Tu es sérieuse ? C'est génial. Je suppose.

— Franchement, je suis un peu déçue aussi. J'espérais me débarrasser de ce travail.

— Ce n'est pas ton genre.

Je mis la poubelle de côté et m'assis sur le bord de mon bureau, étudiant Shanna.

— Quelque chose d'autre t'ennuie. Qu'est-ce que c'est ?

Un air de honte traversa ses yeux.

— J'ai signé un pacte avec le diable.

— Tu as fait ce qu'il fallait, Shanna. Tony ne peut pas…

Elle leva les yeux vers moi, l'air affligée.

— Je ne parle pas de Tony. Je parle de Moira Schwartz.

* * * * *

Shanna et moi étions assis sur une banquette dans un coin tranquille de la Scène.

— Elle ne se montrera pas, dis-je, scrutant le hall.

— Oh si, elle se montrera.

— Je n'arrive toujours pas à le croire. Tony a engagé l'ancienne agente de Chelsea pour défendre l'hôtel contre les accusations de négligence pour la mort de Chelsea ? C'est fou.

Elle écarta ses ongles et les admira.

— C'est L.A., Trevor.

Je me tortillai sur mon siège, me sentant de plus en plus inquiet.

— Tu crois que c'est quoi son idée géniale ?

— Je te l'ai dit, je ne sais pas. Que t'a dit Tony ?

— Que si je ne coopérais pas avec elle, j'étais cuit.

— Charmant. Je suis désolée de t'avoir trompé en te faisant croire qu'il était autre chose qu'une parfaite ordure finie.

— Tu devrais l'être.

Flavia Cavalli apparut à notre table et déposa un plateau avec du café et une assiette de gros biscuits. Elle pencha sa tête en signe de sympathie, la lèvre inférieure en avant.

— Désolée pour votre travail Trevor.

Je décelai une pointe de vengeance dans son ton.

— Trevor ne va nulle part, siffla Shanna. Maintenant, filez.

La bouche de Flavia s'affaissa, ouverte. Elle appuya une main contre sa poitrine et se retourna, marmonnant en marchant :

— Attendez que mon frère entende ça !

— Et voici l'avenir des Complexes hôteliers Cavalli international, dis-je. Rappelle-moi pourquoi on se bat si fort pour garder nos boulots ?

— Parce que nous avons des obligations, Trevor. Parce que nos employés dépendent de nous. Et parce que j'ai dépensé toutes mes économies dans des chaussures hier soir.

Je scrutai à nouveau le hall.

— Et si elle voulait que je fasse la tournée des émissions de télé ou je ne sais quoi ?

— On n'est pas *si* désespérés.

— Je ne suis pas *si* mauvais à l'écran.

— Bien sûr…

— Elle veut qu'on fasse quelque chose qui compromette notre intégrité, je le sais. Moira et Tony n'ont pas un brin d'intégrité en eux. Si elle veut que j'apparaisse en public avec…

— Trevor, si tu n'arrêtes pas de gigoter et de t'inquiéter, je te redonne une gifle. Aussi rebutant que ce soit pour moi, Tony et Kitty semblent avoir eu raison tout le long. Cette semaine, tandis que nous restions passifs, la réputation de l'hôtel a été salie par la gouvernante en chef, discréditée à jamais par l'ingénieur en chef, diffamée par les journalistes et mal gérée par la direction. Notre stratégie nous a explosé en plein visage.

— Ç'aurait pu marcher si je ne m'étais pas déchargé sur Moira.

— Même avant, on s'était fait attaquer sauvagement.

C'est à ce moment-là que Moira arriva à notre table, escortée par le chasseur Gustavo.

Shanna et moi nous levâmes pour la saluer.

— Ça alors ! vous semblez bien, dit Shanna dans une tentative flagrante de flatterie.

Moira semblait tout sauf bien. Elle était même plus pâle que d'habitude. Ses cheveux noirs teints étaient collés ensemble en touffes et elle avait des demi-cercles comme des ecchymoses sous les yeux. Son tailleur-pantalon noir grumeleux semblait tout droit sorti d'une friperie bas de gamme.

— Je n'ai pas dormi de la semaine, dit Moira de sa voix monotone, lançant son sac rouge sur la banquette en soufflant, puis se glissant dessus.

Elle semblait aussi inquiète de cette rencontre que nous. Elle me lança un regard cinglant.

— J'imagine que ç'a été une semaine difficile, dit Shanna, lui versant une tasse de café.

— Sans blague ! dit Moira. Avez-vous déjà essayé d'organiser une cérémonie commémorative pour un millier de personnes avec un délai de seulement quelques jours ?

— Ça ne m'est jamais arrivé, dit Shanna.

Elle offrit un biscuit à Moira, mais elle refusa. Shanna mordit alors dans le sien. Elle était inhabituellement cordiale.

— Pouvons-nous passer aux choses sérieuses ?

Moira engloutit son café noir. Elle se tourna vers moi, les paupières tombantes.

— Est-ce que Tony vous a parlé de mes conditions ?

J'opinai.

— Il m'a dit qu'il acceptait d'offrir pour 5000 $ de nourriture et de boisson pour la réception de lundi soir.

— Et une avance de 15 000 $.

— Il ne m'a pas parlé de ça.

Elle avait l'air d'un tueur à gages.

— Je ne décroche pas le téléphone pour moins.

Fouillant dans son sac, elle sortit deux copies d'un épais contrat et les glissa vers moi.

— J'ai besoin de votre signature dans le bas. Si vous décidez de me garder en permanence, j'en établirai un autre. Tony a offert de cumuler mes honoraires avec le montant que vous devez encore pour l'apparition de Chelsea, mais c'est à elle.

— Le montant que nous devons encore ? dis-je, perplexe. Mais elle n'est pas venue à la fête.

— Oh oui, elle est venue. Elle a fait son apparition. Vous avez eu votre publicité avec les photos. Cet hôtel a eu plus de visibilité que vous ne pouviez en rêver.

Les narines de Shanna frémirent comme si une odeur fétide avait pénétré dans la pièce.

— Moira, dit-elle, se forçant à être amicale, vous nous dites que Chelsea a rempli son contrat en apparaissant à la fête en se tuant après s'être jetée dans le vide devant des invités horrifiés?

Le ton de Moira était assurément moins cordial.

— Chelsea a été tuée par votre homme d'entretien, Shania.

— *Shanna*.

— C'est faux, dis-je. Al Combs a été disculpé.

Moira braqua ses grands yeux marrons sur moi.

— Quoi? Quand?

— Hier.

Elle opina doucement.

— Alors, à qui s'en prend l'inspecteur Constantinopolous maintenant?

Shanna me lança un regard de prudence, mais je savais déjà que je ne devais rien dire à Moira qu'elle pourrait vendre au *Spotlight*.

— Aucune idée, dis-je; et j'étais honnête.

Je n'avais pas eu de nouvelles de l'inspecteur depuis qu'il avait emmené Al. Je fis glisser le contrat vers elle.

— Je ne sais absolument pas de quoi Tony et vous avez discuté. Vous devrez lui demander de signer.

— Bien, dit Moira, le fourrant dans son sac. Avant que je divulgue mon plan, je dois savoir tout ce que vous savez sur cette affaire. Maintenant que je vous représente, vous ne pouvez rien me cacher.

— Vous en savez autant que nous, dis-je.

Moira me regarda en plissant les yeux jusqu'à ce qu'ils soient à demi fermés.

— Vous voulez dire pour Bryce?

Shanna et moi nous penchâmes vers elle.

— Quoi, Bryce? dit Shanna.

— C'est évident, n'est-ce pas? dit Moira, avalant le reste de son café. Bryce l'a tuée.

— Il y a une semaine, vous accusiez Ezmeralda Lopez, dis-je. Puis, vous avez décidé que c'était Al le coupable. Maintenant, c'est Bryce ? Pourquoi avez-vous été si longue à vous rendre à lui ? Vous étiez dans la chambre voisine quand c'est arrivé.

— Je n'ai jamais pensé que c'était les deux autres, grogna Moira. J'ai simplement rapporté ce que j'ai vu et entendu. J'ai toujours su que c'était Bryce. Il était jaloux.

— Jaloux de qui ? demanda Shanna. D'Al Combs ?

— Jaloux du succès de Chelsea, de sa gloire, de ma relation étroite avec elle.

— Donc, il l'a tuée ? dis-je.

Moira écarta une mèche de cheveux de ses yeux.

— Je suis allée dans sa suite pour la voir ce soir-là, juste avant que Bryce y aille. Elle m'a dit ce qu'elle allait faire. C'est pour ça qu'il l'a tuée.

— Quoi ? demandâmes Shanna et moi simultanément.

— Chelsea allait plaquer Bryce ce soir-là.

16

Un coup de pub

Je dis au revoir à ma mère dans l'intimité de l'aire de stationnement, où, pour éviter le cirque dehors devant l'hôtel, je m'étais organisé pour que la voiture de l'hôtel vienne la chercher.

— Tu n'as rien volé, j'espère ? dis-je tandis que je chargeais ses valises dans le coffre.

— Seulement des articles de toilette, dit-elle. J'aurais bien pris l'ensemble de la salle de sport si j'avais pu tout faire rentrer dans mes valises.

— Pas de serviettes, de peignoirs, d'argenterie ? Dois-je inspecter tes valises ? Reste-t-il quelque chose dans le minibar ?

— Il n'y a pas de minibar dans la salle de sport, rappelle-toi.

— Et Bruce Leonard ? Vas-tu *le* ramener à la maison ?

Je fermai le coffre en le claquant et ouvris la porte arrière, plaçant son bagage de cabine sur le siège.

— Certainement pas. C'était juste une aventure.

— Est-ce qu'il le sait ?

— Il l'acceptera avec le temps.

Elle ouvrit ses bras pour m'enlacer.

— Tu vas tellement me manquer !

— Toi aussi, maman.

— J'ai passé un si merveilleux séjour ! Du soleil, des célébrités et un meurtre. C'est comme si j'avais assisté à un film dans un ciné-parc l'été. Ça a été divertissant, mais je suis contente que ce soit fini. J'ai hâte de reprendre le travail à l'hôpital.

Elle tapa son sac.

— J'ai acheté une demi-douzaine de copies du *Spotlight* pour tes sœurs et tes amis.

— Ne manque pas de défendre mon honneur !

— Et pourquoi devrais-je défendre ton honneur ? Tout le monde sait quel jeune homme intègre tu es. Tu es une victime innocente de la culture des tabloïds qui empoisonnent notre société. En plus, personne ne lira l'article. Le fait que tu sois en couverture suffit — et tu es si beau !

Elle me regarda affectueusement.

— Je suis désolée d'avoir été si dure avec toi, chéri. Tu sais que c'est parce que je t'aime. Je te comprends tellement mieux maintenant.

— J'en suis heureux. On ne parle plus de Nancy, promis ? Ce chapitre de ma vie est clos.

Elle acquiesça faiblement et me fit un demi-sourire.

— Si les choses ne marchent pas ici, il y a toujours le Four Seasons à Vancouver. J'ai entendu dire qu'ils cherchent un directeur général.

— Je m'en souviendrai.

— Oh, j'allais oublier…

Elle fouilla dans sa sacoche et me tendit un sac de chez Book City.

— J'ai commencé à lire *La vérité* hier soir et c'est fantastique.

— Merci, dis-je, lançant un regard nerveux dans le sac.

Je fermai la porte et attendis alors qu'elle cherchait comment descendre la vitre.

Elle sortit la tête pour m'embrasser.

— Je t'aime, chéri.

— Je t'aime aussi, maman.

— On te regardera à la télé ce soir !

— Ne te sens pas obligée !

Tandis que la voiture remontait la bretelle, je fis au revoir de la main, sentant un tiraillement dans mon cœur, comme si elle avait collé une ventouse sur ma poitrine et qu'elle se cramponnait au bout. J'ouvris le sac et sortis deux livres. L'un s'intitulait *Comment diriger les hôtels à la manière des Four Seasons* et l'autre, *La vérité vous libèrera (mais oh la la, que ça fait mal !)*. Je souris, les glissant sous mon bras, puis remontai par les escaliers.

Un pas en avant, deux pas en arrière.

* * * * *

Ashlee White, une des journalistes télévisées pleines d'entrain à *Spotlight Tonight*, arriva avec son équipe à 15 h pile. Je l'avais vue devant l'hôtel cette semaine et à la télé à quelques reprises, mais j'avais toujours bondi sur le bouton de la télécommande pour changer de chaîne. Elle était plus petite en personne que je l'avais imaginé, dans la mi-vingtaine, et physiquement parfaite, sauf que tout sur elle — ses cheveux, son tempérament, sa peau, sa poitrine, sa personnalité — semblait faux. Elle me rappelait un androïde.

— Heureux de vous rencontrer, dit-elle, glaciale.

Il était évident qu'elle gardait son entrain pour la caméra. Sa main était molle et froide quand je la serrai. Elle observa le hall, peu impressionnée. Quelques minutes plus tôt, une armée de l'équipe de nettoyage, dirigée par Ezmeralda, avait fait le grand ménage, laissant les surfaces bien polies, la pièce en ordre et brillante. Me présentant rondement à son équipe, qui était plus amicale, elle s'éloigna pour regarder la cheminée.

— Bel endroit que vous avez là, dit Barbs, la productrice, une femme masculine avec des cheveux argentés en brosse et de minces lunettes.

Elle attacha un micro à mon revers et me tendit une petite boîte électronique.

— Tenez, mon mignon. Mettez ça dans votre poche intérieure.

L'équipe se mit au travail immédiatement, s'installant pour la première prise dans le hall. Hector, le maquilleur, mit de la poudre sur mes joues, tandis que Samir, l'éclairagiste, créait une lumière vive, la braquant sur moi depuis des angles variés. Bradley, le caméraman, leva sa caméra et filma le hall.

Pendant ce temps, la fille androïde se tenait sans bruit à quelques dizaines de centimètres, non réceptive à mes tentatives nerveuses de conversation. Quand l'équipe fut prête, elle s'installa à côté de moi et les laissa être aux petits soins avec elle.

— Le *Spotlight Tonight* est regardé partout dans le monde, me dit Barbs, ôtant une peluche de mon veston. D'ici demain matin, vous aurez été vu par au moins 10 millions de téléspectateurs dans le monde entier. La reine d'Angleterre elle-même aime regarder l'émission.

— Je ne ressens aucune pression, dis-je.

— Tout ira bien. Nous avons moins d'une heure pour aller au studio pour le montage, alors nous devons faire vite. Souvenez-vous de regarder Ashlee, pas la caméra. Elle fera une intro et ensuite, elle ne sera pas filmée la plupart du temps. Elle vous posera des questions. Essayez de répéter la question dans votre réponse et de faire des réponses courtes. Cool ?

— Cool, dis-je, plissant les yeux dans la lumière éblouissante.

Je regardai Ashlee, espérant un sourire rassurant. La fille androïde fixait l'espace, les yeux vides, comme si Barbs l'avait éteinte. Mes yeux regardèrent la caméra avant de s'en détourner rapidement. Dix millions de téléspectateurs — ils analyseraient chaque mot, chaque bafouillage, chaque inflexion, chaque pore de ma peau.

Quand j'avais exprimé de l'inquiétude à Moira plus tôt, elle avait été désinvolte.

— Ce n'est pas le *Dateline*, Trevor. C'est léger. Ils ont promis de ne pas faire référence à votre déclamation ni de vous demander de détails inappropriés sur la mort de Chelsea. Ils me sont redevables. Je leur ai donné la primeur de la cérémonie commémorative. Faites-leur visiter l'hôtel et répondez à leurs questions. C'est pour la partie « Sous les projecteurs », alors ne lésinez pas sur les histoires personnelles. Vous devez montrer aux téléspectateurs un côté plus chaleureux de l'hôtel Cinéma.

Moira avait promis d'avoir leur liste de questions à l'avance et de me les poser pour m'exercer, mais voilà qu'elle était partie depuis deux heures pour régler des problèmes d'organisation concernant la cérémonie commémorative et n'était jamais revenue. Shanna et moi avions pris quelques minutes pour revoir mes messages principaux : 1) l'hôtel Cinéma assure la sécurité et l'intimité de ses clients ; et 2) l'hôtel Cinéma était devenu la première destination des célébrités, des gens du coin et des voyageurs internationaux.

— Dis le nom de l'hôtel aussi souvent que possible, m'avait instruit Shanna. Et détends-toi. Prends un bon remontant avant ; mais seulement un.

— Je ne veux pas faire ça, lui avais-je dit dans une dernière tentative de m'en tirer. Ce n'est pas moi.

— Tu n'as pas le choix, avait-elle dit. Notre gagne-pain est en jeu. Fais de la lèche !

À présent, Shanna était introuvable, ayant quitté les lieux de peur de rencontrer Ashlee White. C'était bien pour moi, car je me battais déjà avec ma conscience, et l'avoir près de moi n'aurait fait qu'augmenter mon anxiété. Regardant l'énorme caméra qui reposait sur l'épaule de Bradley, je me trouvais en train de regretter de ne pas avoir suivi le conseil de Shanna à propos du remontant. Mes yeux se déplacèrent vers les rangées de bouteilles brillantes au bar. Je pourrais me sauver et…

— Action ! annonça Bradley.

Ashlee revint à la vie, redressant sa posture, faisant ressortir sa poitrine et revêtant un sourire tout en dents couronnées.

— Je me trouve à l'hôtel Cinéma, dit-elle, enthousiaste, prenant la peau du personnage de l'hôte guilleret dont je me souvenais. Le *sensationnel* nouvel hôtel d'Hollywood cultivant l'astucieux thème du cinéma dont *tout le monde* parle. Il y a seulement une semaine, l'hôtel Cinéma faisait sa soirée d'ouverture — un événement avec du luxe et de nombreuses vedettes, qui avait tous les ingrédients d'une première d'Hollywood. Pourtant, une tragédie a frappé quelques minutes avant minuit quand l'invitée d'honneur, Chelsea Fricks, une actrice encensée et célèbre pour ses agissements qui défrayaient la chronique, a sauté du balcon de son luxueux appartement terrasse du 5e étage. Depuis, l'hôtel a refusé de participer à la tempête de spéculations et d'intrigues qui fait rage autour de cette mystérieuse mort que la police qualifie maintenant de meurtre. La direction a essuyé bon nombre de critiques pour son silence stoïque et a été accusée d'être sans-cœur et indifférente. Récemment, le petit ami endeuillé de Chelsea, l'acteur idolâtré Bryce Davies, a accusé l'hôtel de négligence et de complicité dans sa mort. Ce soir, le *Spotlight Tonight* s'est vu accorder une première visite exclusive des intérieurs élégants et hyper branchés de l'hôtel Cinéma. Nous sommes aux côtés du fringant directeur d'hôtel, Trevor Lambert — seulement à *Spotlight Tonight* !

Ashlee regardait fixement la caméra, le sourire ineffaçable, comme si elle pouvait passer toute la journée comme ça, jusqu'à ce que Barbs crie « Coupez » et que Bradley baisse sa caméra. Barbs se tourna vers moi.

— C'est le moment spécial de l'émission où notre invité de « Sous les projecteurs » se présente.

Me replaçant devant la cheminée, elle me dit quoi dire et faire. Une foule d'employés et de clients commença à se rassembler. Je contractai mes poings, les décontractai et me léchai les lèvres, désireux d'un verre d'eau — ou de vodka. Hector était aux petits soins avec moi, poudrant mon visage, déplaçant des mèches de mes cheveux, ajustant mes revers et passant ses mains sur ma poitrine — apparemment pour lisser des faux plis.

La fille androïde maintenait son aura de détachement décontracté.

— On y va ! cria Barbs.

Me sentant exceptionnellement idiot, je revêtis un sourire pour la caméra et annonçai :

— Bonjour tout le monde ! Je suis Trevor Lambert, directeur général de l'hôtel Cinéma ! Et je suis sous les projecteurs ce soir !

Pendant les huit prises suivantes, Barbs cria des mots d'encouragement comme une maman qui encourage son enfant :

— Souriez, Trevor, souriez ! Amusez-vous ! Un peu de joie de vivre ! Un peu de youpelaïlaï !

Enfin, ils décidèrent qu'ils avaient une assez bonne prise — ou peut-être qu'ils avaient abandonné.

Nous avançâmes vers l'entrée de l'Action et nous plaçâmes devant un décor de meubles en cuir blancs, de rideaux de perle chatoyants et dans un doux éclairage violet.

Ashlee se remit en mode guilleret :

— Trevor, parlez-nous de ceux qui logent à l'hôtel Cinéma.

J'essayai de sourire comme elle.

— Et bien, Ashlee, ici, à l'hôtel Cinéma, nous avons un mélange de clients d'affaires et de touristes. C'est un peu tôt pour le dire — nous ne sommes ouverts que depuis une semaine, après tout —, mais nous estimons qu'environ la moitié de nos clients seront des touristes — Américains, Canadiens, Européens, Japonais — et l'autre moitié seront des gens d'affaires.

— Et les vedettes ? Je suppose que de nombreuses vedettes viennent ici.

— En effet, l'hôtel Cinéma est très populaire auprès des vedettes.

Je sentis que j'étais sec.

— Mais nous avons aussi bon nombre de voyageurs pour affaires ! Des chefs d'entreprises de compagnies pharmaceutiques, d'industries de la finance et de l'automobile ! Des hommes d'affaires de compagnies internationales ! Des groupes ayant gagné des voyages de motivation !

Maintenant, je me sentais comme un animateur de jeu télévisé.

— Parlez-nous de certaines grosses célébrités qui sont venues ici.

— L'hôtel Cinéma s'est rapidement implanté comme l'endroit branché des célébrités !

Gros sourire.

Le sourire d'Ashlee était figé sur son visage.

— Comme qui ?

Moira ne l'avait pas informée sur notre politique concernant la vie privée ?

— À l'hôtel Cinéma, la vie privée de nos clients est d'une importance capitale, dis-je. Nous ne divulguons ni noms ni détails sur nos clients.

Ashlee baissa son micro et souffla.

— Euh, Barbs ? Peux-tu, s'il te plaît, expliquer à ce gars qui nous sommes ?

Barbs se précipita.

— Écoutez, euh, Trevor ? Notre public veut entendre parler des célébrités, pas des hommes d'affaires japonais, d'accord ? C'est en fait tout ce qui les intéresse. Nous avons besoin de noms. Vous êtes cool avec ça ?

— Et bien, bien sûr, je veux coopérer, mais c'est notre politique hôtelière de ne pas…

— Oh, s'il vous plaît, dit sèchement Ashlee, furibonde.

— Parce que si vous ne voulez pas donner de noms… dit Barbs allègrement, je suis désolée, mais nous perdons tous notre temps.

Menaçait-elle d'annuler ? Ne pas faire cette entrevue mettrait immédiatement fin à mon emploi.

— Pourrais-je donner quelques noms hors caméra ? demandai-je à Barbs. Je suis sûr que vous comprenez ma réticence étant donné l'incident de la semaine dernière. Nous essayons de regagner la confiance du public.

— Ça te va, Ash ? cria Barbs.

— Parfait. Peu importe.

— Fantastique ! Pourquoi ne faisons-nous pas quelques prises en nous déplaçant, dit Barbs. On reconstituera l'arrivée de Chelsea à la porte principale, on ira vers la réception pour les enregistrements, et ensuite dans l'ascenseur et dans sa suite. Cool pour vous, Trevor ?

— Cool, dis-je, acquiesçant avec empressement pour être beau joueur.

Mais je devenais de plus en plus mal à l'aise d'avoir accepté d'ouvrir les portes de l'hôtel au *Spotlight Tonight* et d'exploiter la mort de Chelsea comme le macabre Robin Leach. Pendant les 15 minutes suivantes, je restai passif tandis que l'équipe filmait l'étage principal. À l'entrée, le tournage suscita un tollé dans le campement des rivaux jaloux du *Spotlight*. Nous avançâmes vers le bureau de la réception, où je montrai le scanneur optique, et Valerie, aussi à l'aise devant la caméra qu'une actrice aguerrie, simula un contrôle fantôme. Nous nous entassâmes dans l'ascenseur et nous rendîmes à l'appartement terrasse, qui était réservé pour une arrivée plus tard. Tout le long, Bradley filma tout : la moquette, le plafond, les portes, les étoiles d'or, les panneaux du système à lecture optique Œil unique.

Tandis que l'équipe s'installait à l'entrée de l'appartement terrasse, je répétai des phrases dans ma tête, alors que la fille androïde s'éloigna avant de s'éteindre. Quand la caméra commença à tourner, j'empruntai la technique d'Ashlee et m'allumai comme un sapin de Noël.

— L'hôtel Cinéma se consacre entièrement à la sécurité et à la vie privée de ses clients ! dis-je jovialement, essayant de calmer mes mains tandis que je faisais une démonstration. Notre système de sécurité ultramoderne de lecture optique Œil unique fonctionne selon la technologie de l'iris numérique. Comme il n'y a pas deux iris pareils, la sécurité de nos clients est garantie à 100% ! Si votre œil ne correspond pas exactement à la photo numérique de notre base de données, la porte ne s'ouvrira pas !

Pendant les 10 minutes suivantes, j'expliquai le système en détail, utilisant chaque occasion pour mettre l'accent sur l'attachement à la sécurité de l'hôtel tandis que Bradley filmait sous différents angles. Je commençai à me sentir plus à l'aise dans mon rôle.

— Je pense que nous avons compris l'idée, dit Barbs, me coupant. Pouvons-nous aller à l'intérieur maintenant?

Tandis que nous entrions, Hector dit :

— Oh, mon Dieu, je ne peux pas croire que c'est ici que tout s'est passé.

L'équipe regarda autour d'elle dans un silence respectueux et intimidé.

Barbs dit :

— Allons-y ! On prend du retard.

Je guidai l'équipe d'une pièce à l'autre, fournissant des commentaires et signalant le mobilier de décorateurs et les œuvres d'art contemporaines.

Les questions d'Ashlee étaient pour la plupart inoffensives jusqu'à ce que nous nous arrêtions dans la cuisine.

— Quel fut le dernier repas de Chelsea?

Je m'étais préparé à celle-ci.

— Le dernier repas de Chelsea fut un club sandwich et un Coke Diet du service aux chambres, mentis-je.

— Vraiment? dit Ashlee. Je croyais qu'elle était végétalienne.

Pourquoi Moira ne me l'avait-elle pas dit?

— C'était un club *sans viande*, dis-je rapidement, jetant un regard furtif à la caméra.

J'essayai de me rappeler ce que les végétaliens mangeaient.

— Sans fromage, ajoutai-je.

Les végétaliens mangent-ils des produits du blé?

— Ni pain.

Le visage d'Ashlee se froissa.

— Un club sans viande, sans fromage et sans pain ? Ç'a l'air délicieux. Pouvons-nous jeter un œil à la salle de bain maintenant ?

Ils filmèrent la baignoire, la douche, les comptoirs, les carreaux, la toilette, les équipements et les produits de toilette. Je restai hors-champ, combattant le dégoût qui envahissait mon visage. Ensuite, nous visitâmes la chambre à coucher.

— Pyjamas ou nue comme un ver ? demanda Ashlee, tandis que la caméra zoomait sur moi devant le grand lit.

— Excusez-moi ?

— Vous n'avez jamais regardé notre émission ? Nous demandons toujours aux gens s'ils dorment nus ou en pyjamas. Les téléspectateurs veulent savoir.

— Je vois... Et bien, normalement je mets des caleçons, mais...

Elle laissa échapper un rire moqueur.

— Je parlais de Chelsea.

Je commençai à détester Ashlee White. Quelle question offensante !

— Je ne sais pas du tout, répondis-je d'un ton irrité. Mlle Fricks n'a en fait jamais dormi ici.

— Pouvons-nous filmer le balcon ? demanda Barbs

Je les menai dans le salon et ouvris la porte coulissante en verre. L'équipe s'entassa à l'extérieur et regarda par-dessus la rampe, montrant fiévreusement la piscine. Puis, ils revinrent dans le salon.

— Filme comme si tu étais Chelsea, dit Barbs à Bradley.

La caméra sur l'épaule, Bradley recula de quelques pas, attendit que l'éclairage soit mis en place et courut du tapis au balcon, puis escalada la rampe, se penchant tant que je craignis qu'il bascule. Il se redressa et répéta la scène trois fois de plus.

J'avais des maux d'estomac à les voir reconstituer les derniers moments de Chelsea. Pourquoi le public était-il si fasciné par ces détails morbides? Mon téléphone cellulaire sonna. Heureux de cette diversion, je me rendis dans la salle à manger.

— Trevor, c'est Valerie. Vous devez sortir de l'appartement terrasse tout de suite. Notre client important est arrivé plus tôt. Il est en train de monter.

Je raccrochai et me hâtai vers Barbs.

— Nous devons partir maintenant, dis-je. Notre client est arrivé.

— Pas de problème, dit Barbs. Nous pouvons faire nos derniers plans sur la terrasse de la piscine.

Tandis que l'équipe défilait vers la sortie, je fis rapidement le tour de la suite pour l'arranger. Normalement, une chambre devait être impeccable jusqu'à l'arrivée du client, sans une tache, ni égratignure, ni empreinte digitale, ni grain de poussière, ni aucune trace qu'un autre être humain l'ait occupée. Le personnel aux chambres devait passer l'aspirateur derrière lui en sortant de la pièce pour s'assurer de ne laisser aucune empreinte de pieds. Malheureusement, l'équipe de ménage n'avait pas le temps de passer un dernier coup dans la suite. Le temps que je conduise le groupe dans le couloir, notre client personnalité, un bel homme mince, les cheveux en bataille, portant des lunettes noires et un feutre, se dirigeait vers nous.

— Bonsoir, Monsieur, saluai-je en le dépassant.

L'homme marmonna une réponse, remarqua l'équipe derrière moi, et baissa la tête.

— Nom d'un chien, est-ce que c'était Johnny Depp? chuchota Hector devant l'ascenseur.

— Qui? Je ne crois pas.

Barbs revêtit un sourire entendu. Derrière nous, Ashlee s'arrêta pour discuter avec le client.

* * * * *

La terrasse de la piscine était calme. Environ une douzaine d'occupants paressaient au doux soleil de fin de journée. Bradley fit un panoramique de la terrasse avec la caméra, s'attardant sur la piscine et zoomant sur le logo de l'hôtel gravé dans le fond. Il leva la caméra vers le balcon de l'appartement terrasse, la rabaissant vers la piscine, puis la levant de nouveau, suivant l'arc du plongeon de Chelsea.

L'équipe s'installa pour le prochain segment au bord de la piscine. Le balcon de l'appartement terrasse surgissait en toile de fond.

Quand la caméra tourna, Ashlee se ragaillardit à nouveau.

— À présent, tout le monde sait que Chelsea Fricks a plongé dans cette piscine pour échapper à son assaillant qui brandissait un couteau, dit-elle dans la caméra. Ce que les gens *ignorent*, c'est la tentative héroïque qui a été faite pour sauver sa vie cette nuit fatidique. Parmi les centaines de gens à la fête, seule une personne a eu le courage de plonger dans la piscine pour la secourir : Trevor Lambert, le directeur général de l'hôtel Cinéma. Trevor, parlez-nous de votre tentative héroïque de sauver la vie de Chelsea.

La question me prit par surprise. Un *héros* ? C'était donc ça la « grande idée » de Moira. Comme la caméra tournait, je me sentis obligé de répondre, mais j'étais profondément embarrassé.

Quelques questions inquisitrices plus tard et voilà que je me montrais à la hauteur. Sous la lumière éblouissante du soleil couchant, devant une équipe de télévision et un vrai public, je racontais mon histoire, reconstituais la scène, disais de façon dramatique mes pensées et actions. Une partie de moi me détestait de céder au *Spotlight*, et pourtant une partie grandissante se réjouissait de cette attention. Aujourd'hui, le *Daily Spotlight,* ce soir, le *Spotlight Tonight* ! Pas étonnant que les acteurs sacrifiaient tout pour ce moment sous les feux de la rampe. C'était enivrant. Une remarque que Shanna m'avait faite en novembre dernier me revint : « À L.A., les directeurs d'hôtel sont des célébrités à part entière. » Peut-être avait-elle raison. J'avais toujours évité l'attention, les examens approfondis et de me retrouver sur la sellette. À présent, je me retrouvais plongé dedans. Moira s'en était chargée. Elle était brillante. Dès que l'entrevue serait finie, je lui donnerai le feu vert pour lancer une campagne, pour contacter tous les talk-shows, les journaux, les magazines et les stations de radio, et organiser plus d'entrevues. J'étais bon pour ça et j'en voulais plus.

— Trevor ? dit Ashlee. Hou hou ?

Je repris mes esprits. Bradley avait baissé sa caméra.

— Ce n'est pas fini, n'est-ce pas ? dis-je, reprenant mes esprits.

— On pensait faire la dernière partie dans cette chambre du rez-de-chaussée, dit Barbs. C'est la partie « Sous les projecteurs » de l'émission, notre entrevue intime d'une célébrité.

Quelques minutes plus tard, Ashlee et moi étions assis côte à côte dans une chambre côté nord de la piscine, nos genoux se touchant presque. Plus de cinquante personnes s'étaient rassemblées pour regarder, le long de la piscine, penchées aux balcons, les visages appuyés contre les fenêtres du hall et du bar. Je me sentais comme si j'étais dans un théâtre à ciel ouvert. Le soleil couchant avait disparu et le plateau était éclairé par des projecteurs, des lumières et des vasques enflammées. Ashlee exhiba son charmant sourire en me regardant. Je décidai que je m'étais trompé à son sujet. Elle était gentille et très jolie — ce n'était pas un robot. Ses genoux envoyaient des secousses électriques qui foudroyaient tout mon corps. Tandis qu'Hector poudrait nos visages et que Barbs arrangeait mon micro, je sentis une profonde connexion avec Ashlee. Il ne m'avait pas échappé que Barbs avait appelé ceci une entrevue de « célébrité ». Me souvenant de la suggestion de ma mère de tirer profit de mon statut pour rencontrer des femmes, je me demandai si je devais l'inviter à dîner après le tournage.

La caméra tourna. Ashlee dressa sa lèvre inférieure, ses yeux s'adoucissant en une expression de profond chagrin.

— Dites-nous ce que ça vous a fait de voir votre invitée d'honneur mourir dans vos bras, dit-elle tendrement.

Ce n'était pas exactement ce qui s'était passé, mais à présent, j'étais esclave de la caméra, désirant tout faire et dire, peu importe que ce soit personnel ou du sensationnalisme, pour prolonger mon temps sous les projecteurs.

— C'était déchirant, lui dis-je, affectant un ton sombre. J'aurais aimé pouvoir la sauver, mais elle était déjà décédée.

— Y a-t-il quelque chose que vous aimeriez dire aux admirateurs de Chelsea ?

Je me tournai pour faire face à la caméra.

— Je suis désolé de ne pas avoir pu la sauver. J'ai essayé. Mon cœur vous accompagne pendant cette période de tristesse.

Ashlee inclina la tête, apparemment contente.

— Je suis sûre que ça signifie beaucoup pour eux. Maintenant, je sais que cette tragédie ne vous est pas étrangère. Parlez-nous de la mort de votre fiancée, Nancy Swinton.

Je plissai les yeux, pensant que j'avais mal entendu.

— Excusez-moi ?

— Votre fiancée, Nancy Swinton, répéta Ashlee, qui a péri dans l'accident d'avion de la Worldwide Airways l'année dernière. Y a-t-il des parallèles entre sa mort et celle de Chelsea Fricks ?

J'étais abasourdi. Comment savait-elle pour Nancy ? *Moira*. Elle m'avait tendu un piège.

— Trevor ? dit Ashlee, remuant sur son siège.

Je regardai ses yeux bleu pâle et humides. Ma bonne humeur s'effondra comme un avion qui tombe du ciel. Je sentis mes yeux devenir des pierres.

— Nancy Swinton n'était pas ma fiancée, dis-je. Elle n'a jamais accepté ma demande. Nous n'avons même pas eu la chance de nous dire au revoir.

Je me détournai d'Ashlee, mes yeux quittant les lumières éblouissantes pour passer par-dessus la mer d'observateurs.

— Si Nancy était encore vivante, dit Ashlee, que lui diriez-vous ?

Je me tournai vers elle.

— Je lui demanderais pardon. Je lui dirais que j'ai changé. Je lui dirais au revoir.

Du coin de l'œil, j'aperçus mon ombre sur la surface de la piscine, déformée et tremblotante à la lueur de la vasque enflammée.

Nancy. Ma douce et bien-aimée Nancy. Comment pouvais-je accepter que sa mort soit utilisée comme ça ?

Ashlee se rapprocha et dit doucement :

— Si Chelsea était encore vivante, que…

— Ça suffit.

Je me levai et ôtai le micro de mon revers.

— Cette entrevue est terminée.

Je sortis du plateau, quittai l'équipe, le public et la fille androïde qui me fixait, choquée.

* * * * *

Je ne pouvais pas me résoudre à regarder l'émission. J'étais assis à mon bureau, la porte fermée, et j'avais appelé le service de chambre, tout en faisant défiler mes courriels sans conviction. La photo de ma mère se trouvait sur l'étagère, là où Shanna l'avait replacée, face à moi, me regardant travailler avec une pointe de désapprobation. À côté se trouvait *Deux pas en avant*. Je me levai et ouvris le sac de Book City, en sortis les deux livres et les plaçai sur l'étagère. Je jetai un œil sur la tranche de celui qui était le plus près : *La vérité vous libèrera (mais oh la la, que ça fait mal !)* d'Erma Glottstein. Chaque livre de croissance personnelle qu'elle m'avait donné était écrit par une femme, comme si les hommes n'avaient rien à m'apprendre. Je me demandai quel message ma mère essayait de me transmettre avec ce livre, quel trouble de la personnalité elle avait déniché chez moi cette fois. J'avais reçu son message haut et fort avec *Deux pas en avant*, et je m'étais mis à lire le livre avec réticence avant de finir par en comprendre le message. Mais de quoi traitait celui-ci : *La vérité vous libèrera* ? Nancy, sans aucun doute.

Mon téléphone cellulaire vibra dans ma poche.

— Tu l'as vue ? demanda Shanna.

— Je n'ai pas pu. À quel point était-ce mauvais ?

— C'était fantastique ! Absolument fantastique !

Je voulais la croire, mais je n'en fis rien.

— Si mauvais ?

— On aurait dit une vedette de cinéma.

— Moi ?

Je tressaillis de plaisir à nouveau.

— Comment l'entrevue s'est-elle passée ?

— Ce fut très rapide, moins de trois minutes.

— Seulement *trois* minutes ? On a tourné pendant plus d'une heure.

— C'est l'industrie du spectacle. Ils t'ont appelé l'héroïque directeur d'hôtel.

— Moi ? Tu plaisantes ?

— Je suis Trevor Lambert et je suis sous les projecteurs ce soir ! imita Shanna, éclatant d'un rire malicieux.

Je devins rouge.

— C'est toi qui m'as poussé à le faire, Shanna.

— Non, c'est Tony. Ne t'en fais pas, tu as fait du bon boulot. Tu as réussi je ne sais comment à être à la fois plein d'entrain et comme un robot, mais je suppose que tu étais nerveux. L'hôtel a eu l'air fabuleux, bien que j'aie été déçu que tu ne dises rien sur la sécurité et la protection de la vie privée. N'était-ce pas l'intérêt de l'émission ?

— *Quoi ?* Je n'ai parlé pratiquement que de ça.

Shanna soupira.

— Et bien, ils l'ont coupé. Ils ont montré une pléiade d'acteurs soi-disant vus à l'hôtel, la moitié d'entre eux n'ayant jamais mis les pieds ici, ensuite ils ont passé des images de l'appartement terrasse, du balcon, de la piscine, et enfin, ce fut ton entrevue « Sous les projecteurs ! » avec Ashlee. J'ai été surprise que tu aies accepté de parler de Nancy.

— Elle m'a tendu un piège. Qu'ont-ils dit ?

— Et bien, ils ont parlé de l'accident d'avion de la WWA et dit que ta fiancée y était morte. Ensuite, ils ont fait un gros plan de toi en train de dire que tu regrettais de ne pas avoir eu la chance de lui dire au revoir. La caméra s'est alors attardée sur ton petit visage sincère. Et puis, c'est tout.

— Je vais tuer Moira. Je savais que je ne devais pas lui faire confiance.

— C'était plutôt touchant en fait. Même si ça me répugne de l'admettre, Moira avait raison. Ç'a montré un côté humain de l'hôtel.

— As-tu parlé à Tony ?

— Ne raccroche pas, c'est lui sur l'autre ligne.

Un instant plus tard, Shanna était de retour.

— Et bien, ç'a marché. Tony a *adoré* ! Tu vas garder ton emploi. Bien joué, Trevor !

— C'est un soulagement. Pourquoi ne viens-tu pas prendre un verre pour fêter ça ?

— Je suis en pyjama. En plus, Naomi Watts a réservé pour le dîner. Je m'évanouirais si je me retrouvais assise dans la même pièce que cette adorable petite fille abandonnée. Attention, mon cher, si tu deviens encore plus célèbre, je pourrais devoir commencer à me cacher de toi.

* * * * *

À 22 h, je décidai de faire une dernière ronde avant de partir.

Tandis que je passai devant la réception, Simka, qui venait juste d'arriver pour son travail de nuit, m'appela :

— Je vous ai vu à *Spotlight* ! Vous étiez sensationnel. Vous êtes très célèbre maintenant !

— Ce qu'on ne ferait pas pour défendre la réputation de l'hôtel ! dis-je, rougissant tout de même.

Je jetai un œil sur Valerie à côté d'elle, qui souriait modestement.

L'Action était bondé. L'adrénaline des événements de la journée me transportait encore et je décidai de me calmer en buvant un verre au bar. Je commandai une Grey Goose sur glace et me tournai pour observer la foule. Pour la première fois, je me sentis à l'aise dans cet environnement — faisant plus partie des acteurs que du personnel. Était-ce mon imagination ou les gens me regardaient-ils subrepticement, murmurant et faisant des gestes dans ma direction ? Avais-je été reconnu comme l'héroïque directeur d'hôtel ? Je me tins droit pour me rendre plus visible et redressai les épaules. Une très jolie jeune femme menue avec des cheveux comme dans les publicités de shampoing me fixait depuis l'autre côté du bar. Faisant semblant de ne pas la remarquer, je revêtis l'air de détachement blasé que maîtrisait si bien Ashlee White.

En un instant, elle se retrouva à mes côtés.

— Êtes-vous Trevor Lambert, le directeur de cet hôtel ? demanda-t-elle, les yeux pleins d'espoir.

Elle tenait fermement un verre de vin blanc.

— Et à qui ai-je l'honneur ? demandai-je évasivement, tout en portant mon verre à mes lèvres et lui adressant un léger sourire.

— Jennifer. Je vous ai vu dans *Daily Spotlight*. Mes amis et moi parlions justement de vous !

— Vraiment ? demandai-je, essayant de sembler désintéressé.

Je jetai un coup d'œil et levai mon verre pour les saluer.

— Ils étaient trop timides pour venir, alors ils m'ont envoyée.

Quels beaux yeux marron elle avait ! Quels petits seins coquins ! Je me penchai pour lui parler à l'oreille et sentis l'eucalyptus et la lavande.

— Tant pis pour eux.

— Ouais, alors on voulait que vous sachiez qu'on pense que vous êtes le plus gros enfoiré de la terre.

Je faillis en lâcher mon verre.

— Pardon ?

— Chelsea Fricks était notre héroïne. Elle était une sainte. Vous avez dit des mensonges scandaleux sur elle pour vous faire mousser dans les journaux. Vous êtes dégueulasse.

Elle me lança son verre à la figure et partit.

Je restai là, stupéfait, incapable de bouger. Le vin coulait de mon menton sur ma chemise.

Un coup sur mon bras me fit me tourner. L'inspecteur Christakos me tendait une serviette.

— Je crois que vous avez quelque chose sur le visage, dit-il.

Je pris la serviette et m'essuyai, humilié.

— Merci, Stavros.

— Je vous en prie ! La prochaine fois que vous voulez ramasser une poulette, vous devriez m'en parler avant.

Il regarda par-dessus son épaule vers le bar.

— J'ai soif !

— Comme d'habitude ?

— Un double.

— Qu'est-ce qui vous amène ici ? demandai-je après avoir commandé, baissant les yeux sur son t-shirt noir à mailles, ses jeans noirs et sa ceinture avec des clous argentés.

— Oh, vous savez…

Ses yeux parcoururent la foule.

— Comment va…

Mon esprit fut traversé par de nombreuses variétés de café.

— …Cappuccino ?

— Cette aventure a dégringolé à vitesse grand V. J'ai fait ma petite enquête. Son vrai nom est Debbie Smith, née à Lawrence au Kansas.

— Consternant. Je suis désolé.

Il regarda la serviette dans mes mains, puis remonta vers mon visage.

— Vous êtes maquillé ?

Je baissai les yeux sur des taches couleur peau sur la serviette.

— J'ai tourné pour *Spotlight Tonight*.

Je regardai de plus près son propre teint poudré.

— Mais vous aussi.

Il passa sa main sur sa joue et regarda.

— Oui, moi aussi. Je suppose que j'ai oublié de l'enlever. J'ai joué une scène dans *Amours et modernité* aujourd'hui.

Son daiquiri arriva et il fit une faible tentative pour payer. J'agitai mon bras. Nous levâmes nos verres et trinquâmes.

— Comment ça s'est passé ?

— C'était un rôle pour moi, Trevor. J'étais parfait. J'ai joué un flic.

Il adopta une expression menaçante et saisit mon bras.

— Vous devez me suivre, Monsieur, dit-il, le ton vaguement affecté.

Il rejeta la tête en arrière et explosa de rire.

— C'était votre phrase ?

— Ouais. En gros, je me jouais moi-même, sauf que je l'ai joué gai.

— Vous deviez transmettre l'image d'un flic gai en une phrase ?

— Ça n'était pas facile, mais j'ai réussi. Le script ne faisait pas référence à un flic gai, c'est moi qui l'ai interprété comme ça. J'ai joué le rôle d'un type tourmenté parce que c'était un homo non sorti du placard, prisonnier de l'homophobie de la police.

— Donc, vous vous êtes joué vous-même !

— Ça n'a rien de drôle ! Il a fallu quelques prises — je suis perfectionniste —, mais je l'ai bien eu. Ça pourrait devenir un rôle récurrent.

— Félicitations !

Il opina, content. Adossé au bar, il scruta la foule.

— Comment se déroule l'enquête ? demandai-je.

— Ça va.

— Saviez-vous que Chelsea avait rompu avec Bryce ce soir-là ?

— Moira me l'a dit. Mais Bryce a une version différente.

— Vous avez vu les rapports d'activité. Il a quitté sa chambre juste avant qu'elle soit attaquée.

— Je les ai vus.

Sa réticence m'irritait.

— Allez-vous l'arrêter alors ?

Il haussa les épaules.

— On verra.

Quelqu'un attira son regard dans la foule et il leva la main pour lui faire signe.

— C'est mon homme ! Hé, Monsieur Covedette, par ici ! Viens par ici, beau ténébreux !

Bryce Davies surgit hors de la foule, l'air soûl, et enlaça Stavros.

17

Un pas en avant

J'appuyai le téléphone contre mon oreille et écoutai la respiration, des crépitements étranges et inquiétants. Un autre appel raccroché. Au loin, je pouvais entendre des voix feutrées — une télévision? Puis, la musique caractéristique du générique de fin de *Spotlight Tonight*. Je regardai l'heure sur mon écran d'ordinateur : 11 h 59.

19 h 59 à Londres.

— *Scusi*, Trevor?

Janie Spanozzini était à ma porte, le visage rouge et boutonneux.

— Il y a un type ici pour vous.

Je posai le combiné sur son support et regardai le téléphone.

— Trevor? Ça va?

Je levai les yeux.

— Vous voulez dire un *monsieur*, Janie.

Elle ricana.

— Ça se discute. C'est BRYCE DAVIES.

Je me levai de mon bureau.

— Que veut-il?

— Comment je le saurais? Laissez-moi vous dire par contre qu'il est TELLEMENT SEXY!

Elle appuya le dos de sa main contre son front et recula contre l'encadrement de la porte.

— Ses yeux sont de la couleur *exacte* des boucles d'oreille saphir de Bernadina. Je ne crois pas que je pourrais retourner là-bas. Dites-lui que je porterai ses enfants… tout ce qu'il veut.

— Ressaisissez-vous, Janie.

Je mis mon veston, passai tout près d'elle et m'arrêtai pour arranger ma cravate dans le miroir du couloir. Dans le reflet, je vis Janie sortir son téléphone cellulaire.

— Que faites-vous?

— J'envoie un texto à ma cousine Sophia. Elle est en haut en train de se préparer pour le mariage. Elle va mourir.

— Rangez ça et sortez d'ici. Vous êtes seule à la réception.

Je lui tins la porte ouverte, lui faisant impatiemment signe d'avancer.

Elle s'arrêta pour vérifier ses cheveux et son maquillage. Prenant une profonde respiration, elle resserra ses seins, ajusta son chemisier et sortit en battant des paupières.

Bryce Davies arpentait le hall avec ses lunettes noires Prada et ses jeans blancs déchirés. Sa tête était baissée et ses mains enfoncées dans ses poches. Plusieurs clients s'étaient arrêtés pour le regarder.

— Comment puis-je vous aider aujourd'hui, Monsieur Davies? demandai-je.

Il se tourna et sourit amicalement, sortant précipitamment sa main pour serrer la mienne.

— Trevor, comment allez-vous? Appelez-moi Bryce. Écoutez, pourrions-nous parler une seconde?

Il fit un geste vers le bar.

J'hésitai. Notre rencontre de la nuit dernière avait été brève et embarrassante. J'étais choqué par son audace d'apparaître à l'hôtel deux jours après l'avoir dénigré si impitoyablement à *Larry King*. Je n'avais pas été capable de regarder l'inspecteur Christakos ramper devant lui alors qu'il aurait dû l'arrêter. Et maintenant, voilà qu'il était revenu. Pourquoi? Je voulais l'expulser de la propriété et lui dire qu'il n'était plus le bienvenu ici.

Mais ma nature hospitalière prévalait.

— Certainement, dis-je. Venez avec moi.

Tandis que nous passions devant Janie, Bryce exhiba un large sourire et la remercia. Elle soupira et se pâma. Nous avançâmes devant le bureau de la conciergerie, où il salua Bernadina, la faisant presque tomber de sa chaise. Plusieurs clients se tournèrent pour le regarder tandis que nous avancions. Nous entrâmes dans le doux éclairage du bar où ses habits et ses cheveux prirent une teinte bleue translucide. Bryce Davies répandait l'aura des vedettes. Je repensai à mon flirt avec la notoriété de la veille. Comment se sentait-on quand on provoquait ce genre d'attention tout le temps ? Bryce semblait ne pas en être conscient.

Près du fond du bar, j'écartai un rideau chatoyant et l'introduisis dans une zone circulaire où on pouvait s'asseoir. Bryce fouilla dans ses poches et en retira des clés, un portefeuille en cuir défraîchi et un téléphone cellulaire, puis il ôta ses lunettes noires avant de s'asseoir sur le cube de cuir blanc en face de moi. Ses yeux étaient durs et injectés de sang. Je me demandai si je devais me sentir en danger. Est-ce que quelqu'un de si beau pouvait s'avérer être un tueur sans pitié ? Est-ce que l'inspecteur Christakos ne l'avait pas arrêté parce qu'il était aveuglé par sa beauté, sa renommée, son style de vie… un style de vie que Stavros semblait envier ? Peut-être ensorcelait-il les autres. Je me dis de ne pas tomber dans le même piège. Si Bryce avait tué Chelsea — et j'étais maintenant certain que c'était le cas —, il était mon ennemi.

— Puis-je commander un verre ? demanda Bryce.

Son souffle indiquait que ça n'était pas son premier.

— Je vous en prie ! dis-je, levant le bras pour héler la serveuse.

Eva se précipita. Bryce commanda une vodka Red Bull et moi un San Pellegrino.

— Alors, dis-je après son départ, qu'est-ce qui vous ramène à l'hôtel Cinéma ?

Il croisa les jambes et les décroisa.

— Je vous ai vu à *Spotlight* hier soir. Normalement, je ne regarde pas ce genre d'émissions, mais je ne pouvais pas dormir. Je ne savais pas que vous aviez essayé de sauver Chelsea. Je voulais vous remercier pour ça.

Il tapa son poing contre son cœur.

— Ça signifie beaucoup.

— J'aurais aimé réussir.

— Vous avez essayé, contrairement à ces fils de pute qui paradaient autour de la piscine.

Il massa sa joue avec sa main.

— Je m'en veux pour ce que j'ai dit à *Larry King*. Quand je vous ai vu la première fois, j'ai pensé que vous étiez, vous savez, un directeur d'hôtel typique, qui se promène avec un bâton dans les fesses. Quand j'ai entendu que vous aviez perdu votre fiancée dans l'écrasement de l'avion de la Worlwide Airways, j'ai été renversé. Je me suis dit que vous n'étiez peut-être pas un si mauvais gars. J'ai pensé que vous deviez comprendre ce que je traversais.

— Dommage que vous ne soyez pas venu me voir avant de passer à *Larry King*. Je vous aurais montré un côté différent de cet hôtel.

— Ouais, j'étais vachement en colère, hein ? Tout le monde disait que votre type de l'entretien avait essayé de violer Chelsea et qu'il l'avait tuée parce qu'elle avait résisté. Comment étais-je censé me sentir ? Hier, Stav m'a dit qu'il n'était même pas sur les lieux quand ça s'est passé.

— En effet.

— Je vais être honnête avec vous, dit-il, se penchant vers moi et reposant ses coudes sur ses genoux. Mais d'abord, il faut que vous me promettiez de ne pas en dire un mot à qui que ce soit. Si ça sort dans les nouvelles, je vous tue, d'accord ?

Il leva sa main pour jurer.

— Juré ?

Trop curieux pour refuser, je levai ma main.

— Juré.

— Chels n'était pas exactement la plus fidèle des petites amies. Elle aimait conquérir les hommes. Elle avait un faible pour les ouvriers, alors je n'ai pas été très surpris quand j'ai su ce qui était vraiment arrivé avec le type de l'entretien. Elle ne supportait pas le rejet. Chels n'en avait rien à faire des gens qui l'aimaient ; elle s'intéressait seulement à ceux qui semblaient indifférents. Elle voulait les convertir. C'est comme quand on organise une fête et que tout le monde vient, sauf une personne, et qu'au lieu de fêter, on passe toute la soirée à broyer du noir à cause de celui ou celle qui ne s'est pas montré. Chelsea voulait être certaine que cette personne vienne à sa prochaine fête. Et si elle ou il le faisait, elle s'en désintéressait rapidement. Vous voyez ce que je veux dire ?

— Oui.

Il hésita.

— Alors, je suppose que je devrais m'excuser.

— Excuses acceptées. Je m'assurerai de les transmettre à Al. Et je suis désolé d'avoir traité Chelsea de cliente tout droit sortie de l'enfer.

Il rit.

— Je ne peux pas vous blâmer pour ça. Elle *était* un cauchemar avec le personnel hôtelier. Elle aimait que les gens soient aux petits soins avec elle, qu'ils nettoient ses cochonneries, qu'ils acceptent les insultes le sourire aux lèvres. Mais elle n'était pas toujours si désagréable. Il y avait une stupide rumeur qui courait qu'elle détestait quand les gens la regardaient dans les yeux. Ça rendait les choses difficiles pour le personnel hôtelier, en particulier parce qu'ils ont cette règle du contact visuel bien ancrée dans leur tête. C'était n'importe quoi. En fait, c'était juste qu'elle n'aimait pas qu'on la regarde quand elle n'était pas dans la peau de la fabuleuse Chelsea Fricks.

— Ces livres dans sa chambre… Les étudiait-elle vraiment pour son prochain rôle ?

Il opina.

— Chelsea n'était pas exactement politiquement correcte, mais elle n'était pas raciste.

Nos boissons arrivèrent. Bryce prit la sienne, but, puis s'essuya la bouche.

— Je me sens stupide d'avoir parlé de sa mort à *Larry King* comme si je vendais un produit dans une infopublicité. Au début, j'avais refusé, mais mon agente m'avait dit que je tomberais dans les oubliettes si je ne me montrais pas. Il y avait beaucoup d'argent relié au fait d'être le petit ami de Chelsea. Mais cet argent se consomme vite. Les gens disent que je suis furieux parce qu'elle a laissé ses biens à ses parents, mais je ne voulais pas de son argent ; je voulais sa renommée. Elle n'aurait pas laissé passer ça. Elle m'aurait encouragé à aller dans les médias. Elle n'était pas du genre à laisser passer une occasion de passer devant les caméras.

Il avala une nouvelle gorgée.

— Merde, elle me manque. Quand je l'ai rencontrée la première fois, elle était très simple, gentille, humble. La renommée l'a transformée en monstre. La perdre m'a ravagé. Choc, culpabilité, colère, ressentiments, peur, désespoir... C'est comme un putain de cours de monologue qui n'en finit plus. Vous comprenez ce que je veux dire ?

— Je crois que oui.

Je voulais le croire, mais je me souvins qu'il était acteur, un maître du jeu et un infatigable autopromoteur. N'étais-je qu'une autre halte dans le circuit des médias ? Mais il n'y avait pas de caméras ici, ni de journalistes. J'étais le seul public. Pourquoi s'intéresserait-il à ce que *je* pensais ? Était-il sincère ? Mon esprit se remémora le jugement de Moira sur Bryce : une fouine sournoise et menteuse qui avait tué Chelsea par jalousie.

Décidant que je n'avais rien à perdre, je demandai :

— Pourquoi Chelsea a-t-elle rompu avec vous ce soir-là ?

Il se redressa.

— Qui vous a dit ça ? Moira, n'est-ce pas ? Cette petite intrigante...

Ses mots s'estompèrent. Il prit son verre et le remua avec son doigt.

— Oui, c'est vrai. Chels m'a plaqué ce soir-là. Mais elle m'avait plaqué une centaine de fois avant. Quand elle avait le cafard, elle décidait que tous ses problèmes venaient de moi et elle me quittait. Puis, peu de temps après, elle réalisait qu'elle avait toujours les mêmes problèmes, avec un de plus : plus du tout de Bryce. Alors, elle me suppliait de revenir. Je le faisais toujours. Ce soir-là, quand je suis allé la chercher dans sa suite, elle envoyait tout valser, pestant et délirant sur sa vie compliquée. Moira venait de partir et elles avaient eu une grosse dispute. Elle planait complètement. J'ai mis la coke dans le coffre et j'ai refusé de lui en donner le code. Elle a piqué une crise, m'a dit de ficher le camp, que tout était fini, qu'elle irait seule au Pérou. Je suis retourné dans ma chambre et j'ai attendu qu'elle se calme. Un quart d'heure plus tard, Moira a frappé à ma porte, hystérique, disant que Chelsea avait sauté du balcon.

Je l'observai attentivement.

— À *Larry King*, vous avez dit que Chelsea ne prenait pas de drogue.

— Vous croyez que j'allais dire au monde entier qu'elle était accro à l'ecstasy et aux putains de méthamphétamines ? Des millions de filles l'idolâtraient. Même si elle n'était pas un modèle, elle devait s'en rapprocher. Je suis allé à *Larry King* pour donner la version conte de fées de sa vie. C'est ce que le public avait envie d'entendre de moi. Ce qu'elle faisait dans l'intimité de sa chambre d'hôtel ne regardait personne.

— Je suis complètement d'accord, dis-je.

Je pensai dire à Bryce que j'avais essayé de protéger la vie privée de Chelsea avant sa mort, mais je savais que ma tirade dans le *Daily Spotlight* avait ruiné ces efforts.

Quelque chose près de l'entrée du bar attira mon attention. Janie et Bernadina étaient pressées contre une demi-douzaine de filles de silhouettes et de tailles variées en tenue de mariage, à reluquer Bryce à travers le rideau translucide. Prenant soin de ne pas l'alerter, je les chassai discrètement.

— J'ai su que vous aviez engagé Moira, dit-il.

Je toussai.

— Oui… Mais seulement pour un projet à court terme.

— Elle est bien, mais faites attention. Elle travaille à tous les râteliers. Elle a fait fortune en divulguant des histoires en utilisant l'entourage de Chelsea.

— Pourquoi Chelsea ne l'en a-t-elle pas empêchée ? demandai-je.

— Vous plaisantez ? Chelsea l'encourageait. Chaque fois que Chels n'attirait pas l'admiration et les applaudissements auxquels elle aspirait, elle faisait un coup de pub pour revenir à la une. Moira et elle aimaient simuler des occasions pour des photos et des histoires inventées à divulguer à la presse. Elles fabriquaient des histoires sur moi tout le temps, bien qu'elles le reniaient, me faisant toujours passer pour le méchant garçon : « CHELSEA SURPREND BRYCE EN TRAIN DE LA TROMPER ! BRYCE A DIT À CHELSEA QU'IL NE VOULAIT PAS D'ENFANTS. ELLE EN A LE CŒUR BRISÉ ! CHELSEA, UN ŒIL AU BEURRE NOIR, DIT "ÇA SUFFIT !" » J'ai essayé de ne pas me laisser atteindre, mais parfois ça faisait mal. Je ne l'ai jamais trompée et je n'ai jamais levé la main sur elle. C'est moi qui voulais des enfants, pas elle. Elle avait insisté pour qu'on aille au Malawi pour cette « mission d'enquête » et qu'on fasse une conférence de presse pour annoncer son intention de construire un orphelinat, mais elle détestait être là-bas et avait hâte de rentrer. Elle était bien trop égocentrique pour avoir un enfant.

Il s'arrêta, regardant attentivement le bar à travers le rideau perlé.

Je me tournai, craignant qu'il ait repéré les groupies, mais elles s'étaient dispersées. Il regardait une jeune femme penchée sur une poussette dans le hall.

— Vous êtes toujours sous serment ? demanda-t-il.

Je levai la main.

— Je croyais qu'elle était enceinte. Elle vomissait tous les matins, mais ça pouvait aussi être le stress ou l'alcool ou je ne sais quoi d'autre. J'avais cette intuition. J'ai essayé de la faire ralentir un peu. J'ai essayé de la convaincre de voir un médecin, mais elle était plus furieuse que jamais. Après sa mort, je suis devenu obsédé par la quête de la vérité. Vous comprenez ce que je veux dire ?

J'avalai ma salive, pensant à Nancy.

— Oui.

— J'ai appelé son médecin, mais il ne savait rien. Alors, j'ai appelé le coroner.

Je me penchai.

— Et ?

— Elle ne l'était pas, merci mon Dieu. C'est déjà assez difficile de perdre une personne.

Je poussai un soupir de soulagement, comme si parce que Chelsea n'était pas enceinte, Nancy ne l'était pas non plus.

Bryce leva son verre et l'agita.

— Ça vous dérange si j'en commande un autre ? Je paierai.

— Pas du tout.

Je fis signe à Eva.

Les yeux de Bryce parcoururent le bar vide.

— Connaissant Chelsea, elle aurait fait de sa grossesse un spectacle médiatique aussi. C'en était arrivé à un point où ce que les gens disaient ne comptait pas. Ce qui importait, c'était qu'on parle d'elle. Elle n'est jamais allée aussi loin que certaines célébrités — elle n'a jamais exhibé son entrejambes, ni fait de films pornos, ni pris de drogue dans les boîtes de nuit —, mais j'avais peur qu'elle aille dans cette direction. Elle a passé beaucoup de temps en Italie cette année et elle commençait à s'inquiéter que l'Amérique du Nord l'oublie. Quand ces photos d'elle se faisant bronzer les seins nus sont sorties, ç'a tout arrangé.

— J'ai entendu dire qu'elle en était furieuse, dis-je, content que Shanna m'ait mis au courant.

Écouter Bryce était comme assister à une entrevue privée dans le *E ! True Hollywood Story*. Shanna aurait été jalouse — si elle avait pu supporter de se trouver si près d'une personne aussi célèbre.

— Furieuse ?

Bryce roula des yeux.

— Elle était aux anges. Moira et elle avaient orchestré toute l'affaire. Moira avait engagé le photographe, lui avait donné accès à la piscine et l'avait laissé entré dans la suite de Chelsea. Chels se fichait qu'on publie des photos de ses seins, de ses jouets sexuels ou de ses ordonnances. Tout ce qu'elle voulait, c'est qu'elles attirent l'attention du monde entier. Chelsea était revenue à la une — wouhoo ! Pour cacher leurs méfaits, Moira a accusé un portier et l'a fait renvoyer.

J'étais stupéfait.

— Mais c'est scandaleux !

Il haussa les épaules.

— Chels était une toxicomane et Moira était sa revendeuse. C'est tout ce qui les intéressait. Ces deux-là se ressemblaient plus que vous le pensez.

Eva arriva avec les boissons et il tendit le bras vers la sienne.

— On ne peut pas faire confiance à Moira, Trevor. Elle vous séduira avec des promesses de notoriété, gagnera votre confiance, vous aveuglera sous les projecteurs et vous jouera dans le dos.

C'était exactement ce que Moira avait fait en parlant de Nancy à Ashlee.

— Le fait-elle pour l'argent ? demandai-je. Ou aspire-t-elle à devenir célèbre elle aussi ?

— Moira ? Vous plaisantez ?

Il rit de bon cœur.

— C'est là l'ironie. Elle est une agente et pourtant, elle est extrêmement effacée en ce qui la concerne. Elle se tapit dans l'ombre quand la presse est dans les alentours. Si les projecteurs se retrouvent sur elle, elle fond comme un vampire. C'est une femme étrange. J'ai longtemps pensé qu'elle était lesbienne, mais maintenant, je crois qu'elle est asexuée. Je me demande même si elle a un sexe. Elle ne laisse personne l'approcher. Chelsea était le contraire. Elle allait au lit avec quiconque lui démontrait de l'amour, puis elle le ou la rejetait. Un soir à Rome, Chelsea était rentrée à la maison ivre et elle s'était traînée dans le lit de Moira. Moira avait piqué une crise. Je crois qu'elle avait eu peur que les médias le découvrent. Chelsea n'était pas à une rumeur près sur le fait qu'elle était lesbienne si ça pouvait lui attirer les gros titres. Après ça, les choses ont changé entre elles. Moira est devenue méfiante. Chelsea a commencé à s'interroger sur la quantité de couvertures qu'elle générait. Elle craignait que les contacts médiatiques de Moira se tarissent.

Un portrait plus net de Moira commençait à se former dans ma tête.

— Avez-vous parlé de ceci à votre ami Stavros ? demandai-je.

— Laissez-moi mettre les choses au clair : Stavros n'est *pas* mon ami. Il agit comme un copain, mais je ne suis pas stupide. Je sais ce qu'il attend de moi.

— Il veut que vous l'aidiez dans sa carrière d'acteur ?

Il dit en s'étranglant de rire :

— Même épouser Nicole Kidman n'aiderait pas sa carrière d'acteur. Il avait une ligne hier, *une ligne*. On ne l'a pas fait auditionner parce qu'on pensait que ça ne serait pas sorcier. Je veux dire, il est policier et c'était un rôle de policier. Pourquoi cela aurait-il été dur ? Pourtant, il s'est trompé dans sa ligne, il a raté ses marques et il a regardé directement la caméra. Il feignait d'être sombre, patibulaire *et* flamboyant. Tout ça en une ligne. Le metteur en scène n'en revenait pas.

J'éclatai de rire.

— Il pensait que c'était sa chance.

— Il est nul. Il se comporte comme s'il voulait être un acteur. Il agit sournoisement, Trevor, pour essayer de se rapprocher de moi. Il croit qu'en gagnant ma confiance, je vais lui dire que j'ai tué ma petite amie.

— Il serait allé si loin ? Prendre un cours pour les auditions ? Jouer dans votre série ?

— Oh, je n'ai aucun doute qu'il aspire à être acteur. Mais il n'apparaîtra pas dans *Amour et modernité*, c'est sûr.

Il leva son verre et le but.

— Même comme inspecteur, il est nul. Je suis terrifié à l'idée qu'il se pointe un beau matin, me mette les menottes et me jette en prison. Peu importe que je sois innocent. Il n'écoute pas. Je lui ai parlé de Moira, mais il a décidé de croire sa version des faits. Elle le fait marcher, lui faisant croire qu'elle en fera une vedette, l'aveuglant avec ses promesses de notoriété. Elle l'a endoctriné en lui faisant penser qu'après le départ de votre homme d'entretien de la suite, j'étais entré.

— Vous ne l'avez pas fait ?

— Non. J'ai pris la porte mitoyenne vers 23 h et je ne suis pas revenu. J'ai essayé, mais Chelsea avait bloqué l'accès par la porte mitoyenne. Je l'ai appelée au téléphone, j'ai cogné contre le mur, mais elle m'a ignoré. J'ai ouvert ma porte pendant quelques secondes quand j'ai entendu l'homme d'entretien dans le couloir, mais je n'ai pas quitté ma chambre et je n'ai pas ouvert ma porte avant que Moira arrive pour dire que Chelsea était tombée dans la piscine.

Je scrutai les yeux de Bryce. *La vérité est dans les yeux.* D'après l'inspecteur Christakos, c'était facile. Les yeux bleu acier de Bryce étaient impénétrables. Il était acteur. Comment pourrais-je discerner la vérité du mensonge ? Je baissai les yeux vers ses mains. L'une était posée sur son genou, l'autre enveloppait son verre. Quelque chose dans son histoire m'ennuyait.

— Qu'est-il arrivé avec la cocaïne ? demandai-je.

Ses yeux brillèrent.

— C'est bien ce que j'aimerais savoir.

Il baissa la voix.

— Moira a réussi à entrer dans la chambre de Chelsea sans se faire repérer, je le sais. Chelsea a dû lui ouvrir la porte. Stavros ne le croira pas. Il dit qu'elle a un alibi solide et qu'il a vérifié. Elle était au téléphone avec la mère de Chelsea quand Chelsea a sauté.

— Vous voulez dire la mère de Moira.

— Non, celle de Chelsea. Les parents de Moira sont morts dans un accident de voiture il y a dix ans.

— Chelsea n'était-elle pas en froid avec ses parents?

— Si, mais sa mère, Alice, était restée en contact avec Moira pour garder un œil sur Chelsea.

Il se gratta la mâchoire, pensif.

— À moins que ce soit…

Il s'arrêta, soudain inquiet.

— Que ce soit qui? demandai-je.

Il resta silencieux un moment, méditatif.

— Je suppose que ça n'a plus d'importance maintenant. Il y a environ un an, Chelsea a découvert qu'elle avait été adoptée. Elle en a été anéantie. Elle a affronté ses parents, exigeant de savoir pourquoi ils lui avaient menti toutes ces années. Ils ont dit qu'ils avaient seulement voulu lui épargner la peine, qu'ils ne voulaient pas qu'elle pense qu'ils l'aimaient moins. Chels a cessé de leur parler. Elle est devenue obsédée par l'idée de retrouver sa mère naturelle et Moira lui a offert son aide. Miraculeusement, elles l'ont trouvée. Moira a organisé la première rencontre. Chels était si pleine d'espoir. Je crois qu'elle s'attendait à quelqu'un comme Sophia Loren. Elle imaginait déjà la campagne publicitaire, la rencontre mère-fille reconstituée pour la télé, la tournée médiatique, les grands titres dans le *Daily Spotlight*. Mais je suppose que ça ne s'est pas bien passé. Je crois que la femme ressemblait plus à Charlize Theron dans *Monstre* qu'à Sophia Loren. Chelsea a refusé d'avoir quoi que ce soit à voir avec elle. Elle nous a fait promettre à Moira et à moi de ne rien dire à ce sujet. Je n'ai rien dit, bien sûr — je ne connaissais même pas son nom —, mais j'étais presque sûr que Moira trouverait un moyen de le divulguer. Je suis surpris qu'elle ne l'ait pas fait. Pas encore, du moins.

— Donc, Moira parlait à la mère biologique de Chelsea au téléphone ?

Il haussa les épaules.

— Elle ou Alice.

Je sourcillai.

— Pourquoi me racontez-vous tout ça ? Qu'attendez-vous de moi ?

Il se pencha plus près de moi.

— J'ai besoin de votre aide. Vous avez accès à tout ici : les rapports, les écrans en circuit fermé, les employés, les témoins. Il doit bien y avoir quelque chose par ici qui prouve que je suis innocent. Trouvez-le, et Christakos vous écoutera.

J'opinai lentement, sentant mon pouls s'accélérer. Jusqu'à présent, j'étais resté passif pendant que Stavros sabotait l'enquête. Plus d'une semaine avait passé et il ne semblait pas plus près de résoudre l'enquête. Il avait failli arrêter deux personnes innocentes. Bryce était-il le prochain ?

— Pourquoi êtes-vous sûr que c'est Moira qui a fait ça ? demandai-je.

Il rit.

— Demandez à n'importe quelle personne des relations publiques dans cette ville s'ils ont déjà fantasmé sur l'idée de tuer un client. Moira a tout sacrifié pour Chelsea. Quand Chels lui a appris la nouvelle ce soir-là, Moira a dû piquer une crise et l'a poignardée. Chelsea a sauté du balcon pour se sauver la vie. Moira s'est trahie en commettant l'acte ultime d'une bonne agente : elle a pris la coke. Elle ne consomme pas de drogue, alors elle l'a probablement jetée. Qui d'autre aurait fait ça ?

— Quelle nouvelle Chelsea lui a-t-elle apprise ? demandai-je.

— Chelsea voulait renvoyer Moira ce soir-là.

* * * * *

L'équipe de l'après-midi arriva tôt pour libérer Janie, Bernadina et Flavia, qui devaient assister au mariage des Cavalli. Au même moment, Sydney Cheevers et une armée d'organisateurs d'événements étaient arrivés à l'hôtel pour préparer la réception.

Reginald Clinton vint me voir en état de panique.

— Sydney vient juste de faire partir des noceurs de la terrasse de la piscine ! La jeune mariée devait l'avoir jusqu'à 15 h et elle est furieuse. Et maintenant, Sydney veut que je vire une table de 12 avant qu'ils aient pris leur dessert.

Je trouvai Sydney à la piscine en train d'étudier un bloc-notes. Les noces étaient finies.

— Sydney, excusez-moi, dis-je, choisissant mes mots en espérant ainsi éviter un autre affrontement. Je dois me tromper sur l'horaire. N'étiez-vous pas censée commencer à tout vider à 15 h ?

Elle fit quelques marques sur son bloc, m'ignorant complètement.

— Sydney ?

Elle leva les yeux. Sa lèvre supérieure luisait de sueur.

— Euh, excusez-*moi*, Trevor, peut-être que *je me suis* trompée, mais je croyais que j'avais été engagée pour organiser une réception de mariage pour le *propriétaire* de cet hôtel ?

Elle baissa les yeux sur sa liste, m'excluant. Le barman, Enrico, déposa un verre de Perrier sur le bar et elle le but. Elle haleta.

— Oh, mon Dieu, c'est au *citron* !

Elle s'attrapa le cou avec ses deux mains, émettant des sons de suffocation.

— Je vous ai dit à la *lime*, idiot ! Je suis allergique aux citrons !

Elle balaya le comptoir avec son bras, faisant voler le verre sur le sol.

— Je suis désolé, Mademoiselle Cheevers, dit Enrico. Je vais vous…

— Non, oubliez ça ! *Mon Dieu*, ces employés !

— Ça va aller ? demandai-je à Sydney, me demandant s'il était médicalement possible d'être allergique aux citrons et pas aux limes.

Elle se comportait comme ça pour attirer l'attention sur elle, pour faire étalage de son pouvoir en tant que joueuse de flûte hollywoodienne des vedettes, se considérant comme aussi importante qu'elles, sinon plus.

— Pourquoi ce vieux couple est-il encore ici ? cria-t-elle à Enrico, tout en lançant des regards noirs vers M. et Mme Greenfield, qui prenaient le soleil ensemble de l'autre côté de la piscine. J'ai dit que je voulais que la terrasse soit *vidée* !

Avant que je puisse l'arrêter, elle avança.

— Filez ! siffla-t-elle, pointant la sortie du doigt.

Je me précipitai.

M. Greenfield ôta ses lunettes de soleil et se redressa.

— Pourquoi nous ? Et ces gens ?

Il indiqua un groupe d'hommes paressant près du coin éloigné de la piscine. Une bouteille de Cristal reposait dans un sceau à champagne près d'eux. C'était difficile à dire de là où je me trouvais, mais deux des hommes ressemblaient à Justin Timberlake et LL Cool J.

— Vous ne voyez pas qui ils sont ? s'écria Sydney exaspérée.

— Je me fiche de qui ils sont, dit M. Greenfiled. Je suis client ici.

— Et bien, *je* travaille au nom du propriétaire de cet hôtel, qui organise un important mariage pour les membres de sa famille ce soir et j'insiste pour que vous partiez immédiatement, dit Sydney.

— Sydney, s'il vous plaît, dis-je. Laissez-les rester encore un peu. Ils ne prendront pas de place.

Je me confondis en excuses aux Greenfield et saisit le bras de Sydney pour l'éloigner.

— Comment pouvez-vous être aussi grossière ? Les Greenfield passent toute la semaine chez nous.

— S'il n'en tenait qu'à moi, je les aurais renvoyés d'où ils viennent, dit Sydney hargneusement. Vous avez vu leurs taches de vieillissement ? Ces gens nuisent à l'image que nous cultivons ici. Ils n'ont pas du tout le bon visage.

— S'il vous plaît, n'utilisez pas ce terme haineux. Nous ne choisissons pas nos clients selon leur apparence.

— Pourquoi pas ? Vous n'avez pas compris, alors ? Cette ville est axée sur les vedettes et les belles personnes. Ce sont les seules qui importent.

— On ne peut pas remplir cet hôtel tous les soirs avec des vedettes.

Elle soupira.

— Malheureusement non. Les autres sont des bouche-trous — des spectateurs. Les vedettes attirent les spectateurs. Rappelez-vous ceci, Trevor. Sans vedettes, pas de spectateurs.

— Et sans spectateurs, pas de vedettes ni d'hôtel, parai-je. Ce qui veut dire plus de travail surpayé pour Sydney. Pourquoi chassez-vous ces personnes maintenant ? Les invités du mariage Cavalli ne seront pas ici avant quatre heures.

— J'ai quatre heures pour transformer cet endroit en une villa romaine de mauvais goût et je n'ai pas le temps de m'occuper de vos petites préoccupations collet monté. Si vous avez un problème, parlez-en à votre patron.

— Chut !

Sa voix forte attirait l'attention.

— Auriez-vous l'amabilité de baisser d'un ton ?

— Vous voulez me faire taire !

— Je vais appeler Tony.

J'étais furieux.

J'entrai dans le petit bureau de Reginald au fond du restaurant et composai le numéro de cellulaire de Tony.

— Qu'y a-t-il ? siffla Tony. Je suis au mariage de Lorenzo, nom d'un chien !

— Sydney Cheevers nous fait fermer en plein milieu du service du déjeuner.

— Je vous ai dit que ça arriverait il y a longtemps. Quel est le problème ?

— Vous m'avez dit que c'était un *dîner*. Sydney traite nos clients comme des intrus.

Je jetai un œil par la fenêtre vers la salle à manger.

— Deux de ses gars érigent une banderole sur le mur juste à côté d'une table de douze !

— Ah oui ? Ç'a l'air de quoi ?

— Ils ont mal écrit *Félicitations*.

— *Quoi ?* Putain ! Ne me dites pas qu'ils ont mis un « é » ? Je leur avais dit…

— Tony, ça s'*écrit* avec un « é ». Ils ont mis « ai ».

— Les enfoirés ! Heureusement que ce n'est pas tout le monde qui va le remarquer. La moitié de ma famille ne parle pas français et l'autre moitié ne sait pas lire. Hé, hé !

— Puis-je retenir Sydney et ses malfrats pour une heure ?

— D'accord, pour une heure, mais pas une seconde de plus. Dites à Sydney qu'elle a intérêt à ce que tout soit prêt à 18 h ou j'aurai sa tête. Et demandez-lui si elle a été capable de confirmer certains noms. Je dois y aller. La mariée descend l'allée. On me regarde d'un mauvais œil.

— Vous êtes sur un banc d'église avec votre téléphone cellulaire ?

— Bien sûr que non. Je suis le témoin. Je suis devant l'autel.

* * * * *

Une heure plus tard, Sydney et son équipe étaient revenues, démontant les meubles et transportant ailleurs tout ce qui n'était pas cloué, sauf les chaises et les tables. Les objets étaient remplacés par des fausses urnes, des colonnes en plâtre et des sculptures en polystyrène, une gracieuseté des Importations Cavalli. Dans le restaurant, les tables étaient recouvertes de dentelles blanches travaillées et de tissus dorés épais. Elles étaient ornées de calices argentés et de fleurs aux couleurs vives. Les employés du restaurant étaient vêtus de toges et leurs coiffes étaient entourées de fausses branches d'olivier. Ils n'avaient pas l'air de trouver ça drôle.

Je me trouvais dans la salle à manger à regarder la transformation quand Sydney me passa devant avec une énorme Vénus de Milo en polystyrène.

— Ne riez pas de moi! marmonna-t-elle. Je sais que c'est hideux.

— Tony veut savoir si vous avez confirmé plus de « noms » pour ce soir.

Elle déposa la statue et souffla.

— Il n'arrête pas de me prendre la tête pour que des vedettes assistent à la réception. Je ne peux quand même pas payer les gens pour qu'ils viennent.

La statue s'effondra, émettant à peine un bruit.

— Au moins une centaine de personnes sur sa liste « spécial personnalité » ne viendront pas, alors le personnel peut se détendre — nous avons plein de main-d'œuvre et j'ai demandé aux réservations de libérer des chambres. Les personnalités veulent venir *après* la réception, mais il a pris tout l'hôtel pour la fête — un samedi soir, seulement une semaine après l'ouverture! L'abruti! Il a peur que si les gens voient tout un groupe d'Italiens gros et dégarnis avec leurs fausses blondes aux sourcils noirs, ils ne reviennent jamais. Il a raison. S'il n'en tenait qu'à moi, je mettrais la famille à la porte à 22 h et je laisserais entrer ceux qui sont sur la liste. Mais qu'est-ce que j'y connais? Je ne fais qu'organiser des fêtes depuis 20 ans.

— Je sais ce que c'est, dis-je.

— Ne le blâmez pas. C'est son père qui mène la barque.

— Son père ?

— Gi-Gi mène Tony par le bout du nez. Papa Giancarlo ne comprend pas pourquoi Tony ne dirige pas un hôtel de luxe avec le même budget qu'une villa trois étoiles en banlieue de Naples. Gi-Gi a insisté pour qu'on préserve les fondations pourries originelles de cet édifice et il a corrompu la ville pour le permis d'occupation. Maintenant, il met Tony sous pression plus que jamais pour couper dans les dépenses et gagner de l'argent. Si Tony échoue, c'est le retour dans le monde des importations pour lui. Il risque la crise cardiaque.

— Pas étonnant qu'il ait menacé de me renvoyer une demi-douzaine de fois cette semaine.

— Je ne compte même plus le nombre de fois où il m'a renvoyée. Ne vous laissez pas impressionner. Il fait plus de bruit que de mal. Il est très loyal en fait. Je ne pense pas qu'il soit capable de renvoyer qui que ce soit.

* * * * *

À 18 h 15, les invités du mariage Cavalli arrivaient en masse et remplissaient la terrasse de la piscine pour le cocktail. Une heure plus tard, ils entraient dans la Scène, où le service du dîner commençait à 20 h. La consommation excessive d'alcool céda la place à une consommation excessive de nourriture. L'équipe se ruait pour contenter les appétits voraces, sortant plat après plat de la cuisine, alors que Sydney retrouvait sa personnalité de maman autoritaire, leur courant après, leur criant des ordres, et les punissant pour la moindre erreur. J'aidais là où on avait besoin de moi, à remplir de nouveau les verres de vin et d'eau, à laver les plats, à expédier la nourriture, à aider les plus âgés à trouver les toilettes.

Je fus surpris de voir Kitty Caine à une table, blottie contre un des frères de Tony. Elle m'envoya un baiser quand je passai devant elle. Apparemment, tout était pardonné.

Janie, Flavia et Bernadina étaient assises à la table d'à côté, arborant des coiffures volumineuses et un vernis à ongles assorti à leurs robes en taffetas.

— Hé, Trevor! s'écria Janie. Que voulait Bryce Davies? Il a parlé de moi? Il voulait mon numéro?

Les trois filles ricanèrent.

— Désolé de vous décevoir, dis-je.

— Il faut que je vous avertisse que je s'rai en retard demain, dit Bernadina. Bar ouvert, tout le Kahlúa que je veux — ça risque d'être laid. Mais ne me blâmez pas, blâmez l'oncle Tony.

— Ralentis un peu, lui conseilla Janie. Lorenzo a dit qu'il y aurait une teuf dans l'appartement terrasse ce soir.

— Une teuf? dis-je.

— Une *fête*! corrigea Flavia, hilare.

Je m'arrêtai à la table d'honneur à côté. Tony et Liz étaient assis avec leur fille, Emily, et les jumeaux, Enzo et Lorenzo, la nouvelle femme de Lorenzo, Rosario, les parents de Rosario, les parents de Tony et la grand-mère de Tony, Maria. Une douzaine de membres du personnel étaient présents à leur table et Tony les tenait tous bien occupés. Bouteille de bon vin après bouteille de bon vin était présentée, débouchée et versée, pour finir par se faire renvoyer avec un reniflement hautain et un vague signe de la main. Je fis le tour de la table, félicitant les nouveaux mariés, qui semblaient malheureux, et je pris la main que m'offrait Tony.

— Bon boulot avec l'entrevue au *Spotlight*, dit-il, les yeux survoltés. C'est Kitty qui a organisé ça?

— Kitty? C'est Moira. Kitty ne travaille plus pour nous.

— Vous plaisantez. Que s'est-il passé?

— Vous l'avez renvoyée, Tony.

— Pourquoi l'aurais-je renvoyée?

— Vous m'avez dit qu'elle médisait de l'hôtel. Ne me dites pas que vous ne l'avez pas fait?

— Je crois que j'ai oublié.

Il se lécha les babines, scrutant en direction de sa table.

— Elle fait pratiquement partie de la famille maintenant.

— Vous devez la renvoyer, Tony. Nous ne pouvons pas assumer les deux salaires.

— D'accord, d'accord. Je le ferai après le dîner.

À 23 h, des plateaux de desserts étaient servis sur chaque table, ainsi que des bouteilles de grappa. L'animateur coupa la musique et un projecteur apparut sur le podium. Je me tins dans l'obscurité et regardai les orateurs livrer les uns après les autres leur discours larmoyant dans des mélanges de français et d'italien. Quand Tony se présenta d'un pas nonchalant, il entama un mot plus léger, commençant par dire combien il était heureux que Lorenzo se soit marié parce des rumeurs commençaient à courir selon lesquelles il était « homo ». La foule hurla de rire.

— Nous pensions que c'était un mariage forcé, continua-t-il. Mais il se trouve que Rosario a simplement engraissé.

Plus de rires. Tony semblait heureux. Il menaça de donner la facture du dîner aux parents de Lorenzo « parce que cet endroit n'est pas bon marché et que je dois commencer à toucher les rendements de mes investissements, sinon mon père va me l'enlever ». Il y eut quelques rires nerveux. Les yeux de Tony se déplacèrent vers Giancarlo Cavalli, qui croisa ses bras et s'éclaircit la gorge.

Le dernier discours fut livré par le jumeau de Lorenzo, Enzo. C'était un monologue doucereux sur l'amour fraternel, interrompu par de longs accès de sanglots. Quand il eut fini, la salle se leva pour une ovation.

Vers 1 h du matin, la fête commença à se clairsemer et je décidai qu'il serait sage de rentrer chez moi. Je me rendis à mon bureau pour éteindre mon ordinateur quand le directeur de nuit, David, entra à vive allure.

— M. Cavalli vous cherche, dit-il. Il pique une crise.

Maintenant ? Il restait une vingtaine d'invités dans le restaurant, les hommes buvant de la grappa à une table, et les femmes étant assises à une autre table à se parler tout bas.

Tony se leva d'un bond.

— Un drame *majeur* vient d'avoir lieu dans l'appartement terrasse, dit-il, la voix inarticulée. Un drame presque aussi important que celui de la soirée d'ouverture.

— Que s'est-il passé ?

— Les jumeaux, dit-il. Ce sont toujours les putains de jumeaux.

Il m'éloigna des autres.

— Rosario était fatiguée, alors elle est montée dans la suite pour s'étendre. Enzo a décidé de jouer un tour à Lorenzo. Il est allé furtivement vers la suite, est entré et s'est glissé dans le lit avec Rosario. Avant qu'il s'en rende compte, Rosario avait baissé ses pantalons et il avait le sexe à l'air. Lorenzo est entré et a piqué une crise. Rosario a dit qu'elle croyait que c'était Lorenzo et qu'elle avait été violée. Enzo a insisté en disant qu'elle savait que c'était lui et que c'est *elle* qui *l*'avait violé. Maintenant, Rosario pleure dans la chambre de ma sœur, Enzo pleure dans ma chambre et Lorenzo pleure dans l'appartement terrasse.

— Comment Enzo est-il entré ?

Il pointa un doigt vers moi, le regard intense.

— C'est ce que *je* veux savoir. Enzo a dit qu'il s'était présenté devant le scanneur et que la porte s'était ouverte comme par magie. Comment se fait-il qu'un système de sécurité de merde que j'ai payé 200 000 $ puisse ouvrir les portes à volonté ? C'est la deuxième fois en une semaine que le système se déglingue, Trevor. Le *Spotlight* avait raison : notre sécurité est nulle. Il a ruiné le mariage de mon neveu ! Je veux une explication, Trevor, ou des têtes vont tomber !

J'acquiesçai.

— Je vais voir ce que je peux découvrir.

18

La marche sur le tapis noir

— Vous avez trouvé ce qui s'est passé hier soir ?

La voix de Tony retentit dans le hall.

Je l'avais repéré plus tôt et avais espéré passer inaperçu. Je soupirai et avançai vers lui. Il était assis dans un des espaces meublés près du bar, une copie du *L.A. Times* sur les genoux. À côté de lui, Liz était blottie dans un fauteuil tel un chat tandis que leur fille, Emily, jouait à ses pieds. Il était 11 h dimanche matin et ils étaient tous en pyjama. Tony portait un peignoir de l'hôtel, et à en juger par les poils noirs de sa poitrine dépassant du rabat, rien d'autre. Liz portait un déshabillé en satin rose et Emily, un pyjama en coton parsemé de lapins. Un plateau argenté avec un percolateur, trois verres de jus d'orange et plusieurs cadavres de pâtisseries à moitié mangées se trouvaient sur la table près d'eux. C'était une exposition réconfortante de l'intimité d'une famille, mais elle n'avait pas sa place au milieu de notre hall fréquenté.

— Bonjour ! dis-je avec entrain, me penchant pour retirer le plateau. Vous avez terminé ?

— Non ! s'écria Tony, me donnant une tape sur la main. Le bacon et les œufs arrivent.

— Ne seriez-vous pas mieux dans votre suite ?

Emily passa ses doigts le long du rideau perlé, faisant le bruit d'une harpe. Elle semblait parfaitement angélique, pas le genre de fille de quatre ans qui renvoie une gouvernante après toute une vie de service.

— Liz n'aime pas être en haut, dit Tony. Elle dit que c'est trop nu.

Je déplaçai mon regard vers Liz, la *décoratrice* de l'hôtel. Sa tête était cachée dans un livre, *Tout ce qui est bon à savoir*.

— On dit ici que l'enquête se resserre sur Bryce, dit Tony, donnant une chiquenaude au journal. Il serait temps qu'ils coincent cette petite ordure.

Je me sentis obligé de défendre Bryce, mais je résistai. Je ne voulais pas de discussion animée dans le hall sur la personne qui avait tué une cliente de l'hôtel.

Tony se redressa pour prendre sa tasse de café.

Je protégeai mes yeux.

— Tony, s'il vous plaît.

Il leva les yeux, puis les baissa et plaça le peignoir sur ses cuisses.

— Qui est responsable de ces peignoirs minables trop courts ? Ils sont faits pour les nains.

— C'est vous, dis-je. Vous vous rappelez ce cousin qui pouvait nous procurer des peignoirs Frette à moitié prix ? Et bien, il avait la moitié du peignoir pour le double du prix. Et ce sont des Frappe, pas des Frette.

— Pourquoi ne me l'avez-vous pas dit ? Je vais le tuer. Il était au mariage hier soir.

— Je vous l'ai dit.

Tony se leva et attacha la ceinture autour de sa taille corpulente.

— Qu'avez-vous trouvé sur la défaillance du système ?

— Pour être honnête, je ne suis pas convaincu que ce *soit* une défaillance. Les jumeaux ont probablement chahuté. Ce ne serait pas la première fois. Vous vous souvenez de l'échange qu'ils avaient fait pour l'entrevue d'Enzo pour le poste de chasseur.

Tony gratta sa barbiche.

— C'est vrai. Après toutes ces années, *je* peux à peine distinguer ces petits enfoirés.

— Enfoirés, répéta Emily, qui ôtait de la bourre d'une fente dans le fauteuil que Liz avait acheté à 2800 $.

Liz leva le bras et lui donna une tape, sans quitter sa page des yeux.

— Ne dis pas *enfoiré*, Emily.

— Avez-vous pensé à la possibilité que Rosario *ait ouvert* la porte à Enzo ? dis-je.

Les yeux de Tony se rétrécirent.

— Vous la traitez de pute ?

— Non, mais…

— Enzo jure que la porte s'est ouverte toute seule. Vous le traitez de menteur ?

— Pourquoi n'examinerais-je pas ça de plus près ? dis-je.

— Bien sûr que vous allez le faire. Je n'ai quand même pas dépensé tout cet argent pour une technologie défectueuse ! Je vous tiens pour responsable, Trevor. C'est vous qui m'avez convaincu d'acheter ce soi-disant système de luxe alors que des clés normales auraient parfaitement fait l'affaire.

— *Je* t'ai convaincu, dit Liz sans lever les yeux. Et les clés normales *n'*auraient *pas* fait l'affaire. Un hôtel moderne nécessite une technologie dernier cri. Tu aurais dû prendre la version haute résolution, mais ton radin de père a pris la moins chère.

— Radin, dit Emily.

— Liz est encore fâchée à cause du thème romain d'hier soir, dit Tony, souriant. Elle a dit qu'il « détruisait l'esthétique » de son décor. J'ai trouvé que c'était beau, pas vous ?

— Si on aime ce genre de choses, dis-je.

— Bien sûr que oui, nom d'un chien ! C'est une entreprise familiale ! Hé, hé !

Il se rassit dans son fauteuil, s'exposant à nouveau.

— Tony, dis-je, même si vous aimeriez que ce soit différent, la vue sur vos bijoux de famille n'est pas bonne pour les affaires.

Liz éclata de rire.

— Je fais ce que je veux, putain, hurla Tony, se remettant debout et ouvrant grand son peignoir, suscitant surprise et cris d'horreur. C'est mon hôtel! *Mon* hôtel!

— Putain, dit Emily en ricanant.

Secouant la tête, je traversai le hall jusqu'au bureau de la sécurité.

Artie Truman était assis dans la pièce exiguë entourée d'écrans.

— Les caméras ont enregistré cet acte obscène si vous voulez intenter un procès pour harcèlement.

— Je ne voudrais pas infliger ce traumatisme à un juge, dis-je. Avez-vous entendu parler du fiasco de la nuit dernière?

— Ouais. Raj a rédigé un rapport d'incident. J'ai testé le système et tout semble marcher parfaitement. J'ai appelé notre représentant chez Œil unique juste pour être sûr, mais nous n'aurons pas de nouvelles avant lundi. Pour être honnête, je ne m'attends pas à ce qu'il nous en apprenne beaucoup. C'est un lecteur optique, pas un détecteur de mensonges.

— C'est exactement ce que je pense.

* * * * *

Moira m'appela plus tard ce matin-là.

— J'ai laissé deux billets pour la cérémonie à la réception pour vous.

— Moira, je n'ai vraiment aucune envie d'y aller.

— Vous devez, Trevor. Après les vilaines choses que vous avez dites, ce serait irrespectueux que vous manquiez la cérémonie. Ça fait partie de la nouvelle image de compassion de l'hôtel Cinéma. Vous pouvez emmener l'Indienne susceptible si vous voulez. Mais n'emmenez pas Tony Cavalli. Il est odieux.

— Je suis encore furieux contre vous d'avoir parlé de Nancy à Ashlee White. C'était une violation de ma vie privée.

— Privée ? Vous étiez dans une émission appelée *Spotlight*, pour l'amour du ciel ! Vous vous attendiez à quoi ?

— C'est un sujet dont je préfère ne pas discuter.

— Peu *importe*. Tony m'avait donné l'autorisation. Je vous verrai à la cérémonie. Ne soyez pas en retard !

Elle raccrocha.

Je rejoignis Shanna sur son téléphone cellulaire.

— Tu plaisantes, Trevor ? dit-elle. Ça m'est impossible. Il y aura des centaines de *ces* gens là-bas.

— Parfait. Tu pourras guérir ta phobie d'un seul coup.

— Je déteste les funérailles.

— Et moi ? Écoute, si je peux me prostituer pour *Spotlight*, le moins que tu puisses faire, c'est de m'accompagner à la cérémonie.

Elle finit par accepter, mais à contrecœur.

Elle arriva à 12 h 45, époustouflante dans une robe noire sobre et un collier de perles blanches. Ses cheveux étaient attachés en un chignon serré, accentuant ses beaux traits. J'avais fait l'inspection des chambres et ne m'étais pas encore changé.

— Pour l'amour du ciel, dépêche-toi ! dit-elle, observant ma tenue décontractée du dimanche avec désapprobation.

Je descendis rapidement au B2 et me rendis au bureau du service de ménage pour récupérer mon smoking. Olga Slovenka était tapie à son poste comme un troll sous un pont. Je la saluai joyeusement, puis partis en sifflotant dans le couloir. Elle grogna en retour. À mon grand désarroi, mes pantalons de smoking et mon nœud papillon étaient revenus du nettoyeur abîmés à cause de mon plongeon dans la piscine. La chemise était correcte, ainsi que le veston, que j'avais enlevé avant de plonger. Mes autres costumes étaient chez moi.

Je baissai les yeux sur la tenue que je portais. Un blazer en velours côtelé, des pantalons brun clair, des mocassins bruns, des chaussettes roses, pas de cravate. Inapproprié. Les billets pour la cérémonie commémorative indiquaient « Tenue de soirée pour funérailles ». Je fouillai dans le portant de nettoyage à sec du personnel pour emprunter quelque chose, mais le choix était limité. Le portant suivant était celui des clients. Je sortis un costume brun rayé et le tins dans la lumière : trop court et trop large. Je le reposai. Mon regard saisit un nœud papillon à côté. Il était à pression et semblait être tacheté de minuscules points pourpre, mais il complèterait la chemise du smoking et, avec un peu de chance, distrairait les regards des pantalons et des mocassins. Selon l'étiquette du nettoyeur, le nœud papillon appartenait à M. Greenfield de la chambre 507. Oserais-je lui emprunter ? J'étais en retard. Je pourrais le ramener avant qu'on s'en aperçoive.

Je me changeai en vitesse, prêtant une attention supplémentaire à mes cheveux pour qu'ils compensent la tenue.

* * * * *

Les yeux de Shanna s'élargirent quand j'entrai dans le hall.

— Que diable portes-tu ?

Je baissai les yeux.

— C'est si moche ?

— Oui, mais ça devra fera l'affaire. Nous sommes en retard.

Elle me conduisit à la porte.

À l'extérieur, l'ancien campement des admirateurs et des médias était quasiment abandonné. Deux hommes d'entretien nettoyaient et Al Combs replantait le jardin. Le soleil de l'après-midi nous tombait dessus sans merci tandis que nous marchions. Hollywood Bouleverd était fermé des deux côtés du Kodak Theatre, et un convoi de limousines et de voitures de luxe déposaient leurs passagers sur Highland Avenue. Un courant de personnes vêtues de noir affluait vers l'entrée. Des poteaux recouverts de velours noir bordaient la rue, séparant les spectateurs des invités. Une armée de paparazzi et de médias occupait le bas des escaliers menant au théâtre. Silencieuse et respectueuse, la foule nous observa tandis que nous avancions.

— Ça va aller ? demandai-je à Shanna.

— Non. Et toi ?

— Je n'ai pas peur des célébrités ; je *suis* une célébrité.

Elle ne sourit pas.

— Je suppose que c'est ta première cérémonie commémorative depuis…

— Ça ira.

Elle tint fermement mon bras tandis que nous marchions, plongeant ses ongles dans ma peau, prête à me tirer d'un coup sec dans une autre direction si nous nous retrouvions trop près d'une célébrité. Tandis que nous rejoignions la fin de la queue, sa prise se resserra.

— Oh, oh ! Regarde qui est ici.

À quelques dizaines de centimètres en avant, une masse de cheveux, de dents et de seins s'inclinèrent dans notre direction.

— Trevor ? Shanna ? C'est vous ?

Je saluai Kitty Caine, me préparant à une tirade texane.

À la place, elle se trémoussa et nous serra tous deux dans ses bras.

— J'espérais vous voir tous les deux ici !

Son souffle sentait les cigarettes au menthol.

— Tony m'a dit que tu devais me parler, Trevor.

Je jetai un œil à Shanna. Tony s'était dégonflé.

— Ça n'a rien d'urgent, dis-je. On en parlera demain.

Kitty s'éventa avec sa main.

— Quel four !

Elle faisait partie des rares personnes dans la file qui ne portait pas de noir, s'étant glissée dans une toute petite robe de cocktail rouge avec de la fourrure blanche. Une ceinture noire brillante et des chaussures en cuir verni noires étaient sa seule allusion à l'occasion. Elle étudia ma tenue.

— Bon sang ! Quel ensemble inhabituel !

— C'est avant-gardiste, dis-je. Ça va faire fureur.

Elle exhiba ses dents, affichant une trace de rouge à lèvres.

— On y va ? dit-elle, me tendant son bras.

Je fis un clin d'œil à Shanna pour lui assurer que nous la laisserions tomber à la première occasion et pris Kitty par le bras.

— Regardez ! Ils ont déroulé le tapis noir ! s'exclama Kitty, pointant en direction de la rivière de tapis qui s'étendait du Hollywood Boulevard au théâtre.

Au pied de la zone tapissée, quatre hommes costauds en smoking nous demandèrent les billets, une pièce d'identité, et nous fouillèrent. Nous passâmes par un détecteur de métal, où un écriteau indiquait que les appareils photo et les enregistreurs étaient interdits.

— Regardez, il y a Nigel du *Spotlight*, s'écria Kitty. Hou hou, Nigel ! Par ici, mon ange !

Je grognai et détournai mon regard tandis qu'il avançait vers nous d'un pas tranquille.

Kitty l'enlaça chaleureusement.

— Tu te souviens de Trevor Lambert, mon client à l'hôtel Cinéma ? dit-elle, sans présenter Shanna.

Je le saluai froidement d'un signe de tête, encore blessé par son article.

À côté de moi, Shanna laissa échapper un faible grognement.

— D'autres coups de gueule pour moi, mon gars ? dit Nigel, me donnant une tape sur l'épaule.

Il se tourna vers Kitty.

— Ça n'est pas Moira qui représente l'hôtel Cinéma maintenant ?

— Tu plaisantes ? rit Kitty en se trémoussant. Ridicule !

Je sentis Shanna se raidir. Heureusement, un vacarme derrière nous attira l'attention de tout le monde.

Une femme mince dans la cinquantaine avec des cheveux permanentés blonds semblant mouillés et une peau grêlée s'opposait à deux agents de sécurité.

— Vous *devez* me laisser entrer ! criait-elle d'une voix grasse de fumeuse. J'ai fait tout le chemin depuis le Canada !

— Une compatriote ! dit Shanna, songeuse, tout en me poussant du coude.

— Je vous l'ai dit, M'dame, dit un des agents, ceci est une cérémonie *privée*.

— Mais je suis venue dire au revoir à Chelsea !

— S'il vous plaît, écartez-vous !

La femme tomba à genoux.

— Je vous en supplie, laissez-moi entrer ! Oh, s'il vous plaît !

Les agents la prirent par les bras et commencèrent à la traîner.

La femme s'efforça de se libérer.

— Laissez-moi entrer ! Vous ne comprenez pas ! Je suis sa *mère* !

Ses mots finirent en un cri guttural qui fit se tourner des centaines de têtes dans sa direction.

Les agents échangèrent des regards inquiets.

— Elle n'est pas sa mère, hua quelqu'un dans la file. Éloignez cette folle !

Rassurés, ils recommencèrent à l'éloigner.

— Ne me séparez pas de mon bébé ! criait-elle, luttant pour se libérer. C'est ma fille ! Elle est ma fille perdue adorée… Oh Sharon, ma petite Sharon chérie, repose en paix, mon amour.

Sa voix s'estompa tandis qu'elle était transportée dans une tente blanche identifiée « Premiers secours ».

— *Le peuple !* s'exclama Kitty, en secouant la tête. Ils essaient n'importe quoi.

Nigel serrait sa pomme d'Adam et imitait les pleurnicheries tout en regardant le spectacle. Soudain, il fonça vers la tente.

— Et maintenant, qu'est-ce qui lui met le feu aux fesses? dit Kitty, le laissant partir avec un haussement d'épaules.

Nous entrâmes sous un chapiteau où des stands annonçaient de chaque côté des marques luxueuses.

Shanna repéra le stand de Tiffany.

— Pouvons-nous y aller? demanda-t-elle.

— Non, dit Kitty, la poussant sur le côté. Seulement les vedettes.

Après avoir émergé de la grande tente, nous nous arrêtâmes, regardant la scène chaotique qui se déroulait devant nous, médusés. Pour atteindre le théâtre, nous devions passer un mur de paparazzi, des gradins remplis d'admirateurs et une foule d'équipes de télévision.

— Je pensais que le *Spotlight* avait l'exclusivité de cet événement, remarquai-je.

— Moira n'est pas idiote, expliqua Kitty. Elle a vendu l'exclusivité pour l'*intérieur* du théâtre. Ici, c'est ouvert à tous. Et elle a fait payer 25 000 $ à chacun pour les stands qu'on a vus. On y va?

Elle gonfla sa poitrine, fit bouffer ses cheveux et fonça droit devant, faisant balancer ses hanches comme un mannequin grande taille.

Shanna et moi étions tapis derrière, nous blottissant l'un contre l'autre comme si nous nous lancions sur la route de brique jaune.

— Trevor, va devant! dit Shanna. Je viens de me rappeler qu'un groupe de responsables m'attend à l'hôtel.

— Sûrement pas. Tu viens avec moi.

Je la tirai en avant.

Ce fut plus facile que je pensais, probablement parce que nous étions ignorés. Les admirateurs et les médias criaient après les invités plus célèbres.

— On t'aime, Brad!

— Wynona, que portez-vous?

— Vous avez une minute pour vos admirateurs de Much Music au Canada, Shakira?

Au pied des gradins, un sanctuaire dédié à Chelsea avait été érigé; il débordait de fleurs, de cartes, de chandelles et de photos. Les admirateurs agitaient des affiches dans les airs : REPOSE EN PAIX, CHELSEA! CHELSEA POUR TOUJOURS! À MORT LE MEURTRIER DE CHELSEA, À MORT! Un groupe d'adolescentes bras dessus bras dessous chantaient et se balançaient sur la rangée du haut.

Tandis que je passai le mur de paparazzi, quelqu'un cria :

— Hé, c'est l'héroïque directeur de l'hôtel!

Je me tournai et fus assailli par les déclics des appareils photo et les flashs. Je reculai en trébuchant, protégeant mes yeux. Ils m'avaient reconnu! J'étais à nouveau une vedette! L'exaltation monta partout en moi comme de la morphine. Me souvenant de mon air hautain dans *Spotlight*, j'essayai de sourire et de poser.

— Regardez, c'est Clooney! s'écria quelqu'un.

En un instant, je fus abandonné.

Je regardai autour à la recherche de mes compagnes. Shanna se précipitait vers les escaliers, tenant fermement son sac sous son bras comme un arrière à l'attaque. Kitty Caine posait pour les paparazzi, bien cambrée, la main reposant sur sa croupe imposante, décrivant des cercles. Personne n'y prêtait attention.

— Trevor! Par ici!

Ashlee White de *Spotlight Tonight* me faisait signe depuis le groupe d'équipes de télévision alignées le long des escaliers. Ravi d'être choisi, je me dépêchai.

— Comment *allez*-vous? dit Ashlee, semblant sincèrement heureuse de me voir.

Il n'y avait aucune trace de son aura désintéressée et froide de vendredi; elle débordait de chaleur. Elle prit mon bras et me tira devant la caméra.

— Venez parler à *Spotlight*! dit-elle.

Je pouvais sentir sa poitrine pressée contre mon bras. Souriant à la caméra, je défroissai ma chemise et ajustai mon nœud papillon.

Ashlee leva son micro.

— Je suis ici avec Trevor Lambert, l'héroïque directeur d'hôtel qui a fait une courageuse tentative pour sauver Chelsea Fricks lors de cette nuit fatidique. Comment *allez*-vous, Trevor ?

— Très bien ! dis-je.

Me souvenant de la nature de l'occasion, j'adoptai une expression plus sombre.

— Et qui portez-vous aujourd'hui ?

Elle baissa les yeux sur mes habits. Son sourire s'estompa.

— Qui ? dis-je tandis que la caméra descendait le long de mon corps, s'arrêtant sur mes mocassins.

Je baissai les bras pour tirer mes bas de pantalons sur mes chaussettes roses.

— Euh… Et bien… Je porte un ensemble smoking-costume de chez machin chouette.

— Je suppose que j'ai raté ce numéro de *GQ* ! plaisanta-t-elle. Dites-nous ce que ça fait de diriger l'hôtel le plus tristement célèbre au monde.

J'ouvris la bouche pour répondre, mais je fus interrompu par Kitty, qui s'avança furtivement et plaça son bras autour de moi.

— Salut tout le monde ! s'écria-t-elle dans la caméra. Kitty Caine, des RELATIONS PUBLIQUES CAINE, qui dirige les projecteurs sur votre entreprise ! Mon client, Trevor Lambert de l'HÔTEL CINÉMA, se sent *si* privilégié d'assister à la célébration d'aujourd'hui. Il veut remercier toutes les célébrités qui ont fait de l'HÔTEL CINÉMA le petit hôtel-boutique le plus chaud d'Hollywood !

Essayant de me retirer, je dis d'une voix râpeuse à son oreille :

— Ce n'est pas une émission de remise de prix, Kitty, c'est une cérémonie commémorative.

— Ce *n'est pas* une cérémonie commémorative, s'écria-t-elle, c'est une célébration, une célébration de la vie de Chelsea !

Elle déploya ses bras et se tourna pour laisser la caméra faire un plan latéral, puis plaça ses mains sur ses genoux et balança sa tête en arrière comme une danseuse de Broadway.

Je lançai un regard navré à Ashlee.

Elle regardait mon cou.

— Est-ce que votre nœud papillon clignote ?

Je baissai les yeux.

— Qu'est-ce qui...

Ashlee éclata de rire.

— Fais un gros plan de ça, Bradley ! Il porte un nœud papillon qui clignote !

Des têtes se tournèrent. Une femme blonde et mince qui ressemblait à Reese Witherspoon sourit.

Humilié, j'ôtai mon nœud papillon et le fourrai dans ma poche. L'attention se dirigea alors sur quelqu'un d'autre. Mon moment de gloire était terminé, ruiné par une agente exhibitionniste et un nœud papillon de farces et attrapes.

Ashlee faisait signe à quelqu'un d'autre.

— Bryce, venez dire bonjour aux admirateurs de *Spotlight Tonight* !

Bryce apparut superbe dans un smoking noir classique. Je m'éloignai furtivement, ne voulant pas qu'il voie ma tenue.

Shanna et Kitty attendaient au pied des escaliers.

— Quelle rigolade ! dit Kitty.

Tandis que nous montions les escaliers, quelqu'un cria mon nom derrière nous.

— Ohé, Trevor Lambert ! Par ici !

Encore reconnu ! Je me tournai et scrutai la foule, sentant des centaines d'yeux sur moi. La voix venait des gradins. Un admirateur ? Je repérai un homme dégingandé barbu dans un t-shirt de rugby défraîchi, qui faisait des signes. Je souris et le saluai en retour.

— C'est l'assassin de Chelsea! cria-t-il à pleins poumons. Brûle en enfer, salaud!

Je rabaissai ma main doucement. Les gens autour de l'homme se joignirent à lui, sifflant et huant.

— Enfoiré!

— Traître!

— Belle tenue!

Shanna me saisit par le bras et me tira vers le haut de l'escalier.

— Ne les écoute pas, dit-elle. Ils sont fous.

— Brutes! cria Kitty en se tournant pour leur faire un doigt d'honneur.

Quand j'arrivai en haut des escaliers, je tremblais. Il y avait tant de venin dans la voix de cet homme! Nous entrâmes dans la salle de réception bondée.

Shanna lança un regard craintif devant les visages connus qui nous entouraient. Elle avait l'air de se sentir mal.

— Allons prendre un verre, dit-elle.

Je la suivis au bar, et Kitty nous talonna.

Un moment plus tard, nous nous trouvions en périphérie de la salle de réception circulaire, à trinquer du chardonnay et à essayer de ne pas reluquer. Trois caméras du *Spotlight* sillonnaient la foule.

— Ça va? demandai-je à Shanna.

Elle prit une généreuse gorgée de vin.

— Il y a tant de belles personnes, dit-elle d'une voix râpeuse.

— N'oubliez pas de prendre un sac-cadeau en partant, dit Kitty, nous montrant un stand près de la sortie. Ils sont pleins de surprises.

Shanna fit une grimace.

— Des sacs-cadeaux à des funérailles? N'est-ce pas un soupçon de mauvais goût?

— Ce sont des sacs-souvenirs en mémoire de Chelsea, expliqua Kitty. Le *Spotlight* a raconté quelque chose là-dessus hier soir. Moira a obtenu des donations de la part des fabricants des produits préférés de Chelsea — Gucci, Kiehl's, Swarovski, etc. Elle y a aussi mis des DVD des meilleurs clips de Chelsea, une photo encadrée et une bouteille de 25 centilitres du parfum Girl de Chelsea. La valeur totale de chaque sac est de plus de 1 000 $! J'espère qu'il en restera quand j'irai.

Je repérai Moira Schwartz qui se frayait un chemin dans la foule, son cellulaire appuyé contre son oreille. Elle était tout à fait séduisante dans sa longue robe noire élégante. Ses cheveux étaient attachés et coiffés sur le côté. Elle était aux côtés d'une jolie jeune femme aux cheveux blonds détachés.

— Moira! cria Kitty, agitant ses mains vers elle. Moira! Par ici!

Elle se tourna vers moi et me marmonna dans sa barbe :

— Cette fille n'a aucune honte de se promener dans cette robe d'Oscar comme si elle était cette fichue Chelsea Fricks!

Shanna et moi échangeâmes des regards désespérés, anticipant les feux d'artifice.

— Je dois y aller, dit Moira catégoriquement dans le téléphone tandis qu'elle arrivait près de nous.

Elle leva les yeux.

— Bonjour tout le monde. Comment allez-vous?

— Une réception *fabuleuse*, exagéra Kitty. Fa-bu-leu-*se*!

— Ce n'est pas une réception, dit sèchement Moira, ses yeux passant de la tenue de Kitty à la mienne.

— Je voulais dire une célébration de la vie, dit Kitty.

— Chelsea est morte, dit Moira. Il n'y a rien à célébrer.

Elle fit un geste vers la jeune femme à côté d'elle.

— Voici Ripley Van Vleet, ma nouvelle cliente. Du moins, elle va le devenir… N'est-ce pas, Ripley? C'est la prochaine fille la plus sexy! Voici Trevor et Shania, les directeurs de l'hôtel Cinéma, où nous organisons l'événement pour toi demain.

À mon grand soulagement, Kitty aperçut quelqu'un qu'elle connaissait et disparut dans la foule.

— C'est *Shanna*, dit Shanna, en regardant Ripley avec appréhension, tout en lui offrant une franche poignée de main. C'est un plaisir de vous rencontrer. Allez-vous parler à la cérémonie, Moira?

— Moi?

Moira secoua la tête.

— D'aucune façon.

Elle fouilla dans son sac et en sortit un programme.

— Alec Baldwin est le maître de cérémonie, Julia Roberts fera l'éloge funèbre, Gwyneth Paltrow lira un poème de Walt Whitman et les Dixie Chicks chanteront une ballade. Ça sera incroyable!

— Personne de la famille de Chelsea? demandai-je.

Moira roula des yeux.

— Vous plaisantez? Ils ont blâmé Hollywood pour sa mort.

— Je pensais avoir vu sa mère à l'extérieur, dis-je pour tester la réaction de Moira.

Le visage de Moira se crispa.

— Hein? Impossible!

— Ne sois pas idiot, Trevor, dit Shanna, avec un rire perçant.

La présence de Ripley, même si aucun de nous n'avions jamais entendu parler d'elle, semblait la rendre nerveuse.

— C'était une folle qui mentait pour essayer de rentrer.

— Je trouvais qu'elle avait l'air sincère, dis-je.

— Les admirateurs tentent n'importe quoi pour rentrer, dit Moira. De quoi avait-elle l'air?

— Cheveux blond filasse permanentés, dit Shanna. Robe en polyester noire. Probablement soûle.

Les yeux de Moira semblèrent se troubler.

— Assurément pas la mère de Chelsea, dit-elle. C'est une femme qui ne boit jamais d'alcool et qui appartient à la haute société.

Elle sortit son téléphone, vérifia la fenêtre d'affichage et le remit dans son sac. Puis, elle se tourna vers Shanna.

— Ils ne l'ont pas laissée rentrer, j'espère ! Je suis préoccupée par la sécurité.

Shanna secoua la tête.

— Elle ne savait même pas nommer Chelsea correctement. Elle l'appelait Sharon. Deux agents de la sécurité l'ont traînée plus loin.

Un carillon sonna. Moira saisit le bras de Ripley et disparut dans la foule.

— On y va ? dis-je à Shanna.

Elle opina, revêtant une expression sérieuse.

Nous étions assis au balcon dans la troisième rangée depuis le fond de la salle. Tandis que nous attendions que la cérémonie commence, les souvenirs de mes dernières funérailles commencèrent à faire surface, comme je le craignais. Je les repoussai, déterminé à ne pas devenir émotif.

Sentant ma tension, Shanna tendit le bras et tapota mon genou.

La foule se tut quand Alec Baldwin arriva sur la scène.

Bien qu'un millier de personnes étaient présentes, la cérémonie semblait intime et authentique.

Un écran montra des photos de tournage et des clips retraçant toute la carrière de Chelsea. À la fin, quand les Dixie Chicks arrivèrent sur scène pour chanter à capella, il n'y avait plus un œil sec dans le théâtre. Shanna plaça sa main sur la mienne. Je tournai la tête et vis une larme rouler sur sa joue. Serrant sa main, je laissai mes pensées dériver à la cérémonie de Nancy. J'y avais assisté comme un zombie, suppliant que ça finisse, désirant rentrer chez moi, fermer la porte et être seul. Quelques jours avant, ma mère avait essayé de me convaincre de faire l'éloge funèbre, mais je ne pouvais pas. Alors, elle l'avait fait. Elle avait fait un merveilleux travail, mais depuis, j'avais regretté ma décision. La pièce était pleine de mes connaissances, de ma famille et d'amis de ma famille. Seuls quelques-uns parmi ceux qui étaient présents connaissaient Nancy, et aucun ne la connaissait comme moi. C'était mon devoir d'honorer sa mémoire, d'expliquer pourquoi le monde devenait un endroit de moindre importance. J'avais fui mes responsabilités et je n'en aurais jamais aucune autre chance. Je me demandai pourquoi Bryce avait choisi de ne pas parler aujourd'hui. Je pensai à notre conversation : *Après sa mort, je suis devenu obsédé par la quête de la vérité. J'ai appelé son médecin.* Alors qu'il en était devenu obsédé, j'avais éloigné l'idée que Nancy était enceinte. Le déni m'empêchait-il d'avancer ? Les remarques de ma mère avaient secoué mes convictions que Nancy était enceinte. Devais-je savoir la vérité pour pouvoir trouver le repos dont ma mère pensait que j'avais si désespérément besoin ?

Shanna retira sa main quand un chœur de gospel apparut sur la scène et que la foule se leva pour chanter.

Après la cérémonie, elle mit son bras autour de moi pendant que nous entrions dans la salle de réception.

— Ça va ?

— J'exècre les funérailles.

— Je suppose que tu n'es pas prêt pour l'après-cérémonie au Madeo ?

— Non. Rentrons à l'hôtel

Tandis que nous descendions les escaliers, je gardai la tête basse, rassemblant mes forces pour affronter le chahut, mais une agitation près de la rue avait saisi l'attention de tout le monde.

— Regarde, voilà Bryce ! dit Shanna, montrant la rue.

Une armée de médias l'avait encerclé tandis qu'il avait quitté la cérémonie. Il marchait les mains enfoncées dans les poches, la tête baissée, essayant de naviguer autour d'eux, alors qu'ils se jetaient sur son chemin. Je sentis une vague d'empathie pour lui. Après deux heures de grande douleur pour l'adieu à la femme qu'il aimait, il devait maintenant faire face à cette meute de journalistes. Devant, je remarquai un groupe d'agents de la police de Los Angeles en uniformes rassemblés sur le trottoir près de deux voitures de police. Je reconnus l'inspecteur Christakos parmi eux.

Soudain, les agents se ruèrent sur Bryce, repoussèrent les reporters et l'entourèrent.

Bryce s'arrêta. Je m'attendais à ce qu'il coure, mais il se tint là passivement tandis qu'ils lui mettaient brutalement les mains dans le dos, le poussant vers une des voitures de police. Les paparazzi, les reporters et les spectateurs grouillèrent près d'eux. Bryce se retrouva plaqué sur le capot d'une voiture et menotté pendant que l'inspecteur Christakos lui lisait ses droits. La porte de la voiture s'ouvrit et Bryce fut poussé à l'intérieur.

L'inspecteur s'attarda afin de poser pour les médias.

* * * * *

De retour à l'hôtel, Shanna demanda si je voulais aller boire un verre.

— Je crois que je vais rattraper mon retard de travail et rentrer de bonne heure, dis-je.

— Tu as des plans ? demanda-t-elle.

— Oui, je prévois lire un livre que ma mère m'a donné.

— Ça peut attendre. Viens avec moi.

Elle m'attira dans l'Action.

— Il m'a fallu longtemps pour découvrir qu'on ne rattrape jamais le retard dans l'hôtellerie. Peu importe le retard qu'on a accumulé, on a toujours une pile de travail qui nous attend le matin.

Le bar était vide, sauf une poignée de clients ; tout le monde était dehors à profiter du soleil.

Shanna me conduisit à une table tranquille et ouvrit le rideau scintillant.

— Tu pourras garder un œil sur le hall, dit-elle. Ça te donnera l'illusion de travailler.

Elle me fit asseoir et arrangea les coussins autour de nous comme une infirmière qui réconforterait un patient.

Eva arriva.

— San Pelligrino, Trevor?

— Surtout pas, dit Shanna. Il prendra un martini Grey Goose — apportez-en deux. Pour lui. Je prendrai un martini Tanqueray 10 sans glaçons.

Elle s'assit sur l'ottomane près de moi et regarda autour d'elle.

— J'adore ce bar quand il est vide.

— Tu es de bonne humeur. Je devrais t'emmener à des funérailles plus souvent.

— En fait, j'ai pleuré un bon coup lors de la cérémonie. Mais personne ne m'a vue — je maîtrise l'art de pleurer à l'intérieur tout en paraissant m'ennuyer et m'emmerder légèrement.

— Pas tant que ça. J'ai vu une larme.

— Impossible. Ça devait être une goutte d'humidité du plafond. Et toi? Tu me serrais la main si fort que j'ai cru que tu allais l'écraser. La cérémonie a-t-elle été libératrice ou atroce?

— Un peu des deux, je dirais.

Janie Spanozzini se rua dans le bar vers nous.

— Désolée de vous déranger les amis, dit-elle. Trevor, M. Greenfield cherche son nœud papillon. Il dit qu'il n'est pas revenu avec son costume. Olga Slovenka dit qu'elle vous a vu avec.

Embarrassé, je fouillai dans ma poche et le sortis. Il clignotait toujours.

Janie tendit la main, pinçant ses lèvres.

— Il est vraiment furieux. Il est en retard pour l'anniversaire de sa saugrenue de petite fille.

— A-t-il mentionné si les flamants roses étaient arrivés? demanda Shanna.

Janie secoua la tête.

— Il n'a rien dit à ce sujet.

Elle se dépêcha de partir.

Je me tournai vers Shanna.

— Pourrais-je savoir?

— On n'a pas pu avoir d'éléphant. J'ai trouvé des flamands roses. Tu as volé cet affreux nœud à M. Greenfield ?

— J'étais désespéré. Je ne savais absolument pas que c'était un nœud de farces et attrapes.

— C'est évident.

Nos boissons arrivèrent et Shanna leva son verre pour trinquer.

— À Vegas !

— Vegas ?

— Je suis allée sur Internet ce matin. J'ai trouvé le site d'un hôtel en construction nommé Hôtel et Casino Millionnaire. Ils visent seulement les millionnaires. Ça ne te paraît pas fabuleux ? Ils cherchent un directeur général et un directeur des ventes. Je dis qu'on les convainc de nous payer un vol pour une entrevue. Si on n'aime pas ça, on aura au moins fait un voyage. Imagine le plaisir qu'on va avoir ! On est tous les deux célibataires. Tu es jeune et beau. Moi, en général, je ressemble plus à une vieille drag queen fatiguée, mais je suis encore passablement séduisante et j'ai très envie de m'amuser. Je ne me suis pas amusée depuis 20 ans.

— Tu sais que je ne suis pas porté à m'amuser, Shanna. Et je ne vais certainement pas abandonner le personnel et déménager à Vegas.

Eva apporta nos verres.

— Le personnel n'a pas besoin de nous. La moitié d'entre eux cherchent de nouveaux boulots de toute façon. L'autre moitié, ce sont des parents de Tony.

— Et tes enfants ? Je croyais que tu avais emménagé ici pour te rapprocher d'eux, dis-je.

— J'abandonne. Ils me traitent comme une désaxée qui les harcèle. Ce n'est plus qu'une question de temps avant qu'ils obtiennent une injonction de ne pas approcher. J'ai arrêté de m'en faire, Trevor. Je m'en fous maintenant, je *m'en fous*, simplement.

Je bus mon verre et la regardai.

— Ce n'est pas ton genre d'abandonner. Tu veux échapper aux célébrités, c'est ça ?

— Honnêtement, non. Tandis que j'étais assise au théâtre aujourd'hui et que j'ai vu tout leur déploiement de chagrin, j'ai réalisé qu'ils n'étaient finalement pas si différents de moi. Ils sont juste beaux, riches et célèbres, et pas moi... C'est tout. J'ai aussi réalisé que j'ai peur des femmes — des jeunes femmes —, pas des hommes. Ça pourrait être un tournant.

— Félicitations !

— Heureusement, Scarlett Johansson n'était pas là. C'est elle que je crains le plus parmi toutes.

Elle croisa ses jambes et s'enfonça dans le fauteuil, plantant un cure-dent dans l'olive qui se trouvait dans son verre.

— J'ai décidé d'aller voir un psychologue. J'espère qu'en guérissant de mes peurs, je deviendrai plus compréhensive par rapport à la peur de mes enfants envers moi. J'ai une théorie selon laquelle tout est relié.

— Je te souhaite bonne chance !

Elle leva son verre.

— Vegas ou non, il est temps que nous commencions à explorer de nouvelles options. Veux-tu travailler pour Tony Cavalli pour le reste de ta vie ? Je suis aussi tombée sur une annonce pour un gîte à vendre à Vancouver.

— Là, tu parles, dis-je. J'ai toujours rêvé d'ouvrir mon propre petit endroit un jour.

— Toi et n'importe quel autre employé dans l'hôtellerie. Ne te fais pas d'illusions, c'est beaucoup de travail. Moi, je ne serais pas capable de tout faire seule. Mon domaine, c'est la gestion.

— Je crois que c'est l'idée de ne pas avoir de comptes à rendre à un propriétaire qui est la plus attirante, dis-je.

— Trevor, j'ai connu des ouvertures, des acquisitions, des fusions, des expansions et des faillites. Les propriétaires ont des priorités différentes des directeurs — comme générer des profits.

Les bons directeurs d'hôtel doivent être humbles, compatissants, intègres et respectueux. La plupart des propriétaires sont menés par leur ego et l'avidité. Ceux qui sont abjects ne sont pas différents des châtelains. Ils retirent du plaisir en étant craints et en dominant leurs sujets ; ça leur donne un sentiment exagéré d'importance. Les meilleurs hôtels se distinguent de l'église et de l'État : le propriétaire conclut des affaires et prend les décisions difficiles alors que la direction gère l'hôtel et prend soin des clients et des employés. Les propriétaires envient souvent eux-mêmes les hôteliers, mais ils ont rarement les qualités requises. Il n'y a que dans les petits établissements qu'on peut avoir un double rôle ; personne ne travaille plus dur qu'un directeur qui a un intérêt financier dans la propriété. Toi, Trevor, tu aurais du chemin à faire comme propriétaire, mais tu ferais un merveilleux travail en dirigeant ton affaire. Quant à moi, j'envisage de renoncer entièrement à toutes les responsabilités et de poser ma candidature comme hôtesse d'accueil au Regent. Mais je crains que ce ne soit trop exigeant.

— Cet hôtel a ouvert il y a neuf jours, Shanna. Je ne suis pas prêt à partir et toi non plus. C'est toi qui m'as dupé en me faisant accepter ce travail. Le moins que tu puisses faire, c'est de rester.

— Tu réalises que Janie et Bernadina sont les héritières attitrées de cet hôtel ? Dès qu'il le pourra, Tony nous mettra à la porte et fera entrer ses parents. Après tout ce qu'on a fait, c'est à elles qu'il lègue notre héritage.

Cela me fit réfléchir.

— Et la scène à l'extérieur du théâtre ! s'exclama Shanna. Je suis heureuse qu'ils aient fini par arrêter quelqu'un qui ne faisait pas partie de notre personnel. Je dois dire que je soupçonnais Bryce depuis le début. C'est un suspect indéniable.

Je posai mon verre.

— En fait, je crois qu'ils ont arrêté la mauvaise personne.

Je résumai ma conversation avec Bryce.

Shanna mâchait son olive, traitant les détails.

— D'accord, je crois que je comprends. Bryce dit que Chelsea avait renvoyé Moira parce qu'elle n'appréciait pas la publicité qu'elle faisait, et Moira l'aurait tuée pour ça?

— En un mot, oui.

— Et nous venons d'engager cette femme pour nous représenter.

Shanna prit sa dernière gorgée de martini.

— Soudain, Kitty Caine ne semble plus si nulle du tout.

— Il n'est pas trop tard. Tony ne l'a pas encore renvoyée.

— Tu ne crois pas que Bryce aurait inventé cette histoire pour détourner les soupçons de lui?

— Je le crois. Il pense que l'inspecteur Christakos est complètement incompétent, et j'ai tendance à être d'accord.

Shanna sourcilla.

— Ça me donne mal à la tête. Il nous faut plus de martini.

Elle se leva et fit signe à Eva, puis se rassit furtivement.

— Devine qui vient d'entrer!

J'observai discrètement le hall. Moira Schwartz entrait, son téléphone cellulaire collé à son oreille. Elle tourna en rond comme si elle cherchait quelqu'un, puis alla au bureau de la réception. Après une brève conversation, Janie pointa du doigt dans notre direction.

— Cachons-nous! dit Shanna.

— Trop tard.

— C'est là que vous vous cachiez, dit Moira qui approchait de notre table. Maintenant je sais pourquoi je ne vous trouvais pas au Madeo. Qu'avez-vous pensé de la cérémonie?

— C'était charmant, dit Shanna.

J'opinai.

— Beau travail, Moira. Qu'est-ce qui vous amène ici?

— Un instant, mon téléphone sonne.

Je n'avais pas entendu qu'il sonnait, mais elle mit sa main dans son sac et répondit.

— Groupe média Moira Schwartz... Non, Mlle Schwartz ne prend pas de nouveaux clients. Non, elle n'accepte pas de noms sur une liste d'attente... Rappelez-la dans un an et...

Son téléphone commença à sonner au milieu de sa phrase.

— Hein ?

Elle me regarda.

— Stupide téléphone ! J'ai dû être coupée. Groupe média Moira Schwartz, bonjour ! Non, Nigel. Je vous l'ai dit, cette femme est un imposteur. Je ne l'ai jamais vue avant.

Elle nous quitta précipitamment.

— Étrange fille, dit Shanna. Tu sais, je suis passée dans les bureaux du Groupe media Moira Schwartz il y a quelques mois pour lui donner une copie du contrat. Le groupe se résume à une seule personne — Moira — dans un bureau commun miteux qui sent les vestiaires pour hommes.

— Ça ne me surprend pas !

Je regardai Moira. Dans une ville pleine d'acteurs, elle prétendait être une des rares personnes vraies. L'était-elle ?

Elle revint à notre table.

— Je dois y aller.

— Puis-je vous poser une question ? dis-je, encouragé par le martini. Est-ce que Chelsea vous a renvoyée le soir de la fête ?

La mâchoire de Moira s'affaissa.

— Pourquoi m'aurait-elle renvoyée ? Je l'ai *créée*. C'est ce bâtard de menteur de Bryce qui vous a dit ça ? Il dirait n'importe quoi pour sauver sa peau. Nous voilà débarrassés ! J'ai entendu que la police l'avait arrêté après la cérémonie.

— Avez-vous dit que vous aviez parlé à la mère de Chelsea la nuit de sa mort ? me risquai-je.

Moira prit un air renfrogné.

— J'ai parlé à *ma* mère. Pourquoi...

— Je croyais que vos parents étaient morts il y a 10 ans, dis-je.

— Si vous voulez le savoir, dit sèchement Moira, j'ai été adoptée. Ma mère biologique est vivante et se porte bien, merci beaucoup ! D'autres questions inopportunes, Trevor ?

— C'est tout pour le moment.

Elle souffla.

— N'oubliez pas mon événement de demain. Tous les médias du spectacle les plus en vue seront là. Je vous présenterai. Ce sera une bonne occasion pour vous de tisser des relations.

En partant, Moira s'arrêta au bureau de la réception pour parler à nouveau avec Janie, puis sortit par la porte principale.

Je me tournai vers Shanna.

— Tu sais, plus j'y pense, plus je commence à croire que Bryce a raison à propos de Moira. Il m'a demandé de l'aider. Je me sens coupable de ne rien faire. Mais comment puis-je prouver qu'il est innocent ?

— Ne te sens pas impliqué, Trevor ! Si la police a arrêté Bryce, c'est qu'ils ont une bonne raison.

— Je suis fatigué de rester assis pendant que l'inspecteur sabote l'enquête.

— Laisse tomber.

— Tu as raison, dis-je. Je ne peux rien faire.

Une demi-heure plus tard, alors que je me rendais à mon bureau pour récupérer les clés de chez moi, je m'arrêtai au bureau de la réception pour demander à Janie qui Moira cherchait.

— Une femme nommée Loretta Maines, répondit Janie. Elle s'est enregistrée cet après-midi.

Ce nom ne me disait rien.

Tandis que je sortais par la porte principale, une limousine s'arrêta et une femme aux cheveux blonds d'une cinquantaine d'années dans une robe noire en sortit. Je la reconnus immédiatement comme étant la femme de la cérémonie — la femme qui prétendait être la mère de Chelsea.

— Bonsoir, Madame Maines, la salua le portier. Heureux que vous soyez de retour !

19

L'attrape parents

Lundi matin, j'arrivai au travail déterminé à oublier la dernière semaine et à lancer l'hôtel Cinéma sur le chemin qu'on lui avait tracé à l'origine. Seuls quelques admirateurs restaient à l'extérieur — pas de journalistes, pas de manifestants furieux, seule une poignée de paparazzi qui deviendraient probablement des incontournables. Shanna ne s'était pas approprié mon bureau, attendant de me livrer de mauvaises nouvelles. J'entrai à la réunion des opérations avec un sentiment renouvelé d'optimisme et sentis le même chez le personnel. Ezmeralda rayonnait à nouveau. Al Combs souriait aussi, semblant confiant et fier. Même Dennis Clairborne semblait de bonne humeur.

En fait, le groupe avait l'air *trop* joyeux. Préparaient-ils quelque chose ?

Tandis que Shanna faisait un compte-rendu sur les clients attendus, je vis du coin de l'œil que Dennis passait quelque chose à Rheanna sous la table.

— Qu'est-ce que c'est ? demandai-je, levant ma main pour arrêter Shanna.

Rheanna se figea.

— Euh, rien.

Des rires nerveux éclatèrent dans la pièce.

— Est-ce le *Spotlight* ? Je ne veux plus voir ce magazine à cette réunion — ou dans cet hôtel.

Je regardai chaque personne autour de la table.

— Qu'y a-t-il de si drôle ?

Même Shanna avait du mal à contenir son hilarité. Je tendis la main.

— Donnez-le-moi !

Le visage de Rheanna devint écarlate. Elle fit glisser doucement le magazine vers moi.

Je le saisis et l'inspectai. Sur la couverture, il y avait une photo de Bryce à l'extérieur du Kodak Theatre, sous le gros titre BRYCE ACCUSÉ DU MEURTRE DE CHELSEA !

— C'est ça qui est drôle ? dis-je.

Dans le coin en haut à droite, se trouvait une photo de la femme blonde au visage marqué par l'acné que j'avais vue descendre de la limousine la veille au soir. La légende disait : SOUS LES PROJECTEURS ! UNE FEMME MYSTÉRIEUSE PRÉTEND ÊTRE LA MÈRE BIOLOGIQUE DE CHELSEA ! Ce n'était sûrement pas ça qui les faisait tant rire.

— Allez à la page 12, dit Dennis.

Je feuilletai le magazine tandis que des éclats de rire résonnèrent dans la salle. À la page 11, je trouvai une photo qui occupait deux pages. La page de gauche s'intitulait LES RÉUSSITES EN MODE DES FUNÉRAILLES ! et présentait les photos de Cameron Diaz, Katie Holmes et Jake Gyllenhaal arrivant au service, chics et séduisants. Sur la page de droite, on pouvait lire le titre LES ÉCHECS EN MODE DES FUNÉRAILLES ! Je découvris horrifié, entre les photos de Kitty Caine dans son costume à la mère Noël et une femme qui ressemblait à Bjork portant une robe avec des plumes de corbeau, une photo en pied de moi avec un veston de smoking, une chemise de smoking, des pantalons bruns, des chaussettes roses et un nœud papillon qui clignote. Le titre en dessous indiquait : L'HÉROÏQUE DIRCTEUR D'HÔTEL TREVOR LAMBERT N'A PAS PU SAUVER CETTE ÉPOUVANTABLE TENUE.

— Oh, mon *Dieu*, dis-je, fermant le magazine d'un coup sec.

La salle explosa de rire.

— Pas de point d'interrogation dans *ce* gros titre, remarqua Shanna, riant aux éclats.

Mon visage me sembla en feu.

— Pour ma défense, j'ai abîmé mon smoking en plongeant dans la piscine pour sauver Chelsea. Je n'avais rien d'autre à mettre.

J'attendis qu'ils se calment, tolérant leurs plaisanteries en silence. Après un moment, j'en eus assez.

— Est-ce que tout le monde a fini ?

Apparemment, non. Même ma fidèle Ezmeralda ne pouvait contenir son fou rire. Je regardai à nouveau la photo et sentis un léger tressautement sur mes lèvres. Comment pouvais-je me prendre au sérieux dans ce costume de clown ? J'éclatai de rire et gloussai avec les autres.

— Hilarant, dis-je, refaisant glisser le magazine vers Rheanna. Maintenant, rangez-moi ça.

Ezmeralda pointa son doigt sur la photo dans le coin supérieur.

— Elle est ici. Yé l'ai voue cé matin. Mme Maines. Chambre 114.

— J'ai pris sa réservation samedi, dit Rheanna. M. Cavalli avait libéré des chambres qu'il gardait pour les célébrités qu'il attendait au mariage. Elle était sur liste d'attente.

— Est-ce que ça veut dire que tout le cirque va recommencer ? demanda Al, l'air inquiet.

— J'en doute, dit Shanna, confiante. Cette femme est un escroc.

* * * * *

Après la rencontre des opérations, je fermai la porte de mon bureau et décrochai mon téléphone.

— Allo, Dr Rutherford ? C'est Trevor Lambert. J'étais un de vos patients.

Il demeura silencieux un instant.

— Oui, bien sûr, Trevor. Que puis-je faire pour vous ?

— Vous vous souvenez de ma petite amie, Nancy Swinton ? Elle est venue vous voir à quelques reprises l'année dernière.

— Bien sûr que je me souviens d'elle. J'ai été désolé quand j'ai appris qu'elle était à bord du vol de la WWA.

— Je dois vous poser une question. Nancy était-elle enceinte ?

— Enceinte ? Non, pas que je sache. Bien sûr, cette information serait confidentielle entre un médecin et son patient.

— Je sais, mais étant donné qu'elle est... Quand elle était à Salisbury, elle allait demander à un médecin de téléphoner à votre bureau pour lui faire expédier le résultat de ses tests. Savez-vous si elle l'a fait ?

— Oh non, ce n'était pas moi. Je ne l'ai vue qu'une fois. Je l'ai confiée à un spécialiste.

— Un spécialiste ? Quel genre de spécialiste ?

— Un pneumologue. Je pensais qu'elle vous l'avait dit. La pauvre fille avait la même maladie pulmonaire qui a tué sa mère. Quand j'ai entendu qu'elle avait péri dans le vol de la WWA, je me suis demandé si ça n'était pas mieux.

* * * * *

Shanna ouvrit ma porte et déposa une copie du *Spotlight* sur mon bureau.

Je ne levai pas les yeux.

— N'as-tu pas assez ri à mes dépens ?

Elle s'attarda à la porte, moitié dedans, moitié dehors, comme si elle était devenue soudainement timide.

— Il y a un article sur le vol de la Worldwide Airways là-dedans. Je pensais que tu devrais le lire.

— Pourquoi, Shanna ? Pourquoi voudrais-je le lire ?

Elle entra et s'assit.

— Ils spéculent à propos de la mystérieuse femme qui a raté l'avion.

Elle hésita.

— Nancy fait partie des trois personnes possibles. Trevor, si cette histoire sort dans la presse, ils vont recommencer à te harceler.

— Je te préviens, Shanna, ne rapporte plus cette cochonnerie dans mon bureau.

— D'accord, désolée.

Elle reprit le magazine, mais ne partit pas.

J'essayai de me concentrer sur la liste des arrivées devant moi. Mais la voix du médecin continuait de résonner dans mes oreilles… *la même maladie pulmonaire qui a tué sa mère.* Nancy n'était pas enceinte ; elle mourait. Soudain, tout ce qu'elle avait dit et fait les dernières semaines avant l'accident — chaque inflexion de voix, chaque clignement de paupière — prit une nouvelle signification. *Attendons le résultat des tests pour voir si je vais mourir.* J'avais besoin de temps pour réfléchir, mais j'avais peur de me trouver seul avec mes pensées. Pourquoi n'arrivais-je pas à le dire à Shanna ? Elle avait une bonne oreille. Elle était attentive. Mais je m'efforçai de garder ça en moi, car je savais que si je le lui disais, je perdrais le contrôle.

— Je ne reconnais pas de splendide orpheline sans cervelle aux cheveux couleur de miel en elle, et toi ? dit Shanna, inconsciente de mon état d'esprit.

Elle leva le magazine, ouvert sur une photo de Loretta Maines.

— Elle ressemble plus à Moira, avec la peau pâle et les cheveux ébouriffés. Bien que si on ajoute 20 ans de vie difficile à Chelsea et qu'on annule la chirurgie plastique, je suppose que oui, elles pourraient être parentes.

Avec un soupir, elle jeta le magazine à la poubelle.

— Je crois que j'en ai fini avec les tabloïds aussi. Ces derniers temps, après les avoir lus, je me déteste.

Je pouvais sentir ses yeux m'observer.

— M. Greenfield a appelé. Il était furieux de t'avoir vu dans le *Spotlight* avec son nœud papillon. J'ai dû lui offrir la chambre pour cette nuit afin de l'apaiser.

Autre pause.

— Est-ce que ça va, Trevor ?

— Je crois que j'ai besoin d'être seul un moment.

— Je suis désolé de t'avoir parlé de Nancy. Ça manquait de tact.

Je secouai la tête, mais ne levai pas les yeux.

— Es-tu fâché parce que je t'ai embarrassé à ta réunion des opérations ?

— Tu ne m'as pas embarrassé, c'est ma tenue qui l'a fait.

— J'aurais dû te dire de te changer.

— Oui, tu aurais dû. J'aurais eu l'air moins ridicule dans un des tailleurs-pantalons de Mme Greenfield.

Elle eut un petit sourire en coin.

— J'aurais bien aimé voir ça. Cet endroit est une vraie comédie ! Depuis l'ouverture, nous avons eu droit à une tragédie, un drame et une farce.

— Je suis heureux de pouvoir procurer un certain soulagement.

— Pourquoi te prends-tu si au sérieux ? Tu dis toi-même que ce n'est qu'un tabloïd stupide.

Je mis le rapport de côté et m'enfonçai dans mon siège, pliant les bras.

— Je crois que c'est ce qui est si embarrassant, dis-je. Je me *prenais* au sérieux. Je bénéficiais de l'attention, j'avais le rôle de l'héroïque directeur d'hôtel, d'hôtelier des vedettes. J'ai toujours été réservé et en une nuit, j'étais devenu une vedette médiatique… Et j'ai aimé ça ! J'ai commencé à croire en moi. Quand j'ai vu cette photo, je me suis vu comme j'étais : un bouffon dans un costume de clown.

— Ce n'était pas si catastrophique…

— Je ne peux pas me plier aux médias, Shanna. Ça n'est pas moi. J'apprécie la discrétion et l'honnêteté. Que fais-je entouré de gens comme Tony Cavalli et Moira Schwartz, qui aiment le battage publicitaire, l'exploitation médiatique et tout ce qui est pompeux ? Dans cet hôtel où le bon visage a plus de valeur que les compétences ? Cet hôtel est une production cauchemardesque et on n'aurait pas dû m'y donner de rôle. Je n'ai rien à y voir. Je crois que je serais mieux au putain de Ritz-Carlton.

Je m'attendais à ce qu'elle débatte, mais elle poussa un soupir résigné.

— Tu as raison, Trevor. Tu gaspilles tes talents ici. Je crois que tu devrais te résigner à repartir pour Vancouver.

— Tu crois ?

— J'ai pris la liberté de m'informer sur cette auberge dont je t'ai parlé. Elle s'appelle le manoir Graverly. C'est un superbe emplacement dans l'extrémité est et une bonne affaire. Je crois que tu devrais faire un emprunt et l'acheter. Tu pourrais commencer par changer son nom lugubre — peut-être pour quelque chose comme le Sunshine Inn ?

J'étais étonné par la rapidité avec laquelle elle avait changé d'idée.

— Que ferais-tu si je partais ?

— J'ai eu une longue discussion avec ta mère au téléphone hier soir. Elle m'a aidée à passer au travers de certains de mes problèmes.

— Tu sais qu'elle est infirmière, pas psychologue.

— C'est une femme sage. Nous avons fait des progrès hier soir. J'en suis venue à réaliser que ma phobie allait au-delà des célébrités, qu'elle touchait les jeunes. J'aspire à la jeunesse, mais comme je ne peux pas la rattraper, je suis repoussée par elle. Je dois admettre que tout le monde vieillit — moi, mes enfants, même Scarlett Johansson finira par vieillir. Seuls les gens malchanceux comme Chelsea ne vieilliront jamais, alors qu'est-ce qui est le mieux ? Ta mère pense que mes enfants ont développé mon ressentiment — que je le leur ai inconsciemment transmis. Bref, je crois que je resterai ici à Los Angeles pendant quelque temps. Je ne suis pas prête à abandonner mes enfants.

— J'en suis heureux.

Quelqu'un frappa à la porte. Shanna leva le bras derrière elle pour l'ouvrir.

Valerie Smitts se tenait là.

— Un journaliste du *Daily Spotlight* est en ligne, Trevor. Il dit que c'est urgent.

— Ça commence déjà? dis-je, tout en prenant le téléphone.

— Oui, Monsieur Lambert, c'est Nigel Thoroughbred, comment allez-vous? J'appelle à propos d'une de vos clientes, Mme Loretta Maines.

— Je suis désolé, Monsieur Thoroughbred, mais je ne peux pas confirmer qui reste ici. Politique de l'hôtel. Je suis sûr que vous comprenez.

— Je sais qu'elle est là, idiot. Je viens juste de lui parler au téléphone. Elle est d'accord pour faire une entrevue dans *Spotlight Tonight* et j'ai besoin que vous prolongiez son séjour d'une nuit. Le *Spotlight* couvrira tous les frais sauf l'alcool. En fait, je veux que son minibar soit vidé. Je la veux à jeun. Et soyez gentil de la déménager dans une chambre plus grande à un étage supérieur. Elle s'est plainte que sa chambre était bruyante et je veux qu'elle soit bien. Une classe au-dessus serait grandement appréciée. Offrez-lui un panier de victuailles et mettez-le sur notre compte. La pauvre femme n'a pas mangé depuis des jours. Mais ni alcool ni cigarettes. Sa voix est déjà assez cancéreuse.

— Je suis désolé, Nigel, dis-je, appuyant sur le mode « mains libres » pour que Shanna puisse entendre. L'hôtel est complet cette nuit.

— Vous *devez* être en mesure de faire quelque chose. C'est la mère biologique de Chelsea Fricks! J'ai voulu la faire aller dans notre hôtel préféré, le Peninsula, mais elle a insisté pour venir ici.

Elle voulait être au même endroit que celui où sa fille a passé ses derniers moments.

Shanna fit des signes pour attirer mon attention.

— Pouvez-vous rester en ligne un instant, Nigel?

J'appuyai sur le bouton de mise en attente.

— Je crois que tu devrais le faire, dit Shanna, se levant et accédant à mon ordinateur devant moi. Al a mis une demi-douzaine de chambres en service pendant le week-end et Tony a libéré celles du mariage. Je crois que nous en avons encore une à louer.

Ses doigts parcoururent le clavier.

— Nous y voilà! Une chambre de luxe au cinquième étage avec vue sur la piscine. Elle coûte 519 $. Fais-lui payer 989 $. Le *Spotlight* en a les moyens. Attends, laisse-moi voir sa fiche… la voici. Mme Loretta Maines de Langley, en Colombie-Britannique. C'est près de chez toi?

— Tout près.

— Oh chéri, on dirait qu'elle a découvert le minibar. Peut-être qu'elle *est* bien parente avec Chelsea. Tiens, la petite diablesse a regardé deux films pour adultes hier soir. Peut-être qu'on pourrait vendre cette histoire au *Spotlight*.

Je relâchai le bouton de mise en attente.

— Bonne nouvelle, Nigel. Nous pouvons la caser. Nous avons une splendide chambre de luxe avec vue sur la piscine disponible à l'étage des suites. Je peux vous l'offrir à un prix très spécial de 989 $.

— 989 $? C'est effarant! Nous n'avons pas un tarif d'entreprise avec vous?

— Pouvez-vous attendre encore un instant, s'il vous plaît?

Je me tournai vers Shanna.

— Ce vieux moulin à paroles veut un prix. Puis-je lui dire de se le mettre où je pense?

— Trevor, il n'est pas en attente.

Je me retournai.

— Ça n'est pas drôle, Shanna.

Elle éclata de rire, ravie.

— Dis-lui que c'est à prendre ou à laisser.

Je relâchai le bouton de mise en attente.

— M. Thoroughbred, je suis désolé, mais c'est le mieux que je puisse vous offrir. Dois-je demander aux réservations de garder la chambre ?

Il soupira.

— Elle est assez grande pour une équipe de télévision ?

Shanna s'agitait dans le bureau en imitant Nigel. Je dus couvrir ma bouche pour contenir mon rire.

— Vous n'avez jamais parlé d'une entrevue dans la chambre.

— Loretta refuse de quitter votre hôtel. Je lui ai promis que nous viendrions.

Je regardai Shanna.

Elle haussa les épaules et articula silencieusement :

— Tony veut que ça bouge.

— Très bien, Nigel, dis-je. Vous pouvez faire l'entrevue ici.

— Il est primordial que personne ne découvre qu'elle est ici. Elle pense qu'elle est en danger. Elle est comme un petit oiseau nerveux et effrayé. Je ne veux pas qu'elle s'envole. Je sais que vous avez eu des problèmes de sécurité.

— Ne vous inquiétez pas, Nigel. Je m'occuperai des arrangements personnellement.

* * * * *

Une demi-heure plus tard, je frappai à la porte de la chambre 114.

Loretta Maines répondit avec une serviette de bain enroulée autour de son torse.

— Je suis terriblement désolé, Madame, dis-je, détournant les yeux. Je reviendrai plus tard.

— Non, non, entrez, dit-elle. Je vais m'habiller. Je serai prête dans une seconde.

Elle se précipita dans la salle de bain et ferma la porte.

Je regardai la chambre. Le lit était fait avec soin. Une petite valise à motifs floraux se trouvait près de la porte.

— Je suis désolé que vous ayez trouvé la chambre bruyante, criai-je tout en jetant un œil à la fenêtre fermée.

— Je me fiche du bruit, dit-elle depuis la salle de bain. Je suis juste nerveuse de me trouver au niveau de la rue. M. Thoroughbred a dit qu'il voulait me donner un traitement de vedette, mais j'aime autant la simplicité.

Elle émergea de la salle de bain vêtue d'une chemise grise et de Wrangler amples. Elle était plus jeune que je le pensais, dans les 45 ans. Une couche de fard bleu couvrait ses paupières.

— Est-ce que je pourrai fumer là-bas ? demanda-t-elle.

— Il y a un balcon, dis-je. Vous aurez aussi plus de place pour l'entrevue.

— Ne parlez pas de cette entrevue, dit-elle, appuyant la paume de sa main sur son front d'une manière qui me rappela Chelsea. Ça me fiche la trouille !

Elle sortit deux billets d'un dollar de sa poche et les mit sur l'oreiller.

J'étais impressionné. Même les touristes aguerris oubliaient souvent de donner du pourboire à la femme de chambre.

— J'ai déjà été femme de chambre, expliqua-t-elle. Elles font le travail le plus difficile — à part celui du directeur, bien sûr.

Elle regarda autour d'elle.

— Et bien, je crois que je suis prête. Qui aurait pensé qu'il me faudrait une heure pour être prête à monter quelques étages ?

Elle s'esclaffa. Ses dents étaient grisâtres et irrégulières, pourtant la forme de ses lèvres me rappela à nouveau Chelsea. Ses yeux étaient marron — la couleur naturelle de ceux de Chelsea. Est-ce qu'elle pouvait être la mère naturelle de Chelsea, la femme qu'elle avait rejetée parce qu'elle espérait Sophia Loren ? Je réalisai qu'elle ressemblait un peu à Charlize Theron dans *Monstre*, mais en plus mince.

— Ça alors ! Où sont passées mes manières ? dit-elle, en tendant la main. Loretta Maines, ravie de vous rencontrer, Monsieur Lambert.

Sa main sentait la fumée de cigarette.

— Je vous en prie, appelez-moi Trevor.

— Et vous pouvez m'appeler Loretta. On m'a affublée de noms bien pires.

Elle s'esclaffa à nouveau.

Il y avait quelque chose de sympathique chez elle. Elle n'était pas tant provinciale que banlieusarde, amicale et très simple. Je pris son sac. Elle voyageait léger.

— Je n'étais censée passer qu'une nuit ici, expliqua-t-elle, mettant un sac en macramé sur son épaule. Je vais devoir porter la même robe que j'avais mise pour la cérémonie, pour l'entrevue à la télé. À moins que je fasse les magasins sur Rodeo Drive.

S'en suivirent un rire gras, puis une crise de toux. Elle prononçait « Rodeo » de façon précipitée comme je le faisais lors de mon arrivée à Los Angeles.

J'ouvris la porte et lui fis signe de passer devant. Tandis que nous marchions dans le couloir, j'observai sa démarche maladroite et pesante, et la comparai au glissement léger de Chelsea. Cette fois, je décidai qu'elles ne pouvaient pas être parentes. Toutefois, en dehors de sa brève apparition sur la terrasse de la piscine, je n'avais vu Chelsea que dans des films et des magazines.

Nous atteignîmes l'ascenseur et y entrâmes. Je me tins devant le scanneur optique et appuyai sur le bouton du cinquième étage.

— J'ai lu votre mot de bienvenue dans le guide de la chambre, dit Loretta. Vous êtes de Vancouver ? Peut-être que ça explique pourquoi je me sens à l'aise avec vous. Il est difficile de savoir en qui avoir confiance dans cette ville.

— Vous êtes de Langley?

Elle secoua la tête.

— J'ai grandi en Oregon. J'ai emménagé au Canada quand j'avais 17 ans. Après… Et bien… Et bien, vous savez.

Je levai un sourcil.

Nous étions seuls dans l'ascenseur, mais elle se sentit obligée de chuchoter.

— Après la naissance de Chelsea.

Je cherchai son regard, essayant de décider si je pouvais la croire. Ses yeux pétillaient comme ceux de Chelsea, mais étaient un peu hagards, ce qui révélait… Quoi? J'essayai de lire ses émotions : de la peur… de la douleur… de la déception? Je n'aurais pu le dire. Les similarités avec Chelsea étaient étranges et inquiétantes. Faisait-elle une imitation parfaite? Pas une autre actrice! Tant de gens m'avaient menti et déçu dans la dernière semaine que je ne savais plus qui croire.

L'ascenseur s'arrêta avec une secousse au cinquième étage.

— Sur votre gauche, suivez le couloir jusqu'à la chambre 521, dis-je.

— Je me demandais, dit Loretta tandis que nous marchions, s'il était possible de me rendre anonyme? Comme ça, si on me cherche, on ne saura pas que je suis ici.

— Bien sûr. Nous pouvons vous rendre incognito ou vous donner un pseudonyme. Si vous êtes incognito, personne ne dira que vous êtes ici. Si vous utilisez un pseudonyme, on ne dira que vous êtes ici qu'aux gens qui le connaissent.

— C'est ce que font les vedettes de cinéma?

— Certaines, oui. Parfois, elles aiment utiliser des noms idiots comme Daffy Duck ou Daisy Duke.

Ceci l'amusa.

— Ah oui? Quel nom utilisait Chelsea?

— Elle n'a pas utilisé de pseudonyme, dis-je. Elle s'est enregistrée sous son nom. Parfois les grandes vedettes font ça, je ne sais pas pourquoi.

Shanna avait une théorie selon laquelle ceux de la liste B le faisaient même quand il n'y avait pas de menace de sécurité ou de violation de leur vie privée, parce que ça les faisait se sentir plus importants. Ce soir, un rappeur célèbre s'était s'enregistré sous le pseudonyme apparemment inoffensif de Mike Hunt. Mais le personnel de la réception avait ricané à l'idée de s'adresser à lui par son nom[*].

— Je sais quel nom je veux, dit Loretta, les yeux brillant de joie. Maggie McKendrick.

— Qui ?

— Elle jouait la mère dans mon film préféré, *L'Attrape Parents*. L'original, pas cette affreuse nouvelle version avec Lindsay Lohan. C'est Maureen O'Hara qui la jouait. J'ai choisi le nom de Chelsea d'après la fille de Mme McKendrick, Sharon, qui était jouée par Hayley Mills. Pendant un jour dans sa vie, Chelsea a porté le nom de Sharon. Maintenant, ça doit vous paraître un peu futile.

Elle leva un doigt à ses lèvres.

— Mais ne le dites à personne !

— Mes lèvres sont scellées. Après vous, Madame McKendrick.

Heureuse, elle s'installa devant le scanneur. Il prit plus de temps que d'habitude, comme s'il essayait de décider si elle était bien celle qu'elle disait être, puis finit par biper. La porte s'ouvrit.

— Je vais changer votre nom dans l'ordinateur dès que je descendrai, lui assurai-je. Ainsi, les médias ne pourront pas vous harceler.

— Oh, ce ne sont pas les médias qui m'inquiètent.

— Qui, alors ?

— Super ! s'exclama-t-elle, contemplant la chambre. C'est si beau que je ne voudrais plus partir.

Ses yeux furent happés par le panier de victuailles et le bouquet d'arums d'Éthiopie sur la table basse. Elle prit la carte et la lut, avant de l'appuyer contre son cœur.

---

[*] N.d.T. : Jeu de mot sur Mike Hunt qui se prononce comme «my cunt», qui en anglais signifie «ma chatte».

— M. Thoroughbred est un homme *si* gentil.

Elle fouina dans le panier.

— J'espérais une bouteille de vin.

Marchant vers le minibar, elle ouvrit la porte.

— Vide ? Zut alors ! J'ai bien le droit de boire quelque chose.

Un fort bruit de plongeon dans la piscine attira son attention sur le balcon.

— Ça vous dérange si je vais fumer ? demanda-t-elle, sortant un paquet de du Maurier de la poche de son chemisier.

Je secouai la tête. Elle se dirigea vers la porte, éloignant une mèche de cheveux de son front avec son index dans un autre geste nerveux comme Chelsea, et la fit coulisser.

— Mon Dieu qu'il fait chaud dehors ! dit-elle, poussant le rideau sur le côté avant de sortir. Ça alors, regardez ça, la piscine est juste là !

Elle montra l'aile opposée de l'édifice.

— C'est là qu'elle a sauté ? demanda-t-elle doucement.

— Oui.

Elle fuma en silence.

— Quand j'ai entendu ce qui s'était passé, j'ai été si boule-versée. Je n'étais pas proche d'elle — je ne l'avais vue qu'une fois —, mais elle était ma fille et je ressentais un profond attache-ment. Je pense qu'elle était terrifiée à l'idée que les gens décou-vrent que sa mère biologique était une alcoolique défraîchie de camp de caravanage.

Elle se tourna vers moi.

— J'ai essayé de respecter ça. Je n'ai rien dit à personne. Ça avait été mon choix de l'abandonner, pas le sien. En fait, pas tant *mon* choix que celui de ma mère. J'avais 17 ans, j'étais fauchée et un gars quelconque m'avait mise enceinte.

Elle donna une chiquenaude à son mégot de cigarette par-dessus la rampe.

Inquiet, je me penchai et le vit atterrir dans la piscine, un petit panache de fumée s'élevant au-dessus.

— Je crois que je n'aurais pas dû faire ça, dit Loretta, semblant embarrassée. Désolée.

— Pourquoi ne vous ont-ils pas laissé entrer à la cérémonie hier ? demandai-je.

Elle prit une autre cigarette.

— Quand j'ai su pour Chelsea, j'ai contacté sa mère en Oregon pour lui offrir mes condoléances et lui dire qui j'étais. Elle m'a raccroché au nez. Mme Fricks pensait que j'avais dit à Chelsea qu'elle avait été adoptée, mais ce n'était pas moi, c'était Moira.

Elle alluma la cigarette et fixa le balcon de l'appartement terrasse.

— Quand j'ai entendu qu'il y aurait une cérémonie à Los Angeles, j'ai demandé une avance à mon patron, réservé un avion et acheté une robe de seconde main. Je voulais rester à cet hôtel parce que mon bébé y était mort, mais il était complet. J'ai persévéré et un samedi, une chambre s'est libérée. C'était beaucoup d'argent, mais je sentais que je devais le faire. Je ne savais absolument pas que les choses tourneraient de cette façon.

Elle écrasa sa cigarette sur la rampe en métal, laissant une tache de cendre, et la remit dans son paquet, qu'elle rentra dans la poche de son chemisier. Laissant la porte ouverte, elle alla s'affaler sur le canapé.

Je sentis que je devais partir, mais elle semblait désireuse de parler. Et si je laissais Mme Maines tandis qu'elle était en mode confession, je savais que Shanna ne me pardonnerait jamais.

— Je pensais que le service serait dans une église, pas dans un théâtre, dit Loretta en riant. C'était bien la vie de Chelsea : du pur théâtre. Je prévoyais y entrer et en sortir sans me faire remarquer. Puis, j'ai vu les caméras, le faste et l'éclat, et ça m'a fichu la trouille. J'ai essayé de passer discrètement la sécurité, mais ils m'ont attrapée. Heureusement que M. Thoroughbred m'a secourue. J'étais si bouleversée que je lui ai dit qui j'étais et il m'a personnellement escortée dans le théâtre avec sa carte de presse. Nous nous sommes assis en avant. J'ai pleuré tout le long. Après, il m'a emmenée souper dans ce merveilleux hôtel qui ressemble à un château.

— Le Château Marmont.

— Je suppose que j'étais pompette. J'ai raconté toute mon histoire.

— Ensuite, il l'a publiée dans le *Spotlight*, dis-je. Comment vous êtes-vous sentie?

— Je lui avais donné mon accord. Il m'a payée généreusement. Je me sentais mal, mais j'ai été fauchée toute ma vie. Chelsea était morte et je ne me sentais pas obligée de continuer à protéger qui que ce soit. Ce soir, je raconte le reste de mon histoire devant les caméras.

Elle haussa les épaules.

— Mon Dieu que j'ai peur!

— Il y a autre chose dans votre histoire?

Elle opina.

— Le *Spotlight* d'aujourd'hui n'en a dévoilé que la moitié. Mais j'ai juré le secret. Ils m'ont fait signer des papiers. Regardez l'émission et vous saurez tout.

Elle se rendit à nouveau au minibar et ouvrit la porte.

— Pourquoi n'y a-t-il rien à boire ici? J'ai absolument besoin d'un verre.

— M. Thoroughbred veut que vous soyez à jeun pour l'entrevue.

— À jeun? Ha! Je ne serai pas capable de la faire si je suis à jeun.

Elle fit quelques pas vers moi et sourit, levant le bras pour toucher mon visage.

— Soyez un amour et appelez le service d'étage. Qu'on nous apporte une bouteille d'un bon whisky canadien. Je paierai. Vos semblez avoir besoin d'un verre aussi.

— Je suis désolé, mais je ne peux pas.

— Quand je bois, mes lèvres se relâchent. On ne sait jamais ce qui va en sortir.

J'entendis la voix de Shanna m'empressant de rester.

— Très bien, dis-je. Un verre.

Je me dirigeai vers le téléphone.

* * * * *

Après le départ du préposé au service d'étage, Loretta et moi nous assîmes sur le canapé et sirotâmes un whisky sur glace — ou plutôt je fis semblant de prendre de petites gorgées tandis qu'elle en prenait des grosses.

— Si j'avais su que Chelsea allait se suicider, je ne lui aurais jamais dit la vérité, dit Loretta. Je me sens tellement mal.

— Se suicider ? dis-je. Chelsea a été assassinée.

Loretta secoua la tête.

— Vous ne devez pas croire ce que racontent les tabloïds.

— Qui vous a dit qu'elle s'était suicidée ?

— Moira.

Moira, la spécialiste du double jeu.

— Comment avez-vous connu Moira ? Par Chelsea ?

Son regard sembla confus.

— C'est Moira qui m'a trouvée sur reunite.com.

— Donc, c'est à vous que Moira parlait sur son cellulaire cette nuit-là ? dis-je.

— J'ai parlé au deux.

— À Moira *et* à Chelsea ?

Elle acquiesça. Elle était calme et posée à présent.

— Moira m'a appelée et ensuite, elle m'a passé Chelsea.

— Est-ce que la police le sait ?

Un air effrayé l'envahit.

— Pourquoi ? J'en ai trop dit, n'est-ce pas ?

Elle posa son verre et se rassit, des rides d'inquiétude se formant sur son front. Un rai de lumière de début d'après-midi illumina le côté perforé de son visage.

— Un inspecteur m'a appelée le lendemain de la tragédie. Il voulait que je confirme que j'avais parlé à Moira ce soir-là.

— Lui avez-vous dit que vous aviez parlé à Chelsea aussi ?

Elle ferma les yeux.

— Non.

— Pourquoi ?

Ses yeux s'ouvrirent grand.

— Je voulais la protéger.

— De quoi ?

Elle regardait droit devant elle.

— Des tabloïds. Elle nous avait fait jurer le secret. Moira et moi, nous voulions la protéger.

— Ça ne ressemble pas à la Moira que je connais. A-t-elle dit quelque chose à propos de la cocaïne dans la suite de Chelsea ?

Loretta opina lentement.

— Elle l'a jetée dans la toilette. Elle ne voulait pas qu'on dise que Chelsea se droguait.

— Chelsea ne s'est pas suicidée, Loretta. Elle a été assassinée.

Elle eut un rire rauque, qui finit à nouveau par une quinte de toux.

— Je vous l'ai dit, dit-elle, en martelant sa poitrine, vous ne devez pas croire ce que vous lisez dans les tabloïds. Ce soir-là, elle était très déprimée. Je me sens si mal pour ce que j'ai fait. Je pensais qu'elle pouvait le supporter.

— Supporter quoi ? Que vous étiez sa mère ?

Elle secoua la tête.

— Elle le savait déjà.

Son regard devint distant.

Je voulais la secouer.

— Loretta, je suis allé dans la suite après la tragédie. Il y avait du sang sur la moquette.

— Moira a dit qu'elle s'était coupé le pied. Les tabloïds ont affirmé que…

— Quelqu'un l'a poignardée à répétition.

Elle haleta légèrement.

— Ce ne sont que des commérages. Moira a dit…

Elle se tourna vers moi, les yeux écarquillés.

— Qui aurait bien pu faire une telle chose ?

— Que vous a dit Chelsea ce soir-là ?

— Grand Dieu !

Loretta commença à se balancer d'arrière en avant.

— Ça ne peut pas être vrai.

— Loretta, est-ce que Chelsea a dit qu'elle renvoyait Moira ?

— Non, rien de ce genre.

— Qu'a-t-elle dit alors ? Vous devez me le dire.

— J'ai promis de ne rien dire, et écoutez-moi me laisser aller à tout raconter.

Elle tendit le bras vers la bouteille et reversa du whisky dans son verre. Elle demeura calme un moment, méditative. Puis, elle se tourna vers moi, les yeux brillants.

— Hayley Mills était si bonne dans *L'Attrape Parents* n'est-ce pas ?

— Je ne l'ai pas vu.

— Oh, vous devez le voir ! C'est une fille aux airs si mignons et si innocents, et pourtant *si* malicieuse !

Je l'avais perdue. Elle balbutiait à présent, soûle.

— Loretta, je dois y aller.

— Ne partez pas, dit-elle doucement.

— Je suis désolé.

Je me dirigeai vers la porte.

— Vous ne direz pas à Moira que je suis ici, n'est-ce pas ?

— Pourquoi avez-vous peur de Moira ? Elle veut vendre cette histoire au *Spotlight* elle-même, c'est ça ?

— Oh non. Ça, c'est une histoire qu'elle ne veut pas du tout voir racontée.

* * * * *

J'appelai l'inspecteur Christakos sur son cellulaire.

— Je crois que vous devriez avoir une autre discussion avec Loretta Maines.

— La mère de Moira ? Je lui ai déjà parlé. Elle n'a rien à dire.

— Loretta Maines est la mère de *Chelsea* — sa mère biologique. Vous n'avez pas lu le *Daily Spotlight* aujourd'hui ? Elle est sur la couverture. Elle reste ici et nous venons de discuter. Elle m'a dit qu'elle avait parlé à Chelsea au téléphone le soir du meurtre et que quelque chose qu'elle a dit avait complètement bouleversé Chelsea.

— Vous voulez dire qu'elle a parlé à Moira.

— Elle a parlé aux *deux*. Loretta dit qu'elle a parlé à Moira, puis que Moira a passé le téléphone à Chelsea.

— J'ai parlé à cette ivrogne le lendemain de la mort de Chelsea. Elle n'avait rien à fournir, sauf un alibi à Moira.

Il semblait à bout de souffle.

— J'ai mon assassin, j'ai mon arme du crime et j'ai mon mobile. Un meurtre est rarement si clair, Trevor. Ne gâchez pas tout !

— Écoutez-moi jusqu'au bout, inspecteur. Je viens d'imprimer le rapport d'activité de la chambre de Moira. Il indique que Moira a quitté la chambre à 23 h 20, au même moment où Chelsea est revenue dans sa suite après s'être absentée seulement deux minutes. Ce sont les *deux minutes* après que Bryce a ouvert sa porte. Moira n'est pas revenue dans sa chambre après ça. Elle a disparu 15 minutes jusqu'à 23 h 35, quand elle a tapé à la porte de Bryce et l'a amené sur le balcon. Où était-elle tout ce temps ?

— J'ai résolu tout ça il y a longtemps, Trevor. Elle était dans le couloir. Elle était inquiète à propos de Chelsea.

— Et elle n'aurait vu personne entrer dans la chambre de Chelsea, alors?

— Bryce a suivi Chelsea dans sa suite à 23 h 20, quelques secondes avant que Moira soit allée dans le couloir.

— Alors, comment Bryce est-il revenu dans sa chambre sans se faire remarquer? Et si Moira était dans le couloir, comment savait-elle que Chelsea avait sauté dans la piscine? Elle m'a dit qu'elle était dans sa chambre quand elle a entendu le plongeon. De plus, Loretta m'a dit que Moira avait dit qu'elle avait jeté la cocaïne dans les toilettes, alors qu'Al l'a vue quand il est monté la seconde fois, bien que Moira prétende qu'elle n'était pas allée dans sa suite après qu'il est parti.

— Je vous l'ai dit, Trevor, dit Stavros, cherchant son souffle. Moira a un alibi. Sa mère a confirmé qu'elles étaient au téléphone ensemble tout le temps. Bryce n'a pas d'alibi.

— Vous vous souvenez que le scanneur optique n'a pas fonctionné pour Chelsea à l'enregistrement parce qu'elle portait des lentilles de contact de couleur? Al a confirmé qu'elle les portait quand il se trouvait dans sa suite la seconde fois. Elle les avait aussi quand elle a sauté dans la piscine — j'ai vu ses yeux verts moi-même quand je l'ai sortie de l'eau. Comment le lecteur aurait-il fonctionné à 23 h 20 si elle avait ses lentilles?

— Elle devait les avoir enlevées. Où voulez-vous en venir, Trevor?

— Au fait que ça ne concorde pas.

— Bryce n'est qu'un sale menteur et il va payer pour ce qu'il fait. Fin de l'histoire.

— Êtes-vous en colère contre lui parce qu'ils ont coupé votre partie dans *Amour et modernité*? C'est ça?

— Ils ont coupé ma partie?

Il y eut un bruyant cliquetis, ponctué de grognements et de jurons.

— Allo? Allo?

— Pourchassez-vous un criminel ou quoi ?

— Je suis au gym. Je suis tombé de l'elliptique. Donnez-moi une seconde.

Je pouvais entendre sa respiration sifflante.

— Inspecteur, écoutez-moi ! Chelsea *a renvoyé* Moira ce soir-là. Loretta Maines passe à la télé d'ici quelques heures pour dévoiler son histoire à *Spotlight Tonight*. Ça va devenir très embarrassant pour vous s'il apparaît que vous avez arrêté la mauvaise personne — *encore*.

— Je n'ai jamais arrêté ces autres personnes ! Je les ai emmenées pour les *interroger*.

Il s'arrêta de parler pour reprendre son souffle.

— Si vous pensez que Moira est la meurtrière, pourquoi l'avez-vous engagée ?

— C'est une longue histoire.

— Bon Dieu, Trevor ! D'abord, vous me dites de me tenir loin de votre personnel et maintenant, vous me dites de m'acharner dessus. Et puis d'ailleurs, pourquoi ça vous intéresse tant ?

— Parce que je suis fatigué des mensonges et de la malhonnêteté. Je veux la vérité et je veux la justice.

— Et bien, écoutez notre héroïque directeur d'hôtel ! Vous pensez que je ne veux pas la vérité ? Vous devez croire que je suis un très mauvais inspecteur.

— J'ai des doutes.

— Cessez de vous mêler de ce qui ne vous regarde pas, Trevor ! Quand je vous dirai comment gérer votre hôtel, vous pourrez me dire comment mener mon enquête. Si je décide qu'il y a une raison de parler à Loretta Maines, je le ferai. En attendant, mêlez-vous de vos affaires !

— Mais…

— Je vais sauter sous la douche. À moins que vous vouliez me joindre, je vais raccrocher.

La vérité vous libèrera

— Ça ne peut pas être plus important que Ripley Van Vleet, dit Moira.

— Il n'y a personne ici, Moira.

— Croyez-moi, ils viendront. Ashton et Demi avaient une stupide œuvre de bienfaisance aujourd'hui. La plupart des médias y vont en premier.

Je regardai ma montre.

— Je peux vous donner cette section pendant encore une demi-heure.

Elle fouilla dans son sac et en sortit son téléphone cellulaire.

— Groupe média Moira Schwartz. Oh, bonjour Nigel, où êtes-vous ? Vous plaisantez ? Elle vient juste de faire un film avec Jamie Foxx. Tom Cruise la veut pour jouer avec lui. Et vous croyez avoir une meilleure histoire. Très bien. Peu importe. Tant pis pour vous !

Elle ferma son téléphone d'un coup sec et le fourra dans son sac. Puis, elle posa le sac si brusquement sur la table à cocktail que j'entendis un craquement.

Je regardai la table. Si elle l'avait brisée, elle allait payer.

— Nigel Thorough-Bâtard ne vient pas, dit-elle. J'ai donné des tonnes de primeurs à cet abruti, et c'est comme ça qu'il me remercie !

Elle rugit de frustration.

— J'espère que ce n'est pas à cause de cette psychopathe qui prétend être la mère de Chelsea.

Elle me regarda.

— Elle s'est enregistrée ce matin, n'est-ce pas ?

— Oui, en effet.

Mon regard se dirigea vers la porte principale, craignant que Nigel et son équipe arrivent tôt pour l'entrevue et attirent l'attention de Moira sur la présence de Loretta.

Moira commença à faire les cent pas, prenant son sac chaque minute ou à peu près pour vérifier son téléphone.

— Je vais devoir retourner dans mon bureau, dis-je.

— Non, restez ! Je veux vous présenter à certains contacts clés. Le *Spotlight* n'aura plus l'exclusivité demain et nous devons passer à l'étape deux de la campagne. Je vais organiser des entrevues.

— Je n'accorderai plus d'entrevues, Moira.

— Ah oui ? Nous verrons ce qu'en dira Tony. Ah, les voilà ! Enfin !

Une demi-douzaine de personnes franchirent les portes à la hâte, escortées par Doug, le portier. Quatre autres traînaient derrière, suivies de quelques autres.

En quelques minutes, le bar était plein de journalistes issus de pratiquement chaque corps important du milieu du spectacle. J'étais impressionné.

Moira commença à bavarder à gauche à droite.

— Elle sera la fille la plus sexy qu'on ait vue ! Une bombe blonde avec un cerveau et des muscles. L'avez-vous pris en note… R-I-P-L-E-Y… Détendez-vous, elle va venir… Non, elle *ne* sera *pas* la nouvelle Chelsea Fricks. Ce soir, on parle de RIPLEY VAN VLEET, la bombe blonde avec un cerveau et des muscles. Le film dans lequel elle partage la vedette avec Jamie Foxx sortira en décembre. Tom Cruise la veut dans son prochain film… Hein ? Je vous l'ai dit, elle est juste en retard. Patientons… Je n'honorerai pas cette remarque en la commentant. Tout ce que je dis, c'est que Loretta Maines est un escroc. UN ESCROC. Je ne l'ai jamais vue avant. Et je peux vous assurer que Chelsea non plus… N'oubliez pas de mentionner que vous avez vu Ripley à l'HÔTEL CINÉMA, le nouvel hôtel le plus génial du monde entier.

C'était étourdissant à regarder. Elle ne m'avait pas présenté comme promis, mais j'étais heureux d'être en retrait pour regarder la scène. J'avais encore peur des journalistes du spectacle.

À 19 h, Ripley n'était toujours pas arrivée. Les médias devenaient impatients tout comme Reginald Clinton, qui avait besoin de la section.

— Je vous donne 10 minutes de plus, dis-je à Moira.

Elle vérifia son cellulaire à nouveau.

— Où diable est cette petite imbécile ?

Un reporter lui tapa sur l'épaule.

— Bettz et moi avons un autre rendez-vous.

— Attendez juste encore une foutue minute ! dit sèchement Moira. Elle viendra. C'est probablement elle.

Elle porta son cellulaire à son oreille et s'éloigna.

La femme la regarda partir.

— Je ne l'ai pas entendu sonner. Et vous ?

Je secouai la tête.

— Elle vient ou pas ? cria un homme dans le dos de Moira.

Mon regard se porta sur Moira.

Moira couvrit ses oreilles et s'éloigna hors de portée de voix.

Un moment plus tard, elle revint.

— Elle ne viendra pas, chuchota-t-elle à mon oreille. Une garce de l'agence de publicité de Universal ne veut pas la laisser partir. Un petit problème technique concernant Ripley ne pouvant légalement pas m'engager. Cette stupide fille ne m'en avait jamais parlé.

Je jetai un œil par-dessus l'épaule de Moira vers les visages pleins d'attente.

— Vous feriez mieux de le leur dire.

— Certainement pas. Vous, faites-le !

— Pourquoi moi ?

— Vous êtes le directeur. Vous avez parrainé cet événement.

— Je n'ai pas parrainé cet événement et je ne le leur dirai pas.

— S'il vous plaît ! implora-t-elle. Je ne peux pas.

Elle serra sa poitrine comme si elle avait du mal à respirer.

— Ils seront furieux. C'est ma réputation qui est en jeu. Parler en public me terrifie.

— Ce n'est pas une énorme foule. Je resterai juste ici, derrière vous.

Elle prit une profonde respiration et se tourna vers la foule.

— Bonjour tout le monde ! Hum... et bien...

Elle se tut, les yeux écarquillés, comme figée par le trac.

Pensant que Ripley allait être annoncée, un technicien en arrière alluma un projecteur.

Moira se recroquevilla, se couvrant les yeux.

— Éteignez cette lumière ! hurla-t-elle.

La lumière s'éteignit immédiatement.

Elle se retourna vers le groupe.

— Ripley ne viendra pas.

Il y eut un énorme tollé.

— Quelle perte de temps monumentale ! cria la femme nommée Bettz.

— Ça suffit, Moira, cria un autre. C'est la dernière fois que je viens à un de vos événements.

— Sans Chelsea, vous n'êtes personne !

Tout le groupe se dirigea vers la porte.

Moira semblait anéantie.

— Attendez ! cria-t-elle. J'ai une autre histoire — une meilleure.

Quelques-uns s'arrêtèrent et se retournèrent.

— C'est à propos de Trevor, dit-elle, me montrant du doigt. Trevor *Lambert*, le directeur général de cet hôtel. Sa fiancée est morte dans l'accident de la WWA l'année dernière. Il y a une histoire dans le *Spotlight* à ce sujet aujourd'hui. La rumeur dit qu'elle est encore en vie. Nous pourrions souhaiter en vendre l'exclusivité.

— Quoi ? m'écriai-je. De quoi diable parlez-vous, Moira ?

Quelques journalistes me regardèrent, curieux. Pendant un bref instant, j'envisageai de coopérer. Je pourrais retrouver ce sentiment euphorique…

Le visage souriant de Nancy apparut dans ma tête, clignant des yeux.

— C'est faux, dis-je gravement. Elle ment.

Pestant, ils se dirigèrent vers la porte. Tandis que je les regardais partir, je vis Loretta Maines entrer et jeter une cigarette dans le cendrier près de la porte. Je me tournai vers Moira, espérant la distraire.

— Je suis fichue, dit-elle, alors que ses genoux vacillèrent.

Je l'attrapai juste avant qu'elle touche le sol. Ses yeux roulèrent en arrière. J'installai sa tête sur mes genoux et lui touchai le front.

Ses yeux s'ouvrirent.

— Je crois que je vais vomir, dit-elle. Il faut que je m'allonge.

Je levai les yeux par-dessus mon épaule et regardai vers le hall. Loretta était à présent devant l'ascenseur.

— Je ne crois pas que nous ayons des chambres, dis-je.

J'essayai de la relever, mais elle restait étendue sur mes genoux. Plusieurs personnes regardaient. Loretta disparut dans l'ascenseur. Soulevant Moira, je plaçai son bras autour de mon épaule et la fis marcher jusqu'à la réception.

— Mince alors ! s'exclama Janie Spanozzini. Qu'est-ce qui s'est passé ?

— Je crois qu'elle s'est évanouie. Avons-nous une chambre de libre ?

— Désolée, nous sommes complet.

— Demandez à Valerie s'il y a une arrivée en retard. Moira doit s'étendre pendant une heure environ.

— Peux pas payer, marmonna Moira.

— Ne vous inquiétez pas, nous ne vous ferons pas payer.

Elle tourna sa tête d'un côté et de l'autre.

— Éteignez ce projecteur. Il m'aveugle.

— Il n'y a pas de projecteur, Moira. Vous avez des hallucinations.

Janie retourna à son bureau.

— Valerie dit que nous pouvons avoir la chambre 110 jusqu'à 21 h, mais pas une minute de plus.

— Parfait, dis-je.

Loretta Maines était en sécurité à quatre étages de Moira — bien qu'elle ne constituait plus vraiment une menace.

— Ils sont partis ? demanda Moira, levant la tête pour regarder le bar.

— Ils sont partis.

Elle se redressa soudainement.

— Mon sac. Où est mon sac ?

À ce moment-là, un serveur se précipita avec, lui tendant son sac d'un geste théâtral et avec un sourire.

Elle le prit et fouilla dedans comme si elle suspectait qu'il ait volé quelque chose. Sortant une paire de lunettes noires, elle les glissa sur son nez.

— Ma carrière est terminée, se lamenta-t-elle tout en s'effondrant sur le bureau. Ces journalistes ne me feront plus jamais confiance.

Janie leva le scanneur optique.

— Madame Schwartz, j'ai besoin d'une numérisation rapide pour retrouver votre fiche.

— Très bien.

Moira ôta ses lunettes et se pencha sur le comptoir.

Janie prit le scanneur et tapa sur quelques touches de l'ordinateur.

— Bizarre. Euh, Trevor, pouvez-vous jeter un œil ?

— Qu'y a-t-il ?

Je fis rapidement le tour du bureau.

— Essayez encore.

Moira soupira profondément, mais coopéra quand Janie tenta de numériser son iris à nouveau.

— Ça sera long ? dit-elle.

— Vous voyez ? dit Janie, montrant l'écran.

Son scanneur avait sorti la fiche de Chelsea Fricks.

— Ça doit être un problème technique, dis-je. Entrez son profil manuellement et enregistrez-la. Je la ferai entrer.

Je contournai le bureau pour récupérer Moira et la conduire à sa chambre.

Quand nous arrivâmes à la porte, je m'arrêtai devant le scanneur et ouvris la porte.

— Étendez-vous et détendez-vous un moment, dis-je. Nous aurons besoin de la chambre dans deux heures au plus tard. Quelqu'un vous réveillera par téléphone. J'apprécierais que vous ne dormiez pas plus que…

Elle me ferma la porte au nez.

* * * * *

Artie était au bureau de la réception avec Janie quand j'y retournai.

— On dirait qu'il se passe des choses bizarres avec le système Œil unique, dit-il.

— Oncle Tony va piquer une crise quand il va savoir ça, dit Janie.

— Non, dis-je. Parce que nous ne lui dirons pas.

— Il a dit que c'était ma responsabilité de le mettre au courant de ce genre de trucs.

Elle plaça ses jointures sur ses hanches, d'un air de défi.

— Maintenant que je suis directrice et tout.

Artie et moi échangeâmes un regard de surprise.

— Directrice ? dis-je, me tournant vers elle.

— Oups, je suppose qu'il ne vous l'a pas encore dit.

Elle revêtit un sourire en coin.

Je sentis le fort désir de sauter par-dessus le bureau et de l'étouffer. À la place, je dis :

— Félicitations, Janie. Vous avez un brillant avenir devant vous.

Artie fit le tour du bureau et me prit par le bras.

— Allons appeler le représentant d'Œil unique, dit-il.

Tandis que nous partions, Janie me tira la langue.

— Et voilà l'avenir des Complexes hôteliers Cavalli international, marmonnai-je.

— Ne vous laissez pas faire, Trevor, dit Artie en ouvrant la porte du bureau de la sécurité.

Une minute plus tard, nous parlions à Murray Kopinski d'Œil unique en mode « mains libres ».

— C'est étrange, dit Murray. J'ai vérifié, et la seule explication que je voie, c'est que la personne de la réception aurait commis une erreur en prenant le scanneur de l'œil de Schwartz vendredi dernier en l'associant au profil de Fricks.

— Valerie Smitts n'aurait pas fait une telle erreur, dis-je. Et ça n'explique pas l'incident avec les Cavalli.

— C'est aussi surprenant. Il n'y a aucune activité répertoriée avec les portes mitoyennes — elles étaient bloquées. Aurait-il pu escalader le balcon et rentrer par la porte ?

— Impossible, dis-je.

— Alors, quelqu'un ment, dit Murray. Une personne ne peut pas entrer dans une chambre deux fois sans sortir. Chez Œil unique, nous sommes sûr de notre produit.

— Il est impossible que le scanneur ait pu confondre Lorenzo avec Enzo ? dis-je.

— Non.

Murray resta silencieux un moment.

— Avez-vous dit que ces types sont jumeaux ?

— Oui.

— Peut-être que c'est ça. Il n'existe pas deux iris pareils, mais les vrais jumeaux peuvent être une exception. Pour être honnête, je n'ai jamais vu ça avant. Le modèle que vous avez est de résolution moyenne/inférieure. En théorie, je suppose que les iris des jumeaux doivent être assez proches pour que le système les ait confondus.

— Vous êtes en train de me dire que nous avons payé 200 000 $ pour un système de *qualité inférieure* ? dis-je, effaré de ressembler à ce point à Tony.

— Ne me blâmez pas ! dit Murray. Blâmez votre patron ! Il a pris le moins cher pour épargner de l'argent. Mais je ne serais pas inquiet à votre place. Ce n'est pas comme si les vrais jumeaux étaient communs. Je suis sûr que vous ne rencontrerez plus ce genre de problème.

— Vous avez intérêt à avoir raison, dis-je.

Artie tendit le bras vers le téléphone et raccrocha.

Quelque chose me tracassait.

— Artie, avez-vous déjà vu le film *L'Attrape Parents* ?

— Ouais, j'ai emmené ma fille voir la nouvelle version il y a quelques années.

— Quelle est l'histoire ?

— Voyons… Deux filles sont séparées à la naissance et elles complotent pour réunir leurs parents.

— Des jumelles ?

— Ouais, des jumelles.

* * * * *

Tandis que je passai à la hâte devant la réception pour aller à la chambre de Moira, Janie m'appela :

— Votre mère au téléphone.

— Dites-lui que je la rappellerai.

— Elle dit que c'est urgent. Elle semble vraiment bouleversée.

Je m'arrêtai.

— D'accord. Je la prends dans mon bureau. Est-ce que l'équipe du *Spotlight* est arrivée ?

— Non. Ils ont appelé pour dire qu'ils seraient en retard. Ils seront ici dans une demi-heure.

Je décrochai mon téléphone.

— Que se passe-t-il maman ?

— Trevor, j'ai eu des nouvelles très troublantes. C'est à propos de Nancy.

— Qu'y a-t-il, maman ?

— Tu te souviens de la préposée à l'embarquement de Worldwide Airways, Lydia Meadows ? Et bien, j'ai pris un café avec elle à l'aéroport de Los Angeles avant mon vol vendredi.

— Maman, tu m'avais promis de laisser tomber.

— Tu ne souhaites peut-être pas résoudre ce mystère, mais moi oui. J'ai demandé à Lydia si elle se souvenait de Nancy — de quelque chose que je pourrais te transmettre en souvenir d'elle. Elle m'a dit que non. Je suppose que je ne peux pas la blâmer, avec 133 passagers sur le vol. Elle avait entendu parler de Suzan Myers et se sentait très mal d'avoir induit sa famille en erreur tout ce temps. Elle a insisté pour me dire qu'elle se souvenait d'une jeune femme qu'elle croyait être Suzan courant vers la porte quelques minutes après le départ de l'avion. Elle a dit qu'elle devait s'être endormie et qu'elle n'avait pas dû entendre quand elle l'avait appelée. Elle semblait fatiguée et chétive. Lydia lui a donné la carte d'embarquement de Suzan et lui a dit de récupérer ses bagages et d'aller au guichet. La femme est partie et personne ne l'a jamais revue. C'est tout ce qu'elle a été capable de me dire. Mon avion partait. Je l'ai remerciée et je lui ai donné mon numéro.

— C'est pour ça que tu m'appelles maman ? Pour faire ressortir une information que je connais déjà ?

— Je n'ai pas fini. Lydia vient d'appeler. Elle a dit qu'elle avait repensé à notre conversation tout le week-end. Si ce n'était pas Suzan à qui elle avait donné la carte d'embarquement, alors qui était-ce ? Après l'accident, Lydia a dit aux enquêteurs que l'accent de la femme semblait plus américain qu'irlandais, mais la famille s'est montrée hautaine, disant que Suzan voulait perdre son accent irlandais et qu'elle s'y exerçait probablement. Lydia s'est connectée au site commémoratif WWA-0022 et a regardé la photo de Nancy. Elle a été surprise des ressemblances avec Suzan. Elle m'a dit qu'il était improbable — mais pas impossible — qu'elle ait confondu les cartes d'embarquement. Elle a dit que si ça n'était pas Suzan dans la salle d'attente, ça expliquerait pourquoi elle n'avait pas répondu aux appels ni récupéré les bagages de Suzan.

Le sang fouetta mon cou.

— Maman, c'est fou, dis-je d'une voix râpeuse.

— Par coïncidence, une vidéo que Dexter Lee de la commission du vol m'a envoyée sur les passagers à bord est arrivée dans le courrier d'aujourd'hui. On peut voir une des passagères en attente à l'embarquement. C'est une femme aux cheveux noirs dans une robe blanche qui, j'en suis sûre, est Suzan, et qui s'approche de Lydia, prend une carte d'embarquement — probablement celle de Nancy par erreur —, puis présente son passeport avant de passer la porte. Lydia y jette seulement un rapide coup d'œil. Quelques autres passagers embarquent. Lydia appelle quelqu'un à plusieurs reprises, puis ils ferment la porte. Ensuite, une autre femme aux cheveux noirs approche de Lydia. Une minute plus tard, elle part, visiblement bouleversée. Les images sont granuleuses, mais je suis formelle... Trevor ? Es-tu là ?

J'empoignai mon col et le tirai loin de mon cou.

— Que porte-t-elle, maman ?

— Elle porte aussi une robe blanche. C'est la même que Suzan, sauf qu'elle a des motifs floraux. C'est dur à dire, mais je crois que ce sont des fleurs de lis.

Je m'effondrai sur le sol.

— Tu réalises ce que ça veut dire, Trevor ? Nancy n'était pas à bord du vol. Elle doit être encore vivante !

Je serrai le téléphone, partagé entre l'envie de la croire et celle de lancer le combiné à travers la pièce.

— Pourquoi, maman ? Pourquoi me tortures-tu comme ça ?

— Je te *torture* ? Je te demande bien pardon !

Elle émit une série de sons aigus pour exprimer son indignation.

— Tout ce que je veux, c'est que tu sois heureux. J'ai toujours su dans mon cœur qu'elle était vivante, et je sais que toi aussi. Tu ne peux pas continuer sans savoir la vérité. Ces appels raccrochés... C'est peut-être elle. Elle est peut-être amnésique. Elle a trouvé ton numéro dans son sac et elle ne se souvient plus qui tu es. Elle...

— *Arrête.*

— Pourquoi, Trevor ? Pourquoi ne veux-tu pas qu'elle soit vivante ?

— Tu ne comprends pas ?

— Comprendre quoi ?

— Si Nancy est vivante, c'est qu'elle m'a abandonné.

— Trevor ?

Je levai les yeux et vis Janie sur le seuil. Le combiné tomba de mes mains.

— Que faites-vous par terre ?

— Trevor ? appela la voix de ma mère. Tu es là ? Je crois que nous devrions engager un détective privé.

— Je crois que j'ai fait quelque chose de stupide, dit Janie.

Je me redressai et m'appuyai à mon bureau.

— Quoi, Janie ? Qu'avez-vous fait ?

— J'ai indiqué la chambre de Mme Maines — je veux dire Mme McKendrick — à Mme Schwartz.

— Vous avez fait *quoi* ?

— Elle a dit qu'elle devait donner des instructions à Mme Maines avant le tournage. J'ai pensé que c'était OK. Et puis, je me suis rappelé que Mme Maines avait utilisé un pseudonyme

et que Mme Schwartz ne le connaissait pas et j'ai pensé : « Oups !
Janie, tu viens de faire quelque chose de vraiment stupide ! »

— Je dois te laisser, maman, dis-je au téléphone.

— Mais Trevor, nous devons en parler.

Je la fis taire en raccrochant le combiné sur son support.

* * * * *

— Trevor !

Shanna Virani se précipitait vers moi tandis que je traversais
le hall vers l'ascenseur.

— Qu'y a-t-il ? demandai-je, appuyant sur le bouton d'appel.
Ça *n'*est *pas* le bon moment.

Elle semblait accablée.

— Je… je ne sais pas comment te dire ça… Quelqu'un est ici
pour te voir.

— Qui ? Qui veut rendre ma vie encore plus misérable ?

— S'il te plaît.

Elle prit ma main.

— C'est important.

— Ça devra attendre. J'ai une affaire urgente à régler.

Elle jeta un œil par-dessus son épaule.

— Je ne crois pas que ça *puisse* attendre.

— Loretta Maines court un grave danger, dis-je.

La porte de l'ascenseur s'ouvrit et j'y entrai.

— Attends, Trevor ! Ceci est plus important.

— Je descends dans une minute.

Tandis que la porte de l'ascenseur se fermait, je vis Shanna se
diriger vers une femme aux cheveux noirs assise près de la cheminée vitrée. Je sentis un serrement dans mon cœur.

La porte se ferma, et elle disparut.

* * * * *

Je levai ma main pour cogner à la porte de Loretta, mais je m'arrêtai quand j'entendis ce qui ressemblait au grognement d'un animal à l'intérieur, suivi d'un cri de douleur. Je cognai à la porte.

— Laissez-moi entrer ! C'est Trevor !

Je me mis de côté face au scanneur et attendis le bip, puis j'ouvris la porte.

La pièce était sombre sauf un rai de lumière qui filtrait depuis une ouverture dans le rideau d'obscurcissement. La porte du balcon était ouverte. Je pouvais entendre les bruits de sauts dans la piscine et le rire des enfants. L'air était chargé d'odeur de cigarette.

— Il y a quelqu'un ? appelai-je, tout en plissant les yeux dans la noirceur.

J'entendis une réponse feutrée depuis le lit.

— Loretta ?

Je finis par trouver l'interrupteur et allumai. Moira et Loretta étaient étendues sur le lit, les jambes entrelacées. Moira appuyait un pistolet contre la tempe de Loretta.

— Vous êtes folle, Moira ? criai-je. Posez ce revolver !

— Sortez d'ici, Trevor ! dit sèchement Moira. C'est une affaire de famille privée.

— Elle a dit qu'elle allait me tuer et maquiller le crime en suicide ! cria Loretta.

— Tais-toi !

Moira grogna et lui asséna un coup sur la tête avec le pistolet.

Loretta cria. Du sang ruissela de son oreille, coulant sur les draps blancs.

— Bon sang, Moira ! dis-je en avançant vers elle. Laissez-la !

Moira braqua l'arme sur mon ventre.

— Arrêtez ou je tire !

Je m'arrêtai.

— Maintenant, je vais devoir vous tuer tous les deux, dit Moira péniblement.

Elle fit un geste vers une chaise.

— Asseyez-vous !

J'avançai vers la chaise et m'assis. Moira gardait le pistolet braqué sur moi. Je fermai les yeux, essayant de ne pas penser à la balle qui m'arracherait les entrailles.

J'ai toujours su dans mon cœur qu'elle était vivante, et je sais que toi aussi.

Une partie de moi espérait qu'elle appuierait sur la gâchette.

— Pourquoi devriez-vous nous tuer ? demandai-je à Moira.

— Vous croyez que je vais laisser cette garce passer à la télé et révéler mes secrets ? Ma propre mère ?

— Vous voulez dire la mère de Chelsea.

— *Ma* mère, dit hargneusement Moira.

Je me tournai vers Loretta.

— Qui êtes-vous ? La mère de Chelsea ou celle de Moira ?

— Les deux, répondit-elle.

Elle toucha son oreille et regarda la tache de sang sur sa main, terrifiée.

— Chelsea et Moira sont jumelles.

— Tais-toi ! cria Moira, levant le pistolet.

Loretta se tapit, levant ses mains pour se protéger

— Laissez-la ! criai-je, me mettant debout.

Moira pointa le pistolet sur mon visage.

— Un pas de plus et je vous tire dans l'œil. Ensuite, nous verrons si ce super lecteur optique fonctionne.

— Attention, Trevor, dit Loretta, laissant échapper un sanglot. Elle est folle.

Jetant un œil méfiant en direction de Moira, elle tendit le bras vers une cigarette sur la table de nuit et l'alluma.

— Les parents adoptifs de Moira sont morts il y a quelques années dans un accident de voiture, dit-elle, expirant un nuage de fumée. Il y a quelques années, elle a décidé de trouver ses parents biologiques. Elle a trouvé ma fiche sur reunite.com.

Nancy n'a pas pris l'avion. Elle doit être encore vivante !

— Elles semblent si différentes, dis-je.

— Maintenant, oui, dit Loretta. Mais si vous regardez de vieilles photos, avant que Chelsea fasse tous ces changements, vous verriez combien elles sont identiques. Si Moira s'intéressait à son apparence, elle serait aussi jolie.

Elle se tourna vers Moira.

— N'est-ce pas, chérie ?

Moira l'ignora. Elle pointa son arme vers elle-même et regarda dans le canon.

Mes yeux parcoururent la chambre. La porte était à quelques dizaines de centimètres, mais Moira me tirerait dessus avant que je l'atteigne. Et je ne pouvais pas laisser Loretta. Je cherchai un objet à lancer. Le panier-cadeau ne contenait rien d'assez lourd. Je pourrais lancer le vase de fleurs ou la bouteille de whisky. La bouteille était plus près. Elle était à moitié pleine, assez lourde pour faire tomber le pistolet de sa main. Si je ratais mon coup, Loretta et moi serions tués.

Pourquoi, Trevor ? Pourquoi ne veux-tu pas qu'elle soit vivante ?

— Est-ce que Chelsea savait que vous étiez jumelles ? demandai-je à Moira, pour essayer de gagner du temps.

Moira secoua la tête comme si une mouche lui tournait autour.

— Moira avait peur que ça la fasse partir, répondit Loretta, dont les yeux effrayés revinrent à Moira. Au début, je n'ai pas parlé à Moira de sa jumelle non plus. Nous avions de si grands espoirs pour notre rencontre, mais il n'y eut pas de rapprochement. Moira semblait si seule, si désespérée de trouver quelqu'un à aimer que j'ai décidé de le lui dire. J'espérais que si elle trouvait sa jumelle, elles auraient plus en commun. Je ne savais pas où elle était, ni qui elle était, ni même si elle était vivante. Je savais seulement que la jeune famille qui l'avait adoptée avait vécu à Portland, en Oregon. Moira est devenue obsédée par l'idée de la retrouver. Elle m'envoyait des courriels tous les deux ou trois jours avec toujours davantage de questions.

Elle leva le bras pour toucher la joue de Moira.

— Tu voulais trouver ta sœur, n'est-ce pas, Suzan ?

Moira écarta sa main brusquement.

— Touche-moi encore une fois et je t'explose le nichon !

Loretta se tourna vers moi.

— Elle est encore Suzan pour moi. Mes petites filles, Susan et Sharon.

Moira pointa le revolver partout dans la pièce, de la lampe à l'interrupteur, sur la télévision et la stéréo, feignant d'appuyer sur la gâchette et articulant silencieusement le mot « bang » comme une enfant. Elle visa le gicleur au-dessus de moi. Je désirai silencieusement qu'elle tire dessus, sachant que ça déclencherait le système d'urgence de l'hôtel. Mais à la place, elle déplaça l'arme vers le gros orteil de Loretta.

Loretta déplaça son pied et utilisa le drap pour essuyer le sang sur son visage.

— Moira a suivi sa jumelle à Los Angeles. Elle vivait à New York à l'époque, travaillant comme journaliste de presse pour une compagnie de cigarettes, mais elle avait toujours voulu vivre à L.A., alors elle a déménagé. À ce moment-là, la carrière de Chelsea commençait tout juste à décoller. Moira se l'est fait présenter dans une boîte de nuit et l'a aidée à échapper aux paparazzi. Elles sont devenues amies et Moira a convaincu Chelsea de la laisser organiser sa fête d'anniversaire pour ses 21 ans. Moira ne lui a pas dit que c'était son anniversaire aussi. Chelsea s'en serait fichue de toute façon.

Elle regarda Moira.

— N'est-ce pas, Suzan ? C'était toujours Sharon avant tout, n'est-ce pas ?

Moira ne répondit pas.

Loretta se retourna vers moi.

— Chelsea fut contente du résultat et Moira l'a convaincue de l'engager comme agente. Toutes deux sont devenues proches. La gloire de Chelsea monta en flèche, en partie grâce à Moira. Pendant ce temps, Moira a essayé de trouver le courage de dire à Chelsea qu'elles étaient jumelles. Mais les parents de Chelsea ne lui avaient pas dit qu'elle était adoptée. Moira a rompu le silence et lui a proposé de l'aider à retrouver sa mère biologique. Évidemment, ce fut facile. Après quelques mois, Moira a trouvé le courage de dire à Chelsea qu'elle avait trouvé sa mère. Moira m'a fait promettre de ne pas lui dire qu'elles étaient jumelles ni qu'elle et moi nous étions rencontrées. Elle voulait faire les choses progressivement.

» Comme je vous l'ai dit, la rencontre ne s'est pas bien passée. Je n'étais pas la belle femme élégante que Chelsea espérait. Elle me fit promettre de ne dire à personne qu'elle était adoptée et puis elle a coupé tout contact. J'en ai eu le cœur brisé, mais j'ai compris.

» Ensuite, Moira a décidé de ne rien dire d'autre à Chelsea. Mais quand *Ambition aveugle* est sorti, les recettes ont été inférieures aux prévisions et Chelsea s'est convaincue qu'elle allait tomber aux oubliettes. Prête à tout pour qu'une autre grosse histoire la ramène sous les feux de la rampe, elle a commencé à flirter avec l'idée de divulguer l'histoire de l'adoption. Moira en a été horrifiée. Si les médias retrouvaient sa mère, ils fouilleraient inévitablement davantage et trouveraient sa sœur jumelle. Ce qui attirerait l'attention sur Moira. Elle souffre de phobie sociale, vous savez. Son travail consiste à mettre les autres de l'avant, mais elle ne peut supporter que l'attention soit sur elle. Elle préférerait mourir — ou tuer — plutôt que d'être le sujet d'une telle attention.

— Tais-toi, Loretta! cria Moira, dirigeant le pistolet vers son visage.

Loretta se tapit, mais poursuivit bravement son histoire.

— Moira a refusé de coopérer. Chelsea a menacé de trouver un agent qui le ferait. Elle t'a renvoyée ce soir-là, n'est-ce pas, Suzan? Ta propre sœur… Comment t'es-tu sentie?

— Je te préviens, aboya Moira tout en appuyant l'arme sur elle. Je vais te faire sauter la cervelle.

Elle réfrénait ses larmes.

— Dans une tentative désespérée de sauver son emploi et sa relation avec sa sœur, Moira lui a révélé la vérité : qu'elles étaient jumelles. Chelsea ne l'a pas crue. Elle l'a traitée de lamentable pour avoir inventé une si stupide histoire. Une bagarre s'est ensuivie. Moira s'est réfugiée dans sa chambre et a boudé, puis elle m'a appelée depuis son téléphone cellulaire. Elle m'a convaincu de parler à Chelsea et de confirmer que c'était vrai. Moira a pris son téléphone et a frappé à la porte de Chelsea. Elle n'a pas répondu. Puis, un miracle s'est produit : la porte s'est ouverte. Le scanneur a cru que tu étais Sharon, n'est-ce pas?

Moira ne répondit pas. Loretta écrasa sa cigarette et en alluma une autre.

— Dans la suite, Moira a tendu le téléphone à Chelsea et je lui ai dit que c'était vrai. Chelsea est devenue incontrôlable.

Loretta tendit le cou pour regarder Moira.

— Elle s'en est prise à toi, hein, Suzan? Elle t'a traitée de monstre, de lesbienne, de tous les horribles noms qu'on peut imaginer. Elle a menacé de parler aux tabloïds, de raconter l'histoire de l'incestueuse jumelle lesbienne de chelsea, son agente!

— Je ne suis pas lesbienne! cria Moira, éclatant en sanglots. Je l'aimais comme une sœur.

— Comment t'es-tu sentie, continua Loretta, en entendant Chelsea te menacer de révéler *tes* secrets de la façon dont tu avais vendu les siens pendant des années?

Elle se retourna vers moi.

— Et puis, la ligne a coupé et je n'ai plus rien entendu.

Moira commença à cogner l'arme contre sa tête, se faisant saigner.

— Quelques heures plus tard, Moira a appelé pour dire que Chelsea s'était suicidée, continua Loretta. J'étais effondrée. Elle m'a fait promettre de ne rien dire à personne de cette conversation ni de notre relation. « Nous devons protéger Chelsea », a-t-elle dit. Même quand l'inspecteur a appelé, je n'ai rien dit. En vérité, je me protégeais moi aussi. Je me sentais coupable d'avoir poussé Chelsea à se suicider. Maintenant, je sais que Moira a pris un couteau et qu'elle l'a poignardée pour la faire taire. N'est-ce pas, Suzan ? Sharon a sauté du balcon pour se sauver la vie.

Je repensai à la première théorie de l'inspecteur Christakos. Il avait eu raison sur l'amour, mais c'était un amour de sœur, et il avait eu raison sur l'argent, bien qu'il jouait un rôle mineur. La dépendance avait joué le plus gros rôle, mais pas la dépendance aux drogues. La publicité — la dépendance de Chelsea envers elle, et la peur que Moira en avait — avait conduit Moira à l'assassiner. Peut-être que l'inspecteur était plus brillant que je le pensais.

Moira laissa le pistolet tomber à côté d'elle et s'écroula en sanglots.

— Elle me manque tellement. Je la détestais, mais je l'aimais aussi. Je ne voulais pas la tuer.

Loretta posa sa cigarette et tendit le bras pour caresser le visage de Moira.

— Après, Moira a prétendu que je n'existais pas. J'ai décidé de venir ici pour la cérémonie quand même. Quand j'ai rencontré Nigel Thoroughbred, j'étais si en colère contre Moira que j'ai accepté de raconter mon histoire. Ce soir, je lui raconterai la deuxième moitié. Je vais raconter au monde l'histoire de la sœur jumelle de Chelsea. Et tu ne peux rien faire contre ça, n'est-ce pas Suzan ?

— Garce ! s'écria Moira, qui reprit le revolver et s'en servit pour frapper le visage de Loretta.

Loretta cria de douleur et écrasa sa cigarette dans l'œil de Moira. Moira hurla et lui redonna un coup de revolver. La cigarette s'envola de la main de Loretta.

Je bondis sur la bouteille de whisky et la braquai sur Moira. Elle tourna le pistolet vers moi. Loretta se retourna, atteignit la lampe et la poussa sur la poitrine de Moira.

Moira gémit. La repoussant, elle se releva, s'appuya sur le lit et pointa le revolver sur Loretta.

— Salope ! cria-t-elle. Je vais te tuer !

— Non ! hurlai-je.

Je lançai la bouteille de whisky sur Moira. Elle la frappa au front, l'envoyant voler sur le lit. La bouteille se brisa contre la tête de lit, projetant du whisky partout sur les draps.

Loretta roula hors du lit et courut vers la porte.

Moira se redressa sur le lit et pointa son arme sur Loretta.

— Avance et je t'éclate la tête ! cria-t-elle.

Loretta s'immobilisa. Elle se tourna vers Moira, implorante. Soudain, Moira hurla. Les draps avaient pris feu à ses pieds. Elle bondit hors du lit. Sa robe était en feu. Elle saisit un oreiller et le tapa contre elle, pleurant de douleur.

Tandis que Loretta regardait sa fille, semblant vouloir l'aider, je courus vers la porte et l'ouvris.

— Courez !

Loretta détacha son regard de Moira et se sauva. J'allais la suivre quand Moira cria :

— Arrêtez-vous !

Lâchant la poignée, je me tournai face à elle.

Elle braqua l'arme sur ma tête et m'écarta de la porte, puis la ferma. Du sang jaillissait de son front.

— Vous êtes *renvoyée*, Moira, dis-je.

— Trop tard. Je démissionne.

Mes yeux parcoururent la pièce. Le lit était en feu. Les flammes léchaient le mur. Bientôt, toute la chambre serait la proie des flammes.

Le balcon.

Il y eut un grand bruit à la porte.

— Ouvrez ! Police !

Moira se plaça derrière et verrouilla la porte.

— Je ne vous laisserai pas dévoiler mes secrets, Trevor, dit-elle, déplaçant le revolver sur ma tête. Je vous tuerai d'abord. Puis, je trouverai Loretta et je la tuerai aussi.

Il y eut un autre coup à la porte. Moira jeta un œil par-dessus son épaule et j'en profitai pour tendre le bras et lui ôter l'arme des mains. Elle cria et plongea sur le sol pour la récupérer. Je traversai la chambre en courant et sortis sur le balcon. Mon seul espoir de survivre était de sauter. Je me penchai pour évaluer la distance que je devais franchir pour atteindre l'extrémité profonde de la piscine.

Ça serait difficile.

— Ne bougez pas ! cria Moira derrière moi.

Escaladant la rampe, je regardai par-dessus mon épaule et la vis courir vers moi avec le pistolet.

Je sautai.

Un tir résonna tandis que j'étais dans les airs. Comme Chelsea Fricks quelques jours plus tôt, je m'arquai pour plonger. Ma tête heurta la surface de la piscine alors que mes pieds percutèrent le bord en béton. Je plongeai sous l'eau. Étais-je blessé ? J'ouvris les yeux et fis le point sur mon corps. Aucune trace de sang autour de moi. Je ne sentais aucune douleur. Je restai sous l'eau jusqu'à ce que je ne puisse plus retenir ma respiration. Je nageai vers le bord de la piscine et refis surface.

Moira était penchée sur la rampe, pointant son arme sur moi. De la fumée noire s'élevait derrière elle.

Je me cachai sous l'eau à nouveau. Un autre tir résonna. Et un autre.

Puis, le silence.

Je remontai à la surface, cherchai de l'air et ouvris mes yeux.

Un visage sombre était penché sur la rampe du balcon.

— Ça va, Trevor ? cria l'inspecteur Christakos.

— Je crois, répondis-je.

Derrière lui, les rideaux s'enflammèrent.

— J'arrive ! hurla-t-il, escaladant la rampe.

Il sauta, plongeant dans l'eau à côté de moi.

Je levai les yeux vers Moira. Elle était penchée sur la rampe du balcon, une balle dans la tête. Le balcon était avalé par les flammes.

— Trevor, c'est moi.

Je me tournai pour voir la femme mince aux cheveux noirs du hall accroupie au bord de la piscine. Shanna se tenait derrière elle, les mains appuyées contre son visage. Derrière elles, Nigel Thoroughbred et une équipe de télévision faisaient irruption sur la terrasse de la piscine.

Je nageai vers elle. *Ça ne pouvait pas être...*

Tandis que j'approchais, elle me tendit la main. Son bras était émacié. Elle cherchait son souffle. Ce bruit de crépitement... ses poumons. Elle ôta ses lunettes de soleil et ses yeux ternes brillèrent à la lueur des flambeaux.

La vérité est dans les yeux.

J'entendis un bruit sourd. Moira était tombée sur la terrasse de la piscine, morte.

Tony Cavalli et Kitty Caine se ruèrent sur les lieux.

— Oh, mon Dieu ! Le feu ! hurla Kitty. Appelez le 911 !

— Mon hôtel ! gémit Tony, tombant à genoux.

Une lumière vive illumina la terrasse. Tandis que l'hôtel Cinéma s'enflammait et que ses acteurs arrivaient pour faire leur dernier salut, le *Spotlight* capturait le drame sur pellicule.

Je me hissai hors de l'eau et pris le personnage décharné dans mes bras, enfouissant mon nez dans ses adorables cheveux noirs.

— Comment as-tu pu m'abandonner ? lui demandai-je.

— Je ne l'ai pas fait. Je t'ai libéré.

Attendons pour voir. La peur dans ses yeux... la peur de mourir. Le chagrin... la pensée de sa souffrance m'anéantissant comme la souffrance de sa mère avait anéanti son père. *J'aurais fait n'importe quoi pour lui épargner cette peine.* En Angleterre, le médecin avait fourni le diagnostic fatal. Elle n'avait pu se résoudre à me le dire au téléphone. Elle avait accepté de rentrer plus tôt. Le vol manqué, l'accident d'avion, la carte d'embarquement… une occasion de m'épargner la douleur, de simuler sa mort. Sur un coup de tête, elle s'était enfuie de l'aéroport. Elle était retournée dans la maison de sa grand-mère pour mourir sereinement, mais elle avait été tourmentée par la culpabilité et le remords. Elle avait eu envie d'entendre ma voix. Sa santé s'était détériorée. Elle avait appris pour Suzan Myers et m'avait vu à *Spotlight Tonight*. Craignant que les tabloïds découvrent toute l'histoire, elle avait décidé de me le dire elle-même.

Nancy Swinton était venue me dire au revoir.

* * * * *

FIN

Remerciements

Toute ma gratitude va à ma mère et éditrice, Marcia Craig, ainsi qu'à mes lectrices Bonnie Craig, Suzanne Walters et Katrina Caroll-Foster. Merci aussi à Brett Blass, de l'hôtel Roosevelt, pour ses connaissances sur la direction d'un hôtel à Hollywood. Et mes sincères remerciements à mes amis et collègues de l'hôtel Opus pour avoir fait de chaque jour un privilège et un plaisir.

À propos de l'auteur

Daniel Edward Craig a amorcé sa carrière dans l'industrie hôtelière en 1987 et travaille depuis pour des hôtels luxueux à travers le Canada. Plus récemment, il a été vice-président des hôtels Opus et directeur général de l'Opus de Vancouver, reconnu mondialement pour son service exemplaire, son marketing tranchant, et l'apparition de célébrités.

Voulant à la base travailler en service diplomatique, il détient un diplôme en relations internationales, et il a étudié les langages modernes, les nouveaux médias, le film, la scénarisation et l'interprétation. Aujourd'hui, il travaille comme auteur et conseiller à Vancouver.

Dans ses temps libres, Craig aime voyager, pratiquer le yoga et profiter d'un style de vie sain. Il est particulièrement passionné par les hôtels, ayant séjourné dans quelques-uns des meilleurs au monde — et en ayant dirigé. Rendez-lui visite au www.danieledwardcraig.com (en anglais seulement), où son blogue populaire propose un regard franc et divertissant sur les questions de l'industrie hôtelière.

Aussi disponible :

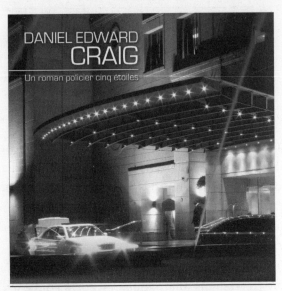

DANIEL EDWARD
CRAIG

Un roman policier cinq étoiles

MEURTRE
À L'UNIVERS

éditions

www.AdA-inc.com
info@AdA-inc.com